Das Buch
Der Hamburger Werbegrafiker Michael Jessen ist Junggeselle, Sportwagenfahrer und aufgehender Star der Branche. Gerade entwickelt er eine neue Kampagne, da wirft ein Bild aus einem Trödelladen ihn völlig aus der Bahn: Zwei rote Doppeldeckerflugzeuge auf grauem Grund veranlassen ihn zu einem Spontankauf und rauben ihm fortan den Schlaf. Was hat es mit dem rätselhaften Hintergrund auf sich, und wer ist der unbekannte Künstler? Zusammen mit der Kunsthistorikerin Edith begibt sich Michael Jessen auf eine Odyssee des Sehens, die sie zunächst von einem oldenburgischen Bauernhof bis nach Bayern und dann in die Ferne führt. Der Fluchtpunkt der Reise ist das Karolinen-Atoll in der Südsee.

Der Autor
Klaus Modick, geboren 1951, studierte in Hamburg Germanistik, Geschichte und Pädagogik, promovierte mit einer Arbeit über Lion Feuchtwanger und arbeitete danach u.a. als Lehrbeauftragter und Werbetexter. Seit 1984 ist er freier Schriftsteller und Übersetzer und lebt nach zahlreichen Auslandsaufenthalten und Dozenturen wieder in seiner Geburtsstadt Oldenburg. Für sein umfangreiches Werk wurde er mit zahlreichen Preisen ausgezeichnet, u.a. mit dem Nicolas-Born-Preis, dem Bettina-von-Arnim-Preis und dem Rheingau Literatur Preis. Zudem war er Stipendiat der Villa Massimo. Sein Roman »Konzert ohne Dichter« erschien im Frühjahr 2015 und wurde schnell zum Bestseller.

Weitere Titel bei Kiepenheuer & Witsch
»Konzert ohne Dichter«, Roman, 2015, KiWi 1508, 2016. »Klack«, Roman, KiWi 1397, 2015. »Bestseller«, Roman, KiWi 1464, 2015. »Ein Bild und tausend Worte. Die Entstehungsgeschichte von ›Konzert ohne Dichter‹ und andere Essays«, 2016

KiWi
1509

Klaus Modick

Das Grau der Karolinen

Roman

Kiepenheuer & Witsch

1. Auflage 2016

Umschlaggestaltung Barbara Thoben, Köln, unter Verwendung eines Ölbildes von Dieter Asmus (»Absturz«, 1986)
Umschlagmotiv © VG Bild-Kunst, Bonn 2016
Gesetzt aus der Adobe Caslon Pro
Satz Buch-Werkstatt GmbH, Bad Aibling
Druck und Bindung CPI books GmbH, Leck
ISBN 978-3-462-04943-5

Schönheit, die dauert, ist
ein Gegenstand des Wissens.
Und ist es fraglich, ob die
Schönheit, welche dauert,
so noch heißen dürfe –
fest steht, dass ohne
Wissenswürdiges im Inneren
es kein Schönes gibt.

Walter Benjamin

I

Sind wir ein Spiel
von jedem Druck der Luft?

Goethe

Eine blasenförmige Zelle, losgelöst vom notorischen Azorenhoch, war vor vierzehn Tagen über die Biskaya und Frankreich hinweggezogen, hatte bei dieser Wanderbewegung Pilzgestalt angenommen, sich schließlich über dem Frankfurter Raum festgesetzt und dort mit dem Festlandsmaximum über Polen und Westrussland Verbindung aufgenommen. Seit einer Woche gab dies dem bloßen Auge unsichtbare Wettergebilde nun auch noch alle verfügbaren Räume für Zuströme subtropischer Luftmassen aus dem Mittelmeergebiet frei. Die sonst als Wetterscheide relativ zuverlässig funktionierenden Alpen versagten unter solchen, für mitteleuropäische Verhältnisse ungewöhnlichen Umständen ihren regulierenden Dienst. Dennoch taten Isobaren wie Isothermen nichts weiter als ihre ordnungsgemäße Schuldigkeit – ein unscheinbarer Sachverhalt, der bereits anderweitig genutzt wurde, um den Blick aufs Besondere einer zu erzählenden Begebenheit gleichsam aus dem Allgemeinen der Witterung auftauchen zu lassen.

Meteorologen versicherten, die Hitzewelle sei, wiewohl ungewöhnlich, durchaus noch im Bereich der hierzulande seit mehr als einhundert Jahren ermittelten

Extreme und Durchschnittswerte einzuordnen. Während der ersten Tage hatte die Mehrzahl der schwitzenden Bevölkerung die Phänomene mit Floskeln wie ›endlich Sommer‹ oder ›Bella Germania‹ begrüßt, schnell jedoch begonnen, in Begriffen wie ›Affenhitze‹ oder ›Hundstage‹ über die Witterungslage Klage zu führen, um sich endlich, die hohen Dauertemperaturen gingen in die zweite Woche, ermattet mit der erstarrten Schönheit aus Azur über ihren Köpfen abzufinden. Nichts bewegte sich, oder, genauer gesagt, nichts schien sich zu bewegen, oder, um völlig korrekt zu reden, was sich bewegte, bewegte sich nur unendlich langsam, auf eine kaum wahrnehmbare, zeitlupische Weise.

Von oben, aus mehr als einhundertachtzigtausend Metern Höhe, in der ein europäischer Wettersatellit die ganze Angelegenheit gleichgültig durch seine Objektive aufnahm, die empfangenen Eindrücke in Funksignale umwandelte, um diese dann gedankenschnell zu Bodenstationen zu senden, wo sie wiederum von sinnreichen Geräten dechiffriert und in fotografische Bilder verwandelt wurden, von oben also sah alles durchaus langweilig aus: Dem Weitblick des Satelliten stand kein Wölkchen im Wege. Länder, Meere, Küsten, Gebirge, Flüsse, Bäche, Wälder und Waldbrände, größere Städte, kleinere Städte, Dörfer, einzelne Häuser, selbst Gegenstände in der Größenordnung eines Automobils oder eines Menschen, der allein über ein Feld ging, waren dem technischen Auge kenntlich und in dessen fotografischer Übersetzung entsprechend dem menschlichen – und zwar ohne dass die sonst üblichen Hilfsmarkierungen auf den Fotos darauf hinzuweisen gehabt hätten, wo beispielsweise das Grau der Ostsee zu suchen war.

An einem der Abende dieses später sogenannten Jahrhundertsommers fand ein Diplom-Meteorologe, der sich mit einigen Kollegen auf dem Fernsehschirm darin abwechselte, den Zuschauern Aufschluss über die Wege und Abwege der Witterungsverhältnisse zu geben, nachdem er sich entschuldigt hatte, dass das heutige Satellitenfoto aufgrund eines technischen Problems nicht wie gewohnt in Farbe, sondern lediglich in Schwarz-Weiß gezeigt werden könne, zum Stand der Dinge folgenden trostreichen Vergleich: Läge Deutschland nicht dort, wo es liegt, im Zentrum Europas, sondern auf der anderen Seite des Globus, dazu noch etwas weiter südlich, dann – ja, dann wären diese ungebrochen anhaltenden Extremwerte der Quecksilbersäule das Allernormalste von der Welt. So aber – er deutete auf eine Schautafel, deren Grün er mit eingängigen Zeichen bekreidet hatte: Sonne von Maas bis Memel – so aber bliebe die ersehnte und für die Landwirtschaft dringend notwendige Abkühlung wegen der stabilen Inversionslage vorerst bloßer Wunsch. Wesentliche Änderung könne nämlich auch er bis auf Weiteres nicht verheißen, von lokalen Hitzegewittern einmal abgesehen. Doch bevor der Meteorologe sich mit dem Zuruf »Genießen Sie also den Sommer!«, von seinen Millionen Zuschauern verabschiedete, gab er noch einige weiterführende Erklärungen, die jene ungewöhnliche hochsommerliche Hitzestabilität plausibel machten, Erklärungen, die man während dieser Tage in jeder Zeitung lesen konnte, tabellarisch aufgewertet nach der trockenen Art der Wetterkundler, oder aber mit Abbildungen plastisch gemacht, die vorzugsweise junge Mädchen und Frauen, nackt, halb nackt oder doch zumindest mit wasserdurchweichten, hautanschmiegenden Blusen zeigten, wie sie in der Sonne lagen beziehungsweise aus der Sonne flohen unter Markisen, in schattige Cafés, oder wie sie badeten in Pools, Teichen, Bächen, Flüssen, Seen und Meeren, obwohl all diese Gewässer, die Pools eingeschlossen, wegen ihrer hohen Schad- und Giftstoffbelastungen für die Gesundheit nicht eben zuträglich waren. Kurz: Deutschland samt angrenzenden Gebieten war eine hüllenlose Hitzeblase.

Trotz aller Storys zum Thema, die sich Journalisten aus den feucht geschwitzten Fingern sogen, wurde nirgendwo einem jener Hauptpunkte, der im hier weiterhin Berichteten zu beachten sein wird, die gebührende Aufmerksamkeit geschenkt: dass nämlich alles, was ist oder erscheint, dauert oder vorübergeht, nicht isoliert, nicht nackt gedacht und gezeigt werden darf. Selbst in einer Alltäglichkeit wie derjenigen des Wetters wird ja eins immer noch vom anderen durchdrungen, begleitet, umkleidet, umhüllt; es verursacht und erleidet Einwirkungen und bringt selbst Wirkungen hervor, die, wie im Falle solcher Hitze, vom Verdorren vieler Vegetationsformen bis, um ein beliebiges Beispiel zu geben, zu psychischen Störungen bei an sich wenig labilen Menschen reichen können.

Und wenn so viele Phänomene sich durchdringen, ist es am Ende schwierig zu beurteilen, was vorangeht und was folgt, was produziert und was aufnimmt, was Wirkung auslöst und was Wirkung spürt. Als noch komplizierter erweist sich jedoch der Versuch, das vielschichtige Spiel von Wirkung und Gegenwirkung, erst recht das von Wirkung und Ursache, begreifbar oder anschaulich zu machen. Denn, um mit einer althergebrachten Einsicht zu formulieren, *eigentlich unternehmen wir umsonst, das Wesen eines Dinges auszudrücken. Wirkungen werden wir gewahr, und eine vollständige Geschichte dieser Wirkungen umfasste wohl allenfalls das Wesen jenes Dinges.*

Die stahlblaue Transparenz des Himmels über der Hafenstadt Hamburg täuschte das Auge darüber hinweg, dass die Luft, träge, unbewegt, bleiern über der Stadt lagernd, dem freischaffenden Gebrauchsgrafiker Michael Jessen eher als ein graues Einerlei erschien. Fiebrigkeit, überzogen von einer Art gedehntem, beständigem Gähnen, wiegte die Tage in halbschlafartigen Zuständen, wurde während der Nächte abgelöst von stoßweisen Phasen des Erwachens, die aber kaum Kühlung brachten, sondern nur die Farbe der Hitze in ein neongesprenkeltes Blauschwarz laufen ließen. Dennoch gab es dann, meist gegen Morgen, der Feuchtigkeit versprach, ohne dies Versprechen einzulösen, Momente, in denen sich plötzlich und ungerufen die Konzentration einstellte, der er tagsüber vergeblich nachschlich.

So kam Jessen nur schleppend mit seinem Auftrag voran, und obwohl der Abgabetermin zuverlässig näher rückte, war an kontinuierliche Arbeit nicht zu denken. Die übers Papier fahrende Hand verklebte mit den Bögen, die Zeichenstifte rutschten zwischen den Fingern beim leisesten Druck, Schweißspuren der Handkante weichten und wellten die Blätter auf, deren kühles Weiß an solchen Stellen aufgeraute gräuliche Spuren zeigte.

Die Ostseestrände waren hoffnungslos überlaufen, aber wer einen Kilometer hinausschwamm, war allein und hörte nichts mehr. Toter Mann, meinte Jessen, sei bei dieser Hitze die erträglichste Daseinsform. Fast bewegungslos lag er, den Kopf im Nacken, rücklings im Meer, sodass kleine Wellen zögernd über seine Stirn laufen konnten und in seinen Ohren ein eintöniges Schwappen hervorriefen. Wenn man diese Sprache verstünde, dachte er und ließ das Wasser durch seinen Kopf strömen, durch seinen Körper, fühlte seine Extremitäten wabern wie Tang in der Dünung, dehnte sich oder wurde gedehnt, wand sich durch Meerengen, Sunde, an Inseln vorbei, fand sich auf hoher See, in Ozeanen, weite, stille Wasser, ließ die Augen geschlossen, damit die exotischen Inselwelten seiner Träume, die Unberührtheit ferner Strände, deren Palmenrauschen er hörte, möglichst fern blieben vom Strand.

Hinter geschlossenen Lidern war alles möglich, greifbar, nah. Erst die Bilder machten die Dinge zu dem, was sie waren, oder zu sein vorgaben, und so zögerte er den Augenblick hinaus, da seine Augen die Strahlen empfangen würden, die von der Sonne ausgingen oder von den Menschen und Gegenständen am Strand reflektiert wurden, die Pupillen passieren würden, die Linsen durchdringen, die sich entsprechend der Helligkeit und Entfernung der wahrzunehmenden Objekte verändern, durch den Glaskörper fallen würden und schließlich auf die Netzhäute träfen, wo ein umgekehrtes Bild aller Gegenstände entstünde. Das Bild würde in seinem Gehirn wieder gedreht werden, und dies kluge Gehirn würde sogar die Eindrücke der Umwelt, des Außen, verdeutlichen, verschärfen, damit sich Michael Jessen besser darin zurechtfinden und dies Außen abbilden oder umbilden konnte, wie es ihm oder seinen Auftraggebern gelegen war. Vor allem würde das Gehirn die Gegensätze von Hell und Dunkel verstärken, die Unterschiede der Farben, und so schlug er nur widerwillig die Augen auf, weil er sich wohlfühlte im Meer, in dem ihm für kurze Zeit Gegensätze und Unterschiede zerflossen waren, sah über sich die fast mediterrane Bläue des Himmels, die zu einem durchsichtigen Schleier verschwamm, wenn das Wasser ihm übers Gesicht lief. Von kurzen Böen, die sofort kraftlos verfielen, wurden hin und wieder weiße Kronen auf die Fläche gesetzt, und Spritzer legten sich dann über sein Gesichtsfeld. Weil die Sonne im Zenit stand, kam ihr Licht dem reinen Weiß am nächsten. Zwischen allen Farben herrschten die stärksten Kontraste. Die Schatten waren schwarz.

Das Licht, das aus dem wolkenlosen Blau fiel, schien Jessen leer, als ob es alle Farbe in sich hinaufsaugen wolle. Die seit Tagen unveränderte Transparenz hatte alle Heiterkeit verschluckt. Jessen war dankbar für jede Bewegung dort oben, begrüßte, ungläubig lächelnd, ein versprengtes Wölkchen, das der müde Wind von irgendwoher über See gebracht hatte, sah ihm nach, bis es über die Wasserlinie hinweg war und hinter den Dünen über den flimmernden Flächen schnell zu nichts zerflatterte.

Er drehte sich auf den Bauch und begann, in kräftigen Zügen zu schwimmen, die Augen geschlossen. Auf der Nacht der Netzhaut erschien die Sonne als blutiger Ball, pulsierend im Rhythmus seiner plötzlichen Körperbewegungen. Das grelle Gebilde zog sich zur Größe einer im Dunkeln glühenden Zigarette zusammen, wenn Jessen einatmend mit Armen und Beinen ausholte; schloss er sie wieder ausatmend, um vom Schwung getrieben eine Strecke zu gleiten, blähte sich das Lichtecho sogleich gegen unendlich, quoll über die Begrenzungen seines Kopfes hinaus, sodass er das Gefühl hatte, in dieses Nachleuchten hineinzuschwimmen. Langsam verebbte die Erscheinung, bis sie zu einem stecknadelkopfkleinen Punkt geschrumpft war.

Klick, dachte Jessen, drehte sich wieder auf den Rücken und schlug die Augen auf. Er blickte nun nach Norden, wo weit hinter dem dichter werdenden Dunst Skandinavien lag. Hoch im Himmel, genau im Zentrum seines Blickfeldes, standen silbrig-weiß zwei winzige Punkte. Während er sich darüber amüsierte, dass es ihm gelungen war, die Sonne von Süden nach Norden geholt, verdoppelt und umgefärbt zu haben, merkte er, dass die beiden Punkte sich bewegten. Er versuchte, diese Bewegung durch rasches Öffnen und Schließen der Augen still zu stellen. Es misslang. Er blinzelte. Flieger, schoss es ihm endlich durch den Kopf. Flieger sind das. Sie wuchsen auf ihn zu oder auf den Strand hinter ihm oder auf das Land hinter dem Strand, oder auf die Städte im Land, oder auf die Menschen in den Städten, aber dann vollführten sie doch eine lang gezogene Schleife nach Osten, wobei sie zugleich höher stiegen. Und plötzlich zeichneten sie ihre parallele Bahn in den Himmel, Kondensstreifen, die fadengleich den schimmernden, rasenden Punkten entflossen. Die beiden Linien schienen regungslos in der Luft zu stehen, quollen an den Enden schaumig auseinander, verflossen zu einem künstlichen Wolkenschleier, der zögernd durchsichtiger wurde und schließlich zu Dunst zerfiel.

Die Exaktheit, mit der die Maschinen wie an einem unsichtbaren Reißbrett ferngelenkt ihre Bahn zogen, erinnerte Jessen an den Auftrag, der unerledigt auf seinem Zeichentisch in Hamburg lag.

Malt mir mal 'ne Idee da oben, dachte er ins Blaue hinauf, aber die Flieger verschwanden, als ob sie sich beobachtet fühlten, zielstrebig aus seinem Blickfeld, bis nur noch ein vereinzelter weißer Strich im Himmel stand, der gemächlich in ein mattes Grau changierte. Dann verschluckte das Blau das Grau. Alles war wieder hoch und öde. Der Tag prahlte mit seiner vollkommenen Leere.

Jessen überlief ein Schauer. Er fröstelte, überlegte, wie lange er schon im Wasser war, eine Stunde vielleicht, und schwamm schnell dem Strand entgegen. Dort verflimmerte alles blau, grün und rot auf der gleißend gelben Fläche. Die Farben fielen so klassisch klar in seine Augen, dass sie ihm falsch schienen, eine übermütige Hochstapelei der Lichtstrahlen. Er fröstelte wieder, wollte aufs Trockene, aber irgendetwas stieß ihn ab vom Lärm des Strands, von der grellen Farbigkeit des Landes, der Sonnenschirme und Strandkörbe, der bunten Bälle, Badehosen und Bikinis.

Die Brise, die bislang träge, kaum wahrnehmbar übers Wasser gekrochen kam, frischte plötzlich auf, fiel nicht wie sonst in diesen Tagen sofort wieder schlaff in sich zusammen, und die blendende Aufdringlichkeit des Farbgetümmels am Strand schien schlagartig eine Nuance gedämpfter.

Als Jessen schließlich tief atmend auf seinem gelbgrün gestreiften Handtuch lag, dessen gelbe Linien übergangslos in den Sand strömten, sah er die im Südwesten einzeln aufziehenden Wolken. Sonne drang noch streifig durch die faserigen Schleier, schien wie durch Mattglas. Von Regen hatte keine Wettervorhersage gewusst, aber Jessen erinnerte sich, dass einzelne Hitzegewitter nicht ausgeschlossen waren. Die Luft beunruhigte sich, die Bewegungen der Menschen am Strand wurden fahriger, nervöser. Ein Transistorradio beendete seinen Werbeblock und plärrte die Fünfzehn-Uhr-Nachrichten, in denen von umfangreichen Truppenmanövern der Roten Armee, in der Luft und zu Wasser, im gesamten Ostseebereich die Rede war. Die Kondensstreifen hatten die Meldung schon vorweggenommen, sie sinnlich gemacht, ihre Wahrheit mit gigantischer Hand längst an den Himmel geschrieben. Jetzt wurde das Bild zum Wort.

Jessen fühlte sich unbehaglich. Die Witterung schlug ihm auf den Kreislauf, die Arbeit hockte ihm unerledigt im Nacken. Er blieb noch eine halbe Stunde dösend im Sand liegen, tauchte dann kurz ins Wasser, dessen unbewegte Starre in ein hektisches Gekabbel übergegangen war, wusch den Schweiß ab, packte seine Sachen zusammen und ging durch die Dünen zum Parkplatz, wo er sein Auto abgestellt hatte. Er strich, während er die Tür öffnete, mit der Hand liebevoll über das glühende Blech des Daches, stieg in die Brutofenhitze des Wagens, in dem die Ledersitze zu schmelzen schienen, ließ die Fenster herunter und den Motor an, ein Vorgang, der ihn immer noch in einen milden Machtrausch versetzte. Die Maschine heulte in eleganter Kraft auf. Wohlgefällig vermerkte Jessen, dass einige Leute auf dem Parkplatz ihm nachsahen, als der Wagen, aus dem sein linker Arm heraushing, schwungvoll auf die Straße bog und in einer Staubwolke Richtung Autobahn verschwand.

Dafür, dachte er vergnügt und legte den vierten Gang ein, lohnt sich der Job. Und entspannt schoss er dahin.

Im Süden, über der Stadt, zogen sich Wolken zusammen. Lockere Schichten und Bänke aus flachen Schollen und Ballen wuchsen zu dicken Massen, deren obere Teile wie Kuppeln ausgebildet und mit rundlichen Auswüchsen besetzt waren, warzig, blasig, gigantischen Blumenkohlköpfen ähnlich, deren Unterseiten horizontal abgeschnitten waren. Das Weiß in ihnen wurde zusehends schmutziger, der Wind nahm beständig zu. Regen, hoffte Jessen. Durchs abdunkelnde Grün der schleswigholsteinischen Ebenen stach das graue Betonband der Autobahn, das wiederum aufgerissen wurde vom vermischenden Gelb des Wagens, der mit voll aufgeblendeten Scheinwerfern ins perlmuttfarbige Licht über Hamburg raste. Jessen versuchte, sich über dem Auto schweben zu sehen. Er liebte Bilder aus der Vogelperspektive, in denen die Wirklichkeit der dreidimensionalen Dingwelt in flache, grafische Flächen verwandelt wurde, stellte sich vor, wie ein Flieger ihn jetzt sähe, sah die Mittelstreifen zu einer Linie verlaufen, weiß flackernd, zu einem Strich zusammenschieben, zischend, zu Kondensstreifen, die sein Wagen ausstieß und auf denen er zugleich ritt. Ihn überkam ein Schwindel, wie ihn vorhin im Wasser ein Frösteln überlaufen hatte. Er fuhr langsamer, wollte die vertrauten Unterbrechungen wieder wahrnehmen zwischen dem Weiß der Balken und dem nachtschwarzen frischen Asphalt, in den das Betongrau der Autobahn inzwischen gemündet war. Doch der Mittelstreifen quoll auf wie Schleier vor der Sonne, warf Blasen.

Jessen stoppte am nächsten Parkplatz, schüttelte sich wie ein Hund, fuhr sich mit einem mit Eau de Cologne getränkten Erfrischungstuch durchs Gesicht. Er sah wieder klar. Die Elektrizität der Luft hatte ihm Streiche gespielt. Oder seine Fantasie, die er sonst zu zügeln, produktiv zu kanalisieren wusste, war mit ihm durchgegangen, wie es früher manchmal passiert war, als er noch Malerei studierte, Kunst.

»Kunst«, lachte er halblaut in sich hinein. Die konnte er sich heute nicht mehr erlauben: Dafür war sein Leben zu aufwendig, zu teuer. Er zwang sich, an die Arbeit zu denken, die auf ihn wartete: das Layout für die *Blitz-Weiß*-Doppelseiten-Kampagne, ein Riesenauftrag, von dem er mehrere Monate lässig würde leben können. Zu Hause, beschloss er im Weiterfahren, würde er sich an den Zeichentisch setzen und die Sache in einem Rutsch aus dem Ärmel schütteln, selbst wenn es ihn mit Kaffee und Captagon die ganze Nacht kosten sollte.

Der Wind blies ihm in den Rücken. Die Sonne war jetzt hinter einer vollständig geschlossenen Wolkendecke verschwunden. Staub, Papiere, leere Dosen trieben durch die Straßen Hamburgs. Das Gewitter war nah.

Als Jessen seine Wohnungstür öffnete, fuhr ihm ein kräftiger Luftzug entgegen. Glas klirrte. Er hatte ein Fenster offen gelassen. Die Papiere, Bögen, Schnipsel waren vom Arbeitstisch geweht und weit im Raum verstreut.

Er schloss das Fenster, ließ das Zeug liegen, holte ein Bier aus dem Kühlschrank, legte sich aufs Bett, starrte gegen die Decke, trank, fühlte sich müde, zerschlagen, trank, die Augen fielen ihm zu. Er döste, dachte an das Layout. *Blitz-Weiß* als Schriftzug vor dramatischem Gewitterhimmel. Vielleicht. Er trank. Der Wind trieb Staub gegen Fenster. Ein feines Ticken. Er nickte ein.

Als es klingelte, schlug er nach dem Wecker, der stumm neben dem Bett stand. Das Telefon ging.

Halb schlafend griff er zum Hörer.

»Hier Kathie«, flötete eine weibliche Stimme fröhlich.

»Wer?«, murmelte er benommen, fuhr sich mit der Hand über Stirn und Augen.

»Ka-tha-ri-na«, betonte die Stimme jede Silbe ihres Namens. »Katharina Bechler. Du wirst mich doch wohl noch kennen!«

»Kathie, natürlich. Entschuldige«, beeilte er sich. »Ich habe gerade geschlafen.«

»Wir sind verabredet«, sagte sie. »In einer Stunde. Ich hab einen Tisch im *Tre Fontane* bestellt.«

»Geht in Ordnung. Bis gleich also.«

Kathie, dachte er unter der Dusche, hätte ich beinah vergessen. Wär schade drum. Herrlich unkompliziert, besonders wenn sie lacht. Und sie lacht oft. Er sah ihr lachendes Gesicht, den weit geöffneten Mund, die weit auseinanderstehenden Augen, deren Grün apart zu ihrer blonden Mähne kontrastierte, in die sie seit einiger Zeit dunkle Strähnen gefärbt hatte. Jessen war sich sicher, dass Kathie ein bisschen verliebt in ihn war. Und er? Verliebt war wohl kaum das richtige Wort, doch er mochte sie, und ein- oder zweimal, als er sie in einem Flur der Werbeagentur McLinn vor sich hatte gehen gesehen, waren in ihm erotische Fantasien aufgestiegen, hatte er sich ausgemalt, wie das sein würde mit Kathie, in deren Art, auf hochhackigen Schuhen zu laufen, etwas verspielt Sinnliches lag. Angenehm, dachte er, dass sie so offen auf mich zukommt. Angenehm. Und nützlich: Als Copy-Team-Chief der Agentur war sie wichtig für Jessen. Es konnte kein Zufall sein, dass Kathie die größten und besten Aufträge, die die McLinn an freie Mitarbeiter außer Haus gab, seit einiger Zeit Jessen zuschob; genauer gesagt seit dem Tag, als er in einer Präsentation Partei für einen von Kathie formulierten Werbespruch ergriffen hatte, den alle anderen Anwesenden kritisierten. Vielleicht hatte Jessen nur Spaß daran gehabt, gegen die Meinung der Mehrheit zu stehen; vielleicht aber war er auch Kathie zur Seite gesprungen, weil er plötzlich wieder daran denken musste, wie sich ihre langen Beine unter dem engen Lederrock abgezeichnet hatten.

Jessen betrachtete sich im Spiegel, während er sich rasierte, sah mit Zufriedenheit, dass die Bräune seiner

Haut sich weiter verdunkelt hatte nach diesem Tag an der Ostsee. Am Glas des Spiegels lief das Kondenswasser in fetten Tropfen abwärts. Jessen wollte mit der Handfläche darüberwischen, stutzte jedoch einen Moment, als er in einem der Tropfen seine eigenen Augen gespiegelt zu sehen glaubte, wischte dann aber die Fläche entschlossen frei, nickte sich zu, lächelte.

Das *Tre Fontane* lag an einer Einbahnstraße in Barmbek, einem Stadtteil, in dem Jessen sich schlecht auskannte. Er verpasste die richtige Zufahrt und parkte schließlich in einer Parallelstraße, fünf Minuten von dem Restaurant entfernt.

Der Himmel hatte sich verdunkelt, der Wind war fast stürmisch geworden. Alle Farben schienen seltsam verfremdet. Licht reflektierte grünliche Schatten in die Schaufenster der kleinen Geschäfte, an denen er vorbeiging. Die Bewegung am Himmel setzte Akzente in die Scheiben, kräftige Blautöne. Der erste Blitz zerriss die drückend düstere Atmosphäre mit einer Gewalt, dass Jessen erschrocken stehen blieb in der plötzlichen Weißglut, die für den Bruchteil einer Sekunde über alles Sichtbare fiel und noch nicht erloschen war, als schon der Donnerschlag detonierte. Scheiben klirrten, der Boden schien zu wanken und Regen stürzte, ohne jedes zaghaft beginnende Tröpfeln, als ob die Ostsee zum Himmel erhoben und einfach ausgekippt worden wäre. Jessen sprang in den Eingang eines Geschäftes, dessen Tür etwa zwei Meter ins Innere des Hauses, an dem er gerade vorbeiging, versetzt war.

Sein Blick fiel auf ein weißes Emailleschild, dessen

schwarze Schrift einen *Inhaber: K. P. Wuttke* verriet, und von dort wanderte er auf die Auslagen in den kleinen, vitrinenartigen Schaufenstern des Eingangsflures, die vollgestopft waren mit Gläsern, Dosen, Bilderrahmen, alten Fotografien, Ansichtskarten, einem Feuerwehrhelm, Säbeln, einem hölzernen Schaukelpferd. Es war einer dieser zahlreichen Trödelläden, in denen man, meist zu völlig überhöhten Preisen, Kitsch von gestern für die Gemütlichkeit von heute kaufen konnte, Objekte, dachte er, die offenbar genügend Leute für eine Unentbehrlichkeit moderner Wohnkultur hielten, sodass diese Läden florierten. Auch Kathie Bechler, die jetzt vielleicht ebenso wie er in einen Hauseingang gedrückt wartete, bis das Schlimmste vorüber war, hatte ihre Wohnung mit allerlei Plüsch und Plunder ausstaffiert, was ihn gestört hatte, als er dort einmal ein Storyboard abgegeben hatte. Vielleicht kompensierte sie so die Stromlinienförmigkeit der Dinge, Worte und Gedanken, mit denen sie täglich in der Agentur umging. Diese stilistische Gelecktheit war freilich auch sein Job: Er stellte sie her und liebte sie so, wie man Geld liebt.

Ein zweiter, deutlich schwächerer Blitz, dessen Gelb durch die Streifen des Regens fiel wie das Licht einer Glühbirne durch einen windbewegten Vorhang, zuckte auf, und der nachfolgende Donner rollte aus großer Distanz, versöhnlich. Die Güsse begannen zu zögern, wurden feiner, verloren sich zu einem dünnen Schleier, der schließlich ganz verschwand. Als Jessen die Hand ins Freie streckte, kam nichts mehr.

Das Wasser gurgelte über Gehweg und Fahrbahn den

Gullys entgegen. Er überquerte den schimmernden Asphalt und warf von der anderen Straßenseite einen Blick auf die Schaufensterfläche des Ladens, in der sich das abziehende Gewitter spiegelte. Als Gebirge und Türme stiegen mächtige Wolkenmassen vertikal nach oben, wo sie sich in Form eines Ambosses ausbreiteten. Unten, fast auf den Hausdächern, standen noch gleichmäßig tief Regenwolken, die sich aber schon langsam hoben. Jessen sah zum Himmel, dann wieder auf dessen Spiegelbild im Fenster, wo es sich mit den Gegenständen der Auslage vermischte, Silberbestecke umwogte, steife Uniformen in Bewegung setzte, ein Cello umspielte, durch einen Petticoat fuhr, blasse Fotografien halb enthüllte, halb verdeckte. Vor diesem rasch wechselnden, ineinander bewegten, lebendigen Bild sah sich Michael Jessen nun als ein drittes Bild den Bildern im Rahmen des Schaufensters entgegengehen. Plötzlich tauchten zwei kleine Flugzeuge vor dem Grau des Wolkenturms auf, leuchtend rot und seltsamerweise Doppeldeckermaschinen, wie sie zu Beginn des zwanzigsten Jahrhunderts aufgekommen waren.

Ein Schauflug?, dachte er. Bei diesem Wetter?, drehte seine Augen wieder zum Himmel zurück, aber dort wirbelten nur die Wolken, und von irgendwoher fielen Strahlen der Abendsonne über die Dächer, wie manchmal Licht durch den Bühnenvorhang in den abgedunkelten Zuschauerraum dringt.

Jetzt stand er unmittelbar am Fenster, legte das Gesicht ans Glas, über das ablaufende Regentropfen Muster malten, und schirmte sein Gesichtsfeld mit beiden Händen ab. Nichts spiegelte mehr. Direkt vor ihm stand, auf einem Gründerzeitbuffet, ein Ölgemälde in einem ausladenden Goldrahmen. Es zeigte zwei rote Flugzeuge, jene Doppeldecker, die er wegen des Ineinanders von Bild und Spiegelbild eben am Himmel gesehen zu haben glaubte. Die Flugzeuge standen auf einem nahezu farblosen, gleichwohl unruhig wirkenden Hintergrund. Eine der Maschinen schien zu stürzen, war in der Bewegung auf den linken, unteren Bildrand festgehalten und zog einen weißen Schleier hinter sich her. Aufmerksamkeitswert eins a, dachte Jessen. Aus dem Motor schlugen Flammen, der Schleier war Rauch, und Jessen war er im ersten Moment vorgekommen wie die Kondensstreifen, die er heute Nachmittag beobachtet hatte. Kriegskitsch, dachte er. Vierzehn–Achtzehn, stieß sich von der Scheibe ab und ging kopfschüttelnd weiter. Kurze Hose, Holzgewehr. Wer so was wohl kauft, möcht ich wissen.

Kerzenlicht flackerte unruhig über die weiß getünchten, rustikal verputzten Wände des Restaurants, das etwa zur Hälfte besetzt war. Aus versteckten Lautsprechern rieselten italienische Schlager, gläsern spiegelte das Buffet mit den Vorspeisen. Kathie war nicht zu sehen. Ein Kellner kam auf den umherblickenden Jessen zu und führte ihn auf seine Frage nach dem reservierten Tisch in eine ruhige Nische.

»Signorina«, lächelte der Kellner etwas zu beflissen, »wartet schon.«

Auf dem für zwei Personen gedeckten Tisch stand ein Glas Aperitif, und Jessen bestellte sich ebenfalls einen Martini. Dann sah er Kathie aus dem dämmrigen Hintergrund des Lokals auf sich zukommen. Sie trug den schwarzen Lederrock, in dem sie ihm zum ersten Mal aufgefallen war, darüber ein tief ausgeschnittenes, spitzenbesetztes Unterhemd, das, da seit seiner Fabrikation fünfzig Jahre vergangen sein mochten, inzwischen als Oberbekleidung in Mode war. Ihre gebräunte Haut stach dunkel von den dünnen Trägern ab, ihre Zähne blitzten weiß, als sie Jessen lächelnd begrüßte und erklärte, sie habe sich nach dem Schauer nur schnell ein wenig frisch machen müssen.

Er musterte unverhohlen ihr makellos geschminktes Gesicht. Sie hielt dem Blick gelassen lächelnd stand, hob ihr Glas. Sie stießen an. Sie sagte etwas, doch Jessen lauschte auf das Klirren der Gläser, denn für einen kurzen Moment hatte er den Eindruck, als zöge dieses Geräusch eine farbige Linie durch die Luft.

Sie tauschten allerlei Belanglosigkeiten, streiften das Wetter, landeten jedoch schnell bei Jessens Arbeit an dem *Blitz-Weiß*-Layout. Kathie erinnerte ihn daran, dass bis zum Abgabetermin, bis zur, wie sie sagte, ›deadline‹, nur noch wenige Tage Zeit wären.

»Kein Problem«, nickte er. »Ich hab da ’ne gute Idee. Wolken am Himmel …«

»Wolken sind gut«, unterbrach ihn Kathie. »Weiß, weich. Wolken, ja …«, sagte sie fast träumerisch.

»Oder Kondensstreifen von Fliegern«, hörte er sich sagen und wusste zugleich, dass der Vorschlag unsinnig war.

»Kondensstreifen?«, lachte sie dann auch. »Mach keine Witze. Das ist doch keine Kampagne für die Bundeswehr.« Sie bestellten das Essen, bestellten Wein. Aßen.

Tranken. Sprachen von neuen Filmen, neuer Musik. Jessen fiel das Bild ein, das er vorhin im Schaufenster gesehen hatte; er öffnete schon den Mund, um ihr davon zu erzählen, aber dann wusste er nicht, warum er darüber sprechen sollte, wusste auch nicht, was dazu zu sagen sei.

Seltsam, dachte er, während Kathie von einem Popkonzert erzählte, das sie gestern besucht hatte, dieser Tropfen hier am Rotweinglas läuft genauso herunter wie der an meinem Spiegel, genauso wie der an der Schaufensterscheibe, hinter der dies Bild steht. Er hielt das Glas dicht vor sein Gesicht, sah Kathies Gesicht durch das Glas gebrochen, rot gefärbt vom Wein. Spiegelungen, dachte er, Spiegelungen eines Auges in einem einzigen Tropfen, tausendfältig vervielfacht, tausend- und abertausendmal. Augen, dachte er, als er das Glas wieder absetzte und in Kathies grüne Augen blickte, die Augen widerspiegeln. Kathie sprach nun von einem Film, und Jessen hörte durchaus, was sie sagte, aber parallel zu der Aufmerksamkeit, die er ihr entgegenzubringen versuchte, liefen wieder Assoziationen in ihm ab, gegen die er sich nicht wehren konnte. Spiegelungen, durchkreuzt von Spiegelungen. Gesichter, die aus dem geisterhaften Licht des Filmprojektors hervorschwimmen oder im unbewegten Wasser der Ostsee Gestalt annehmen. Aber gibt es überhaupt vereinzelte Gewässer? Gibt es überhaupt vereinzelte, feste Formen? Schichten sind da, Schichten über Schichten, Strömungen, durchwoben von Gegenströmungen, viele Wasser, sehr viele Tropfen, schwer zu unterscheiden.

Wegen der Witterung wirkte der leichte Wein schnell und schwer. Zwei Augenpaare drangen ineinander, verschleierten sich flüchtig, als erblickten sie die Ziellosigkeit ihrer Annäherung. Jessen sah sein Gesicht in ihren Augen, sah seine grauen Augen, die schwarzen, kurz geschnittenen Locken, die etwas zu breite Nase, sah seine unregelmäßigen Zähne blitzen, wenn er sich sprechen sah, fragte sich, ob sie ihn so sähe, wie er sich in ihren Augen zu sehen glaubte.

»Ich bin etwas beschwipst«, sagte er und fuhr sich mit der Hand durchs Gesicht. »Etwas überarbeitet wohl auch.«

Sie tranken Espresso, dessen Schwarz im weißen Rund der Tasse Jessen für einen Moment an etwas erinnerte. Er musste über sich selbst lächeln, freute sich, dass Kathie dies Lächeln erwiderte. Sie zahlten.

»Getrennt?«, fragte der Kellner.

»Zusammen«, bestimmte Kathie, und als Jessen abwehren wollte: »Geht auf Spesen. Arbeitsessen. Erst die Arbeit …«

Er legte einen Arm auf ihre Schulter. Sie schlang einen Arm um seine Hüfte. Als sie an dem Laden vorbeikamen, in dessen Eingang er Schutz gesucht hatte, sah er ein Schild im Fenster hängen, das er vorhin übersehen hatte.

FUNDGRUBE GESTERN UND HEUTE
Inhaber: Karl P. Wuttke – Vormals

Dies wehmütige, nur auf Firmentafeln gebräuchliche ›vormals‹ – und dann folgte irgendein Name, ausgeblichen.

»Hier war das«, sagte er und blieb vor dem Bild stehen,

das in der Dunkelheit kleiner wirkte und tiefer und ferner ins Schaufenster hineingerückt schien.

»War was?«, fragte Kathie.

»Eine seltsame Spiegelung. Ein Bild im Bild«, murmelte er mehr zu sich selbst als erklärend.

»Ja, Wuttkes Laden«, wusste Kathie. »Da kann man gute Schnäppchen machen. Neulich habe ich hier erst 'ne Tiffanylampe gekauft. Fast echt.« Sie lachte. »Der alte Charly ist ein netter Typ. Lässt mit sich handeln. Haut einen aber auch gern übers Ohr, wenn er merkt, dass man keine Ahnung von Antiquitäten, aber Geld hat. Ich kenn den Charly schon lange. Neuerdings ist er aber ziemlich unfreundlich und …«

Kathies Art zu reden hatte etwas Leichtfüßiges, etwas, das Jessen sonst unweigerlich anzog, aber heute Nacht, während sie in seinem Wagen zu ihrer Wohnung fuhren, ging ihm diese Art auf die Nerven; manche ihrer Worte, keine bestimmten, vielleicht nur der leichte Klang, in dem sie aus ihrem Mund kamen, taten ihm fast körperlich weh. Ihm wurde immer unbehaglicher. Er spürte, dass ihm die Sache, auf die sie zusteuerten und die er sich gewünscht hatte, keinen Spaß machen würde. Seine Gedanken kreisten fremd über ihm selbst. Er starrte auf Wassertropfen an seiner Windschutzscheibe, war fasziniert vom Aufglühen der Ampeln im glitzernden Blauschwarz der langsam trocknenden Nacht.

Ich glaub, ich bin krank, wollte er sagen, aber da waren sie schon vor ihrer Wohnung.

»Champagner ist kalt gestellt«, sagte sie lächelnd, als sie die Haustür aufschloss.

Er blickte sie von der Seite an. Ja, sie sah gut aus. Sehr gut sogar. Er starrte auf die Spitzen ihrer Brüste, die sich unter dem Hemd abzeichneten. Aber er fürchtete sich vor der Berührung, suchte nach Gründen für diese Furcht, fand ihr gepflegtes Make-up. Ich hasse solches Make-up. Dies Gepuder, dachte er, doch im kalten Licht des Fahrstuhls bemerkte er plötzlich den weißen Schimmer, einen niedrig über der Haut schwebenden Schleier von etwas getrübter Milchfarbe, und dann einen warmen Schatten im Rot ihres geöffneten, sprechenden, lachenden Mundes, und dieser Schleier und dieser Schatten stimmten ihn versöhnlich. Für einen Moment spürte er die Zärtlichkeit, auf die er gewartet hatte, sodass nicht sie ihn küsste, sondern zwei Lippenpaare sich trafen in diesem nach oben gleitenden Aufzugskuss.

Das Bett stand vor der geöffneten Balkontür, durch die Licht von Bogenlampen hereinfiel, Fetzen des abflauenden Windes. Aus großer Entfernung konnte man noch das Gewitter hören oder doch ahnen.

Sie verschwand im Bad, ließ die Tür offen stehen und rief durch das Rauschen der Dusche, der Champagner stünde im Eisschrank und die Gläser auf dem Tisch, und er solle doch schon mal anfangen. Gierig, ohne durstig zu sein, stürzte er ein Glas in einem Zug hinunter. Was tat er hier? Gier ohne Durst. Affären ohne Liebe. Lebte er so dahin? Jedenfalls arbeitete er auch so – indem er Bilder schuf, die mit ihm nichts zu tun hatten.

Sie kam aus der Badezimmertür, schaltete das Licht aus. Er sah ihren Körper auf sich zukommen. Weiße Streifen, vielleicht Licht von der Jalousie, vielleicht Bikinispuren, um Hüften und Brüste. Der Körper, nach dem er sich undeutlich gesehnt hatte, bot sich ihm an, aber er war unfähig zuzugreifen. Sie legte sich mit dem Bauch aufs Bett. In der Rille ihres Rückgrats sammelten sich Wassertropfen, ein schwaches Rinnsal, das im undeutlichen Licht kupplerisch reflektierte. Etwas erregte ihn, doch als er sich neben sie legte und die Tropfen aus dem Blick verlor, ließ die Erregung sofort wieder nach, sodass er sich erleichtert fühlte, als sie Spaß daran fand, ihn auszuziehen.

Nichts tun, sich treiben lassen. Was geschieht, geschieht. Alles kommt auf mich zu. Weglaufen aus diesem Leben, eine kleine Hütte an einem fernen, exotischen Strand. Ins Licht sehen und malen, was das Licht einem zuträgt.

»Mein müder Held«, flüsterte sie einmal, und damit kam in ihm automatisch das Leistungsbewusstsein hoch, das ihn so erfolgreich durch Beruf und Privatleben führte. Er fühlte sich verpflichtet, das zu geben, was von ihm erwünscht, erwartet wurde. Auch dies war ein Tausch, der ihm nun zu gefallen begann, und sie schien hochzufrieden mit seinem entschlossenen Sinneswandel, und er dachte, dass sie auch allen Grund haben müsse, mit ihm zufrieden zu sein, denn er strengte sich wirklich an, verausgabte sich, dachte an nichts als diese Leistung oder doch wenigstens fast nur daran, wobei sein Kopf leichter wurde und es ihn nicht einmal mehr störte, dass sie »gut« sagte oder auch »Ja so« und am Ende gar »ach du«, und ihm den Schweiß vom Gesicht wischte.

Er sah sie gern liegen auf der Kühle der Laken, von denen der Körper sich kontrastreich abhob, ruhiger wurde in den verebbenden Atemzügen. Als Maler, dachte er, als Künstler, hätte man hier ein Motiv. Aber durch diesen Gedanken fuhr der *Blitz-Weiß*-Schriftzug wie ein erhobener Zeigefinger.

Schließlich, sie schlief schon tief, fühlte sich auch Jessen ins Schwarze gezogen, als das Geräusch eines vorbeifahrenden Wagens ihn wieder hochschrecken ließ. Nun war er wacher als zuvor. Scheinwerferglanz an der Zimmerdecke strich weißlich, schleierhaft, mechanisch stockend über Wände, brach in den Kanten. Von den Bogenlampen auf der Straße fiel Licht in den Raum, aber dies Licht und die dazugehörenden Schatten waren ungeordnet, verdorben, überdeckten einander und waren als Farben kaum zu identifizieren. Jessen begann darüber nachzugrübeln, warum man längere Zeit braucht, um eine Farbe überhaupt zu erkennen, dann jedoch, hat das Verständnis seine entscheidende Richtung genommen, immer rascher von der Farbe sich überzeugen lässt. Wie aber, dachte er und fragte sich zugleich, warum er das dachte, bei Schwarz, Weiß oder Grau, diesen Unfarben, diesen Schatten, diesen Helligkeitswerten, Dunkelheitswerten, diesen – was wusste er denn, und was ging es ihn eigentlich an?

Vielleicht war es auch eine ganze Reihe von Fahrzeugen gewesen. Der Glanz wurde in einer weit geschwungenen Linie vom Kopfende des Bettes begrenzt, drückte dabei das Bett tiefer zu Boden, verbreiterte es, als ob nicht nur Michael Jessen und Katharina Bechler darin Platz finden mussten, sondern die ganze Reihe von

Figuren und Gestalten, die er über Bett- und Zimmerdecke wandern sah, über die Wände, Figuren, die aus Kondensstreifen fielen, Menschen, die er nicht kannte, nie gesehen hatte, oder vielleicht doch schon einmal, gekleidet in vergangene Moden, gewesene Gesichter, Gestalten, die sich an den Händen gefasst hielten und schleppenden Schritts wie in einer Prozession durch die Kette der Generationen gingen. Der Glanz hob die Zimmerdecke über dem Bett, die Decke wurde durchsichtig wie die Schaufensterscheibe des Trödelladens in jener Parallelstraße, viele, zu viele Reflexionen und Irritationen des Lichts, und diese Gestalten huschten durch das Glas in die Auslagen hinein und verschwanden eine nach der anderen in dem Bild, als ob sie darin zu Hause wären. Endlich versank ihm alles zu einer grauen Gleichgültigkeit, und er schlief traumlos in den Morgen, fühlte die kurze Abkühlung, sah weiße Schlieren in eine blaue Masse rinnen.

Als er erwachte, war es warm im Raum. Um seine geschlossenen Augen schwamm ein Schimmer, rötlich, ausgelaugt, energiearm, der sich jedoch schnell mit einem Ausdruck von angenehm luftigem Schweben mischte und zu einem rosa Duft verwandelt schien, etwas zu süßlich. Die Augen aufschlagend, die Sonne stand schon im Zimmer, sah er den Duft. Er entströmte dem blassrosa Kärtchen, das neben ihm im Bett lag. Kathies Handschrift war kindlich, unzusammenhängend, fiel an den Zeilenenden ab:

Guten Morgen! Es war schön mit Dir. Musste früh raus wegen des Herrenmode-Briefings. Ihr Freien habt's gut. Bitte, denk an das Layout. Und ruf mich an. Ich mag Dich.
Kuss, Kathie

Jessen duschte, verließ die Wohnung, um in einem Café an der Alster zu frühstücken. Das Gewitter hatte kaum Spuren hinterlassen. Vielleicht, dass die Stadt, die um den See in ihrem Zentrum schon glänzend genug war, an diesem Tag noch eine Nuance blanker schien. Staub und Dunst der letzten Wochen waren abgeregnet worden, und es würde eine ganze Zeit dauern, bis der alte, stickige Zustand wiederhergestellt sein würde. Segelboote zogen weißleinene Dreiecke gezirkelt auf das Blau des Wassers, das von so unbewegter Glätte war, dass seine Säume sich an den Pfählen des Landungsstegs, auf dem das Café stand, kaum kräuselten. Hoch flogen Schwalben. Er blickte ihnen nach, entschlossen, endlich den Auftrag zu erledigen. Wieder waren Flugzeuge am Himmel, Flieger über der Stadt. Und wieder Kondensstreifen. Plötzlich kam alles zurück, was am Tag zuvor und während dieser Nacht durch seine Augen gegangen war, in seinem Gedächtnis festsaß.

Verärgert über dies unproduktive Nachhängen, das manchmal kam, ohne dass er es verhindern konnte, das er aber nicht liebte, wenn er unter Termindruck stand, schlug er dem Frühstücksei den Kopf ab. Das Dotter troff auf das weiße Blech der Tischplatte, zerlief in Kratzern des Metalls. Was war mit ihm los? Was tat ihm das Wetter? Was war da gewesen, gestern im Gewitter, im

Eingang dieses Trödelladens? Was war das für ein Bild? Es war etwas mit dem Bild. Oder an dem Bild. Oder in dem Bild. Oder zwischen ihm und dem Bild. Oder war er nur überarbeitet? Unausgeschlafen? Oder wollte er sich ablenken lassen von dem Job, der auf ihn wartete? Oder von der Frau, der er diesen Job verdankte und die auf seinen Anruf wartete? Hatte er sich nicht schon hinreichend bedankt heute Nacht?

»Bitte«, krächzte eine stimmbrüchige Stimme, und ein Junge, der ein Star-Wars-T-Shirt trug, legte Jessen ein Flugblatt in die Eigelblache. Grellrot, schwarze Lettern im Billigsatz:

Große Motor-Kunstflug-Show.

Kommen! Sehen! Staunen!

Er drehte das Blatt hastig um, rief nach dem Ober, bestellte ein Glas Sekt, um sich in Form zu bringen.

»Und räumen Sie bitte schon ab. Ich fühle mich belästigt.«

Er machte eine Handbewegung über die gesamte Alster hin, bezog die Türme der Stadt, die Hochhäuser mit ein, den ganzen Himmel. Der Ober zog die Brauen hoch, wischte die Tischplatte sauber, brachte den Sekt. Jessen zahlte, trank, holte seinen Wagen vor Kathies Wohnung ab und fuhr nach Hause.

In seiner Post lag die Einladung zu einer Ausstellungseröffnung am gleichen Abend. Benjamin Waldhoff, Jessens Freund und Studienkollege von der Kunsthochschule, stellte aus. Kunst, Jessen schüttelte den Kopf. Waldhoff, der Spinner. Na ja, man wird sehen.

Er begann zu arbeiten, nachdem er die Rollos heruntergelassen hatte und der Raum in ein gleichmäßig gedämpftes Licht gefallen war. Zügig grundierte er die Fläche mit seinen *Magic-Marker*-Filzern dunkelblau, ein strahlender Himmel wie der über Hamburg, die Stifte quietschten leise, wenn sie sich am Papier rieben und weiße Schäfchenwolken in diesen ewig blauen Himmel schrieben. Er verschob den Blindschriftzug der Headline von hier nach dort, sah mit schräg gelegtem Kopf, einige Schritte vom Tisch zurücktretend, darauf, hantierte mit dem Firmenlogo, riss mit gelben Filzern blitzartige Strukturen hinein.

Eigentlich, dachte er, ist es ja ein Waschmittel. Und keine Kampagne für die Elektrizitätswerke. Er lachte in sich hinein. Ginge aber doch. Dynamisch irgendwie. Man müsste nur den Slogan ändern. Ein Weiß, das Sie durchzucken wird. Zum Beispiel. Ha. Er schmunzelte. Bin ich der Texter? Textarbeit zahlt mir keiner. Oder wie, wenn ich ein Flugzeug hereinbrächte? Ein Flugzeug, das den Schriftzug strahlend weiß an den Himmel zeichnet? Kondensstreifen. Dramatisch würden die stehen auf diesem satten Navy-blue.

Er skribbelte flüchtig an Flugzeugumrissen, es gelang nicht mit Blau. Er griff zum roten Filzer – und plötzlich lag ein Doppeldecker vor ihm.

»Scheiße«, fluchte er leise. Dann schoss ihm das Bild durch den Kopf. »Verdammte Scheiße«, sagte er laut.

Seine Hand zitterte. Wütend warf er den Stift in eine Zimmerecke, zerknüllte die Papiere, stützte den Kopf in die Hände, starrte gegen das Zwielicht, das durch die Rollos brach.

Da war etwas. Es hatte sich in ihm eingenistet. Bohrte. Rumorte.

»Möchte doch wissen«, murmelte er vor sich hin. »Möchte doch wirklich wissen.«

Was er wissen wollte, wusste er aber nicht.

Er fuhr hin, fand einen Parkplatz direkt vor dem Laden. Als er ausstieg und die Wagentür zuschlug, sah er eine junge Frau in den kurzen Eingangsflur gehen, an den Türknopf fassen, ziehen, mit den Schultern zucken. Sie drehte sich ihm zu.

»Geschlossen?«, fragte er.

Sie lächelte ihn an, großäugig, strahlend blau, einige feine Falten belauerten schon die Lider, die sie wegen der Sonne leicht zusammenkniff. In den fast schwarzen Locken blitzte es hier und da grau.

»Ja«, sagte sie. »Mittagspause«, lächelte ihm nochmals zu und verschwand die Straße hinunter in der Hitze.

Überflüssigerweise, als glaubte er ihrer Erfahrung nicht, zog er ebenfalls am Türknopf, fluchte.

Das Bild stand immer noch auf dem Buffet, wirkte aber jetzt in der Helligkeit größer als gestern Abend. Mit verschränkten Armen stand Jessen steif vor der Scheibe. Gestern hatte er das Bild nur zur Kenntnis genommen, flüchtig gesehen. Jetzt sah er es an. Ganz unbeholfen waren die Flugzeuge gemalt, deren Piloten nicht erkennbar waren. Es hatte Ähnlichkeit mit naiver Malerei, doch war der Strich anders, verkrampft, aggressiv, manisch. Jessen fand keine Begriffe dafür. Ein verzweifelter Versuch, in einer eher unrealistischen Atmosphäre realistisch zu sein oder zu bleiben, hielt die Umrisse der Doppeldecker zusammen. Aber sie wirkten nicht geschlossen, schienen auseinanderfallen zu wollen. Zweifellos war es die Arbeit eines Dilettanten, eines Amateurs, möglicherweise unter dem Einfluss des magischen Realismus der Zwanzigerjahre. Sehr viel feiner schien dagegen der Hintergrund ausgeführt zu sein, ein eigentümlich farbloser, fast monochromer Himmel, der nicht genau zu erkennen war, dessen Struktur aus der Entfernung aber wie eine Landschaft wirkte oder wie ein heftig bewegtes Seestück.

Blickte er länger darauf, traten die Flugzeuge in den Hintergrund, ihre Farbe schien abgesaugt zu werden von dem leblosen Kolorit, auf dem sie standen. Die Lebendigkeit des Bildes nährte sich aus seinen wenigen, starken Farbeffekten, aus der unbeholfenen Besonderheit, ja Absonderlichkeit, mit der der unbekannte Maler die Bewegung der Flugzeuge darzustellen und in der Bewegung zugleich stillzustellen versucht hatte. Doch diese Lebendigkeit verströmte etwas Abgelebtes, zog vom Betrachter fort in Richtung des Weißen und Schwarzen, aus dem der Fond gemischt und komponiert war, verlor sich dort in unbestimmter Allgemeinheit, als söge das Grau alle Farbigkeit in Bedeutungslosigkeit hinein. Die undurchsichtige Geschlossenheit der aggressiven Rotflächen wurde nahezu transparent, fixierte Jessen den Hintergrund. Allerdings ließ sich dieser Hintergrund nicht fixieren, wie man sonst einen Gegenstand, eine Person, einen Punkt oder eine Farbe fixiert: Vielmehr wirkte er wie ein Magnet, demgegenüber Jessens

Augen Eisenspäne waren, die sich seiner Kraft zuordnen mussten.

In der gedankenlosen Betrachtung der ersten Sekunden hatte Jessen diesen Sog nicht bemerkt. Nun, als er ihn wahrnahm, weil er zu denken begann (oder begann er zu denken, indem er ihn wahrnahm?), als er blinzelte und sich die Augen rieb, war er wieder Herr seiner Sinne – aber er merkte nicht (wie er es eigentlich nie in der letzten Zeit merkte), dass diese Beherrschung der Sinne im Denken zu seiner schleichenden Entsinnlichung beitrug.

Vielleicht, dachte Jessen, muss die Lebendigkeit eines Kriegsbilds so gebrochen sein, selbst wenn es wie dies hier ganz offensichtlich den Krieg verherrlicht. Vielleicht muss diese zweifelhafte Verherrlichung so widersprüchlich ausfallen, so in ihr Gegenteil umkippen, ins Sterbende, Tote, wie ja auch das brennende Flugzeug aus dem Bild herauszufallen scheint ins Leere, ins Ungerahmte, ins Bilderlose.

In Jessens bildervernarrtem Kopf regte sich Furcht vor solcher Bilderlosigkeit. Denn wirklich war ihm nur, was als Bild erschien. Und begreifbar, beeinflussbar, veränderbar war ihm nur, was er selbst zum Bild machen konnte. Das Unbehagliche, die Irritation dieses Bilds im Schaufenster, das er nicht einmal in seiner ganzen Tiefe erkennen konnte, bestand eben darin, dass die bilderlose Leere nicht außerhalb des Rahmens war, sondern hinter dem Dargestellten zu warten schien.

Er spürte ein Ziehen im Nacken, wandte sich gewaltsam ab, blickte die Straße hinunter, die flimmernd vor sich hin döste. Kein Mensch. Kein Verkehr. Nicht einmal ein Hund im Schatten. Von weit her tönte die Hauptstraße, ein gleichmäßiges Rauschen.

Es war nichts. Er straffte sich. Und weil es nichts war, ging es ihn nichts an. Es war nicht einmal gut gemacht. Optische Täuschungen bestimmten Jessens Wahrnehmung. Das verdammte Wetter. Optische Zufälle. Und er fiel darauf herein. Er konnte es sich nicht leisten. Werbung war Kalkül, war das genaue Gegenteil von Zufällen. Er hatte optische Täuschungen herzustellen, auf die dann die Verbraucher hereinfielen, doch um diese Täuschungen produzieren zu können, durfte er sich ihnen nicht selbst unterwerfen. Er musste klar blicken. Der Zufall war nicht sein Geschäft. Der Zufall war sogar geschäftsschädigend. Der Glaube an den Zufall war die Flucht vor Arbeit, das Ausweichen in Träume von plötzlicher Intuition und nächtlichen Musenküssen. Geschenkt, der Zufall. Er schenkte ihn den Künstlern. Waldhoff hatte damals diese Träume geträumt, Benjamin Waldhoff, ein exzellenter Zeichner und, zumindest früher, während des Studiums, ein noch besserer Zecher. An ihm war ein Art-Director verloren gegangen. Die McLinn hätte ihn genommen mit Kusshand. Natürlich hätte er sich den Künstler abschminken müssen.

»Der Zufall«, erinnerte sich Jessen plötzlich, als er zurückfuhr, »der Zufall«, hatte er einmal zu vorgerückter Stunde am Tresen ihrer Stammkneipe Waldhoff zugelallt, »der Zufall, Mensch, das ist doch bloß die Blauäugigkeit in Person.«

»Unsinn«, hatte Waldhoff hilflos geantwortet, lange ins Glas geschaut, das vor ihm stand, dann jedoch nach mehreren Minuten des Schweigens, mit überraschend klarer Stimme den unklaren Satz gesagt: »Aber der Zufall hat blaue Augen.«

Benjamin Waldhoff
BLAUE AUGEN
Aquarelle

stand vorn auf dem Faltblatt, das innen die Preise auflistete, die für die Aquarelle verlangt wurden. Jessen lächelte nachsichtig.

Die kleine Galerie, kurz hinter den Landungsbrücken, am Fischmarkt vorbei, direkt am Hafen, man blickte auf Masten, Schornsteine, Kräne, Speicher, war brechend voll. Außen roch es nach Elbe, innen nach schwarzem Tabak und Rotwein. Jessen kannte viele der Besucher. Was hier rauchend, redend, rotweintrinkend herumstand, durchweg einheitlich schwarz gekleidet, war jener Teil seiner Vergangenheit, für den er sich zwar nicht gerade schämte, der ihm aber peinlich war: seinen heutigen Kollegen und Auftraggebern gegenüber, weil freie Kunst in deren Augen nicht bloß brotlose, wenn auch schöne Spielerei war, sondern für einen erfolgshungrigen, durchsetzungsfähigen Werbegrafiker, der es vielleicht sogar einmal zum Art-Director bringen wollte, erfahrungsgemäß eher abträglich. Die Ästheten, die die Hochschule für Bildende Künste entließ, bekamen in den Agenturen nicht selten Probleme, da sie sich nicht damit abfinden konnten, nun nicht mehr ihre eigenen Ideen darzustellen, sondern die dem Markt nützlichen, die zündenden Verkaufsideen, weil sie nicht mehr ihre Träume und Fantasien zu zeichnen, sondern mit geschmeidiger, möglichst kritikloser Anpassungsfähigkeit die Traum-, Glanz- und Wunschwelten zu erfinden hatten, die Normalverbraucher hegen sollten. Und dann saßen sie häufig da und arbeiteten nicht mehr mit heißem, sondern höchstens noch mit halbem Herzen und träumten doch allesamt heimlich immer noch den Traum des freien Künstlertums.

Jessen war früh genug ausgestiegen aus diesem Studium, und doch kam es ihm manchmal so vor, als hafteten die acht Semester Malerei wie hartnäckige Farbflecken an seinen Fingern. Er übertünchte diese Flecken mit sauberer, schneller Arbeit.

»Spitzenmann«, hatte ihn einmal Peter Scharfenthal, Creative Director der McLinn, genannt. »Spitzenmann, trotz Akademie …«

Jessen hatte in sein Lachen eingestimmt, erleichtert, zugleich unfroh, gequält.

Den vielen Künstler-Darstellern und den wenigen wirklichen Künstlern gegenüber war ihm seine, mit ihnen gemeinsame Vergangenheit deshalb unangenehm, weil er sich wie ein Verräter vorkam: jemand, der sich hatte kaufen lassen von den Interessenverwaltern, die mit selbstbestimmter Gestaltung nichts gemein hatten, ihr sogar den Hals zudrückten, indem sie den Geschmack bestimmten und damit die Absatzchancen für nicht dekorative, neue, ungewöhnliche Kunst schrumpfen ließen.

Obwohl er von allen Seiten freundlich gegrüßt wurde, zurückgrüßte, Hände schüttelte, Schultern klopfte,

Küsschen bekam und austeilte, fühlte er sich fremd, deplatziert, einsam. Die Bilder, die er sehen, vielleicht sogar kaufen wollte, hingen dicht, schlecht ausgeleuchtet und waren überdies schon deshalb kaum zu betrachten, weil die drei engen Räume der Galerie vollgestopft waren wie ein U-Bahn-Waggon am Morgen.

Manchmal sah Jessen Waldhoffs Halbglatze zwischen Köpfen, sah seine randlose Brille aufblitzen, sah seinen mageren Hals mit dem riesigen Adamsapfel stengelhaft aus dem dunkelblauen Arbeitsoverall ragen, den er trug, seitdem Jessen ihn kannte. Er war sicher, dass auch Waldhoff ihn bemerkt hatte.

Mechanisch, abwesend, aber höflich, beteiligte sich Jessen am schwirrenden Small Talk, der sich um alles außer die ausgestellten Bilder drehte, wurde mehrmals um Zigaretten angeschnorrt, trank hastig einige Gläser des Weins, dessen übertriebene Tockenheit ihm sauer aufstieß, dachte einmal daran, dass Kathie wahrscheinlich versuchen würde, ihn anzurufen, war deshalb für einen Moment froh, hier und unerreichbar zu sein, dachte flüchtig an sein unerledigtes Layout, sagte zerstreut »tschüß«, und »hallo«, und »du auch hier?«, und »lange nicht gesehen«.

Plötzlich trompetete die Sirene eines von der Elbe in den Hafen eingeschleppten Tankers so gewaltig durch die Galerie, dass man sein eigenes Wort nicht mehr verstand. Die Gewalt dieses dumpfen Tons riss für Sekunden alle Aufmerksamkeit an sich. So muss das gewesen sein bei Fliegeralarm, dachte Jessen, dies Erstarren, und als er sich, der Ton war schon verklungen, fragte, warum er auf solche abwegigen Assoziationen verfiel, stand das Bild in Wuttkes Schaufenster vor seinen Augen. Er zuckte zusammen bei dem Gedanken und beschloss, nach Hause zu fahren, um seine überreizte Erinnerung in Arbeit zu disziplinieren, um die Erinnerung, die ihn von der Arbeit abhalten wollte, mit ebendieser Arbeit zu besiegen.

Die Galerie hatte sich inzwischen fast geleert. Ein paar Unentwegte hockten oder standen noch plaudernd herum. Waldhoff selbst war nicht mehr zu sehen, und Jessen schlüpfte unbemerkt ins Freie, ging die Treppe zum Parkplatz hinunter. Auf dem Kühler seines Wagens saß, mit gekreuzten Beinen, Benjamin Waldhoff und grinste Jessen breit entgegen.

»Schön, dass du gekommen bist«, sagte er herzlich. »Eigentlich hab ich mit dir gar nicht gerechnet.«

»Klar doch«, murmelte Jessen. »War doch selbstverständlich.«

»Und?«, fragte Waldhoff unvermittelt, direkt. »Wie gefallen dir meine Arbeiten?«

»Gut, sehr gut.«

»Du hast sie dir ja gar nicht angesehen.«

»Hab ich doch. War nur etwas voll dadrinnen. Und dann das Licht, katastrophal.«

»Brauchst dich nicht zu entschuldigen. Willst du die Bilder jetzt noch mal sehen?«

»Sicher.«

»Also gut«, sagte Waldhoff. »Hast du mal ’ne Zigarette? Danke.«

Jessen fingerte sich selbst eine aus der Packung. Der

Schein des Feuerzeugs schmolz ihre beiden Gesichter für einen Augenblick zusammen. Sie rauchten. Schwiegen. Die letzten Besucher stolperten die Treppe hinunter, wankten lachend an ihnen vorbei.

»Klasse Ben«, lallte jemand im Vorübergehen. »Das ist der Durchbruch. *Blaue Augen!* Allein schon der Titel! Irre, Mensch, klasse, echt …«

Sie schwiegen.

»Zufall?« Jessen hob plötzlich die Stimme in die Stille.

»Du kannst dich erinnern?«

Jessen nickte. Waldhoff glitt vom Wagen herunter.

»Schönes Gerät. Nicht übel.« Er klopfte auf das Blech, wie man einem Pferd gegen den Hals klopft.

»Lass das jetzt«, sagte Jessen und trat ärgerlich seine Zigarette aus.

»O.k., o.k.!« Waldhoffs Stimme klang beschwichtigend. »Du willst die Bilder also wirklich sehen? Ansehen, mein ich, betrachten? Dann zeig ich sie dir jetzt.«

»Jetzt? So spät? Und das Licht?«

»Keine Ausreden. Da oben gibt's auch Deckenlicht.«

Jessen fühlte sich gestellt, verhaftet und abgeführt, als sie die Stufen wieder hinaufstiegen und die Galerie betraten, in der einzelne Punktstrahler Licht an die Wände warfen, von wo es reflektierte und diffus die Räume ausleuchtete. Waldhoff schaltete die Deckenbeleuchtung ein. Neon flutete über das Chaos aus überquellenden Aschenbechern, leeren und halb vollen Weinflaschen und Gläsern. Jessen kniff geblendet die Augen zusammen, fand sich zwinkernd zurecht.

»So«, sagte Waldhoff und stieß ihm den Finger wie

eine Pistole in den Rücken. »Jetzt hast du deine Chance, Mann.«

Er sagte das, als ob sie beide die Hauptrollen in einem Film der Schwarzen Serie spielten. Jessen lachte.

Waldhoff sagte: »Jetzt kannst du sehen.«

Ja, jetzt konnte er sehen. Im Getümmel der Eröffnung hatte er geglaubt, trotz der schlechten Sicht schon alles gesehen zu haben: Aquarelle, ausschließlich aus den unterschiedlichsten Blautönen komponiert, in verschiedenen Formaten, das kleinste wie ein Briefumschlag, das größte an die einmal ein Meter. Hügelige Landschaften, Strand- und Seestücke, Wolken, Wälder, Ebenen, hin und wieder hell dazwischen Häuser, alles aber menschenleer, lichtdurchflutet. Jessen war enttäuscht. Sicher, das alles war handwerklich sauber, aber langweilig, epigonal, ohne jede Überraschung, ohne Irritation. Was war aus Waldhoffs exaktem, oft provokantem Strich geworden? Passte er sich schon dem Publikumsgeschmack an? Im Übrigen war er ein Zeichner, kein Maler und schon gar kein Aquarellist.

»Italien?«, fragte Jessen schließlich, um überhaupt etwas zu sagen.

»Ligurien, ja. Ich hab da ein Zimmer gemietet, bei Sebastian. Müsstest du noch kennen von früher.« Jessen nickte. »Schön, doch doch. Durchaus, aber es reißt mich nicht vom Hocker.«

»Du stehst zu dicht davor«, unterbrach ihn Waldhoff und zog ihn etwa zwei Meter von der Landschaft zurück, vor der sie standen.

»Bisschen weit für das Format, was?«, sagte Jessen und legte den Kopf schief.

Dann sah er es plötzlich. Wie in einem Vexierbild lag über der gesamten Fläche des Bildes, nur aus diesem Abstand erkennbar, rein aus Farbabstufungen konturiert, in den Konturen jedoch verlaufend, ein menschliches Auge, in dessen Pupille alle Schattierungen des Blaus zusammenflossen. Stand man direkt vor dem Aquarell, erschien die Stelle als die Krone eines Baums, der den Mittelpunkt der Landschaft bildete.

»Ich sehe«, sagte Jessen verblüfft, machte die Runde durch alle Räume noch einmal, murmelte ab und zu »Ja, ich sehe«, stellte fest, dass sämtlichen Aquarellen Augen eingezeichnet waren, große einzelne über die volle Bildfläche, kleine Paare, die zwischen Bäumen hervorsahen als Felsen oder aus Wolken wuchsen, manchmal nur Pupillen, die als Sonne über den Dingen hingen. Aber immer flossen die Farben diesen Augen zu, oder sie flossen aus ihnen heraus, verdichteten sich in ihnen, strahlten aus ihnen zurück.

»Großartig«, entfuhr es Jessen, als er wieder vor Waldhoff stand. »Ben, das ist ja …«

»Lass mal, lass mal«, winkte Waldhoff ab. »Das sind Kindereien. Spielereien mit Farbe und Konturen. Vor allem mit Farbe. Mit Blau. Das sind unterhaltsame Bilder mit einer Idee in der zweiten Schicht. Ich nehm das nicht sehr ernst. Das ist für mich eine Phase zwischen wichtigeren Sachen, so«, er lachte, »einfach ins Blaue. Du weißt ja, ich hatte immer Probleme mit der Farbe, interessierte mich mehr für Konturen, für Formen. Zeichnete eben. Aber wenn ich als Künstler erwachsen werden will, muss ich durch die Kindlichkeiten der Farbe hindurchgehen.

Was hier hängt, das könnten Illustrationen sein für Kinderbücher.«

Jessen wollte ihn unterbrechen, aber Waldhoff hatte seinen Faden gefunden. Er sprach nicht gern über seine Arbeit. Wenn er aber darüber ins Sprechen kam, stellten sich Gedanken ein, die ihm vorher unbekannt waren. Er verfertigte seine Ideen, indem er sie aussprach, fand Formulierungen für Zusammenhänge, die er sonst für unformulierbar erklärte.

»Diese Bilder«, sagte er hastig, als müsse er diesen Formulierungen nachlaufen, »sind Ergebnisse der Fantasie, nicht, noch nicht der Gestaltungskraft, auf die ich zuarbeite. Wenn man Farben sieht, erkennt man ziemlich genau den Unterschied zwischen Fantasieanschauung und wirklich schöpferischer Einbildung. Alle Formen nämlich, alle Umrisse, die ich wahrnehme, entsprechen mir selbst, indem ich sie hervorbringen kann. Wenn ich tanze, bildet mein Körper Formen nach. Wenn ich zeichne, bildet meine Hand Umrisse nach und eignet sie sich zugleich an. Dies Nachahmungsvermögen hat aber an der Welt der Farbe seine Grenze. Unsere Körper können die Farben nicht erzeugen. Unsere Körper entsprechen den Farben nicht schöpferisch, nicht gestaltend, sondern aufnehmend, empfangend. Und wo? Wo ist diese Empfangsstation?«

Er machte eine Pause und sah Jessen an. Der zuckte mit den Schultern. Was redete Waldhoff daher?

»Ich weiß nicht, Ben.«

»Im farbig schimmernden Auge, mein Lieber. Im Auge. Und das Sehen ist gewissermaßen die, wie soll ich sagen?, die Wasserscheide der Sinne, weil es Form und Farbe zugleich auffasst. Deshalb gehören dem Sehen nicht nur die aktiven Fähigkeiten an, Formensehen und Bewegung, Gehör und Stimme, sondern auch die passiven wie eben das Farbensehen, was eine Sinneswahrnehmung ist wie das Riechen und Schmecken. Kurz und gut: Reine Farbe ist ein Medium der Fantasie, die Wolkenheimat verspielter Kinder, nicht das strenge Medium eines bewusst arbeitenden Künstlers. Der hat beide Medien zusammenzubringen. Aber um das zu tun, muss er sich natürlich erst mal in der Farbe ausgetobt haben, muss sie kennen, um ihre Wirkungen kalkulieren zu können. Man muss wissen, um gestalten zu können. Und umgekehrt muss man, um die Wirkung des Gestalteten zu verstehen, ebenfalls wissen. Wenn ich hier aquarelliert habe, dann deshalb, weil ich mir die Farbe aneignen wollte, und zwar die durchsichtige, die …«

Er brach ab, ging zu einem Tisch und kramte dort in Papieren.

»Warte, Momentchen. Ich hab's mir aufgeschrieben. Hier.« Jetzt las er tatsächlich vom Blatt ab.

»Die durchsichtigen Farben sind in ihrer Erleuchtung wie in ihrer Dunkelheit grenzenlos, wie Feuer und Wasser als ihre Höhe und ihre Tiefe angesehen werden können. Das Verhältnis des Lichts zur durchsichtigen Farbe ist, wenn man sich darein vertieft, unendlich reizend, und das Entzünden der Farben und das Verschwimmen ineinander und Wiederentstehen und Verschwinden ist wie das Odemholen in großen Pausen von Ewigkeit zu Ewigkeit, vom höchsten Licht bis in die einsame und ewige Stille in den allertiefsten Tönen. Die undurchsichtigen Farben stehen wie Blumen dagegen, die es nicht wagen, sich mit dem Himmel zu messen und doch mit der Schwachheit von der einen Seite, dem Weißen, und dem Bösen, dem Schwarzen, von der anderen zu tun zu haben.«

Waldhoff sah von seinem Zettel auf. Jessen blickte ihn kopfschüttelnd an.

»Was war denn das für ein Sermon?«, fragte er. »Die Theorie hast du doch gar nicht nötig.«

»Goethe«, sagte Waldhoff. »Ein schlauer Fuchs. Willst du noch mehr hören?«

»Nein, nein«, wehrte Jessen ab. »Das reicht.«

»Ist auch nicht so wichtig«, sagte Waldhoff und legte den Zettel beiseite. »Es hat mir nur gefallen, wie der Mann über etwas sprechen kann, was eigentlich nicht der Sprache angehört.«

Sie schwiegen eine Weile.

»Schmecken, sagtest du, ist eine passive Sinneswahrnehmung?«, fragte Jessen schließlich und zeigte auf eine fast volle Weinflasche. »Lass uns mal die Probe aufs Exempel machen.«

Sie setzten sich Schulter an Schulter auf den Fußboden, lehnten die Rücken an die Wand, streckten die Füße aus, reichten sich abwechselnd die Flasche zu, tranken, rauchten.

»Blau«, murmelte Jessen. »Warum ausgerechnet blau?«

»Die Stille ist der der Schönheit eigentümliche Zustand, wie die Ruhe dem ungestörten Meere«, sagte Waldhoff.

»Noch mal Goethe?«

»Nein, Schelling.«

»Kannst du das vielleicht auch etwas zeitgenössischer ausdrücken?«

»Klar. Welche Farbe kommt auf jeder Zuckerpackung vor?«

Jessen überlegte. »Blau, glaub ich.«

»Gut. Und warum?«

»Keine Ahnung.«

»Das solltest du als Werbeheini aber wissen. Weil die blaue Geschmacksempfindung Süße ist.«

»Hm«, machte Jessen. »Blau kommt aber auch auf Salzpackungen vor. Und Rot müsste demnach sauer sein. Könnte stimmen, wenn man diesen Wein auf der Zunge hat.«

Er reichte die Flasche an Waldhoff.

»Blau«, sagte der, trank einen Schluck und gab die Flasche zurück, »blau ist die Voraussetzung für jede Einfühlung, für jedes ästhetische Erleben, sogar für jedes Nachdenken. Dunkelblau ist, physiologisch gesprochen, die Farbe erregungsfreier Ruhe. Psychologisch die der Befriedigung, der Zufriedenheit, des Friedens. Die sinnliche Empfindung des Blaus ist Zärtlichkeit. Ihr Organ ist die Haut. Wir Deutsche als alte und notorische Romantiker haben für die Grundstimmung des Blaus ein Wort, das kaum übersetzbar ist: Gemüt. Blau ist die Erfüllung des Ideals der Einheit. Es ist die Zeitlosigkeit und damit übrigens auch die Tradition. Wo das Blau fehlt, wirkt alles bedrohlich. Die Ökologisten sagen mit Recht, dass das Grün aus unserer Umwelt verschwindet. Und damit das Leben. Man sollte aber auch auf das Verschwinden des Blaus achten, auf den Himmel sehen, auf die Meere, in die Ferne, in die Geschichte.«

»Und warum hat der Zufall blaue Augen?«

»Weil in der Kunst alles darauf ankommt, dasjenige festzuhalten, was dem Auge zufällt. Was das Licht dem Auge zufallen lässt. Nur darf das dann auf den Betrachter nicht zufällig wirken. Der Zufall muss verstanden worden sein, verarbeitet. Er muss gestaltet werden. Der Zufall ist das einzige Gesetz. Der Zufall ist die eigentliche Notwendigkeit. In der Malerei sowieso. In der Literatur – na, da kenn ich mich nicht so aus. Aber in der Geschichte wohl auch. Gestalten heißt: das Zufallende festhalten. Nicht vergewaltigen, sondern bannen. Aber flüssig lassen.«

»Flüssig lassen ist immer gut«, sagte Jessen und gab Waldhoff die Flasche. »Ist ja fast wie früher, Ben.«

Sie lachten. Jessen fühlte sich wohl, geborgen, auch wenn er Waldhoffs gedanklichen Höhenflügen nicht recht folgen mochte. Die Verspannungen der letzten Tage lösten sich zwischen dem kühlen Blau der Aquarelle.

»Wie früher, ja«, sagte Waldhoff leise. »Oder wie immer. Oder auch wie später.«

»Konkreter«, sagte Jessen. »Etwas konkreter bitte!«

»Die Frage ist doch«, sagte Waldhoff und schloss die Augen, »zumindest ist es meine Frage: Schaffen Bilder Ideen? Oder schaffen Ideen Bilder? Hat jemand, der ein Bild malt oder einen Roman schreibt, wenn er beginnt, eine Vorstellung vom fertigen Werk, an die er dann während der Arbeit das entstehende Bild so lange anpasst, so lange daran herumfeilt, bis es mit dieser Vorstellung, Vor-Stellung, mit dieser Idee identisch ist? Oder weiß man nur, dass man etwas darstellen will, ohne zu wissen, was? Manchmal kommt es mir nämlich so vor, als käme aus der weißen Leinwand, aus dem Papier, eine – ja, eine Art Funke, der heller und heller wird, dessen Konturen und Farben ich nur nachzeichnen muss, während er wächst, bis er schließlich das fertige Bild erleuchtet beziehungsweise vorgeleuchtet hat. Kommt also die Kunst aus dem Nichts beziehungsweise aus dem Alles, was ja Jacke wie Hose ist? Ist sie wirklich ein Neuschaffen? Oder ist sie ein Nachschaffen, Abbilden, Nachbilden von Bildern, die längst da sind? Immer da sind? Ohne dass man sie sieht?«

»Du hast Probleme«, meinte Jessen, nahm einen tiefen Schluck und wusste, dass es auch seine Probleme waren, zu denen er sich aber nicht bekennen zu können glaubte, denn: »Wenn ich Scharfenthal so käme, wäre ich ab sofort arbeitslos.«

Waldhoff hörte ihm nicht zu. Abgehoben, der alte Ben, dachte Jessen, aber im Klang von Waldhoffs Stimme fand er etwas wieder, was zu ihm selbst gehörte.

»Wenn es also ein Nachschaffen ist«, redete Waldhoff weiter, »wäre das Gestalten im Grunde die Urform des Sehens, ein Schöpfen aus dem feststehenden, aber unendlichen Fundus optischer Möglichkeiten und Konstellationen. Alles wäre sozusagen immer schon da. Die Wahrheit wäre permanent anwesend. Es käme dann nur«, er lachte vor sich hin, »nur darauf an, sie darzustellen.

Und dazu braucht man Mittel. Das ist die Technik des Künstlers. Wenn aber alles schon immer da ist, dann ist auch die Zukunft bereits in der Gegenwart. Vielleicht erklärt das, warum die Kunst häufig der Wirklichkeit so weit voraus ist. Utopien. Divinatorik. *Chaque époque rêve la suivante. Die* Kunst ist immer der Traum von einer Sache. Aber manchmal ist sie der Albtraum von einer Sache. Wenn das Blau verschwindet, wird alles zum Albtraum.«

Jessen zuckte zusammen. Der Albtraum von einer Sache? Wieder stand das Fliegerbild vage vor ihm. Er versuchte sich zu erinnern, ob blaue Farbwerte darauf vorkamen. Waldhoff redete immer weiter, fast wie in Trance. Jessen fühlte sich mitgezogen, versetzt in Regionen, die er sonst nur noch im Traum besuchte.

»Wir bilden immer nach. In der Tradition sowieso. Wenn man malt, malt die ganze Kunstgeschichte mit, ob man's weiß oder nicht. Sonst würde man ja den Nordpol dauernd zum zweiten Mal entdecken. Wir ahmen also unsere Vorgänger nach. Aber irgendwann kommt dann der Punkt, wo alles einsetzt, wo Menschen zum ersten Mal die Natur in Bildern oder Zeichen nachgeahmt haben.«

»Und dann?«, fragte Jessen und kam sich vor wie ein Kind, das einen Erwachsenen mit seinen ›und dann und dann‹-Fragen löchert und zugleich um die Produktivität dieser Fragen weiß.

Waldhoff sah ihn an. »Das ist die Frage. Wen oder was ahmt die Natur nach?«

»Ich komm mir vor«, sagte Jessen, »wie bei den Pfadfindern. Nachts am Lagerfeuer, zu den Sternen hinaufstarren und staunen.«

»Eben. Genau. Ich glaube nämlich, das erste und letzte Vorbild aller Nach- und Abbilder ist der Sternenhimmel mit seinen Konstellationen. Das sind die Vorbilder jeder Gestalt. Es sind Ideen. Heutzutage verschwindet der Sternenhimmel, besonders in Großstädten, sogar in klaren Nächten, immer mehr aus dem Blick. Teils wegen der künstlichen Beleuchtung, teils wegen der Luftverschmutzung, die die Atmosphäre trübt. Unsere Blicke verlieren die Sterne. Und damit verlieren wir das Vorbild jeder Gestalt und die Möglichkeit, etwas zu gestalten. Das ist das eigentliche Ende der Kunst. Der blaue Himmel trübt sich grau, die Sterne dringen nicht mehr durch. Eine Kunst ohne Sterne? Dann lieber Sterne ohne Kunst.«

»Was du dir so für Gedanken machst.«

»Ich mache mir diese Gedanken nicht. Sie kommen zu mir. Zufall eben.«

»Oder gute Erziehung«, sagte Jessen.

Sie lachten, tranken.

»So«, sagte Waldhoff, »jetzt zeig ich dir noch was. Ein Bild, das ich vor einer Woche fertigbekommen habe. Es gehört nicht zur Ausstellung. Aber die Aquarelle sind in gewisser Weise Vorarbeiten dazu.«

Er ging in ein Hinterzimmer und kam mit einer fast zwei mal zwei Meter großen Leinwand zurück, die auf einen Holzrahmen gespannt war. Er lehnte sie Jessen gegenüber an die Wand. Dargestellt war, unendlich fein in Acryl gearbeitet, ein dunkelblauer Sternenhimmel. Als

Jessen mit seinen rotweinmüden Augen blinzelte, sah er für einige Augenblicke, dass die Sternenkonstellationen, die weiß aus dem Blau heraustraten, eine Kontur bildeten: den Umriss eines Augenpaars. Er wusste nicht, was er sagen sollte, wäre am liebsten in dem Bild versunken, glaubte, seine Augen verschwinden lassen zu können in denen des Bildes, hineinfließen oder -fliegen zu können oder gar zu müssen, doch dann wischte er sich übers Gesicht, als fühlte er sich bei etwas Verbotenem ertappt.

»Ich kaufe es«, rief er und hätte sich im gleichen Moment die Zunge abbeißen können.

»Das sieht dir ähnlich«, sagte Waldhoff. Er war aber nicht verärgert und brachte das Bild wieder in das Hinterzimmer.

»Gehn wir also«, sagte er.

Draußen sahen sie zum Himmel. Die Sterne waren da. Auf dem Bild waren sie klarer.

»Wie heißt dein neues Bild?«

»Reiner Zufall.«

Ans Erwachen erinnerte ihn etwas, aber die Erinnerung blieb im Gedächtnis stecken als flüchtige Vorstellung einer Farbe, die er, wie er sicher wusste, in der Wirklichkeit des Wachseins nie hervorbringen konnte. Er sah sich vom Bett aufstehen und auf das Fenster zutreten, dessen Kreuz dunkel gegen einen blassen Himmel kontrastierte, richtete sein Augenmerk auf das horizontale Holz, bog den Kopf leicht vor, blinzelte, sah aufwärts und entdeckte plötzlich einen gelbroten Saum, der ihn beunruhigte, wie er da auf dem Holz zu kleben schien, jedoch bald einen weiteren, gleichmäßig hellblauen Streifen aus sich abstieß, der seine aufkeimende Angst überdeckte. Der Horizont war ebenmäßig dunkelblau, der Himmel ein Laken aus grobem Segeltuch, das Zimmer glatt gedämmert, seine Augen gelassen, entspannt, das Fensterglas klar, doch wirkte es bei genauem Hinsehen als Filter, der ihn vom Horizont fernhielt. Er hauchte gegen die Scheibe, die beschlug, zeichnete mit dem Zeigefinger etwas in den kondensierten Atem, wischte dies Etwas hastig aus, bestürzt, als er sah, dass es ein Flugzeug war mit zwei Augen als Propeller. Erneut dem Erwachen nah, hauchte er ein zweites Mal gegen die gleiche Stelle, an der sich augenblicklich lebhaft durcheinanderschwebende Farben zeigten, die, indem der Hauch träge ablief, ihren Ort veränderten und zuletzt mit dem Hauch verschwanden. Das Spiel gefiel ihm. Er wiederholte es in immer kürzeren Abständen, wobei seltsamerweise die Farben länger bestehen blieben als vorher, klarer wurden, lebhafter, lebendiger, bis er außer Atem geriet und zu ersticken fürchtete. Während er nach Luft rang, wiederholte sich die Erscheinung ohne sein Zutun – wenn man denn das Blicken nicht als eigenes Zutun ansehen will. Alle Grundfarben und ihre Zusammensetzungen standen auf der Scheibe wie auf einem Spektralschaubild im Lehrbuch der Gestaltung, das er sich damals von Waldhoff ausgeliehen hatte, ohne es ihm je zurückzugeben. Das Spektrum auf der Scheibe wurde abgelöst durch ein Aufeinanderfolgen aller Farben, indem eine unsichtbare Hand einen Fächer langsam aufklappte. Er wusste, dass die Hand Waldhoff gehörte, und dachte: Der alte Fuchs, worauf der Fächer wie ertappt zusammenklappte und verschwand. Der Hauch zog sich im Ablaufen von allen Seiten gegen die Mitte des Fensters zusammen, die Farben lösten sich auf, und bloß ein feiner, durchsichtiger Fleck von Blau blieb. Er drang durch diesen durch das geschlossene Fenster, begann, der Bahn des Blaus folgend, zu schweben, die Arme ausgebreitet, die Beine zurückgebogen, eine Galionsfigur am Bug der Schiffe, die auf Entdeckungen fuhren vor hundert Jahren, vor zweihundert Jahren, vor dreihundert Jahren oder mehr. Sie segelten auf der anderen Seite der Weltkugel, im Stillen Ozean, der tiefblau und sterbensruhig unter ihm lag. Vereinzelt schwammen auf der Oberfläche helle Punkte, Inseln, die sich rasend vermehrten, dabei auseinanderstrebten, zugleich dichter aneinandergerückt wurden, und er erkannte, dass er nicht nach unten aufs Meer, sondern in den Azur des Sternenhimmels sah, dessen Sterneninseln er nach augenförmigen Mustern abzusuchen begann. Aber die Sterne flohen vor seinem starren Blick, fielen klimpernd ineinander, Geldstücke aus dem Schacht des Glücksspielautomaten in ihrer Stammkneipe. Ich kaufe! Ich kaufe! hörte er sich rufen. Das Rufen brachte eine treibende Bewegung in die Münzen. Sie blähten sich auf, er schwamm durch eine blasenwerfende Lauge, körperwarm, farblos. Auf den Oberflächen der Blasen, einige klein wie Bläschen im Bierschaum, andere kopfgroß, weit hinten sah er eine kontinentüberspannende Hochdruckblase, darüber schließlich Planeten, Galaxien, als Seifenblasen an einem Sommertag trieben sich überall farbige Züge und Schlieren herum, dem marmorierten

Papier auf den Einbanddecken alter Bücher ähnlich. Die Farben des Spektrums zogen unordentlich durcheinander, reine, gemischte, gesteigerte, alle deutlich, hell und schön. Bei den kleinen Blasen dauerte die Bewegung immer fort. Er steuerte auf eine größere zu, die nach und nach isoliert wurde, indem die anderen neben ihr zersprangen, weil er ahnte, dass das Treiben und Ziehen der Farbe in dieser einen auf etwas Besonderes zielte, etwas abbildete, während in den anderen nur sinnlos gespielt wurde. Auf dem höchsten Punkt dieser Blase sah er einen Kreis entstehen, in der Mitte gelb wie der Lack seines Wagens, und die übrigen Züge der Farben bewegten sich wurmförmig um diesen Kreis. Es dauerte nicht lange, bis der Kreis zögernd sank, sich dabei vergrößernd, doch behielt er seine gelbe Mitte. Nach außen und unten färbte er sich purpurn und wechselte schnell ins Blaue hinüber. Darunter wuchs rasch ein neuer Kreis im gleichen Farbenspiel, schließlich ein dritter. Die drei mischten sich, liefen erst grün an, um dann, von der Mitte her, alle Farbigkeit zu verlieren. Sie verblichen. Der Raum reiner Farbabwesenheit, der sich nun öffnete, erweiterte sich zu einer ungeheuren Kuppel, unter der ein Gewitter aufzog. Am horizontalen Ende dieser Kuppel bemerkte er eine panoramaartige Bühne, auf die er im schnellen Gelb seines Autos zufuhr. Näher kommend sah er in der Mitte der Bühne, von Punktscheinwerfern grell befingert wie der Star eines Popkonzerts, das Bild mit den Fliegern aus Wuttkes Schaufenster. Als er so dicht heran war, dass er bereits die Flächen des Hintergrunds zu erkennen glaubte, entlud sich das Gewitter. Aus dem Zentrum des Bildes schlug ein Funke, der wie der Zeilenraster eines Fernsehgeräts über die Leinwand strich. Der Raum weitete sich blitzartig in alle Richtungen. Etwas explodierte lautlos um und in seinem Kopf. Die Blase platzte.

Er begann, etwas zu erinnern. Etwas träumte ihm, zu erwachen. Er schlug die Augen auf. Gewitterregen schlug gegen die Scheiben. Es war früh, vor Sonnenaufgang noch. Er ließ sich in einen flachen Schlaf zurückfallen, bis der Morgen seine Wohnung aufzuheizen begann.

Das Gewitter war längst abgezogen. Jessen öffnete weit beide Fensterflügel, angezogen vom warmen Glühen der Ziegel, das von der Häuserfront gegenüber herüberstrahlte. Mittags würden die Ziegel noch genauso rot aussehen, aber dann würden sich ihre komplizierten Beziehungen zu den anderen Farben verschoben haben, und ihre Wärme würde in der Grelligkeit, unter den schwarzen Schatten der Umgebung verloren gegangen sein.

Er gähnte in den bläulichen Ton hinein, den die sonnenlosen Flächen abgaben, und sah den Klang seines Gähnens wie ein Wölkchen Atem im Frost durch die Sommerluft ziehen. Die sonst schmutzig weiße Ladenfront des *Penny-Markts* wirkte ebenfalls blau, selbst die Fensterscheiben schimmerten blau angelaufen. Oft hatte er beobachtet, wie das Licht des frühen Morgens über die Straße wanderte, immer im gleichen Tempo, gemessen, aber unaufhaltsam, und manchmal erinnerte ihn die Wirkung an ein Gemälde Edward Hoppers, das eine ähnliche Ansicht einer Häuserflucht darstellte, nur dass hier, im Zentrum Hamburgs, die New Yorker Feuertreppen fehlten. Aber das Bild strahlte die gleiche Ruhe aus, ein Gefühl von Warten auf den Tag und von Warten auf etwas, was ausschließlich in diesem Anblick lag, unbestimmt blieb, nie kommen würde. Die Beunruhigung durch die nächtlichen Bilder fiel von Jessen ab. Die Sonne schmolz die Traumschichten wie Schnee von seiner Erinnerung. Nachdem er sich vergewissert hatte, dass seine Straße immer noch die alte Ruhe jenes Hopper-Bilds verströmte, fühlte er sich munter. Sein bildervernarrtes Hirn rückte die Relationen wieder zurecht. Er schüttelte den Kopf über das Getümmel, das sich nachts in diesen Tagen in diesem Kopf spreizte, reckte sich, legte wahllos eine Schallplatte auf, *Déjà Vu* von Crosby, Stills und Nash, duschte, frühstückte hastig, begann zu arbeiten.

Er bekam die Sache in den Griff, verbot sich alle freischweifenden Abweichungen, verbiss sich in die Aufgabenstellung des Briefings, das an der Pinnwand über seinem Zeichentisch aufgespießt hing. Er kannte es auswendig, sah jedoch hin und wieder darauf. Die sachliche Ausstrahlung des maschinenschriftlichen Papiers disziplinierte ihn. Scharfenthal würde strahlen wie das Weiß, das sein Kunde Deutschlands Hausfrauen versprach, wenn Jessen präsentieren würde, und Kathie würde stolz sein auf sich selbst und auf Jessen und darauf, dass es richtig war, sich mit ihm einzulassen: ein aufgehender Star der Werbebranche. Er blieb bei seinen vorgegebenen Motiven, behielt seine Fantasie unter Kontrolle, jeder Strich saß, jede Schraffur kam, wie sie kommen sollte, jede Farbabstufung stimmte exakt, die Schriftzüge der

Lines und Copies passten sich ein wie bestellt. Er dachte an nichts als an seine Leistung.

Das Telefon riss ihn aus der Konzentration. Nicht abnehmen, sagte etwas in ihm, aber da hatte er schon den Hörer in der Hand, und Kathie sprach am anderen Ende der Leitung.

Wo er gewesen sei gestern Abend? Sie habe mehrmals versucht, ihn zu erreichen. In einer Galerie? Ob er denn wenigstens gut geschlafen habe ohne sie? Sie kicherte in die Muschel. Und ob er gut vorankäme mit dem Layout? Er wisse doch, Deadline sei übermorgen.

»Wenn du so gut arbeitest wie wir hier«, sagte sie aufgedreht, »dann wird das absolute Spitze.«

»Woran sitzt ihr denn?«, fragte er mechanisch, ohne es wirklich wissen zu wollen.

»Herrenmode. Neue Saison. Mein Text steht. Super. Den Etat haben wir so gut wie in der Tasche. Willst du mal hören? Hör mal. Pass mal auf. Headline heißt: Was man in Schwarz und Weiß besitzt, wird man in diesen Tagen tragen. Schwarz und Weiß wird natürlich halbfett gelettert. Logisch. Und dann kommt die Copy. Folgendermaßen: Denn Schwarz und Weiß ist die Herrenmode in dieser Saison! Sakkos in schwarz-weißen Karos, Glenchecks, Hahnentritts und Melangen zu schwarzen oder weißen Hosen. Zum Beispiel mit weißem Hemd und schwarzer oder weißer Hose. Zum Beispiel mit weißem Hemd und schwarzer Strickkrawatte. Oder mit schwarzem Hemd und weißem Shawl. Bleiben Sie konsequent bei Schwarz und Weiß.«

Sie berauschte sich an ihrem eigenen Text, betonte ihn

genüsslich Silbe für Silbe. Bleiben Sie konsequent bei Schwarz und Weiß. Der Satz bohrte sich in Jessens Kopf, rotierte, aber da ging es schon weiter.

»Kommen Sie jetzt zu Leinen, Baumwolle und superleichter, superkühler, superfeiner cool wool.«

Er wollte sich sperren gegen Kathies Wortschwall, doch einige dieser Worte hatten ihn gepackt, und er versuchte, sie in den Zusammenhang zu bringen, in den sie seiner Ansicht nach gehörten, aber er fand den Zusammenhang nicht, und Kathie redete weiter.

»Das ist Aktualität, die Sie auf den ersten Blick erkennen.«

Aktualität? echote es in Jessen. Was ist das? Kann man auf den ersten Blick überhaupt etwas erkennen?

»Und die sich auch in der zweiten Jahreshälfte fortsetzen wird. Wir haben allerhand zu sagen. Und zu zeigen.«

Nichts haben wir, dachte er. Wir reden, ohne etwas zu sagen. Wir produzieren Bilder, die nichts zeigen.

»Unsere Abbildung«, senkte Kathie die Stimme, »das ist jetzt kleingedruckt, zweireihiges Sakko von *Guy Laroche* DM vierhundertachtundneunzig. Dazu Hosen in Schwarz und Weiß ab DM einhundertfünfundvierzig. Tja, Michael. So sieht's aus. Das ist es. Wie findest du das?«

»Ja«, stammelte er, »ja ja. Schwarz und Weiß also, was?«

»Genau. Also dann. Wir sehen uns heute Abend. Ich hol dich ab. Wir können vielleicht an die Elbe fahren, zum Essen. Tschüß du. Ich muss jetzt auflegen. Das Meeting beginnt.«

Jessen hielt immer noch den Hörer in der Hand, als

Kathie schon mehrere Minuten verstummt war. Der Dauerton schwoll an, die Sirene des Tankers gestern in der Galerie. Was man in Schwarz und Weiß besitzt, wird man in diesen Tagen tragen. Wo war der Zusammenhang? Was war mit diesen Farben? Waren es überhaupt Farben? In der Natur, überlegte er, zwang sich zu klarem Nachdenken, sind diese unbunten, neutralen Farben fast gar nicht vorhanden, weil sie durch direkte Lichtüberflutungen und durch die umgebenden mehr oder weniger bunt-intensiven Farben immer einen Schleier von Buntheit bekommen. Schwarz, Weiß und Grau verändern sich auch in Bildern durch simultane Kontrastwirkungen, wenn Buntfarben beteiligt sind. Zum Beispiel Rot wie die Flugzeuge auf dem Fliegerbild. Und selbst beim Mischen von Schwarz und Weiß können ja Farbstiche entstehen. Ein Grau aus Mischschwarz und Deckweiß sieht anders aus als ein ebenso helles Grau aus Eisenoxydschwarz und Titanweiß. Weiß und Schwarz sind immer fest, nie transparent. Wenn ich lasierend mit Schwarz oder Weiß arbeite, dann gibt es Grau oder auf buntfarbigem Grund Intensitätsveränderungen.

Was nützten ihm all diese erinnerten Informationen? Was zeigten sie? Warum kamen sie überhaupt zurück? Wenn er arbeitete, brauchte er diese Informationen nicht. Die Arbeit war ein Automatismus. Er nahm einen Filzer in die Hand, aber in seinem Kopf arbeitete es weiter. Schwarz, das war der Tod, die Trauer, Angst und Zwang. Im Schwarz vollendete sich die Richtung aller dunklen Farben bis zu einem endgültigen Schlusspunkt. Schwarz war die absolute Grenze, an der das Leben aufhörte, das

Grün und das Blau endeten. Schwarz war die Idee des Nichts. Schwarz war die dauernde Verneinung. Und dagegen dann die Makellosigkeit, die Freiheit des Weiß. Weiß war der Frieden, die Seele, die Einfachheit, Reinheit, Zeitlosigkeit. Weiß war eine Art Immer-wieder-neu-Beginnen, wenn die leeren Bögen vor einem lagen. Aber Weiß war auch die Leere, etwas völlig Abstraktes, Ungestaltetes. Weiß war die Möglichkeit an sich. Weiß vergrößerte, ließ alle Farben leichter erscheinen, während Schwarz verkleinerte, beschwerte. Und im Grau konnte beides vorkommen, Vergrößerung und Verkleinerung, je nach dem Helligkeitsgrad. Grau war die Melancholie, die Schwäche, die Langeweile. Grau war das Vergangene, das Alter, die Einsamkeit, die Armut. Aber im Grau war nicht nur das Weiß als Gegenkraft, im Grau waren alle Farben. In einem Farbkreis sind die Töne so angeordnet, dass sich die gegenüberliegenden Farben beim Mischen zu Unbunt auslöschen. Das Mischungsergebnis aller Komplementärfarben ist ein dunkles Grau. Das Grau ist ein Ton, in dem alles zusammenfällt.

Er hatte ein Grau vor seinem geistigen Auge, das alles dies enthielt und war und noch etwas anderes, etwas entscheidend anderes, aber der Farbton fand sich nicht ein in seiner Vorstellung, und was das andere, fehlende war, wusste er nicht. Er wusste, er hatte dies Grau schon einmal gesehen. Er kannte es nicht, beherrschte es nicht, aber es stak in ihm als ein gespeicherter Reiz.

Er fühlte sich verspannt und dachte daran, bald Urlaub zu machen, ging in die Küche, kochte starken Kaffee, goss Milch hinein, starrte in die Muster und Ornamente, die sich in der Tasse schlierig bildeten, um langsam zu einem einheitlichen gelbbraunen Farbton zu verschmelzen. Feine Bläschen perlten auf der rotierenden Oberfläche, als er mit dem Löffel umrührte. Sein Traum kam zurück, vage erst, dann klarer, als höbe sich Nebel oder ein Vorhang oder etwas wischte kondensierten Hauch von einem Fenster, damit er hindurchgehen konnte. Plötzlich trat das Bild gestochen scharf aus seiner Erinnerung heraus. Er glaubte es greifen zu können, wie er da mit geschlossenen Augen in seinem Kaffee rührte. Er wusste, er musste es haben. Es gehörte ja schon zu ihm. Warum fuhr er nicht einfach los, es zu kaufen? Gab es etwas Einfacheres, als Dinge zu kaufen?

Das Bild stand noch auf der Kommode im Fenster, was Jessen fast erleichtert registrierte, als er den Laden betrat. Die Oberkante der Tür schlug gegen eine glockenartige Spieluhr, die den Anfang von Beethovens Fünfter Symphonie erklingen ließ.

Er brauchte einige Sekunden, um sich an das leicht dämmrige Zwielicht im Laden zu gewöhnen. Alles war vollgestopft mit Plüsch und Plunder sämtlicher Epochen. Von der Decke hingen Modellflugzeuge, Waffen, ausgestopfte Tiere, Raubvögel, Krokodile. Die Wände waren übersät mit pompös gerahmten Bildern: Landschaften, Schlachten, Porträts, Alpenglühen, halb nackte Zigeunerinnen.

An einem gewaltigen, barock ausladenden Sekretär, auf dessen Aufsatz ein Ventilator die stickige Luft träge umherquirlte, saß auf einem thronartig hoch geflochtenen

Rattansessel ein korpulenter, kahlköpfiger Mann in einem Netzunterhemd und schlabbrigen Armee-Khaki- Shorts und sortierte vergilbte Ansichtskarten. Als der Mann ihm sein hochrotes Gesicht mit den kleinen, sehr wachen Augen zuwandte und ihn freundlich fragend ansah, schätzte Jessen sein Alter auf Mitte fünfzig. Jessen fühlte sich für einen Moment in gewisse Szenen aus amerikanischen Schwarz-Weiß-Filmen der Vierzigerjahre versetzt, in denen solch dicke Männer in rauchigen Hinterzimmern exotischer Bars hocken, sich von schwarzen oder gelben Boys Kühlung zufächeln lassen, während sie ihre zwielichtigen Geschäfte abwickeln und ein Papagei aus seinem Käfig die Szene misstrauisch beäugt.

»Was kann ich für Sie tun?«, ächzte der Dicke und wischte sich mit einem groß karierten Tuch den Schweiß von der Glatze. »Oder wollen Sie sich nur umsehen? Bitte, bitte. Hier finden Sie alles. Und wenn Sie wirklich nicht finden sollten, was Sie suchen, sagen Sie es mir. Ich besorge es. Charly Wuttke besorgt alles. Vom Nagel bis zum Panzer. Vom Porno«, er lachte fett auf, »bis zum Picasso, vom …«

»Ich interessiere mich für das Bild im Schaufenster«, sagte Jessen und deutete in die Auslage.

»Welches denn?«, fragte Wuttke, und Jessen hatte das Gefühl, als läge plötzlich in dem jovialen Klang der dicken Stimme etwas Lauerndes.

»Das mit den Doppeldeckern, dies Fliegerbild.«

Wuttke lehnte sich zurück und legte die Ansichtskarten, die er bislang noch in der Hand gehalten hatte, behutsam auf dem Tisch ab.

»So, so«, sagte er gedehnt. »Das *Bild* also.«

Seltsamerweise legte er die Betonung nicht auf *das*, sondern auf *Bild*, als habe er außer diesem einen kein einziges Bild zu verkaufen.

»Ja, genau«, sagte Jessen hastig, zwang sich aber zur Gelassenheit, um seine Kaufbereitschaft nicht allzu deutlich zu zeigen. »Was wollen Sie dafür haben?«

Wuttke sah Jessen einen Moment lang prüfend in die Augen, blickte dann beiläufig gegen die Decke des Ladens und sagte, statt einen Preis zu nennen: »Ja, ja, das Wetter.«

»Wie bitte?«

»Nichts«, winkte Wuttke ab. »Heiß heute. Haben Sie sich das Bild denn schon angesehen?«

»Natürlich«, sagte Jessen.

»Genau angesehen?«, hakte Wuttke nach.

»Was heißt genau?« Jessen zuckte mit den Schultern, heuchelte Gleichgültigkeit. »Was man eben so erkennen kann von draußen ...«

»Was man so erkennen kann von draußen«, fiel Wuttke ihm, seine Worte wie ein Echo wiederholend, ins Wort, murmelte tonlos: »Wenn man das könnte.«

»Wer hat es denn eigentlich gemalt?«, fragte Jessen. »Ein bekannter Name?«

Wuttke zuckte mit den Schultern. »Keine Ahnung. Signiert ist es mit *C. W. 1924.* Ich hab nie rausfinden können, wer dahintersteckte. Das heißt«, unterbrach er sich selbst, als habe er sich bei einem Fehler ertappt, »es hat mich auch nie interessiert. Überhaupt nicht. Es ist auch ein schlechtes Bild. Billige Amateurarbeit. Grauenhaft ...«

Er brach unvermittelt ab, als hinge er seinem letzten Wort versonnen nach. Jessen wunderte sich, dass Wuttke mit dieser Aussage den Wert des Bildes von sich aus drückte. Das war alles andere als geschäftstüchtig.

»Erinnert irgendwie an den magischen Realismus«, sagte Jessen nach einer kurzen Pause, um das Schweigen zu brechen, das ihm unheimlich war.

»Unsinn«, stöhnte Wuttke. »Das ist was anderes. Das ist was ganz anderes, junger Mann. Es ist …«, er schien nach Worten zu suchen, sagte dann fest: »Es ist gar nichts. Dreck. Aber wenn's Ihnen gefällt, bitte. Der Preis also. Ja, sagen wir: dreihundert Mark. Mit Rahmen. Weil Sie's sind.«

Jessen hatte bislang noch nicht darüber nachgedacht, wie viel er überhaupt bezahlen wollte, empfand jedoch die Forderung von dreihundert Mark als äußerst günstig, sagte trotzdem, um zu handeln und um sein Interesse, war es nicht schon Gier?, herunterzuspielen: »Für einhundertfünfzig Mark würd ich's nehmen.«

Wuttke sah ihn an. In seinen Augen lag ein Anflug von Resignation. Er schüttelte schwer den Kopf, sagte aber zu Jessens Überraschung nach kurzem Zögern: »Gut. Abgemacht.«

Er stand schwer atmend von seinem Sessel auf, der von der Last befreit ächzend aufatmete, ging zum Schaufenster und holte das Bild aus der Auslage.

»Aber in bar«, sagte er heftig, als wolle er seine Niederlage beim Feilschen kaschieren. »Keine Schecks bei Charly.«

Jessen staunte. Hatte Kathie nicht erzählt, mit Wuttke

könne man zwar handeln, aber dass er seine eigene, nicht einmal hohe Forderung sofort widerstandslos hatte halbieren lassen, sprach nicht gerade für die händlerische Gewitztheit des Mannes, der nun sichtlich nervös mit der Hand über die Ornamente des Rahmens strich. Er hatte das Bild so gegen den Sekretär gelehnt, dass man nur die Rückseite sah.

Vielleicht, überlegte Jessen, braucht er dringend Bargeld? Aber in Wuttkes Verhalten schwang etwas anderes mit, etwas, das Jessen beunruhigte, etwas, das er sich nicht erklären konnte. Klar war, dass Wuttke das Bild loswerden wollte. Und zwar so schnell und problemlos wie möglich. Warum? Ein Kunstraub? Hehlergut? Er lächelte bei dem Gedanken über sich selbst. Als heiße Ware war dieser dilettantische Schmarren natürlich viel zu wertlos.

Jessen nahm aus seiner Brieftasche drei Fünfzig-Mark-Scheine und legte sie auf die Ansichtskarten, die die gesamte Schreibfläche des Sekretärs bedeckten. Während er sah, wie Wuttke langsam nach den Scheinen griff, sie zusammenfaltete und in eins der zahlreichen Fächer des Sekretärs schob, überkam ihn das Gefühl, sich freigekauft zu haben. Aber er wusste nicht, wovon.

»Sonst noch Wünsche?«, fragte Wuttke barsch.

»Nein, nein. Vielen Dank also. Wiedersehen.« Jessen fasste das Bild mit einer Hand am oberen Rahmenrand und ging zur Tür. Hinter sich hörte er Wuttke murmeln: »Es ist doch das Wetter, verdammt.«

Jessen öffnete die Tür. Ins Aufklingen des Beethoven-Motivs rief Wuttke ihm nach: »Umtausch ausgeschlossen! Völlig ausgeschlossen!«

Jessen verstaute das Bild in seinem Kofferraum, wobei er darauf bedacht war, es nicht anzusehen. Als er losfahren wollte, sah er plötzlich die Frau, die er schon gestern Mittag vor dem verschlossenen Laden getroffen hatte, über die Straße kommen und auf Wuttkes Eingang zugehen. Er überlegte einen Moment, ob er sie ansprechen sollte, startete dann aber, wendete umständlich auf der schmalen Fahrbahn, gab Gas. Im Rückspiegel sah er, dass die Frau wieder aus dem Laden herauskam. Sie schien ihm nachzusehen, schien sogar eine Handbewegung zu machen, die Jessen galt, aber dann war er schon um die Ecke und verlor sie aus dem Spiegel.

Er ordnete sich ein in den Strom der Hauptstraße, deren gleichmäßiges Rauschen ihn aufnahm. Als der Fahrtwind durchs Fenster hereinströmte, merkte er, dass ihm Schweiß den Rücken hinablief. Seine Hände zitterten, während er die Gänge wechselte. Vorgestern hatte er es bemerkt, gestern hatte er es sich, wenn auch noch durchs Glas der Schaufensterscheibe gefiltert, angesehen. Es hatte begonnen, seine Arbeit zu beeinflussen, seine Träume zu beschweren. Nun hatte er es gekauft, und der Moment, in dem er die drei Scheine auf Wuttkes Tisch geblättert hatte, war ihm wie eine Erlösung vorgekommen, denn jetzt verfügte er über das Bild, besaß es, war dessen Herr, konnte es betrachten, wann immer er wollte, ohne Irritationen, ohne störende Spiegelungen, ohne Einflüsse von außen.

Zu Hause angekommen stellte er es, mit dem Rücken an die Wand gelehnt, auf den Arbeitstisch, mitten zwischen seine Materialien und Geräte. Der untere Rand des Rahmens stand quer über dem letzten Layout-Entwurf, zerschnitt ihn förmlich in zwei Teile. Jessen ließ sich erschöpft, doch zugleich erregt in seinen Drehstuhl fallen, verschränkte die Arme vor der Brust, schlug die Beine übereinander, als ob er etwas abzuwehren hatte, lehnte den Kopf leicht schief, wie es seine Gewohnheit beim skeptischen Betrachten oder ungläubigen Zuhören einer zweifelhaften Sache war, runzelte die Stirn und kniff leicht die Augen zusammen.

Er wartete auf eine Erfahrung, die ihm vor Bildern vertraut war, die er aber nicht willentlich herbeirufen konnte und schon gar nicht exakt zu benennen wusste; eine Erfahrung des genauen Schauens, wie er sie etwa gestern Abend angesichts der Arbeiten Waldhoffs gemacht hatte, angefeuert dort und erleichtert durch die vorgerückte Stunde und die hebenden Wirkungen des Weins: die Erfahrung, vor einem Bild stillzuhalten, es nicht aus eigener Kraft in sich hineinzuziehen, sondern sich in seinen eigenen Blicken gehen zu lassen, hinzugeben, keinen Widerstand zu leisten gegen die Fremdheit der sich bietenden Ansichten oder Aussichten, die zu Einsichten werden konnten, wenn es gelang, sich von dieser Fremdheit wegziehen und schließlich die Fremdheit zur Vertrautheit werden zu lassen, zu einer Form der Verwandtschaft mit sich selbst. Wenn er dann, durchs Niederschlagen des Blicks oder durch die Entspannung des Augenmerks auf einer beiläufigeren Sache wie beispielsweise einer weißen Wand wieder auf die eigene Person sah, sich wieder als Betrachter eines Gegenstands wusste, mit dem er vorübergehend optische Brüderschaft getrunken hatte, stellte sich bisweilen ein Gefühl ein ähnlich der Erfrischung nach kaltem Duschen an heißen, verschwitzten Tagen wie diesen. Nach solchen Ausflügen, solchen Erholungen, die manche Kunstwerke ihm manchmal gewährten, manchmal auch Dinge der Natur, ein Baum oder das Meer, fühlte er sich in seinem eigenen Wesen wieder wohler, fühlte sich wie gehäutet, weil er sich neu erkannt zu haben glaubte, sich für Augenblicke aus der Feme wie einen Fremden betrachtet hatte, feststellen konnte, dass er noch dazu in der Lage war, solche Verwandtschaften wahlweise einzugehen, auch wenn er normalerweise diese Kunst- und Naturschwärmereien ablehnte, ablehnen musste seines Erfolgs zuliebe, den nur die Disziplin garantierte. Gestattete er sie sich jedoch von Zeit zu Zeit, wie er sich von Zeit zu Zeit einen Urlaub gönnte oder einen unverbindlichen Flirt, entließen diese Erfahrungen ihn mit freierem Kopf.

Doch diesmal wollte die Erfahrung nicht kommen. Sie kommt nicht, weil ich auf sie warte, dachte er, ärgerte sich über den Gedanken, weil er die Erfahrung so nur noch weiter von sich wegschob, empfand aber die katzenhafte Undressierbarkeit dieser Erfahrung als sympathisch. Er fühlte sich auch erleichtert, dass das Bild nun offensichtlich aufgehört hatte, negative Spannungen in ihm auszulösen, dass er es besiegt hatte mit seinen einhundertfünfzig Mark.

»Dilettantismus«, dachte er, »Amateurgepinsel. Und Michael Jessen fällt prompt drauf rein.«

Fast tat es ihm um das Geld leid. Er stellte das Bild

vom Tisch, lehnte es gegen die Wand, der er entschlossen den Rücken zukehrte, als er nun seine Arbeit wieder aufnahm. Aber die traumwandlerische Sicherheit, in der er bis zu Kathies Anruf gearbeitet hatte, kam ebenso wenig zurück wie der verwandtschaftliche Blick auf das Bild sich hatte einstellen wollen. Er glaubte für einen Moment, Zusammenhänge zu spüren zwischen diesem doppelten Misslingen, dieser zweifachen Verweigerung der Konzentration ihm gegenüber.

Die Komposition des Layouts, die ihm vorhin klar und kompakt erschienen war, zerfiel unter seinen Händen und Blicken. Schweiß rann ihm von Stirn und Nase, seine Nackenmuskulatur verspannte sich, der Schmerz strahlte auf den Rücken aus, stieg zu Kopfe. Seine Augennetzhaut war durch Lichtreize in nervöse Erregung versetzt, das Sehzentrum bekam über den Sehnerv diese nervösen Erregungen mitgeteilt, die ins verlängerte Rückenmark weitergeleitet wurden, wo das vegetative Zentrum saß, und das vegetative Zentrum sandte wiederum die Impulse an das Zwischenhirn, bis schließlich die Großhirnrinde das Signal Schmerz in Jessens Bewusstsein funkte.

Er ging ins Bad, ließ zwei Aspirin in ein Glas fallen, dachte: eine für das Bild, eine für das Layout, ließ Wasser darauflaufen, beobachtete beiläufig, wie sich die Tabletten langsam in Flocken auflösten, pulverisierten und sich mit dem Wasser zu einem grauen Wirbel vermischten, den er angeekelt, zugleich gierig, hinuntergoss.

Er legte sich aufs Bett, um die Wirkung abzuwarten, schloss die Augen und begann, halb gelangweilt, halb, weil er wusste, dass auch dies dazu beitragen konnte, seine Verspannungen zu lösen, lustlos zu onanieren, ohne Fantasien – nur einmal tauchte flüchtig die Frau vor Wuttkes Laden auf und winkte ihm nach. Als das Sperma warm über seine Hand floss, schlug er die Augen auf, doch sein Blick, der jetzt aus einem an der Oberfläche entspannten und schmerzfrei gemachten Körper fiel, blieb auf dem Bild hängen. Er fand dort plötzlich Schattierungen und Helligkeitswerte, die farblich, wenn denn das Grau des Hintergrunds farblich genannt werden konnte, aber auch in ihren Formstrukturen, sowohl die Strudel des Aspirins im Wasserglas spiegelten als auch den klebrigen Fluss des Spermas nachahmten. Er wanderte nervös über die Fläche des Bildes, suchte einen Eingang in dessen Tiefe, spürte von Weitem ein Gefühl aufglühen, das er kannte, das aber sofort wieder erlosch, einen Augenblick der Scheu, einen blitzartigen Strom der Empfindung, der an Erkenntnis rührte, bis er gegen den roten Doppeldecker im Zentrum stieß, der geradezu dem Blick im Wege stand. Auch das nach links unten stürzende Flugzeug war im Wege, wirkte aufgesetzt, selbst wenn es quasi nur noch im Verschwinden aus dem Bild erschien. Weil dies Verschwinden aber nicht stattfand, sondern die Unruhe wie festgenagelt an diesem Flugzeug haftete, wirkte es dort deplatziert.

Er stand auf, wusch sich die Hände, ging dicht ans Bild heran und suchte nach der Signatur, von der Wuttke gesprochen hatte. Sie fand sich auf dem Hecksteuer des Flugzeugs im Zentrum, dort, wo sonst die Hoheitszeichen aufgemalt wurden: *C. W. 1924.* Ein ungelenker

Schriftzug, sehr fest eingeritzt, offenbar mit dem Pinselstil in die noch flüssige Ölfarbe.

Dreimal kurz und heftig klingelte Kathie. Er erschrak, roch wie ertappt an seinen Händen, die nach Seife dufteten, drehte das Bild hastig mit der Vorderseite zur Wand und öffnete die Tür. Sie kam hereingerauscht, aufgedreht, bester Laune, in einer Wolke leichten Parfums, küsste ihn auf den Mund.

Ihre Anwesenheit tat Jessen gut; die Verspannungen in ihm lösten sich, während sie an die Elbe fuhren, den Wagen bei Teufelsbrück stehen ließen, um einen Spaziergang hinunter zum Jachthafen zu machen.

Die Segelschiffe mit ihrem Gespinst der Takelungen hoben sich als Scherenschnitte schwarz vom rötlich durchglühten Abendhimmel ab.

»Schön«, sagte Kathie, was Jessen als überflüssig empfand. »Das ist wie …«, wollte sie fortfahren, als plötzlich noch ein letztes Mal die Sonne mit einem Lichtbündel über die Hügel am westlichen Horizont brach und Kathie verstummen ließ.

Es flutete und quoll aus der Ferne über das Wasser heran und ergoss sich, flüssiges Metall oder ein aufblitzender Lavastrom, gleißend zwischen den schwarzen Schiffskörpern hindurch bis zu ihren Füßen. Ich kenne das, dachte Jessen.

»Spitze«, hauchte Kathie. »Das ist der ideale Schuss für 'nen Weinbrand oder Whisky.«

Sie war wirklich ein Vollprofi, beherrschte die Kunst, die Dinge ihren Interessen gemäß wahrzunehmen. Jessen bewunderte sie, doch in diese Bewunderung mischte sich auch Verwunderung darüber, dass er sich von dieser Art zu sehen so anziehen ließ. Er fröstelte plötzlich neben ihr und zog seinen Arm von ihrer Schulter.

»So ein Schiff müsste man haben«, träumte Kathie. »Noch ein paar Jahre Kohle machen – und dann ab auf Dauerkreuzfahrt in die Ägäis.«

»Lieber Südsee«, sagte Jessen. »Tahiti, Samoa, Fidschi, Tonga und so. Allein schon die Namen. Wie die klingen! Und dann …«

»Ja? Und dann? Warum sagst du nichts mehr?«

»Sieh mal.«

Er zeigte auf einen Haufen ausgedienter Schiffsschrauben, die auf dem Strand lagen, der ganze Haufen in den verschiedensten Farben, Formen und Größen, aus Stahl, rötlich überrostet, aus Bronze, patinabegrünt, viele unvollständig oder beschädigt, manche halb im Sand begraben. Und doch hing an diesen Formen immer noch ein Ausdruck der geschmeidigen Kraft, mit der sie, durch die in rotierende Schwingungen versetzte eigene Schwere, den Schiffen Leichtigkeit verliehen hatten. Sie glichen wegen dieser abgelebten Leichtigkeit, die über ihrer Erscheinung zu schweben schien, einer Anzahl abgefallener Blüten nach einem Gewitterregen oder im Bernstein gefangenen Schmetterlingen oder versteinerten Libellen. Jedenfalls war es ein Massengrab, dem Schrecken und Trauer fehlte, ein Grab erstarrter, nutzlos gewordener Bewegung. Wohin sie gefahren sind? überlegte Jessen, verloren in den Anblick. Er hätte ewig hinsehen können, und der Ausdruck war ihm bekannt.

»Komm, lass uns essen gehen.«

Kathie stieß ihn ungeduldig an. Sie gingen weiter. Als sie sich dem Fähranleger näherten, hörten sie schon von Weitem, dass dort noch gearbeitet wurde. Eine Dampframme trieb Pfähle in den zitternden Grund der Elbe. Jedes Mal, wenn ihr Fallgewicht niederkrachte, zischte ein Dampfstrahl auf. Vor dem dunkelblauen Fond des Himmels im Osten trat er weiß und grell hervor. Beinah schien es am Himmel wie am Bauplatz zu arbeiten, zu dröhnen, zu dampfen. Aber am Himmel war es nur blau und ruhig, und Jessen fielen Waldhoffs Aquarelle ein und ein Buch von …

»Das grenzt ja schon an Ruhestörung«, maulte Kathie.

Im gleichen Moment stand die Dampframme still. Sie lachten beide. Sie ist doch nett, dachte Jessen, küsste sie.

»Ein richtiges Wort zur richtigen Zeit kann Wunder wirken«, sagte er, dachte, als ob sie mich von bestimmten Erinnerungen wegziehen will, vor bestimmten Eindrücken bewahrt.

Sie gingen in eins der zahlreichen Fischrestaurants am Ufer, in denen beharrlich der Schein aufrechterhalten wurde, als stammten die angebotenen Fische tatsächlich aus dem trübe vor dem Fenster dahinströmenden Fluss, in dem doch schon längst alles Leben vergiftet war. Die Dekorationen an den Wänden, Reusen, Netze, vergilbte Fotos von wettergehärteten Fahrensleuten, kontrastierten eigentümlich zur Skyline auf der anderen Stromseite, wo die Türme und Gestänge riesiger Raffinerien aufragten. Ab und zu glitten Schiffe vorbei, deren Silhouetten mit der Vorstellung Schiff nichts mehr gemein hatten, sondern viereckigen schwimmenden Kästen glichen, zusammengesetzt aus einer Unmenge gleichförmiger Container, deren Summe wiederum die Form des ganzen Schiffes bestimmte.

Sie aßen Scholle. Kathie sprach fast pausenlos von ihrer schwarz-weißen Herrenmode-Kampagne.

»Was man in Schwarz und Weiß besitzt, wird man in diesen Tagen tragen«, wiederholte sie mehrmals, sichtlich hingerissen von ihren Sentenzen.

»Scharfenthal war begeistert«, sagte sie. »Prost, Liebling. Auf unser, auf dein Layout.«

Liebling … Jessen lächelte gequält. Die Gläser stießen schrill zusammen. Da stimmt nicht viel, dachte er. Da geht nicht viel zusammen. Da passt etwas nicht. Da ist etwas im Weg. Er starrte auf das Grätengerüst seiner Scholle, das er säuberlich herauspräpariert hatte und das nun auf dem blauen Hintergrund des Tellers eine feingliedrige, nahezu durchsichtige Struktur abzeichnete. Die Flieger sind falsch, schoss es ihm durch den Kopf. Sie stehen falsch da. Sie verdecken etwas. Aber was sollten sie verdecken? Oder ist der Hintergrund falsch? Dies wirre Grau in Grau? Oder …

»Ist dir nicht gut?«, fragte Kathie besorgt. »Du siehst so … so vergrübelt aus.«

Er sah sie fremd an, versuchte zu lächeln, suchte den milchweißen Puderhauch auf ihrem Gesicht, fand ihn nicht, schüttelte den Kopf.

»Bin etwas überarbeitet.«

»Da muss man durch«, sagte sie. »Denk doch an das Geld. Das hilft.«

Er zuckte mit den Schultern. »Lass uns lieber nach Haus fahren.«

Jessens Wohnung bestand aus einem einzigen, über hundert Quadratmeter großen Raum, einer ehemaligen Fabriketage, die er sich weitgehend selbst ausgebaut und hergerichtet hatte, indem er Bad und Küche abtrennte, sonst jedoch den Raum nur durch Bücherregale in einen Wohn- und einen Arbeitstrakt, in dem auch sein Bett stand, teilte.

Kathie steuerte zielstrebig auf den Zeichentisch zu und blätterte in den Skizzen und Entwürfen.

»Vorarbeiten, was? Abfälle?«

Sie war sichtlich enttäuscht und wohl auch besorgt.

»Hast wohl den wahren Hammer schon in der Mappe versteckt, nicht?«, fragte sie lebhaft.

Er nickte, um sie zu beruhigen. Ihr Blick fiel auf das umgekehrt an der Wand lehnende Bild.

»Was ist das denn?«

»Ach, nichts weiter«, sagte er schnell, aber da war sie schon dran und drehte es herum.

»Kommt mir irgendwie bekannt vor«, überlegte sie. »Hast du das gekauft?«

»Ja. Bei Wuttke. Ich hab's vorgestern da gesehen, als wir beim Italiener gegessen haben, während des Gewitters.«

»Ach ja, natürlich, ich weiß schon.« Sie zog die Stirn kraus, während sie das Bild betrachtete. »Das gefällt dir? Das ist doch ein … ein fürchterliches Bild.«

»Mir gefällt's aber. Das heißt, eigentlich gefällt es mir doch nicht. Es ist etwas anderes.«

Sie betrachtete das Bild aufmerksam, doch mit einem beinah angewiderten Gesichtsausdruck. »Etwas anderes, ja«, sagte sie nachdenklich. »Ich glaube, es geht hier um den Hintergrund. Und der gefällt mir ganz und gar nicht. Aber gut gemacht, sehr gut gemacht.«

Jessen hatte ihr aufmerksam zugehört und ihren Gesichtsausdruck beim Betrachten des Bildes registriert, als könne er in ihrem Gesicht etwas lesen über das Bild.

»Red ruhig weiter«, ermunterte er sie, aber sie schüttelte heftig den Kopf und drehte sich abrupt von dem Gemälde weg.

»Das macht mir Angst«, sagte sie leise.

Bislang hatten sich in Jessen Freude auf Kathie und eine kühle Distanz zu ihr in etwa die Waage gehalten, aber ihr letzter Satz sog alle positive Spannung aus ihm ab. Das Bild macht ihr Angst, dachte er. Sie kann einfach etwas eingestehen, was ich vielleicht auch fühle. Angst vor Bildern? Lächerlich.

Doch so lächerlich schien Kathies Empfindung nicht zu sein, denn durch die Zärtlichkeiten, die sie auszutauschen begannen, bohrte sich dies Bekenntnis zur Angst wie ein widerliches Insekt. Jessen wünschte sich plötzlich, allein zu sein, mochte ihr gegenüber sein Zurückweichen vor dem Bild, das in ein Zurückweichen vor ihrem Körper überging, nicht zugeben, wollte ihr schon etwas von Stress und Kopfschmerzen erzählen, als sie sich die Bluse über den Kopf zog und beim Ablegen des Kleidungsstücks eine Handbewegung machte, die ihn erinnerte an … Er wusste nicht, woran, aber die Geste erregte ihn. Als er in sie eindrang, wusste er es wieder: War es nicht die gleiche Geste, mit der die Frau, die er zweimal vor Wuttkes Laden gesehen hatte, hinter ihm hergewinkt hatte?

Jessen hatte einen großen Schul-Leuchtglobus mit einer sehr starken Glühbirne versehen und benutzte ihn als Deckenlampe. Er hing nun im ersten vollen Widerschein der Straßenbeleuchtung von der gekalkten Decke, hatte einen Glanzpunkt auf seiner Rundung irgendwo im Pazifik, dort, wo gewöhnlich im Osten eine Weltkarte aufhört und im Westen noch nicht wieder beginnt. Als Jessen diesen Punkt genauer fixieren wollte, bekam der Globus ein Aussehen, als sei ihm die Addition von Lichteinfall und Augenblick zu stark, und er ließ das Licht plötzlich an seiner Glätte vorüberfahren, sodass er in einem Schattenkeil aus Rauch oder Dampf verschwand. Es ist das Wetter, sagte eine Stimme fett und stöhnend, und dann sah Jessen sich auf einem Feld sitzen und mit einem Mann sprechen, der, in einiger Entfernung vor ihm stehend, grauen Himmel zum Hintergrund hatte. Es schien Jessen, nachdem er den Mann lange scharf und unverwandt angesehen hatte, ohne ihn zu erkennen, und dann den Blick ein wenig wendete, dass sein Kopf von einem blendenden Schimmer umgeben war. Es ist mein Vater, dachte Jessen. Es ist das Wetter, sagte der Kopf, und Jessen sah jetzt, dass Wuttkes kahler Schädel mit dem Globus verschmolzen war oder der Globus mit dem Kopf Wuttkes. Der Schimmer darum bildete Wolken in einer Atmosphäre, die sich rasch auflösten und bloß strahlendes Blau zurückließen, das zu

Meer verwandelt wurde, das Jessen an den Strand trieb, wo er zwischen alten Ankern und Schiffsschrauben herumsuchte, ohne zu wissen, wonach er suchte. Vom Nagel bis zum Panzer, hörte er wieder Wuttkes Stimme. Vom Panzer bis zum Düsenjäger. Das *Bild* also. Bild also. Bild. Umtausch ausgeschlossen. Die Stimme überschlug sich, wurde übertönt vom Stampfen der Dampframme, die jetzt in einer altertümlichen Schmiede stand und nicht Pfähle in den Grund trieb, sondern eine glühende Masse hämmerte. Jessen blickte scharf darauf, wandte sich ab und sah zufällig in einen offen stehenden Kohlenschuppen. Ein ungeheures purpurfarbenes Bild schwebte vor seinen Augen, eine sich langsam hebende Wolkenformation, die sich in Scheiben spiegelte und in Spiegeln brach. Als er den Blick von der dunklen Öffnung weg nach der hellen Zimmerdecke wandte, um den Globus zu suchen, der ihm sagen sollte, wo er war, erschien ihm das Phänomen halb grün, halb purpurfarben, je nachdem, ob es einen dunklen oder hellen Grund hinter sich hatte, und der Grund wechselte ständig. Als Jessen wieder auf die glühende Masse blickte, auf die der Hammer der Dampframme nun völlig lautlos niederging, sah er, dass ihr Nägel entfielen. Messerklingen, Schwerter, Bajonette, Gewehre, Kanonen, Panzer, auf deren erhitzten Oberflächen flüchtig aufeinanderfolgende Farben entstanden. Es begann stets mit Gelb, das dann dunkler, höher stieg und bald in Purpur überging, aber der Purpur war auf den Waffen schwer festzuhalten, denn er verflüchtigte sich rasend ins Hochblaue, das wiederum heller wurde und schließlich einen ganz durchsichtig hellblauen Ton hielt. Die Farben zogen als Hauch über die stählernen Gegenstände; eine Farbe floh vor der anderen, als wollten sie sich alle in einen Zustand retten, in dem sie von ihrer Farbigkeit, von ihrer Spezifik, von ihren Unterschieden erlöst waren. Aber diese Flucht hatte etwas Selbstmörderisches. Lange Kolonnen von grau gekleideten Menschen zogen vorbei, Lemminge auf dem Weg in ein Massengrab erstarrter Unruhe. Aus dem Fluchtpunkt dieser Farbbewegungen, der in einem imaginären, aber deutlich vorhandenen, fühlbaren Raum lag, stiegen schnell zwei Punkte auf Jessen zu, größer werdend, drohend, dröhnend, zwei altertümliche Flugmaschinen, purpurrot, die zu modernen Düsenjägern wurden, silbern, Kondensstreifen hinter sich herziehend, *Blitz-Weiß* in den Himmel schrieben. Dann warfen sie Bombe auf Bombe. Alles begann zu glühen, rot erst, schnell in Weiß übergehend, selbst die Flammen verloren ihre Farbe, bis nur etwas Unbestimmtes, Graues zurückblieb, wie ein Schlaf ohne Traum.

Als er morgens beim Erwachen, wenn die Augen besonders ausgeruht und empfänglich aus der nächtlichen Blindheit auftauchen, scharf auf das Fensterkreuz blickte, das den dämmernden Morgenhimmel zum Hintergrund hatte, und gleich darauf wieder die Augen schloss, sah er ein schwarzes Kreuz auf hellem Grund noch eine Weile auf seiner Netzhaut stehen. Er entschloss sich schließlich, während das Echo des Fensterbilds noch dauerte, die Augen ganz aufzuschlagen, und blickte genau auf die hellgraue Fläche des Bildes an der Wand, über dessen rote Flugzeuge sich nun das Kreuz schob, aber hell erschien und zugleich die Fläche des Bildes verdunkelte. Diese Umkehrung versetzte Jessen eine Art Schock. Er versuchte, den Eindruck zu wiederholen. Es misslang. Das Kreuz kam nicht wieder.

Kathie schlief noch.

Während des Frühstücks erinnerte sie ihn daran, dass er morgen früh um zehn Uhr das Layout zu präsentieren habe, vor Creative Director Peter Scharfenthal, »netter Typ, etwas heftig, hält aber viel von dir«, und Account-Executive Norbert Hulbe, »etwas schwierig, harter Rechner, versteht nichts von Gestaltung«, und verließ ihn dann, um der schwarz-weißen Herrenmode textlich den letzten Schliff zu geben.

»Übrigens«, sagte sie im Weggehen, »das Bild, das du dir da gekauft hast: ich versteh nicht, warum man für so ein Geschmiere noch Geld ausgeben kann. Es hat auch was ... wie soll ich sagen? Was Unheimliches irgendwie.«

»Wie meinst du das?«

»Weiß nicht genau. Jedenfalls hab ich heut Nacht davon geträumt. Glaub ich wenigstens.«

Er starrte sie entgeistert an.

»Du hast davon geträumt? Von dem Bild? Heut Nacht?«

Sie nickte, versuchte zu lächeln. Das Lächeln gefror.

Als ihre Schritte auf der Metalltreppe verklungen waren, nahm er das Bild und schob es unter das Bett. Es war lächerlich, sich von so etwas verrückt machen zu lassen. Geschmiere. Er schämte sich fast ein wenig vor sich selbst, dass er es nun aus dem Blickfeld räumte. Manche Leute schauen unters Bett, wenn sie Angst haben, dachte er. Und da liegt auch wirklich was! Er musste lächeln, straffte sich, ging an den Zeichentisch.

Entgegen seiner Befürchtung, wieder vom Wetter niedergeschlagen, wieder von dem Bild aufgesogen zu werden, verlor er sich schnell in routinierter Konzentration, die von nichts beeinträchtigt wurde. Mit einer Sicherheit, die von keiner abwegigen Reflexion beeinträchtigt wurde, tat er seinen Job. Als er schließlich das fertige Layout mit Gummikleber auf Präsentationspappe aufzog, schaute er auf die Uhr: Er hatte über sechs Stunden wie bewusstlos gearbeitet, sich nicht einmal Kaffee gekocht, allerdings eine Packung Zigaretten geraucht.

Während er unter der Dusche stand, kam er zu sich. Ihm wurde plötzlich klar, dass er nicht wusste, was er getan, dass er keinerlei Vorstellung von dem hatte, was nun fertig auf seinem Tisch lag. Es kam ihm vor, als habe er schlafend gearbeitet. Noch nass und nackt stakste er zu seinem Arbeitstisch und betrachtete das Ergebnis. Das Briefing, das vage wie stets nach kreativer Umsetzung der Begriffe weich, weiß, duftig, passend zum Namen *Blitz-Weiß*, verlangt hatte, war erfüllt. Jessen hatte sogar, davon war er überzeugt, die Norm weit übertroffen. Vor einem großen Nachthimmel trieben sanfte Schäfchenwolken, die aus der Ferne von einem Blitz beleuchtet wurden, der aber keinen Schrecken verbreitete, sondern einer Neonschrift ähnlich den Schriftzug formte. Scharfenthal würde hochzufrieden bis begeistert sein, Hulbe konnte zumindest nicht meckern, und Kathie – ja, Kathie würde wahrscheinlich beginnen, ihre Verliebtheit mit Liebe zu verwechseln. Jessen lachte trocken, verbissen auf. Glatt, geleckt, allen Erwartungen entsprechend, wie von einer anonymen, gut geölten Maschine fabriziert, lag sein Produkt vor ihm. Es war so gut wie alle seine Auftragsarbeiten; wahrscheinlich noch besser. Und dennoch fehlte ihm diesmal alles. Nicht der kleinste Hauch dessen, was in den letzten drei Tagen und Nächten sein Denken und Fühlen bestimmt oder doch beeinflusst hatte, war in das Layout eingegangen – oder wenn, dann auf eine heimliche, gebrochene Weise, die außerhalb seiner Kontrolle war und in der sein Denken und Fühlen heimtückisch pervertiert wurde. Ihn ekelte vor dem Layout, vor sich selbst. Gott sei Dank, dachte er im gleichen Augenblick. Ich funktioniere also noch, aber der Gedanke war noch nicht vollendet, da stürzte er wieder in etwas Elendes, Ausgehöhltes, Krankes.

»Das ist ja schizophren«, sagte er laut vor sich hin, erschrak über den Klang seiner Stimme, fremd, sehr fern, und über die Worte, die sie geformt hatte.

Als wär's kein Stück von mir, dachte er kopfschüttelnd, leer gepumpt, physisch erschöpft wie nach einem scharfen Tennismatch, das man trotz Schmerzen durchspielt und gewinnt oder verliert. Er ließ sich aufs Bett fallen und verfiel in einen unruhigen, flachen Schlaf.

Doch bevor dieser ihm tiefere Schichten aufschloss, bevor noch das unter ihm liegende Geschmiere in seinen Schlaf vordringen, bevor sein Schlaf von den Ausstrahlungen des Bildes ausgeleuchtet werden konnte, rief ihn das Läuten des Telefons wie eine Sirene aus dem Dämmer und Kathie teilte ihm mit, sie müsse bis in die Nacht verbal an ihrer Herrenmode schneidern. Man sähe sich dann ja morgen beim Meeting im kleinen Konferenzraum der McLinn.

»Du bist doch fertig?«, fragte sie dringend.

»Ich bin fertig, ja. Fix und fertig.«

»Und? Bist du zufrieden? Ist es gut geworden?«

Er zögerte einen Moment.

»Es ist ... richtig, absolut richtig.«

»Klasse«, hauchte Kathie. »Schlaf gut heut Nacht. Und träum was Schönes.«

Er zog das Bild unter dem Bett hervor, holte Haken und Hammer, schlug den Haken ein und hängte das Bild in Augenhöhe so auf, dass er es von seinem Arbeitsplatz aus sehen konnte, wenn er den Kopf nach links drehte, stellte sich in einigem Abstand davor, wartete auf irgendetwas, das nicht kam, atmete tief durch, legte den Hammer beiseite, räumte sein Zeichenwerkzeug zusammen, warf die Arbeitsabfälle in den Papierkorb, als sein Blick auf das Faltblatt von Waldhoffs Ausstellung fiel, das er an der Pinnwand aufgespießt hatte. Während er ein halbes Wasserglas Cognac trank, überlegte er, ob er ihn anrufen sollte. Vielleicht hatte er eine Meinung, vielleicht sogar eine Information zu dem Bild.

»Kurios. Wirklich sehr kurios.«

Waldhoff stemmte die Hände in die Hüften, wie er da in seinem blauen Overall vor dem Bild stand, veränderte mehrere Male den Abstand, trat auch nach links und rechts, fuhr mit den Fingerspitzen über die Oberfläche.

»C.W.« Waldhoff schüttelte den Kopf. »1924. Keine Ahnung. Sagt mir nichts.«

»Amateurarbeit halt«, sagte Jessen.

»Ja sicher. Das schon. Aber …« Waldhoff trat wieder einige Schritte zurück. »Da hat jemand versucht, à la Ratziwill zu malen, oder doch so in der Art. Hat auch was von Feininger.«

»Eben, eben«, freute Jessen sich eifrig, weil er diesen Vergleich schon selbst gezogen hatte.

»Aber das ist es nicht«, sagte Waldhoff bestimmt. »Es ist kein Plagiat. Sieh mal hier. Und hier.« Er tippte mit dem Finger auf die beiden Flugzeuge. »Das ist der Amateur. Ganz klar. Aber ein besessener Amateur. Der hat gefuhrwerkt mit dem Pinsel. Und hier und hier. Überall.« Er zeigte auf große Flächen des Hintergrunds, die weitgehend strukturlos, fast monochrom, in Grau ausgeführt waren. »Der Junge hat sich richtig reingekniet. Aber mehrere Passagen des Fonds, hier, undeutlich angedeutete Wolkenformationen, die sind äußerst fein ausgeführt.«

»Als ob der mit Rastern gearbeitet hätte«, meinte Jessen.

»Du und deine Raster«, sagte Waldhoff abschätzig. »Das ist schlicht gekonnt. Meisterhaft. Absolut sichere Hand. Da hat unser geheimnisvoller C.W. Momente gehabt, in denen er wirklich gut war. Seltsam aber, dass so was auf *einem* Bild vorkommt. Das passt überhaupt nicht zusammen, und trotzdem ist der Gesamteindruck stark.«

»Vielleicht ein Verrückter?«, schlug Jessen vor. »Jemand, der so ganz sprichwörtlich zwischen Genie und Wahnsinn hin- und hergependelt ist.« Er lachte.

»Würd ich gar nicht drüber lachen«, meinte Waldhoff

ernst. »Das könnte durchaus sein. Die Art und Weise, wie er etwa die Flugzeuge hingefetzt hat, spricht dafür. Energisch, aber zutiefst unsicher. Sieh dir mal Sachen an aus der Prinzhorn-Sammlung. Das hat durchaus Ähnlichkeit.«

»Prinzhorn? Diese Kunst von Geisteskranken?«

»Genau die. Du könntest recht haben, Michael. Vielleicht ist es das Werk eines Schizophrenen. Ich bin kein Psychiater. Vielleicht sollte man mal einen fragen. Diese Verdoppelung, komisch. Doppeldecker, und dann gleich zwei … Na ja. Jedenfalls ist das ein interessantes Bild. Kein schlechter Kauf. Wirklich, kein schlechter Kauf.«

»Hundertfuffzig Märker, bei Charly Wuttke«, sagte Jessen stolz, fast triumphierend.

»Unmöglich. Ich kenn den Wuttke. Der ist doch nicht blöd. So ein Bild verschleudert der nicht.«

»Hat er aber.«

»Versteh ich überhaupt nicht.« Waldhoff war verblüfft. »Wuttke ist zwar kein ausgebildeter Kunsthändler. Aber er hat fast immer den richtigen Riecher. Der hat Kunstinstinkt. Und vor allem ist er ein gerissener Händler.«

Jessen hatte Spaghetti mit Tomatensauce gekocht, teils, weil seine Fähigkeiten im Kochen deutlich hinter seinem grafischen Talent zurückblieben und Spaghetti bereits die Grenzen seiner Möglichkeiten streiften, teils aber auch, weil dies Gericht ihn an die gemeinsame Zeit mit Ben Waldhoff erinnerte, an die durchzechten Nächte, in denen sie sich die Köpfe heißgeredet, Unmengen von Rotwein getrunken hatten und irgendwann, zu den unmöglichsten Uhrzeiten, gemeinsam Spaghetti kochten.

Sie hatten sich oft einen Spaß daraus gemacht, mit den Teigfäden plastische Gebilde auf den Tellern zu kreieren oder aber Skizzen in die Saucenreste zu kritzeln, und während sie nun schweigend ihre Teller leerten, mit Chianti nachspülten und vergangenen Zeiten nachhingen, fühlte Jessen sich erleichtert. Dass sich ihre Wege einmal getrennt hatten, schien nicht weiter von Bedeutung zu sein. Er hatte befürchtet, Waldhoff würde ihn verachten wegen seiner Arbeit für die Werbung, aber es stellte sich heraus, dass selbst Waldhoff gelegentlich Illustrationen für Zeitschriften anfertigte oder Storyboards für Agenturen zeichnete, um sich über Wasser zu halten.

»Ich mach das manchmal«, sagte Waldhoff, »und ich hab überhaupt keine Probleme damit. Werbung prägt unser Sehen vielleicht stärker als alle Museen der Welt zusammen. Man muss sich nur im Klaren darüber sein, warum man das macht und wem es nützt.«

»Und ich«, erwiderte Jessen etwas gedrückt, »mach das immer.«

»Nicht immer«, lächelte Waldhoff und deutete auf die Muster, die Jessen geistesabwesend ins Rot der restlichen Tomatensauce auf seinem Teller gezeichnet hatte.

»Du ahmst ja dein Flugzeugbild nach«, lachte er.

Jessen vermischte hastig die Strukturen auf seinem Teller. »Unsinn.«

»Du siehst gestresst aus«, meinte Waldhoff. »Ja, ja, das liebe Geld und die neue Freundin.«

»Woher weißt du das denn?«

»Parfum«, lachte Waldhoff und zog die Luft durch die Nase ein. »Aber im Ernst: Hast du Ärger?«

»Eigentlich nicht. Ich war nur unter Zeitdruck. Muss morgen was abliefern für die McLinn. Und dann schlafe ich schlecht zurzeit. Liegt wohl am Wetter. Manchmal denke ich, dass das Bild mich stresst.«

»Wie meinst du das?«

»Nun ja, ich bin diesem Bild nicht gewachsen. Ich komme damit nicht klar.«

Waldhoff sah ihn aufmerksam an und blickte dann wieder auf das Bild, kniff die Augen zusammen, als sähe er gegen eine starke Lichtquelle.

»Kann durchaus sein«, sagte er dann nachdenklich, »dass solche Bilder einen verfolgen, nicht loslassen. Und es ist ja auch wirklich im landläufigen Sinn kein schönes Bild. Aber schön«, er schob seinen Teller von sich und trank einen Schluck Wein, »schön hat die Kunst ja auch nicht zu sein. Im Gegenteil.«

»Wieso im Gegenteil?«

»Kunst ist die sichtbare, die sinnliche Entfaltung von Ideen. Sagte schon Kant. Entfaltung zwar im Medium des Schönen, gut. Aber die Wirkung, die ist nicht schön. Die darf gar nicht schön sein. Schöne Wirkungen sind bloß dekorativ. *L'art pour l'art,* Ästhetizismus. Da wird die Kunst zum Schlafmittel. Echte Wirkung ist bedeutungsvoll. Was nicht heißen muss, dass sie langweilig, tiefsinngeladen zu sein hat. Bedeutungsvoll meint, dass in der Wirkung etwas wie Wissen über die Kunst entsteht, von dem der Künstler selbst vielleicht gar nichts gewusst hat.«

»Tja«, sagte Jessen. »Ein Schlafmittel ist dies Bild weiß Gott nicht. Eher ein Traummittel. Es drängt sich geradezu in meinen Schlaf.«

Waldhoff sah erst Jessen, dann, wieder aufstehend, das Bild an.

»Kann ich mir durchaus vorstellen. Es hat etwas Bedrohliches. Die Frage ist nur, warum? Dieser Luftkampf ist es kaum; das ist doch eher naiv, fast rührend. Er scheint zwar das Thema des Bildes zu sein, aber er ist nicht sein Gegenstand.« Er zögerte, überlegte. »Vielleicht ist er nicht einmal das Thema.«

»Ja«, sagte Jessen hastig. »Es ist etwas anderes. Etwas, das wie von hinten kommt. Oder von unten. Oder von außen.«

»Mh, mh«, machte Waldhoff. »Die Stellen, an denen C.W. gut war, du weißt schon … Das strahlt wirklich aus. Ganz klar. Es ist aber gebrochen. Überdeckt.«

»Übermalt vielleicht?«

»Kaum«, meinte Waldhoff. »Dafür ist es wieder viel zu kompakt.«

Sie schwiegen. Tranken.

»Komisch«, sagte Waldhoff, »dass wir versuchen, Begriffe zu fassen über so etwas Spekulatives wie die mögliche Schizophrenie des Malers. Wovon wir überhaupt keinen Begriff haben, das ist …«

»Wenn man das wüsste.«

»Es ist das Kolorit«, sagte Waldhoff fest. »Nicht nur in diesem Bild. Es ist eigentlich immer das Kolorit.«

Er dozierte wieder, aber seine Worte fielen nicht so gestanzt und vorbedacht wie am Abend seiner Vernissage: Selbst Goethe habe in seiner Farbenlehre, die physikalisch fragwürdig, ästhetisch aber ganz großartig sei, zugegeben, dass das Einzige, wovon er keinen Begriff fassen konnte, das Kolorit gewesen sei.

»Bei C.W. ist es gar nicht das Rot im Vordergrund. Das drängt sich bloß so vor, wie sich manchmal Leute in laufende Fernsehkameras drängen und winken. Das Rot soll vielleicht von etwas ablenken. Aber das Grau im Hintergrund, das könnte es sein.«

»Könnte was sein?«, fragte Jessen.

»Wenn man das wüsste, wüssten wir's.«

Sie lachten wieder. Jessen schenkte nach.

»Gut, dein Chianti.«

»Schön rot.«

»Grau«, sagte Jessen, »ist aber doch eigentlich gar keine Farbe, kann also auch kein Kolorit haben. Oder wie?«

»Vielleicht ist es eben das. Dies Fehlen. Diese Abwesenheit der Farben, dies Weggesaugtsein.«

Schließlich fragte Waldhoff, ob Jessen ihm nicht sein Layout zeigen wolle. Jessen war das peinlich, aber er wollte nicht unhöflich sein, wollte auch zu seiner Arbeit stehen.

»Saubere Arbeit.« Waldhoff nickte anerkennend, neidlos. »Ich könnte das nicht, ehrlich. Selbst wenn ich wollte.«

»Ich konnte es eigentlich auch nicht«, sagte Jessen. »Es war, als ob ich neben mir gestanden hätte während der Arbeit. Und vorher hat sich C.W.s Bild ständig eingemischt.«

»Ja, ja.« Waldhoff schmunzelte. »C.W. hatte was drauf. Das ist schon mal klar. Ich würde es dir abkaufen. Für, sagen wir mal: einhundertundeinundfünfzig Mark.«

»Unverkäuflich. Im Augenblick wenigstens noch. Vielleicht können wir mal tauschen. Meine Flieger gegen deinen Zufall.«

»Mein Blau also gegen dein Grau«, überlegte Waldhoff. »Ob das ein guter Tausch wäre? Vielleicht. Übrigens, was das Kolorit angeht – schlag mal in einem Farblehrbuch nach. Vielleicht findest du was.«

Waldhoff ging. Nach einigem Suchen in seinem schlecht sortierten Bücherregal fand Jessen schließlich das »Lehrbuch der Gestaltung«. Es stand neben einem Band der Schriften Paul Klees, die er irgendwann einmal geschenkt bekommen hatte, ohne je hineingesehen zu haben. Er griff beide Bücher und ging mit ihnen zu Bett.

Ein dunkles Grau, las er, sei das Mischungsergebnis der Komplementärfarben, und zwar aus folgendem Grund: Die Mischungsfarbe reflektiere nur die Strahlungsenergie, die in beiden Ausgangsfarben enthalten ist. So werde zum Beispiel vom gelben Pigment fast nur Strahlungsenergie des mittel- und langwelligen Spektralbereichs zurückgeworfen, was hieß, dass also etwa sein Auto mittel- und langweilig strahlte. Demgegenüber reflektiere der blauviolette Farbstoff, wie er auf Waldhoffs Aquarellen vorkam, ausschließlich Energie kurzwelliger Bereiche. Durch das Mischen entstehe eine Farbe, die weder kurz- noch mittel- noch langwelliges Licht reflektiere oder nur sehr wenig, denn die Strahlungsenergie des einen Bereichs werde von der des anderen Bereichs abgezogen oder subtrahiert. Man spreche daher in diesem Fall von subtraktiver Mischung.

Jessen las, verstand die Buchstaben, aber er fand keinen Sinn in ihnen. Es klang ihm eher nach militärischem Kauderwelsch über die Gefahren bestimmter Strahlenwaffen. Das Lehrbuch, im Bestreben, anschaulich zu sein, stellte sodann eine praktische Frage: Welche Möglichkeiten bestehen, durch den Einsatz von Hell-Dunkel-Werten beim Schminken Gesichtspartien optisch zu verändern? Er dachte an den weißen Schatten auf Kathies Gesicht, den er im Fahrstuhl gesehen hatte. Geben Sie an verschiedenen Beispielen an, forderte das Lehrbuch weiter, wie sich eine schlecht proportionierte Figur in Schwarz, Weiß und Grautönen positiv kleiden kann. Was man Schwarz auf Weiß besitzt, wird man in diesen Tagen tragen.

Jessen schlug verärgert das Buch zu und begann, schon schläfrig, in den Schriften Paul Klees zu blättern. Der hatte, entsprechend seiner Vorstellung von der ununterbrochenen Bewegung der Farben, ein Crescendo und Diminuendo der Töne in einem Schaubild dargestellt. Auf diesem Kreis klangen die Farben nicht einstimmig, sondern in einer Art Dreistimmigkeit, und Klees Darstellung ließ diese dreistimmige Bewegung wohl erkennen und leicht in ihrem Verlauf verfolgen. Kanonartig setzten die Stimmen hintereinander ein. Bei jedem der drei Hauptpunkte kulminierte eine Stimme, setzte eine andere Stimme ein und verklang eine dritte Stimme, und diese tönende Figur ergab einen Kanon der Totalität, der in einer kreisenden Bewegung auf einen Mittelpunkt zuströmte, in dem Klang und Schweigen, Hell und Dunkel, Farbe und Farblosigkeit ihre Unterschiede verloren. Jessen las und las, denn die Buchstaben waren längst zu Bildern geworden und die Bilder zu einem Buch, das sich vor seinen schlafenden Augen aufblätterte, Geschichten erzählte von der Entstehung und dem Schicksal des Bildes an seiner Wand, Geschichten, die weit zurückgingen in den Hintergrund, auch in die Zeit, auch geografisch von weit her kamen, Geschichten, die sogar Begriffe vom Kolorit fassten, aber so sehr sich Jessen auch bemühte, diese Geschichten in seinem Gedächtnis festzuhalten, die Schriften zu entziffern, die in immer neuen Konstellationen als Sternbilder aus dem Buchbild oder Bildbuch heraustraten – alles blieb ihm fremd und fern und fiel durch die Maschen seiner Erinnerung, obwohl er sich träumend vornahm, diese enger zu knüpfen. Als er am Morgen von seinem Wecker daran erinnert wurde, dass er heute präsentieren musste, lagen die Bücher neben seinem Bett, geschlossen, nichtssagend, stumm.

»Genial«, rief Scharfenthal und lockerte den Seidenschal, den er anstelle einer Krawatte trug. Seine kleinen Augen leuchteten, fuhren immer wieder flink über Jessens Layout, das auf einem Flipchart hing, und von dort auf das versammelte Etat-Team, das vor dem Flipchart in Metallic-Meeting-Chairs hockte.

»Damit fegen wir die Konkurrenz vom Markt. Wir pflügen sie unter. Wir vernichten sie. Radikal!«

Scharfenthals eckiges Kinn geriet in Zuckungen, seine schmalen Lippen formten einen Begeisterungssuperlativ nach dem anderen.

»Das ist Kreativität. Kreativität, wie ich sie von meinen Leuten fordere. Knallhart am Briefing. Und dann noch das gewisse Etwas, diese Welt, dies Flair, dies Icing-on-the-cake, dies …«

»Häh?«, vernahm man nun die schläfrige Stimme von Account-Executive Norbert Hulbe. »Eißing was? Ich möchte doch mal meinen, dass vielleicht der Kunde, dass … Also, Herr Jessen, könnten Sie sich nicht eventuell auch vorstellen, dass wir hier«, Hulbe trat ans Flipchart und zeigte auf den Packshot, »dass wir also hier möglicherweise noch ein, zwei oder drei Zentimeterchen aufblasen und …«

»Wahnsinn!«, schrie Scharfenthal. »Unmöglich! Typisch Kundenberater. Das zerhackt uns ja total die ganze Großzügigkeit des Auftritts, die ganze Dramaturgie. Think big, Mensch. Wir machen hier kreative Kampagnen für die Achtziger-, für die Neunzigerahre, die man auch noch im Jahr zweitausend hochhalten kann, ohne rot zu werden. Postkutschen, Hulbe, und Reklame, die der Fabrikant nach Feierabend selber malt, das ist vorbei. Steinzeit. Rücksichtslose Kreativität ist angesagt. Im Art-Directors-Club hab ich neulich in London …«

»Und wenn's dem Kunden nun zu kreativ ist, zu rücksichtslos?«, gab Hulbe trocken zu bedenken. »Wir kennen doch unsere Pappenheimer im Product-Management bei *Moonlight and Company.* Die halten ihre Zielgruppentests hoch, ihre Marktsegmente. Und pfeifen auf Kreativität. Kreativität heißt bei denen, ›um wie viel steigt der Absatz?‹ Und Kunst, sagen die und haben sogar recht, Kunst, schön und gut. Aber bitte im Museum. Und dann sagen sie noch: Macht doch mal wieder was wie *Ariel.* Clementine in der Wohnküche. So in der Art. Das kommt immer an. Damit können wir leben. So sieht's doch mal aus, Scharfenthal.«

»Ich kann mit so was aber nicht leben. Krämerseelen. Kreativitätskiller«, schnaubte Scharfenthal, wobei sich der Seidenschal vollständig löste und ihm nun locker über die Schultern wallte. »Solange ich hier Creative Director bin, solange mache ich innovative Werbung. Werbung, die sich auch in Cannes sehen lassen kann. Die sich nichts von der Kunst vorschreiben lässt, sondern der Kunst was vorschreibt. Sehen Sie sich doch mal die Künstler an, Beuys, Warhol, wie sie alle heißen. Die kupfern doch samt und sonders bei uns ab. Aber nicht, wenn wir mit Wohnküche kommen. Clementine! Wenn ich das schon höre. Warum nicht gleich unsere *Blitz-Weiß* gewaschene Wäsche im Garten eines Endreihenhauses auf die Leine hängen und …«

»Ja, warum eigentlich nicht?«, fragte Hulbe ernsthaft. »Die Kinder spielen auf dem grünen Rasen, den Vati gerade gemäht hat, Mutti kommt mit dem Wäschekorb und tätschelt dem Jüngsten das Köpfchen, da haben wir dann auch gleich noch jede Menge Mother-Care-Appeal mit drin, vielleicht noch ein verspielter Schäferhund …«

»Und Inge Meysel als Testimonial, wie?«, ätzte Scharfenthal.

»Wenn wir sie bezahlen können, sofort«, sagte Hulbe.

»Nicht mit mir, Hulbe.« Scharfenthals Seidenschal fiel zu Boden. »Gucken Sie doch mal hin, Mensch. Das Layout ist nicht nur richtig, es ist sogar goldrichtig. Genial. Fantastisch. Was sag ich? Fanatisch ist es. Jawohl. Und wahre Kreativität ist Fanatismus, ist …«

Jessen sah Kathie betreten an, aber sie wich seinem Blick aus und hing an Scharfenthals Mund, aus dem es noch immer ekstatisch quallte und quoll. Hulbe schien gar nicht hinzuhören, sondern machte sich an einem Taschenrechner zu schaffen.

»Wie viel müssen Sie uns berechnen, Herr Jessen?«, unterbrach er Scharfenthals Definitionen von Kreativität.

»Neunhundert Mark pro Tag war abgemacht, plus Spesen«, sagte Kathie schnell, bevor Jessen etwas antworten konnte.

»Macht also«, rechnete Hulbe, »übern Daumen so circa runde Zehntausend. Das hält sich in Grenzen. Da hätten wir ja noch jede Menge Luft für eine Alternative.«

»Alternative?«, eiferte Scharfenthal. »Alternative zu was? Zur einzig richtigen Lösung gibt es keine Alternative. Und die einzig richtige Lösung hängt hier. Hier! Vor Ihren blinden Augen, Sie Pfennigfuchser.«

»Werbung«, sagte Hulbe sanft, beinah herablassend, »ist auch immer ein Stück Kompromissbereitschaft, ist Diplomatie und …«

»Werbung ist Krieg, Sie Diplomat!« Scharfenthals Stimme überschlug sich. »Ich sage: Wenn man für einen Kunden arbeitet, dann ist man mittendrin in seinem Krieg gegen die Konkurrenz. Und man stürzt sich in die Schlacht mit allem, was man mobilisieren kann. Keine Kompromisse. Fanatismus! Und wenn wir selbst dabei draufgehen. In dieser Schlacht, Hulbe, sind Sie bestenfalls ein Etappenhengst. Wir aber, wir Kreativen, wir sind die Avantgarde, wir sind sozusagen die Stukas und die Jagdflieger.«

Jessen, an dem die Auseinandersetzung vorbeigerauscht war wie ein Werbespot im Radio beim Autofahren, wurde zusehends blasser. Er fühlte sich schwindelig, im Magen spürte er ein Kreisen und Ziehen, sein Kopf dröhnte. Ich werde krank, dachte er, oder ich bin es schon. Ausgerechnet bei diesem Meeting, ausgerechnet jetzt.

Hulbe rechnete immer noch oder schon wieder. Scharfenthal schnappte nach Luft. Kathie lächelte zufrieden.

»Sagen Sie doch auch mal was, Herr Jessen«, sagte Scharfenthal plötzlich.

Jessen schreckte auf, als sein Name fiel, starrte Scharfenthal verstört an.

»Was ist denn mit Ihnen los, Mann? Sie sind ja ganz blass. Ist Ihnen nicht gut?«

Jessen schüttelte den Kopf. »Geht gleich vorüber.«

»Es ist das Wetter«, half Kathie ihm aus.

»Gott ja«, schnaubte Scharfenthal. »Heiß ist es schon, aber …«

»Entschuldigen Sie mich einen Augenblick«, sagte Jessen tonlos. »Ich glaube, ich bin krank.« Er stand unsicher auf und ging hinaus.

Als er die Tür hinter sich schloss, hörte er Scharfenthal sagen: »Bisschen sensibel vielleicht. Na ja, Lerchenfeld. Kunsthochschule. Ha ha! Das kann einem natürlich einen Knacks geben.«

Auf der Toilette erbrach sich Jessen heftig, blickte eine Weile in die Reste der Spaghetti, die er gestern Abend mit Waldhoff gegessen hatte.

Während Jessen sein Gesicht unter dem Wasserhahn kühlte, den bitteren Nachgeschmack aus dem Mund spülte, mehrere Male ausspuckte und dann oberflächlich wiederhergestellt ins Konferenzzimmer zwei der McLinn in der Hamburger City zurückging, verdunsteten über dem Nordatlantik gewaltige Flüssigkeitsmengen, die, durch die Luft aufgenommen, von thermischen Strömungen und der Dynamik der Erdrotation beschleunigt, rasch in höhere Regionen gelangten. Beim Aufsteigen kühlten sich die feuchten Luftmassen ab und verdichteten sich zu kleinen Tropfen, was zur Bildung großflächiger Wolkenformationen im Seegebiet über Irland führte. Angetrieben von einer kräftigen nordwestlichen Strömung gelangte dies Gebilde binnen eines Tages in den Luftraum über Deutschland. Müde und mürbe geworden brach das sogenannte Jahrhunderthoch widerstandslos zusammen. Der Luftdruck fiel rapide, eine Fernseh-Meteorologin brachte ›den Landwirten frohe Kunde‹, und am Morgen nach jener Präsentation des *Blitz-Weiß*-Layouts hatten die Tröpfchen in den Wolken an Umfang und Gewicht derart zugenommen, dass sie von der Luft nicht länger in der Schwebe gehalten werden konnten, sondern als Regen zu Boden fielen und Michael Jessen durch energisches Klopfen an die Fensterscheiben erwachen ließen. Gleichmäßige, tief hängende Regenwolken verscheuchten den mediterranen Ausnahmezustand am Himmel über Hamburg und auch anderswo, und Jessen empfand diese Wiederherstellung eines eher normalen Zustands als eine wunderbare Erleichterung, wie das Erwachen aus einem Albtraum.

Es war also doch nur das Wetter, Jessen atmete innerlich auf, als er sich an seinen Arbeitsplatz begab, um energisch den neuen Auftrag in Angriff zu nehmen, mit dem ihn gestern Scharfenthal, schulterklopfend und gute Besserung wünschend, entlassen hatte. Das Honorar für das *Blitz-Weiß*-Layout bekam er so oder so, selbst wenn es Hulbe gelingen sollte, eine Alternativversion durchzusetzen, die den Wünschen des Kunden eher entsprechen würde.

Die grafische Umsetzung der maßgeschneiderten Konzeption Kathies für die schwarz-weiße Herrenmode war, verglichen mit der vorangegangenen Arbeit, ein Kinderspiel. Er brauchte lediglich verschiedene Kleidungsstücke in einer gewissen Regelmäßigkeit auf dem Blatt zu verteilen – eine Ordnung, die dem ungeübten Betrachter als locker-spontane Unordnung scheinen sollte, herzustellen. Schwarz, Weiß, Grau, dachte Jessen beschwingt, hab ich in diesen Tagen ja eh schon getragen, legte eine Jazz-Schallplatte auf, deren gleichmäßiges, unaufgeregtes Fließen erfahrungsgemäß stimulierend auf seine Gestaltungskraft wirkte, und begann entsprechend entspannt zu probieren. Die Konzentration kam schnell. Er versank in seinen weißen, schwarzen und grauen Rasterbögen, mit denen er hantierte, der Regen strömte im gleichen Rhythmus wie die Musik, der Rhythmus hüllte ihn ein. Kanonartig erklangen Stimmen hintereinander. Bei jedem der drei Hauptpunkte kulminierte eine Stimme, setzte eine andere Stimme ein und verklang eine dritte Stimme, und diese tönende Figur ergab einen Kanon der Totalität, der in einer kreisenden Bewegung auf den Mittelpunkt zuströmte, in dem Klang und Schweigen, Farbe und Farblosigkeit, Hell und Dunkel, Schwarz und Weiß, ihre Unterschiede verloren, ihre Spezifik, ihren Charakter. Das begann immer neu. Die erste Stimme wurde vom Regen gebildet, die zweite Stimme von der Musik, die dritte …

Der Tonarm des Plattenspielers setzte mit einem feinen Knacken ab. Jessen erschrak. Wo war er gewesen? Wo hatte er diesen Kanon schon einmal gehört? Wo diese Töne schon einmal gesehen? Was? Das, was er da auf dem Zeichentisch zusammengesetzt hatte, zusammenzusetzen versucht hatte. Er drehte seinen Kopf vorsichtig nach links, schielte auf das Bild, dann wieder zurück auf seine Papiere. Kein Zweifel: Er hatte das Bild, den Hintergrund des Bildes, nachzuahmen versucht. Aber hatte er es wirklich versucht? Hatte nicht etwas anderes seine Hand geführt, seine Augen gelenkt? Etwas, das er so lange nicht bemerkt hatte, bis er zu denken begann. Etwas, das plötzlich drohend, unsichtbar, lautlos und grau im Raum stand.

Ich bin doch krank, beruhigte er sich, wusch sein Gesicht, trank einen Cognac. Gestresst. Total überarbeitet. Urlaubsreif. Ich hätte diesen Auftrag nicht mehr annehmen, hätte mich auch nicht auf Kathie einlassen dürfen. Sie lenkt mich ab. Sie steuert, ohne es zu wollen, mein Verhalten. Ich muss hier raus. Ein paar Wochen Pause. Einfach weg. Tapetenwechsel. Klimawechsel. Ins Blaue.

Hatte nicht Waldhoff etwas von einem Zimmer in Sebastians Haus gesagt, in Ligurien? Er rief Waldhoff an, der ihm Sebastians Nummer in Italien gab. Die Leitung war frei. Das Zimmer war frei. Er konnte jederzeit kommen.

Er rief Kathie an. Erklärte knapp, er sei einem Nervenzusammenbruch nah. Er fliege noch heute. Sie glaubte an einen Scherz, lachte. Als sie merkte, wie ernst es ihm war, wurde sie heftig, als er sich nicht umstimmen ließ, als er sagte, er schreibe dann mal, hysterisch.

Pianavia, 14. Oktober 1985

Liebe Kathie,
nun sind seit meinem überstürzten Abschied schon sieben Wochen vergangen. Ich hoffe, Du warst so sauer auf mich, dass Du nicht allzu sehr auf Post gewartet hast. Dass ich bis jetzt nicht geschrieben habe, hat mit unserer Beziehung nichts zu tun, oder wenn doch, dann nur ganz am Rande.

Die ersten beiden Wochen hab ich einfach dazu gebraucht, all das von mir abzustreifen, was mich so belastet hat. Ich konnte und wollte einfach nichts tun, nur lange Spaziergänge in den Bergen machen, auf Sebastians Veranda sitzen, von wo man das Meer blinken sehen kann, ab und zu schwimmen gehen, ein paar Bücher lesen, die wenig von mir forderten, mir aber andere Gedanken gaben.

Als ich dann langsam wieder der Alte war, habe ich Sebastian geholfen, der dabei ist, sein Haus auszubauen. Und das machen wir zurzeit immer noch. Es tut mir unendlich gut, einmal wieder ganz praktisch, ganz handgreiflich arbeiten zu können. Fast müsste ich sagen: zu dürfen. Zu sehen, wie aus dieser Arbeit etwas wirklich Konkretes entsteht, das Sinn und Zweck hat, wie beispielsweise eine Mauer langsam wächst, ein Dach Ziegel um Ziegel sich schließt, abends dann seine Muskeln zu spüren, diesen wohligen Schmerz, der nicht wehtut, sondern befriedigt, eine Art Lohn der Arbeit ist.

Neulich stand auf der Terrasse eine alte Blechgießkanne, deren einfaches Dastehen mich seltsam berührt hat. So geht mir das mit vielen Dingen hier. Und vom Zeichnen will ich gar nichts wissen; da müsste ich schon ein Künstler sein. Benjamin Waldhoff (kennst Du ihn eigentlich persönlich?) hat hier einmal eine Serie Aquarelle gemalt, die alles sagen bzw. zeigen, und noch ein bisschen mehr, aber auch ein bisschen weniger.

Sehr entspannend wirkt auf mich auch die Lockerheit, mit der man hier miteinander umgeht. Das Leben ist nicht so dringend, nicht so wichtig wie bei uns. Vor allem das Zeitgefühl ist anders. Es fließt kontinuierlich, aber in diesem Fließen gibt es ein Gefühl des Stillstands, oder besser gesagt: des Einstands. Die Tage werden datumslos, und es kommt mir vor, als seien das die wirklichen Daten. In Hamburg sind die Tage zerhackt, gejagt, sozusagen collagiert. Termine, Meetings, Honorare, Aufträge. Natürlich, das muss schon sein. Ohne das könnte ich es mir ja gar nicht leisten, hierherzukommen und das Gegenteil zu erfahren.

Aber vor sechs Wochen war mir das einfach über den Kopf gewachsen. Ich war in einer Art Panik, dachte wirklich, ich dreh jetzt durch. Auf der Präsentation des *Blitz-Weiß*-Layouts (hat es eigentlich eine Alternative gegeben?) brach dieses Unbehagen richtiggehend auf, über mir zusammen. Ich musste aufs Klo und kotzen. Ich war so überreizt, so gestresst, dass ich sogar auf die fixe Idee kam, das Bild, das ich mir damals bei Wuttke gekauft hatte, hätte etwas Entscheidendes mit meinem Zustand zu tun, würde mich beeinflussen, mich negativ bestrahlen. Bad vibrations sozusagen. In der Tat eine irre Vorstellung! Wenn ich heute darüber nachdenke, muss ich lächeln.

Ich werde Anfang November wieder in Hamburg sein. Sebastian fährt dann mit dem Auto nach Genua, nimmt mich mit, und ich nehme von dort ein Flugzeug. Sobald ich zu Hause bin, melde ich mich bei Dir. Ich hoffe, Du bist mir nicht allzu böse. Ich habe oft gedacht, dass ich mich Dir gegenüber wenig liebevoll verhalten habe. Das tut mir leid.

Ganz herzlich
Dein Michael

PS: Wenn ich wieder da bin, könnte ich gut ein paar Aufträge gebrauchen. Kannst Du was für mich reinholen?

Aus der Ferne gaben die Wolken vielfältige Gestalt. Der Wind formte sie zu skurrilen Bildern, die ständig zerfielen, um aus dem Zerfall sofort neue, noch fantastischere zu schaffen. Als das Flugzeug in die dichte Wolkendecke eindrang, erloschen schlagartig alle Bilder. Die Formen verwandelten sich in eine unklar neblige Gefahr, lösten sich auf in ein graues Nichts. Das Unbehagen, das Jessen bei diesem Wechsel des Anblicks über den Rücken gerieselt war, verstärkte sich noch, als die Maschine zur Landung in Fuhlsbüttel ansetzte, in den wenigen Momenten, in denen man überhaupt zu spüren bekommt, dass man fliegt. Aber es war wohl nur der leichte Druck auf den Magen und jene Spannung, die sich immer einstellt, wenn man von einer längeren Reise zurückkehrt.

Natürlich hatte sich nichts verändert. Der Herbst war gekommen und fast schon wieder vorbei. An den Straßenbäumen hingen noch letzte braune Blätter in der nasskalten Novemberluft. Zu Hause schaltete Jessen die Heizung an. Auf seinem Zeichentisch lag noch das, was damals das Layout für die schwarz-weiße Herrenmode hätte werden sollen. Er lächelte, packte die Blätter zusammen, räumte auf.

Das Bild hing schief an der Wand. Er rückte es zurecht.

Drei Tage nach seiner Ankunft bestellte er im *Tre Fontane* einen Tisch für zwei Personen und traf sich mit Kathie, die zwanzig Minuten zu spät kam. Während er auf sie wartete, schoss ihm der Gedanke durch den Kopf, dass er gar nicht auf den Menschen Kathie wartete, sondern auf ihre Funktion als Körper und Vermittler von Aufträgen. Doch als sie kam, verschwand der Gedanke, verblasste unter ihrem Lächeln, das freilich anders als gewohnt war. Sie war nicht abweisend, aber doch deutlich distanziert, kühl, deutete an, dass sie ein Verhältnis mit Scharfenthal habe oder doch gehabt habe, ließ Jessen spüren, wie sehr sie sich durch seine fluchtartige Abreise gekränkt gefühlt hatte. Scharfenthal selbst sei ebenfalls stocksauer gewesen, weil Jessen das Schwarz-Weiß-Layout einfach hingeschmissen hatte, unprofessionell, sei aber dann wieder versöhnt worden, als man die *Blitz-Weiß*-Kampagne beim Kunden lancieren konnte; Hulbe, die Alternative im Arm, habe bloß staunen können. Und deshalb gäbe es auch durchaus wieder Aufträge für Jessen.

Der Abend blieb in fast geschäftsmäßiger Atmosphäre. Kathie nahm eine Taxe zurück. Jessen ärgerte sich. Als sie sich kennengelernt hatten, war sie ihm eher gleichgültig gewesen. Nun, da sie offenbar nichts mehr von ihm wollte, wollte er sie. Ihre Kühle erregte ihn.

Er erhielt seine Aufträge, erledigte sie sauber, schnell, routiniert. Nach dem dritten dicken Lob von Scharfenthal bekam er auch Kathie wieder, die, wie sie ihm sagte, mit Scharfenthal nichts gehabt hatte. Aber er habe es verdient, einmal zu spüren, dass nicht immer alles nach seinen Launen ablaufen könne.

Alles war wie früher. Mitte Dezember fiel erster Schnee, der aber nicht liegen blieb, sondern zu Matsch vergraute und rasch als Schmelzwasser verschwand. Jessen geriet wieder in seinen hektischen Produktionsrhythmus, jagte von Termin zu Termin und von Auftrag zu Auftrag. Sein Kontostand stieg. Die üblichen Verspannungen kehrten zurück, sein Aspirinverbrauch stieg proportional zu dem von Zigaretten, Cognac und Kaffee, seine Lust auf Kathie nahm ab, aber sie blieben zusammen. Ab und zu ertappte er sich dabei, misstrauische Blicke auf das Bild zu werfen, aber es hing dort harmlos, nichtssagend, das Werk eines Dilettanten. Hätte Waldhoff es nicht als einen guten Kauf bezeichnet, Jessen hätte es vielleicht abgehängt.

Kurz vor Weihnachten gab es einen plötzlichen Kälteeinbruch, hervorgerufen durch ein Rußland-Hoch, eine Wetterkonstellation, die im Sommer zu Hitze geführt hätte, jetzt jedoch die Stadt erstarren ließ.

Auch die Alster fror zu. Als die Flächen von der zuständigen Behörde freigegeben wurden, ging Jessen Schlittschuh laufen, fand sich nach einigen Startschwierigkeiten schnell in die Sache ein, flitzte wie ein Kind umher, schwerelos, lautlos, drehte Kreise, Pirouetten, fühlte sich leicht, stieß aber plötzlich mit einem Eishockey spielenden Jungen zusammen, stürzte, rutschte einige Meter über das Eis und blieb einen Moment leicht betäubt liegen. Seine rechte Hand war aufgeschürft. Blut troff blasig auf die schimmernde Transparenz der grauen kalten Fläche. Vor seinen Augen drehte es sich. Ein feiner Wirbel durchzog seinen Körper, ein Gefühl, als ob er sich erbrechen müsse. Das Blut stand an zwei Punkten auf dem Eis und blickte ihn aggressiv an. Aus den Punkten liefen Schlittschuhspuren wie Kondensstreifen aus Flugzeugen oder wie Rauch. Die Eisfläche lag da, farblos und glatt.

Der Junge kam herangefahren und entschuldigte sich. Jessen blickte ihm hinterher. Die Stimme war ihm bekannt vorgekommen. Über seinen dicken Pullover hatte der Junge ein Star-Wars-T-Shirt gezogen. Jessen war sich sicher, den Jungen schon einmal gesehen zu haben, konnte sich aber nicht erinnern.

Zu Hause fiel es ihm ein. Das war im Sommer gewesen, in einem Café an der Alster. Der Junge hatte Flugblätter verteilt für eine Kunstflug-Show. Das Eigelb war auf den Metalltisch getropft.

Etwas schnürte Jessens Kehle zu.

Über Weihnachten besuchte er seine Mutter. Sein Vater war gestorben, als Jessen zwanzig Jahre alt war, eines, wie es hieß, natürlichen Todes, der aber durch Spätfolgen beziehungsweise Nachwirkungen einer Kriegsverletzung beschleunigt worden war. Hatte früher sein Vater häufig vom Schrecken des Zweiten Weltkriegs erzählt, so häufig, in immer denselben Worten, dass Jessen es nicht mehr hören konnte, so übernahm nach dem Tod ihres Mannes seine Mutter es, die Erinnerung an jenen Granatsplitter wachzuhalten, der sie spät doch noch zur Witwe gemacht hatte, weil er im Körper von Jessens Vater gewandert war. Jessen wusste, dass seine Mutter, besonders zu sentimentalen Anlässen wie Weihnachten, die Geschichte immer erzählen würde, und er glaubte sich durch höflich geheucheltes Interesse gut gewappnet. Doch als sie anfing, Details nicht vergessend, die sie aus den Erzählungen ihres Mannes geerbt hatte, Details, die in der zerfetzten Uniform kulminierten, aus deren Feldgrau das blutige Fleisch gequollen war, packte Jessen eine Welle der Angst, die an Panik grenzte, und er schrie seine Mutter an, ob sie denn die alten Geschichten nicht endlich einmal auf sich beruhen lassen könne. Seine Mutter weinte. Jessen entschuldigte sich. Weihnachten ging vorüber.

Silvester waren Kathie und Jessen auf einer Party eingeladen, die ein Kollege aus der Firma McLinn veranstaltete.

Scharfenthal führte das große Wort, sprach wiederholt vom Fanatismus der Kreativität, versuchte Jessen davon zu überzeugen, dass er es als Angestellter der McLinn schnell zum Geschäftsführer, zum Board-Member eines Creative-Bereichs bringen würde.

»Aber die Freiheit«, lallte er. »Die verdammte Freiheit. Die versaut euch. Euch geht's ja viel zu gut, euch Freien.«

Jessen zuckte nur mit den Achseln.

»Jetzt geht's los«, rief Kathie und zog Jessen auf den Balkon hinaus, um das Feuerwerk anzusehen. »Jetzt geht's richtig los, Leute.«

Schon den ganzen Nachmittag und Abend hatten überall Feuerwerkskörper gezischt und Böller gekracht, und der Lärm hatte sich im Verlauf des Abends ständig gesteigert, war jedoch kurz vor Mitternacht fast völlig verebbt, um jetzt schlagartig aus der Stadt hinauszutosen in die frostige Klarheit des Winterhimmels. Die Sterne verloschen unter der Gewalt explodierender Raketen, die hunderttausendfach aus den Straßenschluchten aufstiegen, von Balkonen abgeschossen wurden oder aus Fenstern, über Dächer rasten, feurige Streifen hinter sich herziehend oder Rauchfahnen, bis sie plötzlich fauchend, zischend, knallend in unterschiedlichen Höhen zerplatzten, bunten Regen ausstoßend, künstliche Sterne in den Farben des gesamten Spektrums, irrwitzige Konstellationen in der Luft eingingen, die niemand plante oder zusammendachte, die niemand verstand, die chaotisch aufschienen für Augenblicke, aufeinander zuschossen, sich hektisch vermischten, grell kopulierten, neue Farben, Formen, Töne, Laute erzeugten, übereinanderjagten, durcheinander, in Streifen, Schleiern, Bahnen, Kurven, Kreisen, wolkenartig, blasenhaft zuweilen, dann wieder in gradlinigen Formationen wie Fliegerstaffeln, die sofort zerstört wurden von immer neuen, immer wechselnden, nie dauernden Erscheinungen.

Jessen, der Feuerwerk liebte, hatte dem Schauspiel einige Sekunden vergnügt zugesehen, aber sein Spaß wich schnell einer gespannten Starre, einer Lähmung. Zu seinem Entsetzen assoziierte er im Anblick der krepierenden Licht- und Klangkörper unzählige Film- und Fernsehbilder von allen Kriegsschauplätzen der Welt, Bilder, die er seit Jahren abgestumpft an sich hatte vorbeiziehen lassen, die aber in seinem Gedächtnis abgespeichert waren und jetzt höchst unwillkommen nach oben drängten. Er glaubte, in jedem Punkt des Tobens da draußen, das sich mit seinem aufgewühlten Innern mischte, etwas lesen zu können, glaubte, dass Informationen, die ihm galten, in die Luft geschrieben würden, aber immer erstarben diese Punkte, bevor sie ihm irgendetwas mitgeteilt hatten, fielen zurück in die Nacht. Er kam sich vor, als stünde er nach langer Suche vor einer Tür, durch die er nur einzutreten hatte, um endlich den Grund für diese Suche zu erfahren, aber der Mechanismus, die Tür zu öffnen, blieb ihm unbekannt.

Langsam verging das Inferno der Freude über die Bewegung des Uhrzeigers um eine einzige Sekunde, die das eine zum anderen Jahr gemacht hatte. Die Farbsprengsel kamen vereinzelter, matter, die Böller krachten sporadisch, Rückzugsgefechte des sinnlosen Spaßes, dachte Jessen verbissen. Behäbig breitete sich über den weiß geschneiten Dächern Hamburgs eine gewaltige Wolke aus Dampf und Rauch aus, ein lockerer Nebel, der zögernd höher stieg, ohne auseinanderzufallen. Vom nahen Hafen dröhnten die Sirenen der Schiffe herüber.

Ich habe das schon einmal gesehen, nagte es in Jessen. Aber wo? Ich kenne es. Oder hat es mir jemand erzählt? Aber wer? Oder war es ein Traum? Aber wann?

Auf der Straße unter ihm stiegen plötzlich zwei verspätete Raketen auf, zischten dicht am Balkon vorbei, zogen spurlos nach oben, bis sie plötzlich lautlos zerplatzten und sekundenlang als grellrote Punkte unbeweglich vor dem Rauchnebel standen.

Jessen ging in die Wohnung zurück, tauschte geistesabwesend, mechanisch Neujahrsküsse mit allen und jedem.

Er wusste es jetzt. Es war das Bild. Dort hatte er das alles schon einmal gesehen. Und noch viel mehr, das er nicht in Bilder fassen konnte, von Worten zu schweigen. Er hatte es bemerkt. Er hatte es betrachtet. Er hatte es wahrgenommen. Oder hatte es ihn wahrgenommen? Er hatte begonnen, über das Bild nachzudenken. Aber ihm fehlte die Möglichkeit, die Wirkungen zu verknüpfen. Er wusste, dass ihm Wissen fehlte über das Bild und dessen Gewalt.

Ich muss zu Wuttke, dachte er. Wuttke weiß mehr. Er muss mehr wissen.

»Was ist denn los?«, fragte Kathie.

»Ich will es jetzt wissen«, sagte er.

II

Alles ist nur so lange schön,
als es uns nicht angeht.

Arthur Schopenhauer

Schnee vom vergangenen Jahr klebte trübe an den Straßenrändern, taute an, mischte sich mit von Industrieausdünstungen verunreinigter Luft, mit den zerfetzten Resten des Feuerwerks, verharschte aufs Neue in lang gedehnten, kalten Nächten, die nur widerwillig wichen gegen die Tage, deren Schein in altmilchigem Hochnebel verhüllt blieb. Der Fernsehturm, dessen ornamentlose Funktionalität sonst sachlich schlank, fast elegant ins Blaue ragte, steckte plump und breit geduckt im schwadigen Gewaber. Kaum kam Wind auf, bloß Brisenreste, die sich von See die Elbe hinauf in den Hafen verirrt hatten, bliesen bisweilen fernes Dröhnen von Nebelhörnern der Schiffe in hafennahe Teile der Stadt. Als bleierne Mütze lastete der Inversionsnebel über Hamburg.

»Smog«, funkte der Wetterdienst, und der Verkehrsfunk des Radiosenders verwandelte die sonst ›gnadenlos fröhliche Welle‹ zu einer Dauerdurchsagestation kleiner und mittlerer Katastrophen. Besonders Auffahrunfälle, diese Verkettungen von Wetterursachen und deren Wirkungen auf die Konzentrationsfähigkeit, häuften sich derart unmäßig, dass man hätte glauben können, das

Kausalitätsprinzip sei zur heimlichen Herrscherin der Stadt und ihres Umlands avanciert.

Wattegleich dämpfte der Nebel Sicht, Geräusche, Gerüche gar, legte sich schwer aufs Denken, Fühlen, lähmte die Sinne, schläferte ein, half dem Vergessen.

»Du warst aber seltsam heut Nacht«, meinte Kathie beim Frühstück. »Was war denn bloß plötzlich in dich gefahren?«

Jessen zuckte mit den Schultern und sah an ihr vorbei. »Wieso?«

»Ich will es jetzt wissen, hast du einmal gesagt. Oder zweimal. Ganz starr, ganz abwesend. Ich hab fast Angst um dich bekommen.«

»So, hab ich das gesagt?«

»Hast du. Genau das. Was sollte das denn überhaupt heißen?«

»Nichts«, wehrte er ab, »gar nichts. Ich weiß nicht …«

Der Satz fiel halb gesagt und halb verschwiegen ins gemeinsame Neujahrsfrühstück, stand hilflos, halb und leer im Raum.

»Manchmal«, sagte Kathie kauend, »bist du wirklich komisch.«

»Komisch«, echote Jessen tonlos. »Wenn's doch wenigstens komisch wäre. Es ist aber nicht komisch. Alles andere als das.«

»Was denn überhaupt? Wovon redest du eigentlich?«

Jessen schwieg, starrte aus dem Fenster über Dächer in den Nebel. Keine Antwort. Kein Zeichen. Kein Bild. Verschwommene Fläche aus sanften Schwaden. Darüber kein Himmel. Kein Land darunter. Und Lärm und Licht verschluckt.

Warum sollte er Kathie nicht einfach sagen, dass an dem Bild etwas war. Oder war es an ihm? In ihm? Würde sie ihn nicht für verrückt halten? War er denn nicht schon verrückt, neben sich selbst gestellt manchmal, wenn er vor dem Bild stand? Warum war er plötzlich, nein, nicht plötzlich, warum war schleichend aus ihm so ein Hypersensibelchen geworden? Erzählte er ihr, was in ihm rumorte und seltsame Muster warf, würde sie ihn nur auslachen, würde sagen, was sie schon immer gesagt hatte: Das ist doch nichts. Vielleicht musste er es nur noch einmal hören, noch einmal dies wegwerfende, lebensleicht geplauderte ›Das ist doch nichts‹, das so herrlich gedankenlos an den Oberflächen haftete oder trieb und tiefere, fremdere Schichten sich schlicht verbot. War diese Haltung nicht sogar das Leben schlechthin, fern allen Grübelns, fern allen Wissenwollens? Das Rouge auf der Blässe der Gedanken. So ging es doch auch. Kathie war ja das quicklebendige Beispiel dafür, dass es so auch ging, nicht bloß auch, sondern vielleicht sogar besser. Leichter. Musste man überall Probleme sehen, sogar in der sprichwörtlichen Heiterkeit der Kunst?

Nein, man musste nicht. Was Kathie sagte, tat und lebte, war auch eine Möglichkeit. Und war womöglich ein großes Glück. Das Glück des Nichtfragens. Das Glück des Nichtwissens. Nichtwissenwollens.

Michael Jessen sah also wortlos in den Nebel, wo er nichts erblickte als das gauklerisch zweifelhafte Angebot, sich ins Glück des Nichtwissens zu stürzen.

Wäre er damals nicht das gewesen, was er mit Leib und mittlerweile etwas gebrochener Seele war, ein Gebrauchsgrafiker vor dem Hintergrund eines vorzeitig abgebrochenen Kunststudiums, sondern Sprachwissenschaftler oder sogar Etymologe, ein Forscher also oder doch Kenner der Lehre von der wahren Bedeutung der Worte und Wörter (das heißt: von ihrem Ursprung und ihrer Grundbedeutung und von den Wandlungen und Wirkungen dieser Ursprungsbedeutung im Lauf der Jahre, Jahrzehnte, Jahrhunderte, Jahrtausende), dann wäre ihm wohl mittlerweile aufgegangen, welch inniges Verhältnis bestand zwischen seinem eigentümlich ungestillten Wissensdurst und der Betrachtung des Bildes, das jene beunruhigende Wirkung auf ihn auszustrahlen begonnen hatte.

Da ihm dies Verhältnis nun einmal nicht aufgehen konnte, will es nunmehr, quasi der sprachlichen Vollständigkeit halber, jedoch auch zur Unterrichtung des einen oder anderen etymologisch nicht kundigen Lesers, kurz angemerkt sein. Denn immerhin befinden wir uns in einem Roman, der von Bildern erzählt, vom Sehen, von Wirkungen und vom Wissen über die Wirkungen des Sehens. Solch ein Roman stellt ja nicht nur die Frage, wieweit die Sprache überhaupt dazu in der Lage sei, optische Erscheinungen mit ihren lautlichen und zeichenhaften Mitteln darzustellen, das Sehen zu beschreiben, mithin etwas Außersprachliches erzählbar zu machen;

vielmehr hat ein solcher Roman auch der Frage nachzugehen, ob und inwieweit die menschliche Sprache ein taugliches Werkzeug des Erkennens und Wissens sei, und schließlich darüber nachzusinnen, welche Beziehung besteht zwischen Sehen und Wissen. Was nun aber die Beantwortung dieser Fragen betrifft, oder doch zumindest Annäherungen an ihre Beantwortung, so bietet sich dafür kaum ein besseres Beispiel als ebendas Wort *wissen* selbst – ein Wort, das Michael Jessen während des Jahreswechsels 1985/1986 häufig und heftig über die Lippen kam.

Die allgemein angenommene Etymologie des Wortes besteht nämlich aus einer einfachen, gleichwohl manchen überraschenden und zugleich vieles erhellenden Gleichung. Sie lautet: *Ich weiß = ich habe gesehen.* Hier, im Innersten der Sprache, stoßen wir also auf den Kern des berühmten Satzes, es sei nichts im Verstande, was nicht zuvor in den Sinnen gewesen sei.

Die sogenannte Sprachwurzel *vid* findet sich in der Bedeutung *sehen, beobachten,* jedoch auch (für unsere Geschichte zumindest ebenso wichtig) *finden,* im Sanskrit wie im Griechischen und Lateinischen und Gotischen. Es ist ein recht hübscher Zufall, dass die Sprachwissenschaft, ganz ohne von unserer Geschichte etwas zu wissen, rein historisch zu der Überzeugung gelangt ist, dass das deutsche Wort *weiß* ein Perfektum des Begriffs *sehen* ist: Man weiß, was man gesehen hat. In Frankreich ist diese Wortehe noch heute ungeschieden, denn *sehen* heißt dort *voir* und *wissen* hüllt sich in *savoir.*

Die Sprachwissenschaft hat auch, wovon wir nun

dankbar profitieren, alle Bedeutungswandlungen untersucht, welche die, wie man zu sagen pflegt: synonymen Ausdrücke für *scheinen* und *glänzen* nach verschiedensten Richtungen hin genommen haben. In diesen Untersuchungen finden sich zahlreiche Wurzeln, die allesamt von der Bedeutung des Leuchtens, Scheinens, Brennens, Strahlens zu der Bedeutung des Sehens und Erkennens führen. Wenn wir diesen Forschungen Glauben schenken wollen (und wir sollten es tun, trotz der trockenen Art, in der sie ihre Ergebnisse präsentieren), dann können wir weiterhin feststellen, dass die sehr alten Stämme dieser Worte das aktive Brennen bedeuten und dass aus diesen aktiven Verben diejenigen entstanden, die das Scheinen umschreiben. Das heißt nun nichts anderes, als dass ein beobachtendes Subjekt von leuchtenden Dingen beschienen wurde und ebendeshalb diese Dinge, ob Sterne oder andere Brände, sehen konnte. Und so konnte der Sehende erkennen, konnte wissen, was er gesehen hatte. Auch das deutsche Wort *scheinen,* im Sinne von *glänzen* und *strahlen,* scheint in ähnlichem Zusammenhang zu stehen. Jedenfalls bringt man es mit gewissen Sanskritworten in Verbindung, die in germanischen Sprachen zu *schön, ansehnlich, glänzend* wurden, endlich zu *scheinen.*

Innerhalb dieser Bedeutungswandlungen steht nun an zentraler Stelle jener uns schon bekannte Stamm *vid,* welcher uns in einigen Sprachen als *sehen* entgegenwinkt und sich später zu *gesehen haben* oder eben *wissen* entwickelt hat. Und in uralten Zeiten hat dieser bemerkenswerte Stamm zugleich das aktive Scheinen leuchtender Körper, am Anfang wohl gar der Sterne, und das passive Beschienenwerden der sehenden Menschen umfasst. Vielleicht führen von hier Fäden zu unseren Ausdrücken für *sprechen* herüber, wenn wir unser *sagen* mit dem Sanskritwort in Verbindung bringen dürfen, das in gewissen Ableitungen sowohl *scheinen* als auch *sehen* und *sagen* bedeuten kann. Allein, das ist ein sehr weites Feld, und wir sollten uns damit bescheiden, nunmehr zu wissen, dass unser *wissen* von seiner sprachlichen Natur her ein Gesehenhaben ist, dass aber andererseits das Sehen ein Beschienenwerden von etwas aktiv Brennendem darstellt.

Und während wir uns auf diesem kleinen Ausflug in die Tiefe der Sprache für den Fortgang des hier Berichteten gewappnet haben, sehen wir Michael Jessen noch immer in den Nebel starren und darüber nachdenken, ob ein Nichtwissen, mithin, wie wir nun genauer wissen, ein Nichtsehen, nicht möglicherweise ein Glück sei – oder doch zumindest das Leben zu erleichtern hilft.

»Ich habe irgendwie begonnen«, sagte er plötzlich entschlossen, fast erleichtert, »mich für das Bild da«, und er nickte abschätzig mit dem Kopf in Richtung seines Arbeitsplatzes, »zu interessieren. Du weißt schon.«

»Ja, ja«, sagte Kathie. »Ich find's wirklich nicht sehr hübsch, das weißt du ja. Und ich hab auch nie recht verstanden, warum du das gekauft und aufgehängt hast. Was meinst du denn überhaupt damit, dass es dich *interessiert*?«

»Weiß ich selber nicht genau.« Jessen sprach lauter, sprach sich Mut zu, sprach sich in eine Art Selbstabsolution, nach der er sich sehnte. »Waldhoff hat sich ja auch dafür interessiert. Der meinte sogar …«

»Künstler«, spitzte Kathie die Lippen und lächelte ihn über den Rand ihrer Kaffeetasse an.

Er musste lachen. Etwas löste sich.

»Na bitte«, sagte Kathie und lachte fröhlich mit. »So gefällst du mir besser.«

Sie räumten den Tisch ab, spülten gemeinsam das Geschirr. Alles war sauber, blank, klar. Auf dem Frühstückstisch lagen noch einige Brotkrümel, im Aschenbecher Kippen und Aschenreste der Morgenzigaretten. Seltsame Muster. Zerbröckelnde rundliche Formen. In Auflösung begriffen. Grau auf der roten Schale des Porzellans. Jessen kippte alles mit einer raschen Bewegung in die Mülltonne.

»Und das Bild schenk ich Waldhoff«, sagte er. »Soll der sich doch gruseln.«

»Wieso gruseln? Weil's so schlecht ist?«

»Nein, das ist es nicht.« Jessen zögerte einen Moment. Nicht wieder von vorn, dachte er, sagte: »Ja, weil's so schlecht ist.«

»Und jetzt wird Blei gegossen«, sagte Kathie, die bereits alles vorbereitet hatte.

Die feste Masse verschmolz auf dem Löffelchen, tropfte zischend ins Wasserglas.

»Sag schnell«, rief sie, als Jessen das Stück herausholte. »Du darfst nicht nachdenken! Was siehst du?«

»Eine Insel in der Südsee«, sagte er.

»So grau und klumpig? Südseeinseln stell ich mir anders vor. Na gut. Jetzt bin ich dran.«

Jessen hielt das Blei über die Flamme. Im Zerfließen des Metalls erkannte er etwas von …

Das Wasser verfestigte die Tropfen zu schnell.

»Ein Flugzeug«, sagte Kathie. »Oder ein Fisch.«

Dann brachen sie zu einem Spaziergang an der Elbe auf, das neue Jahr zu begrüßen, sprachen nicht viel miteinander. Aus den Industrieschloten im und um den Hafen stieg Rauch, vermischte sich mit dem nebligen Dunst über der Industriekloake, die einmal ein lebendiger Strom gewesen war. Jessen ärgerte sich über sich selbst, weil er beim Anblick der schwefligen Dünste daran dachte, dass er indirekt an der Verpestung der Luft, der Vernichtung der Erde mitarbeitete, indem er Produkte in den schönsten, unnatürlichsten Farben ausmalte, deren Produktionsrückstände in den Himmel stiegen und in die Elbe flossen. Er beneidete Kathie wieder um ihre Unkompliziertheit, ihre heitere Skrupellosigkeit, die er bis vor gar nicht langer Zeit noch geteilt hatte. Bis das Bild aufgetaucht war. Ja, Kathie, das war die Lebensfreude in Person. Und er, er wurde zur vergrübelten Existenz. Fehlte nur noch, dass ihm die ersten grauen Haare wuchsen!

»Mach nicht so 'n Gesicht!« Sie stieß ihn an. »Denkst du etwa schon wieder an das Bild?« Sie drohte ihm mit dem Finger.

»Nein. Das ist abgehakt.«

»Wurde ja auch höchste Zeit. Hast du von Wuttke etwa was Besseres erwartet?«

»Wie meinst du das?«

»Na ja«, sprudelte Kathie munter. »Der hat das doch gemalt und …«

»Was sagst du da?« Jessen riss sie am Arm und blieb stehen. »Sag das noch mal!«

»Was hast du denn? Sei nicht so grob zu mir. Wuttke hat das Bild gemalt. Das weißt du doch viel besser als ich.«

»Ich weiß überhaupt nichts! Wie kommst du denn überhaupt darauf?«

»Aber Michael, bitte. Spiel doch jetzt nicht den Dummen. Wie ich darauf komme? Ganz einfach. Es steht doch groß und dick drauf auf dem Bild.«

»Was steht drauf?« Jessen starrte sie entgeistert an.

»Na«, sagte Kathie in aller Selbstverständlichkeit, »C.W. steht drauf, auf diesem einen Flugzeug. Und C. W., das ist ja wohl niemand anderes als, na … ?«

Sie sah ihn herausfordernd an.

»Wuttke«, stammelte Jessen. »Natürlich. Charly Wuttke. Es ist doch nicht zu fassen. Der alte Gauner hat mich reingelegt.«

Und dann begann Jessen zu lachen, glucksend erst, dann lauthals, lachte, bis ihm die Tränen übers Gesicht liefen, lachte, bis sein Zwerchfell zu schmerzen anfing, lachte, dass entgegenkommende Spaziergänger sich befremdet umblickten, lachte, dass er dachte, ich kann nie mehr aufhören zu lachen, lachte, dass Kathie ihn sorgenvoll ansah.

Schließlich stand er erschöpft auf dem Weg und schüttelte nur noch mit dem Kopf, atemlos, leer gelacht.

Erblickt man am Morgen nach einer Nacht mit Gästen die verlassenen Gegenstände auf dem Tisch, an dem man gegessen, getrunken, geraucht, geredet, vielleicht gestritten, hoffentlich gelacht hat, dann gibt bisweilen die

Anordnung der noch nicht fortgeräumten Dinge Aufschluss über die Atmosphäre, die am Abend geherrscht hat. Die Konstellation der Gläser zueinander, die Lage der Essensreste, die Position leerer Zigarettenschachteln, all das bewahrt etwas von der Witterung des Zusammenseins, hat dem, der zu sehen versteht, den Moment vor dem Auseinanderlaufen zu einem Bild gefügt, verfestigt. Nur fehlen nun die Menschen, die Stimmen, die Worte. Doch die wie Rauch aus der Wirklichkeit abgezogene Lebendigkeit hält jetzt Einzug ins Erinnern, und das Erinnern müht sich, die gewesene Erfahrung zu rekonstruieren.

Ähnlich, nur ungleich stärker, wie sich Stimmungen in dinglichen Konstellationen noch für eine Weile einnisten können, spiegelt sich auch auf den Gesichtern Erwachender der Ausdruck, der nichts anderes ist als die Erinnerung an die Konstellation der Eindrücke, der gewesenen Nacht, und verfliegt erst, räumt man das Gesicht durchs Waschen auf. Diese Ausdrucksformen des Erwachens sind so vielfältig wie die Motive des Träumens selbst, und ein Maler hätte wohl kaum Lebenszeit genug, all die Schattierungen auch nur einer einzelnen Person festzuhalten, die in ihr täglich neu aus dem Schlaf tauchendes Gesicht gezeichnet sind.

Gleichwohl lassen sich, mit einer vielleicht nicht ganz unzulässigen Verallgemeinerung, doch drei Physiognomien des Erwachens als typisch oder zumindest als weitverbreitet kennzeichnen. Die erste zeigt eine eigentümliche Mischung aus Munterkeit, Frische und träger Gleichgültigkeit, die den Tag weder fürchtet noch ausdrücklich begrüßt, sondern annimmt als Datum dessen, dass es immer so weitergeht. Diese Ausgeschlafenheit ist wie bloße Sättigung ohne Freude am Essen, freilich auch ohne an den Speisen etwas zu mäkeln zu haben, und sie beendet in der Regel Nächte der Traumlosigkeit. Zwar gibt es, wie man weiß, keine absolute Traumlosigkeit, sondern nur ihr Gefühl, das aus dem Umstand resultiert, sich ans Träumen nicht erinnern zu können. Diese Form des Erwachens war, von Ausnahmen abgesehen, in diesen Tagen diejenige Kathies, die mit einem gewissen koketten Stolz zu behaupten pflegte, sie träume niemals. Einmal hatte Jessen ihr zu erklären versucht, dass sie sich nur nicht erinnern könne oder wolle, dass und was sie geträumt habe. Aber das, hatte Kathie eingewandt, liefe im Endeffekt auf dasselbe hinaus – worauf er keine Antwort gewusst hatte, sondern wieder einmal geneigt war, Kathie um ihren unerschütterlichen Realismus zu beneiden.

Eine zweite Form des Erwachens lässt sich als enttäuschtes Glück bezeichnen. Ein lustvoller, harmonischer, die Wunschlosigkeit streifender Traum endet zu früh im Tag, bevor seine Erfüllung erfahren wurde. Jessen kannte diese Form sehr wohl, in der sich Missmut über das zu frühe Ende durchdringt mit einem rückwärtsgewandten Lächeln, das der versprochenen Seligkeit des Traums nachhängt. Früher waren ihm so hin und wieder erotische Träume gekappt worden, indem ihn, kurz vor der Erfüllung, die wache Wirklichkeit einholte. In den nebligen Tagen des neuen Jahres, in denen der Himmel sich nicht zeigte, träumte er einmal, er stünde in einer ungewöhnlich durchsichtigen schwarzblauen Sternennacht, die zeigen wollte, dass, so strahlend und prächtig der Tag sein mag, dennoch der Nicht-Tag etwas bereithält, das den Tag übertrifft. Er sah sich im lang andauernden Helldunkel fallender Dämmerung an einem Fluss, den er, auf unsichtbaren Wasserskiern stehend, mehrmals überquerte. Der Sternenhimmel war fremd und vertraut zugleich, eine andere Hemisphäre, aber Jessen konnte seine Schrift entziffern. Venus, leuchtendes Silber, hoch im Westen. Die fein ziselierte Sichel eines Mondes, wohl erst eine halbe Stunde oben, blass versinkend hinter düsteren Wolkenbänken, um dann doch wieder aus diesen Tinten hervorzutauchen. Direkt über ihm ein einzelner, sehr heller Stern, eine Insel im tiefblauen Meer, verdunkelte sich langsam. Leise, würzige Düfte von Süden. Dämmernd milde Kühle. Jede Einzelheit der ungemein beruhigenden, stärkenden Szenerie überdeutlich zu erkennen. Ein Augenblick, der unablässig flüsterte, was sich in Worte oder Bilder nicht fassen lässt. Die gestaltlose Weite der Luft und das Blau des Himmels waren ihr eigenes Schauspiel, an die keine Kunst heranreichte. Die Nacht rückte weiter vor, wandelte sich zu immer prächtigeren Formen. Das große Sternbild der Wasserschlange streckte seine Windungen über die Hälfte des Himmels hin. Der Schwan flog mit ausgebreiteten Schwingen die Milchstraße hinab, ein Bote, geladen mit allem Wissen, das Jessen sich wünschte. Aus dem Gewölbe schossen Lichtblitze, Grüße an den schlafend Sehenden. Jedes Bewusstsein von Bewegung, jedes animalische Leben war verdunstet, schlief so tief im Traum, dass selbst der Traum es nicht wecken konnte. Eine gelassene Macht ergriff die Herrschaft, gewaltig und doch bescheiden in ihrer Unfassbarkeit. Plötzlich flogen in Gruppen Fledermäuse auf, wiegten sich im Zwielicht, und ihre schwarzen kleinen Körper schnellten über den Fluss hin und her. Indem dies Leben Einzug hielt, glaubte Jessen, den Augenblick bannen zu können für immer, glaubte, das Geheimnis aller Kunst gelöst und sich zu eigen gemacht zu haben, glaubte, im Erwachen müsse er sich nur an seinen Zeichentisch setzen, um alles zu Form und Gestalt werden zu lassen. Doch als er die Augen aufschlug, waren die Sterne verflogen und der Mond nur eine Erinnerung. Wachheit und Friede waren ruhig beieinander gelagert in abflutenden Schatten des Traums, aber dennoch lag Jessen in einer leise enttäuschten Leere, weil er erwachend wusste, dass keines dieser Bilder von seinen Stiften festzuhalten war.

Schließlich will die dritte Form des Erwachens dargestellt sein, jene Form, die mehr als alle anderen beschriebenen und unbeschrieben belassenen während dieser Tage und Wochen des neuen Jahres in Jessens Morgengesicht gedrückt war. Schrecken hält sich hier mit Erleichterung die Waage. Der Gedanke des Nur-geträumt-Habens bringt das Glück der Befreiung auf den aufatmenden Begriff, der Befreiung von pressenden, wütenden, verzackten Albträumen, aus deren Zuspitzungen, den drohenden Vernichtungen in heilloser Angst, das hochfahrende Erwachen rettet. Es kam nicht selten vor, dass er schon vor Morgengrauen aus diesen düsteren Katakomben des Schlafs emporzuckte, um dann, schweißgebadet und klopfenden Herzens zu versuchen, der Spur, dem Ursprung der drückenden Ängste nachzuhorchen, um sie bannen zu können. Doch was ihm von diesen Albträumen im Gedächtnis stecken blieb, waren stets nur weiße, schwarze oder graue Muster, Raster und Schroffen, unergründlich ineinandergesetzt, hintereinander verschachtelt, gegeneinander verdreht. Hinter ihnen verbarg sich etwas Drohendes – oder sie selbst waren die Drohung. Aber nie zeigten sie, warum sie drohten und vor was sie warnten, sondern sie traten immer dann, wenn Jessen entschlossen auf sie zuging, auseinander. Graue Gaze, Nebelwände.

Nicht zuletzt die Wiederkehr dieser Form des Erwachens sowie das zähe Nachhängen der wirren Traumfetzen in seine Tage, in seine Arbeit und sein Verhalten machten Jessen deutlich, dass sein unmäßiges Gelächter auf dem Neujahrsspaziergang keineswegs die Befreiung war, nicht die Absolution, die er sich selbst hatte erteilen wollen. Wenn Wuttke das Bild tatsächlich gemalt hatte, war zwar der Urheber nunmehr bekannt. Warum aber das Bild nach wie vor wirkte, wie es wirkte, blieb dunkel.

Heller wurden die Tage, kürzer und sanfter die Nächte im März. Der April gefiel sich darin, mit einem unverhältnismäßigen Wärmeschwall ins Land zu fallen. Die Luft blieb dennoch diesig trüb. Dann fegten heftige Frühlingsstürme die Sommerahnung rasch hinweg, Eisregen fiel auf Blüten. Endlich stabilisierte sich die Großwetterlage, Jessens gedrückte Stimmung hob sich, sein Schlaf wurde sanfter, sein Erwachen glich sich dem Kathies an.

Der zweite oder dritte Morgen des Mai fand ihn ausgeschlafen, wach und entspannt. Das Licht der Sonne schien von oben herabzufließen. Überallhin drangen ihre Strahlen. Aber nie war sie damit am Ende. Denn das Herabfließen war ja nur eine Ausdehnung der Sonne, und *strahlen* hieß so gesehen *sich ausdehnen.* Was es mit diesem Strahlen auf sich hatte, wurde Jessen klar, als er beobachtete, wie das Licht der Morgensonne durch die Spalten der Jalousien vor dem Fenster ins Dämmer des Zimmers brach. Es bildete gerade Linien und stieß auf die weiße Raufasertapete über dem Bett, wo es auftraf, nachdem es die zwischen Fenster und Wand befindliche Luft durchschnitten hatte. In diesem hart umrissenen Lichtstreifen tanzte regellos Staub. Das Licht aber verharrte an der Wand, ohne abzugleiten oder herabzusinken.

Genauso mussten sich auch sein Denken und Fühlen ausbreiten, ausweiten, seine Neugier und sein Wille zu Wissen dehnen. Sie durften nicht einfach verströmen in Ungeduld, Angst und Gelächter – nur eben sich ausdehnen. Und gegen Hindernisse durften sie nicht gewaltsam anrennen, um dann abgeblockt zu Boden zu stürzen. Nein, sie mussten beharrlich bleiben und dort ihr Licht verbreiten, wo es Widerstand fand, wo es auftraf.

Grell reflektierte das Sonnenlicht vom weißen Emailleschild in Wuttkes Ladentür und machte das ausgeblichene *Vormals …* völlig unleserlich, brannte den Namen fort.

Jessen fühlte Beklommenheit, als er auf die Tür zuging,

drückte aber doch, entschlossen, Wuttke auf den Kopf zuzusagen, dass niemand anders als er selbst der Maler des Bildes sei, die Klinke energisch nach unten und trat unter den Klängen der Spieluhr, die ihm heute noch alberner als damals erschienen, in den Laden. Wuttke stand in einer Ecke im Schatten und feilschte, mit offensichtlichem Vergnügen am Handel, um den Preis eines Kavalleriesäbels, den ein kleiner Mann im hellen Staubmantel sich ausgesucht hatte.

Wuttke blickte Jessen nur kurz aus den Augenwinkeln an, erwiderte unbefangen jovial dessen »Guten Tag«, das halblaut aus einem ausgetrockneten Mund hervorkam, und wandte sich wieder seinem Kunden zu.

»Siebzigeinundsiebzig«, dröhnte seine Stimme durch den Raum, während sich Jessen an der Wand herumdrückte und Interesse an einigen alten Landkarten heuchelte, die dort hingen. »Mars-la-tour, Sedan! Das war noch ein anständiger Krieg. Auge in Auge. Der Säbel hat was erlebt, Mann. Das kann ich Ihnen sagen. Ich lass ihn Ihnen für, sagen wir mal …«

Im Wechselspiel zwischen Wuttke und dem Kunden fielen schnell einige Summen, bis schließlich der Handel perfekt war. Der kleine Blasse drückte die Waffe unter seinen Mantel, als fürchtete er, sie könne ihm jederzeit entrissen werden, zahlte, murmelte einen Gruß und verließ den Laden.

Sie waren allein. Jessen zögerte, sich Wuttke zuzuwenden, wartete darauf, dass er ihn ansprach, fühlte die massige Gestalt des Händlers, die den ganzen Raum zu füllen schien.

»Na?«, machte Wuttke nach einigen Sekunden, die Jessen endlos vorgekommen waren. »Kleine Weltreise machen? Mit dem Finger auf der Landkarte? Ich hab noch jede Menge Karten im Keller, jedes Alter. Wenn Sie sich interessieren.«

Jessen drehte sich abrupt um, bemühte sich, Wuttke, der an seinem Schreibtisch saß, scharf anzusehen, fixierte, um die Augen zu vermeiden, dessen Nasenspitze, spürte, wie er dabei selbst abwechselnd bleich und rot wurde. Wuttke schien ihn nicht weiter zu beachten, sondern sortierte wie nebenbei Papiere.

»Ich interessiere mich allerdings«, brachte Jessen mühsam heraus. »Aber nicht für Landkarten. Ich denke, Sie wissen, wofür ich mich interessiere.«

Wuttke blickte hoch. Seine kleinen Augen verengten sich noch einen Spalt weiter, doch seine Gesichtszüge blieben gleichgültig.

»Wieso?«, fragte er gedehnt. »Wieso soll ich wissen, wofür Sie sich interessieren? Ich kenne Sie doch gar nicht.« Jessen versuchte ein überlegenes Lächeln.

»Sie kennen mich sehr wohl«, sagte er und straffte sich, fühlte sich sicherer werden. »Und ich kenne Sie inzwischen auch ganz gut. Weit besser, als Sie vielleicht denken.«

»Häh?«, machte Wuttke und legte den Kopf schief. »Wovon reden Sie eigentlich, Mann? Bekommt Ihnen die Witterung nicht? Kann ich verstehen, diese dauernden Wechsel. Vor einer Woche noch Hagel, jetzt fast schon Hochsommer und …«

Wuttke brach ab, machte eine wegwerfende Handbewegung, aber Jessen war sich jetzt sicher, dass Wuttke genau wusste, worum es ging.

»Lassen wir doch dies alberne Spielchen«, sagte er fest und trat einen Schritt dichter an den Schreibtisch heran. »Soll ich Ihnen mal erzählen, was Ihr verdammtes Bild mit mir macht?«

»Bild?«, echote Wuttke gedehnt. »Bild … ja, ja, jetzt erinnere ich mich. Richtig, Sie haben das damals gekauft. Und jetzt wollen Sie es also wieder verkaufen. Hab ich's mir doch gleich gedacht.«

Er stand auf, stützte beide Arme auf die Schreibtischplatte, hob die Stimme. »Ich nehme es nicht zurück, nicht geschenkt. Ich will es nicht.« Er lief rot an, wurde lauter. »Ich hab Ihnen gesagt, dass ich's nicht zurücknehme. Ich hab Sie gewarnt. Aber Sie wollten das verdammte Ding ja unbedingt haben. Nicht nur Sie. Kaum waren Sie raus aus dem Laden, da kam eine Frau. Die wollte es auch kaufen. Ja, seid ihr denn alle verrückt geworden?«

»Beruhigen Sie sich doch«, sagte Jessen mit gepresster Sanftheit. »Ich will es ja behalten. Es wäre bloß nett, wenn Sie mir etwas erzählen könnten über das Bild. Wie Sie darauf gekommen sind, was …«

»Lassen Sie mich in Frieden!« Wuttkes Stimme überschlug sich. »Ich weiß überhaupt nichts darüber. Ich hab's gefunden. Das hab ich Ihnen schon damals gesagt. Lassen Sie mich doch in Ruhe, Mann.«

»Bitte, bitte«, wiegelte Jessen ab. »Regen Sie sich doch nicht so auf.«

Er machte ein paar zögernde Schritte in Richtung Tür. Dann zog er seinen Trumpf.

»Ich weiß nicht, ob Sie ein guter Antiquitätenhändler sind. Als Maler haben Sie jedenfalls einiges Talent.«

»Was soll das denn heißen?«, schnappte Wuttke.

»Tun Sie doch nicht so. Wenn niemand wissen soll oder darf, dass Sie das Bild gemalt haben, warum pinseln Sie dann Ihre Initialen so unübersehbar drauf? Das ist doch lächerlich, Herr Wuttke. Herr Charly Wuttke. Herr C.W. Groß und breit auf dem Hecksteuer: C.W.«

Jessen sah ihn triumphierend an. Wuttke staunte mit offenem Mund, brauchte einige Sekunden, bis er verdaut hatte, was Jessen da sagte. Dann ließ er sich schwer auf den Schreibtischsessel zurückfallen und begann, lautlos vor sich hinzukichern.

»Ich soll das gemalt haben?«, gluckste er. »Wie scharfsinnig. Das ist ja wohl … Also das ist wirklich … Das ist gut, ja, das ist ein guter Witz. Mann, Sie sind lustig. Ich bin doch kein Masochist.« Sein Kichern ging in ein offenes Lachen über. »C.W.«, japste er, »Charly Wuttke. Liegt ja nahe. Ha. Ich glaub, es geht los, ich …«

Die Worte versanken im Lachen, ein Lachen, das sich steigerte, anschwoll, zu einem Gelächter wuchs, von dem Jessen nicht wusste, ob es höhnisch war oder befreiend, das den Raum füllte, aus der Tür drang, die Jessen nun öffnete, auf die Straße quoll, ihn verfolgte, ihm im Nacken saß, als er bereits wieder kopfschüttelnd mit dem Auto davonfuhr.

Passanten hatten sich nach ihm umgedreht, als er neulich in dies Lachen hineingeraten war. Sein Lachen und das Lachen Wuttkes verschmolzen ineinander.

Wellen auf ruhigem Wasser, in das man einen Stein wirft.

Hamburg, 2. Juni 1986

Sehr geehrter Herr Wuttke!
Warum sollten wir uns nicht über etwas verständigen, was uns beide gleichermaßen beschäftigt? Wenn ich vor einem Monat, als ich in Ihrem Laden war, um mich nach dem Bild zu erkundigen, gesagt habe, dass Sie ein talentierter Maler sind, so war das wirklich ernst gemeint – keinesfalls ironisch. Der Hintergrund des Bildes, die grauen Flächen, das ist geradezu meisterhaft. Es würde mich wirklich und ehrlich interessieren, wie Sie auf die Idee gekommen sind und welche Techniken Sie benutzt haben. Vielleicht haben Sie auch noch weitere Bilder gemalt? Die würde ich mir ebenfalls gern ansehen. Falls Sie in dieser Angelegenheit Ihre Meinung ändern könnten, rufen Sie mich doch bitte einfach an. Ich füge Ihnen meine Karte mit Anschrift und Rufnummer bei. In Erwartung Ihrer Antwort bin ich mit freundlichen Grüßen

Ihr
Michael Jessen

Wuttke antwortete nicht – womit Jessen, wenn er ehrlich war, auch nicht gerechnet hatte. Aber er wollte bis ans Ende seiner Möglichkeiten gehen, um die Wirkung des Bildes zu begreifen, um vielleicht sogar der Ursache dieser Wirkung auf die Spur zu kommen. Musste man denn nicht, ehe man begann, zu einer ganz offenbar gegebenen Wirkung die Ursache aufzudecken, zuvor diese Wirkung selbst vollständig kennenlernen? Nur aus der genauen und vollständigen Kenntnis der Wirkung konnte man Informationen zur Auffindung der Ursache schöpfen. Und nur diese Kenntnis gab die Richtung an, in der man nach der Ursache zu suchen hatte. In der Werbung war das umgekehrt. Da ging's gleich an die Wirkung, an die vergebliche Wirkung, die ihrerseits die Ursache, das jeweilige Produkt, eher verschleiern sollte.

Jessen war sich sicher, die Wirkungen, die das Bild in ihm hervorriefen, zur Genüge studiert, gewissermaßen sogar erlitten zu haben. Er war nun bis an die Pforten der Ursache gelangt, zu Wuttke, der sich mit seinem Wut- und Lachausbruch, das stand für Jessen fest, endgültig als Maler des Bildes entlarvt hatte.

Wenn man hier nun nicht weiterkam, wenn Wuttke sozusagen die Schotten dichtmachte, war auch nichts mehr zu tun. Er nahm das Bild von der Wand in einer Mischung aus Erleichterung und Bedauern. Die enttäuschte Neugierde war stark, sodass er sich doch nicht entschließen konnte, das Gemälde an Waldhoff zu geben. Er schlug es in ein altes, leicht vergrautes Bettlaken ein und brachte es in die Abstellkammer auf dem Dachboden. Wie Dorian Gray, schmunzelte er.

Der Entschluss erwies sich als richtig. Nicht nur Kathie lobte, endlich sei ›der grausige Schinken‹ von der Wand, sondern auch Jessen selbst glaubte, nunmehr gleichsam freier atmen zu können. Seine Layouts für eine groß angelegte Dosensuppen-Kampagne strahlten von allen Plakatwänden der Stadt und festigten seinen

Ruf über die McLinn hinaus, zogen einen neuen Auftrag nach sich in Sachen Babywindeln mit Nässeschutz und allen technischen Schikanen modernster Mother-Care. Während der Hochsommer heiter über Hamburg aufzog, skribbelte Jessen emsig an strahlenden Müttergesichtern und blitzblanken Kinderpopos, angefeuert durch die Aussicht, im Spätsommer oder Frühherbst mit Kathie auf einer gecharterten Jacht eine Segeltour durch die Ägäis zu machen.

Er verdunkelte seinen Arbeitsraum und legte letzte Hand an Mutterfreuden der neuesten Art. Wie stets lief halblaut das Radio. Jessen hörte kaum hin. Die Sendung war nur Kulisse, ein flüchtig im Wind bewegter Geräuschvorhang, dessen flache Langweiligkeit gut mit dem harmonierte, was Jessen routiniert aufs Papier brachte.

Nach den Elf-Uhr-Nachrichten, die einer Collage aus Horrormeldungen gleichkam, über den Krieg im Golfgebiet, den Krieg in Afghanistan, den Krieg in Kambodscha, die Weltraumrüstung der Supermächte, US-Atomwaffentests im pazifischen Raum, angebliche Abrüstungsgespräche und vorgeblichen Friedenswillen, Sprengstoffanschläge im Libanon, Bombenattentate in Nordirland und sogar in der Bundesrepublik, kündigte der Moderator in munterem Plauderton an, dass in wenigen Minuten ein routinemäßiger Probealarm des Zivilschutzes stattfinden würde.

»Das ist natürlich bloß eine Übung«, sagte die Stimme. »Das wird nur die Tauben erschrecken, die in unseren Sirenenanlagen nisten. Aber wir möchten bei dieser Gelegenheit doch auch einmal mitteilen, was Sie im Ernstfall zu tun hätten. Auf jeden Fall müssen Sie den Rundfunk einschalten, was unsere Hörer ja sowieso täglich tun. Da bekommen Sie dann alle wichtigen Informationen zuverlässig, schnell und mit viel Musik serviert. Verlassen Sie nicht das Haus. Schließen Sie alle Gas-, Wasser- und Ölhähne. Schalten Sie alle Elektrogeräte aus, mit Ausnahme unserer fröhlichen Welle, versteht sich. Falls Sie in der Nähe von Schutzräumen oder Behelfsschutzräumen sind, ergreifen Sie Ihr ständig gepacktes Notgepäck und suchen diese Räume auf. Auch normale Hauskeller bieten besseren Schutz als die Wohnung. So, und nun geht's los. Erschrecken Sie sich nicht. In einer Minute melden wir uns wieder. Mit den neuesten Hits. Ich sag kurz Tschüß.«

Jessen hatte bei der Durchsage nicht zu zeichnen aufgehört, aber die Worte waren klarer aus dem Geräuschbrei getreten als sonst. Er ging zum Radiogerät, um es auszuschalten, als schon der Heulton der Sirenen einsetzte. Aus allen Richtungen schrillte der Klang, schwoll gellend an, brach durch die Ritzen der Jalousien, zerriss das gleichmäßige Fließen des Sonnenlichts, zerhackte es, wimmerte, jaulte.

Jessen sah sich plötzlich wieder in der Galerie stehen, als ihn damals der Klang einer Schiffssirene als akustischer Stromstoß durchfahren und an das Bild erinnert hatte. Er starrte auf die Lichtstrahlen an der Wand, auf denen das Heulen ritt, gegen die Wand prallte, sich im Zimmer staute, sich aufbaute, sich blähte. Auch in dem Bild waren solche Balkenmuster aus Licht, bloß grau, nicht golden. Oder waren es diese irrsinnigen Töne, die immer gleich auf und ab schwollen? Klang so das Grau am Grund des Bildes? Oder neben ihm, hinter ihm?

Jessen schossen Fetzen seiner Schullektüre durch den Kopf. Sirenen. Wesen, halb Vögel, halb Mädchen. Meerfrauen, deren betörender Gesang den Seefahrern zum Verhängnis wurde. Betörender Gesang? ›Helltönendes Singen‹, hieß es bei Homer. Odysseus gefesselt am Mast, die Ohren der rudernden Gefährten mit Wachs verklebt. Ohropax, dachte Jessen und drückte seine Handflächen gegen die Ohren. Oder Wachs. Wahnsinn, dass die Instrumente, deren Wimmern sich in seinen Kopf grub, diesen Namen trugen, den Namen derjenigen, die ›alles, was irgend geschah auf der viel ernährenden Erde, wissen‹, deren Lockung die des Sichverlierens im Vergangenen war. War er nicht Odysseus, verlockt, angezogen von Schatten der Vergangenheit, die auf jenem Gemälde eingegraben waren? Musste er nicht hinhören? Lauschen? Entziffern, was die Sirenen sangen? Waren es nicht Beschreibungen des Bildes? Und wollte er denn nicht wissen? Wofür also Wachs? Sich dem Heulen aussetzen, dem Klang und den Tönen und allem, was in ihnen mitschwang.

Dann war es vorbei. Atemlose Stille, durch die nur sein Herz tobte. Die Hände feucht, die Knie weich. Alltagsgeräusche von draußen übernahmen wieder die Herrschaft. Doch plötzlich setzten die Sirenen aufs Neue ein, kamen direkt aus dem Zentrum des Zimmers. Jessen zuckte zusammen. Er sah, dass nur das Telefon schrie, hob ab.

»Ja«, sagte er wie erwachend.

»Herr Jessen?«, kam die Stimme fett aus der Leitung.

»Wuttke!«, staunte Jessen, hellwach, erregt.

»Wuttke hier, ja.« Die Stimme heiser, unsicher, zerquält. »Sie haben also immer noch auf meinen Anruf gewartet? Hab ich mir gedacht. Sie haben's geschafft, Mann. Nein, vielleicht nicht Sie. Vielleicht haben es diese verdammten Sirenen geschafft. Haben Sie das Bild noch?«

»Ja, sicher. Aber …«

»Passen Sie auf. Ich werd Ihnen was erzählen. Alles, was ich weiß. Es muss doch endlich mal raus. So geht's nicht weiter. Ist aber 'ne lange Geschichte. Kann ich Ihnen am Telefon nicht erzählen. Sie müssen sich schon zu mir bequemen, junger Mann. Wenn Sie wollen, gleich heut Abend. Ich mach um 18 Uhr den Laden dicht. Holen Sie mich da ab. Dann werden Sie was zu hören bekommen.«

»Gut. Einverstanden.«

»Ich erklär Ihnen schon alles.« Wuttke atmete nun wieder gleichmäßiger. »Musste wohl so kommen. Aber diese Idioten vom Zivilschutz sind doch wirklich völlig bekloppt. Dass die das ausgerechnet heute veranstalten …«

»Ich versteh Sie nicht.«

»Wissen Sie denn nicht, was heute für ein Tag ist?«

»Doch, natürlich. Der 27. Juli.«

»Eben, eben. Es ist doch nicht zu fassen.«

»Wovon reden Sie denn?«

»Kommen Sie heut Abend vorbei. Dann werden Sie mich besser verstehen. Ich warte dann auf Sie.«

Er hängte ab. Jessen hielt den Hörer noch einen Moment in der Hand. Das Singen des Freizeichens. Jetzt würde er weiterkommen. Wuttke war weich.

Er wusste nicht, was er Kathie sagen sollte, die darauf wartete, mit ihm an dic Ostsee zu fahren. Gestand er ihr den wahren Grund, würde sie ebenso beleidigt sein, würde ihn wohl für übergeschnappt halten, was er bis zu einem gewissen Grade wahrscheinlich längst war, als wenn er ihr irgendeine Ausrede anbieten würde.

Er entschied sich für die Wahrheit, rief in der Agentur an. Kathie schien ruhig, aber er spürte am Beben ihrer Stimme, dass sie kochte.

»Mein Lieber«, sagte sie mit gespielter Kälte, »bei dir sind wohl wirklich einige Schräubchen locker. Dass dies Bild dich durcheinandergebracht hat, ist schlimm genug. Aber dass es jetzt auch noch uns auseinanderbringt …«

»Aber ich bitte dich!«

»Mach doch, was du willst.«

Sie schwiegen einige Sekunden.

»Michael«, sagte Kathie schließlich weicher, »du machst mir Sorgen. Du müsstest vielleicht mal zu einem …«

Sie sprach den Satz nicht zu Ende.

»… Psychiater gehen«, sagte er kühl.

Wuttke schloss gerade seine Ladentür, als Jessen vorfuhr.

»So«, sagte der Händler und ließ sich in den Beifahrersitz fallen. »Dann woll'n wir mal. Haben Sie Zeit mitgebracht?«

Jessen nickte. Sie einigten sich schnell auf ein kleines Restaurant an der Elbe, wo man draußen sitzend Schiffe vorüberziehen sah und der Wind über dem Strom angenehm kühlte.

»Es ist eine lange Geschichte«, sagte Wuttke, nachdem sie ihre Bestellungen aufgegeben hatten. »Und ich kann sie nicht abkürzen, weil ich nicht genau weiß, welches Ereignis dazugehört und welches nicht. Eins aber mal gleich vorweg, damit es vom Tisch ist. Ich habe dieses Bild nicht gemalt.«

Er sagte das sehr ruhig, sah Jessen dabei in die Augen. Da war kein Zweifel mehr.

»Reiner Zufall«, lachte Wuttke, »das mit dem Namen. Wirklich Zufall. Anfangs hab ich mich selbst drüber amüsiert, später allerdings nicht mehr. Außerdem heiß ich ja auch bloß mit Spitznamen Charly. Damit würde ich nicht signieren, wäre ich Künstler. Sie können mich aber ruhig Charly nennen. War ja schmeichelhaft, dass Sie glaubten, ich könne so was malen. Nein, nein …«

»Ich heiße Michael«, sagte Jessen und streckte Wuttke die Hand über den Tisch entgegen, der sie nahm und kräftig drückte.

»Ja, ja … die Sirenen vorhin. Da kam alles wieder hoch. Unglaublich, was die da oben«, Wuttke machte eine fahrige Handbewegung zum Himmel, »sich erlauben. Ausgerechnet heute.«

»Wie meinen Sie das?«

»Na«, sagte Wuttke und setzte sein Bierglas heftig auf dem Tisch ab. »Heute ist schließlich der 27. Juli.«

»Ja und?« Jessen sah ihn verständnislos an.

»Ihr jungen Springer«, Wuttke schüttelte fast traurig mit dem Kopf, »ihr wisst das eben nicht mehr. Habt's ja nicht miterlebt. In der Nacht vom 27. auf den 28. Juli 1943 haben die Engländer einen fürchterlichen Luftangriff auf Hamburg geflogen. Nie was vom Feuersturm gehört?«

»Na ja«, versuchte Jessen sich zu erinnern. »Nicht viel. Luftkrieg halt. Kam bei uns im Schulunterricht auch kaum vor.«

»Und so was nennt sich Geschichtsunterricht. Nicht zu fassen. Na, junger Mann, Michael, mein ich. Der alte Charly Wuttke wird Ihnen also wohl ein paar Nachhilfestündchen geben müssen.«

Um Gottes willen, Jessen grauste es. Jetzt packt der auch noch seine Kriegserlebnisse aus.

»Tja«, fuhr Wuttke unbeirrt fort, »das müssen Sie sich schon anhören, wenn Sie was über das Bild wissen wollen. Das gehört nämlich zusammen. Wie und wo alles angefangen hat, das weiß ich auch nicht. Aber meine eigene Geschichte, die kenne ich genau. Sie kam mir ja immer wieder hoch, so wie heute, bei diesem elenden Geheule. Bestellen wir uns noch was?«

Als das Bier frisch gezapft vor ihnen stand, zündete Wuttke sich umständlich eine Zigarre an, lehnte sich zurück, schlug die Beine übereinander, paffte ein paarmal genießerisch, sah den Rauchwölkchen nach und begann, seine Geschichte zu erzählen.

»*Da ließ der Herr Schwefel und Feuer regnen vom Himmel herab auf Sodom und Gomorrha und verderbte die Städte und die ganze Gegend und alle Einwohner der Städte und was auf dem Lande gewachsen war.* Keine Bange, junger Mann. Mit der Bibel komm ich Ihnen nur dies eine Mal. *Unternehmen Gomorrha,* das war der offizielle Deckname für das, was in der Nacht vom 27. auf den 28. Juli 1943 über Hamburg kam. Ob Sie so was nun gern hören oder nicht, darüber muss ich Ihnen später jedenfalls noch allerhand Details berichten. Für's Erste mag genügen, dass ich, wie Sie sehen können, überlebt habe. Meine Eltern nicht, nein. Meine Geschwister auch nicht. Dies *Unternehmen Gomorrha* hat mich, tja, so muss man's nennen, zum Waisenknaben gemacht.

Damals war ich gerade dreizehn, und mein Onkel nahm mich auf. Dem gehörte der Antiquitätenladen und das Haus; später hab ich alles geerbt und weitergeführt. Mit diesem Onkel kam ich nicht gut klar. War ein schwieriger, verschrobener Mann. Und ich hatte zu der Zeit auch jede Menge Probleme. Und natürlich der Verlust meiner Familie. Was der für mich wirklich bedeutet hat, hab ich aber eigentlich erst viel später gemerkt. Komischerweise haben wir in diesem Chaos, in diesem zerbröckelnden tausendjährigen Reich, irgendwie bewusstlos gelebt, gleichzeitig aber lustvoll. Das war geradezu abenteuerlich. Deutschland begann, eine Wüste zu werden. Ich will nicht gerade behaupten, dass es Spaß gemacht hat. Es war eher wie ein Hauch von Anarchie, in dem wir uns bewegten. Meine Eltern waren übrigens keine richtigen Nazis, eher Mitläufer. Die haben alles so hingenommen und nach besten Kräften beide Augen zugedrückt. Mein Onkel desgleichen.

Und ich, wissen Sie, ich war ziemlich begeistert. Das war alles wie lebendig gewordenes Kino, das Leben als gefährliches Abenteuer, als Kampf gegen eine Übermacht von Feinden.«

Jessen schaute ihn an, glaubte kaum, seinen Ohren trauen zu können. Aber Wuttke redete unbeirrt weiter: »Ich bitte Sie, ich war ein Kind! Nicht bloß vollgestopft mit Karl May und Fritz Steuben und solchen Geschichten, sondern auch mit dem ganzen Propagandakram, erst Pimpf, dann HJ, die ganze Chose. Da durften wir schon als Kinder mit Waffen hantieren, konnten mit Motorrädern rumkarriolen, was das Jungenherz begehrte. Richtige Front gab's in Hamburg nicht. Halt nur das, nur, wie sich das heute anhört, was von oben runterkam. Luftfront. Da konnte man's bestenfalls zum Flakhelfer bringen. Und das war nichts für mich. Ich wollte Indianer spielen, wollte Mann gegen Mann kämpfen, hatte wirklich völlig irre Ideen von dem, was Krieg wirklich ist. 1945, als es dann schon an allen Ecken und Enden krachte, wurden noch auf die Schnelle diese Volkssturmeinheiten aufgestellt, Kinder, Greise, Frauen. Sie haben vielleicht mal dies Foto gesehen, auf dem Gröfaz Hitler so einem Knirps das Ritterkreuz umhängt?«

Jessen nickte.

»Das wollte ich auch. Held sein. Vielleicht wollte ich auch auf irgendeine Art den Tod meiner Eltern und Schwestern rächen. Also hab ich mich freiwillig gemeldet. Und zwar für eine Einheit, die noch an einen Frontabschnitt kommen sollte, an dem es gegen Engländer ging. Nachdem wir eine dreitägige Blitzausbildung bekommen hatten, vor allem im Umgang mit Panzerfäusten, verfrachtete man uns erst mit der Bahn nach Bremen, und von dort ging's dann weiter auf Lastkraftwagen ins Weser-Ems-Gebiet, in die Gegend südlich von Oldenburg. Da rückten schon Kanadier und Engländer vor, Infanterie und Panzereinheiten. Das Verrückteste war, dass größere Städte, wenn sie schlau waren, sich häufig kampflos ergaben; aber um kleine Dörfer, um einzelne Höfe, Gebäude, Straßen oder Brücken wurde teilweise noch ganz erbittert gekämpft. So war das wirklich.

Jedenfalls befand ich mich in so einer Truppe, ich, ein Fünfzehnjähriger, in viel zu großer Landseruniform, mit einem Ungetüm von Panzerfaust auf der Schulter. Wir kamen also in der Gegend an, und da ging schon alles drunter und drüber. Reguläre Truppen kamen uns in ungeordneten Haufen entgegen. Die waren schlau und hatten den Krieg für sich persönlich als beendet erklärt. Und wir, ich glaube, wir waren etwa zwölf Mann, fuhren auf unserem Lastwagen nach Westen, wo man von Weitem Geschützdonner hören konnte. Ein paar von uns sind während der Fahrt abgehauen. Sehr klug, sag ich heute. Damals empfand ich das als Feigheit vor dem Feind.

Unser Chef, das war ein knapp siebzigjähriger pensionierter Oberschulrat, der es im Ersten Weltkrieg zum Leutnant gebracht hatte und nun, eine Minute vor dem Ende, kurzerhand zum Hauptmann befördert worden war. Warum der Mann das überhaupt mit sich hat machen lassen, blieb mir immer unklar. Vielleicht war er wirklich einer der seltenen Fälle, die mit ihrer Anwesenheit Schlimmeres verhindern halfen. Er hat zwar seine Befehle ziemlich stur ausgeführt, hat aber andererseits jeden, der abhauen wollte, in Frieden ziehen lassen. Na, ich will's jetzt aber doch kurz machen. Sie wollen ja schließlich wissen, wie ich an das Bild gekommen bin.«

»Allerdings«, sagte Jessen mit einem ungeduldigen Unterton, bestellte zwei weitere Biere, dachte: Das kann ja heiter werden, wenn der olle Wuttke mir hier jetzt weiter Bibelzitate und Kriegsanekdoten auftischt.

Der Antiquitätenhändler sah ihn freundlich an.

»Ich erzähle Ihnen nur«, fuhr er fort, »was das Bild mit mir gemacht hat beziehungsweise was es mir alles zurückgebracht hat. Es ist nämlich höchst seltsam damit. Seltsam, weil es wie eine Art Gedächtnis bestimmte Dinge zu speichern scheint. Und umso seltsamer, weil diese Dinge mit dem Bild selbst ja gar nichts zu tun haben. Es ist doch schon 1924 gemalt worden. Ich müsste mich schwer täuschen, wenn Sie diese eigenartige Kraft des Bildes nicht schon selber erlebt haben. Vielleicht ganz anders als ich. Sie haben ja andere Erfahrungen. Aber im Prinzip …

Also weiter. Von unserer komischen Truppe waren schließlich nur noch fünf Mann übrig, als wir endlich zu unserem ersten und letzten Einsatz kamen. Und zwar unser grauhaariger Hauptmann, ich und noch drei andere Jungs, die aber etwa drei, vier Jahre älter waren als ich. In einer Ortschaft, wo es noch so etwas wie Reste einer Kommandozentrale gab, bekamen wir Befehl, auf einem Bauernhof ein Widerstandsnest einzurichten. Dieser Bauernhof lag circa drei Kilometer vor der Ortschaft an der Straße. Und auf dieser Straße rückten englische Einheiten vor, weshalb der Bauernhof plötzlich strategisch wichtig wurde.

Wir fuhren da also in unserem Lkw hin, erklärten dem Bauern und seiner Familie, dass der Hof nunmehr eine Festung sei, und begannen, uns einzugraben, bauten eine Panzersperre über die Straße, indem wir den Jauchewagen des Bauern umkippten und mit Balken verstärkten. Absolut lächerlich. Das sah aus wie eine Barrikade von Anno 1848. Ein Panzer hätte das weggeschoben wie Streichhölzer. Was er dann ja auch getan hat. Im Schweinestall, dessen Fenster zu der Richtung rausgingen, aus der die Engländer kommen sollten, richteten wir ein MG-Nest ein, packten Sandsäcke und Torfballen vor eins der Fenster.

Der Bauer wehrte sich überhaupt nicht, sondern saß apathisch auf einer Bank vorm Haus und stierte in die Luft. Seine Frau bat uns einige Male, wir möchten doch bitte abziehen. Das sei doch alles sinnlos. Erzählte uns unter Tränen, dass ihre beiden Söhne in Russland geblieben wären. Jetzt hatte sie nur noch ihre Tochter, die wir aber erst gar nicht zu Gesicht bekamen. Wahrscheinlich hatte man sie in den Keller geschickt. Unser Hauptmann war, glaube ich, dicht dran, dem Drängen der Bäuerin nachzugeben. Der gab alle Anordnungen mechanisch, als spräche etwas ganz Fremdes aus ihm. Aber wir Jungs, wir wollten bleiben. Wir waren scharf auf unseren Krieg. Und den wollten wir, hier und jetzt. Das war ja gewissermaßen unsere letzte Chance, Helden zu werden.

Die Nacht verbrachten wir auf Stroh im Stall, fanden wir romantisch. Von fern konnten wir hin und wieder Geschütze hören, zweimal rasten Tiefflieger dicht über uns hinweg. Gegen Morgen wurde es ganz still. Als die Sonne aufging, brachte uns die Bäuerin Schmalzbrote und Eichelkaffee, strich dem einen von uns mit Tränen in den Augen über die Haare, was dem sichtlich peinlich war.

Wir saßen draußen auf dem Hof, aßen, tranken, lachten, spielten mit unseren Karabinern herum, als wir plötzlich das Geräusch hörten. Ein leises, doch mächtiges Beben und Dröhnen, das sich über den Erdboden ausbreitete und zu einem entfernten Rasseln schwoll.

›Panzer!‹, schrie einer von uns begeistert. ›Endlich. Jetzt laufen sie uns voll vors Rohr.‹

Unser Hauptmann ging auf die Straße, die etwa einen Kilometer stur geradeaus lief, pappelgesäumt, roter Klinker, und hielt sich ein Fernglas vor die Augen. Und dann kam der erste Panzer um die Straßenbiegung am Horizont. Man konnte ihn mit bloßem Auge erkennen, aber aus der Entfernung sah er aus wie ein Spielzeug. Hinter ihm ein zweiter, dritter, ein vierter, dazwischen Lastwagen und Jeeps.

›Jungs‹, sagte unser Hauptmann ganz ruhig, ›packt zusammen. Wir gehen. Da haben wir keine Chance. Der Krieg ist aus.‹ Und zu der Bäuerin sagte er, sie solle ihr größtes Bettlaken aus der Truhe holen und gut sichtbar am Blitzableiter auf dem Schweinestall anbringen.

Die Panzer waren inzwischen auf gut 500 Meter herangekommen. Der Alte und zwei von uns Jungs saßen schon im Lkw, um abzufahren. Ich stand unschlüssig auf dem Hof herum, sah den Bauern auf seiner Bank sitzen, sah, wie die Bäuerin aufs Stalldach kletterte. Und in dem Moment schrie der Vierte von uns, der ein höherer HJ-Charge war: ›Runter da. Wir ergeben uns nicht. Wir weichen keinen Fußbreit. Deutschland muss leben, auch wenn wir sterben müssen! ‹

Dann lief dieser Vollidiot in den Schweinestall zum MG und eröffnete das Feuer auf die Panzer. Die hatten natürlich inzwischen gemerkt, dass da vor ihnen irgendwas im Wege war. Als nun das MG auf sie schoss, hielten sie an, schossen aber nicht zurück. Der Junge am MG verfeuerte seine letzten Patronen, die Bäuerin lag schreckensstarr auf dem Dach, ich stand immer noch wie festgenagelt mitten auf dem Hof, und die drei anderen saßen im Lastwagen.

Es war einige Sekunden totenstill, man hörte nicht einmal die Vögel. Und dann kam er, der Flieger. Schoss von weit hinten über die Ebenen, Moore und Weiden des Emslands direkt auf uns zu, ein dunkler Punkt erst, dann größer werdend, silbrig glänzend in der Sonne, sehr tief, fast die Baumwipfel streifend, wie mit Händen zu greifen, war dröhnend über uns, warf eine Bombe auf den Schweinestall, dessen Dach zusammenbrach, ein wahnsinniges Getöse, ein Schrei der Frau, Staub, Rauch, auffliegende Trümmerstücke, panisches Quieken der Schweine, und bestrich zugleich mit seinem Bord-MG den Hof.

Ich war schon während des Anflugs unter die Barrikade gerannt und presste mich ans Metall des stinkenden Jauchewagens, bekam nur ein paar Mauerbrocken des zusammenstürzenden Stalls um die Ohren. Die Salve des Tieffliegers traf den Lkw voll. Die Leute darin waren wahrscheinlich schon tot, als die Kiste mit einer gewaltigen Stichflamme explodierte. Ob mir die Tränen herunterliefen, weil ich vor Angst und Schrecken heulte, oder weil mir Staub des Stalls in die Augen flog, weiß ich nicht mehr. Wahrscheinlich beides. Der Stall, das heißt seine Trümmer, stand in hellen Flammen, eine mächtige Rauchwolke schwebte über dem Hof, glühende Holzkohlenstückchen fielen mir in den Kragen, in die Ärmel, in die Stiefel, verfielen zu grauem Staub. Ich sah plötzlich wieder die grauenhafte Nacht vor mir, in der das Haus meiner Eltern über ihnen zusammenfiel. Das kam zurück in dem Moment, ein heftiger, glühend heißer Sturm. Ich hörte die Stimme meines Vaters, wie er …«

Wuttke brach ab. Seine Stimme war heiser geworden, die letzten Sätze hatte er fast geflüstert. Er trank einen tiefen Zug und steckte sich eine neue Zigarre an.

Jessen war gefesselt, obwohl er immer noch keine Verbindung herstellen konnte zu dem Bild. Oder doch, da war eine Ahnung, vage, sehr entfernt, hellgrau schimmernd.

»Sie werden sich natürlich fragen«, sagte Wuttke, »was das alles mit dem Bild zu tun haben soll.«

Jessen nickte stumm.

»Auf jeden Fall so viel, dass dies die Vorgeschichte der Geschichte ist, die mich in den Besitz des Bildes gebracht hat. Es kommt mir allerdings heute so vor, als habe dies alles weit mehr mit dem Bild zu tun, besonders jetzt, da ich es Ihnen erzähle. Wie es aber nun genau und wirklich mit dem Bild zusammenhängt, das weiß ich auch nicht. Wahrscheinlich wird man das nie erfahren. Es sei denn, man könnte herausfinden, wer das Bild gemalt hat, wo und warum. Und das kann ich Ihnen nicht sagen. Aber vielleicht ist es sogar besser für mich, dass ich es nicht weiß. Und für Sie auch.«

Die Sonne war untergegangen. Über der Elbe hingen rot glühende Himmelsstreifen, vor denen flache Schönwetterwolken trieben. Es wurde kühler. Jessens Skepsis über die weit ausholenden Erläuterungen Wuttkes war noch nicht ganz geschmolzen, doch aus den Worten des Trödlers wehte ihn etwas an, das er zu kennen glaubte; nicht in diesen Details, aber in der Stimmung, in der Atmosphäre, gewissermaßen im Kolorit.

»Langweile ich Sie?«, fragte Wuttke.

»Im Gegenteil.« Jessen schüttelte den Kopf. »Eigentlich fängt es gerade an, spannend zu werden. Es interessiert mich wirklich sehr.«

»Kein Wunder.« Wuttke nickte bedächtig vor sich hin. »Wo war ich stehen geblieben? Richtig. Der Stall also war ein rauchender Trümmerhaufen, die Bäuerin darunter begraben, der unselige MG-Schütze ebenfalls, der Bauer lag, von einem Querschläger getroffen, tot vor seiner Bank, und unser alter Hauptmann war mit meinen Kameraden in dem Lkw in die Luft geflogen. Ich kroch unter der Barrikade hervor, während der Tiefflieger eine riesige Schleife am Himmel zog, höher stieg und als dunkler Punkt wieder in der Richtung verschwand, aus der er gekommen war.

Aus dem Wohnhaus des Gehöfts kam die Tochter des Bauern, die tatsächlich, wie sich später herausstellte, die ganze Zeit im Keller verbracht hatte. Sie war etwa in meinem Alter, fünfzehn, vielleicht sechzehn. Sie stand ganz steif vor der Leiche ihres Vaters, weinte hemmungslos, und ich weinte auch. So standen wir zwei halben Kinder da und heulten lauthals vor uns hin.

Auf der Straße näherte sich ein Jeep. Drei englische Infanteristen mit Maschinenpistolen im Anschlag sprangen heraus, liefen auf den Hof. Ich riss die Hände hoch, aber sie beachteten mich gar nicht. Nachdem sie sich vergewissert hatten, dass hier kein Widerstand mehr zu erwarten war, sprach einer in ein Sprechfunkgerät.

Die Panzer rasselten heran, der erste schob die Barrikade zur Seite, ein Fußtritt gegen eine Konservendose. Die Panzer passierten den Hof, fuhren weiter nach Nordosten, Richtung Oldenburg. Dann kam ein zweiter Jeep, dann zwei Lkws mit roten Kreuzen. Die Engländer requirierten den Hof, machten aus dem Wohnhaus ein provisorisches Lazarett. Aus den Lkws wurden auf Tragbahren mehrere Verwundete ins Haus getragen, einige Ärzte und Krankenschwestern begleiteten sie. Ein Trupp von sechs Soldaten unter Führung eines Colonels blieb ebenfalls, wohl als Wache. Es gab natürlich nichts mehr zu bewachen.

Zur Einrichtung ihres Notlazaretts benötigten die Engländer Informationen, die sie aber von der Tochter des Bauern, die kein Englisch sprach, nicht bekommen konnten.

›Do you speak English?‹, fragte mich einer der Ärzte und bot mir Zigaretten an.

Ich nickte, kramte mein schlechtes Schulenglisch heraus und war auf der Stelle zum Dolmetscher dieses Lazaretts avanciert, musste mit den Soldaten oder Schwestern in der Gegend herumfahren, um Lebensmittel zu beschaffen oder Anordnungen der Engländer an die Nachbarn zu übersetzen. Die Räume des Wohnhauses verwandelten sich in Krankenzimmer. Die Soldaten wurden in einem unversehrten Heuschober einquartiert, wo auch ich ein Plätzchen zugewiesen bekam. Die Tochter des Bauern ging, wo sie konnte, den Schwestern zur Hand, saß in ihrer freien Zeit auf der Bank vor dem Haus, sprach kein Wort mit mir. Wahrscheinlich machte sie mich, nicht ganz zu Unrecht, für den Tod ihrer Eltern mitverantwortlich.

Einmal kamen Lastwagen von Osten zurück, brachten verwundete Soldaten, auch zwei Deutsche. Einem fehlte der linke Arm. Er wimmerte pausenlos vor sich hin. Da gab es nichts zu übersetzen.

Die vierzehn Tage, die bis zum offiziellen Kriegsende in diesem Notlazarett vergingen, waren friedlich. Die Engländer waren sehr freundlich zu mir; ich tat ihnen offenbar leid. Als sich das Leben auf dem Hof normalisiert hatte, begannen einige Soldaten damit, wohl mehr aus Langeweile denn aus ideologischem Eifer, das Haus auf ihre Art und Weise zu entnazifizieren. Sonderlich fündig wurden sie allerdings nicht. Ein Exemplar *Mein Kampf*, eine Hitler-Fotografie aus der Küche, alte Zeitungen. Ich musste alles auf den Hof bringen und dort verbrennen. Sie sahen mir dabei zu. Einer klopfte mir auf die Schulter, sagte: ›We're going to make a democrat out of you, my boy.‹ Alle lachten.

Am nächsten Tag sah ich den Soldaten, der das zu mir gesagt hatte, aus dem Keller kommen. Er rief mich zu sich und befahl mir, aus dem Keller ein neues Rot-

Kreuz-Schild zu holen, das er dort fertiggestellt habe. Er sagte, ich solle es an einem der Pfosten des Hoftors befestigen. Auch das war, sowohl für mich als auch für den Soldaten selbst, eine Art Beschäftigungstherapie gegen die aufkommende Langeweile dieser Tage, in denen man kaum noch Geschütze hörte.

Ich ging also durch den Hausflur über die Treppe hinab in den Keller, wo ich vorher nie gewesen war. Das elektrische Licht funktionierte nicht. Durch milchiges Glas drang schwach Licht, ein ebenerdiges Fenster. Erst konnte ich kaum etwas erkennen, doch als sich meine Augen an das graue Zwielicht gewöhnt hatten, sah ich das Schild. Ein rotes Kreuz auf weißem Grund, etwa ein mal ein Meter groß. Daneben standen noch, rot und weiß, zwei Farbtöpfe und in einem Glas voll Wasser Pinsel, mit denen der Soldat das Schild gemalt haben musste. Als ich es anhob, bekam ich von der noch frischen Farbe klebrige Flecken an den Fingern.«

Bei diesen Worten blickte Wuttke auf seine Hände, als ob noch immer Farbreste daran hafteten. Er schüttelte den Kopf, als wundere er sich über seine eigenen Worte.

»Weiter«, sagte Jessen. »Erzählen Sie weiter. Was hat das Schild mit dem Bild zu tun?«

»Sie ahnen es noch nicht?« Wuttke lächelte. »Ich brachte das Schild dort an, wo der Soldat es hinhaben wollte, und der Soldat sagte: ›That's a nice little trade‹, und gab mir Zigaretten.

Tja … Und dann, ein oder zwei Tage später, wurde das Lazarett aufgelöst. Der Krieg war aus. Die Kapitulation unterzeichnet. Einer der Ärzte kümmerte sich darum, dass ich mit einem Lastwagenkonvoi, der nach Hamburg ging, mitfahren konnte.

›Keep it as a souvenir‹, sagte der Soldat, nahm das Schild vom Pfosten und drückte es mir in die Hand, als ich mich von ihm verabschiedete. Fragen Sie mich nicht, warum ich dies sperrige Ding tatsächlich behielt; vielleicht, weil es das Einzige war, was ich außer meiner abgerissenen Kleidung, einer Tafel Schokolade und ein paar amerikanischen Zigaretten hatte. Ich hielt es während der ganzen Fahrt bis Hamburg an mich gedrückt, klammerte mich geradezu daran, hinten, auf diesen schwankenden Planken des britischen Lastwagens.

Und dann stand ich mitten in dem gigantischen Trümmerhaufen, der einmal Hamburg gewesen war. Die Engländer hatten mich auf dem Stephansplatz abgesetzt und mir ›good luck‹ gewünscht. Was tut ein Lebewesen, das in eine Wüste ausgesetzt wird? Es sucht sich eine Höhle, irgendein Dach über dem Kopf. Der einzige Ort, wo ich hinkonnte, war das Haus meines Onkels, und also machte ich mich auf den Weg. Über herumliegende Balken, Steine, Mauerstücke stolperte und stieg ich vorwärts, sah an den rauchgeschwärzten Ruinen empor, die wie starre Finger zum Himmel zeigten. Das muss schon ein komisches Bild gewesen sein, wie ich in meiner halb zerfetzten Landserhose, darüber einen olivgrünen Pullover, den die Briten mir geschenkt hatten, das Schild unter dem Arm haltend wie eine Mappe mit Kostbarkeiten, durch diese Steinwüste strich. Vielleicht war der Anblick auch so seltsam gar nicht. In diesen Tagen und Wochen konnte man ja noch ganz andere Gestalten sehen, die irgendwelche Reste ihrer Habe aus den Trümmern gruben.

Das Haus meines Onkels fand ich unversehrt, mein Onkel lebte, aber er war schwer krank. Lungenentzündung. Er machte einen matten Scherz darüber, dass das Schild, das ich da als Kriegsbeute heimbrachte, gut zu seinem Zustand passe. Ich bezog wieder das ehemalige Dienstmädchenzimmer in der Wohnung, die direkt über dem Laden liegt. Dort wohne ich heute noch.

Das Schild lehnte einige Tage an der Wand neben meinem Bett, aber beim Einschlafen ängstigte es mich manchmal. Es kamen dann Erinnerungen an den Tiefflieger, der unseren kleinen Feldzug weggewischt hatte wie eine lästige Fliege vom Küchentisch. So brachte ich es schließlich in den Keller, stellte es zu all dem Gerümpel, das dort herumlag. Ich vergaß es schnell. Es ist dort über dreißig Jahre liegen geblieben. Wer weiß, vielleicht hätte es besser für immer dort bleiben sollen, unter all dem Staub der Jahre.«

»Wenn ich Sie recht verstehe, war also das Schild ebendieses Bild?«, fragte Jessen gespannt.

»Sie haben's erraten«, nickte Wuttke zustimmend. »Der englische Soldat hatte das übermalt. Vielleicht hielt er es für Kriegsverherrlichung, wegen des Motivs. Was weiß ich? Aber damals, als ich mit dem Schild unter dem Arm bei meinem Onkel einzog, hatte ich davon natürlich noch keinen blassen Schimmer. Trinken wir noch ein Bier? Ich erzähl Ihnen dann, wie's weiterging. Wenn es Sie nicht langweilt.«

»Überhaupt nicht«, sagte Jessen schnell. »Nein. Spannend ist es ja sowieso. Aber ich begreife noch nicht ganz, warum Sie glauben, dass all diese Details so wichtig sind. Für das Bild, meine ich.«

Wuttke setzte das frische Bier an die Lippen. »Vielleicht gehört wirklich manches nicht dazu. Vielleicht bin ich paranoisch oder so was in der Art. Beziehungswahn. Alles schießt in einem bestimmten Punkt zusammen. Die detaillierten Erinnerungen an diese Zeit hat mir jedenfalls das Bild zurückgebracht. Und noch viel schlimmere Erinnerungen.« Er seufzte. »Aber das kam viel später. Erst mal war da jener aufregende Junisonntag im Jahre 1948, wo wir alle, kärglich gekleidet, abgemagert, voller Misstrauen, neben irgendeiner grauen Ruine Schlange standen, unsere vierzig Mark Kopfgeld zu ergattern. Überall lagen noch Schutthalden, wenn auch schon zum Teil wohl sortiert, die Kartenwirtschaft blühte, der Bezugsschein regierte, die Bürokratie verwaltete umständlich das ökonomische Nichts.

Mein Onkel lag im Sterben. Ich hielt ihn und mich notdürftig über Wasser. Schwarzmarktgeschäfte, kleinere Schiebereien, manchmal auch größere, Kohlenklau und so weiter. Mein Schulenglisch half kräftig mit, war damals sehr nützlich. Der Laden meines Onkels war natürlich fast lahmgelegt. Wer wollte denn auch in diesen Tagen Antiquitäten kaufen? Manchmal kamen Besatzungssoldaten, kauften für ein paar Dollar oder Zigaretten das eine oder andere Stück. Umgekehrt hab ich zu der Zeit allerdings auch so manches Schnäppchen gemacht. Die Leute haben sich ja von den wertvollsten Familienstücken getrennt, wenn sie bloß ein paar Kartoffeln dafür bekamen oder Brot oder Zigaretten. So war's.

Und war für mich gar nicht so übel. Irgendwie hatte man das Gefühl, dass es weiterging, war froh, noch einmal davongekommen zu sein, zu leben, überlebt zu haben.

Dann also, wie gesagt, die Währungsreform. Ein paar Tage nach dem Tag X starb mein Onkel, hinterließ mir Haus, Laden sowie sein gesamtes Kopfgeld. Ich war ja sein einziger Verwandter. Und da war ich schlagartig ein reicher Mann. Das Haus war unzerstört, die Mieten niedrig, aber immerhin. Mein Startkapital hatte sich verdoppelt. Und ich hatte eine Nase dafür, wie man jetzt günstig an Dinge herankam, fand Spaß an der Sache, führte das Geschäft weiter. Heiratete Anfang der Fünfzigerjahre. Hab inzwischen sogar Enkel, prächtige Kinder, die …«

Jessen wurde unruhig. Wuttke sah ihn fast entschuldigend an.

»Schon gut, schon gut. Das hat wirklich nichts mehr mit dem Bild zu tun. Oder vielleicht doch noch. Einer meiner Söhne auf jeden Fall. Nun ja.

Dann die Fünfzigerjahre. Aus Charly Wuttke wurde ein wohlsituierter Bürger des Wirtschaftswunders. Zu dem Tempo-Dreirad-Lieferwagen kam bald ein VW-Käfer. Es ging flott voran. Und wenn es so was gegeben hat wie den Durchschnittsbürger jener Jahre: Charly Wuttke war seine Inkarnation.

Man schlief nicht mehr unter alten Luftwaffenmänteln. Man ließ sein Haus renovieren, kaufte einen Eisschrank, und bald kam das Fernsehen.

Aus unserem Kopfgeld war eine Komfortschwemme geworden. Und das Kopfgeld war uns zu Kopf gestiegen. Das Großartige, das Monumentale, das wir während des Dritten Reichs politisch schaffen wollten, schufen wir uns nun wirtschaftlich. Nicht mehr Kraft durch Freude, sondern Freude durch Lebensstandard. Wir hatten den Krieg wirklich verloren; das heißt, wir waren ihn los! Der Konsumrausch dieser Jahre hatte ja nur die eine Funktion: Vergessen. Verdrängen. Und wir vergaßen und verdrängten, folgsam und sehr gründlich. Vergaßen die Trümmerwüste, aus der wir gestiegen waren, vergaßen die Nacht, in der das *Unternehmen Gomorrha* über uns kam. Wir wollten vergessen, wollten nichts mehr wissen von dem, was wir hinter uns gelassen hatten.

Und von dem, was um uns herum vorging, was mit uns geschah, wollten wir eigentlich auch nicht wissen. Wir nahmen die Wiederbewaffnung hin, den Eintritt in die NATO, wir akzeptierten die Atomrüstung. Nein! Das stimmt nun doch nicht ganz. Die nahmen nicht alle hin. Es gab Massenproteste, die aber nichts nutzten. Adenauer sagte einfach, wer der Bundeswehr moderne Waffen vorenthalten wolle, der versündige sich am deutschen Volk und sei ein Narr.

Die Regierung propagierte eine wirklich schreckliche Verharmlosung, verbreitete hanebüchenen Unsinn in amtlichen Broschüren. Gegen den Atomblitz, hieß es da, schützen wollene Anzüge sehr gut, am besten weiße. Nahrungsmittel, gehortet im sogenannten Eichhörnchen-Vorrat, bleiben genießbar, wickelt man sie fest in Butterbrotpapier. Man müsse nur beim Auspacken Handschuhe anziehen. Wenn der Atomblitz kommt, nicht neugierig ans Fenster laufen, sondern sofort hinlegen und den Kopf mit einer Aktentasche bedecken, sich ein Bettlaken überwerfen und dergleichen Unsinn mehr. Das war die von Bonn empfohlene Vorbereitung auf den Atomkrieg. Der Atomtod sollte niedrig hängen, man wollte kein Nachdenken aufkommen lassen.«

Jessen fröstelte leicht im Nachtwind, der in sanften Böen über die Elbe strich. Wenn er es recht bedachte, hatte sich nichts verändert. Oder aber, es kam das, was gewesen war, immer wieder. War die Durchsage, die heute Morgen vor dem Probealarm gemacht worden war, nicht ebenso eine Verharmlosung gewesen wie das, was Wuttke hier aus seiner Erinnerung kramte?

»Die ganzen Proteste«, sprach Wuttke ins Dunkel, »erbrachten nichts. Wir hatten ja nichts gelernt. Und warum nicht? Weil wir verlernt hatten, uns zu erinnern. Weil wir in Geschichtslosigkeit versanken. Und deshalb verlernten wir auch mitzuleiden. Hiroshima und Nagasaki, das waren bloß noch Worte. Schreckliche Worte zwar, aber sie waren nicht unsere Wirklichkeit, sondern weit weg, abstrakt, fremd. Man kannte höchstens Bilder davon, Fernseh- oder Kinobilder, schwarz-weiß, unwirklich, wie gespielt. Nur Bilder. Man arrangierte sich. Es ging so weiter wie immer.«

Wuttke seufzte.

»Und das, junger Mann, ist vielleicht die größte Katastrophe: dass immer alles einfach so weitergeht. Die Geschäfte liefen ja auch gut, geradezu blendend. Mit dem Reichtum stieg die Nachfrage nach Antiquitäten und Kunst, und je ferner die Erinnerung an den Krieg rückte, desto mehr Leute verlangten nach Waffen und

Militaria, wie das so schön heißt. Da hab ich dann eins meiner Spezialgebiete draus gemacht, neben den Gemälden und Möbeln.

In den Sechziger- und Siebzigerjahren konnte man hier in der Stadt schon kaum noch alte Sachen auftreiben. Man musste sich die Waren von weit her ranschaffen. Wir Antiquitätenhändler entdeckten das Land. Und wie ich während der Nachkriegszeit von der Not der Leute profitiert hatte, so profitierte ich jetzt vom Nichtwissen der Bauern. Die hatten auf ihren Speichern, in ihren Schuppen und Scheunen wahre Schätze stehen, von deren Wert sie nichts ahnten. Da hab ich manche Truhe, manchen kostbaren Schrank quasi fürs Abholen bekommen. Die Leutchen waren manchmal noch froh, wenn das, was sie für wertlosen Plunder hielten, endlich weg war und sie Platz bekamen für Schleiflack und Resopal. Das ist inzwischen aber auch vorbei. Schon in den Siebzigerjahren wurde der Radius, den man abklappern musste, um noch einigermaßen interessante Stücke aufzutreiben, immer größer. Ich fuhr bis Dänemark, bis runter in die Gegend von Hannover, und nach Westen bis zur holländischen Grenze.

Und dann, eines Tages, genauer gesagt am 19. Oktober 1976, also vor knapp zehn Jahren, geriet ich auf einer meiner Touren ins Südoldenburgische. Stattliche Höfe, sauber, Klinkerbauten, hin und wieder noch Reetdächer, aber die verschwinden immer mehr. Sehr reiche Gegend, Schweinemast, Hühnerfarmen und so weiter. Die Bauern waren allerdings schon gewitzt geworden, rückten kaum noch was raus. Oder wenn, dann nahmen sie Preise, die sich gewaschen hatten und meinen Profit schmälerten.

Immerhin hatte ich auf dieser Tour einen Eichentisch mit dazugehörigen Stühlen aufgetrieben, zwei, drei Bilder noch, hatte den Kram auf meinem Anhänger und fuhr nun Richtung Norden, um vielleicht in Oldenburg, wo ich einen Geschäftsfreund habe, zu übernachten, um dann am nächsten Tag über die Wesermarsch zurück nach Hamburg zu fahren. Es war später Nachmittag. Ein milder Altweibersommer. Ich beschloss, nicht die Autobahn zu nehmen, sondern auf Nebenstraßen über die Dörfer zu gondeln. Vielleicht würde ich doch noch etwas Interessantes finden. Und ich habe ja auch etwas gefunden. In der Tat!

Ich bog um die lang gestreckte Kurve einer asphaltierten Pappelchaussee, durch deren Belag an manchen Stellen blassroter Klinker brach, und da sah ich, in einer Entfernung von etwa einem Kilometer, das Gehöft liegen, halb verdeckt von einem rot geklinkerten Stallgebäude. Ich fuhr darauf zu, und plötzlich stand alles vor mir, als sei es gestern gewesen. Ich sah den umgekippten Jauchewagen quer auf der Straße liegen, hörte Kettenrasseln, das Dröhnen und Beben der Panzer, das Tackern des MGs aus dem Stall, das Brummen des Tieffliegers, sah die Frau aufs Dach klettern, die Bombe fiel, der Stall stürzte zusammen, die Wolke aus Staub und dann darüber die größere aus schmutzigem Rauch, aber es war nur eine Wolke über dem Hof, und die Flammen aus dem Dach waren nur Reflexe der Abendsonne, die sich über den Ziegeln ausgoss. Das Wohnhaus hatte sich kaum verändert, neue Fenster vielleicht. Sogar die alten Torpfosten standen noch. An den linken hatte ich das Schild hängen müssen.

Ich stieg aus und ging benommen, wie in Trance, den Hofweg hinauf auf die Hausgruppe zu. Ein Hund schlug misstrauisch an. Vor dem Wohnhaus saß auf der Bank eine Frau, etwa in meinem Alter, und schälte irgendein Gemüse. Ich erkannte sie sofort, aber sie erkannte mich nicht. Wie auch? Ich wusste nicht, was ich sagen sollte, konnte kaum sprechen, wie sie mich nun musterte. Schließlich brachte ich stammelnd heraus, dass ich mich verfahren hätte. Wo es nach Oldenburg ginge? Die Frau wies mir freundlich die Richtung. Ich bedankte mich hastig, fuhr ab, übernachtete nicht wie geplant in Oldenburg, sondern raste direkt nach Hamburg.

Während der Fahrt rumorten die Ereignisse von damals, die ich Ihnen ja schon erzählt habe, unablässig in meinem Kopf. Eine sich überschlagende Bilderfolge, die sich dauernd wiederholte, in dem grauen Rauchturm über dem Haus kulminierte und an deren Ende immer das Rot-Kreuz-Schild stand.

Zu Hause angekommen, stürzte ich in den Keller, durchwühlte die Schränke und Regale, stöberte den Staub der Jahrzehnte auf. Dabei stieß ich auf viele Dinge, die ich längst vergessen, aber auch auf solche, die ich nie zuvor gesehen hatte. Manches war interessant, aber ich wollte nur das Schild, das Schild und sonst gar nichts!

Schließlich fand ich es, eher zufällig. Es war hinter einen großen Schrank gerutscht. Und natürlich sah ich jetzt, was ich damals nicht bemerkt hatte, weil ich mich zuvor nie mit solchen Kunstdingen beschäftigt hatte. Es war nicht einfach nur ein Schild, dessen Weiß ganz grau und brüchig geworden war, dessen Rotes Kreuz nun schwarze Risse zeigte und teilweise abgeblättert war. Jetzt erst sah ich, dass es auf einen Holzrahmen gespannt und als Fläche eine Leinwand war. Ich brachte es nach oben, ins Hinterzimmer des Ladens, wo ich die Restaurationsarbeiten mache, und begann, das Ganze vorsichtig, aber mit zitternden Händen abzuwaschen. Ich hätte mich natürlich nicht wundern dürfen, wenn ein Hitler-Porträt oder so was herausgekommen wäre. Schließlich hatte der Soldat das damals wohl auch des Motivs wegen übermalt. Heraus kam aber das Bild. Vielleicht hat der Soldat sich geärgert, dass dort ein englischer Flieger abgeschossen wird.

Ja, da stand ich nun vor dem Bild mit den beiden Doppeldeckern. Das Bild, das ich Ihnen dann später verkauft habe. Und das, Michael, ist die Geschichte, wie Charly Wuttke an das Bild gekommen ist.«

Wuttke schwieg, trank die Neige seines Glases leer, wischte sich, tief durchatmend, den Mund. Jessen war sprachlos.

»Interessant«, sagte er schließlich, um überhaupt etwas zu sagen.

»Ich weiß, was Sie eigentlich sagen wollen«, meinte Wuttke. »Sie wollen ja wissen, warum ich Ihnen die Geschichte so lang und breit erzählt habe. Und Sie wollen auch wissen, was das alles mit Dingen zu tun hat, die ich Ihnen noch nicht erzählt habe. Mit den Bombennächten, mit dem *Unternehmen Gomorrha* und so weiter.«

»Ja«, sagte Jessen. »Es scheint doch wichtig zu sein, wenigstens für Sie.«

»Es ist sogar sehr wichtig. Denn es ist die Geschichte der Wirkung des Bildes auf mich. Und wenn Sie etwas über das Bild erfahren wollen, dann müssen Sie erst mal sammeln, was für Wirkungen es tut. Ich werde Ihnen erzählen, was das Bild mit mir getan hat, als ich es endlich freigelegt hatte. Aber nicht mehr heute. Es ist sehr spät geworden.«

Jessen blickte zur Uhr, deren Zifferblatt ihn grün aus dem Dunkel ansah. Es ging auf zwei. Sie waren längst die letzten Gäste, und der Kellner hatte bereits die Stühle auf die Tische gestellt. Sie zahlten. Jessen fuhr Wuttke zu seinem Haus zurück.

»Ein Maler sind Sie also nicht«, sagte Jessen. »Aber Sie sind ein guter Erzähler.«

»Danke für das Kompliment.« Wuttke winkte ab. »Geschichten erzählen, ja, das kann ich, aber in diesem Fall ist es anders. Ich glaube, es ist das Bild selbst, das erzählt. Wollen Sie also den zweiten Teil auch noch hören?«

»Sicher«, nickte Jessen.

»Gut«, gähnte Wuttke. »Morgen Abend, gleiche Zeit. Einverstanden?«

»Einverstanden. Und gute Nacht.«

»Gute Nacht, junger Mann. Schlafen Sie gut.«

Überall war Meer, auf dessen unbewegter grauer Fläche dicht an dicht weiße Eisschollen trieben, knirschend, sich gegeneinanderreibend, übereinanderschiebend, berstend, sich türmend. Doch starr, ein stumpfer Spiegel, das

Meer. Darüber bleigegossen ein trüber Himmel, monochrom, vogelleer, wolkenlos. Er hatte keine Angst. Denn die Scholle, die ihn trug, war ein sicheres Schiff, das die Richtung kannte, sich selbst navigierte. Es ging nicht nach Nord, nicht nach Süd, nicht nach Ost, nicht nach West, ging weder nach oben noch sank es. Es ging nur langsam und stetig zurück, zurück in die Zeit, zurück zu Tagen und Jahren, da das Meer blau war, eisfrei, von hellen Himmeln überstrahlt, von Inseln blaugrün gesprenkelt. Inseln, auf denen es lebte von Augenblick zu Augenblick, ohne gestern, ohne morgen, durchsonnt, glücklich. Bis Eis weiß vom Himmel fiel, Flocken erst, Stücke später, Schollen schließlich, ein einstürzendes Gewölbe. Das Schwarz des Himmels sank darauf, mischte sich hinein, zerlief, bis das Meer bleischwer und grau zu tödlicher Ruhe fand, in der es nun schwamm für immer. Sehr fern ein Summen, eintöniges Singen, schön, zugleich beunruhigend. Von Sirenen geweckt zu werden.

Der Digitalwecker sang seinen elektronischen Hahnenschrei in Jessens Ohren, rief ihn zurück ins weiße Windelweich seiner Arbeit. Ihn wunderte kaum, dass Wuttkes Erzählung sich über die Entwürfe schob, einen Grauschleier warf auf die Nässepuffer, Schutzbündchen und Viskosepolster. Ihn wunderte aber, wie grenzenlos albern all das wurde, was unter seinen Händen geleckte Gestalt annahm, wie lächerlich leer und hohl seine Ideen ihn vom Papier her angrinsten.

Leute wie Wuttke, dachte er, haben wenigstens noch Erfahrungen gemacht. Auch wenn diese Erfahrungen schrecklich waren. Und weil sie diese Erfahrungen nicht verdrängt haben, haben sie Erinnerungen. Und weil sie Erinnerungen haben, können sie noch erzählen. Wer konnte denn heute überhaupt noch erzählen, mit Worten oder mit Bildern?

Mit Bildern erzählen können, Ideen anschaulich machen, Träume entfalten in Bildern, oder sie sogar deuten, oder Bilder machen, die wie Träume sind. Ja, er träumte vor sich hin, spielte mit seinen Magic Markern. Waldhoff, der konnte das. Warum konnte er, Jessen, es nicht? Nicht mehr? Warum gab er sich damit ab, Dinge in Hochglanz zu pressen, in falschen Schein? Sicher, von irgendetwas musste man leben. Aber musste man diese Notwendigkeit gleich so entschieden zum Lebensinhalt machen, wie er das tat, wie Kathie es tat? Musste man überhaupt so aufwendig leben? Gab es nicht Möglichkeiten, das eine zu tun, ohne das andere ganz zu lassen? Im Wechsel etwa arbeiten, so wie Waldhoff manchmal Illustrationen herstellte für Magazine und Zeitschriften, um sich das Geld zu verdienen, das ihm ermöglichte, zu tun, was er wirklich tun wollte.

›So pinselt mancher seiner Mitwelt etwas vor‹, hatte Waldhoff einmal gesagt, ›um der Nachwelt etwas malen zu können.‹

Und dann die ganz radikalen Gestalten, die Neuerer, die van Goghs, im Irrsinn gelandet und inzwischen dekorativ geworden, die Gauguins, ausgestiegen in die Südsee und nicht minder dekorativ. Ja, warum eigentlich nicht alles hinschmeißen? Romantische Ideen? Jedenfalls Ideen, die einen davon abhielten, das zu tun, wofür man bezahlt wurde. Und zwar nicht zu knapp. Kathie würde sich außerdem bedanken.

Erst jetzt bemerkte Jessen mit vollem Bewusstsein, dass er seit langer Zeit wieder einmal allein geschlafen, allein gefrühstückt hatte. Statt einen Abend mit Kathie an der Ostsee zu verbringen, war ihm eine seltsame Geschichte erzählt worden, eine Geschichte, in der es nur so wimmelte von Dingen, die er sonst lieber aus Geschichten und aus der Kunst heraushielt: Politik, Geschichte, Krieg. Und er würde sich diese Geschichte sogar einen weiteren Abend lang anhören, und wenn es sein musste, auch noch einen dritten oder vierten. Denn, so viel stand nun für ihn fest, wenn er schon nicht selbst dazu in der Lage war, Werke herzustellen, die mehr taten, als bloß beim Verkaufen des Überflusses zu helfen, war er dann nicht zumindest dazu verpflichtet, der Spur dieses Bildes nachzugehen? Aber wer oder was verpflichtete ihn denn? War er nicht immer stolz darauf gewesen, frei zu sein, ungebunden, niemandem Rechenschaft schuldig, niemandem verpflichtet? Doch jetzt hatte ihn das Bild in eine Pflicht genommen, aus der er erst entlassen sein würde, wenn er alles erfahren hatte, was mit dem Werk zusammenhing.

»Wie das alles miteinander zusammenhing, hab ich erst spät, fast zu spät rausgekriegt«, sagte Wuttke, nachdem er Jessen begrüßt und in sein Hinterzimmer geführt hatte.

»Hier, in diesem Raum«, er vollführte eine Handbewegung über allerlei alte, teilweise bereits aufgearbeitete Möbel, Gemälde mit und ohne Rahmen, Uniformen und verrostete Waffen, »hier hab ich damals gestanden und fieberhaft die weiße und rote Farbe von dem Bild geholt. Als dann die Doppeldecker herausgekommen sind und dieser ganz außerordentlich merkwürdige Hintergrund, da wusste ich erst mal gar nicht, was ich davon halten sollte. Natürlich war's ein Riesenzufall, dass auf dem Bild ausgerechnet ein Kriegsmotiv drauf war. Das ist ja sozusagen eine meiner Spezialitäten. Es faszinierte mich aber von Anfang an aus anderen Gründen, die mir jedoch lange unklar blieben.

Wie auch immer. Für mich stand fest, dass ich das Bild nicht verkaufen würde. Es gefiel mir ganz einfach. Es ist ja zum Teil wirklich gut gemalt.

Ich hängte es also in meiner Wohnung auf, und zwar im Schlafzimmer. Vielleicht hätte meine Frau dagegen protestiert, wenn sie noch gelebt hätte. Frauen haben in solchen Sachen manchmal eine enorm feine Witterung. Aber meine Frau war damals bereits seit zwei Jahren tot. Tja, sie ist nicht alt geworden. Mit 45 gestorben. Krebs …«

»Das tut mir leid«, sagte Jessen etwas steif, weil er nicht wusste, was er in die Stille sagen sollte, die Wuttkes letzten Worten gefolgt war.

»Das hab ich inzwischen verwunden.« Wuttke winkte ab. »Und daran war das Bild ausnahmsweise auch ganz unschuldig.« Er lachte. »Meine Frau starb ja schon, bevor es hier auftauchte. Aber setzen Sie sich doch bitte. Oder wollen wir wieder woanders hingehen? Ich selbst sitz gern hier in dem Hinterzimmer. Das ist«, er lachte wieder, »quasi mein Atelier.«

»Soll mir recht sein«, sagte Jessen, dem die Atmosphäre gefiel, in der Staub vieler Jahre und Epochen durcheinanderzuschweben schien, und setzte sich in einen abgeschabten, doch sehr bequemen Ledersessel.

»Schön«, sagte Wuttke, »dann hol ich uns nur schnell was zu trinken«, verschwand über einer Treppe, die offenbar in seine Wohnung hinaufführte, und kam mit zwei Flaschen Rotwein, Gläsern und einer Kiste Zigarren zurück.

Das Fenster des Hinterzimmers führte auf einen ruhigen, sehr grünen Hinterhof hinaus, war weit geöffnet. Warme Abendluft strömte durchs Zimmer, Vogelgezwitscher, Stimmen spielender Kinder.

»Alles so friedlich«, sagte Wuttke, als er sich Jessen gegenüber in einen anderen Sessel fallen ließ. »So friedlich, wie man's sich nur wünschen kann.«

Er schenkte Wein ein, hielt Jessen die Zigarren hin.

»Danke«, sagte er. »Die sind mir zu stark«, und fingerte nach seinen Zigaretten.

Wuttke nickte behaglich vor sich hin, rollte eine Zigarre feucht im Mund hin und her, zündete sie umständlich und kennerisch an, blies den Rauch zum Fenster hinaus. Er schwebte einige Augenblicke tanzend über den Hof, verging zu nichts.

»Mit dem Rauch ist das auch so eine Sache«, sinnierte Wuttke. »Als es am Ende ganz schlimm wurde mit dem Bild und mir, fast pathologisch, da hätte ich beinahe das Rauchen aufgegeben.« Er schüttelte den Kopf, lächelte, als glaube er sich selber nicht. »Wär schade gewesen. Aber wenn der Rauch grau wird, sein Blau verliert, kurz bevor er ganz verschwindet …«

»Ja«, sagte Jessen. »Ja. Ich glaube, ich verstehe Sie. Da

ist etwas Ähnliches auf dem Bild. Etwas, was daran erinnert.«

»Sehr richtig. Leider handelt es sich wohl kaum um Zigarrenrauch. Das wäre ja geradezu gemütlich. Nein, nein. Das ist ein Rauch, den vielleicht überhaupt noch niemand gesehen hat. Oder jeder auf seine Weise. Ich hab ihn jedenfalls gesehen, auf meine Weise. Versteht sich. Und davon will ich Ihnen erzählen. Erst mal Prost!«

Sie hoben die Gläser und tranken sich zu. Letztes Sonnenlicht flutete durch den Raum, brach in den geschliffenen Kanten der Gläser, warf durchsichtige, unruhige Muster auf Decke und Wände.

»Das Bild also hängte ich Idiot mir ausgerechnet übers Bett, sah es mithin jeden Abend beim Einschlafen. Und, was soll ich Ihnen sagen, seither schlief ich schlecht. Das heißt, ich litt plötzlich unter Albträumen. Dass die von dem Bild wachgerufen wurden, merkte ich natürlich nicht. Wie auch? Es waren in diesem Sinne auch keine Albträume, sondern ich wiederholte nachts nur immer und immer wieder die Sekunden auf dem Bauernhof, als der Tiefflieger kam. Das beunruhigte mich anfangs auch gar nicht so sehr. Ich bin ein phlegmatischer Typ, manchmal etwas aufbrausend, und ich kann allerlei einstecken. Auf diese Träume machte ich mir meinen eigenen Reim. Sie schienen mir ganz normal, denn schließlich war mit dem Auftauchen des Bildes auch die Erinnerung an meine, wenn ich so sagen darf: Fronterfahrung zurückgekehrt. Ich stellte außerdem einen Zusammenhang her mit dem Tod meiner Frau, unter dem ich damals noch sehr litt. War allein mit meinen beiden Söhnen, die inzwischen studieren und aus dem Haus sind. Die waren 1976 zwölf und vierzehn Jahre alt. Das ging so schlecht und recht mit mir als …«

Er griff zu seinem Glas und sah Jessen fragend an.

»Alleinerziehender«, sagte er.

»Genau. Blödes Wort.« Wuttke schmunzelte. »Nun ja, ich habe meine Jungs trotzdem so einigermaßen hingekriegt. Sogar schon Enkel … Trotz des Schreckens, der sich zu der Zeit wie ein Schatten in mir ausbreitete. Der wuchs und wuchs. War wie ein Krebs. Ja, das war er. Wie ein Krebs aus Erinnerungen, fürchterlichen Erinnerungen, Bildern der Verwüstung, des Todes, die Brände, die … Aber ich sollte jetzt doch der Reihe nach erzählen. Dieser wahre Schrecken der Erinnerung, der kam etwa ein Jahr, nachdem ich das Bild aufgehängt hatte. Und zwar meldete er sich an, kurios, wirklich, sehr kurios, mit Friedrich von Schillers Ballade *Das Lied von der Glocke.*«

Jetzt spinnt er aber, dachte Jessen und blickte Wuttke etwas spöttisch an.

»Jawohl«, sagte der jedoch gemütlich. »Sie haben richtig gehört. Kennen Sie doch wohl, nicht? Diese Ballade, die ja in der Tat ganz großartig ist.«

Jessen nickte, konnte sich aber kaum erinnern: »Muss mal in der Schule vorgekommen sein«, sagte er.

»Das will ich hoffen«, meinte Wuttke. »Ich hab sie auch lernen müssen. Und mein ältester Sohn auch. Der kam eines Abends, wie üblich nach dem Essen, zu mir, weil ich dann immer kontrollierte, ob die Jungs ihre Hausaufgaben gemacht hatten. Und mein Ältester, der hatte an diesem Tag *Die Glocke* als Hausaufgabe auf. Auswendig. Nein, nicht das Ganze, das wäre ja 'ne Zumutung. Aber ganz bestimmte Teile. Und zwar jene Teile, die … also, es sind diese Teile, diese Abschnitte, in denen …«

Wuttke geriet ins Stocken, sog heftiger an seiner Zigarre, begann, mit deutlich erregter Stimme zu rezitieren:

Hört ihr's wimmern hoch vom Turm?
Das ist Sturm!
Rot wie Blut
Ist der Himmel,
Das ist nicht des Tages Glut!
Welch Getümmel
Straßen auf!
Dampf wallt auf!
Flackernd steigt die Feuersäule,
Durch der Straße lange Zeile
Wächst es fort mit Windeseile,
Kochend wie aus Ofens Rachen
Glühn die Lüfte, Balken krachen,
Pfosten stürzen, Fenster klirren,
Kinder jammern, Mütter irren,
Tiere wimmern
Unter Trümmern,
Alles rennet, rettet, flüchtet,
Taghell ist die Nacht gelichtet.
Durch der Hände lange Kette
Um die Wette
Fliegt der Eimer, hoch im Bogen
Spritzen Quellen, Wasserwogen.

Heulend kommt der Sturm geflogen,
Der die Flamme brausend sucht.
Prasselnd in die dürre Frucht
Fällt sie, in des Speichers Räume,
In der Sparren dürre Bäume,
Und als wollte sie im Wehen
Mit sich fort der Erde Wucht
Reißen in gewalt'ger Flucht,
Wächst sie in des Himmels Höhen
Riesengroß!
Hoffnungslos
Weicht der Mensch der Götterstärke,
Müßig sieht er seine Werke
Und bewundernd untergehen.

Wuttke trank einen Schluck, seine Hand zitterte leicht.

»Ich … » Jessen wollte etwas sagen, aber Wuttke winkte ab und sprach, nun leiser, gelassener, weiter:

Leergebrannt
Ist die Stätte
Wilder Stürme raues Bette;
In den öden Fensterhöhlen
Wohnt das Grauen,
Und des Himmels Wolken schauen
Hoch hinein.
Einen Blick
Nach dem Grabe
Seiner Habe
Sendet noch der Mensch zurück –

Wuttke sank in seinen Sessel zurück, sog an seiner Zigarre, die ausgegangen war, entzündete sie neu, stieß den Rauch heftig aus.

»So«, sagte er dann. »Das also war Schiller. Kennen Sie ja.«

»In der Tat«, murmelte Jessen verblüfft. »Es ist gewaltsam. Und diese Gewalt ist auch, natürlich ganz anders bewältigt, auf dem Bild, ganz hinten …«

»So kann man's auch formulieren«, nickte Wuttke. »Das ist sowieso klar, dass Sie und ich unterschiedliche Erfahrungen mit dem Bild machen. Aber es muss etwas geben, das gleich ist. Immer gleich ist, gleich war und gleich sein wird. Und deshalb wahr ist. Das steckt in der *Glocke* ebenso wie hinter unseren roten Doppeldeckern. War mir damals, als mein Sohn mir das vorstotterte und ich ihm mehrfach aushelfen musste, natürlich unbekannt. Aber dies Gedicht, das mir ähnlich fremd und fern war wie Ihnen, sprang mich geradezu an. Es riss ein ganzes Bündel von erinnerten Bildern in mir auf, wie ein kräftiger Windstoß. Erinnerungen an die Nacht, in der ich meine Eltern verloren habe. Erinnerungen an das *Unternehmen Gomorrha,* an den sogenannten Feuersturm, an die Bombardierung Hamburgs im Juli 1943. Man könnte ja direkt meinen, der alte Schiller sei dabei gewesen. Ist er aber nicht.« Wuttke lachte. »Oder eben doch! Denn ich glaube, dass in den wahren Kunstwerken immer auch etwas liegt, das noch gar nicht eingetreten ist. Etwas Prophetisches sozusagen.«

»Prognostisches«, sagte Jessen.

»Egal, wie Sie's nennen wollen. Es ist jedenfalls da. Und

es gibt viele Beispiele dafür. So, wie vielleicht irgendeine Vorahnung von den Bombennächten des Zweiten Weltkriegs in der *Glocke* mitschwingt, obwohl es sich dabei nur um einen simplen Stadtbrand handelt, so fliegt vielleicht auch eine ähnliche Vorahnung auf unseren roten Doppeldeckern mit. Wer weiß?«

»Nun ja.« Jessen zuckte die Schultern. »Das klingt mir aber doch etwas sehr nach Hellseherei. Ich glaube, diese Vorahnung, wenn es sie überhaupt gibt, ist viel abstrakter.«

»Bei Ihnen vielleicht, Michael. Sie haben das ja auch nicht erleben müssen. Bei Wuttke ist das nicht abstrakt. Bei mir ist das sehr konkret. Und es wurde damals auf eine Art und Weise lebendig, die mich am Ende fast wahnsinnig gemacht hat.

Es war nämlich so, dass die Erinnerung an den Feuersturm mich blitzartig durchzuckte, als mein Sohn die *Glocke* aufsagte, dann aber wieder verschwand. Doch als ich dann am gleichen Abend zu Bett ging, fiel mein Blick wie stets auf das Bild. Und plötzlich begann der Hintergrund, dies krause Grau, Sie wissen schon, der begann, lebendig zu werden, bedrohlich. Ich konnte das rasch abschütteln, dachte, ich sei etwas überreizt, träumte aber erstmals von der Bombennacht. Und dann wiederholten sich diese Träume Nacht für Nacht. Teils brachten sie immer die gleichen Bilder zurück, teils neue, bis schließlich das gesamte Geschehen, das ich während des Feuersturms erlebt habe, wieder bei mir, in mir war.

Und ich wurde es nicht mehr los. Es verfolgte mich, wanderte aus meinen Träumen heraus, begann, meine

Tage zu beschweren. Und das Bild war der Motor für diese Paranoia. Aber das habe ich erst später festgestellt, obwohl ich schon wusste, dass es mich nicht gerade ruhiger machte.

Die Erinnerung kam bruchstückhaft, fetzenweise, setzte sich nach und nach zusammen, wie eine Collage oder ein Mosaik. Manche der Teile fielen mir ein, wenn ich das Bild betrachtete. Dort schien sich alles angesiedelt zu haben. Es regte meine Erinnerung an, vielleicht weil in dem Bild eine ähnliche Erfahrung und eine ähnliche Erinnerung steckt? So wie auch in der *Glocke*.

Kommen Sie, wir trinken noch das zweite Fläschchen. Ist was Edles.«

Der Korken ploppte satt aus der Flasche, der Wein ergoss sich gluckernd in die Gläser. Draußen glühte schwach der Rest des Tageslichts. Jessen fühlte ein seltsames Behagen, wie er es aus seiner Kindheit kannte, wenn Schauergeschichten oder Märchen erzählt wurden.

Seine eigenen Vorstellungen und Assoziationen über das Bild waren blasser geworden, ausradiert von denen Wuttkes, überlagert. Zwei Erfahrungen verschränkten sich miteinander. Jessen war bereit zuzuhören. Er spürte, vielleicht zum ersten Mal in seinem Leben, was es heißt, zu erzählen, und was es bedeutet, aufnehmen zu können.

»Wissen Sie, was *coventrysieren* heißt?«

Jessen wusste es nicht.

»*Coventrysieren* heißt, eine Stadt ausradieren, pulverisieren, zu Schutt, Asche und Staub machen, zu grauer undefinierbarer Masse. Den haben wir Deutsche erfunden, den Luftterror, der dann später fürchterlich auf uns zurückschlug. Im Mai 1940 hatte Görings Luftwaffe Teile von Rotterdam dem Erdboden gleichgemacht, und ab September 1940 wurden dann 65 Tage lang ununterbrochen Nachtangriffe gegen London geflogen. Luftschlacht gegen England nannte sich der Unfug, der auch militärisch Unfug war und kaum etwas brachte. Im November 1940 war dann die englische Stadt Coventry an der Reihe. Da blieb kein Stein auf dem anderen.

Als aber dann die Alliierten zurückschlugen, da wurden wir sozusagen hamburgisiert. Die ersten Angriffe der Royal Air Force auf Hamburg fanden am 4. Mai 1942 statt. Wissen Sie, was das Makabre gerade an diesem Datum ist? Nein? Ich will es Ihnen sagen: Diese ersten britischen Bomben fielen fast auf den Tag genau einhundert Jahre nach dem großen Brand, der am 6. Mai 1842 halb Hamburg verwüstete. Ja, so ist es. So kehrt alles wieder. Die Geschichte ist ein Rad der Verwüstung. Und deshalb empfinde ich es ja auch als eine Unverschämtheit, dass unser großartiger Zivilschutz ausgerechnet am 27. Juli diese unsägliche Sirenenübung veranstalten muss. Denn in der Nacht vom 27. auf den 28. Juli 1943 wurden wir hamburgisiert.

Bis zu dieser Nacht war Hamburg bereits etwa hundertdreißig Mal von Bombern angegriffen worden. Das war schon so eine Art Dauerzustand, den kaum noch jemand richtig ernst nahm. Die Luftschutzwarte rauften sich die Haare. Rein in den Keller, raus aus dem Keller. Manchmal gingen wir erst gar nicht mehr runter, sondern sahen uns das Schauspiel vom Küchenfenster aus an. Das war, gerade für uns Kinder, irgendwie eindrucksvoll. Die Vernichtungsspezialisten, die über der Stadt in ihren Maschinen arbeiteten, produzierten kostenlos Silvesterfeuerwerk. Wir fanden das auf groteske Art so lange schön, wie es uns nicht betraf, nicht selber traf. Erst kamen immer die Beleuchterbomber, die Reihen von weiß glühenden Leuchten setzten. Die waren zu riesigen Trauben zusammengebunden, Weihnachtsbäume nannten wir das. Dazwischen wurden dann auch noch grüne Lichter gesetzt. Dann kamen die Markierermaschinen und warfen rote Zielmarkierungen dazwischen. Bilder eines Gewirrs von Lichtern, Leuchtspuren, angestrahlte Wolken, die immer besonders faszinierend waren, Explosionsrauch, aber weit weg im Hafengebiet, Rauch von mit rasender Geschwindigkeit fallenden Bomben über dem Häusermeer unserer nächtlichen Stadt.

Aber diese müßige Bewunderung, dieser halb naive, halb makabre Spaß an der Schönheit des Schrecklichen, fand sein Ende in jener Nacht, in der Hamburg in Schutt und Asche gelegt wurde.

Kurz vor Mitternacht gab es Fliegeralarm. Wir versammelten uns wie üblich in der Küche, mein Vater, meine Mutter, meine beiden jüngeren Schwestern und ich. Plötzlich standen direkt über unserer Straße Weihnachtsbäume, strahlend helles, gleißendes Licht, in das man aus dieser Nähe kaum hineinsehen konnte. Dazu heulten immer noch die Sirenen. Leuchtbomben fielen durch den noch dunklen Ausschnitt Himmel über der Straße. Dann ein ungeheures Krachen und Beben – und das Nebenhaus war weg. Von einer Luftmine einfach umgeblasen wie ein Kartenhaus. Eine riesige Staubwolke sackte langsam zusammen.

Mein Vater schrie: ›In den Keller, um Gottes willen‹, und augenblicklich wussten wir alle, dass es diesmal ernst war. Nur taten wir genau das Falsche, als wir in den Keller liefen. Aber das konnte ja niemand ahnen, nicht mal unser Luftschutzwart. Wir waren schon auf der Kellertreppe, da fielen in unmittelbarer Nähe neue Sprengbomben. Die Haustür wurde ins Treppenhaus geschleudert, gleichzeitig prasselten Brandstäbe in den vorderen Teil des Hausflurs. Im Eingang entstand sofort Feuer. Trotzdem schafften wir es noch alle bis in den Keller, in dem bereits etwa dreißig Bewohner des Hauses saßen. Nein, sie saßen nicht, sondern sie wurden von der Wucht der Detonationen wie Bälle hin und her geworfen. Kurz darauf wurde der Brandmauerdurchbruch vom Keller des linken Nachbarhauses her aufgeschlagen. Die Leute von nebenan kamen zu uns hereingekrochen, in Wolken aus Staub, Hitze, Rauch. Der Notausgang unseres Kellers war durch Sprengbomben ebenfalls aufgerissen. Auch von dort quollen unerträgliche Massen Feuer und Staub herein. Es war jetzt glühend heiß, die Hitze strömte von oben, von hinten, von den Seiten.

Es war klar, dass wir nur noch außerhalb des Kellers eine Überlebenschance hatten, aber die Menschen waren von der ungeheuren Wucht des Bombardements, vor allem der Einschläge der Minenbomben, so starr vor Angst, dass sie apathisch ihren Tod erwarteten, wenn nicht gar herbeiwünschten. Es war unvorstellbar. Einige Leute waren wahrscheinlich schon tot, manche bewusstlos. Kinder schrien gellend. Das Letzte, was ich von meiner Familie sah, ist dies Bild: Mein Vater beugt sich über meine ohnmächtige Mutter, an deren Körper sich meine beiden Schwestern drängen.

Der Anblick verrauchte in einer erneuten Detonation. Qualm und Dreck drückten in den Keller, Schornsteinklappen und Türen wurden herausgeschleudert. Einige von uns hatten versucht, die Wand zum anderen Nachbarkeller, die noch geschlossen war, ebenfalls zu öffnen, doch im Nebenkeller brannte es auch schon lichterloh. Es entstand ein wahrhaft höllischer Sog. Und da bin ich einfach losgekrochen, die Kellertreppe hinauf, auf allen vieren, bloß raus, bloß etwas Kühlung, bloß Wasser. Lieber draußen verrecken, als in diesem Backofen verbrennen. Die Treppe war bereits übersät mit brennenden Koffern, Taschen und Kleidungsstücken. Trotzdem gelang es mir, irgendwie aus dem Haus herauszukommen. Und nun war ich zwar aus dem brennenden Keller gerettet, aber hineingeraten in einen Brand, der alles übertraf, was man sich überhaupt nur vorstellen kann.

Ich drückte mich gegen eine Mauer und kehrte dem Feuersturm den Rücken. Hinter der Mauer war ein großer Garten, ständig fielen glühende Zweige und Äste von Bäumen und Büschen auf mich herunter. Die Hitze nahm ständig zu, ebenso der Funkenflug. Ich hatte das Gefühl, zu vertrocknen, zu braten, zu schrumpfen. Vor mir schoss eine gewaltige Stichflamme hoch, in der das Haus zusammenbrach, in dem wir gewohnt hatten, und den Keller unter sich begrub und alle, die darin geblieben waren.«

Wuttke machte eine Pause, trank einen Schluck Wein, zündete sich eine neue Zigarre an.

»Sie werden sich vielleicht fragen«, fuhr er fort, »warum so viele Leute in den Kellern blieben. Warum sie nicht wie ich rechtzeitig nach draußen geflüchtet sind? Wer solche Erfahrungen nicht selbst mitgemacht hat, der kann wohl nur schlecht verstehen, dass in diesen Situationen jedes Gefühl für Zeit verloren geht. Mitten in einem Chaos, das sich von Sekunde zu Sekunde verändert, verschärft, gibt es kein ›rechtzeitig‹ mehr.«

»Und wie sind Sie da lebend rausgekommen?«, fragte Jessen.

»Ich weiß es nicht. Irgendein tierischer Instinkt. Prinzipiell hätte die rasende Zerstörung jeden zur Flucht gezwungen, der sich noch bewegen konnte. Die Feuerkessel der Hinterhöfe und Terrassen, die Feuerschleusen der engen Straßen und die Verschüttung der Häuser und Schutzraumausgänge durch Spreng- und Minenbomben machten aber vielfach die Flucht unmöglich. Nicht einmal die Luftschutzwarte kannten, wie auch sonst kein Mensch, solch ein Ausmaß des Schreckens, der Vernichtung. Es erschien einfach unmöglich, die Leute herauszuführen, denn draußen war ja erst recht die Hölle los. Im wahrsten Sinne des Wortes. Denn bei einem Feuersturm greifen so viele Ursachen und Wirkungen ineinander, dass es fast unmöglich ist, sich richtig zu verhalten.

Erklären, wissenschaftlich erklären, kann man das Ganze bis zu einer gewissen Grenze natürlich sehr nüchtern. Ich habe mich während der letzten Jahre etwas damit befasst, weil ich hoffte, dass diese Nüchternheit der

Erklärung mich von dem Druck erleichtern würde, der auf mir lag, seit das Bild diese Erinnerungen nach oben spülte. Ich habe mir zu dem Thema allerlei Gedanken gemacht, aber ans Ende kommt man nie, wenn man erst mal beginnt, Fragen zu stellen.

In Hamburg war es jedenfalls so, dass die engen Höfe, Terrassen und Straßen dazu führten, dass die angezogenen Luftmassen nicht sofort geometrisch genau auf ein Zentrum angezogen werden konnten. Vielmehr mussten sich diese Luftmassen einen Weg durch die Schleusen der Straßen, Höfe, aufgerissenen Fenster, herausgesprengten Türen bahnen. Die Brände an den Rändern wirkten wie ein gebläseartiger Sog. Und das führte zu einem hin und her peitschenden, wirbelartigen Transport der aufs Äußerste überhitzten Luftmassen durch das gesamte Gebiet. Die Gewalt dieser Strömungen riss nicht nur Funken, sondern ganze Balken mit, die im Fluge brannten, Mauerstücke, Simse, Fensterkreuze, ganze Türen durchrasten als Riesenfackeln die Straßenschluchten. Die an verschiedenen Stellen der Stadt angefachten Brände verflossen ineinander. Alle Flächenbrände verschmolzen zu einem einzigen, gigantischen Brand.

Aber ich schweife ab. Vielleicht will ich mich drücken, drücken vor meiner Erinnerung. Andererseits merke ich, dass es mir guttut, darüber zu sprechen. Es ist, als ob sich etwas von mir ablösen würde, indem ich erzähle. Zu sprechen wäre übrigens auch vom Wetter, denn das wirkte in ganz besonderer Weise auf den Feuersturm ein.«

In Wuttkes Hinterzimmer war es vollständig dunkel geworden. Mücken surrten. Wuttke entzündete zwei

Kerzen. Sein massiger, kahler Schädel, von dem er sich mit einem Taschentuch Schweiß wischte. Licht spiegelte darauf.

»Wo war ich stehen geblieben?«

»Wie Sie vor dieser Gartenmauer hockten«, sagte Jessen mit trockenem Mund und griff zu seinem Glas.

»Richtig. Ja, das Grauen …« Wuttke stöhnte. »Ich lag also da, nein, hockte. Und der Sturm des Feuers wurde zum Orkan. Kein Rauch mehr auf der Straße, nur noch Flammen und Funkenflug, so dicht wie Schneegestöber. Kaum erkennbar irrten, torkelten einzelne Menschen oder Gruppen an mir vorbei, jammernd, weinend, schreiend. Der Sog war so heftig, dass Kinder von den Händen ihrer Mütter gerissen wurden, als lebende Fackeln davontrieben. Grauenhaft.

Ich bekam kaum noch Luft, drückte mein Gesicht gegen die Straße, um den Sauerstoff direkt vom Pflaster abzusaugen; das Pflaster wurde mit der Zeit so heiß, dass ich Brandwunden an der Nase und an den Wangen bekam. Ich glaubte, ersticken zu müssen, als hinter mir die Mauer zusammenbrach, zum Glück aber nicht auf mich fiel. Es regnete Feuer. Die Straße war durchtost von brennenden Holzteilen, die in rasender Geschwindigkeit wegwirbelten. Aber der Mauereinsturz rettete mir das Leben. Ich rollte mich nämlich instinktiv in den Garten hinein, in dem es etwas kühler war, und fiel dann in einen etwa zwei Meter tiefen Bombenkrater, der noch von früheren Angriffen stammen musste. Denn am Grund dieses Kraters stand, erstaunlich genug, Wasser! Zwar schlammig und nur eine Hand breit hoch, aber immerhin Flüssigkeit mitten in diesem Inferno. Und mit diesem Schlammwasser hielt ich mich feucht, bestrich unablässig meinen Körper, von dem an einigen Stellen die Kleidung heruntergesengt war.

Das Ganze dauerte etwa drei Stunden. Dann hörte ich die Sirenen wieder. Entwarnung. Der Angriff war vorbei, aber der Feuersturm tobte noch stundenlang durch die Stadt, mit einer Intensität, die von der Windgeschwindigkeitsskala gar nicht erfasst werden kann. Von Zeit zu Zeit lugte ich aus meinem Krater heraus und sah, dass die Straße voller Leichen lag, sah, wie das Zeug der Menschen beim Laufen plötzlich aufflammte, wie sie stolperten, fielen, verkrümmt liegen blieben.

Schließlich ließen die Brände in meiner direkten Umgebung nach. Es muss gegen Morgen gewesen sein, obwohl es nicht richtig hell wurde. Denn den ganzen Tag stand eine über sieben Kilometer hohe Qualmwolke über den östlichen Stadtteilen. Ich kletterte aus meinem Trichter. Der ehemalige Garten war über und über mit schwarzem Flugsand bedeckt, mit Asche, mit verkohlten Holz- und Steinstücken. Wenn der Begriff *ausgestorbene Straßen* je zutraf, dann an diesem Morgen des 28. Juli 1943. Überall lagen Leichen, regellos verstreut. Überall blickte man in aufgeplatzte Haut. Dazwischen, und das war das Schlimmste, krümmten sich Menschen in letzten Zuckungen, oder andere, noch bei Bewusstsein, lallten nach Wasser.

Aus den östlichen Gebieten bewegte sich ein endloser Strom völlig erschöpfter Menschen, über die Leichen hinweg, in westlicher Richtung. Die Bäume, wenn sie nicht wie Streichhölzer weggeknickt oder abgedreht waren, standen völlig entlaubt. Hin und wieder stürzten noch irgendwo Trümmer zusammen, sonst gab es keinen Laut. In der flirrenden Luft über den noch Hitze verstrahlenden, vereinzelt qualmenden Ruinen schwamm der Geruch verbrannten Fleisches. Der Himmel war von der Rauchwolke verhüllt, jeder Rest von Farbe war von der Stadt gewichen. Alles war grau. Ja, so grau wie auf dem Hintergrund des Bildes.

Den Rest kennen Sie schon. Mein Onkel nahm mich auf. Aus dem schwefelgelben Feuermeer, aus dem bunten Feuerwerk der Bombenteppiche, war ich nun ins Leben entlassen. Und das ging sofort weiter. Die Hamburger flickten, reparierten, bauten auf, kaum dass der Rauch sich verzogen hatte. Nicht, weil sie alle fanatische Nazis gewesen wären und an den Endsieg glaubten. Jedem erschien sein Stück Wohnung, noch als Ruine, besser, als irgendwo zu leben, wo man nicht hingehörte. Ich hatte ja noch Glück im Unglück, denn das Haus meines Onkels war gänzlich unzerstört geblieben. Ein kleines Wunder.

Und ein großes Wunder geschah auch in dieser Trümmerwüste. Anfang September nämlich begannen Bäume und Sträucher, deren Blätter im Heißluftstrom des Feuersturms verdorrt und weggerissen waren, wieder zu grünen und zu blühen! Sie sehen mich skeptisch an; aber es war so. Das ist die volle Wahrheit. Zwischen Mauertrümmern und geschmolzenen Eisenträgern und zerbombten Kraftfahrzeugen sprossen aus dem Grau und Schwarz junges Grün und Gras und Blumen. Und darüber der Himmel war wieder blau.

In der Anormalität war alles herzlich normal. Im Herbst ging mein Onkel mit mir in die Kammerspiele; es gab *Die weiße Dame.* Ich ging in die Kinos, sah *Der weiße Traum,* sah *Das Bad auf der Tenne,* sah *Münchhausen.* Wir verdrängten den Schrecken einfach. Hatte nicht auch die Natur ihn verdrängt, indem sie im Frühherbst, gegen jede natürliche Regel, neu ausschlug? Wir wollten vergessen, vergessen und leben. Dass ich mich um diesen dämlichen Fronteinsatz riss, hing auch damit zusammen, dass ich vergessen wollte. Raus aus den Trümmern.

Und mit der Zeit verschwand alles, verblasste wie alte Fotografien. Bestenfalls Anekdoten blieben, vergoldet von der Tatsache, dass man damals jung war. Und es wäre vielleicht auch alles so geblieben, so blass und golden, wenn nicht das Bild aufgetaucht wäre. Denn da kehrten sie zurück, kamen nach oben, die Schocks aus der Nacht des Feuersturms. Erst langsam, schleichend, in einzelnen Bildern, die vorbeiblitzten. Bilder von weiß glühenden Tannenbäumen, Bilder von auftreibenden Leichen, angeschwollenen Körpern, die nach kurzer Zeit schrumpften zu schwarzen Massen, Bilder von Kindern, die das Feuer durch die Luft wirbelte. Bilder der riesigen Rauchsäule, Bilder, aus denen alle Farbe abgezogen war. Und später mischten sich Bilder hinein von dem zusammenstürzenden Schweinestall, dem explodierenden Lastauto. Schließlich Bilder aus der Nachkriegszeit.

All diese einzelnen Bilder oder Bruchstücke von Bildern verschmolzen nach und nach zu einer unstrukturierten grauen Masse, und diese Masse grinste mich wiederum aus dem Fliegerbild an wie ein Spiegel. Ich bekam regelrecht Zustände. Diese Zustände steigerten sich immer dann ins Unerträgliche, wenn es in Hochsommern zu lange andauernden Hitze- und Trockenperioden kam, was bei uns zum Glück selten vorkommt. So ein Wetter hatte geherrscht, als das *Unternehmen Gomorrha* ablief. Und solche stabilen Hundstage gab es auch, als ich Ihnen das Bild verkaufte. Wissen Sie das noch? Es war da sehr heiß im letzten Sommer.

Dass es überhaupt einen Zusammenhang mit dem Wetter gibt, darauf bin ich gekommen, als ich versuchte, mich zu informieren über das Phänomen Feuersturm. Das hat mir auch ein Arzt empfohlen, der meinte, ich könne meine Angstzustände nur loswerden, wenn ich sie mir vergegenwärtigte, mir erklärte.

Und dass das Bild entscheidend dazu beitrug, mich zurückzuwerfen in jene Nacht, bemerkte ich spät, per Zufall. Ich hatte meine Wohnung neu tapezieren lassen und natürlich alle Bilder von den Wänden genommen. Ich ließ das Bild mit den Flugzeugen etwa zwei Wochen abgehängt stehen, und während dieser zwei Wochen verschwanden auch die Träume und Ängste, die mich sonst fast jede Nacht heimsuchten. Sie kamen erst wieder zurück, als ich das Bild an seinen alten Platz hängte. Und da, endlich, bemerkte ich den Zusammenhang. Natürlich konnte ich ihn mir nicht erklären. Ich kann es heute noch nicht. Aber ich war froh, zu wissen, was die Ursache dafür war, dass ich fast zum Psychopathen geworden war.

Dennoch konnte ich mich anfangs nicht von dem Bild

trennen, stellte es in einer Kammer ab. Aber die Erinnerungen blieben, nebelhafter, ferner, wie durch Filter gesehen, doch bei Hochdruckwetterlagen wuchsen sie mir wieder über beziehungsweise in den Kopf. Und so beschloss ich, das Bild zu verkaufen.

Als ich es dann endlich los war, fühlte ich eine Zentnerlast von mir genommen, war befreit von großem Druck, atmete auf, wurde jünger. Ich wollte nichts mehr damit zu tun haben. Nie mehr! Deshalb habe ich auch so unangenehm reagiert, als Sie plötzlich kamen und etwas über das Bild wissen wollten. Sie haben mir aber auch leidgetan, weil ich ahnte, dass auch Sie das Bild quälte, wenn auch auf andere Art, Ihre Art. Und schließlich, neulich beim Sirenenalarm, kam alles wieder hoch, der Feuersturm, das Bild, seine Wirkung. Ich fragte mich, was die Sirenen wohl in Ihnen auslösen würden, wollte plötzlich wissen, welche Beziehung Sie zu dem Bild entwickelt hatten, war schlicht neugierig geworden. Und wollte meinerseits alles erzählen, alles sprechend von mir abwerfen, geradezu beichten. Dann habe ich Sie angerufen. Und jetzt sitzen wir hier, Sie und ich.«

»Ja«, sagte Jessen leise und starrte in die verlöschenden Kerzen. Eine Motte flog in die Flamme, glühte auf und fiel schwarz verklumpt ins weiche Wachs, das sich auf dem Tisch in fantastischen Strömen ausbreitete.

»Ja, jetzt sitzen wir hier. Ich weiß gar nicht, was ich sagen soll.«

»Was Sie sagen sollen? Ganz einfach. Nun müssen Sie mir Ihre Geschichte erzählen«, ermunterte Wuttke ihn und holte eine weitere Flasche Wein. Sie stießen mit den

Gläsern an. Ein helles Singen im Dämmer des Hinterzimmers.

Und Jessen erzählte so gut er konnte. Er wunderte sich, wie viele Details ihm beim Sprechen einfielen. Es kam ihm vor, als rekonstruiere er, während er sprach, nicht bloß seine eigene Wahrnehmung, nicht bloß die Wirkungen des Bildes auf ihn, sondern als schüfe er gleichsam das Bild selbst, zumindest jene Teile, jene Schichten und Dimensionen, zu denen er bereits eine gewisse Vertrautheit gewonnen hatte, auch wenn diese Vertrautheit erkauft war mit unruhigen Nächten und düsteren Gedanken. Doch diese Vertrautheit machte an entscheidender Stelle halt: Sie verweigerte den Eintritt in den grauen Grund.

Wuttke hörte mit steigender Spannung zu, paffte dabei vor sich hin. Als Jessen, kurz vor Schluss seines Berichts, von dem Silvesterfeuerwerk sprach, murmelte Wuttke:

»Sieh da, sieh da …«

Dann saßen sie schweigend beieinander, sahen den Morgen erst zwielichtig bleich, bald rötlich, endlich golden ins Zimmer fingern.

»Ich denke, ich gehe jetzt.« Jessen gähnte und stand auf. »Ich danke Ihnen für Ihre Geschichte, Charly. Haben Sie eigentlich nie versucht, den Maler ausfindig zu machen?«

»Den Maler? Doch, doch. Den hab ich rauszufinden versucht, aber ich bin nicht fündig geworden. C.W. 1924. Das wird wohl ewig ein Geheimnis bleiben. Und es ist vielleicht auch besser so.«

»Sind Sie denn mal zu dem Bauernhof zurückgefahren? Vielleicht weiß man dort etwas?«

Wuttke winkte müde ab. »Nein. Da bringen mich keine zehn Pferde wieder hin. Ich fürchte, dass dann alles noch einmal von vorn beginnt. Und übrigens glaube ich auch nicht, dass man da mehr weiß. Wenn weder Sie noch ich noch Ihr Freund, dieser Maler, etwas mit dem Signet anfangen können …« Er zuckte mit den Schultern. »Ich glaube, es ist das Beste für uns alle, wenn wir die Sache auf sich beruhen lassen. Man muss nicht immer alles wissen wollen.«

»Vielleicht haben Sie recht«, sagte Jessen. »Dann also auf Wiedersehen.«

Jessen ging. Der Sommermorgen stand durchsichtig über den Dächern Hamburgs. Die Schwalben flogen sehr hoch.

Kathie saß auf dem Bett, die Arme und Beine resolut übereinandergeschlagen, und sah Jessen starr entgegen, als er die Tür öffnete.

»War's nett?«, fragte sie spitz.

»Du denkst was Falsches«, sagte er. »Ich hab die ganze Nacht …«

»Ja?«

»Ob du's glaubst oder nicht: Ich war bei Wuttke. Wir haben uns die ganze Nacht … ja, Geschichten erzählt.«

Sie lachte unsicher, machte große Augen.

»Du und Wuttke habt euch gegenseitig Geschichten erzählt? Eine ganze Nacht lang? Und das soll ich dir glauben?«

»Glaub, was du willst.« Er zuckte mit den Schultern. »Wenn du's genau wissen willst, kannst du Wuttke ja fragen.«

»Nein, nein«, wehrte sie ab. »Ich trau dir das glatt zu. Es ging natürlich … um dies Bild?«

»Allerdings. Und ich hoffe sehr, dass mit dieser Nacht die Angelegenheit ein für alle Mal erledigt ist.«

Kathie schwieg einen Moment. Es war offensichtlich, dass sie ihm glauben wollte.

»Trotzdem …«, sagte sie schmollend und lehnte sich auf dem Bett zurück.

»Trotzdem bist du eifersüchtig«, lachte er. »Eifersüchtig auf das Bild. Auf ein Bild, das du nicht einmal schön findest. Dafür gibt's wirklich keinen Grund. Bin ich etwa eifersüchtig auf deine Headlines?«

Er setzte sich neben sie. Die Sonne fiel schräg über das Bett, folgte den Linien ihrer Körper.

»O Gott, ich komm zu spät. Du hast mich verführt! Es ist schon neun Uhr!« Sie fuhr in ihre Kleider, »bis heut Abend!«, Abschiedskuss und aus der Tür.

»Die Windeln!«, rief sie auf der Treppe. »Das muss morgen präsentiert werden, nein, übermorgen …«

Ihre Schritte verhallten.

Nackt lag er auf dem Bett, weder müde noch munter, leer. Er döste ein, undeutlich huschten Bilder vorüber. Einmal, als Kind, an Heiligabend, war der Weihnachtsbaum in Brand geraten. Vater warf ihn um, schlug mit seiner Jacke die Flammen aus, bis der Baum gelöscht war, doch nun brannte die Jacke. Jessen schlug mit einer Decke auf die Jacke, und dann brannte die Decke. Er riss aus, raus aus dem Rauch, hinunter auf verschneite Straßen, in blendendes Weiß, auf das Asche regnete, und aus der Asche züngelte es schon wieder schweflig lüstern und rot.

Die Sonne stand auf seinen Augenlidern, erreichte als gelbroter Schatten sein Bewusstsein. Er duschte, ging in ein Café, aß Rühreier mit Speck. Die Sonne stand im Zenit. Wolken zogen auf. Die Schönwetterperiode ging zu Ende. Wind böig von Westen, wirbelnder Staub.

Als er an seinem Arbeitstisch saß, fielen erste schwere Tropfen. Na bitte, dachte er und griff zu seinen Stiften. Gutes Wetter für die Windeln. Windeln weiß auf rosa Grund. Windeln weiß auf blauem Grund. Windeln weiß auf grauem Grund. Unsinn! Grauer Grund, ganz unmöglich.

Man muss nicht immer alles wissen wollen, hatte Wuttke zum Abschied gesagt. Aber hatte er sich denn nicht selbst informiert? Hatte er nicht sogar Informationen über den Zusammenhang zwischen dem, was er seine Zustände nannte, und dem Wetter eingeholt? Warum?

Der Sommerregen wusch Staub von den Fenstern. Bald würde sich die Luft gereinigt haben, die Atmosphäre klar sein.

Das Telefon schlug an. Kathie.

»Michael, sag mal schnell, was fällt dir ein zu dieser Line: ›*Luigis Espresso* ist stark und …‹ – jetzt fehlt mir noch was Knackiges, Poetisches zum Abbinden.«

»Heiß wie die Hölle«, kam es aus Jessens Mund.

»Das ist es!«, jubelte sie.

Hier kannte er sich kaum aus. Endlose Reihen hoher Regale standen exakt ausgerichtet unter hellem Deckenlicht, das selbst jetzt, am frühen Nachmittag, eingeschaltet war, da die Fenster des kahlen Betonbaus nicht genügend Helligkeit boten. Die Farblosigkeit des Raumes strahlte Traurigkeit aus, die von dem Geruch aus Staub und billigem Bohnerwachs noch verstärkt wurde. Die wenigen Menschen, die sich hierher verirrt hatten, traten leise auf, wodurch ihre Schritte nur noch gellender durch die Stille schnitten. Hier wurde nicht gesprochen, sondern geflüstert.

Er strich orientierungslos an den Regalen entlang. Bücher, Bücher, Bücher, versehen mit seltsamen Buchstaben- und Zahlenkombinationen, deren Sinn ihm fremd war. Hier wartete eine Ordnung, in die man eingeweiht sein musste. Sonst verlor man sich in der unendlichen Beliebigkeit der unzähligen Bände. Jessen griff wahllos nach einem Buch, blätterte lustlos darin herum, las ein paar Zeilen, vergaß sofort, was er las, stellte das Buch zurück, machte ein paar Schritte weiter, zog einen anderen Band heraus, blätterte, las, setzte sich auf eine Trittleiter, die neben ihm stand, las sich fest in dem Roman einer amerikanischen Schriftstellerin. Die Stelle des Buchs, die er angelesen hatte, berichtete von den Gefühlen eines Mannes beim Fliegen von Sportflugzeugen.

Was ist Luft, hieß es da, und wie steigen wir in sie hinein? Wie entfliehen wir der Erde? … Allein. Allein und schwebend. Getragen von den ozeangleichen Strömungen der Luft, sich mühelos, lässig fortbewegend … Was galt nun die Welt und ihre Forderungen an ihn in diesem erheiternden, unsichtbaren Meer, diesen schwindelerregenden Luftwellen, auf denen er schwebte, gewichtlos, ja körperlos, nicht in die Zukunft fliegend – die in der Luft natürlich nicht existierte –, sondern in eine Tilgung der ZEIT selbst? … Er warf sich vorwärts wie ein Schwimmer, immer vorwärts, die rauen, nördlichen Winde ebenso mühelos durchdringend, wie er durch die flimmernden Hitzeschwaden eines Tages mit warmen Aufwinden drang.

Die flimmernden Hitzeschwaden eines Tages mit warmen Aufwinden. Die flimmernden Hitzeschwaden. Jessen klappte das Buch zu. Deshalb war er gekommen; nicht, um in dicken Romanen zu schmökern.

Er trat unschlüssig auf eine Bibliothekarin zu, die an einem Schreibtisch Karteikarten sortierte, erklärte, er suche Informationen über das Phänomen des Feuersturms als Folge von Luftangriffen. Die blasse Frau war hilfsbereit, blätterte flink und routiniert durch Kästen, gefüllt mit verschiedenfarbigen Kärtchen, notierte auf einem Zettel einige dieser Buchstaben- und Zahlenkombinationen, erläuterte Jessen, das seien die Signaturen, wies ihm den Weg zu dem Regal, in dem er die dergestalt verzifferten Bücher finden würde.

Dann saß er an einem der Lesetische, um sich herum fünf, sechs Bücher, die umständlich, trocken und kalt die Zusammenhänge darstellten, nach denen er suchte. Manches schien ihm völlig bedeutungslos, vieles widersprach sich, einiges brachte Licht ins Zwielicht seiner Neugier. Während er las, merkte er undeutlich, dass die Atmosphäre, die er bei seiner Ankunft als Traurigkeit empfunden hatte, noch eine andere Dimension aufwies. Der neutrale Geruch und die Farblosigkeit des Ambientes verströmten auch Aromen der Konzentration, des Lernens, des Wissens, wiesen Wege in Bereiche, in denen das Grau der Theorien sich wandelte zu farbigen Feldern stiller Einbildungskraft, auf denen der Lesende umherstrich.

Das, was er las, wäre normalerweise als dünner Bleistiftstrich durch seinen Kopf gezogen und schon nach Sekunden wieder vom Vergessen wegradiert worden, doch die Worte Wuttkes hatten sich in Jessens Kopf längst zu Bildern verwandelt, die jetzt mit den analysierenden Aussagen der Bücher in Konjunktion traten und Jessen in einen Zustand versetzten, der zugleich erregt und gelassen war: Wissen verschränkte sich mit erzähltem Leben.

Seit den Großangriffen auf Hamburg und Dresden im Zweiten Weltkrieg sei immer wieder, bei allen Feuerwehren und Luftschutzorganisationen der Welt, nach plausiblen Erklärungen für das Phänomen Feuersturm gesucht worden. Warum? Nur um es zu verstehen? Durchaus. Aber auch, um ihm in Zukunft besser begegnen zu können. In Zukunft! Jessen atmete tief ein. Das hieß ja nichts anderes, als dass sich dies Phänomen wiederholen würde, wiederholen sollte gar. Aber die Feuerstürme, die uns bevorstehen, dachte er, während er zu einem anderen Buch griff, werden mit denen des Zweiten Weltkriegs keine Ähnlichkeit mehr haben. Sie waren nur milde Ahnungen dessen, was kommen wird, kommen muss. Was hatte Wuttke gesagt? Die eigentliche Katastrophe sei, dass es immer so weitergeht.

Es gibt, las Jessen, jedenfalls zwei Formen des Feuersturms. Die erste, der thermische Feuersturm, entsteht durch den hohen Verbrennungsluftbedarf eines Einzelbrandes oder vieler Einzelbrände, der einen sturmartigen Zustrom von Frischluft ansaugt. Diese Form ist bekannt. Beim Brand des Berliner Reichstags 1933 beispielsweise wirkte die Kuppel als thermischer Schlot. Je nach den Ortsverhältnissen kann auch ein aus vielen Einzelbränden entstandener Feuersturm in bestimmten Richtungen wirken und verstärkt werden. Es kommt dann zu Flächenbränden, die sich mit dem Wind fortpflanzen, so geschehen etwa beim Großen Brand Hamburgs im Jahre 1842 sowie …

Sowie in Schillers *Glocke* wahrscheinlich, dachte er und stöberte durch die Beschreibung der zweiten Form, die im Gegensatz zum thermischen als atmosphärischer Feuersturm bezeichnet wird. Hier kommt das Wetter also ins Spiel, dachte er, als er feststellte, dass diese Form durch den Luftbedarf von Einzelbränden ausgelöst wird, besonders aber auch durch bestimmte atmosphärische Verhältnisse über dem Brandgebiet. Bis 1943 war diese Form völlig unbekannt.

Beim *Unternehmen Gomorrha* kam es jedoch zu einer Addition beider Formen. Es entstand ein bislang einmalig gebliebenes atmosphärisches Phänomen mit Sturmwirkungen, die ein unvorstellbares Ausmaß erreichten. Bäume von bis zu einem Meter Dicke wurden entwurzelt, Löschmannschaften wurden von den Leitern und Dächern gefegt. Ganze Dächer wurden abgerissen. Über der Hauptbrandfläche türmte sich fast senkrecht eine

Rauchwolke von über 7000 Meter Höhe. Der Brandgeruch betäubte die englischen Aufklärungspiloten.

Die Beaufort-Skala (Windstärke 12, Orkan = 45 m/sec.) reicht nicht aus, um die Sturmstärke zu kennzeichnen. Es müssen stellenweise Windgeschwindigkeiten von bis zu 75 m/sec. und mehr erreicht worden sein, vergleichbar wohl nur mit Wirbelstürmen über Nordamerika oder mit Taifunen über dem Pazifischen Ozean.

Man müsste also, um echte Vergleichsmöglichkeiten zu bekommen, die Recherchen in der Südsee fortsetzen, dachte Jessen und fragte sich, ob dies womöglich nicht längst geschehen sei, geheim vielleicht, wie ja auch Amerikaner und Franzosen in diesem Gebiet militärisch herumexperimentierten.

Das *Unternehmen Gomorrha*, las er weiter, fand unter Witterungsverhältnissen statt, die denen der Südsee ähnlich sein mögen, in einer ungewöhnlich lange andauernden Hitze- und Trockenperiode (wie sie ähnlich wieder im Sommer 1975 auftrat: Waldbrände in Niedersachsen) und dann fast potenziert im vergangenen Jahr. In den letzten drei Wochen vor dem Angriff waren nur 44 mm Niederschlag gefallen. Der Feuchtigkeitsgehalt der Luft betrug am 27. Juli lediglich 30 Prozent (!), die Mittagstemperaturen erreichten 32 Grad Celsius; selbst die Nachttemperaturen sanken kaum unter 30 Grad.

Man kann schließen, dass eine geradezu abnorme, vielleicht nur alle 30 Jahre einmal auftretende Wetterlage den Feuersturm der Katastrophennacht erst zu dem machte, was er war. Denn die meteorologischen Voraussetzungen waren für den Angriff und seine verheerenden

Wirkungen äußerst ›günstig‹. Am Rande des stabilen Hochdruckgebiets herrschte sehr heißes Sommerwetter, während in größerer Höhe unter dem Einfluss vorbeiziehender Tiefdruckausläufer noch relativ kalte Luftmassen strömten. Das vertikale Temperaturgefälle war mithin sehr groß. Infolgedessen erreichten die atmosphärischen Umlagerungen und die dabei entstehenden Brandkumuli ungeheure Ausmaße. Während über den Bränden die Luft mit rasender Geschwindigkeit aufstieg, wurde unten Luft mit Sturmstärke angesaugt.

Die Auswirkungen der atmosphärischen Umlagerungen erklären sich aus den Gleichgewichtsbedingungen der Atmosphäre: Erwärmte Luft steigt so weit auf, bis sie die gleiche Dichte wie die umgebende Luft hat. Sobald aber während des Aufsteigens Kondensation eintritt, wird Kondensationswärme frei. Mit der Wolkenbildung erhält somit die aufsteigende Luft weiteren Auftrieb. Also war das sieben bis acht Kilometer aufschiebende Wolkenmassiv mehr als nur eine äußere Begleiterscheinung. Es wirkte entscheidend mit am Ablauf der Vorgänge.

Als Jessen versuchte, sich ein Bild dieses Wolkenmassivs vorzustellen, stellte sich in seiner Erinnerung jene abziehende Gewitterfront ein, vor deren Gewalt er in Wuttkes Ladeneingang geflüchtet war und so auf das Fliegerbild stieß. Doch mussten diese Gewitterwolken gegen das Wolkenmassiv über dem brennenden Hamburg nur ein Hauch gewesen sein, eine matte Ahnung.

Wahrscheinlich hat auch, las er weiter, die von vorangegangenen Angriffen stammende Staub- und Rauchwolke über der Stadt, welche tagsüber die Sonneneinstrahlung stark absorbierte und durch langwellige Wärmestrahlung die Hitze des Hochsommers noch drückender machte, dazu beigetragen, dass die Temperatur über Hamburg so hoch blieb. Während der Brände hat dann besonders die rasche Verdunstung von freien Wasserflächen für ständigen Nachschub an Dampf gesorgt.

Wuttkes Schlammkrater, erinnerte sich Jessen, war gegen Morgen fast ausgetrocknet. Der Mann hat ja ein unwahrscheinliches Glück gehabt.

Der Brandkumulus wirkte mit seiner Schlotströmung wie ein gigantischer Ofen, dessen Zug unten Luft mit Sturmstärke ansog.

Wie, schoss es Jessen plötzlich durch den Kopf, und er konnte sich das Auftauchen dieser Assoziation nicht erklären, funktionierten eigentlich die Krematorien in den KZs?

Er schüttelte den Gedanken ab, las, dass die Windstille am Boden diese perfekt ausgeprägte, vertikale Kaminströmung erst recht gewaltig und gewalttätig machte. Nach einer Überschlagsrechnung sollen in rund sechs Stunden des Feuersturms etwa zwei Milliarden Tonnen Frischluft durch diesen Ofen gejagt worden sein. Durch Brandwärme allein hätten nur vier Prozent dieser Zugluft angezogen werden können, die große Masse lieferte – das Wetter!

So weit war wohl auch Wuttke gekommen, als er sich über die Zusammenhänge Klarheit verschafft hatte, um seine Angst zu bannen, seine Zustände auf Begriffe zu bringen. Aber was halfen denn die Begriffe? Selbst amerikanische Wissenschaftler, die nach dem Krieg versuchten, irgendeine mathematische Formel für die Entstehung von Feuerstürmen zu finden, scheiterten.

Warum, fragte sich Jessen mit einem grimmigen Lächeln, während er die Bücher zurück in die Regale brachte, haben die überhaupt nach der Formel gesucht? Wollen sie Feuerstürme erzeugen? Noch einmal? Immer wieder?

Vielleicht ist es ein Segen, dass alle Bemühungen zu keinem Ergebnis geführt haben. Bekannt ist lediglich eine Reihe von Einflussgrößen, die an der Entstehung mitwirken muss. Aber über die Reihenfolge, ihre Größenordnung und vor allem ihre Wirkungen lässt sich nichts Endgültiges sagen. Wer wollte denn auch Endgültiges sagen über das, was sich unendlich und stetig wandelnd im großen Luftmeer zum Wetter mischt? Die Versuche in dieser Richtung, angestellt, um zu einem mathematisch-statistisch greifbaren und verwertbaren Ergebnis zu kommen, waren zutiefst fragwürdig.

Von den Schrecken des Feuersturms, aber auch von der Schönheit des Wetters, können bestenfalls Erfahrungen sprechen – oder besser noch Kunstwerke. Haben die Wolken, der Wind, die Sonne, der Regen, all diese Erscheinungen des Himmels, nicht immer und zu allen Zeiten die Maler und Schriftsteller angeregt? Jessen wollte bereits in dieser Richtung weitersuchen im Labyrinth der Bücher, aber es war inzwischen spät geworden, und die Bibliothek wurde geschlossen.

Die Kunstwerke, dachte er auf dem Nachhauseweg, haben den Vorzug, von Menschen für Menschen zu sprechen. So können sie vielleicht etwas festhalten vom Schrecken, den sie in Schönheit kleiden. Festhalten für immer. Die theoretischen Festlegungen, durch die Jessen sich bewegt hatte, verflüchtigten jedoch nur das Leid und den Schrecken, planierten sie in Zahlen, Formeln, Tabellen, Theorien. Sie wissen bestenfalls, dass auch das Wetter etwas mit uns tut – wie es ja immer etwas mit den Menschen tat. Aber warum? Zu welchem Zweck?

Musste man nicht das meiste auf sich beruhen lassen? Wenn schon nicht das meiste, dann doch zumindest das Entscheidende. Vielleicht fehlt mir die entscheidende Information über das Bild. Aber Wuttke mag recht haben. Es ist besser so. Es ist genug.

Fremde, nie gesehene Orte, neue Inseln besonders, die unvermutet aus dem Dunst tauchten, beinhalteten das Versprechen, der richtige Ort zu sein, die Stelle, an der er, fände er sich nur zur rechten Stunde dort ein, immer bleiben und wunschlos glücklich werden konnte. Das Grün weit entfernter Wälder oder Felder in Schleswig-Holstein oder das abgründige Türkis stiller Meere strahlten auf Jessen eine bestimmte Verlockung ab: die Verlockung, den flüchtigen Eindruck anzuhalten, die Erfüllung eines Lebens bestünde im Wechsel zu einem anderen Ort, an dem das Klima und das Licht zum Bleiben einladen.

So in der Ägäis, die Jessen und Kathie während des Spätsommers auf einer samt Besatzung gecharterten Segeljacht befuhren. Die Last der Erinnerung an das Bild fiel von ihm ab wie die Fetzen seiner Haut, und er hätte glücklich oder doch zumindest zufrieden sein können, hätte sich in den Frieden, den die zögernde, Umweg nehmende Bewegung des Segelns noch vertiefte, nicht eine wachsende Ferne zu Kathie eingeschlichen, die eigentümlich zu der scheinbaren Vertrautheit kontrastierte, mit der Jessens Augen Himmel, Meer und Inseln umarmten.

Zurückgekehrt waren sie in einen zu früh fallenden Herbst, vernieselt, trüb und kühl, und während sie sich in den Trubel einer Party warfen, die Ben Waldhoff veranstaltete, um sein neues Atelier einzuweihen, fand Jessen sich etwas verloren, aufgerieben zwischen den vielen Freunden und ihren Worten und den Erinnerungen an die Tage auf See. Diese Erinnerungen strömten aus dem Braun seiner Hand, die ein Weinglas hielt. Seine Haut schien als eine Art Speicher von Eindrücken zu funktionieren, der diese Eindrücke nun in einer ganz anderen Situation auf ihn zurückstrahlte.

Er hörte Kathie einen Sonnenuntergang über Kreta ausmalen, in dem sie den Hafen von Heraklion hatten verglühen sehen, und Jessen spürte plötzlich, dass Kathie sich durchaus nicht erinnern konnte, dort wirklich glücklich gewesen zu sein, wirklich aufgegangen zu sein im Erlebnis des Anblicks, des Augenblicks, aber sie übertrug die Illusion dieser Sehnsucht auf die Vergangenheit ihrer Reise – während andere, die das Gespräch teilten, von Dingen sprachen, die man sich anschaffen wollte, und so übertrugen sie die gleiche Sehnsucht in die Zukunft.

Nein, Jessen war eigentlich nicht missgelaunt, abgesehen von der Tatsache, dass nun wieder Arbeit auf ihn zukommen würde, zu der er nicht die mindeste Lust empfand. Aber er langweilte sich, glaubte, auf etwas zu warten. Worauf warte ich? dachte er, während jemand ihm von einem neuen Film erzählte, der sehr langweilig gewesen sein musste, aber immerhin der Rede wert. Das Wesen der Langeweile, fuhr es Jessen durch den Kopf, ist ein bewusstloses Warten. Und deshalb komme ich nicht weiter. Nicht mit mir, nicht mit Kathie, die inzwischen detaillierten Bericht über die Vorzüge des mediterranen Klimas erstattete, die, kontrapunktiert von Bemerkungen über den ›Hamburger Schmuddel‹, den ›Scheißniesel‹, das ›ewige Grau in Grau‹ der heimatlichen Breiten, erst recht zu strahlen begannen. Er dachte einen Moment, Kathie rührte mit diesem Thema an etwas Entscheidendes, doch dann versandete das Gespräch in Bemerkungen über die den verschiedenen Witterungsbedingungen adäquaten Kleidungsstücke.

Jessen schlenderte zum kalten Buffet.

»Was guckst du so trübe?« Waldhoff prostete ihm zu, als sie sich für einen Moment allein in der Küche fanden.

»Alle reden vom Wetter«, versuchte Jessen seinen Unmut mäßig witzig loszuwerden.

»Warum nicht?«, meinte Waldhoff heiter. »Ist für uns Künstler doch auch in der Tat ein wichtiges Thema.«

»Wieso?«

»Weil's Auswirkungen auf unsere Arbeit hat, so, wie es eben Auswirkungen auf alles und jeden hat. Goethe …«

»Der schon wieder!«

»… hat mal gesagt: ›So arbeite ich bei hohem Barometerstände leichter als bei tiefem.‹«

»Banal«, maulte Jessen.

»Durchaus nicht«, sagte Fred Steinmann, genannt Feuerstein, abgebrochener Germanistikstudent und verhinderter Dichter, der sich inzwischen zu ihnen gesellt hatte. »Gar nicht banal. Die Literatur ist voll davon. Beispielsweise Joyce: ›Schritt haltend mit dem Barometer über Veränderlich ins Tief.‹«

Und jetzt gaben sich Waldhoff und Feuerstein gegenseitig die Zitatklinken in die Hand, Waldhoff, was bildende Künstler, Feuerstein, was Literaten und deren Erfahrungen mit dem Wetter betraf.

Jessens Stimmung klärte sich auf, während er amüsiert zuhörte.

»Das musst du als Mann des Stiftes doch selber kennen«, meinte Feuerstein, »dass sich's bei Schönwetter leichter arbeiten lässt als bei Regen.«

»Eher umgekehrt«, antwortete Jessen. »Aber das erinnert mich an …«

»An was?«, fragte Waldhoff.

»Nichts weiter. Eine alte Geschichte.«

»Alte Geschichten sind die besten Geschichten«, dröhnte Feuerstein. »Erzähl mal.«

Jessen fühlte das Bild in sich aufsteigen. Um es zu unterdrücken, sprach er wieder vom Wetter, obwohl er längst wusste, dass dies Thema das Bild eher wachrufen würde, als es einzuschläfern.

»Bleibt doch immerhin die Frage«, sagte er, »warum die Menschen so ein enormes Bedürfnis nach meteorologischen Informationen haben.«

»Ganz leicht zu beantworten.« Feuerstein hob die

Stimme. »Das hängt mit einem tief verwurzelten Wissensdrang nach dem zusammen, was man den Kosmos nennen könnte. Mal ganz davon abgesehen, dass das Wetter unmittelbar die Körper beeinflusst, und damit auch die Psyche. Labile, sensible, kreative Leute, die sind bekanntlich besonders wetterfühlig.«

»So wie du«, lachte Waldhoff.

»Allerdings.« Feuerstein ließ sich nicht beirren. Leider wirkten die kosmischen Kräfte auf die hohlen und brüchigen Zeitgenossen heute eigentlich nur noch narkotisch, meinte er. Und genau das zeige sich in ihrem Verhältnis zur höchsten und zugleich gelindesten Manifestation dieser Kräfte – eben zum Wetter. Es sei doch bezeichnend, dass gerade diese intensive und geheimnisvolle Wirkung, die vom Wetter auf die Menschen ausgehe, zur Projektionsfläche, zur Leinwand ihres leeren Geschwätzes geworden sei. Den Durchschnittsmenschen langweile nichts mehr als der Kosmos. Daran änderten auch alle Science-Fiction- und *Star Wars*-Filme nichts. Deshalb existiere diese enge Verbindung von Wetter und Langeweile, die dann auf Parties so oberflächlich zur Sprache käme. Dabei gäbe es doch andere Arten, mit dem Wetter zu leben, aber auch zu sterben. Feuerstein zog eine Anekdote aus dem Gedächtnis: »Ein spleeniger Engländer wacht morgens auf, stellt fest, dass es regnet, und – erschießt sich.«

Jessen lachte. »Könnte einem bei großer Hitze vielleicht auch passieren.«

»Möglich«, sagte Waldhoff. »Jedenfalls finde ich, dass unsereiner, der kreativ arbeitet ...«

»Aber genau!«, warf Feuerstein ein.

»... auch das Wetter in sein Leben und damit in sein Schaffen einbeziehen muss. Es gibt ein sehr interessantes Buch, in dem Kunstwerke unter ökologischen Gesichtspunkten betrachtet werden. Man könnte das ebenso gut unter meteorologischen tun ...«

»Sogar unter astrologischen, kosmischen«, begeisterte sich Feuerstein.

»Warum nicht?« Waldhoff nickte. »Zum Beispiel bei van Gogh, da ist es doch auffallend, dass dessen Himmel in ihren kreisenden, rotierenden Bewegungen weit eher Sternkonstellationen gleichen als Wolken, oder ... Leute, entschuldigt mich einen Augenblick. Da kommt grad Edith ...«

Jessen verstand den Nachnamen nicht mehr, denn Waldhoff ging bereits auf die Eingangstür zu, in der ein neuer Partygast erschienen war, eine Frau, vor die sich nun eine andere Gruppe schob. Die kenn ich doch, dachte Jessen.

Feuerstein schlang emsig am Buffet.

»Feuerstein, hast du die Frau gesehen, die eben gekommen ist?«

»Dein Typ, was?«

»Unsinn. Aber ich hab sie schon irgendwo einmal gesehen. Aber wo? Und wann?«

»Hier kennt doch jeder jeden irgendwie«, meinte Feuerstein.

Jetzt konnte Jessen die Frau wieder sehen. Sie hatte sich bis auf ein paar Schritte der Küchentür genähert, während sie angeregt mit Waldhoff sprach. Dann schien sie einen der anderen Gäste erkannt zu haben und vollführte mit der rechten Hand eine winkende Bewegung.

Jessen kannte die Bewegung, er kannte sie sogar sehr gut. Sie schien einmal ihm gegolten zu haben, nachdem er bei Wuttke das Bild gekauft hatte. Als er schon im Wagen davonfuhr, hatte sie hinter ihm hergewinkt.

Die Temperatur im Raum stieg, Gläser klirrten auf den Tischen, stießen gegeneinander, das Deckenlicht schwankte leicht, der Fußboden vibrierte. Durch die Musik flatterten Worte, Fetzen von Sätzen, Gelächter. Die Stimmung näherte sich dem Höhepunkt.

Seit die Frau auf dem Fest erschienen war, hatte Jessen Unruhe überfallen, die sich aber mit einer eigentümlichen Starre überschnitt, sodass sich beide Empfindungen gleichsam neutralisierten, als würden auf einer Palette zwei stark kontrastierende Farben zu einem matten Grauton vermischt.

Er spürte, dass es besser oder doch einfacher für ihn sein würde, Arm in Arm mit Kathie das Fest zu verlassen, der Bekanntschaft auszuweichen, aber etwas zog ihn auf die Frau zu, magnetisierte ihn. Während er mit Waldhoffs Freundin Eva tanzte, fragte er sich, warum er nicht einfach auf diese Frau zugehen und sie ansprechen sollte. Es gab doch schließlich etwas, das sie miteinander verband. Oder war sie gar nicht des Bildes wegen zu Wuttkes Laden gekommen? Interessierte er sich eigentlich noch für das Bild? Oder war das Bild nur eine willkommene Gelegenheit, einen Flirt zu inszenieren, die Fremdheit zwischen Kathie und ihm zu beschleunigen, konkret zu machen?

Er beobachtete sie verstohlen. Verglichen mit der ins Auge springenden Schönheit Kathies war sie nicht bemerkenswert. Es ist der zweite, der eigentliche Blick, dachte er. Bei ihr kommt das von innen. Es muss so sein. Ich will, dass es so ist.

Unfähig, das Wort an sie zu richten, drückte er sich häufig in ihrer Nähe herum, versuchte zu erlauschen, was sie mit anderen sprach, vermied es jedoch, von ihr selbst ins Gespräch gezogen zu werden, vermied vor allem jeden Blickkontakt, als fürchtete er die Augen, die ihn damals groß und strahlend blau angelächelt hatten. Einige feine Falten, das erinnerte er übergenau, umlauerten schon, ein sehr zartes Strichmuster, die Lider, die sie wegen der Sonne leicht zusammengekniffen hatte. In den fast schwarzen Locken hatte es hier und da grau aufgeblitzt, während die Hitze schwer in den Straßen lag.

Mittagspause, hatte sie gesagt, um dann im Geflimmer zu verschwinden. Am nächsten Tag dann hatte er das Bild gekauft, und sie war wieder da gewesen, hatte ihm nachgewinkt. Hatte sie ihm denn überhaupt nachgewinkt? Und wenn, warum?

Und dann Wuttke: Ich hab Sie gewarnt, hatte er geschrien. Aber Sie wollten das verdammte Bild ja unbedingt kaufen. Nicht nur Sie. Kaum waren Sie raus aus dem Laden, da kam eine Frau. Die wollte es auch kaufen. Ja, seid ihr denn alle verrückt geworden?

Ja, waren nicht alle verrückt geworden, einschließlich Wuttke? Warum wollte auch sie das Bild kaufen? Wusste sie womöglich etwas über seinen Ursprung, seine Herkunft, seine Geschichte? Wusste sie etwas über den Maler? Sagten ihr die Initialen C.W. etwas? Was wollte sie überhaupt mit dem Bild? Mit seinem Bild? Was lag für sie darin?

Jessens Gedanken fuhren Karussell, während er die Frau beobachtete, die sich ungezwungen bewegte und nichts sagte, was in irgendeinen Zusammenhang mit dem Bild zu bringen war. Sie hatte ihn zweifellos nicht wiedererkannt, und so war es einzig an ihm, den Kontakt herzustellen, den Faden wieder aufzunehmen, den er doch längst abgelegt haben wollte. Einfach auf sich beruhen lassen?

Langsam leerte sich das Atelier, nach und nach verabschiedeten sich Gäste, die Atmosphäre wurde gelassener. In den Ecken des Raums und in der Küche bildeten sich einzelne Gesprächsgrüppchen. Kathie, die seit einiger Zeit in kürzer werdenden Intervallen gähnte, wunderte sich über Jessens Ausdauer. Sie verließ schließlich ohne ihn das Fest, doch nicht im Streit. Er käme bald nach, versicherte er.

Scherzhaft ermahnte sie ihn, nicht zu sehr zu flirten: »Starrst ja schon den ganzen Abend dieses Weib an!«

»Unsinn.«

»Na, na«, drohte sie mit dem Zeigefinger.

Waldhoff und Jessen brachten sie an die Straße, stoppten ein Taxi. Kathie warf Kusshände.

Sie schlenderten den Torweg zurück.

»Wer ist diese Frau, diese Schwarzhaarige, die später kam?«, platzte Jessen heraus.

»Das ist Edith. Edith Gärbels. Dr. Edith Gärbels.« Waldhoff lachte. »Kunsthistorikerin. Arbeitet hier am

Museum, will sich aber irgendwann selbstständig machen und eine Galerie eröffnen. Interessiert sie dich?« Jessen kam um die Antwort herum, weil sich Gäste von Ben verabschiedeten. Eine Gruppe hockte noch im Atelier. Feuerstein führte das große Wort. Ein Joint wanderte herum.

»Kiffen und saufen«, dröhnte Feuerstein, »ist wie gegen den Wind pissen«, nahm einen tiefen Zug aus seinem Weinglas, sog kräftig am Joint und reichte ihn an Jessen weiter.

Er rauchte selten, aber nicht ungern, wenn es sich so ergab und er in entspannter Stimmung war, inhalierte tief, stieß den Rauch gegen die Decke. Seltsam indifferente Figuren im Lichtkegel der Lampe, Muster, Strukturen, Gespinste, Gebilde, erst blau, dann zu Grau verschwimmend. Er kannte das.

»Oder wie Schwarz und Weiß mischen«, sagte er.

»Hä?«, machte Feuerstein.

»Kiffen und saufen.«

»Ach so.«

Eine zweite Gruppe, zu der sich auch Waldhoff gesellt hatte, saß am Küchentisch, und Edith Gärbels war dabei. Jessen fühlte sich mit unsichtbaren Leinen hinübergezogen, lauschte in Richtung Küchentür, um etwas von der lebhaften Unterhaltung mitzubekommen. Warum stand er nicht einfach auf und ging hinüber? Die Figuren des Rauchs zogen durch den Raum in Richtung der Küchentür. Einfach diesem Strom folgen. Aber er sank nur tiefer, gebannter in seinen Sessel, war wie versteinert. Mit geschlossenen Augen hörte er Gesprächsfetzen, zwischen die sich die jetzt leiser gedrehte Musik mischte. Er verlor Zusammenhänge, seine Gedanken liefen ihm davon, während draußen kühl und farblos der Morgen aufzog.

»Hey, Michael! Schläfst du?« Waldhoff stieß ihn an. Jessen öffnete die Augen und sah, dass Feuerstein und die anderen gegangen waren. Nur die Runde am Küchentisch diskutierte noch ins Licht hinein.

»Wir kochen jetzt mal Kaffee«, sagte Waldhoff. »Komm mit rüber in die Küche.«

So muss man mich also an die Hand nehmen, dachte Jessen.

Waldhoffs Freundin Eva stand am Herd und brühte Kaffee. Um den Tisch saßen neben Edith Gärbels noch ein Lehrerehepaar, beide Kunsterzieher, ehemalige Studienkollegen von Waldhoff und Jessen. Als die beiden in die Küche kamen, beendete Helmut, der Kunsterzieher, gerade einen offenbar komplizierten Gedankengang:

»… hat also ein Werk für jede Zeit, für jede Epoche, für jede historische Situation, aber auch für jede Art und Generation von Betrachter eine andere, neue Bedeutung. Es spricht jeweils neu, entwickelt eine neue Beredsamkeit.«

»Wie du morgens um halb sechs«, unterbrach ihn seine Frau Monika.

»Insofern«, Helmut ließ sich aber nicht beirren, »redet die Geschichte in Kunstwerken immer neue Wahrheiten, auch wenn sie sich zu wiederholen scheinen.«

»Also doch wie du«, sagte Monika.

Während alle lachten, fühlte Jessen sich schlagartig hellwach und nüchtern. Er setzte sich an den Tisch, schlürfte seinen Kaffee. Ihm war, als redete man hier über *sein* Bild, als habe man an diesem Tisch schon den ganzen Abend über nichts anderes gesprochen. Er musterte verstohlen Edith Gärbels. Ja, dachte er, das kommt von innen. Das ist anders.

»Der Jammer ist nur«, entgegnete Waldhoff jetzt Helmut, »dass die Zeitgenossen ein Werk fast immer missverstehen. Erst die Geschichte enthüllt seinen Wert. Man könnte ja fast sagen, dass Schönheit überhaupt nur enthüllt, nicht geschaffen werden kann. Das gilt für die Produktion in gewisser Weise auch.«

»Tja«, Helmut nickte, »manchmal möchte man wirklich meinen, dass nur ein toter Künstler für die Gesellschaft ein guter Künstler ist.«

»Außer Ben natürlich«, lachte Edith.

Das Lachen kam warm aus einer tiefen Stimme.

»Aber ein Bild existiert doch auch für sich«, warf Eva ein. »Egal, in welcher historischen Situation es steht. Egal sogar, ob es überhaupt Betrachter findet. Malen Maler überhaupt für ein Publikum?«

»Ja und nein«, sagte Helmut. »Sie produzieren natürlich nicht für eine Zielgruppe, wie etwa die Werbung. Aber wollte ein Maler nur sich selbst etwas zeigen, könnte er das ja womöglich besser in seiner Vorstellung als auf der Leinwand. Und natürlich existiert ein Bild auch ohne Betrachter, da hast du recht. Aber es vegetiert dann quasi nur vor sich hin. Es ist – aber es lebt nicht. Und es lebt nicht, weil es nicht wirkt.«

»Da ist was dran«, stimmte Waldhoff zu. »Schon bei ihrer Entstehung sind alle Bilder von bestimmten Faktoren bedingt. Und wenn sie dann fertig sind, stehen sie in der Überlieferung. Sie existieren dann sozusagen im Medium der Geschichte.«

»Genau.« Helmut setzte seine Kaffeetasse ab. »Und Geschichte bezogen auf Kunstwerke ist eben immer auch und besonders die Geschichte ihrer Wirkungen ...«

»Und damit ihrer Betrachter«, ergänzte Edith.

»Ja und?«, fragte Jessen etwas aggressiv. »Was bedeutet das? Was hat das für Konsequenzen? Ihr denkt hier doch in reichlich dünner Luft.«

»In dünner Luft kann man aber weit sehen«, sagte Monika.

»Das bedeutet«, dozierte Helmut, »dass das, was ein Kunstwerk an Wahrheit enthält, sich entfaltet, indem es betrachtet wird. Und damit wirkt es dann, wie gebrochen auch immer, wiederum in die Geschichte ein.«

»Wahrheit«, murmelte Jessen, »was soll das sein? Das, was auf dem Bild dargestellt ist? Oder das, was in ihm angelegt ist, was *möglich* ist, was auf etwas vorausweist, was zwar im Bild ist, aber nicht oder noch nicht Abbild dessen, was das Bild zeigt?«

»Interessante Frage«, sagte Helmut. »Ich würde sagen, die Wahrheit ist beides. Und darüber hinaus schlägt der Rezeptions- und Wirkungsprozess in der Geschichte auch wieder auf das Werk selbst zurück. Denn das, was als Wahrheit sich entfaltet, ist ja in jedem Stadium der Überlieferung etwas spezifisch Anderes und Neues. Damit wird das Kunstwerk dann auch zu einem geschichtlichen Dokument, aus dem im Grunde auch alle sprechen, die es je betrachtet haben. Was das Werk in Wahrheit, als

Wahrheit ist, das ist es eben nie an sich, sondern immer in diesem Dokumentcharakter.«

»Und der wäre dann seine Wahrheit?«, fragte Eva.

»Nein, aber sie liegt darin verborgen. Und eigentlich wäre es Ediths Job, hier weiterzumachen.«

Edith lächelte. Jessen blickte sie fragend an. Zum ersten Mal sahen sie sich in die Augen. Ja, dachte Jessen. Das heißt: nein. Nicht nur das Bild. Auch dies Lächeln.

Sie schüttelte lächelnd den Kopf. »Helmut meint«, sagte sie und sah dabei immer noch Jessen an, »dass es Sache der Kunstgeschichte ist, Kunstwerke als rezeptionsgeschichtliche Dokumente darzustellen und damit ihrer Wahrheit näherzukommen.«

»Allerdings meine ich das«, sagte Helmut mit Nachdruck. »Ob man aber diese Wahrheit je ganz enthüllen kann, wage ich zu bezweifeln. Da wird wohl immer ein Rest bleiben, der die Kunst zur Kunst macht. Aber nur die geschichtliche Betrachtung der Wirkung eines Werks kann enthüllen, was im Werk als utopischer oder antizipierender Überschuss angelegt ist. Den Gedanken hat Michael ja eben vorgebracht. Den Zeitgenossen muss das notwendigerweise fremd bleiben, da sie in ihrer Zeitgenossenschaft befangen sind. Es enthüllt sich erst in der Geschichte. Dieser Überschuss bleibt vermutlich sogar den Produzenten, den Malern oder Dichtern, weitgehend unbekannt.«

»Aber damit«, protestierte jetzt Waldhoff, »stellst du in gewisser Weise die Kunstgeschichte oder die Kunstkritik über die Werke selbst.«

»Ja, in ihrer Erkenntnisfähigkeit.«

»Das kann ich nicht akzeptieren. Das würde doch heißen, dass sich selbst dem Künstler die Wahrheit seines Werks erst durch die Wissenschaft beziehungsweise die Geschichte erschließt. Das ist der falsche Weg. Erst waren schließlich die Bilder da, dann die Worte und dann erst die Begriffe, die ihrerseits wieder auf Bilder reagieren. Aber die Begriffe sind immer nur eine sehr verdünnte Ahnung der Bilder. Nein, Rezeptionsgeschichte kann man nicht als Wissenschaft betreiben.«

»Wie denn sonst?«, fragte Edith.

»Ich weiß nicht«, sagte Waldhoff nachdenklich. »Vielleicht müsste man Bilder machen, die wiederum die historische Erfahrung an bestimmten Bildern einschließen. Ich meine nicht indirekt über die Einflüsse, in denen man steht, sondern geradezu auch im Motiv. Aber das ist natürlich viel zu vermittelt. Man wäre dann wohl auch kein Maler mehr, sondern ein als Maler verkleideter Historiker. Es gibt aber doch ein Medium, das Rezeptionsgeschichte schreiben könnte, ohne den beschriebenen Werken begriffliche Gewalt anzutun; ein Medium, das die Geschichtlichkeit eines Bildes etwa darstellen könnte, ohne seinen ästhetischen Charakter zu verletzen, ohne sein Geheimnis zu verraten; ein Medium, das das Bild mit Bewusstsein belichten könnte, ohne seinen Kunstcharakter zu vernichten.«

»Und das wäre?« Eva gähnte.

»Die Literatur. Ja, man müsste so etwas schreiben wie einen rezeptionsgeschichtlichen Roman. Das wäre die Lösung. Die Versöhnung von Kunst, Geschichte und Wissenschaft. Das wäre …«

»Na, dann schreib mal schön«, unterbrach Edith. »Ich muss jetzt ins Bett.«

Alle gingen. Draußen kündigte sich schon hellrosa der Sonnenaufgang an.

»Kann ich Sie irgendwo hinfahren?«, bot Jessen Edith an.

»Danke. Ich wohne hier gleich um die Ecke. Da mach ich lieber einen kleinen Morgenspaziergang. Also dann, auf Wiedersehen.«

»Wiedersehen, ja«, murmelte Jessen gedehnt und etwas enttäuscht, blickte ihr lange nach.

An der Straßenecke drehte sie sich noch einmal um. Er stand an der gleichen Stelle.

III

Die Striche und Bilder bewegen sich
im Inneren, und Heil und Unheil
offenbaren sich im Äußeren.
Werk und Wirkungsfeld offenbaren sich
in den Veränderungen.

I Ging, Buch der Wandlungen

Übernächtigung wirkt gelegentlich auf den Organismus wie ein immaterielles Aufputschmittel. Bevor die Überspannung der Sinne zurückschnappt in erstarrte Erschöpfung, schnellen von ihrem hochnervös gedehnten Bogen ganze Blitzserien äußerst eindringlicher Empfindungen, Wahrnehmungen, Ideen, Vorstellungen. Dieser Ausnahmezustand des Geistes führt dann häufig, scheinbar ohne eigenes Zutun des Betroffenen, zu psychischen Höchstleistungen, die sich jedoch, sehr ähnlich dem ästhetischen und gedanklichen Eindruck, den bestimmte Drogen erspielen, nicht halten lassen. Ungerufen, plötzlich, wie diese Wahrnehmungen aufblitzen, verschwinden sie aus dem Azur des Ideenhimmels wieder im Grau des Nichtbewussten. Mitten ins Umsetzen, Festhalten der Wahrnehmung, ins Gestalten der magnetisch angezogenen Ideen, schlägt der Zusammenbruch. Die Intuition war zu Gast, ihr verebbender Atem hinterlässt ein zusammengestürztes Kartenhaus.

Jessen, der sich entschlossen hatte, den Heimweg ebenfalls zu Fuß zurückzulegen – den Wagen konnte er auch morgen abholen –, wanderte auf diesem etwa halbstündigen Spaziergang von Pol zu Pol der eben recht allgemein skizzierten Erfahrung.

Ihn erfüllte jedoch weniger, wie man vielleicht hätte vermuten können, der Gedanke an die nach wie vor ungeklärte Beziehung der Kunsthistorikerin zu jenem Bild als vielmehr die Vision einer Bilderfolge, die er selbst, Michael Jessen, plötzlich und unvermutet als eine ihm gestellte und nur von ihm zu bewältigende Aufgabe begriff. Diese Bilderfolge stellte alle Etappen seiner eigenen Erfahrung mit dem Fliegerbild dar, darüber hinaus jedoch auch diejenigen Erfahrungen, von denen Wuttke ihm erzählt hatte und die nun in ihn eingesenkt zu seinen eigenen geworden waren. Sie hatten sich mit ihm verbunden und gehörten untrennbar zu der Bildersequenz, die ihm durch den Kopf schoss. Was er vor sich sah, war eine endlose Reihe von Collagen, die an einem strahlenden Hochsommertag am Ostseestrand ihren Anfang nahmen, ihren Fluchtpunkt jedoch nicht offenbarten, sondern in der Zukunft versickerten, matte Wellen der See im Sand.

Aus den ersten Stücken dieser Reihe sah ihn noch deutlich und klar die Farbe an, die aber, je länger die Reihe vor seinem geistigen Auge sich fortsetzte, nach und nach blich. Aus den recht fest umrissenen Vorstellungen der ersten Bilder quoll, je weiter und ferner diese Vorstellungen ihn trugen und trieben, eine gestaltlose, farblose, fast transparente Masse, in der alles Wesen bildlos wurde. Zu Unrecht, begriff er in diesem Moment, fasste er diesen Zustand als Mangel auf. Ihn erfüllte das Wissen, dass das Bildlose und also Unanschauliche allem Bildhaften erst den Grund und die Notwendigkeit gab. Alles Anschauliche war ohne das Unanschauliche, das es zu schauen geben sollte, nur ein Anreiz.

Über seinem Kopf erhob sich strahlend die Sonne des kaum atmenden Oktobermorgens. Etwas schmolz in seinem Hirn. Das Licht drang unaufhaltsam in ihn ein. So fremd und fern der Zustand war, so glich er doch nichts Allgemeinem, sondern war konkret, war Bild. Er ging durch schwer zu ertragende, einsam zu erlebende Bezirke. Ein unendlicher Strom rauschte in sich selbst und zugleich durch ihn hindurch – oder, wenn es kein Strom war, ein Wurf von Formen, Farben, ein Spiel in Fiebern, sinnlos und bedeutungsvoll in einem und das Ende um allen Saum.

Kein Zweifel: Der Gebrauchsgrafiker Michael Jessen erblickte etwas, von dem er sich lange fernzuhalten versucht hatte, doch nun kam es über ihn, ob er wollte oder nicht. Er erblickte die Kunst.

Ein herzhaftes Gähnen überfiel Jessen, als er, zu Hause angekommen, an seinem Arbeitsplatz saß, um, noch wie im Traum, flüchtig Bruchstücke dessen zu skizzieren, was in seinem Kopf sich gezeigt hatte, bevor es sich ganz verflüchtigen würde. Dem Gähnen folgten schwere Unlustgefühle, altbekannte Selbstverspottungen ob der Anmaßung, nun doch auf einmal wieder Kunstansprüchen genügen zu wollen, wenn nicht sogar dieser Frau zu gefallen. Schließlich ein bleierner Schlaf in den Herbsttag hinein.

Er ging durch eine Kette von Gärten, von denen einer den anderen in seiner Schönheit übertraf. In jedem wurden Farben und Formen glänzender, reicher, prächtiger. Das Leuchten der Farben wurde heller, dann durchsichtig und schließlich zu reiner Farblosigkeit oder Farbabwesenheit. Die Formen steigerten sich zu immer höheren und einfacheren Verhältnissen, über Kristallerscheinungen wie in einem Schneegestöber, in dem jede einzelne Flocke unendlich vergrößert war, zu Kreis- und Kugelformen, in denen endlich auch der Gegensatz von Rand und Mitte erlosch. Von den Tänzen der Farben und Formen stieg er hinauf oder hinab zu deren Quellen, gläserne Schatzkammern. Er passierte Röhren aus Kristall. Und obwohl es sich um einen ständig anschwellenden Erfahrungszuwachs handelte, fühlte er sich dabei immer jünger werden. Er selbst war die zu überbringende Botschaft, die durch ein gigantisches Rohrpostsystem geschickt wurde.

Am Ausgang dieses verzweigten Röhrennetzes sah er sich schließlich, gekleidet in einen eleganten, maßgeschneiderten, dreiteiligen Anzug, seine Layout-Mappe unter dem Arm, zögernd auf ein Tor zugehen – ein Tor, wie es vor dem Bauernhof stand, wo Wuttke seine Kriegserlebnisse gehabt hatte. Das Tor war verschlossen, die Gitter verkettet, zum Überspringen zu hoch, vorm Überklettern gesichert durch unzählige Glassplitter, die in allen Regenbogenfarben leuchteten. Das Metall der Gitter war frisch gestrichen, die Querträger weiß, die Längsträger rot. Ohne dass er die Farbe berührt hätte, zeichneten sich Kreuze auf seinem Anzug ab. Er versuchte, die Farbe abzuwischen, doch da zeigten sich die Farbkreuze auf seinen Händen. Er wollte schon resigniert umkehren, den breiten, schwarz asphaltierten Weg zurückgehen, auf dem er gekommen war, als er auf der anderen Seite des Tors eine Bewegung bemerkte; eine sehr vertraute Bewegung, ein Winken, das ihm Mut gab und Kraft, und in einem völlig anstrengungslosen, anmutigen Sprung setzte er über das Tor, schwebte, die Präsentationsmappe fiel, ein Stein, zu Boden, der Anzug löste sich auf, graue Nebelschleier vor blauem Grund hoben sich gegen die Sonne, nackt war er, nackt, schwebend und frei.

Fröstelnd erwachte er neben seiner verrutschten Steppdecke. Es war früher Nachmittag. In heiterer Stimmung fuhr er mit einem Taxi zu Waldhoff, um sein Auto abzuholen.

»Kommst gerade richtig zum Frühstück«, empfing ihn Eva.

Das Atelier war bereits aufgeräumt. Am Küchentisch saßen Waldhoff, Eva und Edith Gärbels vor Kaffee, Toast und Rühreiern mit Speck.

Jessen durchfuhr ein freudiger Schreck.

»Hallo«, Edith lächelte, »das ist ja ein schnelles Wiedersehen.«

Jessen fühlte sich unbefangener, gelöster, freier als gestern Abend und begann recht unverzüglich zu erzählen, wann und wo er Edith schon einmal über den Weg gelaufen war – oder sie ihm.

»Aber natürlich«, erinnerte sie sich. »Mir war da ein Bild im Fenster aufgefallen, schon einige Tage vorher. Seltsamerweise spukte mir dies Bild dauernd im Kopf herum. Ich bin also wieder zu der Antiquitätenhandlung hingefahren, um es mir noch einmal anzusehen, aber der Laden war geschlossen. Und da standen Sie dann ja auch vor der Tür. Am nächsten Tag wollte ich mich nach dem Preis erkundigen, vielleicht sogar kaufen. Das Bild hatte doch eine wirklich intensive Ausstrahlung, obwohl es nach Amateurarbeit aussah. Und da sagte mir dann der Händler, er habe es eben verkauft. Ich habe dann nur noch jemanden wegfahren sehen und ...«

»Und hinter dem wegfahrenden Jemand hergewinkt«, grinste Jessen. »Dieser Jemand war ich.«

Die Frühstücksrunde staunte nicht schlecht.

»Zufälle gibt's ...«, meinte Eva.

»Allerdings.« Waldhoff schluckte.

Jessen und Edith sahen sich in einer Mischung aus Neugier und Verblüffung an.

»Und warum wollten Sie das Bild kaufen?«, fragte Jessen. »Was hat Sie daran interessiert? Wissen Sie, wer es gemalt hat?«

»Nein, ich weiß gar nichts über das Bild«, antwortete sie. »Es hat mich nur angezogen. Und heute weiß ich nicht einmal mehr, warum. Ich glaube kaum, dass es sich um ein besonders wertvolles Stück handelt.«

Jessen war enttäuscht. So banal war also der Zufall. Auch Edith wusste nichts über das Bild, wusste sogar noch viel weniger, als er inzwischen wusste. Aber immerhin hatte er sie kennengelernt, und das war, wie er fand, ganz einfach schön.

»Was heißt schon wertvoll?«, warf Waldhoff ein. »Mit dem Bild hat Michael einen guten Griff gemacht. Da ist was dran, das hat was. Etwas sehr Hintergründiges, Untergründiges.«

»Und haben Sie es noch?«, wollte Edith wissen.

»Schon …«, Jessen zögerte.

»Aber?«, hakte sie nach.

»Nun ja. Ich hab's abgehängt und weggestellt. Es hat auf mich eine Wirkung, die nicht gerade angenehm ist. Eine Wirkung … Also, da müsste ich jetzt aber ganz weit ausholen, um das alles zu erklären.«

»Warum nicht?«, ermunterte ihn Waldhoff. »Wir haben Zeit.«

Jessen überlegte einen Moment. War es nicht möglich, dass die abgebrochene Geschichte des Bildes, die er, darin war er sich mit Wuttke einig gewesen, eigentlich auf sich beruhen lassen wollte, nun weitergehen würde? Könnten nicht die Wirkungen, die das Bild auf ihn ausgeübt hatte, sowie diejenigen, die Wuttke erfahren hatte, auf modifizierte Weise übergehen auf die Menschen, denen er davon berichtete? Würden sich diese Erfahrungen nicht möglicherweise sogar ineinander verschränken, sich anreichern mit den Perspektiven der Unbeteiligten, die dann vielleicht von sich aus Blicke frei bekommen würden auf Dimensionen des Bildes, die ihren Besitzern bislang verschlossen geblieben waren?

»Also, was ist jetzt?«, fragte Waldhoff.

»Tja«, sagte Jessen gedehnt. »Mit ein paar Begriffen ist das aber nicht getan. Es ist eine lange Geschichte. Eigentlich sind es inzwischen sogar schon zwei Geschichten.«

»Na, umso besser«, meinte Waldhoff. »Wer bloß in Begriffen denkt und spricht und nicht in Bildern, der verhält sich der Sprache und ihren Gegenständen gegenüber grausam. Erst recht, wenn der Gegenstand der Sprache ein Bild ist. Das Erzählen ist das Wieder-Bildwerden der Sprache.«

»Stimmt«, sagte Edith. »Wer nur in Begriffen denkt, gleicht einem, der Menschen beispielsweise nur als soziologisches Material sieht – und Bilder nur als Ansammlung von Farben und Formen.«

Diese Bemerkung gefiel Jessen sehr, und also erzählte er seine eigene Geschichte zum zweiten, die Geschichte Wuttkes, die ihm selbst erzählt worden war, zum ersten Mal, und während er mit seinen Worten die Geschichte des Antiquitätenhändlers wiedergab, da vermischten sich seine eigenen Erfahrungen mit denen Wuttkes, und manchmal wusste er nicht mehr genau zu unterscheiden, was er am eigenen Leib erfahren hatte und was ihm erzählt worden war.

Als er mit der Geschichte zu Ende war, saßen alle einige Minuten schweigend um den Küchentisch. Dann plötzlich sprachen alle auf einmal.

»Und das willst du auf sich beruhen lassen?«, fragte Waldhoff leicht empört.

»Du musst unbedingt zu diesem Bauernhof«, sagte Eva. »Da geht es doch weiter.«

»Oder erst richtig los«, ergänzte Edith.

»Und wir wissen doch schon eine ganze Menge«, sagte Waldhoff. »Wir kennen zwei Konstanten der Wirkung, nämlich Schönheit und Bedrohung, Dinge, die oft zusammenfallen. Die Faszination des Schreckens. Und nur, wenn

Zusammenhänge sich als Konstanten von den jeweils historischen Variablen abheben, geben sie sich zu erkennen. Es dürfte spannend sein, durch weitere Variablen dieses Bilds zu gehen. Ich glaube, die Konstanten, deren Zipfel wir jetzt schon greifen können, würden sich bestätigen.«

»Das klingt aber sehr mathematisch«, sagte Eva trocken.

Edith sah Jessen lange und ruhig an. »Ich möchte das Bild natürlich gern noch einmal sehen«, sagte sie. »Lässt sich das machen? Wäre doch gelacht, wenn man in der Kunstgeschichte keinen C.W. aufstöbern könnte.« Jessen lud alle ein, in der nächsten Woche zu ihm zu kommen, und zwar an einem Abend, an dem, wie er wusste, Kathie mit Agenturkunden bei einem Essen unterwegs sein würde.

»Dann enthülle ich euch das große Geheimnis, oder besser gesagt, den Geheimnisträger.« Er lachte, aber die Ironie, die dieser Satz enthalten sollte, schien ihm misslungen; nicht nur, weil niemand lachte, sondern besonders deshalb, weil er spürte, dass im Pathos dieses Satzes etwas wahr war.

Lässt sich Schönheit überhaupt schaffen? dachte er, als er nach Hause fuhr. Ist sie nicht immer da? Vielleicht, hatte Waldhoff gesagt, lässt sie sich nur enthüllen. Aber dann, wenn sie enthüllt ist: Handelt es sich dann noch um Schönheit? Und dann erst die Schönheit des zweiten Blicks, lächelte er.

Er brauchte lange, um das Bild in eine Position zu bringen, die ihm fürs Betrachten günstig schien, brauchte länger, um es auszuleuchten. Schließlich beließ er es dabei, mit dem Ergebnis nicht zufrieden, das Licht eines Deckenstrahlers von links oben darauffallen zu lassen und den Schein seiner Arbeitsleuchte von rechts auf das Zentrum des Bildes zu richten. Dort schienen sich die Lichtstrahlen zu bündeln, von der Bildmitte angezogen zu werden, wo sie zu stumpfer Helligkeit verfielen.

Dann saßen sie im Halbkreis davor. Man wiederholte, was man bereits wusste, suchte nach neuen Wendungen, aber stets kam man wieder an den Punkt, dass das Problem des Bildes nicht sein offensichtlicher Gegenstand sei, nicht die Doppeldecker im Luftkampf, sondern die Strukturen des Hintergrunds und vor allem dessen Farbigkeit oder Farblosigkeit. Edith Gärbels hatte in sämtlichen Künstlerlexika und Nachschlagewerken nach einem Maler geforscht, dessen Initialen C.W. lauteten und der zeitlich und stilistisch der Maler des Bildes hätte sein können. Ergebnislos.

Sie waren sich schnell einig, dass der Schlüssel zum Verständnis des Bildes sein grauer Grund sei, der aber offenbar nichts darstellte oder gar abbildete – nichts jedenfalls, was ihnen bekannt war.

»Es muss ja auch keineswegs etwas Konkretes darstellen«, meinte Edith. »Vielleicht hat sich hier abstrakte Kunst auf seltsame Art und Weise hinter einen eher misslungenen Gegenstand geschlichen, quasi wider besseres Wissen des Künstlers.«

Doch niemand war mit dieser Bemerkung zufrieden, weil alle das Gefühl hatten, dass eben doch etwas dargestellt, abgebildet war – nur konnten sie es nicht benennen, fanden kein Vorbild in der Wirklichkeit.

»Grau ist alle Theorie«, bemerkte Waldhoff, und dieser Bemerkung schloss sich eine lange Assoziationskette an, als triebe das Bild bestimmte Begriffe aus sich heraus, die von seinen Betrachtern in Laute übersetzt wurden.

»Das Grau des Nebels, der Wolken, des Regens.«

»Alter Schnee.«

»Es mischt sich mit der Zeit in die Haare des Menschen.«

»Und je älter man wird, desto stärker dominiert in unseren Träumen die graue Farbe. Sie übertönt das bunte Träumen der Kindheit.«

»Beton.«

»Asphalt und Eisen.«

»Stahl.«

»Uniformen.«

»Manchmal das Meer.«

»Und manche Augen.«

»Schwarz-Weiß-Fotos.«

»Das Verblassen. Überhaupt das Verblassen der Bilder.«

»In der Nacht sind alle Katzen grau.«

»Der graue Alltag.«

»Eine graue Eminenz.«

»In grauer Vorzeit.«

»Der graue Star.«

»Grauzonen.«

»Und in der Natur? Nur die Esel.«

»Sehr selten in der Natur jedenfalls. Bei Blumen nie.«

»Also eine künstliche Farbe? Eine Farbe der Kunst?«

»Grau ist auch sehr elegant«, meinte Edith. »Denkt mal an den sprichwörtlichen grauen Anzug.«

Jessen dachte an jenen Traum, in dem ein grauer Anzug sich von seinem Körper gelöst hatte.

»Grauer Samt.«

»Das Morgengrauen.«

»Das Grauen und die Grausamkeit.«

»Gibt es da Zusammenhänge? Oder sind das nur Zufälle der Sprache?«

»Asche«, sagte Jessen. »Asche und Staub.«

»Der Stoff des Menschen am Anfang und Ende.«

Hatte diesen letzten Satz überhaupt jemand gesprochen? Oder war er nur in ihren Köpfen? Oder lauerte er im Bild?

Waldhoff und Eva verabschiedeten sich bald, Edith blieb auf ein Glas Wein. Jessen fühlte sich immer stärker zu ihr hingezogen. Da war etwas, was ihm an Kathie fehlte.

»Eins ist aber wohl doch klar«, sagte Edith. »Du musst, pardon, Sie müssen …«

»Nein, nein«, beeilte sich Jessen, »lassen wir's doch beim Du.«

Sie stießen mit den Gläsern an.

»Du musst zu dem Bauernhof. Und ich würde gern mitkommen. Ich möchte mich nicht aufdrängen, aber es interessiert mich wirklich.«

War es Interesse an Edith oder war es ein neu erwachtes Interesse an dem Bild, das Jessen ohne zu zögern einwilligen ließ? In ihm öffnete sich eine Tür, durch die Licht in einen dunklen Gang fiel, fremdes Licht zwar, aber …

Die Tür öffnete sich und herein kam – Kathie, musterte mit einem erstaunten Blick die Szene, Jessen und die ihr von der Party bekannte Edith, weintrinkend, einig, entspannt, vor diesem ihr verhassten Bild.

»Ich störe?«, schnappte sie.

»Überhaupt nicht«, sagte er wenig überzeugend. »Darf ich dir Edith, äh, Dr. Edith Gärbels vorstellen? Kunsthistorikerin …«

»Angenehm«, sagte Kathie frostig. »Was verschafft mir die Ehre?«

»Wir … wir haben uns das Bild angesehen«, stotterte Jessen.

»So, ihr habt euch Bilder angesehen. Nennt man das jetzt so?«

»Aber Kathie …«

Edith stand auf; sie hatte die Situation begriffen.

»Ich gehe jetzt wohl besser. Haben Sie besten Dank. Ich denke, ich werde etwas recherchieren in dieser Richtung und …«

»Guten Abend!« Kathie öffnete die Tür.

Edith ging.

Kathie blieb, schwieg, verbrachte die Nacht bei Jessen, ihm ferner, als schliefe sie in ihrem eigenen Bett, sprach auch beim Frühstück kein Wort, ging früher als notwendig in die Agentur. Jessen blieb, zu seiner eigenen Überraschung, diesem Verhalten gegenüber gleichgültig.

Das Bild hatte wieder zu leben begonnen, war aus

seiner Verhüllung ans Licht geholt worden, aus seinem bloßen Vegetieren erweckt, hatte neue Betrachter gefunden, und einer dieser neuen Betrachter, Edith Gärbels, schien entschlossen, neues Licht ins Dunkel seiner Geschichte zu werfen. Das war wichtig, wichtiger als Kathie, doch konnte Jessen nicht auseinanderhalten, ob das Bild ihm wichtig war oder die Tatsache, dass es ihn mit Edith zusammengebracht hatte. Jedenfalls war es angenehm, dass das Bild diese Bekanntschaft vermittelt hatte. Er schmunzelte, strich zärtlich mit der Hand über die Rundungen des Rahmens. Und dann gab es noch einen Grund für die Kühle, mit der er Kathies Eifersucht aufnahm. In seinem Kopf nämlich rumorte weiter jene Idee einer Folge von Collagen, die verschiedene Erfahrungen mit dem Bild in verschiedenen Konstellationen zeigen sollten. Während er sich vorzustellen versuchte, wie innerhalb dieser Folge Edith einzuführen wäre, vielleicht durch die winkende Bewegung einer Hand, rief sie ihn an, wollte sich entschuldigen für gestern Abend. Sie habe ja nicht wissen können, dass Jessens Freundin …

Er wehrte ab. Das sei wirklich kein Problem. Jetzt ginge es nur um das Bild. Wann man sich aufmachen wolle zu dem Bauernhof?

Edith schlug einen Termin Anfang November vor.

»Warum nicht früher?«, drängte er.

»Ich fahre vorher noch mit meinem Mann nach Florenz.«

»Verstehe«, sagte er tonlos und schluckte.

»Und außerdem«, fuhr sie fort, »müssen wir vorher von

dem Bild noch eine Reproduktion machen. Wir können es schließlich nicht überall mit hinschleppen.«

Sie habe das bereits arrangiert. Er könne in einigen Tagen mit dem Bild zu einem Spezialisten gehen, der solche Reproduktionen für Museen anfertigte. Zu dem habe sie ein sehr gutes Verhältnis. Er mache das für sie umsonst. Sie habe da noch etwas gut.

Jessen war drauf und dran, mit einem Hauch aufkeimender Eifersucht zu fragen, wie er das verstehen solle, hielt sich aber unter Kontrolle, blieb verbindlich.

Kathie freilich blieb verschwunden, meldete sich auch an den nächsten Tagen nicht. Er wusste nicht, ob er das bedauern sollte, fühlte sich alleingelassen, aber zugleich befreit, arbeitete gleichwohl recht lustlos am vorliegenden Auftrag, was jedoch auch am Thema liegen mochte; er hatte Körpercreme-Dosen dergestalt mit Nasen, Armen und Beinen zu versehen, dass diese Dosen, lebendigen Wesen gleich, durch allerlei Situationen springen konnten, in denen ihr Inhalt für die Verbraucher von Nutzen sein sollte.

Trotz dieses albernen Auftrags packte ihn doch die reine Lust an der Arbeit, sodass er beinahe den Termin bei dem Reproduktionsfotografen verschwitzt hätte. Doch fand er sich pünktlich zur festgesetzten Stunde dort ein. Herr Nietlob, ein freundlicher Mann um die fünfzig, mit Glatze, Leninbart und altmodischer Brille, hatte ihn bereits erwartet und alles vorbereitet. Jessen war beruhigt, als er den etwas stechenden Körpergeruch des Mannes spürte; seine sowieso nur matte Eifersucht verflog ganz. Er beobachtete interessiert, wie Nietlob routiniert seine Arbeit verrichtete. Er forderte Jessen auf, das Bild an eine bestimmte Stelle der Wand zu hängen, wo bereits ein entsprechender Haken stak, trat einige Schritte zurück und kniff die Augen leicht zusammen.

»Könnte man ja fast in Schwarz-Weiß machen«, lächelte er.

»Wieso?«

»Na ja, um diese roten Flieger kann's ja kaum gehen«, sagte Nietlob trocken. »Schwieriger Fall. Woll'n mal seh'n.«

Er setzte nun zwei Skalen an den Rahmen des Bildes: Eine Grauskala war mit zehn Quadraten versehen, die vom hellsten Weiß bis zum dunkelsten Schwarz reichten; die andere, eine Farbskala, besaß nur neun Quadrate von genormten Farben.

»Grauwerte sind reichhaltiger als die Farben«, erklärte Nietlob auf Jessens Frage. »Durch den Vergleich dieser Skalen mit ihren Abbildungen auf der fertigen Reproduktion kann ich feststellen, wie genau meine Aufnahme die Farben wiedergibt. Und dann kann ich aus mehreren Aufnahmen die beste aussuchen. Außerdem ist es bei der Herstellung von Papierabzügen anhand der Skalen möglich, Abweichungen in den Farben auszugleichen. Am fertigen Bild werden die Skalen natürlich nachher abgeschnitten.«

Nietlob traf noch weitere Vorkehrungen. Er benutzte eine Wasserwaage, um die Filmebene seiner Kamera parallel zur Gemäldeebene einzurichten und damit, wie er erklärte, zu gewährleisten, dass das Bild unverzeichnet reproduziert werde. Ferner überprüfte er an den beiden Schatten, die ein von ihm gegen das Bild gehaltener Bleistift warf, ob die zwei Scheinwerfer, die das Bild ausleuchteten, gleichmäßig ausgerichtet waren. Auf einer Graukarte maß er dann die Belichtung, um zu verhindern, dass die Messung von den Farben des Gemäldes beeinflusst wurde.

»Farben kann man das ja kaum nennen«, meinte er. »Seltsames Material ist das.«

Eigenartige Vorkehrungen, dachte Jessen. Als solle das Bild operiert werden. So, wie es jetzt da hängt, ist es nur noch Gegenstand für eine Maschine.

Schließlich löste Nietlob mit einem Drahtauslöser die Kamera aus und machte mehrere Aufnahmen mit verschiedenen Belichtungen.

»Das wär's«, sagte er dann. »Sie können wieder einpacken. In drei Tagen sind die Repros fertig. Aber seien Sie nicht enttäuscht vom Ergebnis. Reproduktion bleibt Reproduktion.«

»Ich hab Ihnen doch gesagt, dass Sie nicht enttäuscht sein sollen«, meinte Nietlob drei Tage später, als er Jessens langes Gesicht sah, das sich über die fertigen Fotos beugte. »Die eigentliche Dimension eines Gemäldes, sein Geheimnis, wenn Sie so wollen, kriegt man auf einer Reproduktion nie hin. Selbst wenn es möglich wäre, das Gemälde in allen Details nachzustellen und die Szene dann koloritgetreu auszuleuchten, und wenn dann das Ganze fotografiert würde, würde es nicht erscheinen. Und wenn man das echte Kunstwerk zur Vorlage nimmt, erscheint es eben auch nicht. Die Aura kann man nicht fotografieren. Zwar können Fotos bestimmte Strukturen deutlich machen, die in der Gesamtheit eines Bildes nicht ins Auge fallen; denken Sie nur an Ausschnittsvergrößerungen und so weiter. Aber der fotografische Abzug zwingt dem Betrachter eine zeitliche Eindimensionalität auf. Das ist eine illusionäre Optik. Und die vernichtet gewissermaßen die Geschichtlichkeit, die in großen Kunstwerken dazu beiträgt, dass man in ihrem Anblick Atem schöpfen kann. Natürlich, solche Reproduktionen wie diese hier geben davon Ahnungen. Ahnungen, dass Gemälde uns von dem visuellen Müll, der die Sinne zersetzt, reinigen können. Die Einstrahlung von großen Bildern verbrennt manchmal, wenn man gewillt ist, sich ihr auszusetzen, die optische Umweltverschmutzung in unseren Köpfen.«

Auf dem Rückweg von Nietlob fuhr Jessen bei Wuttke vorbei, um sich den Weg zu dem Bauernhof erklären zu lassen. Optische Umweltverschmutzung, dachte er. Der Nietlob hat mich dabei so von der Seite angeschaut.

Wuttke wunderte sich. Woher der plötzliche Sinneswandel?

Jessen wich aus. Wuttke zeichnete ihm auf einem Stück Papier eine Wegskizze, sagte, die Frau, wenn es sie noch gäbe, müsse etwa sein Alter haben, also Ende fünfzig.

»Der Name war – warten Sie, der Name war: Spiekermann. Ja. Grete Spiekermann, glaub ich.«

Jessen bedankte sich und zeigte Wuttke die Reproduktionen. Er sah sie sich lange an, schüttelte den Kopf, lächelte.

»Eins dieser Fotos können Sie mir schenken«, sagte er schließlich. »Davor braucht sich kein Mensch mehr zu fürchten. Denen ist – wie sagt man so schön? – der Stachel genommen.«

Sie fühlten sich wie in einem rasend dahinschießenden Unterwasserfahrzeug, so heftig schlug der Regen gegen die Windschutzscheibe. Spritzwasserfontänen, die von anderen Fahrzeugen und von ihnen selbst aufgewirbelt wurden, ließen den Gesichtskreis trübe verschwimmen. Es gab kaum noch Farbkontraste. Einzelheiten verschwanden. Nur wenn vor ihnen hin und wieder Bremslichter rot aufglühten oder Rücklichter gelb strahlten, ergaben sich umso dramatischere Farbakzente, die grell aus dem grauen Einerlei hervorstachen. Unmittelbar hinter der als Wetterscheide dienenden Weser hörte der Novemberregen, der alle Reste des flammendbunten Herbstes vertrieben hatte, schlagartig auf. Die Farbe der Dinge trat wieder hervor, wurde durch das auf ihnen stehende Wasser noch gesteigert. Die nasse Fahrbahn, sonst schmutzig grau, changierte in braunen, grünen, purpurnen Tönen. Glänzende Oberflächen, wie die der Autos, die sie überholten, funkelten in silbrigen und blauen Tropfen.

Jessen hatte Edith wie verabredet am späten Vormittag abgeholt. Sie hatte ihn nicht in die Wohnung gebeten, sondern war, als er geklingelt hatte, gleich heruntergekommen. Sie will mich von ihrem Mann fernhalten, hatte er gedacht, diesen Gedanken jedoch rasch vertreiben können, weil sie sofort intensiv ins Gespräch geraten waren. Jessen hatte von der Reproduktion des Bildes erzählt und von den Bemerkungen, die Nietlob gemacht hatte. Besonders das Wort von der optischen Umweltverschmutzung hatte sich in ihm eingenistet, weil er sich, wie gebrochen auch immer, darin wiedererkannte. Als er während der vergangenen Tage an seinen Hautcreme-Dosenmännchen gezeichnet hatte, war dieses Wort ihm wieder und wieder in die Quere gekommen.

Als nun der Regen aufhörte, durch graue Wolkentürme schwaches Mittagslicht brach und zögernd Farben aus der Umgebung lockte, war das Wort wieder da. Er warf es Edith zu, neugierig, wie sie darauf reagieren würde. Sie lachte, wurde dann aber ernst.

»Der Mann ist ein verkappter Philosoph. Unrecht hat er jedenfalls nicht. Uns ist ja in der Tat kaum bewusst, wie sehr die Buntheit unserer Umwelt zur Gewohnheit geworden ist. Stell dir mal vor, wie überraschend die Farbigkeit unserer Welt für unsere Großväter wäre. Im 19. Jahrhundert war die Welt grau in grau, wie unser – pardon!, wie dein Bild. Wände, Hinterhöfe, aber auch Zeitungen, Bücher, auch die Garderobe der Leute. Alles schwankte zwischen Schwarz und Weiß, das zu einem großen Grau zusammenfloss.«

»Wie gedruckte Texte«, warf Jessen ein, »wie Theorien.«

»Ja, genau«, fuhr Edith fort und zündete sich eine Zigarette an. »Und heute schreit alles in allen Farbtönen, aber es schreit vor blinden Augen. Wir haben uns wirklich an sie gewöhnt, an die visuelle Umweltverschmutzung. Sie dringt durch unsere Augen und unser Bewusstsein, ohne eigentlich wahrgenommen zu werden. Sie dringt in ganz sublime Regionen unserer Wahrnehmung. Und dort programmiert sie unser Verhalten.«

»Aber so eintönig grau war doch die Welt nie. Farben hat es immer gegeben, in der Natur, auf Bildern. Und Farben sind nicht historisch. Farben waren und sind stets gleich«, gab Jessen zu bedenken.

»Allerdings. Aber die Bedeutung der Farben hat sich doch verschoben; vergleich nur mal unsere eigene Farbigkeit mit beispielsweise jener des Mittelalters oder auch mit jener außerwestlicher Kulturen.«

»Ja und?«

»Dann stößt man auf den Unterschied, dass die Farben des Mittelalters und die der exotischen Kulturen magische Symbole sind, Elemente von Mythen. Bei uns ist es umgekehrt. Hier sind Farben Symbole theoretisch ausgearbeiteter Programme, bestenfalls noch Elemente von Alltagsmythen.«

»Sehr unkonkret, sehr theoretisch. Gehört so was zur Kunstgeschichte?«, fragte Jessen spöttisch.

Sie lachte. »Sicher gehört das zur Kunstgeschichte. Aber es ist doch eigentlich sehr konkret. Zum Beispiel bedeutet Rot im Mittelalter die Gefahr, von der Hölle verschlungen zu werden. Bei uns bedeutet Rot …«

Knapp vor ihnen glühten Bremslichter auf, Reifen quietschten, der Wagen geriet ins Schlingern, als Jessen voll in die Bremsen trat.

»Gottverdammter Idiot«, fluchte er, zeigte im Überholen dem Fahrer des Wagens, auf den er beinah aufgefahren wäre, einen Vogel. »Tut mir leid«, sagte er, »ich hab dich unterbrochen …«

»Im Gegenteil. Aber vielleicht fährst du etwas zu schnell? Jedenfalls hast du gerade konkret erfahren, was Rot bei uns bedeutet. Nämlich noch immer, fast magisch, Gefahr. Aber es ist so in dich programmiert, dass du automatisch auf die Bremse trittst, ohne dabei das Bewusstsein ins Spiel zu bringen. Diese Programmierung der Farben in uns bewirkt eine Art automatisches Verhalten.«

»Kann schon sein«, knurrte Jessen. »Aber so völlig automatisch ist unser Verhalten wohl doch noch nicht. Ich glaub nämlich, dass wir die Autobahnabfahrt verpasst haben.«

Er zog Wuttkes Skizze aus der Jackentasche und reichte sie Edith, die feststellte, dass sie tatsächlich zu weit gefahren waren. Also verließen sie die Autobahn an der folgenden Ausfahrt, um über Land ihr Ziel zu erreichen, ihr Ziel, von dem sie nicht sprachen, als scheuten sie sich, Erwartungen, Hoffnungen, Wünsche, vielleicht Ängste in Worte zu fassen, konkret werden zu lassen.

Wuttkes Zeichnung erwies sich nunmehr als unbrauchbar. Sie waren auf sich selbst gestellt. Und sie kamen, ohne es zu bemerken, immer weiter von ihrem Ziel ab. Doch war ein Bild in ihnen, klarer als die Wirklichkeit.

Edith schlug vor, in einem Gasthaus Rast zu machen und nach dem Hof der Spiekermanns zu fragen. Jessen weigerte sich anfangs, wollte dies Ziel auf eigene Faust erreichen, aber schließlich merkte er, dass sie sich immer stärker verzettelten auf den schmalen Straßen der ländlichen Einsamkeit, durch die sie irrten. Es wurde später Nachmittag. Bis auf einige Nachzügler hatten die Wolken sich verzogen, die Sonne hing schon tief im Westen über den Niederlanden. Das Licht floss flach und trotz der späten Jahreszeit warm übers Land, legte lange Schatten.

Sie fuhren durch ein Dorf, das auseinandergezogen an der Straße kauerte, in der Mitte eine gedrungene Backsteinkirche, umgeben von einem Friedhof. Die Büsche, Bäume, Grabsteine waren an einer Seite vom Licht vergoldet, auf der anderen grünlich-schwarz. Im Hintergrund erhob sich ein dunkel verschattetes Waldstück und gab der Szene einen unwirklichen Ton. Auf den weißen Grabsteinen hockten grelle Glanzlichter. Einige Menschen gingen über ein gemähtes Feld.

Am Ortsausgang lag eine ländliche Gastwirtschaft. Jessen hielt. Sie stiegen aus, gingen hinein, bestellten Kaffee, fragten nach dem Hof der Spiekermanns.

»Spiekermann?« Die junge Frau, die sie bediente, schüttelte den Kopf. Nein, kenne sie nicht. Sie wohne aber auch noch nicht lange in der Gegend, wolle die alte Frau Gerdes fragen, die früher die Gastwirtschaft geführt habe. Nach einigen Minuten kam sie zurück.

»Das könnte der Hof von Ansfelds sein«, sagte sie, während Jessen den Kaffee bezahlte. »Frau Gerdes meint, die Ansfeld sei eine geborene Spiekermann.«

»Und?«, fragte er nervös. »Wo ist das?«

»Sie sind fast da«, antwortete die junge Frau. »Immer geradeaus. Dann macht die Straße eine Biegung und …«

»Danke«, unterbrach Jessen, »dann weiß ich schon Bescheid.«

Hastig gingen sie zum Wagen.

Im Anblick von Orten, vertrauten oder unbekannten, nahen oder weit entfernten, entfaltet die Farbe eine sonderbare Wirkung auf den Betrachter, der sich eben wegen der Farbe nicht selten selbst mit dem nie gesehenen Ort identifiziert, so sehr, als ob er dort gewesen sei und genau wüsste, wann, wo und wie das Licht den Ort, die Stelle, den Platz umspielt. Oft handelt es sich bei dieser Erfahrung des *Déjà-vu* um einen unmittelbaren, äußerlichen Anhaltspunkt: Jeder erkennt sofort das Mittelmeer an seinem unverwechselbaren Blau. Öfter aber sind es nur indirekte und gefühlsmäßige Reflexe, die von unbewussten Erinnerungen an Farben abhängen – selbst wenn diese Erinnerungen nicht solche an ge- und erlebtes Leben sind, sondern Erinnerungen an Geschichten, die man in anderen Zusammenhängen und an anderen Orten hörte, die aber als gehörte Teil der eigenen Geschichte wurden. Jedenfalls erwecken Farben in bereitwilligen Betrachtern, hierin Gerüchen sehr ähnlich, ähnliche Reaktionen.

Die kleine Gruppe von Häusern, die nun vor ihnen auftauchte, als sie die Biegung der Allee hinter sich gelassen hatten, war Edith und Jessen vertraut, obwohl sie nie dort gewesen waren, sie nie gesehen hatten. Der Dunst der Dämmerung zeichnete Abendfrieden, die gelbe Glut erleuchteter Fenster sprach von Geborgenheit. Wie schnell diese Harmonie zerstört werden konnte, wie plötzlich die milden Farben gewaltsam explodieren konnten! Aus der Richtung, in der hinter ihnen die Sonne sich dem Horizont zuneigte, waren damals die Panzer gekommen und ins Morgenlicht hineingefahren. Wuttkes Erzählung hatte es in Jessens Bewusstsein gemalt, und Jessens Erzählung von Wuttkes Erzählung in Ediths.

Das Gefühl der Zeit, das Farben oft hervorrufen, stammt aus der Erinnerung und wird vielleicht nur von Kleinigkeiten, Nuancen ausgelöst – auf die es im Ganzen sowieso stärker ankommt als auf die sogenannten großen Ereignisse. Ist nicht sogar die Geschichte nur ein Mosaik aus Geschichten der Nuancen? Bleibt nicht das lebendige Gold früher Morgenstunden jedem im Gedächtnis haften, der erlebt hat, wie Sonne über nahen Bergen aufsteigt? Was sonst der Tag brachte, mag man vergessen haben. Und die weiße Klarheit des Mittagslichts? Oder das satte, kurz vor der Ermattung stehende Gelb langer Sommernachmittage? In solchen Lichtverhältnissen glänzen unsere Erinnerungen, stärker und länger als in allen Worten, die wir sprachen oder lasen, als die Farben um uns waren. Die Hinweise der Farben auf Zeiten und Orte entstehen durch Erfahrungen, deren Bedeutungen von ihrer Umgebung abhängen – und von den Geschichten, die in diesen Umgebungen spielten.

Des Abends kommt der Höhepunkt der Farben plötzlich, und er vergeht schnell. Etwas zu früh – und die fahle Stille der Dämmerung ist noch nicht eingetreten. Etwas zu spät – und die Unterschiede der Farben sind verschwunden, vom Dunkel verschluckt.

Wenige Augenblicke vor diesem Moment standen sie am Hoftor und gingen zögernd den Weg auf das Wohnhaus zu.

Sie waren da.

Ein Hund schlug an.

»Ruhig Wolf, Platz!«, rief die junge, etwa zwanzigjährige Frau, die aus der Haustür trat und ihnen neugierig entgegensah. In Bluejeans und einem modischen Pullover, dezent geschminkt und mit gepflegter Kurzhaarfrisur, sah sie durchaus nicht aus, wie Jessen sich Bäuerinnen vorstellte.

»Guten Abend«, sagte er, als sie heran waren. »Entschuldigen Sie bitte die späte Störung. Wir suchen eine Frau Spiekermann, Grete Spiekermann.«

»Guten Abend«, antwortete die junge Frau. »Ja, das ist meine Mutter. Aber sie heißt nicht mehr Spiekermann, sondern Ansfeld.«

»Bitte, könnten wir sie vielleicht einmal sprechen?«

»Worum handelt es sich denn?«, fragte sie höflich, doch mit leichtem Misstrauen in der Stimme. »Sind Sie Antiquitätenhändler?«

»Wir nicht«, sagte Jessen, »aber …«

»Keine Sorge«, fiel Edith ihm ins Wort. »Wir wollen nichts kaufen. Ich bin …«, sie zögerte, »Kunsthistorikerin und …«

»Unser Hof ist kaum noch historisch«, sagte die junge Frau. »Der hat im Krieg allerlei mitbekommen.«

»Das wissen wir«, entfuhr es Jessen. »Ich meine, das ist auch mit ein Grund, aus dem wir Ihre Mutter gern sprechen würden.«

»Ich bin Ilse Ansfeld«, sagte die junge Frau. »Kommen Sie doch erst einmal herein.«

Sie führte die beiden durch eine mächtige Diele in eine geräumige Wohnküche. Auf dem Herd standen Töpfe und Pfannen, Bratkartoffelduft durchzog den Raum.

»Ich mache gerade das Abendessen. Meine Mutter ist beim Melken, mein Vater zieht Zäune auf den Weiden. Sie müssen sich etwas gedulden.«

Ilse Ansfeld bot ihnen Tee an und sagte, dass sie in Oldenburg Pädagogik studiere.

»Ist zwar aussichtslos heutzutage, als Lehrer zu arbeiten. Aber hier der Hof, das ist nichts für mich. Jedenfalls jetzt nicht. Vielleicht später. Aber ich helf natürlich immer noch aus, so gut es geht.«

In diesem Moment öffnete sich die Tür und eine ältere Frau kam in die Küche: ein leicht gerötetes, gesundes Gesicht, breit, offen, darüber ein blau-weiß gewürfeltes Kopftuch. Sie trug einen blauen Overall, Gummistiefel an den Füßen.

»Mutter, da ist Besuch für dich.«

Grete Ansfeld musterte erstaunt die beiden Gäste, die da Tee trinkend, verlegen lächelnd am Küchentisch saßen.

»Besuch? Für mich? Aus der Stadt? Ja, was denn …«

Edith und Jessen standen auf. Frau Ansfeld ging ihnen entgegen, sie reichten sich die Hände, nannten ihre Namen. Steif. Wie beginnen?

»Tja«, druckste Jessen, »es ist nämlich folgendermaßen …«

»Die beiden sind Kunsthistoriker«, sagte Ilse zu ihrer Mutter.

»Nein«, wehrte Jessen ab. »Das heißt, eigentlich doch. Aber es geht um etwas anderes. Beziehungsweise …«

»Ja, was ist denn?«, fragte Grete Ansfeld in verständlicher Verwirrung. Ihrem Hochdeutsch merkte man an, dass sie es nicht häufig sprach.

»Wir suchen eine Person, deren Initialen C.W. lauten«, sagte Edith entschlossen.

»Deren was?«

»Die Anfangsbuchstaben seines Namens sind C.W., C. ist wahrscheinlich der Vor-, W. wahrscheinlich der Nachname. Die betreffende Person muss auf jeden Fall während der Zwanzigerjahre gelebt haben.«

»C.W.«, murmelte Frau Ansfeld nachdenklich vor sich hin. »C. W? Nein, das sagt mir nichts. Warum suchen Sie den denn?«

»Wir wissen nicht einmal, ob es ein Mann oder eine Frau ist«, sagte Edith.

»Und wir suchen diese Person«, stotterte Jessen, »weil also, es geht … Also, passen Sie mal auf.«

Er öffnete seine Mappe und griff nach einer der Reproduktionen, hielt sie Grete Ansfeld hin. »Haben Sie vielleicht schon einmal dieses Bild gesehen?«

»Da muss ich erst mal meine Brille nehmen«, sagte sie, holte ein Etui vom Küchenschrank, setzte sich die Gläser auf und ließ sich auf einen der Stühle nieder. Dann nahm sie das Foto in die Hand.

»Um Gottes willen!«, entfuhr es ihr.

Sie ließ das Bild auf die Tischplatte fallen, schob es einige Zentimeter von sich fort, als entströme ihm ein widerlicher Geruch, setzte die Brille wieder ab.

»Das ist doch das schlimme Bild. Das ist das Bild aus dem Keller. Wo haben Sie das her? Wer hat Ihnen das Bild gegeben?« Sie sah Jessen bestürzt an.

»Was hast du denn, Mutter?« Ilse legte ihr besorgt die Hand auf die Schulter.

»Das ist das Bild von Onkel Carl. Ich hab dir doch einmal davon erzählt. Damals, als ich dir auch erzählt hab, wie hier die Bombe fiel.«

Frau Ansfeld beruhigte sich wieder, sah Edith und Jessen fest und offen an.

»Bitte, woher haben Sie das Bild? Das hat einmal meinem Vater gehört. Nach dem Krieg ist es dann aber verschwunden. Gott sei Dank.«

»Das wollen wir Ihnen gern erzählen«, sagte Jessen. »Es ist aber eine längere Geschichte. Und von Ihnen würden wir sehr gern hören, was Sie über das Bild wissen.«

Grete Ansfeld wechselte ein paar leise Worte mit ihrer Tochter, stand auf und verließ die Küche.

»Sie sind zum Essen eingeladen«, sagte Ilse. »Meine Mutter möchte wissen, wie Sie an das Bild gekommen sind. Und dann wird sie Ihnen sagen, was sie darüber weiß. Einiges hat sie mir auch schon davon erzählt. Das ist wirklich alles sehr seltsam.«

»Eigentlich wollten wir heute noch nach Hamburg zurück«, sagte Jessen. »Aber wir haben uns verfahren. Vielleicht können wir in dem Gasthaus an der Straße übernachten.«

»Das lässt sich schon regeln.« Ilse winkte ab. »Erst mal wollen wir essen. Da kommt auch mein Vater.«

Edith und Jessen sahen durchs Küchenfenster, wie ein Traktor mit Anhänger auf den Hof fuhr. Ein etwa sechzigjähriger Mann in grüner Arbeitskleidung stieg ab und ging ins Haus. Ilse lief ihm in die Diele entgegen. Sie hörten sie hastig und aufgeregt sprechen, dazwischen einige brummelnde Worte des Mannes, der schließlich in die Küche trat und sie begrüßte.

Dann verließ er die Küche und kam kurz darauf gemeinsam mit seiner Frau zurück; beide hatten sich umgezogen und sahen aus, als wollten sie zum sonntäglichen Kirchgang. Das Essen war ausgezeichnet. Obwohl Jessen vor Erregung kaum einen Bissen hinunterschlucken konnte, zwang er sich, um die Gastfreundschaft der Ansfelds nicht zu enttäuschen, zwei volle Portionen Bratkartoffeln mit Eiern und Schinken durch die trockene Kehle, spülte mit Bier nach, das Herr Ansfeld fleißig einschenkte.

Edith fragte, wie es denn zu der Namensänderung von Spiekermann zu Ansfeld gekommen sei, und Grete Ansfeld erklärte: Nach dem Tod ihrer Eltern bei dem Luftangriff auf den Hof sei sie als einzige Hinterbliebene der Familie zur Alleinerbin geworden, denn ihre Brüder seien beide in Russland geblieben. Anfang der Fünfzigerjahre hätte sie ihren Mann geheiratet, Otto Ansfeld, der nun mit ihr den Hof bewirtschaftete.

Das Geschirr wurde abgeräumt. Jessen starrte auf Saucenflecken, die sich auf dem Weiß des Tischtuchs zeigten, rückte unruhig auf seinem Stuhl hin und her.

»Dann wollen wir mal in die Stube gehen«, schlug Otto Ansfeld vor und erhob sich.

Alle standen auf und folgten ihm in einen Raum, der sich direkt an die Küche anschloss. In dieser Stube standen Möbel in Stilen der letzten 200 Jahre durcheinander. Das Zimmer wirkte behaglich, schien jedoch selten genutzt zu werden. Staubgeruch hing in der Luft. Edith und Jessen wurde das Sofa angewiesen, während sich die Ansfelds in schwere Ledersessel sinken ließen.

»Ja, ja, so ist das«, sagte Otto Ansfeld in das etwas peinliche Schweigen, öffnete noch zwei weitere Bierflaschen und hielt Jessen eine Kiste mit Zigarren hin.

»Fehlfarben, aber was ganz Feines.«

Fehlfarben, dachte Jessen, während er seine Zigarre entzündete. Wenn der wüsste …

»So, Herr Jessen.« Ilse lächelte ihm aufmunternd zu. »Jetzt müssen Sie aber meinen Eltern erzählen, was Sie zu uns führt.«

»Wie gesagt, das Bild …«

»Das Bild, ja«, murmelte Grete Ansfeld. »Wie sind Sie denn bloß an das Bild gekommen?«

Und Jessen erzählte. Erzählte seine Geschichte und diejenige Wuttkes, erzählte, wie das Bild gewirkt hatte auf ihn und den Antiquitätenhändler. Schließlich gab er seiner Hoffnung Ausdruck, dass die Ansfelds nunmehr verstehen würden, warum ihm so sehr daran gelegen war, mehr über das Bild zu erfahren und womöglich Namen und Herkunft des Malers herauszubekommen, dessen Geschichte kennenzulernen.

»Na Mutter«, sagte Ilse zu Grete Ansfeld, die ebenso wie ihr Mann mit wachsendem Staunen zugehört hatte, »das ist ja wie im Märchen. Jetzt bist du wohl dran.«

Grete Ansfeld strich sich mit der Hand ihr glattes, dunkelblondes, schon stark grau gesträhntes Haar noch glatter, als es schon war, sagte: »Ilse, hol uns Frauen mal einen Likör«, wartete, bis das getan war, trank, richtete sich etwas starr in ihrem Sessel auf und begann, langsam, aber ohne zu stocken, zu sprechen, als sei die Geschichte mit unsichtbaren Buchstaben in sie eingeschrieben, Buchstaben, die sich vor ihrem geistigen Auge nun zu einem durchgehenden Text formierten, den sie nur abzulesen hatte.

»Mein Vater, das war der Bauer Heinrich Spiekermann. Er hat diesen Hof von seinem Vater geerbt. Und der hatte ihn schon von seinem. Das geht so wohl noch einige Generationen zurück. Mein Vater hatte drei Brüder. Der Älteste sollte, so wie es immer war, den Hof erben. Und so blieb für meinen Vater hier kein Platz. Das ist so.

Mein Vater ging also weg und wurde Schmied in der Stadt. Als der Erste Weltkrieg ausbrach, wurde mein Vater zum Militär eingezogen. Er muss damals etwa 25 Jahre alt gewesen sein. Und beim Militär, da haben sie aus dem Schmied Heinrich Spiekermann einen Mechaniker gemacht. Das hat meinem Vater aber sehr gut gefallen. Er ist dann bald auf einen Fliegerhorst gekommen, an der Westfront. Dort musste er Flugzeuge warten und reparieren. Er ist zu einem richtigen Spezialisten geworden.

Sogar später, als er schon längst den Hof hier übernommen hatte, hat er oft noch davon geträumt, einmal selbst ein Flugzeug zu bauen. Damit wollte er dann in großen Schleifen übers Oldenburger Land fliegen.

Red kein dummes Zeug, sagte meine Mutter dann immer zu ihm. Wir brauchen kein Flugzeug, sondern eine Zugmaschine.

Aber vorher, da war ja noch das Ende des Krieges. Und die drei Brüder meines Vaters, die waren alle in Frankreich geblieben. Zwei gefallen bei Verdun. Einer vermisst. So kam mein Vater also als Einziger zurück und musste den Hof übernehmen. Er heiratete, bekam zwei Söhne und eine Tochter. Die Tochter bin ich.«

»Nun trink aber mal noch ’nen kleinen Likör, Mutter«, unterbrach sie hier ihre Tochter. »Denn jetzt kommt ja wohl Onkel Carl, nicht wahr?«

»Ja. Solange ich mich erinnern kann, kam mehrere Male im Jahr Onkel Carl zu uns auf den Hof, um meinen Vater zu besuchen. Das war natürlich nicht unser leiblicher Onkel. Wir nannten ihn nur so. Eigentlich hieß er Westermann. Carl Westermann …«

»Carl mit C also!«, platzte Jessen dazwischen. »C.W.!«

»Ja, Carl mit C. Aber mein Vater, der nannte ihn nicht Carl, sondern immer nur Herr Leutnant. Obwohl sie sich ja beide duzten. Denn der Onkel Carl, das erzählte uns mein Vater so nach und nach, der war im Krieg ein ganz großes Flieger-Ass gewesen. Und mein Vater war der Bodenmechaniker. So haben sie sich kennengelernt, auf diesem Fliegerhorst an der Westfront.

Heinrich, ist die Kiste klar? soll Onkel Carl meinen Vater immer gefragt haben, bevor er zu seinen Luftkämpfen startete.

Und dann hat mein Vater immer geantwortet: Kiste klar, Herr Leutnant.

Die beiden hingen sehr aneinander, obwohl sie ja aus ganz anderen Kreisen kamen; auch aus ganz anderen Gegenden. Der Onkel Carl kam wohl aus Süddeutschland. Das hörte man doch stark an seiner Aussprache. Und stammte, glaube ich, aus einer ganz feinen Familie.

Aufgetaucht ist er hier auf dem Hof zum ersten Mal, kurz bevor ich geboren wurde. So um die Mitte der Zwanzigerjahre muss das gewesen sein. Da ist er einfach aus Süddeutschland hochgekommen, nachdem er seinen ganzen Besitz in der großen Inflation verloren hatte. Da hat er sich dann wohl an seinen alten Bodenmechaniker Spiekermann aus dem Oldenburgischen erinnert, an seinen treuen Heinrich. Und hat sich erinnert, dass der Heinrich auf einem Bauernhof saß. Das war ja was sehr Reelles in der schlechten Zeit. Eines Tages hat der Onkel Carl dann einfach vor der Tür gestanden, in der einen Hand einen Koffer, in der anderen das Bild. Sonst hatte er nichts dabei.

Heinrich, ist die Kiste klar?, hat er zu meinem Vater gesagt.

Und mein Vater hat geantwortet: Kiste klar, Herr Leutnant.

Und dann ist Onkel Carl geblieben. So hat uns das wenigstens mein Vater später erzählt.

Onkel Carl hat bis 1930 auf dem Hof gelebt und gearbeitet. Für freie Kost und Logis. Im Grunde war er also der Knecht meines Vaters. Aber gleichzeitig blieb er immer der Herr Leutnant.

Mein Vater sagte oft: Der kann gut zupacken, der Herr Leutnant. Und ist doch eigentlich ein Offizier. Und ein Künstler.

Auch später noch, als ich schon älter war, kam Onkel Carl häufig zu Besuch, obwohl er inzwischen Arbeit gefunden hatte, bei Flugzeugwerken in Bremen.

Weil er mit den Nazis geklüngelt hat, sagte meine Mutter, deshalb hat er die Stelle gekriegt.

Aber er kam trotzdem immer wieder zu uns. Zuletzt hatte er sogar ein Auto. Das war eine richtige Sensation. Er hat uns Kinder oft darin mitgenommen, und meine Brüder durften sogar selber steuern. Zur Ernte kam Onkel Carl immer und half kräftig mit.

Ist doch Ehrensache, sagte er. Das bin ich meinem Heinrich schuldig.

Und Bezahlung wollte er keine, nur Kost und Logis wie früher.

Und klönen wollte er natürlich, wollte mit meinem Vater die alten Erinnerungen auffrischen. Meinem Vater war das wohl nie so ganz recht. Sie saßen dann nächtelang zusammen, tranken Bier und Korn und redeten sich die Köpfe heiß. Über Flugzeugtechnik, über die englischen Flieger, über die Ritterlichkeit des Luftkriegs. Manchmal bei diesen Gesprächen wurde Onkel Carl ganz seltsam, ganz komisch. Er wurde dann steif, bekam große, starre Augen, sagte entweder gar nichts mehr oder wurde ganz schrecklich aufgeregt. Er rannte hektisch im Zimmer auf und ab, und mein Vater redete auf ihn ein, sagte etwas wie: Aber Herr Leutnant, es ist doch alles vorbei. Beruhige dich doch, Herr Leutnant.

Und Onkel Carl wurde meistens auch schnell wieder ganz normal und beruhigte sich. Aber wenn er so sonderbar war, dann hatten doch alle irgendwie Angst vor ihm, besonders wir Kinder.

Der Onkel Carl ist krank, sagte meine Mutter zu uns. Dem hat der Krieg ganz böse mitgespielt.

Das war eben ein seltsamer Mensch. Wirr im Kopf, aber eben nur manchmal.

Der Herr Leutnant, sagte mein Vater, hat viel durchgemacht. Nicht nur im Krieg. Da steckt ganz tief was drin.

Eines Tages, es muss so um 1935 herum gewesen sein, ich kann mich nicht genau erinnern, kam Onkel Carl wieder mit seinem Auto vorgefahren – und brachte das Bild mit.

Das schenk ich dir, Heinrich, sagte er zu meinem Vater. Du bist der einzige Mensch, dem ich es anvertrauen kann.

Mein Vater wollte es gar nicht annehmen, aber Onkel Carl duldete keine Widerrede.

Das hab ich gemalt, sagte er. Damals, in Niedertannhausen. In diesem Bild steckt alles drin.

Und mein Vater hat dann bloß genickt und gesagt: Ich werde es gut behandeln, Herr Leutnant.

Ja ja, so war das. So ist das Bild an uns gekommen, hierher auf den Hof. Ach, hätte der Onkel Carl es doch nur behalten. Es hat uns kein Glück gebracht, weiß Gott nicht.

Und dann kam der Zweite Weltkrieg. Es kam der Tag, an dem Onkel Carl uns das letzte Mal besuchte. Das war auch der Tag, an dem mein Vater und er sich das erste Mal in ihrer langen Freundschaft richtig gestritten haben. Sie sind im Streit auseinandergegangen, was meinen Vater für den Rest seines Lebens schrecklich belastet hat. Denn Onkel Carl kam ja nicht wieder. Nie. Und so stand dann zum Schluss dieser Streit zwischen ihnen. Diesen Streit habe ich zufällig mit angehört, weil ich gerade in der Küche saß und Kartoffeln schälte. 1939 war das, im

Herbst. Mein Vater und Onkel Carl saßen in der Stube, unter dem Bild. Die Tür war nur angelehnt, ich verstand jedes Wort, weil die beiden sehr laut wurden. Und sie wurden immer lauter. Schließlich haben sie sich angeschrien. Ich hatte Angst, dass sie aufeinander losgehen würden. Es ging jedenfalls darum, dass Onkel Carl sich freiwillig zur Luftwaffe gemeldet hatte. Er war hellauf begeistert vom Krieg.

Rache, rief er, Rache für Versailles. Endlich wieder fliegen. Mensch, Heinrich! Jetzt geht's endlich wieder los! Die nehmen mich, rief er, mich mit meinen 43 Jahren. Aber auch mit meinen zweiundzwanzig Abschüssen. Das rostet nicht. Das ist die alte Klasse.

Ja, so was hat Onkel Carl gesagt.

Und mein Vater, der hat nur versucht, ihn unter allen Umständen davon abzubringen.

Das ist doch Wahnsinn, Herr Leutnant. Wahnsinn ist das!, rief er immer wieder. Das hast du doch schon einmal erlebt. Und es ist dir nicht gut bekommen. Denk doch an deine Zustände. Sei doch vernünftig.

Aber Onkel Carl ließ sich nichts sagen. Fliegen wollte er, kämpfen wollte er, andere Flugzeuge jagen wollte er.

Drückeberger!, hat er meinen Vater angeschrien. Das hätte ich nicht von dir gedacht, Heinrich. Dass du ein Feigling bist, ein Landesverräter.

Und mein Vater hat zurückgebrüllt: Du bist ja total wahnsinnig. Du weißt nicht, was du tust. Dich hätten sie in Niedertannhausen behalten sollen! Da gehörst du hin.

Da ist dann Onkel Carl aus dem Zimmer gestürmt, durch die Küche, auf den Hof, ist in sein Auto gesprungen und abgefahren. Und wir haben ihn nie wiedergesehen. Später kam dann die Nachricht, dass er über England abgeschossen worden war.«

Grete Ansfeld schwieg einige Sekunden, blickte gegen die Wand über Ediths und Jessens Köpfen.

»Das Bild«, fuhr sie fort, »das hatte mein Vater damals, als Onkel Carl es ihm schenkte, hier im Wohnzimmer aufgehängt – da, wo jetzt die schönen Kräuter sind.« Sie deutete auf die Reproduktion eines Dürer-Stilllebens, das über dem Sofa hing.

»Und vorher hingen da Berge. Meine Mutter hat ja oft gesagt, dass sie das Bild mit den Flugzeugen nicht mochte. Aber mein Vater hing wohl sehr daran. Er hatte ja Onkel Carl versprochen, es in Ehren zu halten. Vielleicht erinnerte es ihn auch an die Zeit im Krieg, wo er die Maschine seines Herrn Leutnants gehegt und gepflegt hatte. Und als dann die Nachricht vom Tod Onkel Carls kam, da hat mein Vater oft das Bild angesehen, hat stumm davorgesessen, gegrübelt und es angestarrt. Aber so ganz geheuer ist es wohl auch ihm von Anfang an nicht gewesen.

Wenn meine Mutter ab und zu klagte, das Bild mache alles nur düster und schwer, dann antwortete mein Vater: Davon verstehst du nichts. Das ist Kunst.

Aber im Grunde, glaube ich, war es doch so, dass selbst mein Vater eine Art Angst vor dem Bild hatte, wie alle in der Familie. Aber er wollte es ja nicht anders. Hatte dem Onkel Carl das Versprechen gegeben und fühlte sich irgendwie in die Pflicht genommen. Besonders seit dem Tod von Onkel Carl. Das Bild hatte ja etwas Schreckliches, Drohendes. Ganz düster. Sie wissen es selbst; Sie haben es uns vorhin doch erzählt.

Wie gesagt, nachdem Onkel Carl tot war, saß mein Vater öfter davor und starrte es an.

Einmal kam ich herein, sah ihn sitzen und hörte ihn sagen: Ja, Herr Leutnant. Niedertannhausen, da gehörst du hin.

Und dann eines Tages im Winter 1942/43 kam der Briefträger. Meine Mutter sah ihn kommen, und bevor er überhaupt seine Tasche aufgemacht hatte, brach sie ohnmächtig zusammen. Es war die Nachricht vom Heldentod, so hieß das damals, meines älteren Bruders. Stalingrad. Seit diesem Tag verdüsterte sich hier auf dem Hof alles. Und heute, wenn ich daran zurückdenke, kommt es mir vor, als hätten wir das Wohnzimmer mit dem Bild noch stärker gemieden als zuvor. Drei Monate später kam dann der Postbote ein zweites Mal. Mein jüngerer Bruder wurde vermisst gemeldet.

Aber meine Mutter sagte sofort: Der kommt nicht wieder. Der nicht und der andere auch nicht. Und Carl auch nicht. Die liegen alle dort, wo es aussieht wie auf dem Bild.

Das werde ich nie vergessen, wie sie das sagte. Mein Vater wurde jetzt völlig abwesend, sprach kaum noch ein Wort, wurde grau im Gesicht.

Und endlich, eines Tages, er hatte wieder stundenlang vor dem Bild gegrübelt, kam er aus der Stube und hatte das Bild unter dem Arm. Er brachte es in den Keller.

Verbrennen müsste man es, murmelte er. Verbrennen. Aber es lässt sich ja nichts ungeschehen machen.

Er verbot uns, das Bild aus dem Keller heraufzuholen, verbot uns sogar, es dort im Keller zu betrachten.

Soll's doch zu Staub werden, sagte er grimmig.

Und seit dem Tag sagte er eigentlich überhaupt nichts mehr. Und wir, wir saßen wieder häufiger in der Stube. Da war die Luft nun freier.

Ja, so ging das hin während der letzten Kriegsjahre. Wir kamen so einigermaßen über die Runden, mit dem Garten und dem Vieh. Schließlich das Ende, das Ende mit Schrecken. Sie haben es ja selbst miterlebt.«

»Nein, Grete«, unterbrach sie ihr Mann. »Da hast du jetzt was verwechselt. Die jungen Leute hier haben das nicht mitgekriegt. Das war dieser Herr Wuttke, dieser Antiquitätenhändler, von dem Herr Jessen uns erzählt hat.«

»So? Ja ja. Aber sie wissen doch, wie es gewesen ist.« Grete Ansfeld schien den Faden verloren zu haben, sprach aber nach einer kleinen Pause weiter.

»Die Leute vom Volkssturm rückten an. Mein Vater saß vorm Haus und sagte gar nichts. Aber meine Mutter schickte mich in den Keller.

Bleib da, bis sie alle weg sind, sagte sie.

Und ich stieg in den Keller. Dort verbrachte ich dann die Nacht bis zum Morgen, bis der Flieger kam und die Bombe fiel.

Ich saß also allein in unserem Keller. Nein, nicht allein. Wär ich doch bloß allein gewesen! Das Bild stand dort an die Wand gelehnt. Ich kann Ihnen wirklich nicht recht beschreiben, wie das war in dieser Nacht. Es war auf jeden Fall ganz, ganz schlimm. Ich tat natürlich kein

Auge zu, wollte das Bild auch nicht ansehen, dachte daran, dass mein Vater ausdrücklich verboten hatte, es anzusehen, und doch musste ich es dauernd anstarren. Es zog mich zu sich hin, zog meine Blicke an. Im Dunkel des Kellers hob es sich kaum ab von der Nacht. Mond schien durch die Luke. Manchmal war es, als käme Licht aus dem Bild heraus.

In dieser Nacht habe ich erste graue Haare bekommen, obwohl ich erst zwanzig Jahre alt war. Das ist die Wahrheit. Und die roten Flugzeuge auf dem Bild schienen hin und wieder zu blinken, sich zu bewegen. Manchmal hörte ich Onkel Carls Stimme, er schrie und tobte. Dann hörte ich die Stimmen meiner Brüder, sie weinten.

Endlich wurde es draußen hell. Der Morgen kam auch in meinen Keller. Und da hörte ich das Schießen. Ich stand da und starrte das Bild an. Und das Bild stand mir gegenüber und starrte mich an. Ich sah sie alle vor mir, meine Brüder, wie sie irgendwo lagen in Russland, verrenkt, steif gefroren, halb vom Schnee bedeckt. Sah Onkel Carl, wie er in einem brennenden Flugzeug über grünen Wiesen abstürzte.

Dann wurde es schlagartig ganz hell, wie ein Blitzschlag. Ein Krachen. Kalk, Putz und Staub wirbelten von der Kellerdecke, die Wände bebten. Jetzt geht die Welt unter, dachte ich, warf mich auf den Fußboden und heulte. Dann wurde es draußen sterbensruhig, bis das Gerumpel der Panzer den Keller wieder beben ließ. Der Feuerschein der brennenden Lastwagentrümmer brach in das Dämmerlicht. Ich lief nach oben, trotz aller Verbote. Ich wollte nur noch raus aus dem Keller, weg von dem Bild.

Draußen sah ich den zusammengestürzten Stall, dessen Reste brannten. Darunter lag meine Mutter begraben. Auch das Wrack des Lastwagens brannte noch, darin die Leichen der Jungen und des Hauptmanns. Und mein Vater lag tot vor der Haustür, blutüberströmt.

Ach ja«, Grete Ansfeld seufzte tief, »so war das. Aber Sie wissen es schon alles. Der Herr Wuttke hat es Ihnen ja erzählt. Der war so ein kleiner Hitlerjunge damals. Außer mir und ihm hat keiner überlebt auf dem Hof. Wir beide standen zitternd herum und heulten und heulten. Heute bin ich dem Herrn Wuttke natürlich nicht mehr böse. Der arme Junge. Hat doch auch allerlei mitmachen müssen. So was kann einem schon einen Knacks fürs Leben geben.

Damals, als das Lazarett hier eingerichtet wurde, haben die Engländer den Wuttke gefangen genommen. Charly haben sie ihn getauft, das weiß ich noch genau. Er hat für die Engländer als Übersetzer arbeiten müssen, war auch so eine Art Mädchen für alles. Charly, tu dies, Charly, hol mal das – so ging das den ganzen Tag. Ich bin ihm aber immer nach Möglichkeit aus dem Weg gegangen. Der ist schuld an allem, hab ich gedacht, wenn ich ihn sah. Aber das ist natürlich nicht wahr. Der konnte doch überhaupt nichts dafür.

Konnte überhaupt jemand etwas dafür, außer den hohen Herren? Hatte jemand schuld? Ach, ich weiß es nicht …«

Sie schwieg. Ihre Tochter schenkte ihr einen Likör

nach. Überlaut hörte man das Ticken der großen Standuhr aus der Diele. Matt brummte eine späte Fliege gegen den Lampenschirm, um den sich der Zigarrenrauch gesammelt hatte. Minutenlang sprach niemand ein Wort.

»Und das Bild?«, fragte Jessen schließlich leise. »Haben Sie es denn nie, wie soll ich sagen, vermisst?«

»Um Gottes willen, nein! Als die Engländer abgezogen waren, da bin ich in den Keller runter und wollte es verbrennen. Es ließ mich nicht los. Anfangs träumte ich immer wieder von dieser einen Nacht im Keller. Aber da war das Bild verschwunden. Und ich dachte, die Engländer haben es mitgenommen. Darüber war ich heilfroh.«

»Sie sind aber der rechtmäßige Eigentümer«, sagte Jessen etwas förmlich. »Ich werde es Ihnen also zurückgeben und …«

»Nein nein nein«, fiel Grete Ansfeld ihm ins Wort. »Bleiben Sie mir bloß mit dem Bild vom Leib. Es ist vielleicht gut, dass ich heute wieder einmal über alles sprechen kann und jetzt auch weiß, wo das Bild geblieben ist. Aber zurückhaben will ich es nicht. Das will ich nie wieder sehen.«

»Wenn wir Sie recht verstanden haben«, fragte nun Edith behutsam, »ist dieser ehemalige Fliegerleutnant Carl Westermann also der Maler des Bildes gewesen?«

»Ja, natürlich«, sagte Grete Ansfeld. »Das hat der Onkel Carl selbst gemalt. Er war ja wirklich etwas seltsam im Kopf.«

»Er muss also etwa um 1895 geboren sein, nicht wahr?«

Grete Ansfeld nickte. »Ja, das müsste hinkommen.«

»Und wissen Sie vielleicht auch, wo genau er herstammt? Wo er gewohnt hat, bevor er zu Ihnen kam? Sie sagten einmal, er sei aus Süddeutschland gekommen.«

»Süddeutschland, ja. Aber Genaueres weiß ich auch nicht.«

»Was hat denn wohl Ihr Vater meinen können mit dem Wort Niedertannhausen, das Sie öfter erwähnten? Es scheint sich dabei doch um einen Ortsnamen zu handeln.«

»Ja, das mag schon sein, dass der Onkel Carl aus Niedertannhausen kam. Aber da weiß ich wirklich nichts drüber.«

»Jedenfalls danken wir Ihnen herzlich«, sagte Jessen. »Sie haben uns doch sehr viel weitergeholfen. Über den Maler unseres Bildes wissen wir jetzt eine ganze Menge. Und auch über Wirkungen des Bildes in Ihrer Familie.«

Es war Mitternacht. Edith fragte, ob man sich jetzt noch im Gasthaus einquartieren könne, aber die Ansfelds lehnten energisch ab. Das käme überhaupt nicht infrage: Man habe auf dem Hof Gästezimmer, und darin seien stets frisch bezogene Betten.

»Sie gehören wohl zusammen?«, fragte Herr Ansfeld.

Ja, wollte Jessen sagen, als Edith bereits »Nein«, gesagt hatte. Das gab ihm einen Stich. Aber was hatte er sich denn vorgestellt? Was eingebildet? Gewissermaßen waren sie beruflich hier, oder wie immer man ihr Zusammensein bezeichnen konnte.

Jessen schlüpfte unter eine gewaltige Daunendecke, rot-weiß gewürfelte Laken, sah aus dem Fenster über das flache Land, in dem dunkel einzelne Baumgruppen aufragten. Darüber war Mondlicht ausgespannt. Eine Leinwand aus düsterem Weiß, schwarze Flecken darin.

Das Geheimnis des Bildes schien sich nun tatsächlich zu lüften. Die Erzählung Grete Ansfelds hatte gleich mehrere Steinchen im fehlerhaften Mosaik ergänzt, hatte den Sachverhalt der roten Flugzeuge des Vordergrunds mit Leben erfüllt. Denn wenn dieser Carl Westermann im Ersten Weltkrieg Jagdflieger gewesen war, dann lag es auf der Hand, wie er zu seinem Motiv gekommen war. Vielleicht würde es möglich sein, noch mehr über diesen Maler zu erfahren. War er womöglich ein bedeutender Künstler, der von seiner Mitwelt unerkannt gearbeitet hatte? So etwas sollte ja vorkommen.

Dann müsste es auch mehr Bilder von ihm geben. Die Spur wies nach Niedertannhausen, wo immer das sein mochte. Vielleicht ließe sich dort sogar erklären, was es mit der Unergründlichkeit des grauen Hintergrundes auf sich hatte, jener Schicht des Bildes, die ganz offensichtlich die Verstörungen und Irritationen verstrahlte, die das Ganze auf seine Betrachter ausübte.

Er blickte wieder ins milchige Mondlicht der klar gewaschenen Novembernacht, in der alles Sichtbare schwarz und weiß erschien. In der Welt der Wirklichkeiten, überlegte er, im Licht der Tage, konnte es schwarzweiße Sachverhalte, die das Bild vielleicht stilisiert zeigen wollte, gar nicht geben. Denn Schwarz und Weiß waren Grenzfälle, waren Idealfälle. Schwarz, das war die totale Abwesenheit aller im Licht enthaltenen Schwingungen, während Weiß ihre totale Gegenwart bezeichnete. Und so etwas gab es nicht, konnte es nicht geben. Also waren Schwarz und Weiß lediglich Begriffe, Worte für etwas, was als Erscheinung unmöglich war. Mithin waren schwarz-weiße Sachverhalte nur theoretisch denkbar. Denn gab es Schwarz und Weiß wirklich als Erscheinungen, dann konnte man ja die Welt logisch analysieren. Es wäre dann eine Welt, in der alles schwarz oder weiß erschiene – oder eben als eine Mischung aus beidem. Diese Mischung wäre das Grau, die Welt also als ewiges Grau.

Gott sei Dank, dass eine solche Welt des dauernden Graus nur theoretisch wäre. Und damit nicht sinnlich, damit allerdings auch nicht als Gegenstand von Kunst möglich. Aber das Bild war Kunst. Und sein Gegenstand die graue Farbe. Oder konnten unsinnliche, abstrakte Phänomene, Ideen also, Theorien, Gegenstand von Kunstwerken sein?

Dämmernd verlor er sich in diesen Grübeleien, schwebend zwischen Wachen und Schlaf, zwischen Denken und dem Anschauen schemenhaft vorbeihuschender Bilder, sah Möglichkeiten, seine Collagenserie zu erweitern, fand neue Motive in der Erzählung Grete Ansfelds, aber schließlich entglitten ihm die Bilder, als er nach ihnen greifen wollte. Das war das alte Lied.

Er pfiff vor sich hin. Wie war doch der Text? Der Geruch von Benzin und Öl. Das träge, klatschende Geräusch des Windsacks. Das Geräusch seines Herzens. Was ist Luft, und wie steigen wir in sie hinein? Wie entfliehen wir der Erde? Das alte Flugzeug rollte hüpfend und vibrierend die Piste entlang, hob sich, stieg, die Erde fiel unter ihnen weg. Es war nur noch Fläche, was da wegfiel, Muster, Schattierungen. Der Himmel unendlich hoch und doch zum Greifen nah. Das ist es, hörte er Edith, die hinter ihm im Cockpit sitzen musste. Er spürte ihren Atem warm an seinem Hals. Die Leere der Luft. Eine Leere von gewaltiger Kraft. Sie hielt Jessen und Edith auf unentdeckten Wolkenkämmen. Der schwerelose Raum, der die beiden trug, blieb unsichtbar. Er und sie allein. Allein und schwebend, treibend. Der Himmel nahm sie auf, verschluckte sie, ohne den kleinsten Wellenschlag. Unter ihnen das Nichts. Farblose Nebelbänke, Wolken genannt. Und unter all den Gerüchen von Metall und Benzin und Leder schwebte deutlich wahrnehmbar Ediths Duft. Er kam aus ihrem Haar, salzig und herb, das sie im Schlaf, im Fliegen lockerte. Der große Ozean Luft. Jessens Dasein, Westermanns Vergangenheit, spielten sich auf dem Grunde dieses unsichtbaren Meeres ab. Der Onkel Carl ist krank. Wirr. Waren Wolken da? Waren Wolken auf dem Bild? War es warm dort oben? Kalt? War dort Feuchtigkeit? Dunst? Wie der Wind? Vereinzelte Böen. Stimmen. Gesichter. Einige wollten das Cockpit öffnen. Gestalten, die durch das Bild gewandert waren. Die in dem Bild begraben lagen. Sie wollten sich hineindrängen, wollten ihm Ediths Duft stehlen. Sie tauchten durch bleiche Fetzen. Heller, lodernder Sonnenschein. Der Morgen. Die Luft. Ein Morgen auf dem Lande.

Als er früh erwachte und hinunterging, saß Edith schon mit Ilse in der Küche und frühstückte. Das Ehepaar Ansfeld war bereits seit zwei Stunden an der Arbeit. Nach dem Frühstück gingen Edith und Jessen in die Ställe.

»Das sind unsere Schwarzbunten«, sagte Ilse und

zeigte auf die Reihen der Kühe, die gerade maschinell abgemolken wurden.

Schwarzbunt, dachte Jessen. Auch so ein Begriff. Kann es eigentlich nicht geben. Und doch, hier stehen sie in Reih und Glied.

Sie schüttelten den Ansfelds die Hände, dankten für die Gastfreundschaft und die Auskünfte.

»Wenn Sie mehr rauskriegen, müssen Sie uns aber mal einen Brief schreiben«, sagte Grete Ansfeld.

Auf dem Weg nach Hamburg versuchte Jessen, die Gedanken von gestern Nacht zu sortieren. Als er Edith davon erzählte, schien ihm alles wirr, aber zu seiner Überraschung war sie offenbar kaum erstaunt darüber.

»Man hat ja immer wieder versucht«, sagte sie in dem leicht dozierenden Tonfall, in den sie oft verfiel, wenn sie von Kunst sprach, »sich die Welt schwarz-weiß vorzustellen. So abstrahierte man beispielsweise aus der Welt der Urteile die sogenannten wahren und die sogenannten falschen und baute aus diesen Abstraktionen die aristotelische Logik mit ihrer Identität, Differenz und dem ausgeschlossenen Dritten. Dies Dritte ist aber in der Kunst oft gerade das Wichtige, vielleicht das Entscheidende. Die auf dieser Logik gegründeten modernen Wissenschaften funktionieren tatsächlich, obwohl kein Urteil je vollkommen wahr oder vollkommen falsch war. Nur in den Kunstwissenschaften, da gibt's mit dieser Logik Probleme. Sie klärt allerhand, aber an den Kern der Kunst reicht sie nicht heran. Unser Dilemma als Kunsthistoriker. Auch Literaturwissenschaftler stehen vor dem gleichen Problem.

Oder nimm noch ein anderes Beispiel: Man abstrahierte aus der Welt der Handlungen die sogenannten guten und die bösen Taten und baute aus diesen Begriffen religiöse und politische Ideologien. Die Gesellschaften, die auf diesen Begriffen gegründet sind, funktionieren tatsächlich, obwohl keine Handlung je völlig gut oder völlig böse sein kann.

Und achte einmal darauf, wenn diese Trennungen wirklich durcheinandergeraten, wenn sich Grauzonen einstellen. Dann verschwimmen die angeblich klaren Kategorien. Warum zum Beispiel wären manche Filme in Farbe unmöglich? Denk mal an die sogenannte Schwarze Serie, diese Filme mit Humphrey Bogart. Da passiert nämlich Folgendes: Die Trennung zwischen Gut und Böse, moralisch und unmoralisch, recht und Unrecht löst sich auf. Im Grunde löst sich unser Weltbild auf, und zwar mit gutem Grund zu Grautönen.

Na, ist vielleicht etwas weit hergeholt. Jedenfalls kann die Kunstgeschichte mit diesen moralischen Begriffen auch nicht arbeiten. Selbst schön und hässlich sind Begriffe, die kein Kunstwerk fassen. Ein weites Feld.«

»Allerdings«, sagte er. »Und ich fürchte, dass all diese klugen Gedanken uns nicht weiterbringen. Aber geholfen hat uns die Frau Ansfeld mit ihrer sehr handfesten Erzählung.«

»Ja, die Theorie hilft uns nicht unmittelbar weiter«, räumte Edith ein. »Aber sie schafft ein gedankliches Umfeld, eine Art Atmosphäre aus Begriffen. Und in eine bestimmte Begriffsatmosphäre gehört auch das Bild. Noch fehlen uns die Begriffe dafür, noch ist es nur grau. Undefinierbar grau.«

»Aber jetzt sind wir ihm auf der Spur. Es wird doch wohl nicht schwierig für dich sein, in der Kunstgeschichte einen Carl Westermann, geboren um 1895, aufzuspüren.«

Doch die Angelegenheit erwies sich als komplizierter, als die beiden gehofft hatten, denn einige Tage später musste Edith Jessen am Telefon mitteilen, dass für die Kunstgeschichte kein Carl Westermann existierte.

»Ein Pseudonym vielleicht?«, mutmaßte Jessen. »Oder eben ein unerkanntes Genie? Vielleicht liegen irgendwo noch massenhaft Bilder von dem herum.«

»Könnte sein«, befand Edith. »Der Hintergrund ist so meisterhaft ausgeführt; den kann nur jemand gemalt haben, der jahrelange Erfahrungen mit dem Material hatte.«

»Dann sind wir also so schlau wie vorher auch. Was nützt uns der Name, wenn er womöglich falsch ist.«

»Wenig. Aber wir haben noch eine andere Spur. Nämlich …«

»Niedertannhausen«, sagten beide wie aus einem Mund.

Wenn auch die kunstgeschichtlichen Nachschlagewerke keinen Carl Westermann kannten, Edith hatte die abstrusesten Wälzer durchwühlt, der Große Shell-Straßenatlas 1986/87, den Jessen konsultierte, wusste Rat und verzeichnete ein Niedertannhausen – glücklicherweise nur eins.

Eine gleichmäßige Wolkendecke spannte sich so dicht und tief zwischen München und den Gebirgszügen der

Alpen, dass die Gipfel in ihr verschwanden. Unzählige Staubkörner bildeten in den Wolken Kondensationskerne, um die sich überschüssige Luftfeuchtigkeit lagerte. Sechseckige Kristalle strebten in unzählbaren Massen diesen Kernen zu und bildeten Sterne, deren Struktur, hätten Edith und Jessen sie durch die künstliche Nähe eines Mikroskops beobachten können, sie an hochfeine, weiße Spitzendecken erinnert hätte.

Trotz der unvorstellbaren Vielfalt der hier entstehenden Formen behielten alle ihre sechseckige Grundform bei, weil die Wassermoleküle, aus denen sie sich bildeten, stets im Winkel von 120 Grad angeordnet wurden. Bei der Entstehung dieser zarten Gebilde spielten so viele Faktoren eine Rolle, dass nicht einmal die Wahrscheinlichkeit dafür zu errechnen war, dass auch nur zwei von ihnen völlig identisch ausfielen. Die Vielfalt war so ungeheuer groß, das Wechselspiel von Ursache und Wirkung so verschlungen, dass es selbst mit der modernsten Computertechnologie unmöglich gewesen wäre, ein auch nur annähernd genaues, mathematisches Modell für den Vorgang zu erstellen, der, obwohl er sich im Bereich der natürlichen Phänomene bewegte, starke Ähnlichkeit zum Wesen eines Kunstwerks auswies.

Und auch die Menge der Gebilde war mit keiner Zahl auszudrücken. Nie hatte ein Wissenschaftler den hoffnungslosen Versuch unternommen, die Anzahl auf einem bestimmten Raum – und sei es nur auf einem Quadratmeter – zu bestimmen; und hätte jemand den Versuch gemacht, er wäre wohl irre geworden über seiner Tätigkeit; vielleicht wäre er religiös geworden; vielleicht hätte er die Kunst verstanden.

Jedenfalls bahnten sich Michael Jessen und Edith Gärbels an einem Spätnachmittag im Januar des Jahres 1987 ihren Weg durch ein milliarden-, billiardenfaches Schneeflockenpuzzle aus unverwechselbaren Einzelstücken. Jede der Flocken, die gegen die Windschutzscheibe trieb und dort von den regelmäßigen Bewegungen des Scheibenwischers an die Ränder gedrückt wurde, wo sie zu einer einheitlichen Masse verschmolzen, unterschied sich, trotz der charakteristischen sechs Strahlen, von allen anderen.

Freilich waren Edith und Jessen, nach einer beinah zehnstündigen Autofahrt nunmehr fast am Ziel ihrer Reise, alles andere als an der Unfassbarkeit des Naturphänomens Schnee interessiert. Vielmehr versuchten sie, übermüdet und von den schwierigen Straßenverhältnissen angespannt, der nicht leicht zu findenden Route zu folgen, die in den Flecken Niedertannhausen führte, eine Ansammlung von Häusern, für die das Wort Dorf wohl schon zu hochgegriffen gewesen wäre, gelegen am Fuß der bayrischen Alpen, an die 30 Kilometer südlich des Starnberger Sees.

Der heftige Schneefall, der kurz hinter München eingesetzt hatte, dämpfte alle Farben und ließ Details im weißen Einerlei verschwinden. Endlich ertasteten die Scheinwerfer des Wagens das Ortsschild, schwarze Schrift auf gelbem Grund, der Namenszug vom Schnee teilweise zugeweht. Die Straße führte an einigen isoliert stehenden Häusern vorbei, aus deren Fensterhöhlen warmgelbes Licht strömte; die Leuchtschrift eines Spar-Ladens warf rötliche Muster über den Schnee.

Kurz vor der Ortsausfahrt lag eine Tankstelle am Straßenrand, blaugrell überstrahlt von einer hohen Peitschenlampe. Sie hielten, erkundigten sich nach einer Unterkunft, bekamen die Auskunft, da müssten sie schon noch etwa 15 Kilometer in die Berge hineinfahren, zur Pension *Alp-Blick* der Familie Mooshuber. Hier in Niedertannhausen gäbe es keine Fremden. Bewahre. Hier sei der Hund begraben. Hier führe man nur durch. Und zwar schnell.

Schließlich erreichten sie die Pension. Zwei Zimmer? Nein, da sei man ausgebucht. Ein Einzelzimmer noch. Wenn der Herr vielleicht mit einem Feldbett vorlieb …

»Lässt sich halt nicht ändern«, sagte Jessen wie entschuldigend beim Abendessen in der verräucherten Gaststube der Pension.

»Macht nichts«, sagte Edith und sah an ihm vorbei. »Wir sind doch zwei erwachsene Menschen.«

Jessen bestellte zwei Obstler.

»Michael«, sagte Edith fest. »Wir müssen eins mal ganz unmissverständlich festhalten. Es geht uns beiden doch um das Bild.«

Er nickte. Natürlich, sie hatte ja recht. Es war schon erstaunlich genug, dass ihr Mann es ohne Weiteres hinnahm, dass sie mit Michael Jessen, den er gar nicht kannte, solche Exkursionen unternahm. Es ging hier nur um das Bild. Schon recht. Aber, fragte er sich, warum diese mönchische Askese?

Wie soll das gehen, dachte er, während sie schweigend

die schmale Treppe zu dem etwas düsteren Flur hinaufstiegen, mit dem Ausziehen, Waschen und alldem? Zwei Zimmer wären mir unter diesen Umständen doch lieber gewesen.

Das Zimmer war einfach, freundlich und sauber. Eine Balkontür führte in die Nacht hinaus. Das Bad lag auf dem Flur. Während Edith hinausging, setzte er sich auf das schwankende Feldbett. Ihn überfiel schockartig das Gefühl, das jeder kennt, der unbefriedigt, doch mit wachen Sinnen ein Hotelzimmer betritt: Hier bist du allein, dachte er, und der Raum ist durchwebt von den unzähligen Umarmungen fremder Menschen, die durch dies Zimmer gekommen sind. Man kann es förmlich riechen. Es ist der typische Geruch der Lust, der sich in der Atmosphäre dieser Räume einnistet und durch frische Laken nie beseitigt werden kann. Er steckt in den Tapeten, im Teppich, strahlt sogar von den Scheiben ab. Dieser Geruch, dies Gefühl, das die Verliebten in ihrer Leidenschaft anfeuert, als wüchsen ihnen tausend Arme, tausend Zungen, tausend Glieder, die Sinne all derer, die sich hier je liebten, geben sich ein Stelldichein, fließen zusammen in den beiden, die es in dieser Gegenwart tun. Dieser Geruch, dies Gefühl, das aber dem Einsamen und mehr noch dem unerwidert Liebenden kein Kitzel ist, sondern Stachel, der sein Verlorensein nur noch rettungsloser macht, diese Vergeblichkeit, dies Sehnen …

Edith kam zurück, gehüllt in ein großes Badetuch, ihre Kleider gebündelt unter dem Arm. Ein dünnes Rinnsal des Duschwassers lief an einem ihrer Beine auf den Teppich. Er starrte darauf, wollte aufstehen, sie in die Arme nehmen.

»Das Bad ist jetzt frei«, sagte sie mit ihrer dunklen Stimme.

Als er zurückkam, war das Licht gelöscht. Er stieg auf das Feldbett. Es war zu kurz.

»Wenn ich dich unter anderen Bedingungen kennengelernt hätte«, sagte sie plötzlich in die schwarze Stille, »sähe vielleicht manches ganz anders aus. So aber …«

»Ja?«

»Man muss Beruf und Privatleben auseinanderhalten. Wenn sich das vermischt, kommen bei beiden bloß Halbheiten heraus. Es wird lau …«

»Grau«, flüsterte Jessen.

»Gute Nacht«, sagte sie.

Er dachte seit langer Zeit erstmals wieder an Kathie, die er seit dem Abend, an dem er mit Edith und den anderen das Bild betrachtet hatte, nicht mehr wiedergesehen hatte. Sie hatte sich am Telefon immer verleugnen lassen, und irgendwann gab er es auf, obwohl er sie manchmal vermisste, ihre unkomplizierte Art. Nun lag er hier mit einer kunstsinnigen Intelligenzbestie in einem Zimmer – und nichts lief. Andererseits hatte er mit Kathie in der Tat Beruf und Privatleben vermischt, nicht ohne Kalkül. Und herausgekommen waren dabei, das musste er sich eingestehen, laue Halbheiten. Könnte er nicht längst schon an seinen Collagen arbeiten, anstatt weiterhin für viel Geld dummes Zeug zusammenzupinseln? Optische Umweltverschmutzung?

Edith respektierte zwar seine Arbeit als Gebrauchsgrafiker: Von irgendwas muss der Mensch schließlich leben, hatte sie einmal gesagt. Aber ein anderes Mal hatte sie, nicht ohne vorwurfsvollen Unterton und recht rhetorisch, gefragt: Meinst du nicht, dass du dein Talent verschleuderst?

Das hatte gesessen, denn Jessen spürte immer stärker, dass ihn etwas wegzog von den Fleischtöpfen der Werbung hin zu anderen, riskanteren Möglichkeiten der Entfaltung; nur kannte er diese Möglichkeiten noch nicht, auch wenn sie hin und wieder schemenhaft in ihm Revue passierten. Drückte er sich?

Als er vorhin auf der Fahrt Edith erzählt hatte, er habe da gewisse Ideen, wie er seine Erfahrungen mit dem Bild sowie die Erfahrungen der anderen Betrachter wiederum als Bilder-, als Collagenfolge verarbeiten und darstellen könne, hatte sie interessiert zugehört, ihm zugeredet, aber auch wohl gespürt, dass Jessen noch träumte, noch die Konsequenzen fürchtete.

Sie verachtet mich, dachte er im Einschlafen. Sie will nur das Bild. Sie will sich als Kunsthistorikerin profilieren, will eine Entdeckung machen, wittert die Sensation. Sie ist nicht besser als ich, auch auf dem Karriere-Trip, auf ihre Art. Für sie bin ich nur Mittel zum Zweck.

Mittel zum Zweck, dachte er; Zweck zum Mittel, Zwittel, traumdachte er wegdämmernd. Medium bin ich. Eine Aufgabe ist mir gestellt. Das Bild stellt Fragen. Und ich, ausgerechnet ich, muss für ihre Beantwortung sorgen. Scheiße.

Noch vor Sonnenaufgang erwachte er aus der Unbequemlichkeit des Feldbetts, stand leise, um die schlafende Edith nicht zu wecken, auf und trat auf den Balkon hinaus, der vor ihrem Zimmer lag.

Die Schneewolken waren vollständig abgezogen, der Himmel leer und morgengrau. Talwärts lagerten Nebel, die sich an einer Stelle im Osten zu lichten begannen. Die Schneefelder verfärbten sich zu einer Farbe, die er nie zuvor gesehen hatte und für die er keinen Begriff kannte: Sie brach das Bleigrau, mit dem bisher der Schnee bedeckt gewesen war. In der lichter werdenden Stelle des Nebels glühte nun ein Punkt, der ständig größer wurde und endlich das Format eines Tellers erreichte, schweben blieb, trübrot noch, doch Feuer und Glanz andeutend – ein Rubin, über dem ein Gazeschleier liegt.

Die Sonne hatte jetzt die niedrigen Bergketten überwunden und brannte den Nebel durch. Immer rötlicher wurde der Schnee, immer deutlicher, beinahe grün, seine Schatten. Die Felsen, die dunkel im Westen anfragten, spürten das sich nähernde Licht, erröteten.

Er fühlte eine leise Bewegung; Edith stand neben ihm, legte zur Begrüßung sacht eine Hand auf seinen Arm. Nichts war zu sehen als der ungeheure, dunkle, doch schon völlig heitere Himmel über ihnen, und in der einfachen großen Fläche standen Edith und Jessen schneeumschlungen winzig genug.

Der Nebel fing endlich an seiner äußersten Grenze zu leuchten an wie geschmolzenes Metall, der Himmel lichtete sich von Sekunde zu Sekunde schneller, und die Sonne quoll prall aus ihrer Umhüllung hervor. In den Reflexen der Schneekristalle lebte die Sonne in Millionen Lichtern leuchtend, die in ungeheurem Tempo über den Schnee zu huschen schienen, zu ihren Füßen entlang und sich dann an den Felsen fingen.

»So schön bleibt's aber nicht«, meinte der Mooshuber-Wirt beim Frühstück. Schon heute Mittag gäbe es mit Sicherheit einen Umschwung. Tauwetter. Wahrscheinlich sogar Regen.

Der Wirt zeigte sich überrascht, dass sie wieder nach Niedertannhausen hinunterwollten: Da gäbe es doch wahrlich nichts zu sehen. Hinauf müssten sie.

Sie erklärten, dass sie auf der Suche nach einem Maler seien, Carl Westermann. Ob ihm vielleicht der Name etwas sage? Nein, bedauerte der Wirt, den Namen habe er nie gehört. Die Reproduktion des Bildes, die Jessen ihm hinhielt, quittierte er mit einem geringschätzigen Achselzucken.

Auf der Fahrt nach Niedertannhausen hinunter spürten sie bereits den Wetterumschwung: Mild, aber in ihrer Heftigkeit gewaltsam, strömten feuchtwarm Luftmassen von den Bergen talwärts. Der Himmel bewölkte sich erneut.

An der Tankstelle im Ort erkundigten sie sich, ob es ein Gemeindebüro gäbe, ein Standesamt oder dergleichen, wo man Auskünfte über Personen einholen könnte.

Nein, sagte der Tankwart, hier in Niedertannhausen gäbe es gar nichts, rein gar nichts. Eigentlich nur die Molkerei.

Er deutete in die Hochebene. Etwa zwei Kilometer vom Ort entfernt stand auf einem Hügel einsam ein dreiflügeliges Gebäude. Von Weitem hatte es eher Ähnlichkeit mit einer Schule oder einem Gefängnis als mit einer Molkerei. Der Tankwart empfahl ihnen, weiter in den Ort Kochel zu fahren, wo es eine Kirche gäbe und ein Pfarramt.

Vor der kleinen, etwas verfallenen Kirche im spätbarocken Stil parkten sie und gingen ins Pfarramt. Das dürre, ältliche Fräulein dort kannte ebenfalls keinen Carl Westermann, verzog beim Anblick der Reproduktion den dünnen Mund, schlug vor, sie sollten sich an den Herrn Pfarrer wenden. Das sei ein kunstsinniger Mann.

Der Pfarrer, klein, beleibt, jovial, empfing sie freundlich, sah sich lange und interessiert das Bild an.

»Den Namen Carl Westermann habe ich nie gehört«, sagte er schließlich. »Aber wissen Sie, drüben in Niedertannhausen hat es früher, lange vor meiner Zeit, eine Irrenanstalt gegeben.«

In Jessen blitzte etwas auf. Das war eine Spur. Hatten nicht Grete Ansfeld und auch schon ihr Vater davon gesprochen, dass Westermann wirr im Kopf gewesen sei? Und hatten nicht Waldhoff und er bereits einmal darüber nachgedacht, dass dies Bild Züge eines Psychopathen zeigte?

»Ja und?«, fragte er erregt.

»Diese Anstalt steht heute noch«, sagte der Pfarrer gemütlich. »Bloß dass da heute die Kreis-Molkerei drin ist. Liegt etwas abseits, auf einem Hügel …«

»Die haben wir gesehen«, sagte Edith.

»Die Nazis haben die Anstalt geschlossen, 1934 oder 1935. Für die waren die Kranken … Nun, Sie wissen schon.« Pfarrer Kainzmair machte eine seltsam wegwerfende, zugleich resignierende Handbewegung. »Und vermutlich hat es den Nazis auch nicht gepasst, dass dort sehr moderne Therapieformen erprobt wurden. Haben Sie schon einmal etwas von dem Psychiater Prinzhorn gehört?«

»Selbstverständlich«, sagte Edith. »Der hat doch in den Zwanzigerjahren Kunst von Geisteskranken gesammelt und analysiert. Hat wohl auch Ansätze entwickelt, Geisteskranke mithilfe ihrer Kunst, ihren eigenen Gestaltungen, zu therapieren.«

»Ganz recht«, nickte der Pfarrer. »Und hier in Niedertannhausen gab es einige Ärzte, die sich für diese Methoden interessierten und zum Teil auch selbst erprobten. Das war der Herr Professor Leopold. Längst verstorben freilich. Und dann sein Assistenzarzt, der Herr Doktor Domcik. Der lebt noch. Müsste heute an die 90 Jahre alt sein. Wohnt in München. Bis vor einigen Jahren, als er noch gehen konnte, ist er oft hierher zurückgekommen, um zu wandern. Mit dem Doktor Domcik habe ich mich oft und gern unterhalten. Das ist ein sehr kultivierter alter Herr. Aber es geht ihm wohl nicht gut. Nun ja, bei dem biblischen Alter. Gottbefohlen …«

»Ich verstehe Sie nicht ganz«, sagte Jessen.

»Ich meine, dass dies Bild mich doch erinnert an manche der Bilder, die ich aus der Prinzhorn-Sammlung kenne. Es ist wohl anders, aber hier, diese Flugzeuge … Und Sie sagten doch auch, dass dieser Herr Westersen …«

»Westermann.«

»Ganz recht. Dieser Herr Westermann könnte doch,

wenn er in Niedertannhausen war, eventuell in der Anstalt gewesen sein, gell?«

Der Pfarrer mag recht haben, dachte Jessen, er mag sogar sehr recht haben. Was hatte Heinrich Spiekermann zu Carl Westermann gesagt? Dich hätten sie in Niedertannhausen behalten sollen, Herr Leutnant. Da gehörst du hin. Aber natürlich. Das war es. Da gehörte er hin.

»Herr Pfarrer«, sagte Jessen, »ich glaube, Sie haben uns wirklich weitergeholfen. Und dieser Doktor Domcik, sagen Sie, lebt noch? Haben Sie vielleicht seine Anschrift?«

»Ja freilich hab ich die. Aber ich glaube nicht, dass Sie den alten Herrn besuchen können. Wie gesagt, es geht ihm gesundheitlich nicht gut. Laufen kann er nicht mehr, und soviel ich weiß, lässt auch sein Gehör nach.«

»Aber man könnte ihm vielleicht schreiben?«

»Ja, das wird gehen. Seine Tochter beantwortet die Post für ihn. Versuchen Sie's doch einmal.«

Pfarrer Kainzmair schrieb ihnen eine Adresse in einem Münchner Vorort auf und wünschte ihnen viel Glück.

Edith und Jessen bedankten sich, fuhren zurück nach Niedertannhausen, bogen von der Hauptstraße ab und steuerten auf die Molkerei zu. Als sie am Fuß des Hügels ankamen, begann es heftig zu regnen. Sie stiegen zu Fuß hinauf. Zwei Milchtankwagen standen vor dem Mitteltrakt des Gebäudes, an das eine Verladerampe angesetzt war. Die Fenster des zweistöckigen Gebäudes waren zum Teil vergittert, zum Teil waren die alten Fenster herausgebrochen und erweitert worden. Überall bröckelte Putz von den Mauern, manche Dachziegel saßen schief oder fehlten. Das Ganze machte einen verwahrlosten, düsteren Eindruck. Offenbar wurde nur die untere Etage für den Molkereibetrieb genutzt.

Sie beobachteten eine Weile die Arbeiten an der Verladerampe. Als sie merkten, dass die Leute auf sie aufmerksam wurden und sie misstrauisch musterten, gingen sie wieder den Hügel hinunter. Der Schnee hatte schon die Gewalt des überraschend warmen Regens gespürt. Die sanftweiche und flaumige Gestalt war verloren gegangen. Etwas Glattes und Eisiges stellte sich ein, zerfiel, bildete sich ständig neu. Überall standen gezackte Eistrümmer wie zerfressen herum. Das Wasser rann in Schneefurchen, die es gewühlt hatte, nieder, und an offenen Stellen, wo es durch die löchrige Beschaffenheit des Schnees nicht aufgesogen wurde, rieselte es über offen liegendes Gras talwärts. Sie gingen, ohne auf einen Weg zu achten, durch den wässrigen Schnee auf das Auto zu.

Unten sahen sie noch einmal zurück. Es war großartig, wie der Wind, der den Schnee nicht mehr heben konnte, den Regen auf ihn niederjagte, wie schon einige Stellen bloßlagen, wie die grauen Schleier bänderweise niederrollten und wie die Wolkenmassen über den bleichen Flächen und dem dunklen Block des Gebäudes hinwegrasten.

»Ja«, sagte Jessen, »hier war das.«

Wieder in Hamburg schrieben sie gemeinsam einen Brief an Dr. Eberhard Domcik, berichteten in groben Zügen darüber, wie das Bild an sie gekommen war, was sie bereits darüber wussten; deuteten an, wie eigentümlich sich in dem Werk Schönheit und Schrecken vermischten, wie es unter bestimmten, nach Abzug aller Unterschiede ähnlichen Bedingungen auf verschiedene Betrachter ähnlich wirke, fügten eine Reproduktion des Bildes bei und baten darum, falls er, Dr. Domcik, zu weiteren Hinweisen auf das Bild selbst, besonders jedoch auch auf die Person des mutmaßlichen Malers Carl Westermann, geboren wahrscheinlich kurz vor der Jahrhundertwende in Süddeutschland, willens und fähig sei, sie entsprechend zu informieren.

Zwei Wochen später erhielten sie Antwort:

München, am 15.2.1987

Sehr geehrte Frau Gärbels,
sehr geehrter Herr Jessen!
Mein Vater, Dr. Eberhard Domcik, hat mich gebeten, Ihren freundlichen Brief vom 1. Februar des Jahres zu beantworten, da er selbst physisch nicht mehr dazu in der Lage ist: Er ist 92 Jahre alt und kann seit einiger Zeit keine Korrespondenzen mehr führen.

Es kommt hin und wieder vor, dass mein Vater nach seiner Berufspraxis in der Nervenheilanstalt Niedertannhausen gefragt wird, häufig von Angehörigen ehemaliger Patienten, die nach dem Verbleib ihrer Angehörigen forschen. Nach Schließung der Anstalt im Jahre 1934 und der Entlassung von Herrn Prof. Leopold (der emigrierte und 1944 in London verstorben ist) und meinem Vater sind nämlich zahlreiche Insassen verschleppt und zu den unvorstellbarsten ›Versuchen‹ missbraucht worden – mit denen mein Vater natürlich nichts zu tun hatte. Durch die öffentliche Diskussion um den Fall Mengele in den letzten Jahren weiß man ja heute einiges über diese entsetzlichen Dinge.

Ihre Anfrage bezieht sich jedoch auf die Zeit vor diesen grauenhaften Ereignissen. In der Tat war mein Vater von 1923 bis 1934 Arzt in Niedertannhausen, erst Assistent von Professor Leopold, anschließend Oberarzt. Als ich ihm Ihren Brief vorlas, konnte er sich durchaus nicht erinnern. Der Name Carl Westermann sagte ihm anfangs gar nichts. Als er aber die Fotografie des Bildes betrachtete, konnte mein Vater sich sehr wohl an den Fall erinnern. Carl Westermann war nämlich einer der ersten Patienten, die mein Vater selbstständig behandeln konnte – mit höchst zweifelhaftem Erfolg übrigens, wie er heute sagt. Darüber hinaus habe schon damals das Bild den allergrößten Eindruck auf ihn gemacht. Es hat damit jedoch eine durchaus andere Bewandtnis, als man annehmen könnte.

Mein Vater ist zurzeit nicht dazu in der Lage, Ihnen persönlich Details des Falls mitzuteilen, was er übrigens sehr bedauert. Als er das Bild betrachtet hatte, sagte er wörtlich: »Dass das noch mal herauskommt. Vielleicht wird jemand dem Bild jetzt endlich gerecht.«

Mein Vater hat von Fällen, die ihn besonders interessierten, neben den offiziellen Anstaltsakten für sich persönlich kleinere Dossiers angelegt, die auch sämtlich noch vorhanden sind. Er hat mich beauftragt, die Mappe Carl Westermann aus seinem Archiv herauszusuchen und Ihnen zu schicken. Die von Ihnen gewünschten Informationen sind, soweit sie Carl Westermann betreffen, in diesen Papieren weitgehend enthalten.

Mein Vater wünscht Ihnen viel Glück bei den weiteren Recherchen und bedauert nochmals, dass er selbst sich daran nicht mehr beteiligen kann. Die Reproduktion des Bildes würde er, falls Sie sie entbehren können, sehr gern behalten.

Das Dossier geht Ihnen als eingeschriebenes Päckchen mit getrennter Post zu.

Mit freundlichen Grüßen
Hanna Behrendt (geb. Domcik)

Am folgenden Tag traf das angekündigte Päckchen bei Jessen ein. Es enthielt einen mit einfacher Kordel verschnürten grauen Aktendeckel aus Pappe, an den Rändern eingerissen, verknickt, staubig und leicht vergilbt. Auf dem Etikett stand in klarer Handschrift:

Carl Westermann (geb. 1895)
Niedertannhausen
3. Mai 1924 bis 5. Oktober 1924

Das Dossier bestand aus Aufzeichnungen Dr. Domciks, jedoch auch aus Dokumenten, die Carl Westermann verfasst beziehungsweise gezeichnet hatte; Dr. Domcik hatte diese Dokumente jeweils datiert und mit dem Vermerk *Von C.* W.s *Hand* versehen.

Jessens Hände zitterten, als er Päckchen und Mappe öffnete. Er versuchte Edith anzurufen, um ihr das Eintreffen des Dossiers zu melden. Seltsamerweise freute er sich, dass sie nicht zu Hause war. Nun war er allein mit diesen

Aufzeichnungen, die auf verschlungene Weise an ihn gelangt waren, ihn, den Entdecker und Besitzer des Bildes.

Er brühte Tee, stellte die Kanne auf ein Stövchen in Griffnähe, räumte seinen Arbeitsplatz auf, als erwarte er wichtigen Besuch. Während draußen ein trüber Februartag kühles Licht durch eine hohe Wolkendecke warf und die Stadt entfärbte, versenkte sich Michael Jessen in die Notizen des Arztes und die Aufzeichnungen Carl Westermanns.

»Hab ich dich also doch erwischt, C.W.«, murmelte er vor sich hin.

Vor ihm lag die Tür zum grauen Grund. Er brauchte sie nur noch zu öffnen. Er zündete sich eine Zigarette an, sog den Rauch tief durch die Lungen, stieß ihn weit in den Raum zurück, schlug den Aktendeckel auf und begann zu lesen.

Niedertannhausen, 3.5.1924

Vor einigen Wochen schrieb mir der Kollege Mittlechner aus München, er habe die Bekanntschaft eines Mannes gemacht, der im Krieg als Flieger offenbar schwerer psychischer Belastung ausgesetzt gewesen ist, wegen der er bei Mittlechner um Behandlung nachgesucht habe. Nach einigen Sitzungen, schrieb Mittlechner, habe er festgestellt, dass der Patient über stark ausgeprägte, jedoch wohl verdrängte, künstlerische, ästhetische Empfänglichkeiten verfüge, möglicherweise sogar über eine nicht unbeträchtliche künstlerische Begabung. Mittlechner hat sich dann an unser letztes Gespräch erinnert, in dem ich ihm entwickelte, wie man meiner Ansicht nach leichteren Fällen (endogene Depressionen, leichte Paranoia etc.) dadurch helfen kann, dass man ihre, so vorhanden, künstlerischen Fertigkeiten fördert und sie dadurch zu einer Art Selbstheilung bringt.

Mittlechner und ich interessieren uns beide gleichermaßen stark für die Untersuchungen, die Hans Prinzhorn (früher Dresden) jetzt in Frankfurt/Main anstellt. Er sucht Zugang zum Wesen von Psychosen und insbesondere Schizophrenien, indem er Schriften und Bilder, die Kranke angefertigt haben, sammelt und analysiert. Meiner Ansicht nach ließe sich der Gestaltungstrieb jedoch auch unmittelbar für die Therapie selbst nutzen, nicht bloß als Diagnose, als Anschauungsmaterial über den Status des Kranken. Ich habe das ja im Fall des Ingenieurs B.L. schon recht erfolgreich praktiziert. Jedenfalls meint Mittlechner, dass dieser Mann möglicherweise bei mir besser aufgehoben sei als bei ihm, und deshalb habe er ihn an mich überwiesen.

Heute ist er hier nun erschienen. Leutnant a. D. Carl Westermann, 29 Jahre alt, geboren und ansässig in München. Er wohnt dort, wie er sogleich mit merkwürdiger Nachdrücklichkeit betonte, bei seiner Mutter: »Bei meiner lieben, lieben Mutter«, sagte er wörtlich. Aus dem Brief Mittlechners weiß ich bereits, dass der Fall, wiewohl möglicherweise recht verwickelt, nicht übermäßig schwer ist. Westermann begibt sich ja auch freiwillig in Behandlung, was immer ein gutes Indiz ist. Es kann bei diesem Fall also durchaus nicht um geschlossene Therapie gehen. Westermann wird nicht in der Anstalt wohnen. Er nimmt vielmehr Logis in dem höher gelegenen Hof der Mooshubers, die seit einiger Zeit Fremdenzimmer bereithalten. Westermann kann dann mit dem Einspänner hierherfahren. Allerdings möchte ich die notwendigen Gespräche lieber mit ihm außerhalb der Anstalt führen. Die Atmosphäre ist hier doch zu bedrückend, selbst wenn Leopold und ich nach besten Kräften versuchen, die mittelalterlichen Zustände endlich zu beheben. Westermann soll den Eindruck haben, hier wie auf Kur zu sein, wie im Sanatorium. Und so ist es ja auch in gewisser Weise.

Man sieht Westermann sein Problem in keiner Weise an; es sei denn, man wolle seine übertrieben straff-soldatische Haltung als Maske sehen. Er wirkt äußerst gepflegt, kultiviert, fast intellektuell, hohe Stirn mit tiefen Geheimratsecken, blondes schütteres Haar glatt zurückgekämmt, braune Augen, das linke mit leichter Schielstellung, wodurch sein Gesicht etwas schlecht Fixierbares bekommt. Leptosomer Typus. Raucht unentwegt schwere, russische Zigaretten.

Ich sprach bei seiner Ankunft bewusst nur Belangloses mit ihm; erzählte, dass Mittlechner mich auf sein Kommen vorbereitet habe.

»Willkommen zur Seelenkur«, sagte ich. »Ein paar Wochen im Bergfrühling werden Ihnen guttun, Herr Westermann.«

»Leutnant«, verbesserte er mich, jedoch matt.

Niedertannhausen, 5.5.1924

Fuhr gestern bei strahlendem Frühlingswetter zu Westermann hinauf, um ein erstes Gespräch mit ihm zu führen. Er empfing mich höflich, doch in äußerst trostloser Stimmung, sagte, das läge am Wetter. Ich hielt es für angebracht, da er den Gegenstand selbst berührte, mit ihm über das Thema Wetterfühligkeit zu reden, um über diesen Umweg vielleicht erste Einsichten in sein Problem zu bekommen.

Wir unternahmen einen ausgedehnten Spaziergang bergaufwärts. Westermann sprach anfangs so gut wie gar nicht, sondern hörte mir nur zu, lebte dann aber doch zusehends auf und äußerte einige unbedingt interessante Meinungen.

Zusammengefasst war das Ergebnis unseres Gesprächs etwa Folgendes: Die lichtarme Zeit des Winters treibt bekanntlich selbst sogenannte Frohnaturen, sonnige Gemüter, bisweilen in die depressivsten Verstimmungen. Sie fühlen sich niedergeschlagen, sehen die Welt grau in grau, hängen allgemein trüben Gedanken nach und versuchen allenfalls, ihr seelisches Missempfinden durch ein Übermaß an Essen, Alkohol oder

Schlaf auszugleichen. Schuld an dieser winterlichen Schwermut scheint mir das fehlende Sonnenlicht zu sein. Es wäre wahrscheinlich lohnend, bei Gelegenheit eine kontrollierte Studie über den Einfluss des Lichts auf die menschliche Psyche zu erarbeiten. Westermann bemerkte in dem Zusammenhang, dass so eine Studie vermutlich auch für die Kunstgeschichte von Bedeutung sei, insofern ja auf Gemälden das Licht und dessen Darstellung zu den kompliziertesten Dingen überhaupt zu zählen sei. Ich stimmte ihm lebhaft zu, einerseits, weil mir das ganz unmittelbar einleuchtete, andererseits jedoch auch, um ihn behutsam in jene Richtung zu lenken, in die er sich zu bewegen hat.

Menschen, denen die Wintertage arg aufs Gemüt schlagen (so der weitere Fortgang unserer Konversation, die nur wenig Ähnlichkeit mit dem Dialog zwischen Arzt und Patienten hatte), fühlen sich jedoch wie ausgewechselt, sobald sich endlich die Frühlingssonne zeigt. Sie können dann urplötzlich ›Bäume ausreißen‹. Die winterliche Apathie weicht wie ein dunkler Schatten, und die plötzliche Hochstimmung kann sich bis zur Euphorie steigern (bei manisch-depressiven Fällen häufig).

Dies Wechselbad der Stimmungen ist allerdings keineswegs krankhaft, auch wenn der Zustand zu den Zyklothymien zu rechnen ist, wiederkehrende Gemütsveränderungen ohne besonderen inneren Anlass (gibt es überhaupt innere Anlässe?). Ich halte es nicht für ausgeschlossen, dass das Sonnenlicht bestimmte Stoffe weckt, die für den Stoffwechsel im Hirn notwendig sind. Die Lichtreize werden bekanntlich mit dem Auge aufgenommen und direkt zur Zirbeldrüse im Zwischenhirn weitergeleitet; möglicherweise kurbelt diese dann wiederum bestimmte Hormondrüsen zu verstärkter Tätigkeit an. Das kann freilich im Moment nur Hypothese sein.

Nun vertreiben die frühlingshaften Hochgefühle wintermüder Menschen jedoch nur Gesunden den Trübsinn. Seelisch Kranke reagieren dagegen auf strahlenden Sonnenschein eher mit noch tieferer Trostlosigkeit. Erfahrungsgemäß nimmt auch die Zahl der Selbstmorde bei schönem Wetter zu. Schlechtes Wetter empfinden Gemütskranke wohl eher als zu ihrer Stimmung passend. So auch Westermann, der mir beim Abschied sagte, dass er diesen Sonnennachmittag nur deshalb ohne Depressionen, ohne Zustände, überstanden habe, weil ich mit ihm das Gespräch führte. Freilich dürfte sein Problem weit tiefsitzender gelagert sein als bloß nervöse Wetterfühligkeit.

Aber bei Hochdruck wie gestern, sagte er, fühle er sich wieder fliegen wie im Kriege. Und dann komme die Erinnerung, die ihn quäle, zurück – wie von der Sonne geschickt.

Diesen Punkt werden wir morgen direkt anzugehen haben.

Niedertannhausen, 6.5.1924

Westermanns Problem ist die Perseveration eines bestimmten Kriegserlebnisses, das ihm einen tiefen Schock versetzt hat. Er ist außerstande, die entsprechende Situation mit Worten zu benennen. Er sagt, er erinnere sich sehr gut, schrecklich gut sozusagen; aber er fürchte nichts so sehr wie das Aussprechen der Erinnerung. Immer, wenn er so weit sei, das Ereignis zu schildern, überfalle ihn Starrheit; eine Lähmung, gegen die er nicht aufkommt und die von heftigen nervösen Erregungen abgelöst wird.

Es besteht für mich kein Zweifel darüber, dass die Perseveration zu durchbrechen ist, wenn Westermann einmal die Darstellung des Erlebten gelingen sollte. Er würde damit die Erfahrung, die das Trauma verursacht hat, noch einmal durchmachen. Aber er wäre dann nicht mehr ihr Opfer, sondern ihr Schöpfer. Das Problem würde ihn dann nicht mehr beherrschen, sondern er könnte es zu beherrschen lernen.

Seine ausgeprägten musischen Neigungen, wahrscheinlich auch Fähigkeiten, die er jedoch unter seiner strammen, schneidigen Haltung zu verbergen sucht, sind die beste Voraussetzung dafür, dass sein kreatives Potenzial ihn selbst heilt. Ich muss ihn nur dahinbringen, die betreffende Erfahrung schriftlich oder bildlich zu gestalten – und damit zu bewältigen.

Das wird noch ein hartes Stück Arbeit, für ihn, aber auch für mich. Zum Glück lässt Leopold mir vollkommen freie Hand.

Niedertannhausen, 8.5.1924

Die menschlichen Erinnerungen gleichen farbigen Glasstückchen in einem Kaleidoskop. Der gemeine Mann lässt es verstaubt im Winkel stehen, blickt bestenfalls gelegentlich hinein, wie der Zufall die Glasstückchen geordnet hat, ohne das Kaleidoskop zu schütteln. Das ist zweifellos gesund – aber zu welchem Preis! Zum Preis der nicht nur ästhetischen Dumm- und Dumpfheit. Das unentwickelte Talent schüttelt an dem Kaleidoskop wie ein Kind, sieht fasziniert hinein und freut sich an besonders lebhaften Gruppierungen. Der psychisch Kranke nun schüttelt das Instrument heftiger, hält die erscheinenden Ungestalten für lebendig und fürchtet sie oder freut sich sinnlos an ihnen. Der Künstler schließlich sieht ebenfalls lebende Gestalten, fühlt Angst oder Freude, aber er kann das Kaleidoskop lächelnd fortlegen und die geschauten Gebilde in seiner Arbeit festhalten, indem er sie stilisiert.

Falls es Westermann gelingt, diesen entscheidenden Sprung zu absolvieren, dann ist er mit großer Wahrscheinlichkeit geheilt.

Der leider völlig verkannte Mauthner vergleicht einmal die willenlose Fantasie des Wahnsinnigen (Westermann ist allerdings in diesem emphatischen Sinn nicht wahnsinnig) mit einem steuerlosen Schiff, die Fantasie des Künstlers jedoch mit dem Fliegenden Holländer: Kein Steuermann ist zu sehen, doch durch Nacht und Sturm fährt das Gespensterschiff seinem Ziele zu, denn das Steuer ist fest die unsichtbare, große Persönlichkeit.

Niedertannhausen, 10.5.1924

Bei meinem letzten Besuch habe ich Westermann aufgefordert, alles, von dem er glaube, es stehe in Zusammenhang mit seinem Problem, auch scheinbar Abseitiges, sofort aufzuschreiben oder aufzuzeichnen, wenn es durch seinen Kopf geht.

Zeichnen, sagte er energisch, fast aggressiv, käme natürlich nicht infrage; schreiben – ja. Da ließe er mit sich reden.

Es muss dringend geklärt werden, warum er auf den Vorschlag, zu zeichnen, so ablehnend reagiert!

Heute nun gab er mir einen Text, den er vorgestern Nacht geschrieben hat. (Beigeheftet)

Von C.W.s Hand
Vermutlich 8./9.5.1924

Der Weg, zu den Sternen

Ein Flieger, der in der Sekunde etwa 28 Meter zurücklegt, würde nach fünfmonatiger ununterbrochener Fahrt den Mond erreichen, während er 5800 Jahre unterwegs sein müsste, um zum Abendstern zu gelangen. Wollte er dagegen der Sonne einen Besuch abstatten, so brauchte er nicht weniger als 17 000 Jahre zu dieser Reise, die ein Lichtstrahl bei einer Geschwindigkeit von 300 000 Kilometern pro Sekunde in knapp 8 ½ Minuten bewältigen könnte. Der gleiche Lichtstrahl, der in 1 ¼ Sekunden den Mond und in etwas über 4 Stunden den Neptun, den der Erde fernsten Planeten, erreichen würde, müsste doch 10 000 Jahre das unermessliche Weltall durcheilen, um zu den äußersten Sternen der Milchstraße zu gelangen, die von einer von der Erde abgefeuerten Granate erst nach Verlauf von 3 bis 4 Milliarden Jahren getroffen würden. 5 Jahre brauchte unsere Granate allein bis zur Sonne, dagegen nur 4 ½ Minuten bis zum Mond, der unser nächster Nachbar im Weltraum ist, sozusagen der Franzose im All, und zugleich in unserer Flugstaffel mitfliegt. In die Tat lassen sich meine Berechnungen freilich nicht umsetzen, denn dazu reicht unsere schwache Kraft nicht aus, aber sie geben uns immerhin ein anschauliches Bild von der ungeheuren Ausdehnung des unsere Erde umschließenden Universums.

Niedertannhausen, 11.5.1924

Und diese Berechnungen geben auch, so möchte ich doch noch anfügen, ein Bild von der ungeheuren Ausdehnung unserer das Universum umschließenden Bestialität. Eine Bestialität, deren Gefangener Carl Westermann ist. Als er mir den Text zeigte, erschrak ich erst, denn ich fürchtete, dass sich in diesen irren Berechnungen erste Anzeichen echter Schizophrenie zeigten. Schizophrene neigen ja dazu, in ihre Texte und Zeichnungen Ziffern hineinzuschreiben, und die skurrilen Zahlenangaben dieser Kranken müssen als ein Versuch der Sicherung und des Haltfindens gedeutet werden. Sie sind für sie Fixpunkte, festen Pfeilern ähnlich, im unaufhörlich dahinfließenden Strom fantastischer und keiner verbindlichen Ordnung gehorchender Gedanken. Nun sind aber Westermanns Berechnungen keinesfalls skurril, sondern, so weit ich das überprüfen kann, durchaus korrekt.

Ich fragte ihn also, warum er diese Berechnungen angestellt habe, worauf er zur Antwort gab:

Bei Sonnenuntergang habe er gelesen, sei zwischendurch eingenickt, wieder erwacht und habe dann alles wie durch einen roten Flor gesehen. Als er sich die Augen gerieben habe, seien rote Sterne und Kugeln erschienen. Und ebendies Rotsehen kenne er bis zur Genüge; denn es kündige meistens seine, wie er es nennt, Zustände an. Nach dem Ereignis, über das er immer noch nicht sprechen könne, sei ihm tagelang die Sonne und der Mond blutrot erschienen, blutunterlaufen, sagte er wörtlich. Nach diesem Rotsehen käme dann im Allgemeinen vor seinem geistigen Auge die Wiederholung des Schockmoments, des »weißen Augenblicks«, wie er es heute nannte. Das dauere dann bis zu einigen Stunden, in denen er wie erstarrt sei. Im Abklingen sähe er schwarze Figuren als Fäden, Haare, Spinnen, Fliegen, Wespen. Manchmal sähe er auch halb durchsichtige, kleine Röhren, wie Flügel von Insekten, Wasserbläschen von verschiedener Größe, die beim Heben des Auges niedersänken, zusammenklebten wie Froschlaich.

All diese Phänomene deuten darauf hin, dass Westermann zusätzlich zu seiner Paranoia einen starken Hang zur Hypochondrie hat: Die Bilder, die ihn heimsuchen, haben keine Vorbilder im Außen (sind Künstler deshalb häufig hypochondrisch?).

Jedenfalls habe er die Berechnungen angestellt, um sich vor dem heraufziehenden Zustand zu retten – was ihm auch gelungen sei. Das ist natürlich ein großer Fortschritt, selbst wenn aus seinem Text deutlich die seelischen Folgen einer brutalen Männlichkeits- und Aggressionsdressur sprechen, deren verheerende Wirkungen der letzte Krieg aufs Schauerlichste demonstriert hat.

Es wäre unter diesem Aspekt wichtig, Genaueres über Westermanns Familienverhältnisse zu erfahren. Seine strikte Weigerung zu zeichnen scheint mir dort begraben zu liegen.

Niedertannhausen, 28.5.1924

Die äußerst intensive Bindung Westermanns an seine Mutter, der er fast täglich schreibt, steht in krassem Widerspruch zu der Beziehung, die er zu seinem Vater hat oder hatte. Als ich ihn einmal wieder aufforderte, doch zu zeichnen, rief er aufbrausend: »Das könnte ihm so passen!« – »Wem?«, hakte ich nach, und er antwortete: »Meinem Herrn Erzeuger natürlich, dieser Kanaille!«

Weitere Fragen nach seinem Vater lehnte er brüsk ab; sein Vater sei es nicht einmal wert, überhaupt erwähnt zu werden. »Die Nachwelt behält recht«, sagte er noch geheimnisvoll, mit listigem Gesichtsausdruck.

Mit der Bemerkung kann ich nichts anfangen.

Niedertannhausen, 7.6.1924

Man muss das 19. Jahrhundert aus der Psychiatrie austreiben! Ich sehe keinen Unterschied zur Behandlung mit Elektroschocks und Medikamenten gegenüber dem, was vor einigen Jahren noch gang und gäbe war: Man solle die Kranken in Fallgruben stürzen, sie hinterrücks von Felsen stoßen, Brücken unter ihnen zum Einsturz bringen, sie unters Fallbeil legen oder von scheinbar reißenden Tieren anspringen lassen. Auch das Auftreten von Gespenstern und Leichen und harmlosere Schocks wie Sinnesirritationen und optische Täuschungen und Orientierungsverluste waren vorgesehen. Wahrscheinlich haben die Schreckenskabinette und Geisterbahnen, die im vorigen Jahrhundert in Mode kamen, das Vorbild abgegeben. Reil forderte 1823 für jedes Irrenhaus ein für diese Zwecke besonders eingerichtetes, durchaus praktikables Theater. Ein solches Theater könne zu Gefängnissen und Löwengruben, zu Richtplätzen und Operationssälen formiert werden.

Für Westermarm müsste man also, wollte man diesen aberwitzigen, an Sadismus grenzenden Vorschlägen zur Therapie folgen, einen Fliegerhorst des Weltkriegs nachbauen. Nein! Es gibt nur eine menschenwürdige Behandlungsmöglichkeit. Sie setzt dort an, wo das Problem sitzt: in der Fantasie und Vorstellungskraft des Patienten.

Westermann erzählt mir, er notiere jetzt fleißig seine Erinnerungen an den Luftkrieg, wolle mir das Resultat aber erst zeigen, wenn er selbst damit zufrieden sei.

Niedertannhausen, 28.6.1924

Westermanns Mutter ist schwer erkrankt. Er hat sich zu ihr nach München begeben, jedoch versprochen, zur Behandlung hierher zurückzukommen. Die Behandlung scheint zu greifen. Er schreibt.

Niedertannhausen, 2.8.1924

Westermann ist wieder da. Seine Mutter liegt jetzt in einer Münchner Klinik. Er wird sie dort regelmäßig besuchen. Er sagt, sie sei unheilbar krank. Das scheint ihn jedoch nicht weiter zu bedrücken. Im Gegenteil macht er einen ungewöhnlich heiteren, aufgeräumten Eindruck. Er hat versprochen, demnächst etwas von seinen Aufzeichnungen mir zur Lektüre zu überlassen.

Niedertannhausen, 21.8.1924

Im Folgenden hefte ich einige Notizen bei, die Westermann mir gab. Seltsam, gleichwohl wenig überraschend an ihnen ist, dass sie zielstrebig auf den Punkt zuzusteuern scheinen, um den es geht, im entscheidenden Moment jedoch abbrechen, mitten im Satz, um dann eine quasi harmlose Wendung zu nehmen. Im Ganzen bin ich enttäuscht. Nach wie vor meine ich, dass Westermann die Sache als Bild darstellen sollte.

Von C.W.s Hand

Vermutlich Juni bis August 1924

Ich habe in meinem ganzen Leben kein schöneres Jagdgefilde kennengelernt als in den Tagen der Somme-Schlacht. Morgens beim Frühstück erschienen schon die ersten Engländer, und die letzten verschwanden erst nach Sonnenuntergang.

»Ein Dorado für uns Jagdflieger«, pflegte ich zu meinem Bodenmechaniker Spiekermann zu sagen. Wenn ich unten war und zusehen musste, wie die Kameraden oben jagten, fühlte ich mich ausgeschlossen, überflüssig.

Den englischen Fliegern merkte man an, dass sie wahre Sportsleute sind, denen das Fliegen im Blut liegt. Aber sie verlieren sich zu sehr im Sportlichen, Spielerischen. Das hat mir oft leidgetan, wenn ich diese Künstler abschoss. Aber schließlich waren wir nicht beim Kunstflug-Verein, sondern über den Schützengräben. Und das Publikum dort unten verlangte schon etwas mehr. Es sollte immer englisches Pilotenblut regnen.

Eines schönen Tages flog ich auf Jagd und beobachtete drei Engländer, die scheinbar auch nichts anderes vorhatten als zu jagen. Ich merkte, dass sie mit mir liebäugelten, und ich ließ mich natürlich gern darauf ein. Ich war tiefer als der erste Engländer, folglich musste ich warten, bis der Gentleman auf mich runterstieß. Er kam dann auch prompt angesegelt und wollte mich von hinten fassen. Nach den ersten Schüssen lag ich aber schon in einer scharfen Linkskurve, setzte mich hinter ihn. Dann flogen meine blauen Bohnen ihm um die Ohren. Ich zerfetzte ihm eine Tragfläche, sodass er auf einem Acker notlanden musste. In einer Höhe von zehn Metern flog ich eine Ehrenrunde über ihm. Und was machte der Kerl? Er nahm sein Maschinengewehr und zerschoss mir die ganze Kiste! Hauptmann Voß sagte mir nachher, das sei aber kein Fair Play. Wenn ihm das passiert wäre, hätte er den Briten noch nachträglich auf dem Boden totgeschossen. Und das hätte ich wohl auch machen sollen. Der Pilot hatte sich ja nicht ergeben, sondern sah mich noch ganz frech an!

Ein andermal war alles wie immer – und doch anders. Wir waren zu dritt aufgestiegen. Die Engländer hatten Leutnant Boysen schon abgeschossen; er überlebte natürlich. Hauptmann von Ranzleben war weit weg von mir abgedrängt worden, sodass ich plötzlich zwei englische Maschinen vor mir hatte. Die erste beschoss ich mit dem Maschinengewehr. Das feindliche Flugzeug bäumte sich auf wie ein junger Hengst. Ein sicheres Zeichen dafür, dass der Pilot getroffen war. Die Maschine trudelte, eine Tragfläche brach ab. Dann stürzte die Maschine. Die Trümmer fielen ganz in die Nähe, wo Boysen bruchgelandet war. Nun kam aber der zweite Engländer, nachdem er einen Bogen geflogen hatte, direkt auf mich zu. Ich zielte sauber, wartete einige Augenblicke, obwohl mir schon die Kugeln um die Ohren flogen. Dann war ich noch fünfzig, dann noch dreißig Meter von ihm entfernt. Dann sah ich sein Gesicht, die Lederkappe, den wehenden Schal, die Fliegerbrille, und unter der Brille …

Ich drückte auf beide Maschinengewehrknöpfe. Erst ein leises Rauschen, das sichere Zeichen des getroffenen Benzintanks, dann eine helle Stichflamme, die eine graue Rauchfahne nach sich zieht und nach unten links abtrudelt. Der Lord verschwindet in der Tiefe.

An diesem Tag war das mein vierter Abschuss. Spiekermann begrüßte mich am Boden mit Champagner. Gleichwohl kam bei mir keine rechte Freude auf. Denn unter der Fliegerbrille des Briten …

So vergingen die Tage dort. Wenn ich nach solchen Jagden vor dem Einschlafen die Augen schloss, schien der Flug sich fortzusetzen. Eine Art Muster rollte vorbei. Das Rotieren des Propellers, die Wolken, die rote Sonne, blutunterlaufen, in die sich dann häufig jene ekelhaften Insekten mischten, die mich heute noch heimsuchen. Und unter der Brille …

Niedertannhausen, 2.9.1924

Der letzte Abschnitt aus Westermanns Aufzeichnungen ist natürlich hochinteressant. Denn was er im Einschlafen sieht, sind eigentlich keine Netzhaut-Nachbilder in Komplementärfarben, sondern verdichtete Motive, von der Erinnerung komponiert, verzerrt durch sein Trauma und seine Hypochondrie. Jedenfalls rafft Westermanns Geist die räumliche Fülle und die Wiederholungen zusammen. Es handelt sich dabei um reproduzierende Projektionen. Diese Leistung hat Analogien zum künstlerischen Schaffen und deutet darauf hin, dass die Lösung des Problems im Bildhaften zu suchen ist. Er muss malen.

Der Schock selbst hat ihn zweifellos getroffen, als er plötzlich sein Gegenüber praktisch von Angesicht zu Angesicht sah. Was hat er unter der Fliegerbrille des anderen gesehen? Sich selbst?

Niedertannhausen, 15.9.1924

Einen Tag nach meiner letzten Notiz hat Westermann die Nachricht depeschiert bekommen, seine Mutter sei verstorben. Er ist noch am selben Tag nach München abgereist, hat sie dort beerdigt und ihren Haushalt aufgelöst.

Heute ist er nach Niedertannhausen zurückgekehrt. Aber er hat sich nicht, wie sonst üblich, wenn er aus München kam, bei mir blicken lassen, sondern durch die Mooshubers ausrichten lassen, er wünsche nicht gestört zu werden. Die Mooshuber-Tochter, die mit der Nachricht kam, fragte ich, was er denn tue. Und sie gab zur Antwort: Der Herr Leutnant habe so ein komisches Holzgerüst mitgebracht, dazu Leinwand, Pinsel und Farben – und male. Sein Zimmer halte er streng verschlossen.

Er malt! Endlich. Ich bin sicher, dass die Behandlung greifen wird. Der Tod seiner Mutter scheint ihm und mir zu Hilfe gekommen zu sein.

Niedertannhausen, 17.9.1994

Ich wollte Westermann aufsuchen, klopfte an seine Tür, aber er rief nur unwirsch, ich solle ihn in Frieden lassen. Die Sache sei bald ausgestanden. Ich würde dann schon sehen.

Was werde ich zu sehen bekommen? Zweifellos jenen Moment, den er in seinen Beschreibungen ausgelassen hat – vermutlich die Augen seines Feindes. In Prinzhorns Sammlung ist doch sehr auffällig, dass Schizophrene und Paranoiker die Augen entweder besonders genau zeichnen oder gröblich vernachlässigen. Manche Kranke begnügen sich mit ihrer flüchtigen Andeutung, andere stellen nur ein Detail dar, etwa den Umriss leerer Augenhöhlen. Die Neigung, die Augen hervorzuheben, kann beim gleichen Patienten in eine Tendenz übergehen, sie zu verdecken oder zu verbergen.

Unnatürlich vergrößerte Augen findet man in vielen Werken der bildenden Kunst, besonders im Manierismus, der überhaupt starke Ähnlichkeiten zu den von Geisteskranken geschaffenen Bildwerken aufweist (bei Gedichten ist die Nähe zu Hölderlin natürlich evident). Gemüt, Seele, Leben, Sinnlichkeit bündeln sich im Ausdruck der Augen. Es gibt chinesische Künstlerlegenden, in denen berichtet wird, dass sich durch das Einsetzen der Augen Bilder urplötzlich in Lebewesen verwandelten.

In unmittelbarer Nähe zu dem beglückenden Gefühl, durch liebende Augen angesehen zu werden, steht das entgegengesetzte Gefühl, das Angstgefühl, beobachtet zu werden. Menschen mit vermehrter Selbstbeobachtung und Kranke mit Verfolgungsideen neigen zu solchen Gefühlen und zeichnen entsprechende Augen. Hier in der Klinik haben wir inzwischen weitgehend darauf verzichtet, Paranoiker dauernd zu beobachten, da dies Schübe eher noch aktiviert. Denn dem Paranoiker ist das Angeblicktwerden die Drohung schlechthin.

Das einzelne Auge, das so häufig in den Bildern und Texten Kranker erscheint, ist dort immer beobachtend, warnend und drohend. In schematisierter Form findet man es oft über Altären als Auge Gottes. Sogar das Auge auf der Zeichnung des Schmetterlingsflügels, so schrieb mir Mittlechner, soll der Abschreckung von Feinden dienen.

Es sollte mich nicht wundern, wenn Westermann nun Augen malt – wenn nicht sogar *das* Auge des englischen Piloten, über dessen Anblick im Augenblick des Todes er zum Paranoiker geworden sein dürfte.

Niedertannhausen, 25.9.1924

Gestern ist Westermann bei mir vorbeigekommen, bestens gelaunt, und hat mir einen ganzen Stapel Bleistiftzeichnungen auf den Tisch gelegt. Sie zeigen alle, in unendlichen Variationen, das Gleiche: den Luftkampf, den er schon schriftlich dargestellt hat. Diese Blätter zeigen Talent, aber keine Meisterschaft, wirken unbeholfen, steif. (Einige beigeheftet)

Das Gesicht des Engländers ist aber nirgends ausgeführt, als ob er sich davor drücken wolle. Als ich ihn darauf ansprach, lächelte er nur listig und sagte, ich müsse mich halt gedulden. Dies seien nur Vorstudien zu dem großen Werk, an dem er arbeite. Es sei in einigen Tagen vollendet.

Niedertannhausen, 2.10.1924

Ich habe Westermanns Bild gesehen und bin begeistert, bestürzt, irritiert. Denn was Westermann geschaffen hat, übertrifft und enttäuscht zugleich alle meine Erwartungen in hohem Maße.

Er bat mich gestern zu sich, führte mich in sein Zimmer. Am Fenster stand eine Staffelei, die er mit einem Laken verhüllt hatte, das er nun vor meinen Augen abzog. Das Bild zeigt zwei Doppeldecker im Luftkampf, wie schon die Bleistiftskizzen angedeutet haben. Auch hier, im fertigen Werk, fehlt das Gesicht des auf den linken unteren Bildrand zustürzenden Piloten.

Wie ich nun aber das Bild einige Zeit intensiv betrachtete, kam es mir vor, als wären gar nicht die roten Flugzeuge das eigentliche Thema, sondern der Himmel, der den Hintergrund ausfüllt. Er besteht nur aus grauen Flächen, sehr modern, sehr gewagt, ganz eigen, in den Details meisterhaft ausgeführt, äußerst fein im Strich, aber nur an einigen Stellen. Von diesem Hintergrund geht eine außerordentliche Strahlung aus, drohend. Mir völlig unerklärlich!

Als ich Westermann darauf ansprach, lenkte er ab, wurde zornig, sagte, ich solle die Flieger ansehen, verhüllte das Bild wieder. Ich entschloss mich nun, ihn frontal anzugehen, und fragte, wo er das Auge versteckt habe. Er sah mich lange schweigend an, sehr ruhig, überlegen, fast hochmütig lächelnd. Schließlich sagte er: »Nirgends. Sie haben doch das Grau gesehen. Das ist das Auge meines Vaters. Ich habe es ihm ausgestochen.«

Ich erschrak, denn mit dieser Aussage war klar, dass Westermann keinesfalls als geheilt angesehen werden kann. Im Gegenteil. Sein Kriegstrauma hat er vielleicht ansatzweise bewältigt. Aber nun bricht etwas herauf, was aus größeren Tiefen kommt.

Ich ließ mir nichts anmerken und schlug vor, dass wir uns in den nächsten Tagen ausführlicher über seinen Vater unterhalten sollten, was er mit einem verächtlichen Achselzucken quittierte.

Niedertannhausen, 6.10.1924

Ich konnte Westermann die beiden letzten Tage nicht sehen, da hier in der Anstalt zu viel Routinearbeit zu erledigen war. Eben kommt die Mooshuber-Tochter und sagt, Westermann sei gestern Hals über Kopf abgereist, mit allem Gepäck, dem Bild und mit unbekanntem Ziel. Er habe seine Rechnung beglichen und auf das »Auf Wiedersehen« der Mooshubers geantwortet: »Das hoffe ich nicht. Adieu.«

Ich bin zutiefst besorgt und mache mir schwere Vorwürfe, den Mann falsch behandelt zu haben. Vielleicht hätte man ihn doch besser hier in der Anstalt verwahren sollen? Doch andererseits hat er mit seinem erstaunlichen Gemälde so ungewöhnliches Talent an den Tag gelegt, dass man eventuell darauf hoffen darf, er werde in Zukunft seine Ängste mithilfe seiner erschreckend ausgeprägten Kunst bannen können.

Es wird mir aber wohl immer unverständlich bleiben, wie dieser Mann geradezu explodiert ist in künstlerischer Produktivität. Es bleibt zu hoffen, dass er sich irgendwann einmal von sich aus wieder meldet – und dass meine Behandlungsmethoden durch diesen schweren Rückschlag nicht als gescheitert angesehen werden müssen.

München, 3.11.1939

Nie hätte ich geglaubt, dass ich dies Dossier noch einmal öffnen und erweitern würde. Aber heute hat mich ein Brief Carl Westermanns erreicht, von dem ich seit 15 Jahren nichts gehört habe. Der Brief war an die Anstaltsadresse gerichtet und ist dann trotz Verzögerungen und Umwegen hier eingegangen.

Obwohl ich mich freue, dass Westermann sich überhaupt gemeldet hat, bedrückt mich sein Brief sehr.

Denn er zeigt, dass ich damals mit meinen Diagnosen falschlag. Ob auch meine Therapie ganz fehlgeschlagen ist, könnte man nur entscheiden, wenn man mit Westermann persönlich reden könnte; er hat jedoch keine Anschrift angegeben.

Mit dem Bild hat er mich geradezu betrogen. Oder doch nicht?

Ich hefte den Brief dem Dossier bei.

Bremen, 4.10.1939

Sehr verehrter Herr Dr. Domcik!
Ob Sie sich meiner entsinnen? Ich war im Jahre 1924 bei Ihnen in Niedertannhausen zur Behandlung, wohnte oben bei den Mooshubers. Sie haben mir damals sehr geholfen, indem Sie mich immer wieder und wieder auf den Moment stießen, der in mir gewisse Verstörungen und Zustände ausgelöst hatte. Reste des alten Problems sind zwar geblieben, doch nun ist der Augenblick nahe, da sich alles von selbst lösen wird. Ich werde wieder fliegen! Und wieder gegen Engländer! Sie können sich denken, wie glücklich ich bin. Und wie dankbar unserem Führer, der für einen Deutschen der beste Seelenarzt ist.

Aber das ist eigentlich nicht der Grund meines Schreibens. Erinnern Sie sich noch an das Bild, das ich Ihnen zeigte, bevor ich abreiste? Sie glaubten, ich hätte es gemalt – was auch der Wahrheit entspricht, aber nur bis zu einem gewissen Grad. Heute, da ich mich doppelt befreit fühle, da einerseits mein Einsatz unmittelbar bevorsteht und andererseits das bewusste Gemälde nicht mehr in meinem Besitz ist, fühle ich mich geradezu gezwungen, Ihnen rückhaltlos Aufklärung über dies Werk zu geben. Das ist dann meine dritte Befreiung. Zu diesem Zweck muss ich jedoch weit ausholen.

Mein Vater war der zeitweise recht berühmte, im Urteil der Kunstgeschichte allerdings herzlich unbedeutende Maler Peter Friedrich Carlsen. Er verlobte sich 1895 mit meiner lieben Mutter, von der ich Ihnen wohl viel erzählt habe. Kurz nach dieser Verlobung wurde er von einem befreundeten Hamburger Kaufmann, der viele seiner unsäglichen Bilder aufgekauft hatte, zu einer Schiffsreise in die Südsee eingeladen. Er nahm die Einladung an. Meine arme Mutter hat ihm sogar noch zugeredet! Denn er versprach, in einem halben Jahr wieder zurück zu sein.

Er ist nie zurückgekommen. Vierzehn Tage nach seiner Abreise merkte meine Mutter, dass sie mit mir schwanger war, brachte mich zur Welt, nannte mich Carl in Anlehnung an den elenden Namen meines Vaters. Sie zog mich auf und wartete jahraus, jahrein auf die Rückkehr ihres Verlobten. Aber er kam nicht wieder. Schickte keine Nachricht, keinen Brief. Nichts.

So wuchs ich auf im Hass gegen meinen Erzeuger, der mich selbst und noch mehr meine liebe Mutter so schrecklich betrogen hatte. Aber dieser Hass konnte kein Feld finden, denn mein Erzeuger war ja verschollen.

Es kam der Krieg, es kam der Nachkrieg. Es kam meine Zeit in Niedertannhausen. Ihre Versuche, mich zum Schreiben und Malen anzuhalten, weckten den alten Hass, schürten ihn noch. Dann starb meine Mutter. Als ich sie das letzte Mal lebend sah, bevor sie unheilbar krank in eine Klinik gebracht werden musste, vertraute sie mir etwas an. Ich glaube es Ihnen, verehrter Herr Doktor, schuldig zu sein, dies Geheimnis nunmehr zu lüften.

Im Jahre 1901, also sechs Jahre nach dem Verschwinden meines Erzeugers, bekam meine Mutter das erste und einzige Lebenszeichen von ihm. Es bestand aus einem kurzen Brief, aus dem zu entnehmen war, dass er auf der südpazifischen Inselgruppe der Karolinen lebe.

Und zwar mit den Eingeborenen! Dass er angeblich ein völlig neuer Mensch geworden sei. Dass er wieder male (er hatte damit aufhören müssen aus Gründen, die hier nichts zur Sache tun), und zwar so, wie er es zuvor nie gekonnt habe. Meine Mutter möge ihm verzeihen. Er käme nie wieder. Er habe sein Paradies gefunden.

Aber das war noch nicht alles. Denn die Sendung, die meine Mutter aus der Südsee erreichte, bestand im Wesentlichen aus einer zusammengerollten Leinwand, einem sogenannten Gemälde, das dieser elende Carlsen ihr schickte. In der Hoffnung, wie er schrieb, sie möge daraus ersehen, wie sehr er sich verändert habe. Dass er ausgerechnet dies Bild schicke, habe auch seinen Grund darin, dass er vor einem Krieg warnen wolle, in den seiner Meinung nach Europa laufen würde. Dieser Pazifist!

Meine Mutter hatte mir weder von dem Brief noch von dem Bild je erzählt; erst bei meinem letzten Besuch holte sie beides hervor und schenkte es mir. Dies Bild nun war, milde ausgedrückt, sehr eigentümlich, bestand es doch ausschließlich aus kurios verschachtelten grauen Flächen und Strukturen, aus denen man vielleicht mit einigem guten Willen eine Insel im Meer herauslesen konnte. Ich will hier nicht den Begriff entartet benutzen, da er vielleicht etwas zu weit ginge, aber dies Produkt meines Erzeugers war doch weit von allem entfernt, was ein echter Deutscher als schön empfinden kann. Da waren ja seine alten Schinken noch hohe Kunst – vergleichsweise.

Ich überlegte nach dem Tod meiner Mutter, ob ich es vernichten sollte, war auch nahe daran, es den Flammen zu überantworten. Schließlich hatte ich aber eine bessere Idee: Ich würde es übermalen, würde es zum Hintergrund dessen machen, was mich selbst beschäftigte. Und so nahm ich es dann mit nach Niedertannhausen, änderte an der grauen Fläche einiges, malte meine Flugzeuge darauf, übermalte das Signet des Herrn Carlsen, setzte mein eigenes ein. Nun war es mein Werk.

Es ist auch immer noch mein ureigenstes Werk. Ich habe aus den konfusen Abstraktionen meines Erzeugers, der in der Südsee unter den Wilden vollends den Verstand verloren haben muss, ein wahres Kunstwerk gemacht. Sein Bild habe ich damit vernichtet, auch die Erinnerung an ihn, sein Bild in mir. Sein Auge, das mich mein Leben lang verfolgte, verschloss ich auf ewig mit den Bildern meines Kampfes.

Die Anmaßungen des Peter Friedrich Carlsen, so etwas sei Kunst, diese Mischung aus Asphaltschmiererei und Negertum, brachte ich zum Schweigen. Meine Mutter rächte ich mit dieser genialen Idee. Ich selbst fand zu eigenem Künstlertum.

Und heute stehe ich an der Schwelle zu einem Zustand, der noch hoch über dem Künstlertum schwebt: Ich werde für Deutschland fliegen und kämpfen.

Heil und Sieg!
Carl Westermann, Hauptmann der Luftwaffe

München, 17.4.1967

Ich öffne diese Akte aufs Neue, obwohl der Patient Carl Westermann nie wieder etwas von sich hören ließ. Der ganze Fall war im Lauf der Zeit aus meiner Erinnerung verschwunden, bis ich vor einigen Tagen eine hochbedeutende Abhandlung Leo Navratils über *Sprache und Schizophrenie* las. Navratil zitiert zahlreiche Gedichte des schizophrenen Dichters Ernst Herbeck (der sich selbst Alexander nennt), Gedichte von schrecklicher, beunruhigender Schönheit.

Bei der Lektüre kamen mir natürlich verschiedene Erinnerungen an meine Zeit in Niedertannhausen. Das ist nicht verwunderlich. Seltsam ist jedoch, dass diese Erinnerungen, die erst vage waren und von einem Fall zum anderen sprangen, zusammenzuschießen schienen in dem Fliegerbild, das Carl Westermann damals gemalt zu haben vorgab.

Noch Wochen nach Westermanns Abreise dachte ich an den ungeheuren Eindruck, den das Gemälde damals auf mich gemacht hatte. Doch mir fehlten stets die Worte, um dies Bild auch nur annähernd adäquat zu beschreiben.

Aber einige der Gedichte Herbecks kommen dem Bild sehr nah, zumindest einer bestimmten Schicht. Fraglich bleibt, ob diese Schicht von Westermann oder von seinem Vater stammte. Natürlich gibt es überhaupt keine Bezüge zwischen Westermann und Alexander, doch ich hefte die betreffenden Texte dem Dossier bei – gewissermaßen als eine späte Annäherung an dies Gemälde.

das auge

das auge sieht fasst allüberrall hin
wo gott uns hingestellt hat
sehr schwer zu sehen den es ist zu

es siht sehr ellegant aus den es ist rund
oben die iris in der mitte das krön das pupillenloch
ist entweder weiss oder grau
ist rund in der höhle der augenhölle der oorhang
die Augen sind nur zum sehen da und der sieght
verliert das haar und das ist weiss.

Schwarz

Schwarz ist der Tag
Täglich sehe ich Schwarz
Schwarz ist der Tod.
Schwarz ist auch dunkel der Tag.
Schwarz ist auch dumm.
Schwarz ist der Farbe hell es Gold
Schwarz ist auch dunkel.

weiß

weiß ist der Schnee. Weiß ist das Eiweiß.
weiß ist der Tote nicht, weiß sind die Karpfen.
weiß ist der Anzug, weiß sind die Blumen.
weiß ist der Ton der Farbe. Weiß sind die Russen.
weiß ist schön, weiß sind die Fische
weiß bleierne Eier, weiß sind die bleiernen Eier
weiß ist sehr gut. so manches Ei ist weiß.
weiß ist nicht schwarz.
weiß ist nicht hell.
weiß ist auch nicht blau.
weiß ist der himmel.

Grau

Die Farbe der Ehre ist sonst grau,
grau ist im Rock im Heere war.
grau gemischt mit grün,
grau war auch die Maus,
grau ist schön,
grau ist jede Uniform.
grau ist die Seide
Die graue Ahnung
für jeden Soldatenrock
Die graue Farbe und ein Nock

»Während eines Italienurlaubs ersteht ein reicher, aber nicht eben kunstverständiger Amerikaner für eine hohe Summe in einem Antiquitätenladen ein Ölgemälde. Der Händler verkauft ihm das Stillleben als angebliches Meisterwerk eines Renaissancekünstlers. Zurück in den USA gibt der stolze Besitzer das leicht verschmutzte Bild einem Restaurator zum Reinigen. Eine Woche später ruft der Restaurator bei ihm an und sagt: ›Das Stilleben ist abgewaschen; die klassizistische Landschaft, die darunter war, auch. Dann erschien eine Madonna mit Kind. Und jetzt kommt langsam Mussolini zum Vorschein. Soll ich weiterwaschen?‹«

Nur Wuttke selbst lachte lauthals über den alten Witz, den er soeben Edith und Jessen zum Besten gegeben hatte. Die drei saßen im Hinterzimmer von Wuttkes Laden. Das Bild lehnte vor ihnen an der Wand. Edith versuchte zu schmunzeln, Jessen blickte betreten vor sich hin, fürchtete er doch, Wuttkes Witz könne durchaus Wirklichkeit werden, machte man sich nun ans Abwaschen der Schicht, die Carl Westermann angeblich auf das Gemälde seines Vaters aufgetragen haben wollte.

Jessen hatte das Dossier des Dr. Domcik gelesen und es dann an Edith Gärbels weitergegeben, die von der Wendung der Dinge ebenso überrascht war wie Jessen selbst. Aus Lexika, Handbüchern, aus allen verfügbaren Nachschlagewerken und Quellen hatte sie zusammengetragen, was die Kunstgeschichte über den Maler Peter Friedrich Carlsen wusste und zu sagen hatte, und die Summe dieser recht ergiebigen Informationen hatte sie sich notiert. In Hamburger Museen waren Werke Carlsens nicht ausgehängt; soweit das feststellbar war, zeigte überhaupt kein Museum der Welt mehr Werke dieses Malers. Allerdings war nicht auszuschließen, dass einige Bilder Carlsens zusammengerollt und verpackt in Archiven und Magazinen vor sich hindämmerten. Als anschauliche Kostproben der Malerei dieses Mannes hatte man fürs Erste lediglich einige schlechte, bereits vergilbte Schwarz-Weiß-Reproduktionen aus der Zeit um die Jahrhundertwende auftreiben können, die allerdings ausreichten, erhebliche Zweifel an der Wahrheit der ganzen Geschichte aufkommen zu lassen.

Dennoch hatten sie beschlossen, das Bild abzuwaschen, sich zu diesem Zweck bei Wuttke getroffen und ihm erzählt, was sie inzwischen erfahren hatten. Wuttke hatte ein übers andere Mal ungläubig den Kopf geschüttelt und energisch behauptet, das sei doch pure Fantasie, schließlich aber den Witz erzählt, wohl um sich selbst von der Spannung zu befreien, die auch ihn fiebrig erfasst hatte.

Edith holte nun die Notizen heraus, die sie sich über Peter Friedrich Carlsen gemacht hatte, und las sie Wuttke und Jessen vor.

»Carlsen, Peter Friedrich.

Wurde 1841 in Eutin geboren, als Sohn des aus Dänemark stammenden Druckers und Buchillustrators Søren Carlsen und dessen Frau Marta, einer gebürtigen Münchnerin. Nach dem frühen Tod ihres Mannes im Jahr 1847 zog Marta Carlsen mit ihrem Sohn wieder nach München zurück.

Peter Friedrich Carlsen besuchte dort das Gymnasium

und fiel seinen Lehrern früh durch großes, zeichnerisches Talent auf. Seine Begabung wurde von der Mutter mit Nachdruck gefördert. Von 1860 an besuchte Carlsen die Münchner Kunstakademie. Im spätromantischen Stil entstanden seine Frühwerke, Genrebilder, Motive aus Märchen und deutscher Mythologie, wohl stark unter dem Eindruck Ludwig Richters.

Seit etwa 1865 hatte der junge Carlsen mit seinem harmonisierenden, idealisierenden Realismus große Erfolge beim Münchner Publikum und kam rasch zu Erfolg, Ansehen und Reichtum. Er war ein Modemaler der sogenannten guten Gesellschaft, porträtierte zahlreiche Damen und Herren des Großbürgertums und des Adels. Daneben malte er diverse Landschaften, wobei er Hochgebirgsmotive im Großformat bevorzugte, auch einige Marinestücke. Diese Riesenschinken fanden reißenden Absatz, sodass Carlsen die Nachfrage kaum befriedigen konnte.

Gegen Ende der Sechzigerjahre wandte er sich verstärkt historischen und besonders militärhistorischen Motiven zu. Es entstanden in dieser Phase die Kolossalgemälde *Der Alte Fritz bei Leuthen,* 1866, *Blücher bei Waterloo,* 1867, *Die Schlacht im Teutoburger Wald,* 1868, *Wallenstein im Felde,* 1869, und *Erstürmung der Düppeler Schanzen,* 1870, eine Szene aus dem Deutsch-Dänischen Krieg, an dem Carlsen aber gar nicht teilgenommen hatte.

Längst war sein Ruhm über München hinausgedrungen. Spätestens mit dem Ankauf des Alten-Fritz-Bildes und der Düppeler Schanzen durch den preußischen Königshof galt der inzwischen erst Dreißigjährige als einer der erfolgreichsten Maler Deutschlands. Nach dem Tod seiner Mutter bezog Carlsen 1866 eine fürstliche Villa am Starnberger See, wo er mehrere Lehrlinge, Schüler und Gehilfen beschäftigte, die vermutlich an der Ausführung seiner Monumentalgemälde mehr gearbeitet haben als der Meister selbst. Carlsen gefiel sich in der Rolle eines königlichen Malers, eines Kunstfürsten. Er soll weithin berühmte Gesellschaften veranstaltet haben, orgiastische Kostüm- und Atelierfeste, auf denen mit Vorliebe schwül-erotische Arrangements lebender Bilder gestellt wurden. Bekannt war auch sein enormer Bedarf an stets wechselnden weiblichen Modellen.

Bei Ausbruch des Deutsch-Französischen Krieges 1870 wurde er auf Vorschlag des Königs vom preußischen Generalstab eingeladen, als offizieller Schlachtenmaler des Hofes die Kampagne zu begleiten und entsprechend zu glorifizieren. Während des Feldzugs fertigte er auch zahlreiche Skizzen an, aus denen aber lediglich zwei ausgeführte Werke entstanden, und zwar die Gemälde *Moltke vor Metz* sowie *Kavallerieattacke bei Sedan.* Carlsen selbst wurde durch einen unglücklichen Zufall während der Schlacht von Sedan so schwer am rechten Arm verletzt, durch den Splitter eines Blindgängers, dass der Arm Ende 1871 amputiert werden musste. Seitdem hat er keine eigenen Bilder mehr gemalt; wahrscheinlich sind bereits die beiden Bilder aus dem Krieg von seinen Schülern ausgeführt worden. Er wurde aber mit Ehrungen überhäuft und zum Präsidenten der Berliner Malakademie bestellt. Seit 1873 hat er dem akademischen Betrieb vorgestanden. Doch 1880 ist er freiwillig aus diesem Amt ausgeschieden, ohne Angabe von Gründen.

Er zog sich wieder an den Starnberger See zurück und galt seitdem als menschenscheu und sonderbar. Vermutlich hatte ihn der Verlust seines Armes und damit seiner Schaffenskraft tief deprimiert und verändert. Sein weiteres Schicksal liegt im Dunkeln. Während der Achtzigerjahre soll er mehrere Reisen nach Paris gemacht und sich dort für den Impressionismus begeistert haben, was überraschend ist, hatte doch diese Malweise mit seiner eigenen überhaupt nichts zu tun. Mitte der Neunzigerjahre soll er sich dann auf eine Reise in den Pazifik begeben haben, von der er nie zurückkehrte. Sein Todesdatum ist nicht bekannt, ebenso wenig sein Aufenthaltsort während seiner letzten Lebensjahre. Verheiratet war er nicht, hatte also auch keine Kinder, zumindest keine ehelichen. Carl Westermann wäre sein einziger Sohn.

Und was Carlsens Nachruhm betrifft, gibt es wenig bis gar nichts zu sagen. Seine Art zu malen war im Grunde schon überholt, während er malte; bestenfalls war er ein Epigone der alten Meister, aber das wäre noch schmeichelhaft. Im Dritten Reich sind noch ein paar Mal seine gigantischen Kriegsbilder entmottet und aufgehängt worden. Sie passten in die Kunstvorstellungen der Machthaber.

Man tut Carlsen durchaus nicht unrecht, wenn man sagt, dass er, an Maßstäben der Kunstgeschichte gemessen, wohl eine epochentypische Erscheinung war, doch heute völlig uninteressant und unbedeutend ist.«

Die drei sahen sich fragend an.

»Und dieser Schlachtenpinsler soll den grauen Grund gemalt haben, der hier überall hervorschaut?«, zweifelte

Wuttke und kratzte sich die Glatze. »Wenn wir jetzt die Flieger seines Sohnes abwaschen, der Apfel fiel ja nicht sehr weit vom Stamm, dann zerstören wir vielleicht Westermanns Bild. Es ist zwar nur bedingt ein Meisterwerk, aber inzwischen hat es doch wenigstens für uns persönlich allerlei Bedeutung gewonnen. Ich weiß wirklich nicht, ob wir das riskieren sollen. Wer sagt uns denn, dass die Geschichte stimmt, die der doch ganz zweifellos irre Westermann an den Dr. Domcik geschrieben hat?«

»Klar ist aber doch«, gab Jessen zu bedenken, »dass Carlsen offenbar in den Pazifik gefahren ist. Das deckt sich immerhin mit Westermanns Version. Doch! Wir müssen es tun. Die Flieger müssen weg. Sie haben immer gestört. Sie sind falsch. Sie gehören nicht auf das Bild.«

»Also gut«, sagte Wuttke. »Mir ist es im Grunde egal. Komisch bloß, dass ich damals, als ich das Rote Kreuz abgewaschen hab, nichts bemerkt habe.«

»Das ist wahrscheinlich eine ganz anders lösliche Farbe gewesen«, vermutete Edith.

»Allerdings. War ganz billige Ölfarbe. Kein Künstleröl. Das ging ja ab wie Wasserfarben.«

Wuttke machte sich nun mit äußerster Vorsicht an die Arbeit. Er setzte die Lösungsmittel direkt am Monogramm C.W. an, das doch, wenn überhaupt, nur von Westermann stammen konnte. In wässrigen Streifen schlierte das feurig satte Rot der Flugzeuge dem Rahmen entgegen, von Wuttke mit Spezialwatte emsig aufgetupft, damit es nicht in tiefere Schichten einsickern konnte.

»Da ist tatsächlich eine zweite Schicht drunter«, murmelte Wuttke heiser. »Völlig andere Farbe, schon von der Konsistenz her. Komisches Zeugs, das.«

Unterschiedliche Farbstoffe, das wussten die drei, beeinflussen immer auch den Ausdruck der Form. Farbstifte, Farbkreiden, Farblösungen, Farbpigmente, gelöst in Wasser, Leim, Öl oder Kunstharzen, können eine glatte, raue, matte oder glänzende Oberfläche geben.

»So was hab ich noch nie gesehen. Es ist so seltsam stumpf. Und doch leuchtet es. Leuchtendes Grau sozusagen.« Wuttke staunte. »Und auch der Farbauftrag ist mir unklar. Malen, Spachteln, Spritzen, Bedrucken, Beschichten, alles schon mal dagewesen, alles möglich. Aber dies? Na, es scheint wohl doch gemalt. Sehr, sehr feine Pinselstriche aber, wie genadelt. Seht euch doch bloß mal diese Flächen und Strukturen an.«

Tatsächlich waren an allen Stellen, die Wuttke freigelegt hatte, ähnliche Strukturen erschienen, die bereits an einigen Punkten sichtbar gewesen waren und die sie bislang für die abstrahierende Andeutung von Wolken des Himmels gehalten hatten: rasterartige Formen in sämtlichen Schattierungen des Graus zwischen Schwarz und Weiß, prismatisch gegliederte Gebilde, aus denen das gesamte Bild zusammengesetzt war, geometrisch, doch zugleich organisch, streng geordnet, doch zugleich chaotisch, als löse sich Ordnung zu etwas anderem auf, als fiele etwas zu nichts zusammen, abstrakt.

Aber je mehr Wuttke bloßlegte von diesen grauen Flächen, je mehr das Rot der Flieger verschwand und heftige graue Übermalungen des Hintergrundes sich verflüchtigten, desto ähnlicher wurde die ganze Komposition einer extrem stark verfremdeten Seelandschaft. Im Zentrum lag oder schwamm, kühn angedeutet, offenbar Land, vielleicht eine Insel, vielleicht wollten einzelne steile Striche von Palmen sprechen, darüber, zu zwei Dritteln des Bildes, ein Himmel, darunter, an die Horizontlinie stoßend, Wasser. Das Ganze war ruhig, gleichwohl durchdrungen von einer Stimmung überstandener Erregung, die noch nachzurieseln schien auf die Formen und Grautöne. Turmartige Wolken schienen angedeutet.

Aber waren es Wolken? War das überhaupt eine Insel? War das Wasser? War das Himmel?

»Hier«, rief Wuttke jetzt triumphierend, »ein Signet! Unten links, unter dem letzten Rest des abstürzenden Fliegers. Da! Da haben wir's. *PFC Ponape 1900.*«

»Es stimmt«, stammelte Jessen. »Es stimmt wirklich. PFC, das ist …«

»Peter Friedrich Carlsen«, ergänzte Edith. »Aber was heißt Ponape?«

»Das muss in der Südsee liegen«, rief Jessen. »Das ist der Ort.«

»Unglaublich, wirklich unglaublich«, sagte Wuttke, der nun mit dem Abwaschen fertig war. »Und jetzt hol ich uns erst mal ein Fläschchen Schampus. Das will doch gefeiert sein.«

Sie stießen an, tranken schweigend, sahen wortlos auf das Bild, das freigelegt vor ihnen stand. Es wirkte immer noch beunruhigend, in gewisser Weise sogar noch beunruhigender als mit den Flugzeugen, war doch nun die Drohung, die aus dem Bild zu sprechen schien, abstrakter geworden, unfassbarer. Sie konnte alles meinen. Und dennoch verstrahlte das wohlbehandelte Helldunkel all dieser ineinanderfließenden, ineinander verschachtelten Flächen und Strukturen in seiner Farblosigkeit eine Art Behagen. Der Schrecken war da, doch war er gebannt, gebannt von der Hand eines Meisters.

Das gleichzeitige Gewahrwerden des Ganzen, das vom Auge auf dem mit den Fliegern übermalten Bild nur in einer ständig wechselnden Folge gesucht und nie recht festgehalten werden konnte, war hier wie selbstverständlich gegeben. Da war ein Eindruck, stark und tief, schrecklich und schön.

Das Bild hob sich von der weißen Raufasertapete ab. Plötzlich stand Wuttke auf und schob eine große schwarze Pappe zwischen Wand und Bild. Nun erschien das Grau viel heller als vorher auf dem weißen Grund.

»Was soll das?«, fragte Jessen.

»Weiß nicht.« Wuttke zuckte die Schultern und nahm die Pappe wieder fort. »War nur so eine Idee.«

Sie schwiegen. Jessen *sah,* was Wuttke gemeint haben mochte, aber er begriff es nicht. Er sah die ewige Formel in diesem Wechsel des Hintergrunds von Weiß zu Schwarz und zurück, auf dem das Grau sich ändernd stand: Wie dem Auge das Dunkle geboten wird, so sehnt es sich nach Helligkeit, fordert jedoch das Dunkel, wenn man ihm Helles entgegenbringt. Er erlebte in diesen Augenblicken die Lebendigkeit des Sehens und dessen Art, das Gesehene zu fassen, indem es etwas, das dem Gesehenen entgegengesetzt ist, an sich selbst hervorbringt.

»Ponape also«, sagte Wuttke in die Stille und holte einen Atlas.

Sie stellten fest, dass Ponape eine Insel im westlichen Teil des Karolinen-Archipels war, der wiederum den südlichen Teil der mikronesischen Inselwelt bildete.

»Also Ponape«, wiederholte Jessen und legte seinen Zeigefinger auf den winzigen Punkt unter vielen winzigen Punkten im großen Blau des Stillen Ozeans.

»Da fahren wir hin«, sagte Edith lachend und umarmte erst Wuttke, dann Jessen.

Ihre Umarmungen fühlen sich matt an, leblos. Sie greift nicht nach mir, sondern streckt die Hände nur nach dem Bild aus. Warum eigentlich, fragte er sich und bestellte einen weiteren Cognac, muss Edith überhaupt mit nach Ponape?

War es nicht sein Bild, um das sich alles drehte? Sein persönliches, sein sehr persönliches Eigentum? Hatte sie sich nicht einfach hineingedrängt in diese Geschichte? Was überhaupt ging sie das alles an? Er hatte schon immer einmal in die Südsee gewollt. Warum also nicht jetzt und mit diesem erregend konkreten Ziel? Auf Edith konnte er gut verzichten.

Ich fahre allein, dachte er trotzig. Und ich betrinke mich allein.

Der Cognac funkelte golden im Glas. Schlieren liefen abwärts. Er musterte die Flaschen, die hinter der Theke aufgereiht standen. Seltsam, dass die meisten Flaschen grün waren. Grün wie Inseln. Natürlich, mit Edith auf eine dieser Inseln fahren, mit ihr im Sand liegen. Dort würde sie auftauen, würde nicht dies kühle Gehabe an den Tag legen wie in der Pension.

Ob in diesen Flaschen eine Ordnung war? Oder standen sie nur zufällig in der Reihenfolge, in der sie standen? Bildeten sie nicht ein stets wiederkehrendes Muster, eine Struktur wie diejenige, die auf dem Bild, sah man genau hin, mehrfach variiert war?

Ja, mit Edith auf dieser Insel. Und die einzigen Menschen dort. Ein Traum? Alles vielleicht nur ein Traum, diese ganze verwickelte Geschichte, die er einem Wollknäuel gleich, einem Ariadnefaden im Labyrinth der Menschen und Zeiten, die mit dem Bild umgegangen waren oder das Bild umhergetrieben hatten oder umhergetrieben worden waren von den Wirkungen des Bildes, dieses elenden Bildes, diese Geschichte, die ausgerechnet er aufzuwickeln begonnen hatte. Wo hatte das angefangen?

Vielleicht will ich gar nicht weiter. Was geht mich Peter Friedrich Carlsen an? Nichts. Was das Bild? Was mich wirklich angeht, das ist meine Arbeit. Kathie. Die konnte glücklich sein in diesem schwebenden Zustand der Indifferenz. Durch die Tage leben, dahinleben.

Die Geschichte des Bildes als Bildergeschichte erzählen? Lächerlich. Er hatte einmal eine Idee gehabt. Da war er ebenso betrunken gewesen wie in dieser Nacht. Ferner und ferner rückte die Idee. Nur gelegentlich, wenn er sich über Automarken, Schokoladenriegel oder Damenbinden beugte, um deren Vorzüge optisch anzupreisen, sah die Idee ihm leise mahnend über die Schulter. Lästig. Ein Glas Cognac auf die Idee.

Selbst der Wunsch, in die Südsee zu fahren, um dort Urlaub zu machen, allein, mit diesem Mädchen, das ihn schon den ganzen Abend lang anlächelte, warum nicht mit ihr?, aber auch mit Edith, ja doch – aber nein, selbst dieser Wunsch wurde vage, wusch aus. Im vorigen Jahrhundert, zu Zeiten dieses Carlsen, mochte das Weit- und Vielgereistsein vielleicht noch für vornehm gelten und ein Leben, dessen Abenteuer sich zwischen Wiege, Bett und Bahre abspielten, für spießig. Heute aber, dachte er an diesem Morgen, der bleich in der Kneipentür stand, angesichts des Massentourismus, den er hasste und dem er doch selber verfiel, könnte es ein Zeichen wahrer Kultiviertheit sein, wieder mit dem Finger auf der Landkarte zu reisen oder eingebildet in Bildern, Büchern, Waldgängen, in kreativer Produktion. Denn wohin immer wir Europäer unsere Schritte lenken, wächst bald kein Gras mehr.

Reisen konnte er am Ende besser in dem Bild, ohne sein letztes Geheimnis gelüftet zu haben. Würde es nicht an Interesse verlieren, würde seine widersprüchliche Schönheit nicht in sich zusammenfallen wie nichts, wüsste man wirklich, woher es kam, was es zeigte und warum es gemalt worden war? Er freute sich an dem Besitz des Bildes, weil es zu ihm in einer Sprache redete, von der er einige Brocken kannte, die aber ihre reizende Fremdheit behielt und damit unverbindlich blieb, ganz so wie das Mädchen, das die ganze Nacht darauf gewartet hatte, dass er sagen würde: Gehn wir zu dir, das er, als sie miteinander schliefen, Edith nannte und in deren Bett er schweren Schädels erwachte, allein, denn sie war längst zur Arbeit.

Das war Anfang Mai. Erste Sommerahnungen keimten, weil ein frühes Azorenhoch über dem Kontinent überraschend an Stabilität gewann.

Als Edith anrief, hörte er sie freundlich an, sagte aber, er verspreche sich von der Sache kaum noch etwas, und fragte leicht indigniert, warum denn nun noch mehr Leute hineingezogen werden sollten, dazu solche mit quasi offiziellem Charakter.

Denn Edith hatte während der vergangenen Wochen vorsichtig damit begonnen, ihren Chef, den Museumsdirektor, einen gewissen Professor Stofkind, für die Geschichte zu interessieren – mit dem Hintergedanken, wie sie Jessen verriet, das Museum könne, eventuell unterstützt von der Kulturbehörde, Mittel bewilligen, mit denen die weiteren Recherchen in der Südsee zu finanzieren seien.

»Der Mann ist zwar misstrauisch, will sich aber doch das Bild wenigstens einmal ansehen, und wir müssen ihm alles erzählen, was bisher passiert ist, was wir wissen. Ich hab ihm bislang nur Andeutungen gemacht. Also, was ist?«

Jessen willigte achselzuckend ein. Warum auch nicht? Wenn auf diese Weise ein kostenloser Urlaub heraussprang, zumindest für Edith, sollte es ihm recht sein.

Eine Woche später erschien sie in Begleitung des dürren Professor Stofkind bei Jessen, der zuvor das Bild abgehängt und gegen die Wand gedreht hatte. Erst musste der Mann sich die Geschichte anhören, dann sollte er sehen. Plötzlich erwachte in Jessen wieder Spaß an der Sache. In Gedanken rieb er sich die Hände, als er den verknöcherten Museumsmann musterte.

Edith stellte vor.

»Herr Jessen ist …«, sie zögerte, »Grafiker.«

»Werbegrafiker«, sagte Jessen akzentuiert und freute sich fast, als Stofkinds Augenbrauen missbilligend in die Höhe gingen. Jessen bat, Platz zu nehmen, bot Getränke an. Stofkind nahm Mineralwasser.

Jessen, der sich eigentlich vorgenommen hatte, stichwortartig nur das Allernotwendigste zu erzählen, fand Gefallen daran, den trockenen Stofkind mit der abenteuerlichen Geschichte des Bildes zu verblüffen, schob Details ein, erfand dramatische Wendungen, wurde, während er sprach, fast enthusiastisch. Die alte Erregung kam zurück.

Warum? fragte er sich, als er einen Schluck Wein trank. Weil ich erzähle, wusste er die Antwort sogleich, und wieder kehrte Leben ins Bild und in die Ringe des Wissens und Erinnerns, die als erzählte wahr waren und unsichtbar um das Bild abgelagert lagen.

Stofkind verzog keine Miene im strengen Gesicht, trank hin und wieder mit spitzen Lippen winzige Schlucke Mineralwasser, hielt Arme und Beine eng übereinandergeschlagen. Die ganze Ausstrahlung des Mannes sagte nur eins: Ich glaube kein Wort.

Als Jessen mit seinem Bericht fertig war, verlas Edith, was sie über Carlsen in Erfahrung gebracht hatte, und wies besonders auf die Tatsache hin, dass auch die offiziellen Quellen ausdrücklich von Carlsens Verschwinden im Pazifik berichteten.

Stofkind sagte einige Sekunden lang gar nichts. Dann setzte er sich kerzengerade im Sessel auf und sprach mit dünner Stimme:

»Karolinen-Inseln sagen Sie? Südsee, nicht wahr? Sie haben wohl beide zu viel Romane gelesen, was? Somerset Maugham, der hat sich auch einmal so was aus den Fingern gesogen. Sie wissen schon, Gauguin. Südsee. Karolinen-Inseln, also, ich bitte Sie.« Er schüttelte den Kopf. »Liebe Frau Gärbels, Sie kennen doch das Karolinen-Viertel in Hamburg, nicht wahr? Da können Sie meinetwegen hinfahren und Denkmalschutz treiben. Vor Ort. Karolinen-Inseln. Warum denn nicht gleich Tahiti? Oder gar Samoa? Soll ja auch sehr schön sein.« Stofkinds Stimme wurde schneidend. »Und außerdem, wenn es da wirklich was zu entdecken gäbe, wäre das längst passiert. Nein, nein und nochmals nein. Meine liebe Frau Gärbels«, an Jessen sah Stofkind gezielt vorbei, »Hirngespinste sind das, Fantastereien. Carlsen. Der Olle-Fritz-Carlsen, unser guter, alter Schlachten-Carlsen! Ha ha ha. Das ist doch wirklich, also das ist … Entschuldigen Sie, wenn ich lache. Das ist ja so ähnlich, als wenn Sie behaupten wollten, der Hermann Löns hätte einen Roman nachgelassen vom Kaliber eines, sagen wir mal James Joyce meinetwegen. Oder was auch immer. Der olle Carlsen. Ausgerechnet der, auf den Karolinen-Inseln, ja? Und dann: Was war das doch noch gleich mit der Prinzhorn-Sammlung? Die Geschichte, die der Herr Jansen …«

»Jessen«, verbesserte Jessen und verkniff sich ein Lachen.

»Ja, schon recht. Die Geschichte, die er erzählt hat, die scheint mir, mit Verlaub, selbst eher ein Dokument des Herrn Prinzhorn zu sein. Verzeihen Sie die Spitze«, er verbeugte sich steif gegen Jessen, der lächelnd abwinkte.

So unrecht hatte der Mann nicht. Wer wollte, wer konnte das glauben?

»Also wirklich, meine liebe Frau Gärbels. Sie sind als Museumspädagogin eingestellt, nicht als, wie soll ich sagen, als Märchentante. In zwei Wochen eröffnen wir die große Dürer-Ausstellung. Müssen Sie dafür nicht auch noch Ihre Führung vorbereiten?«

Edith, die blass geworden war, wollte offenbar ein paar Worte der Verteidigung an Stofkind richten, doch der hatte sich bereits erhoben.

»Besten Dank für Ihre, nun ja, Erzählungen. Sehr talentiert. Es war mir ein …«

»Wollen Sie sich denn nicht wenigstens das Bild einmal anschauen?«, fragte Jessen gemütlich.

»In Gottes Namen. Zeigen Sie's her. Ich kenn doch Carlsen. Den haben wir auch noch quadratmeterweise im Magazin.«

»Bitte sehr«, sagte Jessen, stand auf und drehte das Bild um.

Stofkind, der etwa fünf Meter davon entfernt stand, verharrte einige Augenblicke regungslos und starrte mit immer noch gleichgültiger Miene auf das Gemälde. Dann machte er einige zögernde Schritte darauf zu, verschränkte die Arme vor der Brust, legte den Zeigefinger der rechten Hand an den linken Nasenflügel, trat wieder zwei Schritte zurück und zückte schließlich eine Brille aus der Jacke.

»Nun ja«, er räusperte sich verhalten. »In der Tat …«

Er ging sehr dicht heran, schüttelte mit dem Kopf, ließ sich auf die Knie nieder, näherte sein Gesicht der Leinwand, als wolle er sie küssen.

»Aber bitte nicht beschädigen«, sagte Jessen und kniff Edith gegenüber ein Auge zu.

»Um Gottes willen, nein! Wo denken Sie hin, junger Mann? Das ist aber wirklich, wie soll ich sagen …? Haben Sie vielleicht mal eine Lupe da?«

Jessen reichte ihm seine Zeichenlupe, mit der Stofkind nun quadratzentimeterweise über die graue Fläche fuhr.

»*PFC Ponape 1900*«, las er halblaut das Signet. »In der Tat. Aber das kann doch unmöglich Carlsen gemacht haben. Das ist doch ein Gemälde aus einer gänzlich anderen Epoche. Fast Feininger, möchte ich sagen. Und noch darüber hinaus. Das ist ja schon beinah monochrom. Seltsame Farbe übrigens. Beziehungsweise gar keine Farbe … sondern … verblüffend. Ganz exzeptionell. Ein Meisterwerk. Zweifellos. Aber Carlsen? Nun, ich wiederhole mich.«

Stofkind ließ sich in den Sessel fallen, wandte aber seine Augen nicht von dem Bild ab.

»Vielleicht ist ja doch etwas dran an der Geschichte«, sagte er dann wie entschuldigend. »Haben Sie sonst noch, äh …«

»Beweise?«, legte ihm Jessen das Wort in den Mund.

Stofkind nickte geistesabwesend.

»Aber bitte doch«, sagte Jessen, zog das Dossier des Dr. Domcik hervor und reichte es Stofkind. »Und wenn Sie noch die Anschrift von Herrn Wuttke und Frau Ansfeld brauchen …«

»Nein, nein«, der Professor winkte fast erschrocken ab. »Ich bitte Sie. Das Bild ist über jeden Zweifel erhaben, als Kunstwerk, meine ich. Aber Carlsen? Das ist einfach nicht möglich.«

»Und nun?«, fragte Edith. »Was gedenken Sie nun zu tun?«

»Nun ja.« Stofkind rieb sich den Nacken. »Man muss der Sache natürlich auf den Grund gehen. Ich werde jedenfalls erst mal das Bild an mich nehmen und …«

Jessen brach in lautes Gelächter aus. Stofkind sah ihn irritiert an.

»Verzeihen Sie, Herr Professor. Das ist *mein* Bild.«

»Selbstverständlich«, beeilte sich Stofkind. »Das steht ja außer Zweifel. Ich meine nur, dass es natürlich im Interesse der Wissenschaft wäre, wenn ein Experte …«

»Frau Gärbels ist doch wohl auch Expertin, oder?« Jessen hob die Stimme.

Stofkind wand sich nervös im Sessel.

»Zweifellos, durchaus. Eine sehr geschätzte Mitarbeiterin. Jedoch handelt es sich hier vermutlich um einen aufsehenerregenden Fund, sodass ich meinen möchte …«

»Nun passen Sie mal auf, verehrter Herr Professor. Ich bin ein schlichter Werbegrafiker, der nur wenig von Kunstgeschichte versteht. Aber dies ist mein Bild. Und es interessiert mich. Und zwar interessiert es mich auf eine Art und Weise, die Ihnen wahrscheinlich ganz fremd vorkäme, könnte ich Ihnen auch nur annäherungsweise beschreiben, was das Bild mir bedeutet, wie es auf mich wirkt. Ich mache Ihnen folgenden Vorschlag. Frau Gärbels und ich reisen auf die Karolinen-Inseln, nach Ponape, und forschen dort nach, was es mit Carlsen auf sich hat. Der Mann muss dort Spuren hinterlassen haben. Ich werde das aus eigener Tasche bezahlen, sozusagen zu meinem Privatvergnügen. Aber die Unkosten, die Frau Gärbels entstehen, die tragen Sie beziehungsweise Ihre Institution. Frau Gärbels recherchiert dann in Ihrem Auftrag. Und wenn dann dabei etwas herauskommt, fällt doch auch auf Ihr Museum ein sehr gutes Licht, nicht wahr? Und auf Ihre persönliche Aufgeschlossenheit ebenfalls.«

»Nun ja, gewiss«, murmelte Stofkind. »Ich wäre prinzipiell auch dafür. Frau Gärbels weiß, wie aufgeschlossen ich der ganzen Angelegenheit von Anfang an gegenübergestanden habe. Sehen Sie, ich würde mich natürlich gern selbst um die Sache kümmern. Andererseits, da haben Sie nicht unrecht, dass Ihnen und Frau Gärbels ein gewisser Vortritt …«

Edith und Jessen lächelten ihn an.

»Also, sei's drum. Hic Rhodos, hic salta«, sagte Stofkind geradezu energisch. »Ich werde sehen, ob sich das finanzieren lässt. Natürlich muss ich mich erst noch einmal vergewissern, wie das mit Carlsen war. Darf ich das Dossier an mich nehmen, leihweise, versteht sich?«

»Aber bitte zurückgeben«, sagte Jessen und hob mahnend den Zeigefinger.

»Selbstverständlich doch. Und das Bild, das dürfte ich dann wohl nicht …«

»Das Bild bleibt hier«, bestimmte Jessen fest.

»Verstehe.« Stofkind nickte enttäuscht. »Ich werde Ihnen in den nächsten Tagen das Dossier zurückgeben. Vielleicht müsste ich dann auch das Bild eingehender analysieren?«

»Aber gerne«, nickte Jessen großzügig. »Sie sind mir stets willkommen, Herr Professor.«

Stofkind verabschiedete sich mit einem flauen Händedruck, presste das Dossier gegen seinen Körper, sah noch einmal fasziniert auf das Bild und verließ kopfschüttelnd die Wohnung.

»Wir haben ihn, wir haben ihn«, jubelte Edith und fiel Jessen um den Hals. »Das hast du großartig gemacht.«

Er drückte sie an sich, sie löste sich nicht von ihm. Er spürte ihren Körper an seinem. Das war ein Versprechen.

»Das ist nicht mein Verdienst. Das hat das Bild gemacht. Der Mann war ja hin und weg.«

»Meinst du wirklich, dass das klappt?«, sagte Edith mit ungläubigem Unterton in der Stimme. »Wir fahren in die Südsee?«

»Du also und ich. Wir beide.«

Sie schien einen Moment zu überlegen, sah an ihm vorbei, zum Fenster hinaus in den zu frühen Sommerhimmel.

Er machte einen Schritt auf sie zu, streckte seine Hände nach ihr aus.

»Nein. Nein. Ich muss jetzt gehen. Ich ruf dich an. Oder du mich.«

Dann war sie fort. Lange noch hing ihr Duft im Raum, ihr Duft, den er schon lange kannte.

In aller Herrgottsfrühe, Jessen lag noch im Bett, rief Stofkind zwei Tage später an und bat, vorbeikommen zu dürfen, um sich eingehender mit dem Gemälde zu beschäftigen. Er erschien mit einer schwarzen, prall gefüllten Aktentasche, fragte rhetorisch, ob er auch nicht störe, worauf Jessen ihm anbot, erst mal mit ihm zusammen zu frühstücken.

»Danke, danke«, wehrte der Professor ab, »ich habe bereits«, nahm dann aber doch noch zwei Tassen Kaffee und ein Brötchen zu sich, während dessen Verzehr er berichtete, dass er veranlasst habe, die im Magazin des Museums lagernden Gemälde Carlsens zu entmotten. In einigen Tagen seien sie in seinem Büro zu besichtigen.

»Selbstverständlich unter strengster Geheimhaltung. Privatissime sozusagen. Nur Sie, Frau Gärbels und meine eigene Wenigkeit. Man hat ja auch einen Ruf zu verlieren. Ich meine, falls sich die ganze Sache als Windei entpuppen sollte.« Er rieb sich nervös die Hände. »Können wir dann?«, fragte er mit mühsam gezügelter Ungeduld.

»Gern, ich habe auch eine Menge zu tun«, sagte Jessen und führte Stofkind zu seinem Zeichentisch, auf dem Layout-Entwürfe für einen Vitamintrunk namens *Bioquell* lagen. »Interessant«, heuchelte Stofkind durchsichtig. »Wenn ich aber nun lieber doch das Bild …«

»Bedienen Sie sich.« Jessen deutete auf das Gemälde.

Der Professor zog sich einen Stuhl heran, stellte die Aktentasche neben sich, zog allerlei Lexika und ein Notizbuch nebst Stiften heraus, erbat nochmals die Lupe, »falls Sie sie entbehren können bei Ihren, äh, Gestaltungen«, und ging dann, ebenso wie Jessen, der alle Früchte dieser Erde in eine Flasche *Bioquell* fließen ließ, schweigend seiner Arbeit nach.

Jessen empfand die Situation als kurios, lächelte still vor sich hin. Da saß er und skribbelte an einer knallbunten Werbekampagne, während einige Meter entfernt im selben Raum ein offenbar etwas weltfremder Professor der Kunstgeschichte sich in das graue Bild vertiefte, ab und zu leicht schmatzende oder stöhnende Geräusche von sich gebend, die mit dem leisen Quietschen der Filzer auf Jessens Papier gelegentlich zusammenfielen und als gemischtes Geräusch in die arbeitsvolle Stille schnitten.

Nach etwa zwei Stunden, in denen keiner der beiden gesprochen hatte, sagte Stofkind plötzlich: »So weit. Das mag genügen.«

»Noch einen Kaffee, Herr Professor?«, schlug Jessen vor, neugierig, ob Stofkind etwas herausgefunden hatte, was den anderen Betrachtern bislang entgangen war.

»Ich bitte darum, jawohl. Wenn's keine Umstände macht.«

Jessen schenkte ein und blickte Stofkind erwartungsvoll an. »Was sagt Ihnen Ihr Expertenblick?«

»Nun ja«, murmelte der Professor und blätterte in seinem Notizbuch, in dem er offenbar mehrere Seiten gefüllt hatte, mit winziger Schrift und allerlei, so weit Jessen das erkennen konnte, schematischen Darstellungen des Bildaufbaus. »Dahingestellt bleiben muss vorerst weiterhin, ob tatsächlich Peter Friedrich Carlsen der Maler dieses Gemäldes ist. Das Dossier des Psychiaters Dr. Domcik ist zweifellos echt. Ich habe es Ihnen wieder mitgebracht. Besten Dank übrigens. Gleichwohl fällt es schwer zu glauben, dass dieser Mann, also Carlsen, zu einer so radikalen Änderung seiner Malweise gekommen sein soll. Sie werden das selber bemerken, wenn Sie sich seine bekannten Bilder betrachten werden.«

Stofkind war nun in seinem Element. Seine abgehackte Redeweise glättete sich, er sprach flüssig, dozierte.

»Wie dem auch sei: Dies graue Bild ist unbedingt ein Meisterwerk der modernen Kunst, seltsamerweise geradezu unberührt von feststellbaren Einflüssen anderer Maler, Stile oder Schulen. Eine gewisse Ähnlichkeit zu Feininger fällt auf, aber gemessen an diesem Werk ist Feininger geradezu ein Dekorateur.

Das Bemerkenswerteste ist natürlich das Kolorit, die Abwesenheit von Farbe, das Grau schlechthin. Die Malerei beruht prinzipiell auf der Mischung spezifischer Farbkörper und den unendlich möglichen Verbindungen, die diese Farbkörper eingehen können. Diese Verbindungen können, wenn sie denn Kunst sein wollen, nur durch das geübteste Auge und die erfahrenste Hand hergestellt werden.

Die Verbindung dieser Mischungen geschieht übrigens durch verschiedene Techniken, die mehr oder weniger schnell zu erkennen sind. Es beunruhigt mich geradezu, dass ich in diesem Fall noch außerstande bin festzustellen, auf welcher Materialbasis hier die verschiedenen Grautöne hergestellt wurden. Man könnte fast an Sand denken. Jedenfalls müsste man eine chemische Analyse machen, um sicherzugehen.

Was nun das Grau betrifft, so behalten sämtliche Farben zusammengemischt bekanntlich ihren allgemeinen Charakter. Nur werden sie in der Mischung nicht mehr nebeneinander gesehen, weshalb keine Totalität, keine Harmonie empfunden werden kann. So entsteht klassischerweise das Grau, das immer etwas dunkler als Weiß und immer etwas heller als Schwarz erscheint. Grautöne lassen sich in all ihren Schattierungen auf unterschiedlichste Weise herstellen, zum Beispiel, wenn man aus Gelb und Blau ein Smaragdgrün mischt …«

»Ein gelber Strand, ein blaues Meer, eine grüne Insel«, unterbrach hier Jessen die Ausführungen des Professors, der ihn erstaunt ansah.

»Ganz recht, so in der Art. Sehr anschaulich gedacht von Ihnen, junger Mann. Alsdann muss jedoch noch so viel reines Rot hinzugebracht werden, bis sich alle drei Farben gleichsam neutralisiert haben. Selbstverständlich lässt sich Grau auch anders mischen. Nun ist jedoch das Verblüffende, dass ich den Eindruck habe, dass auf diesem Bild die Grautöne nicht durch Mischung entstanden sind. Aber ich vermag nicht zu sagen, wie anders. Noch verblüffender ist jedoch, dass dies Bild, wiewohl es nur aus Grautönen besteht, durchaus Totalität und Harmonie ausstrahlt. Ein wahres Kunstwerk eben. Zugleich liegt in ihm aber auch eine, wie soll ich sagen … ?«

»Beunruhigung? Bedrohung?«, half Jessen ihm aus.

»In der Tat. So könnte man es nennen. Ein Kunstwerk rein aus Schwarz und Weiß wie dieses kann in der Malerei nur höchst selten vorkommen. Einige Fresken Polydors fallen mir als Beispiele ein, aber selbst dort hat der Meister immer noch ein gelbes Gefäß oder dergleichen eingeführt. Denn wenn Künstler sich ihrem Gefühl überlassen, entsteht sogleich etwas Farbiges. Alle Kunst strebt zur Farbe. Sobald etwa das Schwarze ins Blau fällt, entsteht eine Forderung nach Gelb, das dann verteilt wird, rein als Licht erscheint oder auch gerötet und beschmutzt als Braun in den Reflexen, zur Belebung der Komposition. Das lässt sich durch die gesamte Geschichte der Malerei nachweisen, bei Rembrandt ebenso wie bei van Gogh, bei … Dürfte ich eventuell noch ein Tässchen Kaffee? Danke sehr. Und die Milch bitte. Schwarz vertrage ich nicht. Sie sehen es ja gewissermaßen selbst an meinem Kaffee, dass alle Arten von Camayeu oder Farbe in Farbe doch am Ende darauf hinauslaufen, dass ein Gegensatz gefordert wird oder doch irgendeine farbige Wirkung.«

»Sehr anschaulich gedacht, Herr Professor.«

»So? Vielen Dank. Auf diesem Bild ist aber von alldem nichts zu bemerken. Es ist, als ob der Maler geradezu alle Farben hat austreiben wollen. Und dennoch ist ihm, zieht man das Drohende des Eindrucks einmal ab, ein höchst harmonisches Ganzes gelungen. Ich will Ihnen nicht verhehlen, dass dies Grau mich während der letzten beiden Tage stark beschäftigt hat. Ich konnte mir keinen Reim darauf machen und habe sogar ein etymologisches Wörterbuch konsultiert. Ich habe mir das notiert. Wenn ich Ihnen einmal sinngemäß zitieren darf. Das altgermanische Farbadjektiv gehört zu der vielfach weitergebildeten und erweiterten indogermanischen Sprachwurzel *gher* oder auch *ghre*. Und diese bedeutet nichts anderes als *schimmernd, strahlend, glänzend.* Auch die meisten anderen Farbadjektive wie etwa *braun* oder *blau* bedeuteten ursprünglich *schimmernd, glänzend, leuchtend,* was sich daraus erklärt, dass die Indogermanen nicht vom Farbton ausgingen, sondern vom Glanz und Schimmer, etwa dem Scheinen der Sonne oder dem Schimmer der Röte des Himmels. Mithin wäre grau als Farbempfindung ursprünglich die Wahrnehmung von etwas gewesen, was aktiv scheint. Gleichwohl, fürchte ich, führen uns diese Erörterungen wohl etwas vom Thema ab.«

»Nicht unbedingt«, meinte Jessen, aber er wusste nicht, warum er das meinte.

Stofkind blätterte eifrig in seinen Aufzeichnungen.

»Noch etwas ist mir aufgefallen.« Er leuchtete plötzlich. »Eine bestimmte grafische Struktur, eine Art Raster oder dergleichen, taucht auf dem Bild insgesamt dreimal in fast identischer Weise auf. Ich habe diese Struktur abgezeichnet. Wenn Sie einmal sehen wollen?«

Er hielt Jessen sein Notizbuch hin, in das er diese Zeichnung eingetragen hatte.

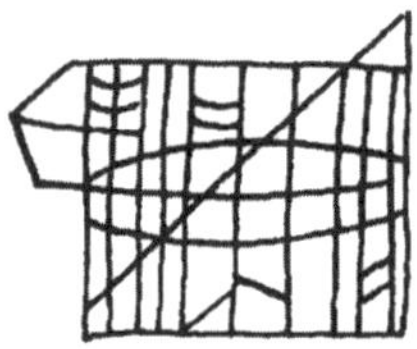

»Nun besteht die Feinstruktur des ganzen Bildes aus solchen oder ähnlichen Strichführungen. Bemerkenswert ist aber, dass sie sich, mit Ausnahme ebendieses Gebildes, nie zu wiederholen scheinen.«

»Das ist mir allerdings noch nicht aufgefallen«, staunte Jessen, in dem Hochachtung vor dem Professor aufkeimte.

»Doch, doch«, sagte der munter und tippte mit dem Finger auf drei Punkte im Zentrum des Bildes, wo an jener Stelle, die man als Land im Meer verstehen konnte, tatsächlich drei dieser Gebilde lagen.

»Wohl eingeritzt, wahrscheinlich mit dem Pinselstiel«, sagte Stofkind. »Ebenso wie das Signet und die anderen Linien.«

»Und was bedeuten diese Raster?«

»Wenn man das wüsste …« Der Professor zuckte mit den Schultern. »Vielleicht nur Zufall, jedenfalls hoch entwickeltes grafisches Proportionsgefühl. Nun, Sie und Frau Gärbels werden der Sache ja nachgehen. Ich muss allerdings erst noch sehen, welche Mittel ich für Ihre, nun ja, Feldforschung freibekomme. Das kann durchaus noch dauern. Und jetzt muss ich mich verabschieden. Die Dürer-Ausstellung ruft. Ich melde mich bei Ihnen, sobald die Gemälde Carlsens zu besichtigen sein werden. Auf Wiedersehen.«

Sie schüttelten sich die Hände. Stofkind warf einen bewundernden Blick auf das Gemälde, einen eher verächtlichen auf Jessens Layout, und verschwand.

Die Rückwand von Professor Stofkinds Büro war fast vollständig mit einem riesigen Gemälde bedeckt, das etwa fünf mal fünf Meter im Quadrat messen mochte und überlebensgroß einen Reiter darstellte, während im Hintergrund wildes, buntes Schlachtengetümmel tobte.

»Ja, da staunen Sie«, rief Stofkind den eintretenden Edith und Jessen entgegen. »Das ist ein Original-Carlsen, betitelt *Wallenstein im Felde,* gemalt 1869. Das ist unser Schlachten-Carlsen wie er leibt und lebt! Die Farben sind etwas verblichen, ganz wie sein Ruhm. Er hat nämlich durch bestimmte Zusätze den Farben gesteigerte Leuchtkraft geben wollen, was dazu geführt hat, dass die

Zusätze die Farben zersetzen. Sie dauern nicht. Nun ja, kein sonderlich großer Verlust.

Grotesk ist natürlich, dass diesen Carlsens, Markarts, Defreggers, von Werners und wie sie alle hießen, ihr Nachruhm weit wichtiger war als ihr Schaffen selbst. In einem Kunstführer von 1877, Gründerzeit, wird Carlsen folgendermaßen zitiert: ›Mein Leben ist mir manchmal wie ein Traum. Wie kommt es doch, dass meine Bilder so fest und ewig dastehen, und ich selbst bin nur ein schwankender Mensch? Oft sehe ich hundert Jahre voraus und wandle durch alte Galerien und sehe meine eigenen Bilder in stillem Ernste an den Wänden hängen. Zu Großem bin ich berufen, das weiß ich wohl. Leiden werde ich immer, doch meine Werke werden ewig leben.‹

Lachen Sie nicht! Das ist eine für die Zeit durchaus typische Aussage. Die Maler der Gründerjahre malten ja eben deshalb so pseudoaltmeisterlich, im Galeriestil, und suchten sich unter den von der Kunstgeschichte anerkannten großen Meistern ihre Vorbilder, weil sie meinten, dadurch selbst geschichtlich zu werden. Natürlich ein großer Irrtum. Das Gegenteil war der Fall. Typisch hier am Wallenstein ist auch, dass nicht etwa das Volk, sondern der große Einzelne, der Übermensch dargestellt wird, nicht das Milieu, sondern das einsame Genie. Das sind Gestalten, neben denen alles andere verschwindet oder in den Hintergrund tritt.

Die Schlacht da hinten, das ist bloßes Beiwerk, Schmuck, Kulisse. Diese Konzentration des Bildinhalts auf eine Person, die möglichst plastisch, möglichst greifbar zur Verehrung und Bewunderung dargeboten wird, setzt Nähe und Vordergründigkeit voraus. Die Person wölbt sich geradezu aus dem Bild heraus, aufdringlich fast. Die Farben leuchten beziehungsweise sie leuchteten, als sie noch frisch waren, jedes Detail ist penibel ausgeführt. Das ist unverrückbare Nähe, an der kein Weg vorbeiführen soll. Die Detailmalerei erhöht noch die Bedeutung des Dargestellten, da sie das Technische so souverän bewältigt, dass es eher ein Bewundern als ein Staunen hervorruft. Die Schlacht im Hintergrund ist nur ein Vorwand, um die Monumentalität des Genies zu steigern.

Die malerischen Mittel sind von einer gewollt machtvollen, eher auf- als eindringlichen Verabsolutierung, von einer Gigantomanie und zugleich Banalität. All das wirkt besonders grotesk auf uns Heutige, wenn wir uns klarmachen, dass zur gleichen Zeit in Frankreich die Augen der Impressionisten bereits auf gebrochene Farben, die flimmernde Luftigkeit, die Zwischentöne und Nuancen reagierten.

Man kann Carlsens Malerei auch sehr gut mit ideologiekritischen Kriterien überziehen, insofern hier das aufkommende Deutsche Reich Bismarcks glorifiziert wird. Aber das tut wohl wenig zur Sache im Augenblick. Und dann, die Kehrseite dieser Riesenmedaille sehen Sie hier.«

Stofkind wies auf ein kleineres, etwa eineinhalb mal zwei Meter großes Gemälde, das an einer anderen Wand hing.

»Das ist nun der Salonmaler Carlsen, wie er in Starnberg lebte und im wahrsten Wortsinn leibte. Dieser Akt grenzt an Pornografie, schwülstig. Verhüllungen werden angedeutet, um die Nacktheit zu steigern. Pathetischer ausgedrückt: Carlsen ist auch hier epochentypisch, insofern für sein Zeitalter, das ja in einem Industrierausch lag, die mythische Erzählung vom verschleierten Bild zu Sais jede Bedeutung verloren hatte. Denn wer wie Carlsen so nach nackten Modellen arbeitete, der musste diese Modelle schon verfügbar haben, wenn er anfing. Er drang also nicht in eine Wirklichkeit ein, um sie zu erforschen und zu erkennen, sondern er hatte eine oberflächliche Wirklichkeit a priori als nackte Wahrheit vor sich und musste diese nun nur noch nach der Natur abpinseln.

So weit. Das mag genügen. Ich hoffe, Sie verstehen jetzt, warum ich es für so unbegreiflich halte, dass dieser Modell- und Monumentmaler Peter Friedrich Carlsen das bemerkenswerte Bild geschaffen haben soll, das uns so beschäftigt.«

Edith und Jessen nickten. Stofkind hatte recht. Der Schein sprach allzu deutlich gegen eine Urheberschaft Carlsens am grauen Bild.

»Und selbst sein Signet ist leicht verändert«, sagte Stofkind und deutete auf die Kürzel Carlsens auf den beiden Gemälden. »PFC, natürlich. Aber hier mit leicht rechts geneigter Schrift, auf dem grauen Bild jedoch leicht links geneigt.«

»Er hat doch seinen rechten Arm verloren«, sagte Edith. »Das würde die Veränderung der Schrift erklären, weil er später nur noch den linken Arm benutzen konnte.«

»Das leuchtet allerdings ein«, gab Stofkind zu. »Ich muss Ihnen gleichwohl gestehen, dass mir das alles noch nicht so recht in den Kopf will. Ich gebe aber zu, dass das graue Bild weiterer Nachforschungen würdig ist. In der Tat. Und wenn dabei herauskommen sollte, dass gar nicht Carlsen der Maler war, sondern ein unbekanntes Genie mit gleichen Initialen oder jemand, der bewusst ein Verwirrspiel getrieben hat – auch gut.

Frau Gärbels bekommt Reisekosten und Spesen für einen Forschungsaufenthalt auf den Karolinen-Inseln erstattet. Herr Jessen fährt ja wohl eher als, nun ja, Privatmann und trägt entsprechend seine Kosten selber. Auf eigene Faust gewissermaßen … Er ist ja kein Mitarbeiter unseres Hauses, nein. Allerdings, liebe Frau Gärbels, können Sie die Reise erst Ende des Jahres antreten. Vorher bekomme ich die notwendigen Mittel nicht frei. Ich bitte Sie auch, unter allen Umständen strengstes Stillschweigen zu bewahren. Denn wenn sich alles als ausgemachter Schwindel entpuppen sollte, mache ich mich als Wissenschaftler, nun ja, lächerlich. Und Sie auch. Außerdem müssen Sie sich nach der Dürer-Ausstellung noch um diese Paik-Sache kümmern, von der ich, zugegebenerweise, wenig verstehe. Diese neuen Dinge, nun ja … Und bitte, Herr Jessen, würden Sie mir gestatten, von dem grauen Bild eine Reproduktion machen zu lassen?«

»Selbstverständlich, Herr Professor.« Jessen lächelte. Stofkind gefiel ihm immer besser.

»Herr Professor«, stammelte Edith, »ich weiß gar nicht, wie ich Ihnen …«

»Schon gut«, wehrte Stofkind ab. »Das nehm ich auf meine Kappe. Und jetzt entschuldigen Sie mich bitte. Ich habe zu arbeiten. Auf Wiedersehen.«

Edith und Jessen waren schon fast aus der Tür, als

Stofkind, bereits wieder über seine Papiere gebeugt, ohne aufzublicken hinter ihnen herrief.

»Und noch etwas, junger Mann. Sie haben Talent. Aber lassen Sie doch die Finger von so unappetitlichen Dingen, wie ich sie bei Ihnen auf dem Schreibtisch gesehen habe. Was Sie da treiben, gleicht gewissermaßen dem, was der alte Carlsen anno Tobak getrieben hat: lauter Oberflächen. Nichts dahinter.«

Pianavia, 21. Juni 1987

Liebe Edith!
Seltsam, dass erst der trockene Stofkind kommen musste, um mich wirklich an die Arbeit zu bringen. Du hast zwar auch selbst einige Male höflich darauf angespielt, ich möge mich mehr mit Dingen beschäftigen, die mich tatsächlich etwas angehen, als immer nur mit den lukrativen Werbeaufträgen. Aber entweder habe ich es mir ausgerechnet von Dir nicht sagen, nicht vorschreiben lassen wollen, oder aber Du hast es nicht deutlich genug ausgedrückt. Deutlich ausgedrückt hat sich aber Stofkind, als er mir nachrief: Oberflächen. Nichts dahinter. Das hat gesessen! Wie sehr es gesessen, wie tief es mich getroffen hat, habe ich allerdings erst nach einiger Zeit gemerkt.

Eine Woche nach unserem Besuch bei Stofkind bin ich, wie Du weißt, hier in das Haus von Sebastian gefahren, der immer ein Zimmer für Freunde frei hat. Mir war klar, dass Du meine Einladung, mitzukommen, wegen Deiner Arbeit nicht annehmen konntest (was macht denn eigentlich die Nam-June-Paik-Ausstellung?). Aber irgendwie fehlst Du mir.

Jedenfalls wollte ich ein paar Wochen Urlaub machen, entspannen. Meine Aufträge waren praktisch alle abgearbeitet, einige neue konnte ich leicht abwimmeln, einen einzigen, der nicht eilt, habe ich mitgenommen (Logo-Entwicklung für ein, übrigens penetrant riechendes, Parfum).

Ich war kaum eine Woche hier, da tauchte Ben Waldhoff auf! Das war für uns beide eine echte Überraschung. Er hatte mir nicht gesagt, dass er kommen wollte, und umgekehrt wusste er auch nicht, dass ich da war. Und Sebastian hatte sich einen Spaß daraus gemacht, uns beiden nichts zu sagen. Platz genug ist auch für uns beide, da wir sowieso lieber auf der Terrasse schlafen als im stickigen Zimmer.

Ben hat natürlich seine Staffelei dabei und verschwindet tagsüber in der Landschaft, um zu malen. Es ergab sich fast von selbst, dass wir heftige Debatten über Kunst und Werbung und deren Verhältnis zueinander führten. Und während dieser Diskussionen merkte ich dann, wie sehr mich Stofkinds Bemerkungen getroffen hatten. Der Mann ist ja sonderbar, aber durchaus nicht unsympathisch. Und mein alter Freund Ben wird nicht müde, die sattsam bekannten Argumente aufzufahren. Klar geworden ist mir immerhin, kurz gesagt, Folgendes: Wenn Kunst etwas mit der individuellen Fantasie ihres Schöpfers zu tun hat, wenn sie ein weitgehend selbstbestimmtes Umgehen mit dem vorgegebenen Material verlangt, das Material zu etwas formt, was zuvor nicht da war, dann hat die Herstellung von Werbung mit Kunst wirklich nicht viel zu tun. Denn Werbung orientiert sich immer am Interesse der Produktmacher, also der Kunden, und auch an dem der Verbraucher. Und um diesem Interesse gerecht zu werden, muss man aufs Niveau der Verbraucher zurückgehen, muss ihre Erwartungen erfüllen. Wenn es eine Eigenart der Kunstwerke ist, prinzipiell so viele Interpretationen zuzulassen und zu schaffen, wie ein Werk Betrachter findet, so ist es umgekehrt die Eigenart der Werbung, diese endlose Wirkungsmöglichkeit auszuschalten. Die Leute sollen ja gegenüber einer Kampagne immer nur das Eine empfinden: kauft.

Mehr noch als diese theoretischen Einsichten aber hat mich Bens Vorbild angefeuert. Ja, ich habe tatsächlich begonnen, an der Collagenfolge zu arbeiten, die aus meiner Sicht die Geschichte des Bildes noch einmal erzählen, zeigen soll (und ich frage mich, ob der alte Carlsen nicht eventuell einen vergleichbaren Prozess durchgemacht hat, wie ich ihn durchmache). Dass das Bild nicht hier ist, wirkt sich auf meine Arbeit übrigens eher positiv aus. Denn sonst könnte ich mich wohl kaum von seinem direkten Vorbild, von seinem Einfluss lösen. Und das muss ich, denn es geht ja wesentlich um die *Wirkungen* des Bildes. Das Bild selbst ist ›nur‹ der Ausgangspunkt, sozusagen die Initialzündung. Darum herum liegt ein ganzer Kosmos neuer Bilder, die aus den Wirkungen entstehen und damit auch das Bild immer wieder neu schaffen – und in diese Bilder versuche ich einzudringen.

Ich habe mich manchmal gefragt, warum mir von vornherein so entschieden klar war, dass diese Arbeit in Collagetechnik ausgeführt werden muss. Jetzt, da ich konkret mit dem Material umgehe, wird es mir deutlich: Ich versuche nämlich nicht nur, meine eigenen Erfahrungen darzustellen, sondern auch diejenigen Wuttkes, Ansfelds, Westermanns, Domciks, ja sogar diejenigen Stofkinds und natürlich auch Deine. Und diese fremden Erfahrungen sind gewissermaßen vorgearbeitetes, vorformuliertes Material, das ich nunmehr auf meine Weise durchzuarbeiten habe. So ist die Collage die Technik, die der Inhalt, also die Wirkung des Bilds, fordert und quasi aus sich selbst hervortreibt. Erinnerst Du Dich, dass Ben auf der Party, auf der wir uns kennengelernt haben, sagte, Wirkungsgeschichte könne man nur als Roman schreiben? Wie das gehen soll, weiß ich natürlich nicht; es müsste wohl auch ein Collageroman sein. Aber ich weiß jetzt, dass es auch im Medium der Bilder möglich ist.

Ob mir gelingt, was mir vorschwebt, kann ich nicht beurteilen. Als Produzent ist man betriebsblind, und das, was man schafft, ist immer weniger als das, was man schaffen wollte (zugleich jedoch auch mehr). Ben ist aber sehr zufrieden mit mir. Am meisten, sagt er, gefalle ihm die Disziplin, mit der ich alle Farbe aus den Collagen heraushalte. Das ist deshalb nicht leicht, weil der italienische Sommer einen Farbenrausch zeigt, der ungeheuer ist, obwohl darin schon das verbrannte Ende mitschwingt.

Ich denke oft an Dich und unsere bevorstehende Reise. Sobald Du weißt, wann wir starten können, gib mir bitte Nachricht. Natürlich würde ich mich freuen, könntest Du mich hier besuchen – und sei es nur für ein paar Tage.

Herzliche Grüße,
Michael

Hamburg, 12. Juli 1987

Lieber Michael,
entschuldige bitte, dass meine Antwort auf Deinen Brief, über den ich mich sehr gefreut habe, so lange auf sich warten ließ. Aber ich wollte Dir keine schnelle, nichtssagende Antwort schicken, sondern wirklich reagieren. Und dafür finde ich erst jetzt die Zeit. Denn die Dürer-Ausstellung war ein fürchterlicher Schlauch, und jetzt bin ich schon mitten in den Vorarbeiten für Paik. Das bleibt fast alles an mir hängen, weil sich sonst niemand aus dem Museum an diese Sachen herantraut: zu zeitgenössisch, kein sicherer, historischer Abstand. Für mich ist das zwar auch Neuland, aber faszinierendes. Dieser Paik, der eigentlich von der Musik herkommt, ist ein wichtiger, vielleicht der wichtigste zeitgenössische Künstler, der mit dem Medium Video umgeht. Wir sprachen bereits in Hamburg darüber. Ganz groß rausgekommen ist er Mitte der Achtzigerjahre mit seinen Großinstallationen à la *Video Tricolore* im Centre Pompidou. Allerdings gefallen mir diese an Bombast grenzenden Arbeiten nicht mehr so gut (wie uns ja auch der Bombast Carlsens nicht gefällt). Besser sind seine kleinen Videoskulpturen wie der *TV-Buddha* und vor allem auch einige der Videobänder aus den Siebzigerjahren.

Von einem dieser Bänder muss ich Dir detailliert berichten. Denn als ich es das erste Mal sah, hat es mich tief beeindruckt. Und zwar aus zwei Gründen: Einerseits glaubte ich, in diesem Band Dinge ausgeführt zu sehen, die auf seltsam abstrakte, verschlüsselte Weise in Carlsens grauem Bild angelegt zu sein scheinen. Warum ich diese Assoziationen hatte, kann ich Dir rational gar nicht erklären. Auf jeden Fall steckt mehr dahinter als die bloße Tatsache, dass mir Carlsens Bild dauernd präsent ist und vieles überlagert oder doch beeinflusst, was ich sonst sehe und tue. Als ich das Paik-Band *Guadalcanal-Requiem,* so der Titel, gesehen hatte, war ich schockiert und lief tagelang mit dem Gedanken herum, es handele sich dabei um eine bewusste oder unbewusste Reaktion auf das Bild, um die Entfaltung eines bestimmten, uns aber noch unbekannten Motivs oder eines von Carlsen erahnten Vorgangs (obwohl das Band in Farbe ist!). Ich war davon so überzeugt, dass ich sogar eine Anfrage an Paik schickte, ob er je etwas von Carlsens Werken gehört oder gesehen habe – was natürlich nicht der Fall ist. Aber die Kunstgeschichte zeigt, dass Einflüsse häufiger aus Unterströmungen entstehen als aus direkter Kenntnis.

Andererseits, das ist der zweite Grund, hat dies Video, glaube ich, auch eine Menge mit Deiner Collagearbeit zu tun, denn es ist selbst eine Collage und reflektiert seine Technik, wenn auch aus und in einem anderen Medium. Und jetzt komme ich wohl nicht mehr darum herum, Dir das Band so gut es eben geht, zu beschreiben.

Guadalcanal gehört zu den nordöstlich von Australien gelegenen Solomon-Inseln, Nachbarn unserer Karolinen. Im Jahr 1944 wurde die Insel Schauplatz einer der grausamsten Vernichtungsschlachten zwischen Japan und den USA. Paik und die Cellistin Charlotte Moorman folgen den immer noch sichtbaren Spuren dieses Gemetzels, indem sie an signifikanten Plätzen der Insel durch verschiedene Performances Stellung zu den Kriegsereignissen nehmen. Auf einem Flugzeugwrack im Urwald führt Moorman *Infiltration – Homogen für Cello* auf (ein Stück von Joseph Beuys übrigens, der im Zweiten Weltkrieg als Pilot mit seinem Flugzeug abstürzte) und Paiks *Peace Sonata,* in der Moorman in Uniform am Strand entlangrobbt, ein Cello auf den Rücken gebunden, während Paik selbst eine Violine an einem Band hinter sich herzieht (seine Komposition *Violin with a string).*

Kontrastiert werden die Performances von altem Dokumentarmaterial, Berichte von Insulanern und ehemaligen Angehörigen der US-Marine ergänzen die makabren Kriegsbilder. Zu den amerikanischen Soldaten der Schlacht gehörte übrigens auch der junge John F. Kennedy – ein Insulaner erzählt, wie er den späteren US-Präsidenten aus dem Wasser rettete.

In der komplizierten Collagestruktur des Bandes überlagern sich verschiedene Erzähl- und Bedeutungsebenen. Die Dokumentaraufnahmen sind so aufbereitet, dass sie sich bruchlos in das übrige Bildmaterial einfügen. Zusammen mit den Interviews entsteht eine komplexe Darstellung der Kämpfe. Zu Anfang des Bandes erläutert ein Kommentar aus dem Off die politischen und wirtschaftlichen Hintergründe (das 1940 gegen Japan verhängte Ölembargo sei die eigentliche Ursache des Krieges gewesen; der Konflikt, der dann mit dem japanischen Angriff auf Pearl Harbour offen wurde, war also der erste Ölkrieg).

Wichtiger aber als die politische, aufklärende Ebene ist die nicht lineare Zeitstruktur des Bandes. Die Performances von Moorman und Paik finden an Plätzen mit Relikten des Krieges statt – Gegenwart und Vergangenheit stehen hier nebeneinander. Das einmontierte Dokumentarmaterial macht die Vergangenheit im Bild verfügbar und gegenwärtig. In die fortschreitende Realzeit in der Gegenwart, die in sich durch die wechselnden Szenen fragmentiert ist, werden kontrapunktisch die in der Zeit rückläufigen Kriegsdokumente eingeschnitten (was noch durch einen eingeblendeten digitalen Zeitmesser verdeutlicht wird). Paik sagt dann auch über diese Arbeit, dass ihr wichtigster Charakter die Zeit sei.

Paik verlässt sich allein auf die Aussagekraft der Bilder. Er interpretiert nicht und gibt keine ideologischen oder moralischen Wertungen. Im Kontrast zu der Schönheit der Südseeinsel (und auch der ästhetischen Kraft der Performances) wird der Wahnsinn des Krieges von selbst offenbar. Aber es liegt wohl allein in der schwachen Macht der Kunst, Bomben wieder in die Bäuche von Flugzeugen zurückkehren zu lassen, wie es in dem Band einmal geschieht.

Während ich dies schreibe, merke ich, wie wenig ich über das Video tatsächlich aussagen kann; erst recht, wie wenig von der Wirkung, die es auf mich gemacht hat. Und schon gar nichts darüber, warum es etwas mit dem grauen Bild Carlsens zu tun haben könnte. Oder teilt sich Dir doch etwas mit? Das wäre schön. Ach, die Worte. Wie schwach gegenüber den Bildern!

Ich muss jetzt schließen. Rechne nicht mit meinem Besuch. Natürlich würde ich Dich gern sehen, aber ich finde beim besten Willen nicht die Zeit. Was unsere

Südseereise betrifft, so will Stofkind mir in etwa sechs Wochen Genaueres mitteilen.

Grüß bitte auch Ben von mir und sei selbst herzlich gegrüßt von

Edith

Pianavia, 2. August 1987

Liebe Edith!

Bei meiner Rückkehr werde ich mir *Guadalcanal Requiem* ansehen, aber durch Deine Schilderung kann ich mir vorstellen, weshalb Du Dich sowohl an Carlsens graues Bild als auch an meine eigenen bescheidenen Versuche erinnert fühlst. Was nämlich meine Collagen betrifft, so versuche ich ja in der Tat, die Vergangenheit des Bildes in der Gegenwart seiner Wirkung zu zeigen, lebendig zu machen. Kunstwerke, das wird mir hier immer deutlicher, leben stets neu, doch immer anders, jedem neuen Betrachter gegenüber, jeder neuen Epoche, obwohl in diesen wechselnden Wahrnehmungen irgendetwas immer unveränderbar bleibt – ein Kern.

Vor einigen Tagen saß ich mit Ben, Sebastian und einigen Freunden nachts auf der Terrasse. Diese Terrasse ist über und über mit wildem Wein berankt. Ich hatte Ben einige Tage zuvor Deinen Brief zu lesen gegeben (Du hast wohl nichts dagegen, er enthielt ja nichts Persönliches). Ben, der wie wir anderen auch schon etwas chiantiselig war, deutete plötzlich auf die Spitze einer Weinranke und sagte sinngemäß etwa Folgendes (Du weißt, wie pathetisch er werden kann, wenn er getrunken hat):

Jede Theorie der Kunst ist zugleich ein Beitrag zu ihrer Entstehung, wie auch jedes Kunstwerk zugleich ein Beitrag zu einer Theorie der Kunst ist, denn die Menschheit konzipiert in jeder Generation die Schöpfung neu. Und in jeder Rezeption und Deutung eines Kunstwerks lebt nicht mehr an Wahrheit als in einem Blatt dieses Weinlaubs, das sich entfaltet und bald vergeht. Und doch geht nichts verloren von dem, was je wahrgenommen wurde, vorausgesetzt, dass es ausgesprochen oder sonstwie dargestellt wurde. Die volle Wahrheit eines Kunstwerks ist vielleicht erst die Summe seiner Wirkungen. Da diese Summe aber nie addierbar ist, denn das Werk ist ja permanent da und wirkt immer weiter, solange es Betrachter findet, ist auch seine volle Wahrheit nie ganz sichtbar. Sie bleibt verhüllt. Aber in der Verhüllung scheint sie als das, was sie sichtbar macht – als Schönheit.

Wir hatten wohl alle nicht mehr ganz mitbekommen, wie Ben das meinte, aber einer von uns hatte, während er sprach, auf der Gitarre herumgezupft. Und das war sonderbar, weil die Musik Bens Worte zu begleiten schien. In diesen Momenten verschränkte sich für mich etwas, was sonst voneinander getrennt ist: das Denken, die Theorie, mit der sinnlichen Wahrnehmung, der Kunst.

Dass *Guadalcanal Requiem* Dich ans graue Bild erinnert, liegt sicher in der Tatsache begründet, dass Guadalcanal nicht weit von unseren Karolinen-Inseln ist. Hinzu kommt wohl das Thema des Kriegs, das ja, wie wir von Wuttke, Ansfeld und Westermann wissen, zumindest in der Rezeption des Bildes eine bedeutende Rolle spielt. Ob noch mehr dahintersteckt? Wir sollten uns, wenn wir nach Ponape fliegen, auf jeden Fall Informationen über die Geschichte der Inseln verschaffen, die vermutlich ebenfalls umkämpft gewesen sind. Allerdings dürfte Peter Friedrich Carlsen zu der Zeit kaum noch gelebt haben. Er müsste dann ja hundert Jahre alt geworden sein. Aber vielleicht ist auf dem Bild etwas Prognostisches? Wuttke hat damals Vermutungen in dieser Richtung angestellt, als er mir Schillers *Glocke* zitierte.

Meine Collagen machen Fortschritte, aber auch Schwierigkeiten. Das Hauptproblem: Ihnen fehlt das Ende, der Fluchtpunkt, die Pointe oder wie immer man das nennen will, wenn man nicht vom ›Sinn‹ reden möchte. Noch erzählen sie sozusagen sinnlos. Ich hoffe, dass auf Ponape dieser Sinn zu finden sein wird.

Wenn ich nichts anderes von Dir höre, werde ich spätestens Mitte September wieder in Hamburg sein. Mein Aufenthalt hier ist viel länger als geplant ausgefallen – und das Logo für das Parfum hab ich immer noch nicht entwickelt.

Bis bald also, herzlich
Michael

Hamburg, 28. August 1987

Lieber Michael,
diesmal nur kurz, aber wichtig. Meine ›Dienstreise‹ auf die Karolinen ist endgültig abgesegnet. Stofkind hat die Mittel dafür von einem anderen Etat weggemogelt. Ich hatte schon fast befürchtet, er würde die Angelegenheit doch noch fallen lassen. Aber auf den Alten ist eben Verlass.

Und wenn wir wirklich auf die Spur kommen sollten, von der wir nicht wissen, wohin sie führt und die wir doch suchen, dann wird sich Stofkind zweifellos einen erheblichen Teil der Reputation ans eigene Revers heften. Na, soll er. So ganz unverdient wäre es ja nicht.

Wir können Mitte Oktober abreisen. Außer dem Flug bekomme ich Spesen für maximal vier Monate, was hoffentlich reichen wird. Selbstverständlich muss ich hinterher einen Bericht schreiben (»und zwar sehr genau, meine liebe Frau Gärbels«!).

Gib mir Nachricht, sobald Du wieder in Hamburg bist. Ich freue mich auf Dich und unsere Reise.

Edith

IV

Malen ist Auftauchen in einem anderen Ort.

Franz Marc

Tiefschwarze Nacht. In immer weiter wachsendem Kreis war stetig die Lava gestiegen, als wolle sie das Land, ja das Meer einschmelzen. Je dunkler der Hintergrund, desto heller schienen die Flammen. Die rote Farbe, die bei Tag alles Sichtbare beherrschte, war noch nicht erwacht. Was leuchtete, war eine Symphonie in Schwarz und Gold. Gemächlich kündigte sich in feinen Luftschauern die Morgenkühle an, das Grau des Morgens folgte – jenes Grau, in dem die Dinge für einen Moment dem Auge sichtbar werden, als ob sie sich aus ihrem Ursprung entfalten, neu und geheimnisvoll, nackt, doch verschleiert zugleich. Himmel und Erde wurden voneinander abgeteilt. Unsicher und bleich eilte ein verspäteter Mond in hohem Bogen von der Sonne fort. Unten im Kessel folgte der Hochflut die Ebbe, die Lava erschien träge, abgelebt, die Dämpfe ein letztes Gähnen. Das Gold wandelte sich in ein trübes Rot. Der schwarze Hintergrund, eben noch die endlose Welt des Nichts oder Alles, entpuppte sich nun als schmutzig graue Schlackenkruste. Die Dämpfe vermischten sich mit steigenden Nebelschleiern, vermischten die Konturen der Dinge, die eben erst sichtbar geworden waren. Drüben in den Wolken über den Weiten des Wassers spiegelte sich das Feuermeer. Feuer strahlte auch von der Sonne auf die schroffen Felsvorsprünge herüber. Von der erstarrten violettfarbenen Lava stiegen zögernd gelbe Schwefelschwaden hoch. Während die Sonne ganz dem Meer entstieg, kreisten große, silberne Vögel über der dunklen Einöde, blinkend, fliegergleich. Die karge Vegetation wirkte ursprünglich. Was hier vorwärtskam, waren nur Pflanzen, die den Schwefel liebten: seltsame, fleischige Gewächse von fahlen Farben, doch geschmückt mit brennend roten Blüten. Hier und da ein Riesenfarn oder ein verkrüppeltes Bäumchen, das zu früh an diese Welt gekommen war. Die große Stille, die das Gefühl des Anfangs, der sich täglich vollzog, noch verstärkte, wurde nun nach und nach gebrochen durch das anschwellende Geschnatter der Touristenschar, als verspritze man über einen leeren Bogen Papier erst einzelne, dann immer mehr und größere Tintenkleckse.

Vorgestern waren Edith und Jessen in Honolulu angekommen, nach einem strapaziösen Flug von Hamburg über London und Los Angeles. Ein Streik des Bodenpersonals der Fluglinie, die sie von hier nach Ponape bringen sollte, hatte dafür gesorgt, dass sie vier Tage auf den Hawaii-Inseln festsaßen. Das Gewimmel der Menschen, die Autos, Hotels, Wolkenkratzer, die Militärstützpunkte – das alles war ein Schock gewesen. Sogar der Diamond Head, der zwar immer noch einen erhabenen Eindruck machte, wurde an seinen Hängen bereits von einer Wolkenkratzerlawine bedroht.

»Honolulu«, hatte ein Rucksacktourist gesagt, der mit

der gleichen Maschine aus Los Angeles gekommen war, »ist das amerikanisierte Polynesien. Hier kommen drei Fernsehapparate auf vier Familien und ein Auto auf zwei Personen. Die Bevölkerungsdichte ist höher als in Großbritannien oder Japan, und die Bodenspekulation blüht besser als die Vegetation. Das ist nicht die Südsee. Das ist ein amerikanischer Albtraum. Umsteigen und nichts wie weg.«

Der Streik hatte dies Nichts-wie-weg verzögert, und Edith und Jessen waren, um der Hektik Honolulus zu entkommen, für einen Tag auf die Hawaii-Insel geflogen, um dort an einer Führung zum Kilauea-Vulkan teilzunehmen, der zwar seit 1959 nicht mehr ausgebrochen war, aber doch kontinuierlich brodelnden Dampf und fließende Lava ausspuckte. Ein Bus hatte sie des Nachts hingeschafft, und jetzt standen sie mit ihrer Reisegruppe am Kraterrand. Als die Sonne die Bergspitzen erreicht hatte, fuhr man zurück.

Drei Stunden später saßen Edith und Jessen auf dem Honolulu-Airport und warteten auf ihr Check-in für den Flug nach Ponape. Nach der grandiosen Erfahrung des Sonnenaufgangs am Kilauea empfanden sie die sterile Flughafenatmosphäre als doppelt trostlos. Wie gleich, wie verwechselbar alle Flughäfen der Welt waren, selbst hier im Pazifik. Vor hundert Jahren, zu Zeiten Peter Friedrich Carlsens, als das Reisen noch ein Abenteuer war, verstrahlten die Bahnhöfe jeweils ihre eigene Individualität. Doch die Verkehrsform des Fliegens hatte aus der Erfahrung des Reisens die geschäftsmäßige Banalität des bloßen Ortswechsels gemacht. Und selbst dieser Ortswechsel war kaum noch wahrnehmbar, weil die immer gleiche Funktionalität der Flughäfen mit ihren immer gleich temperierten Klimaanlagen, ihren immer gleich wiederkehrenden Durchsagen auf Englisch den Ortswechsel zur statistischen Station des Sich-im-Kreise-Drehens auf dem Globus nivellierten.

»Ich spüre kaum«, sagte Jessen, »dass wir von irgendwoher nach irgendwohin gehen. Es ist, als flögen wir nicht von Hamburg nach Ponape, sondern von Gate 12 nach Exit B.«

»Und auf der ganzen Welt sind die Rollfelder gleich, asphaltbedeckt und grau.« Edith gähnte und legte ihren Kopf an seine Schulter.

Die Stewardessen, aparte Polynesierinnen, lächelten routiniert ihr Lächeln, das jedem galt, aber keinem wirklich. Per Bordlautsprecher begrüßte der Kapitän seine Passagiere und versprach einen angenehmen, problemlosen Flug. Dunstschwaden, die bis vor zwanzig Minuten auf das Rollfeld gedrückt hatten, lichteten sich, stiegen schnell. Auf die Minute pünktlich hob das Flugzeug ab. Die Mittagssonne durchbrach eine hohe milchweiße Wolkendecke, bevor noch die Maschine sie durchstoßen hatte. Dann lag man ruhig in der Luft, auf vorschriftsmäßigem Kurs. Alles hatte seine Ordnung. Eins griff ins andere. Die Sicherheit war, vom Zufallsfaktor abgesehen, an den aber niemand an Bord dachte und nur wenige glaubten, vollkommen. An den kaum merklich zitternden Tragflächen brachen sich die Lichtstrahlen.

Während Jessen seinen Sicherheitsgurt wieder löste,

eine Zigarette aus der Packung klopfte, das Feuerzeug schnappen ließ und tief inhalierte, lehnte er sich ins Polster des Sitzes zurück, entspannt, gelangweilt, beinah gleichgültig. Einige Sekunden zwinkerte er mit den Augen gegen die Reflexe der Tragflächen an, wich aber dann diesen Irrwegen des Lichts aus, dachte, was immer passiert, passiert. Das ist alles. Wir fliegen vielleicht ins Nichts. Wir finden nicht das, was wir suchen, weil wir nicht wissen, was wir suchen, sagte, ohne Edith anzublicken:

»Beim Morgengrauen vorhin auf dem Lavafeld, da gab es Grautöne, wie sie auf dem Bild sind. Hast du das auch gesehen?«

Sie nickte. »Es wäre doch denkbar, dass Carlsen hier im pazifischen Raum Vulkane beobachtet hat. Solche Erfahrungen könnten in sein Bild eingeflossen sein. Mir war übrigens klar, dass du diese Assoziationen haben würdest, da oben am Kilauea. Es war nicht nötig, darüber zu reden. Wir haben es ja gesehen. Jetzt, während wir davon sprechen und ich wieder sehe, wie dies Grau aus dem Mittelpunkt der Erde aufzusteigen schien, fällt mir noch etwas anderes ein. Vielleicht ist es etwas weit hergeholt, aber …«

»Na los doch«, ermunterte er sie. »Nach all dem, was wir bislang erlebt haben, gibt es in unserer Geschichte eigentlich kein Weither oder Nahbei mehr. Es ist wie in einer Collage. Gerade das Disparate, Entlegene fügt sich am besten.«

»Gut«, sagte Edith und setzte sich aufrecht. »Hast du schon mal was von dem Farbmodell Philipp Otto

Runges gehört? Runge hat 1810 eines der ersten dreidimensionalen Farbsysteme entwickelt. Es ist wegen seiner Einfachheit und Übersichtlichkeit heute noch recht brauchbar. Runge ordnete nämlich alle Farben in einer Kugel an. Und dies Modell der Farbkugel lässt sich am besten veranschaulichen, wenn man sie sich als Weltkugel vorstellt und dann die topografischen Bezeichnungen des Globus auf sie überträgt. Am Äquator sind die reinen Farbtöne kreisförmig angeordnet, etwa so, dass beispielsweise in Hamburg Rot und Orange zusammentreffen, in Ponape aber Blau und Grün. Diese reinen Farbtöne hellen sich nun nach Norden hin auf. Am Nordpol befindet sich also das Weiß. Vom Äquator aus nach Süden hin steigert sich die Dunkelheit, am Südpol lokalisiert sich mithin das Schwarz. Klar?«

»Schon, aber ...«

»Es geht noch weiter. Auf der gesamten Erdoberfläche haben, wenn wir in diesem Bild vom Globus bleiben, alle reinen Farben ihren Platz, dazu noch ihre ungetrübten Aufhellungs- und Dunkelstufen. Im Innern der Erde aber befinden sich die getrübten Nuancen. Und zwar steigert sich die Trübung zur Erdachse hin. Wie auch auf der Oberfläche nimmt im Inneren der Kugel die Helligkeit von oben nach unten ab. Kannst du folgen?«

»In etwa. Das bedeutet also, dass das Grau ...«

»Genau. Das reine Grau mittlerer Helligkeit liegt exakt ...«

»Im Mittelpunkt der Erde«, sagten beide unisono und lachten.

Die Stewardessen reichten den Lunch durch die Reihen. Edith und Jessen dösten vor sich hin, bis der Bordlautsprecher eine erste Zwischenlandung auf Johnston Island ankündigte.

»Jetzt sind wir schon in Mikronesien«, sagte Jessen, als das Flugzeug wieder abhob, nachdem ein Teil der Passagiere ausgestiegen war, fast ausschließlich amerikanische Soldaten. »Amerikanisches Treuhandgebiet. Auf dieser schönen Insel gibt es zum Beispiel ein riesiges Giftgaslager der amerikanischen Armee und ...«

»Also bitte«, unterbrach ihn Edith. »Es wird hier doch wohl Interessanteres geben als diese militärischen Dinge. Was hast du denn für Albtraumfantasien? Bei Südsee denk ich aber an was anderes als an Giftgas. Sieh doch bloß mal aus dem Fenster, da, diese Gruppe von Atollen, und da ...«

»Schon gut«, sagte Jessen, »aber Carlsen hat doch wohl auch etwas anderes gesehen als diese Postkartenblicke. In zwei Stunden haben wir noch eine Zwischenlandung auf Kwajalein. Da wird die Maschine aufgetankt.«

»Dann können wir uns vielleicht mal die Beine vertreten«, seufzte Edith und rückte unruhig auf ihrem Sitz hin und her.

»Eben nicht«, sagte er grimmig. »Kwajalein ist militärisches Sperrgebiet. Niemand darf den Flughafen verlassen.«

Als sie die Insel anflogen, empfahl der Kapitän per Bordlautsprecher, man solle das Schiff beachten, das weit draußen vor dem Hafen kreuzte: ein russisches Spionageschiff.

»Siehst du«, Jessen lachte, »die Südsee ist eben auch

nicht mehr das, was sie mal war. Weißt du, was die fast dreitausend Inseln Mikronesiens heute vor allem sind?«

»Na?«

»Strategisch wichtige Punkte.«

»Du übertreibst«, sagte Edith, als sie nun auf der letzten Etappe Richtung Ponape waren. »Hör mal, was der Reiseführer sagt: Ein immer noch gültiges Sprichwort weiß über die Karolinen-Inseln: mehr Inseln als Touristen. Wer hierherkommt, darf keinen Routine-Tourismus erwarten …«

»Wir kommen ja auch zum Arbeiten.«

»… denn die Karolinen verkörpern eine anderswo im Pazifik längst vergangene Zeit. Vieles ist unvollkommen, oder besser gesagt, natürlicher. Dies sind die letzten Inseln, wo die Südsee noch Südsee ist.«

»Na, wollen wir's hoffen.«

»Aber geschichtslos ist dies Paradies auch nicht«, sagte Edith, in ihrem Reiseführer blätternd. »Seit ihrer Entdeckung im 16. Jahrhundert haben Mikronesien und damit also auch die Karolinen eine lange Kette von Fremden gesehen. Jede Nation, die hier Fuß zu fassen versuchte, hinterließ Spuren, sprachliche, architektonische, religiöse, natürlich auch, da hast du recht, militärische. Anfangs wurden die Inseln von den Spaniern kontrolliert, um den Seeweg zwischen Mexiko und den Philippinen zu schützen. An die Spanier erinnert heute nur noch wenig, in Ponape etwa ein moosüberwucherter Wall des Forts Alphonso. Aber Spanien hinterließ den Katholizismus, zu dem sich heute etwa die Hälfte der Einwohner bekennt. Gegen Ende des 19. Jahrhunderts begann das Deutsche Reich, kommerzielles und politisches Interesse in Mikronesien zu entwickeln. Angezogen vom lukrativen Koprahandel und im Bemühen, eine Kolonialmacht aufzubauen, profitierte Deutschland dann von Spaniens Rückzug aus dem pazifischen Raum nach dem Spanisch-Amerikanischen Krieg. 1885 erklärte das Deutsche Reich die Karolinen kurzerhand zu seinem Protektorat, was Streit mit Spanien gab, den der Papst schlichtete. Spanien behielt weiterhin die territorialen Rechte, aber Deutschland konnte von nun an ungehindert Handelsrechte wahrnehmen.«

»Das war also die Zeit, in der Carlsen hierhergekommen ist«, unterbrach Jessen sie.

»Richtig«, fuhr Edith fort. »Und 1899 kaufte Deutschland dann den Spaniern die Karolinen zusammen mit den Marianen und den Marshallinseln ab, für 25 Millionen Peseten. Die Deutschen sollen angeblich auf den Inseln noch in guter Erinnerung sein, manche alten Leute sprechen sogar noch Deutsch. Unter deutscher Kolonialherrschaft wurden Plantagen angelegt, der Handel und die Kopraproduktion ausgeweitet. 1914, bei Ausbruch des Ersten Weltkriegs, besetzte Japan dann alle mikronesischen Inselgruppen und erhielt 1920 die Karolinen offiziell als Treuhandgebiet vom Völkerbund. Aber Japan verletzte die Auflagen des Völkerbunds, baute riesige Militärbasen, annektierte die Karolinen als eigenes Territorium, trat schließlich 1935 aus dem Völkerbund aus und riegelte die Inseln hermetisch ab. Im Zweiten Weltkrieg eroberten die Amerikaner die Gruppe zurück. Die Schlacht von Truk war 1944 der militärische Höhepunkt.

Das muss ein ähnliches Gemetzel wie auf Guadalcanal gewesen sein. 1947 wurde den USA von den Vereinten Nationen das sogenannte Treuhandgebiet der Pazifikinseln überlassen, bestehend aus den Karolinen, Marianen und Marshalls. Dennoch hielt und hält sich immer noch ein starker japanischer Einfluss. Viele Insulaner denken nicht ungern an die japanische Zeit zurück, ähnlich wie an die deutsche. Seit den Sechzigerjahren gibt es Unabhängigkeitsbestrebungen auf den Inseln, 1977 entschieden sich die Marianen bereits für einen autonomen, politischen Status. Die Karolinen streben das ebenfalls an, unterstehen aber noch dem US-Innenministerium und werden von einem amerikanischen Hochkommissar verwaltet. Die USA wehren sich natürlich mit Händen und Füßen gegen einen Rückzug aus diesem strategisch ungeheuer wichtigen Gebiet.«

»Ist ja mein Reden«, sagte er.

»Es kursieren Gerüchte, dass auf abgelegenen, unbewohnten Inseln, und davon gibt es Tausende, Waffentests stattfinden. Von den etwa 1000 zu den Karolinen gehörenden Inseln sind lediglich 57 ständig bewohnt, andere nur zeitweilig, manche werden nur zur Kopraernte aufgesucht, aber die meisten sind und bleiben völlig menschenleer. Sie sind noch nicht einmal alle kartografiert.«

»So, so, Frau Doktor«, meinte Jessen ironisch, »jetzt klapp mal deine Bücher zu. Denn wenn mich nicht alles täuscht, fliegen wir Ponape an.«

»Ganz recht.« Edith erwies sich als hartnäckig. »Diese 19 Kilometer lange, 23 Kilometer breite und 303 Quadratkilometer große, fruchtbare Insel ist äußerst reizvoll. Hier leben etwa 17000 Menschen, in der Hauptstadt Kolonia und in verstreuten Siedlungen. Das Innere mit 17 Bergen ist unbewohnt. Höchster Gipfel ist der Ngihneni mit …«

»Nimm die Nase aus dem Buch. Da siehst du deinen höchsten Gipfel in voller Wirklichkeit.«

Der glühende Ball der Sonne war schon zur Hälfte am westlichen Horizont im Blau des Stillen Ozeans versunken. Im Osten kündigten zusehends dunkler werdende Streifen die Nacht an. Darunter stieg eine abendliche Wolkenbank schwarz wie Tinte empor. Im schwindenden Licht nahm die Insel Gestalt an, während das Flugzeug in einer lang gezogenen Schleife tiefer sank. Der Gipfel des Ngihneni strahlte rötlich, überragte das wenige Land und die anderen Berge, warf Schatten auf Täler. Das Land fiel zur dicht mit Mangroven bewachsenen Küste in Klippen und terrassenförmigen Stufungen ab, die Farben durchliefen alle denkbaren Schattierungen von Perlweiß über Rosenrot bis Oliv. Und über allem schimmerten opalisierende Wolken. Die ineinanderverfließenden, unbestimmter werdenden Farbtöne täuschten das Auge, die Schatten der Wolken mischten sich mit den Umrissen der Berge, und die Insel erhob sich mit einem ätherischen Baldachin schimmernd aus der See.

Die Maschine setzte auf dem Rollfeld auf, das auf einer kleinen, riffartigen Insel der Hauptinsel vorgelagert war, verbunden mit einer Dammbrücke. Ein Taxi brachte Edith und Jessen zum *South Park Hotel* in Kolonia, wo sie zwei Zimmer reserviert hatten. Das kleine Hotel, erbaut aus dem Holz von Kokospalmen im Kolonialstil, war weiß gestrichen, zweistöckig, mit einer weit ausladenden Terrasse, von der aus man das Meer blinken sah.

Doch sie achteten kaum darauf, hatten keinen Blick für die Schönheit der Insel, ihre üppige, dschungelartige Vegetation, die das Land mit einem grünen Pelz einhüllte, spürten nicht einmal, wie das Klima, das sie in Hamburg als unerträgliche Hitze empfunden hätten, hier gemäßigt, gesund und selbstverständlich wirkte. Sie schliefen nur, jeder in seinem Zimmer, einen flachen, traumlosen Schlaf.

»Im Grunde«, sagte Jessen beim Frühstück, »ist es ziemlich egal, wo wir zu suchen anfangen.« Und so fragte er die Serviererin, eine zarte Mikronesierin mit deutlich japanischem Einschlag, die, wie fast alle Menschen auf der Insel, sehr gutes Englisch sprach, ob sie je den Namen Carlsen gehört habe. Peter Friedrich Carleen? Sie schüttelte lächelnd den Kopf, und als sie ihr die Reproduktion vorhielten, starrte sie das Bild nur verständnislos an.

»I'm sorry, Sir.«

»Das werden wir wohl noch oft zu hören bekommen«, meinte Jessen. »Wir müssen systematisch vorgehen. Wenn Carlsen wirklich hier gelebt hat, muss es Spuren geben, vielleicht sogar noch Dokumente der Verwaltung, eine Registratur oder dergleichen.«

Sie machten sich auf den Weg zum Verwaltungszentrum der Insel, einem Betonbau neueren Datums mitten in Kolonia, über dem die amerikanische Flagge schlaff in der Brise torkelte.

Als sie der ältlichen Amerikanerin, die der Registratur vorstand, erzählten, sie seien auf der Suche nach einem Mann, der hier zu der Zeit gelebt habe, als noch die Deutschen im Besitz der Inseln waren, winkte die Frau sogleich ab. Das sei wohl völlig aussichtslos, hätten doch schon die Japaner 1914 keinen Wert darauf gelegt, die Einwohnerlisten und standesamtlichen Dokumente der Deutschen weiterzuführen. Und wenn doch etwas übrig geblieben sein sollte, dann seien diese Reste während der Wirren des Zweiten Weltkriegs endgültig verschollen.

Um ganz sicherzugehen, gäbe es jedoch noch die Möglichkeit, eine Anfrage an die Zentralverwaltung des Treuhandgebiets in Saipan zu richten. Die Aussicht auf Erfolg sei freilich minimal. Die Frau war sehr freundlich und offenbar geschmeichelt, dass ihre tägliche Langeweile durch diesen Besuch unterbrochen wurde. So setzte sie dann mit Edith und Jessen einen entsprechenden Brief auf, warnte aber nochmals vor hohen Erwartungen und kündigte an, dass eine Antwort bis zu sechs Wochen auf sich warten lassen könnte. Noch spiele die Zeit hier eine andere Rolle als in Europa oder in den USA, doch das ändere sich schnell, zu schnell. Die Frau seufzte.

Der Brief ging mit der nächsten Maschine ab.

Sie waren leicht enttäuscht, obwohl sie wussten, dass sie keinen Grund dazu hatten. Auf die Registratur zu gehen und dort den Verbleib Carlsens mitgeteilt zu bekommen, war wohl im Moment naheliegend, aber zu einfach. Wir wären wohl noch enttäuschter gewesen, dachte Jessen, als sie zum Hotel zurückgingen, hätte die Frau uns präzise Auskunft gegeben.

Nun hatten sie Zeit, bis die Antwort aus Saipan eintreffen würde, auf eigene Faust zu suchen. Sie erkundeten zu Fuß und mit einem Leihwagen die Insel, nahmen auf diesen Wegen immer die Reproduktion des Bildes mit, hielten sie jedem Einheimischen vor, mit dem sie in Kontakt kamen. Aber immer antwortete ihnen nur das freundliche, beinah entschuldigende »I'm sorry, Sir«.

Langsam bekamen sie das Gefühl, belächelt zu werden, besonders von den Amerikanern, unter denen sich herumgesprochen hatte, dass die beiden Deutschen einen verschollenen Maler suchten.

Drei Tage irrten sie so umher, atemlos, blind, auf der Suche nach einer Spur, die sie nicht erkennen konnten, weil sie die Substanz nicht wahrnahmen, in die diese Spur sich abgedrückt haben musste, wenn es sie überhaupt gab.

»Wir können gar nichts finden«, sagte Edith endlich, als sie wieder einmal erschöpft und frustriert auf der Terrasse des Hotels saßen.

Jessen verstand sofort, was sie meinte.

»Wir haben ja noch nicht einmal das Meer betrachtet«, nickte er.

Plötzlich gab es etwas wie Selbstanschluss zwischen ihnen. Sie brauchten keine Worte mehr. Jetzt erst waren sie angekommen. Jetzt erst bemerkten sie, dass die Tage hier anders vergingen als zu Hause, dass die Zeit nicht davonlief, sondern zerfiel oder gar stillstand. Tagaus, tagein schien die Sonne gleich belebend auf Berge und Täler der Insel, Abend für Abend spielten Winde kühl in den Wipfeln der Kasuarinen und Kokospalmen. Wie die Sträucher und Blumen standen auch die Bäume in ständiger Blüte, die Fruchtträger immer von Früchten übersät. Dazu donnerten dauernd drohend rollend die Brandungswellen des Ozeans. Draußen am Riff stob der Schaum am höchsten, doch die ewig heiteren Leute von Ponape schienen mit den Wellen zu spielen, wenn sie ihre Boote zum Fischen hinausbalancierten. Die Spannungen der Atmosphäre waren weit gleichmäßiger, als sie es aus ihren Breiten gewohnt waren. Als zitternde, feurige Blase stieg die Sonne jeden Morgen vom Horizont auf, und es wurde Licht. Als schwerer Tropfen flüssigen Metalls fiel sie des Abends ins Meer zurück, und es wurde Nacht – keine Farbsymphonien davor oder danach, es sei denn, dass dichte Wolkengebilde, aus denen manchmal heftiger Regen fiel, die Lichtbrechungsverhältnisse gemäßigter Zonen künstlich hergestellt hätten. Sonst aber beherrschten starke Kontrastwirkungen alles Sichtbare.

Einmal, als sie abends auf die Lagune hinaussahen, fühlte Jessen Kräfte in sich aufsteigen, die er zuvor nicht gekannt hatte. Er fasste Feinheiten und Abstufungen in Farben und Formen auf, als sei er sein ganzes Leben lang, bis zu diesem Augenblick, geblendet gewesen. Die Linien schienen von einer Reinheit und die Übergänge zwischen ihnen von einer Reinlichkeit, wie sie sonst nur künstlerische Abstraktion hervorbrachten. Er blickte auf die abendliche See, die mit langen weißen Nebelstreifen überlagert war, und er wusste nicht, ob die Insel im Meer schwamm oder im dunklen Himmel darüber. Es war, als ob alle Erscheinungen aus sich selbst Sinn schufen. Wesen und Schein wuchsen ineinander.

Ähnliche Empfindungen hatten sie bei Ausflügen ins Innere der Insel. Die naive Selbstsicherheit der Baumschößlinge, die kluge Geschmeidigkeit der Schlingpflanzen, das sanft ausdauernde Werben der Blätter um einen Platz am Licht, das ganze tropische Vegetieren machte in seiner Lautlosigkeit den Eindruck größerer Bewegung als die Hektik einer Stadt, nur dass diese Bewegung aus der dauernden Ruhe floss. Hier im Dschungel fehlten wegen der überstarken Belichtung die Farben- und Formnuancen, aus denen die Schönheit nördlicher Wälder lebt. Nur mühsam gelang es, aus dem großen Grün Einzelgestalten herauszulösen. Aber ebendeshalb lebte das Ganze umso intensiver, denn alles Einzeldasein ging darin auf. Die Flora war unbeschreiblich reich, bestenfalls malbar – üppig, strotzend. Hochragende Stämme durchsetzten wieder und wieder die scheinbare Wirrnis des Dschungels, sodass dann doch plötzlich das zügellose Wuchern der Gewächse als Füllung einer klaren Umrisszeichnung wirkte. Besonders das lichte Grau abgestorbener Baumriesen half dem Auge, die Dominanz des Grüns zu brechen, als habe der Tod die Taktstriche eingezeichnet in eine sonst allzu verwobene Partitur.

»Er war hier«, sagte Edith auf einem dieser Gänge. »Ich weiß es sicher.«

Jessen nickte. Auch er spürte, dass hier jede Stimmung unmittelbar Wirklichkeit schuf, dass umgekehrt alle Wirklichkeit sich augenblicklich in Stimmung umsetzte. Die Welt wurde im Moment so, wie die Willkür des Augenblicks sie vorstellte. Was sonst nur huschend ihr Bewusstsein streifte, blieb nun, verweilte. Nuancen ballten sich zusammen. Leichte Wünsche vertieften sich. Aus Nebeln verdichteten sich Sterne. Im Paradies der Palmenhaine und der purpurnen Riesenblumen schwammen sie wie in der Brandung, und wenn sie in der Brandung schwammen, badeten sie im Dschungel. Die Grenzen zwischen Realität und Fantasie verloren sich. Das Paradies war überflüssig geworden, weil hier alles überflüssig war.

»Es ist egal, ob wir auf Spuren Carlsens stoßen«, sagte Jessen einmal. »Es ist sogar egal, ob er hier war, ob er überhaupt gelebt hat. Es reicht, dass wir es wissen. Und wir wissen es, weil wir es uns vorstellen können.« Manchmal hielten sie sich an den Händen.

Irgendwann zogen sie aus ihren Einzelzimmern um in einen größeren, helleren Raum.

Dieser Raum war der Ozean der Körper, grenzenlos und unerforschlich wie die Ozeane der Luft und der Meere. Um die Inseln ihrer Augen wimmelten unzählige Atolle aus Sommersprossen. Ihre Haare glänzten des Nachts, Reflexe auf fremden Wassern.

Und sie fanden sich, weil sie nicht mehr suchten.

Der Barmixer des Hotels erzählte ihnen eines Abends, sie gälten inzwischen als die verrückten Deutschen, die offenbar zu viele Romane und Filme über die Südsee konsumiert hätten und jetzt einen zweiten Gauguin suchten. Das sei so selten nicht: Alle paar Jahre tauchten hier oder auf anderen Inseln Typen auf, die dem Traum vom Paradies zivilisationsmüder Künstler nachjagten. Neben dem Veteranentourismus, der Amerikaner und Japaner durch die Inseln des Pazifik treibe wie Strandgut, gäbe es inzwischen eine Art Kunsttourismus, auf dessen Pfaden Verehrer der Stevensons, Melvilles, Maughams, Gauguins oder zuletzt Jacques Brels wandelten. Ganz zu schweigen vom Ethnotourismus. Heute, sagte der Barmann, sei im Hotel ein Ethnologe angekommen, ebenfalls Deutscher. Die Ethnologen würden so langsam zu einer wahren Inselplage.

»There he comes«, flüsterte der Barmann und nickte gegen den Eingang, durch den eben ein etwa vierzigjähriger, hellblonder Mann eintrat, dessen Haut krebsrot war, einer jener Menschen, die nicht bräunen und in den Tropen doppelt deplatziert wirken.

Er setzte sich an die Bar, der Mixer stellte mit ein paar Worten den Kontakt her.

»Ethnologe bin ich zwar«, begann Hartmut Strack, so der Name des Blonden, sich vorzustellen, »aber ich arbeite als Wissenschaftsjournalist. Ich habe jetzt den pazifischen Raum über ein halbes Jahr lang bereist. In einer Woche geht's nach Hause. Ich habe hier für ein Buch recherchiert, *Nachkrieg im Pazifik.* Meine Hauptthese ist, dass das, was heute als Folge des Zweiten Weltkriegs im pazifischen Raum passiert, viel verheerendere Folgen für die pazifischen Kulturen hat als der Krieg selbst. In der gesamten Inselwelt finden Sie heute überall noch Spuren des Krieges. Überwucherte Bunker, verlassene Artilleriestellungen mit verrosteten Geschützen, abgeschossene Flugzeuge, Schiffswracks und Panzerwracks. Das alles verschandelt die Strände und Dschungel zahlloser Inseln. Überhaupt darauf gekommen bin ich übrigens durch ein Videoband des Koreaners Nam June Paik, der …«

Edith und Jessen warfen sich einen verblüfften Blick zu. »Das kennen wir«, sagte Edith.

»Wirklich?«, fragte Strack. »Na, dann müssen Sie auch erzählen.«

»Machen wir«, sagte Jessen, »wenn Sie fertig sind.«

»O.k.« Strack nickte und bestellte noch eine Runde Kokosschnaps. »Dass dieser ganze Schrott also hier herumliegt, ist ja an sich schon schlimm genug. Schlimmer ist aber der Veteranentourismus, der seit einigen Jahren die Inseln überzieht. Als man vor etwa zehn Jahren auf einer Insel dann einen Japaner fand, der immer noch glaubte, im Kriegszustand zu sein und seine Stellung wie befohlen gehalten hatte, über 30 Jahre lang, kamen neben den Amis auch immer mehr Japaner. Die wollen die Stätten wiedersehen, auf denen sie sich damals die Köpfe eingeschlagen haben, bringen gleich ihre Familien mit. Japanische Kriegerwitwen kommen in Reisegruppen, tragen Shinto-Schreine auf die Strände und hinterlassen Altäre für die Kriegstoten.

Die Amerikaner kontrollieren riesige Gebiete, besonders hier in der Gegend. Um Ponape gibt es Hunderte von Inseln, die Sie auf keiner Seekarte finden. Und auf mancher dieser Inseln gehen Dinge vor sich, die man besser nicht laut sagt. Weiß Gott kein Veteranentourismus.«

»Wie meinen Sie das?«, fragte Jessen.

»Das sind nur so Spekulationen von mir«, wiegelte Strack ab. »Vergessen Sie das mal lieber. In meiner Studie geht es auch eher darum, wie dieser Nachkriegstourismus die ethnologischen, kulturellen, auch die ökologischen Strukturen des Pazifik zerstört. Von der gegenwärtigen Militärsituation sag ich nichts, noch nicht.

Hier auf Ponape hält sich der Trubel ja noch in Grenzen. Aber sonst, ich kann Ihnen sagen! Nachdem der Schriftsteller James Michener nach dem Krieg Bali Hai erfand, eine Insel, die er als G.I. gesehen haben will, schwappte eine Südsee-Euphorie über die USA, Unmengen von Kitschfilmen, Aloha he und so weiter und so fort, Streifen, die den Krieg verherrlichten, Bücher jede Menge, sogar Musicals, denken Sie nur an *South Pacific.* Und dann kamen die Touristen in Strömen. Hawaii ist ja schon lange völlig ruiniert. Und die Insulaner lernen leider schnell und verdienen ihr Geld mit dem Tourismus. Aber sie verlieren ihre Identität. Es ist ein Jammer.

Der größte Zirkus dieser Art findet auf der Inselgruppe Truk statt, liegt zwischen hier und Guam. Truk ist nicht nur eins der größten und schönsten Atolle der Welt, sondern war während des Krieges die wichtigste Marinebasis der Japaner. Im Februar 1944 griffen die Amerikaner die japanische Flotte an und versenkten mehr als 60 Schiffe und viele Flugzeuge.

Und dies ganze Zeugs liegt jetzt auf dem Grund der Lagune, die ein denkmalgeschütztes *Historical Monument* geworden ist, ein gigantischer Unterwasserfriedhof. Da wimmelt es natürlich von Sporttauchern. Die Korallenriffe färben das Wasser in Pastelltönen von Orange, Gelb und Grün, dazwischen die dunklen Schatten der Wracks. Ich bin selbst getaucht da. Und ich gebe zu, dass man sich einer gewissen Faszination nicht entziehen kann. Da liegen diese Stahlkolosse und rotten leise vor sich hin, wirken völlig unwirklich im blaugrünen Wasser, sind zum Teil von Sand zugedeckt, Fische schwimmen um die Geschützrohre, laichen in den Kanonen. Es ist eine Atmosphäre, die sich schwer beschreiben lässt. Wie soll ich sagen …?«

»Es muss aussehen wie abgefallene Blüten nach einem Regen. Oder wie in Bernstein gefangene Schmetterlinge aus Eisen. Oder wie versteinerte Libellen.« Jessen war Strack ins Wort gefallen. Was er sagte, kam von weit her. Er spürte kaum, dass er es sprach. »Jedenfalls ist es ein Massengrab. Aber eins, dem Schrecken und Trauer fehlen. Oder dessen Trauer durch die Touristen zerstört wird. Es ist ein Grab erstarrter, nutzlos gewordener Unruhe.«

»Allerdings.« Strack sah Jessen verblüfft an. »Sie waren also selber schon mal da?«

»Nein«, antwortete Jessen, »aber ich habe es schon einmal gesehen, vor ein paar Jahren. Das war auf einem Spaziergang an der Elbe, und …«

»Ist dir nicht gut«, fragte Edith besorgt.

»Ja, ja, der Kokosschnaps.« Strack lachte und bestellte noch eine Runde.

»Mag sein«, sagte Jessen leise. »Jedenfalls ist etwas von dieser seltsamen Stimmung des Unterwasserfriedhofs auch auf dem Bild. Und deshalb sind wir schließlich hier.«

Es war weit nach Mitternacht, als Edith und Jessen, sich gegenseitig abwechselnd und ergänzend, Strack die

Geschichte erzählt hatten. Er hatte aufmerksam zugehört, war beeindruckt. Der Ausdruck des Misstrauens und nachsichtigen Lächelns, der anfangs sein Gesicht überzogen hatte, war nach und nach verschwunden.

»Ich glaube Ihnen«, sagte er schließlich. »Aber weiterhelfen kann ich Ihnen auch nicht. Von diesem Carlsen habe ich nie etwas gehört. Und ich bin viel herumgekommen auf den Inseln. Aus Saipan dürfen Sie übrigens keine Hilfe erwarten. Deren Registratur beginnt erst 1945.« Er gähnte. »Und jetzt wird's Zeit für die Kojen.«

Sie verabschiedeten sich. Im Hinaufgehen sagte Strack plötzlich: »Übrigens, auf dem Friedhof von Keplinhe gibt es deutsche Gräber. Dort würde ich an Ihrer Stelle suchen. Und wenn Sie auch da nichts finden, dann sollten Sie wohl lieber noch ein paar Tage Urlaub machen. Und dann ab nach Hause. Gute Nacht.«

Der Friedhof von Keplinhe war im Karree von Kokospalmen umstanden, mit Büschen und Blumen durchsetzt. Die meisten Gräber waren mit niedrigen Zäunchen aus Korallenstöcken umfriedet und mit weiß getünchten Holzkreuzen aus Kokospalmen versehen. An manchen hatte der Regen das blanke Holz und das Rot der Korallenstöcke frei gewaschen, an anderen war die weiße Farbe frisch.

Am äußersten Rand des Platzes lagen die drei Reihen Gräber, deren Kreuze und Steine deutsche Inschriften trugen. Die Steine waren aus grauer Lava, viele umgestürzt, von Moosen überwachsen, die Einfriedungen hatten sich gesetzt. Niemand kümmerte sich darum. Es war überhaupt ein Wunder, dass die Japaner die Gräber der Deutschen unangetastet gelassen hatten. Die Lavasteine bröckelten an den Rändern, zeigten Risse. Die eingemeißelten Namen waren nur noch zu erahnen.

Der Stein aber, den sie suchten und in der letzten Reihe unter zwei hohen Palmen fanden, stand aufrecht und wirkte, als würde er hin und wieder gesäubert. Auch die Korallenumfriedung war gepflegt und frisch getüncht.

PETER FRIEDRICH CARLSEN
*1841 †1915

Sie wussten nicht, was sie sagen sollten. Dieser Grabstein musste zugleich der Schlusspunkt sein, der Punkt, der das Ende der Geschichte des Bildes markierte und auch das Ende ihrer gemeinsamen Reise ans andere Ende der Welt anzeigte. Sie fühlten Freude, in die Trauer gemischt war. Am Ziel – und das Ziel war ein Abschied.

Schweigend gingen sie ins Hotel zurück. Sie hatten den Beweis: Carlsen hatte auf Ponape gelebt, er war hier gestorben und lag hier begraben. Damit stand die Echtheit des grauen Bildes nahezu zweifelsfrei fest. Sie hatten erreicht, was zu erreichen war. Mehr konnten sie nicht tun. Und doch blieb ein Gefühl der Unabgeschlossenheit, des offenen Endes.

Zwei Tage später, am 17. Dezember 1987, kam Nachricht aus Saipan mit dem erwarteten Inhalt: keine Informationen über Peter Friedrich Carlsen.

»Dann werden wir also abreisen«, sagte Jessen beim Frühstück.

Edith nickte stumm.

Sie machten sich zu Fuß auf den Weg zum Büro der Fluggesellschaft, um ihren Rückflug zu buchen.

»Lass uns noch einmal am Grab vorbeischauen«, schlug Edith vor. »Wir sollten es auch fotografieren.«

Schon von Weitem sahen sie, dass eine Gestalt vor dem Grab stand, hielten sich entfernt und musterten unauffällig den alten Mann, der dort mit gesenktem Kopf und verschränkten Armen regungslos verharrte. Er trug einen weißen Leinenanzug, war hellhäutiger und größer als die Mikronesier, die sie kannten. Seine dichten Haare waren schneeweiß, das Gesicht von tiefen Falten zerfurcht. Er musste steinalt sein, vielleicht achtzig, vielleicht noch älter.

Jessen ging vorsichtig auf ihn zu, berührte ihn leise am Arm. Der Alte blickte ruhig auf, blickte Jessen aus Augen an, die er bei den Eingeborenen nie gesehen hatte: zwei hellblaue Sterne.

»Verzeihen Sie«, sagte Jessen leise auf Englisch. »Kennen Sie vielleicht den Mann, der hier begraben liegt?«

Der Alte musterte Jessen und die nun ebenfalls näher tretende Edith nicht unfreundlich, doch mit einem deutlichen Anflug von Misstrauen im offenen Gesicht.

»Warum wollen Sie das wissen?« Sein Englisch war flüssig, fast akzentfrei.

»Wir sind aus Deutschland gekommen, um Peter Friedrich Carlsen zu suchen, der ein großer Maler gewesen ist.«

»Aus Deutschland!« Ein Lächeln flog über die verwitterten Züge des Alten. »Aus Deutschland«, wiederholte er. »Sie kommen aus Deutschland, um meinen … » Er brach ab.

»Bitte, es ist uns sehr wichtig. Kannten Sie Herrn Carlsen?«

»Ja, Sir«, sagte der Alte ruhig. »Ich kannte Herrn Carlsen sehr gut.«

»Bitte, können Sie uns von ihm erzählen?«

»Warum?«, fragte der Alte.

»Das ist eine sehr lange Geschichte. Wir haben ein Bild von Carlsen …«

»Sie haben ein Bild von Carlsen?« Er lebte sichtlich auf »Zeigen Sie es mir. Dann werde ich Ihnen erzählen.«

»O.k.«, sagte Jessen mit mühsam beherrschter Erregung. »Das Bild ist im Hotel. Können Sie mitkommen?«

»Nein. Sie kommen besser zu mir. Mein Haus liegt da.« Er wies mit der Hand über die Bucht. »Pingelap Village. Sehen Sie die Holzhäuser? Kommen Sie heut Abend dorthin. Fragen Sie nach dem Haus des alten Thomas.« Er tippte sich auf die Brust. »Jeder kennt mich dort. Vergessen Sie bitte nicht das Bild. Ich kann Ihnen sehr viel von Carlsen erzählen, sehr viel.«

Der Alte verließ langsam, aber sicheren Schritts und aufrecht den Friedhof, hob noch einmal die Hand zum Gruß, sah nicht zurück auf Edith und Jessen, die ihm nachstarrten wie einem Wesen aus einer anderen Welt.

»Wer war das denn?«, staunte Edith.

»Nun geht es doch noch weiter«, murmelte Jessen. »Kneif mich mal in den Arm. Ich glaub, ich träume.«

Sie kniff ihn nicht in den Arm, sondern umarmte ihn. Sie küssten sich lange. Aus der Ferne sah es aus, als stünde nur eine einzelne Person vor dem Grabstein, dessen Schatten in den Schatten dieser Person überfloss.

Zurück im Hotel trafen sie auf Strack, der vor seinem Gepäck in der Lounge auf ein Taxi wartete, das ihn zum Flugplatz bringen sollte. Sie erzählten ihm atemlos von ihrem Fund und von der Einladung.

»Na bitte.« Er lachte. »Da wird Ihnen sicher Kava angeboten werden, eine Droge, die aus Pfefferwurzeln gewonnen wird. Dürfen Sie keinesfalls abschlagen. Das wäre eine große Beleidigung. Und im Übrigen«, er grinste breit, »ist das Zeugs recht angenehm. Regt die Fantasie stark an, schenkt schöne Träume und ist harmlos, wenn man nicht zu viel davon nimmt. Da kommt mein Taxi. Leben Sie wohl.«

Einige der Häuser in Pingelap Village, einem Vorort Kolonias, in dem ausschließlich Eingeborene lebten, zeigten deutliche Spuren westlicher Zivilisation, verputzte Mauern, Blechdächer, Eisenverstrebungen. Doch die meisten bestanden noch aus dem Produkt eines einzigen Baumes: Palmholz und Palmblätter waren ihr Baustoff. Kein Nagel war eingeschlagen, kein Hammerschlag hatte bei ihrer Errichtung getönt, und ihre Balken wurden von Bändern aus Palmfasern zusammengehalten.

Auch das Haus des alten Thomas zeigte die traditionelle Bauweise, bot jedoch im Baustil eher Anklänge an den europäischen Kolonialismus. Auf der Terrasse des weiträumigen Bungalows, die sich über die gesamte Vorderfront hinzog, mit einem Geländer umkleidet war und aufs Meer hinauswies, saß der Alte in einem Schaukelstuhl und winkte ihnen freundlich entgegen, während im Westen gerade die Sonne in den Horizont tauchte. Hinter ihm lehnte im Halbschatten eine etwa fünfzigjährige Mikronesierin, die jedoch, ebenso wie Thomas, eher europäisch gekleidet war.

»Willkommen!«, rief er. »Setzen Sie sich bitte.« Er wies mit der Hand auf zwei Stühle, die rechts und links von seinem Schaukelstuhl standen. »Das ist Kursa, meine Tochter.«

Kursa lächelte freundlich aus ebenfalls wasserblauen Augen und verneigte sich anmutig.

»Das ist ein großer Tag für mich«, sagte der Alte feierlich, nachdem Edith und Jessen Platz genommen hatten. »Sie kommen aus Deutschland. Ein weiter, ein sehr weiter Weg. Und Sie kommen wegen Carlsen. Dies wird eine lange Nacht des Erzählens. Und in den alten Zeiten waren solche Nächte auch immer Kava-Nächte.«

Kursa reichte dem Alten auf einem Basttablett eine Handvoll Wurzeln, einen Topf, ein großes Palmblatt, eine Glaskaraffe mit Wasser und vier Tassen. Thomas nahm ein paar der Wurzeln in den Mund, zerkaute sie, spuckte die Masse auf das Blatt, verrührte sie mit etwas Wasser. Kursa drückte den weißlichen Schleim durch ein Stück Stoff in die Tassen und reichte sie herum.

»Prosit«, lächelte Thomas verschmitzt und hob die Tasse seinen Gästen entgegen. »Dies ist nicht die alte Zeremonie, aber Kava ist immer gut. Carlsen liebte Kava. Wenn er Bilder malte, trank er oft Kava. Kava half ihm malen. Und Kava ist sehr gut fürs Erzählen.«

Jessen und Edith würgten mit leicht verkniffenem Gesichtsausdruck den Brei herunter. Der Geschmack war erdig, und sie hatten das Gefühl, dass die Nerven im Mund betäubt wurden.

»Sehr gut.« Thomas nickte zufrieden. »Sie haben ein Bild von Carlsen? Bitte zeigen Sie es mir.«

Jessen zog die Reproduktion aus seiner Mappe und hielt sie dem Alten hin, der fast gierig danach griff. Lange schaute er unbewegten Gesichts auf das Bild, nickte schließlich und sagte:

»Jawohl. Das Bild hat Carlsen gemalt. Ich habe es noch nie gesehen. Aber es ist ein Bild von Carlsen.« Thomas traten die Tränen in die Augen. »Er hat oft von diesem Bild gesprochen. Es heißt *Das Grau der Karolinen.* Als es gemalt wurde, war ich noch nicht geboren. Ich wurde erst 1910 geboren. Dies Bild wurde von Carlsen nach Deutschland gesandt. Er schickte es einer Frau, die er dort zurückließ. Sagen Sie mir, wie Sie an dies Bild gekommen sind. Sagen Sie mir alles, was Sie von Carlsen wissen.«

Während der Alte sprach, machte sich in Edith und Jessen das Gefühl breit, als hätten sie mehrere Tassen sehr starken Mokkas getrunken, allerdings ohne deren körperliche Wirkungen. Die euphorisierende Stimulierung zielte direkt aufs Gehirn, intensivierte das letzte Rot der Sonne auf dem abdunkelnden Wasser, löste die Zunge, die man jedoch nicht mehr spürte.

Nicht Jessen war es, der nun zu sprechen begann, sondern etwas sprach ihn oder sprach durch ihn. Die Geschichte des Bildes, die er nun noch einmal für den Alten erzählte, hatte er schon so oft erzählt. Doch diesmal klang sie neu, fremd, überaus erregend. Ihm war, als entdecke er alle Ereignisse erst jetzt, während er sprach oder gesprochen wurde, als sähe er das Bild zum ersten Mal, als schüfe er das Bild erst, indem er davon sprach, oder sprach das Bild und schuf ihn? Er spürte nicht, wie er die Worte formte. Sie fielen einfach aus dem Mund, tanzten in der Brise, die sie als Resonanzkörper verstärkten und weiter zu Thomas, Kursa und Edith trugen. Oder saßen die Hörenden auf der Zunge des Erzählenden? Wer war Mund? Wer Ohr? Was Wort? Was Bild? Was Brise?

»Und so«, hörte er nach einer Weile, deren Dauer er unmöglich abschätzen konnte, seine Stimme, »sind wir auf diese Insel gekommen. Und jetzt sitzen wir mit Ihnen auf der Terrasse in der Nacht.«

Einige Windlichter, die Kursa irgendwann entzündet haben musste, gaben einen milden, gelblichen Schimmer. Das Weiß von Thomas' Anzug und das Silbergrau seiner Haare leuchteten bläulich im Schwarz.

Jessens Mund hatte zu sprechen aufgehört, und nun sprach etwas anderes, oder das Gleiche, was eben schon gesprochen hatte, sprach aus dem Mund des Alten.

»Wenn die Strömung des Baches langsam fließt, sieht man die Ordnung des Wassers. Wenn aber der Bach über einen Felsen stürzt, verwandelt sich die Ordnung in unendlich feine, unendlich viele Wirbel, in strudelndes Durcheinander. Doch auch in diesem Durcheinander ist Ordnung. Wir kennen diese Ordnung nicht. Aber wir wissen, dass sie da ist, weil wir sie erfahren.

Das Sprichwort sagt: Wenn in Ponape ein Schmetterling mit den Flügeln schlägt, schlägt drei Monde später in Europa das Wetter um. Nichts ist Zufall. Nichts ist Glück, nichts Pech.

Wir kennen nicht den Grund, der uns zusammengeführt hat. Aber die Ordnung im Ungeordneten hat euch den Weg zu mir gewiesen, so wie sie Peter Friedrich Carlsen den Weg nach Ponape gewiesen hat. Das ist lange her, wohl an die hundert Jahre. Und doch sind hundert Jahre nur ein Augenblick in der Zeit. Da kam eines Tages mit dem Schiff eines deutschen Kopra-Händlers, dessen Namen ich nicht mehr weiß, der Maler Carlsen auf diese Insel. Erst lebte er mit den weißen Leuten in Kolonia. Aber die Art der weißen Leute gefiel ihm nicht.

Und eines Tages verliebte er sich in eine junge, schöne Frau von Ponape. Ihr Name war Nai Takauti. Sie heirateten, und Carlsen baute dies Haus. Nai Takauti schenkte Carlsen drei Söhne und eine Tochter. Der jüngste dieser Söhne bin ich. Ich, Thomas Kal San. Später, als Carlsen längst tot war, habe ich meinen Namen, den unsere Zungen nur schwer formen können, umgebildet.

Ja, Peter Friedrich Carlsen war mein Vater. Aber ich habe ihn nur fünf Jahre gekannt. Dann ist er gestorben, am Tropenfieber, wie man sagt. Doch ich glaube, weil meine Mutter es mir erzählt hat, dass er aus Gram gestorben ist. Aus Gram, weil ihn die Japaner, die ein Jahr vor seinem Tod auf die Insel kamen, zwingen wollten, von hier fortzugehen. Aber er wollte nicht fort von hier. Ponape war sein Paradies.

In Ponape hat er alles vergessen, was ihm Europa angetan hat. In Ponape hat er gemalt, erst wenig, dann mehr und mehr. Er hat Bilder von großer Schönheit gemalt. Ich habe nur sehr unklare Erinnerungen an diese Bilder, denn ich habe sie zuletzt gesehen, als ich vier Jahre alt war. Aber es waren Bilder, wie ich sie zuvor nie gesehen habe und auch später nicht mehr. Und das sagten auch meine Geschwister und meine Mutter, die inzwischen alle wieder mit meinem Vater vereint sind. Sie sagten, mein Vater sei der einzige Fremde gewesen, der das Sein dieser Inseln verstanden habe. Seine Bilder haben es gezeigt. Sie zeigten sogar Dinge, die selbst die Leute von Ponape nie zuvor gesehen haben. Mein Vater hat die Inseln wirklich gesehen. Und er hat auch die Inseln und Meere gesehen, die hinter oder über den Inseln und Meeren liegen, die wir täglich sehen können.

Nur das graue Bild, von dem Sie das Foto haben, ist anders. So hat mein Vater nur einmal gemalt. Meine Mutter hat es mir erzählt, dass er mit diesem Bild einen bösen Zauber bannen wollte, der auf seiner Seele lag. Und als er das Bild gemalt hatte, war der böse Zauber verflogen. Und der gute Zauber hielt wieder Einzug in seine Seele und in alle seine Bilder.«

So oder ähnlich sprach es aus Thomas Carlsen, der nun Kal San hieß. Jessen und Edith vermochten schon lange nicht mehr zu unterscheiden, ob sie wachten oder träumten, sprachen oder zuhörten, ob sie auf Stühlen saßen oder schwebten, ob sie Worte vernahmen oder Bilder sahen.

Sie schwiegen lange oder auch nur wenige Sekunden. Seewärts war der Himmel hell von Sternen, und das Wasser schimmerte in ihrem Widerschein, unzählige Augen, in denen sich etwas Unendliches spiegelte. Schwarz hoben sich die Berge, und plötzlich war in Jessen ein Abend vor Jahren. Mit Waldhoff hatte er in einer Galerie gestanden, vor Bildern aus lauter Augen, und sie hatten Worte gewechselt. Die Worte fielen ihm nicht ein, aber sie mussten so gelautet haben, dass der Mensch die Erde zum Vorbild hat, die Erde den Himmel und der Himmel den Sinn. Der Sinn aber hatte sich selbst zum Vorbild. Und doch war es anders gewesen. Und Jessen saß auch nicht in dieser Galerie an der Elbe, durch die eine Schiffssirene gestoßen war wie die Sirenen des Luftschutzes, sondern er saß auf der Terrasse des Hauses des Sohns von Peter Friedrich Carlsen, der also ein Stiefbruder war des unglücklichen Carl Westermann, der wiederum …

Die Ordnung versickerte, Wasser im Sand.

Ein sehr feiner grauer Schimmer im Osten kündigte den Morgen an. Die Wirkung des Kava hatte nachgelassen.

»Und wo sind die Bilder Ihres Vaters?«, murmelte Jessen. »Wo sind sie geblieben? Haben Sie welche?«

»Ich weiß es«, sagte Thomas leise, »und ich weiß es auch wiederum nicht. Denn als die Japaner auf die Insel kamen, hat mein Vater alle Bilder zusammengepackt. Er ist dann mit meinen beiden Brüdern, die damals zehn und elf Jahre älter als ich waren, auf eins der zahllosen, unbewohnten Atolle im Archipel gefahren.

Das ist ein Atoll, zu dem er schon früher oft allein gefahren war, um zu malen. Denn selbst in Ponape war es ihm manchmal zu unruhig. Auf diesem Atoll hatte er eine Hütte, und in diese Hütte brachten wir die Bilder. Denn mein Vater hatte Angst, dass die Japaner seine Bilder wegnehmen oder zerstören würden. Und auf diesem Atoll in dieser Hütte liegen die Bilder immer noch in einer großen Kiste.«

»Wo ist dies Atoll?«, fragte Edith erregt.

»Das weiß ich nicht«, antwortete Thomas ruhig. »Mit dem Kanu sind es drei oder vier Tagesreisen. Aber ich weiß nicht, in welcher Richtung. Ich war ja erst fünf Jahre alt damals. Und mein Vater hatte mich zuvor nie dorthin mitgenommen. Meine Brüder hätten das Atoll vielleicht wiedergefunden. Aber mein Vater hat befohlen, dass sie darüber schweigen. Ich habe später einige Male nach dem Atoll gesucht, aber dann habe ich es aufgegeben. Es ist wohl auch besser so. Denn die Bilder meines Vaters leben unsterblich in der Erinnerung eines jeden, der sie je gesehen hat.

Die Leinwand vergeht wie der Mensch. Die Farben verblassen wie der Mond. Aber die Bilder bleiben für alle Zeit.«

Der anbrechende Tag warf Bilder über die Veranda, die auch Carlsen gesehen haben musste. Sie beobachteten mit der tiefsten Bewegung die Dämmerung über der Bucht. Steil hingen hinter ihnen die Berge in den vielfältigsten Formen, mit jeder Art von Bewuchs bedeckt. Alles trug seine eigenen Farben, die nun von der aufgehenden Sonne zum Leuchten gebracht wurden. Safran-, Schwefel-, Nelken- und Rosentöne, klar wie Düfte. Sie schimmerten in den helleren Schattierungen als Satin, zart aufbrechenden Knospen gleich, in den dunkleren wie pralle Blüten. Das Morgenlicht war farblos und klar. Auf seinem juwelengleichen Hintergrund war noch die letzte Einzelheit der Zeichnung deutlich zu erkennen.

Inzwischen kündigten ringsum in der Siedlung, wo noch die blauen Schatten hingen, die rote Glut der Kokosschalen, auf denen gekocht wurde, und die leichten Rauchfäden aus den Häusern die erwachende Geschäftigkeit des Tages an. Vom Strand kehrten einige junge Mädchen und Jungen in bunter, roter, blauer und grüner Kleidung vom Bad zurück.

Bilder begannen zu leben. Bald hatte die Sonne die Berggipfel ganz ausgeleuchtet. Und über allem lag das Glühen des Tages.

Thomas erhob sich und umarmte seine Gäste, die nicht wussten, was sie sagen sollten.

Jessen fragte ihn, ob er die Reproduktion des Bildes behalten wolle, was er mit ehrlicher Freude annahm. Er sagte ein paar mikronesische Worte zu seiner Tochter, die daraufhin eine gerahmte und verglaste, doch schon an den Rändern bräunlich vergilbende Fotografie aus dem Haus holte.

»Peter Friedrich Carlsen«, sagte Thomas. »Take it as a souvenir.«

Aber der Mann, der ihnen von dieser Fotografie entgegenlachte, mit freiem Oberkörper und dem Armstumpf auf der rechten Seite, schulterlangen Haaren und Vollbart, hatte kaum noch Ähnlichkeit mit jenem Porträt Carlsens, das sie in einem Kunstlexikon gefunden hatten, wo er steif, mit pomadisiertem Haar und schneidig aufgezwirbeltem Schnurrbart in ausladenden Fantasiekostümen posiert hatte.

»Come back whenever you want!«, rief Thomas ihnen nach, als sie sich auf den Weg ins Hotel machten.

Im frühen Nachmittag erwachte Jessen von einem leichten Druck gegen seine Hüften. Langfingerig brach Sonne durch Spalten der heruntergelassenen Jalousien, warf Lichtraster durch den Raum, übers Bett. Locker hing ihr rechter Arm auf der Beuge seiner Hüfte. Ruhig atmend schlief sie tief. Er konnte sich nicht entsinnen, was passiert war, seit sie Thomas verlassen und ins Hotel zurückgekehrt waren. Der Kava-Traum war tief und schwer. Träumte er ihn noch immer? Er blies seinen Atem gegen eine ihrer Haarsträhnen, sodass diese ihren Nasenflügel kitzelte. Sie zwinkerte, schlug die Augen auf, blickte in seine. Über ihre Züge zog der Sonnenaufgang eines Lächelns.

»Was war denn los?«, wisperte sie.

»Kava«, flüsterte er. »Dies ist nicht die alte Zeremonie, aber Kava ist immer gut.«

»Mr. Jessen! Mr. Jessen!« Es war das Zimmermädchen. »There is a lady waiting in the lounge for you. Very important.«

»Hörst du?« Sie lächelte und richtete sich auf. »Du hast hier offenbar noch andere Verehrerinnen.«

»O. k.! O. k.!«, rief er durch die geschlossene Tür. »Just a second.«

Er stellte sich für einen Moment unter die kalte Dusche, fuhr in Hemd und Hose.

»Warte«, sagte sie, stand ebenfalls auf, duschte, zog sich an.

Sie gingen zur Rezeption herunter. In der Lounge saß Kursa und winkte ihnen lächelnd zu. Ob sie Zeit hätten, noch einmal Thomas zu besuchen? Sofort? Ja, sofort. Ihr Vater sei sehr aufgeregt, es sei dringend. Ihr Mann, William, sei auch da.

Sie liefen mit ihr nach Pingelap Village.

Thomas begrüßte sie auf der Terrasse und führte sie ins Haus. In der Mitte des Raums stand ein großer Tisch, an dem bereits ein Mann wartete, ein Mikronesier, der die Uniform der Flughafenbediensteten trug. Thomas stellte vor: Das sei der Mann Kursas, William Ori, also sein Schwiegersohn, Fluglotse auf dem Ponape-Airport.

»William ist ein sehr guter Seemann. Früher, in den alten Zeiten, waren alle Mikronesier gute Seeleute. Wir verfügten über eine einmalig hochstehende Seefahrerkultur. Wir navigierten mithilfe unseres Wissens über den Lauf der Gestirne, über die Bewegungen der verschiedenen Meeresströmungen mit ihren stets wechselnden Richtungen, mit unserer Kenntnis von den Überlagerungen und Stauungen des Wassers vor Inseln, mit unseren Beobachtungen der Wolkenwanderungen und überhaupt des Wetters. Dies Wissen war über Jahrhunderte angehäuft, es galt als Geheimnis. Wir gaben es mündlich von Generation zu Generation weiter. Aber dies Wissen verschwindet immer mehr. Die Armaturen der Weißen verdrängen es, obwohl all die blinkenden Instrumente nicht besser funktionieren als unsere traditionellen Weisen.

Aber ich kenne noch die alten Methoden, und William ist einer der letzten von den Jungen, der sie auch noch kennt, obwohl er Flugzeuge navigiert.«

»Na schön«, sagte Jessen ungeduldig und etwas erbost, dass man sie deshalb aus dem Hotel geholt hatte. »Sie haben uns doch wohl nicht rufen lassen, um uns das zu erzählen?«

»Ja und nein.« Thomas lächelte verschmitzt. »Wir wissen nämlich jetzt, wo das Atoll liegt, auf das mein Vater seine Bilder gebracht hat.«

»Was wissen Sie?«, staunte Edith.

»Aber wie haben Sie …«, fragte Jessen, als Thomas bereits erklärte.

»Auch mein Vater wusste viel von der alten Art des Navigierens. Und was er nicht wusste, hat ihm vermutlich die Familie meiner Mutter gesagt. Sie haben mir gestern die Fotografie des Bildes geschenkt, des Bildes, das den Namen trägt *Das Grau der Karolinen.* Gestern Abend in der Dämmerung konnte ich nicht mehr alle Einzelheiten erkennen; die Fotografie ist ja auch nicht sehr groß. Und so habe ich es mir heute Morgen bei Tageslicht erneut angesehen. Sehr lange habe ich es betrachtet. Mein Vater hat darauf einen sehr bösen Zauber gebannt.«

»Ja, ja, schon gut.« Jessen wurde beinah unhöflich.

»Ich habe Ihnen erzählt, dass mein Vater früher, schon vor meiner Geburt, oft zu diesem Atoll gefahren ist, um ungestört zu arbeiten. Es war sein Paradies im Paradies. Dies Bild hier, *Das Grau der Karolinen,* hat er wahrscheinlich auch dort gemalt. Aber noch viel mehr. Denn er hat auf diesem Bild sehr genau vermerkt, wo das Atoll liegt. Oder anders gesagt: Dies Bild markiert unter anderem die genaue Position des Atolls.«

»Was sagen Sie da?« Jessen schlug das Herz bis zum Hals. »Ich verstehe nicht recht …«

»Natürlich nicht«, nickte der Alte. »William, bitte erklär du unseren Freunden das.«

William, der die ganze Zeit geschwiegen und nur hin und wieder auf die Reproduktion gesehen hatte, die auf dem Tisch lag, lächelte breit aus einem Bronzegesicht mit fast schwarzen Augen und sagte in perfektem, stark amerikanisiertem Englisch:

»Auf diesem Bild sind Stabkarten eingezeichnet. Und mit diesen Stabkarten kann man, wenn man sie lesen und auf eine moderne Seekarte zu übertragen versteht, die Position des Atolls bestimmen. Das habe ich übrigens schon gemacht. Es war ganz leicht.«

»Was ist auf dem Bild eingezeichnet?«, fragte Edith verwundert. »Was um alles in der Welt sind denn überhaupt Stabkarten?«

»Sie kennen das Bild wohl doch noch nicht so gut«, sagte Thomas mit milder Ironie. »Sehen Sie, hier.« Er tippte auf jene rasterartigen Ritzungen, die bereits dem scharfsichtigen Professor Stofkind aufgefallen waren und auf deren Regelmäßigkeit in drei Fällen er Jessen hingewiesen hatte, ohne freilich den Sinn dieser Strukturen erklären zu können.

Respekt, Respekt, Stofkind, dachte Jessen und pfiff durch die Zähne.

»Diese Zeichnungen«, William lächelte, »sind nicht irgendetwas, sondern sie symbolisieren Stabkarten. Und in ihrer Anordnung weisen sie genau auf einen Punkt im Zentrum des Bildes. Sehen Sie doch, es ist ganz leicht zu erkennen.«

Er fuhr mit der Fingerspitze über die im Dreieck angeordneten Muster, die auf der grauen Fläche etwa folgendes Bild ergaben.

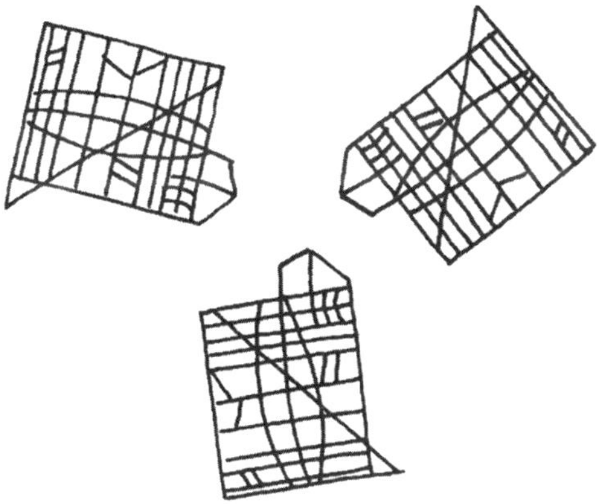

»Und genau in der Mitte muss das Atoll liegen.«

William und Thomas lachten über Ediths und Jessens maßlose Verblüffung.

»Stabkarten«, erklärte William, »waren in den alten Zeiten gewissermaßen unsere Navigationsinstrumente. Sie orientieren sich aber nicht an Punkten auf dem Kompass, sondern an Positionen und Konstellationen der Sterne und an Mustern, die Wellen auf das Wasser werfen. Diese Muster erscheinen, wenn gleichförmige Wasserströmungen und Winddrifts von großen Atollen und Riffen unterbrochen und reflektiert werden. Heutzutage kann man das sehr klar vom Flugzeug aus beobachten, auf Luftaufnahmen, sogar noch von Fotos, die Wettersatelliten zur Erde funken. Aber für unsere Vorfahren waren diese Muster und Raster der See sichtbar von ihren Kanus aus. Und von sehr erfahrenen Navigatoren konnten sie sogar gehört und gefühlt werden. Denn die Wellen, die gegen die Bordwände der Canoes schwappen, sprechen.«

»So ist es«, ergänzte Thomas. »Und deshalb ist es auch wahr, dass, wie man sagt, sogar ein blinder Mann mit den Stabkarten navigieren kann. Kursa, hol die alte Stabkarte aus dem Schuppen.«

Kursa kam nach wenigen Augenblicken mit einem wohl mannshohen Geflecht aus Bambusstäben zurück, das in der Tat prinzipiell den Zeichnungen Carlsens auf dem Gemälde ähnelte, wenn auch die Anordnungen der einzelnen Stäbe unterschiedlich waren.

»Und jetzt passen Sie auf«, sagte William und entrollte eine Seekarte des Ponape-Distrikts, auf der er allerlei Berechnungen und Linien eingetragen hatte. »Hier sind wir.« Er tippte auf die deutlich markierte Insel Ponape. »Und das Atoll, das wir suchen, liegt genau hier.« Er deutete mit einem Bleistift auf einen Punkt zwischen den Inseln Ngatik und Nukuora im Seegebiet südwestlich von Ponape. »Das sind etwa 200 Seemeilen von hier, mit einem Motorboot schnell zu erreichen, wenn auch …«

»Aber da ist ja gar kein Atoll eingetragen«, unterbrach ihn Jessen.

»Natürlich nicht.« William lächelte nachsichtig. »Auf den offiziellen Seekarten ist nur ein Bruchteil der Atolle und Riffe erfasst. Eine Vielzahl der vorhandenen Atolle hat noch nie ein Mensch betreten, manche hat wahrscheinlich noch nie ein Auge erblickt. Aber das namenlose Atoll, das hier liegen muss, das hat Peter Friedrich Carlsen betreten und bewohnt. Und seine Söhne waren ebenfalls einmal dort. Nicht wahr, Schwiegervater?«

Der alte Thomas nickte nachdenklich vor sich hin.

»Hol jetzt das Buch«, sagte er zu Kursa, die eine mit reichen polynesischen Schnitzereien geschmückte Truhe öffnete und einen in Ölpapier eingeschlagenen Gegenstand herausholte.

Der alte Thomas reichte Jessen das Päckchen. »Nehmen Sie das. Lesen Sie es. Das sind Aufzeichnungen, die Peter Friedrich Carlsen gemacht hat. Wir selbst haben sie nie gelesen, denn er hat Deutsch geschrieben. Lesen Sie und berichten Sie uns, was darin steht. Vielleicht erfahren Sie mehr über das graue Bild. Und vielleicht werden Sie meinen Vater besser verstehen. Und wir auch.«

Edith und Jessen fehlten die Worte. Das Päckchen war leicht, aber Jessen hatte das Gefühl, als zöge es seinen Arm zum Erdboden.

Thomas legte ihnen seine Hände auf die Schultern.

»Wir sind alle sehr bewegt«, sagte er. »William und ich werden zu dem Atoll fahren, sobald William ein Motorboot leihen kann. Und wir werden Sie mitnehmen. Denn wir verdanken Ihnen viel. Wir werden Ihnen also zeigen, wo mein Vater gelegentlich gewohnt hat, wo er seine schönsten Bilder gemalt hat. Und wenn während all der Jahre niemand auf dem Atoll etwas verändert hat, was wir hoffen, dann werden Sie dort auch die Bilder meines Vaters finden.«

Er senkte die Stimme, flüsterte: »Oder doch das, was die Natur von ihnen übrig gelassen hat.«

Auf der Terrasse des Hotels saßen Edith und Jessen, schnürten mit zitternden Händen das Päckchen auf, schlugen das Ölpapier zur Seite. Auf der Tischplatte aus geflochtenen Kokosfasern lag ein in schwarzes, sehr weiches, feines, stark abgegriffenes Leder gebundenes Buch. Es war zu etwa zwei Dritteln mit einer kräftigen, gut lesbaren Handschrift gefüllt. Die weißen Blätter waren an den Rändern angegraut und zur Mitte hin leicht vergilbt.

Jessen fühlte Ediths Wange an seiner, als er das Buch aufblätterte und sie in gemeinsamer Lektüre versanken.

Peter Friedrich Carlsen

Tagebuch meiner Südseereise

Hannover, 2. Mai 1895

Es gibt Jahreszeiten, in denen sich nichts regt. Jeden Tag hält der gleiche Regen, das gleiche trübe Licht uns in unseren inneren und äußeren Häusern gefangen. Das lichthelle Frühjahr jedoch, selbst der achtlose Winter, oder zwischen Ernte und Weinlese die flirrende Betäubung des Hochsommers, sorgen dafür, dass überdauernde Eindrücke in uns als Kunst zum Erstarren kommen – oder Aufbrechen als Lebenslust. Aber nichts von alledem bietet dieser April. Ein argloses Lächeln, nach Laune verschwendet, gefolgt von Tränen und einem kindlichen Zornanfall, der zu warme Strahl der Sonne, die sich rar macht wie eine ungeschickte Zärtlichkeit. Und dann plötzlich die Ohrfeige des Hagelschauers mitten ins Gesicht, wie Säbelstreiche der Husaren bei Metz. Aber nein, so grausam wie die Schrecken dieses Krieges kann das launischste Wetter nicht sein.

Und jetzt ist, jedenfalls für einen Augenblick, mit allen Blumen zugleich das Wunder dieser Erde verwirklicht, die dafür dankt, dem Tod entronnen zu sein – wie auch ich immer wieder danke. Schon ist es vorbei. Der April hat sich davongemacht. Der Mai, ein geliebtes Gesicht, auf dem eine zu umständliche Überlegung nach und nach von lächelnder Anmut bezwungen wird.

Verliebt in alles Flüchtige, Immaterielle und Plötzliche ist dieser Moment des Jahres der rechte Augenblick, um wie auf Zehenspitzen eine große Reise zu beginnen. Die Südsee! Das andere Ende der Welt! Ich kann es noch kaum glauben. Während ich dies im Wartesaal des Bahnhofs von Hannover notiere, wo ich auf meinen Anschlusszug nach Hamburg warte, brodelt es vor Eile und Geschäftigkeit. Und ebenso brodelt es in mir. Über zwei Dinge muss diese Reise mir endlich Klarheit verschaffen: über die Echtheit meiner Gefühle zu Clara Westermann und über die Ernsthaftigkeit des in mir keimenden Verlangens, wieder zu malen – aber anders, ganz anders als zuvor.

Der Dienstmann gibt mir einen Wink. Der Zug steht bereit. Der Dampf zieht lockend weiße Schleier durch die Hallen. Es geht los.

Hamburg, 4. Mai 1895

Mitten in der Nacht bin ich erwacht, als der Glockenturm von Sankt Michaelis mit einem Kollegen in der Ferne eine Art Zwiegespräch aufnahm. Draußen herrscht die erste laue Frühlingsnacht und flutet durch die geöffneten Fenster in mein Hotelzimmer. Es kommt mir vor, als fülle sich nicht nur das Gefäß der Natur aufs Neue, sondern auch das meines Künstlertums, das so lange ausgedorrt stand. Die Natur ist schon dabei überzuströmen. Welch ein Lehrer!

Dann wäre es also wahr? Der lange Winter, der Regen und die Kälte, die mich über ein Jahrzehnt einkerkerten, hätten mich nicht besiegt? Viel habe ich Clara zu danken. Aber reicht Dankbarkeit aus, sie nach meiner Rückkehr zu heiraten? Mehr verdanke ich vielleicht dem, was ich in Paris zu sehen bekam. Das ist der Frühling der Malerei, die, auf der Schwelle zu einem neuen Jahrhundert, auf ihren Sommer und ihre Ernte wartet.

Auf einmal hat der Gefährte meiner Schlaflosigkeit, der Glockenturm, das Gefühl gehabt, dass er abermals etwas sagen müsse. Da ist etwas wach in den Lüften, in denen sich alle möglichen Stimmen und Töne das Wort streitig machen, wie Farben auf der Palette, wie in mir selbst …

Allein, nach einem Augenblick dieses vielstimmigen Lallens hat sich das Schweigen wieder eingestellt, die weiße, leere Leinwand des Klangs. Feierlich. Etwas wird sich ereignen. Etwas naht, während ich im Begriff bin, in die blaue Ferne zu ziehen.

Die Sonne bricht durchs Fenster. Schiffssirenen klingen lockend vom Hafen herüber. Ich werde im Hotel noch das Frühstück nehmen und dann an Bord gehen.

Heute Abend laufen wir aus.

An Bord, 5. Mai 1895

Als ich gestern morgen an Bord der ›Meteor‹ ging, die mich nach New York bringen wird, erschien alles so frisch und leicht. Die Schatten schwebten duftiger als die schweren Dunkelheiten des Abends, Heiterkeit herrschte, nicht Melancholie, und silbern und zart floss das Licht in der Frühe um die Dinge, an die sich spät das Abendgold hängen würde. Bevor die Strahlen ihre Funken auf die Wellen säen konnten, mussten sie durch die Bemastung eines Großseglers rieseln, der neben uns am Amerika-Kai festgemacht hatte. Ein kleiner, emsig vorüberziehender Schlepper trug dazu bei, dass der Eindruck des schräg aufs Wasser fallenden Glanzes räumlich wirkte. Die Strahlung warf ein lebhaftes Schattenbild auf das Lichtfeld, indem die Dampfwolke des Schleppers trotz ihrer Durchleuchtung eine eigentümliche Verdunkelung darauf projizierte. Und diese schwimmende, schillernde Dunkelheit glitt über die fest stehenden Schattenstreifen der Masten hinweg und verlor sich im hohen Frühjahrshimmel. (2 Skizzen)

Doch selbst an diesem durchsonnten Tag verhüllte ein feiner Schleier, gemischt aus Wasserdunst und Rauch, den Horizont. Das ist die Atmosphäre des Hafens, die dem des Schaffens gleicht: Der Hauch des Schweißes lagert um das Ideal. Außer den weiß gestrichenen Deckbauten großer Dampfer nebst allerhand Mastwerk und Schornsteinen tauchte nur der Turm des großen Kaispeichers mit seinem Stundenball deutlicher aus dem Dunst hervor. Das Wasser war ungemein bewegt durch das Gewimmel der Schlepper, Fähren, Ewer und Barkassen. (1 Skizze)

Während wir gegen 7 Uhr des Abends ausliefen, kam uns ein Harwich-Dampfer entgegen. Seine dunkle Masse glitt in die Lichtbahn der sich senkenden Sonne, die über den Strom in tausend Kerzen ausgegossen war. Dessen Unruhe brach den Schein in ein unendliches Glitzern, und den sonnengeblendeten Augen erschien es, als schwebte ein Schattenphantom mit Schiffsumrissen durch Rauchwolken. (1 Skizze)

Im letzten Licht wurde ein Woermann-Dampfer, aus Südwestafrika kommend, eingeschleppt – und zwar rückwärts, so gekehrt, wie er an seinem Platz im Hafen liegen soll. Zwei Schlepper, vorgespannt wie Wagenpferde, arbeiteten qualmend vorwärts, brachten aber den schweren Dampfer nicht so schnell vom Fleck, als dass nicht der mäßige Wind die Rauchfahnen über ihre Vorderseite hinweg in die Fahrtrichtung hineinwehen konnte. So durchquerten wir also, selber dampfend, diesen Rauchnebel. Auf wunderliche Weise schien mir der rückwärts eingeschleppte Dampfer ein Symbol meiner eigenen Existenz zu sein. (1 Skizze)

Des Nachts dampften wir aus der Elbmündung in die Nordsee, und beim heutigen Frühstück wiegt uns bereits der Englische Kanal.

Schwere Träume, wiederum Rückkehr meiner Verwundung. Das Pfeifen des Schrapnells, die Berge der Toten ohne Glieder. Starke Phantomschmerzen, wohl auch wegen des ungewohnten Seeklimas.

An Bord, 8. Mai 1895

Es ist doch eine Ironie, dass ich diese Reise ausgerechnet meinen alten Bildern verdanke, diesen gigantischen Unwahrheiten. Denn eingeladen, auf die Karolinen-Insel Ponape zu kommen, hat mich Jens Büchsenmacher, der dort die Interessen des Hamburger Handelshauses *J. C. Godeffroy & Sohn* vertritt. Büchsenmacher war und ist ein großer Bewunderer meiner erbärmlichen Malerei. Er hat mehrere meiner Bilder aufgekauft, einige für sich privat, andere im Auftrag der Firma, in deren Kontorräumen sie hängen – und dort gehören sie auch hin: Kaufmannsträume.

Vorhin beim Lunch kam ich mit dem Kapitän der

›Meteor‹ ins Gespräch, der Godeffroy offenbar rückhaltlos bewundert. 1856 hat die Firma eine erste Niederlassung auf Samoa gegründet, und heute ist der Pflanzer und Kaufherr Johann Cesar Godeffroy, mit den Worten des wackeren Kapitäns, der ungekrönte König der Südsee.

Und dieser Firma, setzte der Kapitän hinzu, steht es vortrefflich an, einen königlichen Maler, wie Sie es sind, zu beherbergen.

Ich winkte unwirsch ab, wollte den Kapitän aber nicht verärgern, der mich im Verlauf des Gesprächs übrigens auf eine Änderung des Wetters hinwies, die darauf deute, dass wir Sturm bekommen werden. Während der ersten drei Tage unserer Passage war es noch vollkommen windstill gewesen, bei spiegelglatter See. Gestern bildeten sich kleine Wellen von schuppenförmigem Aussehen, die jedoch keine Schaumköpfe trugen, und auch der Rauch stieg noch fast senkrecht empor. Heut Nacht dann wurden die Wellen kürzer, ausgeprägter, für das Gefühl schwach wahrnehmbar. Ihre Kämme begannen sich bereits zu brechen. Der Schaum war aber nicht weiß, sondern von eigentümlich glasiger Transparenz. Beim Frühstück wuchsen die Wellen zu beträchtlicher Länge. Überall zeigten sich schneeweiße Schaumkämme. Die sich am Rumpf brechende See verursachte ein mildes Rauschen – und im Salon gab es die ersten Fälle von Seekrankheit.

Beim Lunch, während des Gesprächs mit dem Kapitän, war mein Befinden schon deutlich unangenehmer. Die Form der Wellen ausgeprägter, länger, das Weiß der Schaumkämme beherrschte die graublaue Weite, das Geräusch der See schwoll und hörte sich wie beständiges Murmeln an. Jetzt, in diesem Augenblick, kurz vor dem Tee, bilden sich größere Wellenberge. Ihre brandenden Kämme reiten über enorme Flächen. Die See rollt dumpf. Früher hätte ich in so ein Schauspiel sich steigernder Naturgewalt wohl noch allerlei hineinsymbolisiert. Heute scheint es mir erregend genug, dass es ist und wie es ist. Wollte man ein Seestück malen, müsste man nicht nur den Eindruck geben, sondern vor allem eine Ahnung dessen, was die Bewegung auslöst. Ausgelöst aber wird sie durch das unendlich verwickelte Zusammenspiel der Atmosphäre, des Windes und der Gestirne.

Auf einem meiner Schlachtengemälde ist zu sehen, wie beispielsweise eine berittene Artillerie 1870 sechsspännig quer irgendwohin rast. Doch das Gemälde zeigt nichts von dem, was die Schlacht wirklich entschied. Entschieden wurde sie nämlich durch eine Flankenbewegung, die ihren Sinn darin hatte, dass die Kämpfer gerade nicht auf den Feind trafen. Die Entscheidung fiel also dort, wo der Gegner nicht war. Und ebendiesen entscheidenden Prozess kann man auf einem Schlachtengemälde nicht darstellen. In der Kunst kommt es aber immer darauf an, die unsichtbaren Beweggründe und Entscheidungen sichtbar zu machen. Das geht freilich kaum im Was, sondern nur im Wie der Darstellung, im Kolorit zumal und in den Nuancen. Mithin müsste ein Seestück in der Bewegung der Wellen, im Sichtbaren, zeigen, wie das Unsichtbare, das Eigentliche …

An Bord, 12. Mai 1895

Wir haben einen schweren Orkan einigermaßen unbeschadet überstanden. Noch lenzen alle Pumpen die Wassermassen über Bord, noch zimmern die Leute an den Aufbauten, noch ist das Kabinenpersonal dabei, aufzuräumen – doch die See liegt spiegelglatt, als sei nichts geschehen.

Mein letzter Eintrag wurde durch dermaßen grobe See unterbrochen, dass Schreiben unmöglich wurde. Hoch türmten sich die Wellen. Ihr weißer Schaum begann, Streifen in der Richtung des Windes zu werfen. Das Geräusch der See am Rumpf unseres Dampfers wurde bedrohlich. Bei Sonnenuntergang dampften wir in einen düster verhangenen Himmel, sprühende Schaumkronen und stürzende Seen eilten auf uns zu, liefen, uns hebend, unter uns hindurch. Die Dünung war so gewaltig, dass ein uns entgegenkommender Großsegler völlig in den Wellentälern verschwand. Im Lauf der Nacht nahmen Höhe und Länge der Wellen weiter beständig zu. Die Schaumstreifen wurden dichter und dichter. Die See rollte, stöhnte. An Deck gegen den Wind gehend, hatte man das Gefühl, von einer mächtigen, unsichtbaren Faust zurückgedrückt zu werden.

Am Morgen des 9. Mai kam vom Kapitän Befehl, dass sich alle Passagiere unter Deck aufzuhalten hätten. Alles, was nicht niet- und nagelfest war, begann durch das Schiff zu tanzen. In den Kabinen des Oberdecks war vorerst noch alles recht erträglich. Ich genoss das Schauspiel. Leid taten mir freilich die Auswanderer in den

Zwischendecks. Denn nun entwickelten sich gigantische Wellenberge mit lang gestreckten, sich überstürzenden, schäumenden Kämmen. Die riesigen Schaumflächen gruppierten sich zu dichten, weiß-grauen Streifen in die Windrichtung. Die gesamte Meeresoberfläche färbte sich weißlich, unendlich vielfältig gegliedert und gemustert auf der hin und wieder aufscheinenden Fläche der tiefgrauen See, gegen den gleichfarbigen beziehungsweise farblosen Himmel höchst reizvolle Kontraste werfend. In harten Stößen rollten die Wassermassen, und diese Stöße verleideten mir den Genuss des Sichtbaren nun doch beträchtlich, wiewohl ich nicht seekrank wurde, worauf ich nicht übel stolz bin.

Gegen Mittag waren wir dann mitten im Orkan. Das Rollen wandelte sich zu einem ohrenbetäubenden Getöse, die See war über und über bis an den manchmal aus den Wellentälern auftauchenden Horizont mit weißem streifenförmigem Schaum bedeckt, und der Sturm verwehte die Kanten der Wellenkämme zu Gischt. So ging das zwei Tage und zwei Nächte lang. An einen geregelten Tagesablauf, geschweige denn Mahlzeiten, war nicht zu denken.

Gestern Abend erreichten wir den Höhepunkt – oder der Höhepunkt ergriff uns. Von der Gewalt des sich noch versteifenden Windes war die Luft mit der Gischt der verwehenden Wassermassen so angefüllt, dass praktisch keine Sicht mehr möglich war. Und doch sah ich in diesem ungeheuer bewegten Einerlei, das uns entfesselt umtoste, eine unendliche Vielfalt von Bildern und Mustern – oder zumindest doch Möglichkeiten zu Bildern, und zwar zu solchen, wie ich sie zuvor niemals gesehen, geschweige gemalt habe.

Ich will jedoch nicht leugnen, dass ich es schließlich doch noch mit der Angst zu tun bekam, als während der Nacht der Wind nachzulassen schien, als drückten die stürzenden Seen dermaßen auf ihn ein, als könne er nicht mehr blasen. Blitze zuckten gleichzeitig auf allen Seiten, Himmel und Meer schienen zu glühen, Donnerschläge, die in betäubendem Crescendo aufeinanderfolgten, Bergstürze, Erdrutsche, Flüsse aus klaffenden Spalten, in denen Menschen und Städte versanken. Ich sah ein Bild, so klar, als stünde ich in einer Galerie, als läse ich in einem geheimnisvollen Buch, sah die Welt zwischen den Gestirnen treiben, und in ihrem taumelnden Drehen überflutete der rasende Ozean alle Länder und noch das letzte Atoll, Trümmer von Kontinenten trieben an mir vorüber, erschreckte, schreiende, panische Menschen mit abgehackten Gliedmaßen klammerten sich sinnlos daran fest. Die Erde, eine Kugel aus feuchtem, grauem Sand oder Staub, zerplatzte rissig geworden an einer übergrellen Sonne. Ihre Trümmer stürzten ins Nichts, durchsetzt von Menschen, Bäumen, Häusern. Die Sterne erloschen. Die Sonne schrumpfte. Und die Erde, nur noch ein glühender Punkt in grauer Unendlichkeit, zerbarst in einer lautlosen Explosion, als fiele sie in sich selbst zusammen. Diese Empfindung löste in mir denselben Schmerz aus wie die Explosion des Schrapnells, die mich damals den rechten Arm kostete.

Wie sich der Steward besorgt über mich beugte und mir mit einem Eisbeutel den Kopf rieb, an dem eine mächtige Beule davon zeugte, dass ich gegen den Kajütentisch geschlagen war, erwachte ich.

Alles war vorüber. Das Meer sinnlos still. Darüber Sonne. In mir ruhige Leere. Etwas ist fortgewaschen.

An Bord, 14. Mai 1895

Versuche, Eindrücke des Sturms mit Blei zu skizzieren. Zum ersten Mal kommt es mir vor, als sei die Tatsache, dass ich mit dem linken Arm zeichnen muss, kein Nachteil, sondern eine Gnade. Bestimmte Reflexe sind gebrochen. Ich muss mich an der mangelhaften Physis orientieren, an meiner eigenen, beschädigten Natur. Ich kann nicht mehr ohne Nachdenken jede willkürliche Fantasie zur Natur stilisieren.

Mich interessiert durchaus nicht die bildhafte Vision, die ich während meiner Ohnmacht hatte, sondern seltsamerweise viel mehr das Streifenspiel der aufgewühlten Gischt auf den Wellen. Außer Grau und Weiß gab es dort keinen Farbton – und doch leuchteten in ihnen unzählige Regenbögen.

An Bord, 15. Mai 1895

Kam beim Dinner mit einem deutschen Physiker ins Gespräch, der mir allerlei Wissenswertes über die Gezeitenerscheinungen erklärte, Dinge, die mir zu denken geben.

Mond und Sonne ziehen jedes Wasserteilchen an, und wegen der Umlaufbahnen der Erde um die Sonne und des Mondes um die Erde und der Achsendrehung der Erde wechseln die Richtungen dieser Anziehungskräfte unablässig. Hinzu kommen die Schleuderkräfte, die die

Erdbewegung entstehen lässt. Unter diesem Kräftespiel, das außerordentlich verwickelt ist, gleichwohl in periodischer Regelmäßigkeit abläuft, führt jedes einzelne Wasserteilchen auf hoher See regelmäßig hin und her gehende, waagerechte Bewegungen aus. Beeinflusst wird dieser Bewegungsvorgang in der mannigfachsten Weise durch die wechselnde Tiefe der See, durch die Winde, durch die Lage von Inseln und Festländern.

Warum mir diese physikalische Deutung von der Entstehung der Gezeiten so bedeutsam ist? Weil die Bewegung der einzelnen kleinen Wasserteilchen vom menschlichen Auge nicht wahrgenommen werden kann; es sieht lediglich den Gesamtvorgang, der aus all diesen vielfältigen Prozessen und Bewegungen hervorgeht. Ein Kunstwerk aber, das die See zeigen will, das Wesen der See, muss all das, was das menschliche Auge nicht sieht, mitmalen; und zwar so, dass alle nackten Informationen, alles Wissen zur Erscheinung, alle Theorie zur Darstellung kommen – im Medium des Schönen.

An Bord, 16. Mai 1895

Viele zeitgenössische Maler in Deutschland sind bloß Poeten, die Maler sein wollen. Einer sucht die Dramen in der Geschichte oder in der Gegenwart, wie ich es selbst zu lange getan habe; ein anderer Szenen der Sitten oder der Moral, Genre, am schlimmsten lebende Bilder. Man übersetzt also bloß Religion oder Philosophie oder Historie oder gar noch Physik. Mancher ahmt Raffael nach, andere die großen niederländischen Meister. Die Landschafter verwenden Bäume und Wolken und Meer, um

Oden oder Elegien zu schaffen. Keiner ist einfach und radikal Maler. Alle sind, wie Nietzsche sagt, Archäologen, Psychologen, Schausteller irgendwelcher Erinnerungen, Ideologien oder Theorien. Sie sind zu voll von allgemeinen Ideen. Sie lieben die Formen und die Farben nicht für das, was sie sind, sondern für das, was sie ausdrücken könnten. Und deshalb eben drücken sie überhaupt nichts aus. Sie malen nur den Schein. Sie sind Söhne einer hochgelehrten, aufgeklärten, reflektierten, aber auch (oder eben deshalb) gequälten Generation und Epoche – 1000 Meilen weit, weiter als ich jetzt von München, von den alten Meistern, die nicht Bücher und Theorien wälzten, sondern nur daran dachten, ihren Augen ein Fest zu veranstalten. Die Alten malten Bilder, nicht das, was sie darstellen wollten. Und ebendeshalb stellten sie etwas dar, was nicht selten durch Wissenschaft und Theorie im Nachhinein bestätigt wurde.

An Bord, 17. Mai 1895

Man kann natürlich nicht mehr so tun, als gäbe es das Wissen unserer Zeit nicht. Aber der echte Künstler muss durch dies Bewusstsein hindurch in den Stand der zweiten Unschuld.

Der Obersteward, der im Salon die Kellner überwacht, hat eine seltsame Art, Speisen anzurichten: als ob es eine Ehre für das Gemüse oder Fleisch wäre, von ihm auf die Teller platziert zu werden.

So habe ich gemalt! Meine Attitüde (und jede Attitüde ist Lüge) war die, als sei es für die Natur eine Ehre, von mir gesehen, für die Farben eine Ehre, von mir auf die Leinwand gebracht zu werden. Es verhält sich in Wahrheit aber genau umgekehrt. Für die Augen und Hände des Malers muss es eine Ehre sein, mit den Farben und Formen umgehen, die Natur schauen zu dürfen.

Durch den Orkan haben wir anderthalb Tage verloren. Oder gewonnen. Wie man will.

An Bord, 18. Mai 1895

Morgen werden wir in New York sein. Beim Frühstück tauchten die ersten Möwen aus dem Dunst, die von nun an dem Schiff ihr schreiendes Geleit bieten. Je weiter ich mich von Europa fortbewege, desto leichter wird mir ums Herz. Es stört mich nicht einmal, dass ich kaum Gedanken an Clara finde. Aber meine Vergangenheit als Maler beschäftigt mich intensiv wie nie. Und nachts sucht mich gelegentlich noch der Schock der Amputation heim. Doch auch dieser Alb, den ich bis zum Entsetzen kenne, schwächt sich ab. Vielleicht lässt er sich in der Südsee endgültig ertränken.

Immer deutlicher wird mir, dass der Niedergang unserer Malerei in engster Verbindung zum Niedergang unseres Denkens und unserer Wirklichkeit steht. Die materialistische Gesinnung des Deutschen Reiches, geboren aus einem Krieg, wird mit tödlicher Sicherheit in einem neuen Krieg enden. Sie vernebelt die Sinne, besonders den ästhetischen. Denn der Hauptgrund für den kläglichen Verfall, dem in unseren Tagen die deutsche Malerei erlegen ist, besteht darin, dass sie nichts mehr zu zeigen hat als das, was sowieso jeder sieht. Ihr Ziel ist es, zu beweisen, dass nichts, woran der Blick des Menschen sich wenden kann, der Mühe wert ist, ihn aufzuhalten, und außerstande ist, den trüben Zufall, am Leben zu sein, zu überwinden – weder in Farben noch im Sinn noch im Ausdruck.

Daher das Grauen der Ausstellungen und des Akademie-Betriebes: das trostlose Schauspiel der Dummheit, der Ignoranz, der Ungeschicklichkeit – in den Dienst des Staates, des kulturlosen Kaisertums gestellt. Wie unsere Romanschriftsteller vom Schlage Freytags oder Spielhagens, so finden auch unsere Maler in ihrer Unfähigkeit, die Natur zu begreifen, es einfacher, sie auf das Niedrigste zu verleumden, indem sie sie plump abmalen. Aber immer schön mit Fleiß, Akkuratesse und Meisterschaft, ha! Sie machen sich nicht vom Stoff frei, den sie verstehen wollen, statt ihn zu fühlen. Deshalb finden sie nicht zur Farbe. Wo alles feste Grenzen hat, da kann kein Licht spielen.

Die Sonne versinkt in der Richtung, in die ich fahre. Diese Sonnenuntergänge auf hoher See sind deshalb so großartig, weil das Licht über der unwandelbarsten Landschaft im Grenzenlosen spielt, hinabsteigend aus der Luft ins Flüssige. Geschmolzenes Gold.

An Bord, 19. Mai 1895

Aufregung an Bord. Land in Sicht. Heute betrete ich einen Kontinent, auf dem mich kein Mensch kennt, auf dem mich niemand nach meinen alten Bildern fragen, an ihnen messen wird. Wie befreiend diese Vorstellung wirkt. Ich atme die Seeluft, Brise von einem anderen Stern.

Heut Nacht ist mir mein größter Fehler klar geworden, als der Schlaf nicht kommen wollte und der Geschützlärm der Schlachten das Rauschen des Wassers übertönte: Ich habe immer versucht, zu berechnen, wie meine Bilder auf die Mitmenschen, die Zeitgenossen wirken sollen. Diese Wirkungen sind auch gekommen, und sie sind groß gewesen. Aber sie waren weder tief noch künstlerisch. Sie haben etwas anderes erreicht, etwas Äußerliches, Zufälliges, etwas, das diejenigen Geschlechter, die nach mir kommen, nicht teilen werden. Schon meine Kinder, wenn ich je welche haben sollte, werden nicht begreifen, wie und warum meine Gemälde auf so viele meiner Zeitgenossen wirken konnten. Ich habe vergängliche Bilder geschaffen. Ich war kein Künstler, denn das durch die wirkliche Macht der Kunst Geschaffene, das die echte Blüte der Menschheit ist, wirkt und entzückt in allen Zeiten. Es wird wirken, solange die Menschen nicht sich selbst, die Menschheit, wegwerfen.

22. Mai 1895

Sitze im luxuriösen Salonwagen des Zuges, der mich von New York nach San Francisco bringt, wo ich das Postschiff nach Tahiti nehmen werde, um von dort an mein Ziel zu gelangen. Aber ist Ponape wirklich mein Ziel?

Vorgestern, als ich im Wartesaal auf den Zug wartete, ist etwas Seltsames mit mir geschehen. Ich beobachtete den Passantenstrom. Wie kurzlebig alles war, wie wertlos. Wie das kleine Mädchen jederzeit geschändet werden konnte, wie der Geschäftsmann im dreiteiligen Anzug jederzeit mit einer Hure gehen würde oder an der nächsten Straßenecke überfallen und erschlagen werden konnte. Ich dachte an den Charakter meiner sogenannten Freunde zu Hause. Kaum die nächsten unter ihnen konnte ich noch erträglich finden, selbst Clara nicht mehr, und wie ich das dachte, konnte ich mich selbst nicht mehr ertragen. Um mich herrschte Dunkelheit. Es war widerlich. Die Zeit spielte den Dingen zu sehr mit, alles war in Bewegung und löste Bewegung aus. Ich konnte nicht mehr begreifen, wer von den Menschen und was von den Dingen eine besondere Einschätzung verdient, ja was überhaupt wert wäre, dass ich einen Finger rühre. Nein, es schien mir vielmehr notwendig, dass ich mir Mut machte, in Ruhe den Zerfall der alten, eigenen inneren Natur abwartete und nicht darüber Ärger empfände, wenn es lang dauern sollte.

Entweder, sagte ich mir, ist die Welt eine Mischung von Dingen oder ein Konglomerat, das sich wieder in seine Teile auflöst, ein Kaleidoskop, dessen Konstellationen mit jeder Drehung ineinanderstürzen. Oder sie ist ein Ganzes, in dem irgendeine Einheit und Ordnung herrschen und in dem jeder Schritt vorherbestimmt ist. Gilt das Erstere, habe ich keinen Grund, weiter in einem chaotischen Zufallssystem zu bleiben. Was habe ich da noch zu wünschen, als dass ich wieder Erde werde, oder Meer, oder Wolken? Weshalb denke ich dann überhaupt noch, weshalb male ich noch oder wieder? Denn, wie ich es auch denke, immer schon bin ich der Auflösung verfallen. Gilt aber das andere, dann brauche ich erst recht nichts mehr zu tun, muss keine Bewegungen ausführen und kann so sitzen bleiben in diesem Café, bis das passieren wird, was passieren soll.

Eine hochschwangere Frau schob sich dicht an meinem Stuhl vorüber. Der Gedanke an Clara tauchte auf und verschwand wieder im Passantenstrom. Was im Bauch dieser Frau war, suchte so eilig ins Dasein zu gelangen wie die Alten, die schwarz gekleidet vor dem Haus auf der anderen Straßenseite hockten, schon auf dem Weg in die Vergänglichkeit waren, und wie von dem, was eben im Entstehen begriffen war, ein Teil schon wieder schwand. Dauernd wurde alles durch ein Strömen und ein Verwandeln verändert. Wie sollte ich von den in diesem sinnlosen Strom treibenden Dingen und Menschen auch nur eines wertschätzen, wo es doch unmöglich ist, selbst festen Fuß in der Bewegung zu fassen? Das wäre doch nichts anderes, als wenn man sich in eine vorüberfliegende Schwalbe verlieben wollte, die sofort aus dem Blickfeld verschwindet.

So ist das mit meinem Leben. Es besteht nur aus Ausdünstungen von Blut und Schweiß und aus der immergleichen Einatmung von Luft. Es ist ja ganz und gar gleich, wenn man Luft ein- und ausatmet, wie ich es jeden Augenblick tue, und wenn man den Atem eines Lebens, den man gestern oder vorgestern in der Geburt eingesogen hat, wieder dorthin zurückgibt, von wo er einen angeweht hat.

Plötzlich wurde mir klar, dass während des ganzen absurden Lebens, das ich geführt habe, mich aus der Tiefe und Fremde meiner Zukunft ein dunkler Atem angeweht hat, durch all die Jahre hindurch, auch durch die, die noch gar nicht gekommen sind, und dieser Atem macht auf seinem Weg alles gleich, was man mir in den auch nicht wirklicheren Jahren, die ich bereits lebe, vorgeschlagen hat, was ich selbst getan habe, was man von mir gedacht oder über mich geschrieben hat.

Wie unsinnig, Anerkennung zu suchen, in der Bestätigung eines Fremden sein eigenes Glück. Der Erfolg schmeckte so wie das Zerfließen in einer Frau, die einem nichts bedeutet. Was waren das denn für Leute, denen ich mit meiner Kunst gefallen wollte? Und was sollte dabei herauskommen? Und welche Mittel sollte man dafür einsetzen? Knochen, die man unter Hunde warf, Futterbrocken, in einen Fischteich geworfen. Das mühselige Geschleppe der Ameisen, der Zickzacklauf erschreckter Würmer. Alles Theater. Marionettentheater. Nicht mehr lange, und ich werde alles vergessen haben. Nicht mehr lange, und alle werden mich vergessen haben. Was sollte es denn überhaupt bedeuten, wenn in der Nachwelt ein Nachklang meiner Persönlichkeit vernehmbar bleibt oder Urteile über mich am Leben?

San Francisco, 27. Mai 1895

Ponape. München. Zwei Winkel auf einer lächerlichen Kugel. Der Pazifik. Atlantik. Zwei Tropfen. Alpen. Die Rocky Mountains. Zwei kleine Bodenerhebungen. Gegenwart. Ein kurzer Augenblick. Alles klein, dem Wandel verfallen, rasch schwindend. Wer den Augenblick lebt, wer die gegenwärtige Welt sieht, der hat alles gesehen, was je war und immer sein wird.

An Bord, 29. Mai 1895

Das Postschiff, das die Linie San Francisco–Wellington bedient, ist nicht unkomfortabel. Auch die Verpflegung ist sehr ordentlich, und es liegt durchaus nicht am chinesischen Koch, dass beim Essen gewisse Vorstellungen auftauchen, die ich interessiert registriere; etwa, dass hier ein toter Fisch ist, ein toter Vogel, ein totes Schwein, oder dass der Wein nichts anderes ist als der Saft der Trauben, oder dass mein Pullover nur Wolle von Schafen ist, die man in Farbstoffe getaucht hat.

Beim Geschlechtsakt mit Clara, erinnerte ich mich plötzlich, hatte ich einmal die Vorstellung, es handele sich um die Reibung eines kleinen Nervenstranges, um die Ausscheidung von etwas Schleim, verbunden mit krampfhaften Zuckungen. Solche Vorstellungen kommen den Dingen selbst ganz nah und treffen sie, dessen bin ich mir gewiss, in ihrem innersten Wesen. Ich beginne zu sehen, was es mit den Dingen eigentlich auf sich hat.

Ich habe das Gefühl, erst zu leben begonnen zu haben, seit diese Vorstellungen während der Reise einsetzten und ich den Dingen, wenn sie mir noch so vertraut scheinen wollen, die Hüllen herunterreiße und ihren lächerlichen Wert sichtbar mache. Ich nehme den Dingen das, was ich ihnen früher im Übermaß gegeben habe, die Staffage, nehme ihnen den Stolz, mit dem sie sich im Licht spreizen, mache sie bescheiden.

Wenn ich an mein Haus in Starnberg denke, wird mir übel. Dort habe ich meine Lust am Unechten ausgelebt. Jeder verwendete Stoff will mehr vorstellen, als er ist. Die Dinge dort sind materialgewordene Lügen. Getünchtes Blech maskiert sich als Marmor, Papiermaschee als Rosenholz, Gips als schimmernder Alabaster, Glas als köstlicher Onyx. Die exotischen Palmen im Atelier sind imprägniert oder aus Papier. Das Fruchtarrangement im Tafelaufsatz ist aus Seife. Die rosa Ampel über dem Bett ist ebenso Attrappe wie das trauliche Holzscheit im Kamin, denn beide werden niemals benützt. Die Steigerung der Illusion eines Herdfeuers durch rotes Stanniol. Auf der Servante stehen tiefe Kupferschüsseln, mit denen nie gekocht, und mächtige Zinnhumpen, aus denen nie getrunken wird. An der Wand hängen trotzige Schwerter, die nie gekreuzt, und stolze Jagdtrophäen, die nie erbeutet wurden. Dient aber etwas tatsächlich einer Funktion, so wird diese sogleich verleugnet. Eine prächtige Gutenbergbibel entpuppt sich als Necessaire, ein geschnitzter Wandschrank als Orchestrion, das Buttermesser ist ein türkischer Dolch, der Aschenbecher ein preußischer Helm, der Schirmständer eine Ritterrüstung, das Thermometer eine Pistole. Das Barometer stellt eine Baßgeige dar, der Stiefelknecht einen Hirschkäfer, der Spucknapf eine Schildkröte, der Zigarrenabschneider den Eiffelturm. Der Bierkrug ist ein aufklappbarer Mönch, die Stehuhr das Modell einer Lokomotive, das … ach, es geht immer so fort. Luft! Licht! Wahrheit!

Beim Genuss eines Schnitzels kaue ich die Fleischfaser so lange, bis ihr Geschmack vollständig verschwunden ist und nichts bleibt als leere Masse. Die Wirklichkeit ist nichts weiter als ein handfester Betrug, und ebendann, wenn man meint, man gebe sich mit wichtigen Dingen ab, verfällt man diesem Betrug am gründlichsten.

Dies ist der Grund, auf den ich einmal geworfen werden musste.

An Bord, 5. Juni 1895

Ist die äußere Welt, zu deren gewissermaßen offizieller Ausdeutung ich so lange gedient habe, wirklich so dauerhaft, wie es den Anschein hat? Gewiss, das Licht gab es immer schon. Wie aber, wenn es nur Licht gibt? Wenn es statt der Formen nur ein Spiel der Farben gäbe, eine Palette statt einer Architektur? Eine äußere Eigenschaft statt einer Substanz? Ein Spiel von Strahlenbrechungen, den Augenblick statt der Dauer? Und das flüchtige Dasein statt des festen Grundes?

Dann bliebe freilich nichts als Ton, Nuance, Dunst. Linien, Syntax verlören ihre Berufungskraft. Alles hinge nur noch vom richtigen Augenzwinkern zur rechten Zeit ab. Um die schillernde Welt der Oberflächen ginge es dann, um die Welt der Schale, von der die Buddhisten sprechen.

Dann müsste jede Form durch die Atmosphäre aufgezehrt werden. Dann wäre gewisserweise das Wetter für den Maler wichtiger als jede Ausbildung, jede Norm. Die Impressionisten, die ich in Paris sah (und selbst in Deutschland regen sich inzwischen einige der jungen), malen so. Aber muss gleich alles zu einem Blendwerk ohne Sinn zerschmelzen, wie ich es seit Tagen empfinde, ohne damit restlos einverstanden zu sein? Ich weiß, dies ist die Krise, doch noch nicht der wahre Grund. Es gäbe dann ja auch keine Bildergründe mehr. Und wie man sagt, dass der Gedanke einen Hintergedanken in sich trägt, so gibt es doch auch Hintergründe in der Malerei.

Genauso ergeben sich aus manchen Büchern bestimmte Geheimworte, mit denen man in der Proportion und in der Aufteilung des Textzusammenhangs den Hintergrund erklären kann. Ähnlich muss man malen, soll in der Malerei nicht alles wirr durcheinander auf die Netzhaut stürzen wie jemand, der versucht, einen langen Roman in drei Sätzen auf einmal auszusprechen. Man muss durch die Vibrationen des Lichts hindurch wahrnehmen, doch dafür muss man diese Vibrationen genau studiert haben. Sonst gleicht man dem Kind, dem es nicht gelingt, ein Puzzle zusammenzusetzen, und das in seiner Wut alle Teile durcheinanderrührt.

Also gilt es, geduldig zu lernen, dass in der Welt der Dinge und Menschen alles nur in der Beziehung zum anderen und zu anderen Bestand hat. Dass man vor Fragen steht, für die es den Hintergrund zu finden gilt – das Bedeutungswort. Dass nichts Bestand hat, solange es nicht die Mittel schafft, um durch Farbe und Form der Auflösung zu widerstehen. Dass alles nur endlich ist im Bezug auf die Unendlichkeit, auf die verschiedenen Weisen des Sehens.

So viele Augenpaare ein Bild sehen, so viele Bilder gebiert dies eine Bild neu.

An Bord, 8. Juni 1895

Dass meine trüben Gedanken der letzten Tage diese erfreuliche Wendung wie in der letzten Aufzeichnung bekommen haben, mag am wunderbaren Klima liegen, das mich umfängt. Eine ewig freundliche, milde Strahlung, die sich sacht in die Seele senkt.

Anteil hat jedoch sicherlich auch eine Bekanntschaft, die ich hier an Bord gemacht und in den letzten Tagen vertieft habe. Es handelt sich um den nicht unbekannten englischen Schriftsteller Steven Louisville, ein äußerst freundlicher, jugendlicher Typus, der, neben allen anderen Annehmlichkeiten seines Wesens, den Vorzug hat, ein exzellenter Kenner der Südsee zu sein. Zurzeit befindet er sich auf dem Weg nach Tahiti, wo er ein Haus besitzt. Als ich ihm erzählte, ich wolle etwa ein halbes Jahr auf Ponape bleiben, lächelte er mich hintersinnig an und sagte:

Wenige Leute, die zu den Inseln kommen, verlassen sie wieder. Sie werden grau, wo sie an Land gegangen sind. Bis zu ihrem Tod beschatten die Palmen sie und wehen die Passatwinde ihnen Kühlung zu. Vielleicht beschäftigt sie bis zum Schluss die Vorstellung eines Besuchs in der Heimat, die selten ausgeführt, noch seltener genossen und noch viel seltener wiederholt wird.

Warten Sie ab, Mister Carlsen, fuhr er fort und prostete mir zu, bis Sie Ihre erste Insel sehen. Diese erste Erfahrung lässt sich niemals mehr wiederholen. Die erste Liebe, das erste Buch, das erste Bild, der erste Sonnenuntergang und eben auch die erste Südseeinsel: Das sind Erfahrungen eigener Art. Sie rühren an eine Jungfräulichkeit der Empfindungen, so man sensibel genug ist. Und Sie als Künstler …

Ich winkte ab, aber er nickte beharrlich mit dem Kopf, als wisse er etwas von dem, was auf mich zukommt.

An Bord, 11. Juni 1895

Zum Teil offenbarte ich mich ihm, zum Teil schien er meine Gedanken lesen zu können: Jedenfalls kennt Louisville inzwischen die schwere Krise, die ich durchwandere.

Ihm selbst sei es ähnlich gegangen, als er in diese Breiten kam. Doch als er zum ersten Mal die Küste Tahitis ansteuerte, als der Anker fiel, da, sagte er, war er gerettet. Der fallende Anker sei nur ein kleines Geräusch gewesen, aber ein großes Ereignis. Mit dem Ankertau sei seine Seele hinabgegangen, dorthin, wo kein Gangspill sie wieder heraufhieven und kein Taucher sie wieder auffinden könne. Von dieser Stunde an sei er den Inseln verfallen gewesen. Etwas in ihm sei gestorben, seine Vergangenheit, die Enge Europas, aber in diesem Sterben sei etwas Neues erblüht: seine wahre Künstlerschaft.

Während dieses Gesprächs lehnten wir an der Reling und beobachteten Fische, die einzeln oder in Schwärmen unserem Schiff Begleitung gaben. Louisville wies mich darauf hin, wie die schuppige Oberfläche der Fische zu gewissen Farben spezifiziert ist, teils im Ganzen, teils streifig, teils fleckenweise gemustert. Oft zeigen sie ein Farbenspiel, das auf eine Verwandtschaft zum Perlmutt, ja den Perlen selbst hinweist. Besonders auffällig ist, dass die heißeren, doch selbst dem Europäer angenehm zu ertragenden Himmelsstriche, unter denen wir uns bewegen, bis ins Wasser hinein wirksam werden und an den Fischen unglaubliche Farben hervorbringen, verschönern und erhöhen.

So ähnlich wirkt dies Klima auch auf den empfindsamen Charakter, meinte Louisville lächelnd. Auf Tahiti habe er Fische beobachtet, deren Oberflächen in dem Moment in den wunderbarsten Farben zu spielen beginnen, da der Fisch stirbt. Und genauso sei es ihm ergangen. Erst als mein altes Ich auf diesen Inseln starb, sagte er heiter, begann in mir das echte Farbenspiel der Sprache und der Motive. Erst jetzt bin ich ein Dichter.

Auf Tahiti, fügte er hinzu, als wir uns zum Cocktail in den Salon begaben, kenne er einen aus England stammenden Maler, dem es gleichfalls so ergangen sei. Nur habe dieser Mann, Charles Strickland ist sein Name, noch weit radikalere Konsequenzen gezogen, insofern er nicht einmal mehr für ein amerikanisches oder europäisches Publikum schaffe, was er, Louisville, ja noch mit beträchtlichem Erfolg tue. Nein, dieser Strickland male nur noch für sich selbst. In gewisser Hinsicht, sagte Louisville nachdenklich und nippte an seinem Cocktail, ist er der einzige echte Künstler, den ich kenne.

Aber ohne Betrachter, ohne Publikum und also ohne Wirkung, gab ich zu bedenken, bleibt die Kunst doch leblos.

In der Tat. Louisville nickte. Das ist auch meine Meinung. Allerdings ist zu bedenken, dass in dem Moment, da man mit seinen Werken vors Publikum tritt, der Künstler nicht mehr völlig Herr seiner Bilder und Schriften ist. Wenn ich meine Manuskripte zum Druck gebe, dann kommen sie mir vor wie erwachsene Kinder. Ich habe sie gezeugt und großgezogen, doch nun verlassen sie das Haus ihres Vaters und gehen eigene Wege, Wege in den Köpfen der Leser, vielfältige Wege, die ich selbst mir wohl nie träumen ließe.

Und vielleicht nistet sich, solange man für ein Publikum schreibt, schon in die Produktion der Werke der Leser oder Betrachter ein, als erwünschtes Publikum, und lenkt unsere Hand. Doch halte ich diesen Prozess für notwendig. Denn am Ende will alle Kunst Mitteilung, will ein Zwiegespräch zwischen Schöpfer und Betrachter.

Und ich frage mich ernsthaft, warum jemand wie Strickland, der weiß Gott begnadet ist, überhaupt noch malt, bringt man einmal den egoistischen Aspekt in Abzug. Könnte er nicht besser die Fülle all seiner Ideen und Visionen in der reinen Vorstellung belassen? Dann sparte er sich die Qual des Schaffens – und die Enttäuschung darüber, dass jedes Werk nur ein Echo jener Idee ist, die es hervorrief.

Louisville hatte mich natürlich höchst neugierig auf diesen seltsamen Strickland gemacht, und ich bat ihn, er möge mich dem Mann vorstellen, wenn wir übermorgen Tahiti anlaufen und dort einige Tage Aufenthalt haben würden.

Ich kann Ihnen das nicht versprechen, sagte Louisville. Der Mann ist schwierig, ist menschenscheu. Geradezu ein Misanthrop. Trotz des Klimas. Louisville lachte. Aber vielleicht macht er für mich wieder einmal eine Ausnahme.

Papeete, Tahiti, 14. Juni 1895

Eigentlich hatte ich die Absicht, hier im *Hotel de la Fleur* auf die Ankunft von Büchsenmachers Schoner zu warten, der in spätestens einer Woche eintreffen soll, um mich nach Ponape zu bringen. Doch Louisville besteht darauf, dass ich als Gast in seiner Villa wohne.

Dies Haus ist wirklich wunderschön, verglichen mit meiner Residenz am Starnberger See zwar klein, aber ich würde sofort bedenkenlos tauschen. Von einer Anhöhe etwas außerhalb Papeetes ragt das rote Dach weit ins grün-blaue Land. Im Westen erstreckt sich ein liebliches, fruchtbares Tal, hinter dem sich ein meistens nebelverhangener Berg erhebt. In weiter Entfernung sieht man die weißen Linien der Brandung, wie sie endlos gegen den goldenen Strand rollen. Es ist unsäglich still. Ein friedvoller, paradiesischer Ort, an dem man allein sein kann, ohne sich einsam zu fühlen.

Die Einrichtung ist schlicht, fast bescheiden. Sie dient der Funktion. Louisvilles Frau, eine Amerikanerin, ist äußerst liebenswürdig. Ihre praktische, etwas lakonische Art schenkt dem Dichter äußere Sicherheit.

Ohne sie, sagt Louisville, wäre ich verloren, wäre vielleicht nur einer von vielen Europäern, die wie Treibholz durch die Südsee driften. Es kommt darauf an, aus dem Treibholz eine Skulptur zu schnitzen.

Er versuche sich gerade an einem entsprechenden Roman.

Papeete, 18. Juni 1895

Ich habe das Werk Stricklands gesehen, nicht aber den Mann selbst. Noch bin ich völlig aufgewühlt, überwältigt, ja schockiert von dem, was ich sah. Und ich bezweifle, ob ich für diese ungeheure Vision angemessene Worte finde. Louisville wäre dazu vielleicht in der Lage.

Aber der Reihe nach. Louisville hatte meinem Drängen nachgegeben und einen seiner eingeborenen Diener zu Strickland geschickt, um anzufragen, ob er Besuch empfangen würde. Der Mann kam rasch mit einem positiven Bescheid zurück, was Louisville etwas zu überraschen schien.

Wir brachen also am nächsten Morgen auf, fuhren mit einem Einspänner etwa zwei Stunden bis zu dem Dorf Taravano, von wo man nur noch zu Fuß weiterkam. Der verwachsene Pfad deutete darauf hin, dass er selten begangen wurde. Es war nicht leicht, den Weg zu finden, der sich etwa sieben Kilometer lang durch den Busch wand, aber Louisville kannte sich gut aus. Gelegentlich mussten wir uns den Weg mit großen Messern freischlagen, zuweilen stolperten wir ein Bachbett entlang, manchmal mussten wir uns durch dichtes, dorniges Gestrüpp zwängen, über Felsen klettern oder über umgestürzte Palmen. Es herrschte atemlose Stille, die vom gelegentlichen Schrei eines Vogels nur noch unterstrichen wurde. Während einer kurzen Rast machte ich die Bemerkung, dass dieser Weg wohl dem Weg des Künstlers an sich gleiche.

Endlich erreichten wir, verschmutzt und ziemlich erschöpft, ein kleines, ungestrichenes Haus aus Kokosholz, das auf einer Lichtung im Busch stand. Vor dem Haus hockte eine sehr schöne, zierliche Eingeborene und stampfte Wurzeln in einem Mörser. Ein kleiner Junge spielte zu ihren Füßen.

Seine Familie, flüsterte Louisville, und sprach die Frau in der Landessprache an.

Er ist nicht da, sagte er dann zu mir gewandt. Der alte Zauberer hat es sich im letzten Moment wohl anders überlegt und ist wieder einmal vor allzu aufdringlichen Augen geflüchtet. Aber seine Frau sagt, wir könnten uns sein Werk ruhig ansehen.

Louisville öffnete die Tür der Hütte. Schlagartig war ich in eine magische Welt versetzt. Im Dämmer hatte ich den undeutlichen Eindruck eines Urwalds, in dem nackte Gestalten wandelten, als sei diese Hütte der Eingang zu einem zweiten, zum eigentlichen Urwald. Langsam erkannte ich, dass die Wände über und über, vom Boden bis zur Decke, mit Malereien bedeckt waren. Als meine Augen sich an das Zwielicht gewöhnt hatten, erfasste mich ein überwältigendes Gefühl. Ich erblickte ein zutiefst fremdes und doch vollendetes Werk, unbeschreiblich schön und geheimnisvoll. Es nahm mir den Atem. Alle meine Begriffe und Vorstellungen von Kunst versagten, wirkten lächerlich gegen diese Erscheinung. Das zu beschreiben, was ich sah, müsste ich ein großer Dichter sein. Und muss nicht jeder, der über die Kunst schreibt, ein Dichter sein, will er den Bildern nicht Gewalt antun?

Ich spürte Ehrfurcht und Freude, als sähe ich den Beginn einer neuen, zugleich den Untergang der alten Welt. In diesem Untergang war etwas Grauenhaftes, Verzerrtes, Erschreckendes, und doch war es großartig, sinnlich, voller Leidenschaft, scherte sich um keine Regeln, warf alles über den Haufen, was man an Europas Malakademien zu lernen hat. Es war das Werk eines Genies, das bis auf den Grund der Natur vorgestoßen war. Es war schön und obszön, seltsam und fantastisch. Es war eine Vision vom Anfang der Welt, dem Paradies, ein Hymnus auf die Schönheit des menschlichen Körpers und seiner Lust, ein Lob der Natur. Das Gefühl des Raumes war grenzenlos, das der Zeit unendlich. Die Natur der Insel, die Bäume, Blumen, Bäche, die ich doch bereits zu sehen geglaubt hatte, sah ich hier zum ersten Mal. Hier sah ich ihre Seele, ihr Geheimnis. Ein Geheimnis, das ich immer erfassen wollte, dem ich immer nachjagte und das mir doch immer entglitt – hier war es Ereignis geworden. Die Farben waren die Farben, die jeder Maler kennt, und doch waren sie anders, weil aus ihrer Distinktion Tiefe sprach. Und in den Menschen dieses Werks, in ihrer ursprünglichen Nacktheit, die meilenweit von aller Aktmalerei der Salons entfernt war, erkannte ich mich selbst.

Gehen wir, flüsterte Louisville. Der Weg zurück ist ebenso lang.

In dieser Nacht tat ich kein Auge zu.

Ich hab es gesehen, sagte ich immer wieder zu mir selbst. Ich hab es gesehen. Das ist die Kunst.

Und ich verstand, dass zu ihrer Hervorbringung nichts notwendiger ist, als das Loslassen von allem Äußeren. Nur so versteht man das Geheimnis des Sehens und des Schönen. Das Außen, die Hülle, kann man nicht herunterreißen. Aber der Faltenwurf der Verhüllung kann so gelegt werden, dass sich in ihm die Wahrheit abzeichnet.

An Bord, 20. Juni 1895

Büchsenmachers Schoner lag bereits im Hafen von Papeete, als wir von unserer Exkursion zurückkehrten – eine Exkursion, die in meinem Leben Epoche machen wird, wenn sie es nicht bereits getan hat. Ich verabschiedete mich herzlich von Louisville und seiner Frau und musste daran denken, was er mir zu Beginn unserer Freundschaft gesagt hatte: Wenige Leute, die zu den Inseln kommen, verlassen sie wieder. Sie werden grau, wo sie an Land gegangen sind.

Jetzt nehmen wir Kurs auf Ponape, Süd-Süd-West. Undeutlich fühle ich, wie diese harmonische Welt der Inseln, des Himmels und des Meeres ein zartes Netz um mich spinnt. Die Farben dieses Netzes sind blau, grün und gelb, sein Material ist feiner, als noch der feinste Druck der Luft.

An Bord, 21. Juni 1895

Im Anblick der bemalten Wände von Stricklands Hütte habe ich begriffen, was es heißt, Künstler zu sein. Man ist um den Preis Künstler, dass man das, was alle Nichtkünstler ›Form‹ nennen, als Inhalt, als ›die Sache selbst‹ empfindet. Damit gehört man freilich in eine verkehrte Welt, denn nunmehr wird einem der Inhalt zu etwas Formalem – unser Leben eingerechnet. So ist es konsequent, dass ich den Mann selbst nicht sah. Er trat hinter seinem Werk zurück und war doch zugleich in diesem Werk lebendig mit jeder Faser seines Ichs.

Ich beginne, die Mittel um ihrer selbst willen zu lieben. Die extreme Feinheit und Pracht der Farbe, die von den Inseln strahlt, an denen wir lautlos vorbeigleiten; die Deutlichkeit der Linie, wo sich Himmel und Meer vermählen; die Nuance des Tons – kurz: das Distinkte, wo sonst, im Normalen, alle Distinktion fehlt. Und ebendiese distinkten Dinge, alle Nuancen, sind es, welche in den Kunstwerken Wirkung erzeugen, weniger die Themen oder Stoffe. Und was also ist dann Wirkung? Die Nuancen spiegeln im Betrachter den Schaffensprozess. Wirkung ist die Wiedererregung des kunstschaffenden Zustands im Betrachter.

Selbst das, was in Stricklands Malerei grauenhaft zu sein scheint, ist schön. Wahre Kunst ist eben immer Bejahung dessen, was ist. Es gibt keine pessimistische Kunst, wie Schopenhauer meinte, den ich schätze als Philosophen der Künstler – hier irrte er. Selbst Tragödien lehren nicht Resignation. Die furchtbaren und fragwürdigen Dinge darstellen heißt, sie zu bejahen. Es ist ein entscheidender Unterschied zwischen einer furchtbaren Darstellung und der Darstellung des Furchtbaren. Meine Schlachtengemälde waren furchtbare Darstellungen, weil sie das Furchtbare glätteten. Der echte Künstler fürchtet sich nicht. Selbst Hiob bejaht. Oft müssen die Dinge, die man zeigt, hässlich sein. Aber dass man sie zeigt, zeigt die Lust am Hässlichen, sozusagen den schönen Kern des Hässlichen, Schrecklichen, Wahnsinnigen. Denn unzerstörbar ist das höchste Leben in allen Dingen.

An Bord, 23. Juni 1895

Ich arbeite. Mein Skizzenpapier geht bereits aus. Es quillt und drängt aus mir, wie ich es zuvor nie erlebte. Ein Wasserhahn, der sich nicht mehr schließen lässt.

Kolonia, Ponape, 7. Juli 1895

Seit knapp einer Woche bin ich da. Jens Büchsenmachers Familie hat mich mit der herzlichsten Gastfreundschaft aufgenommen.

Ich weiß, ich bin angekommen. Aber noch bin ich nicht dort, wo ich hinwill. Als wir Ponape anliefen, verging an Deck die Zeit in schweigender Erwartung. Die gewohnte Erregung vor einer Landung wurde in mir gesteigert durch die Fremdartigkeit dieser Küste, der wir uns näherten. Sie glich der Erregung beim skizzierenden Annähern an neue Möglichkeiten des Malens. Jedes neue Bild ist eine fremdartige Küste. Und vor mir sehe ich unendliche Mengen fremdartiger Küsten, ein Archipel der Möglichkeiten.

Beflügelt von seiner eigenen Fahrt und einer absterbenden Brise glitt der Schoner auf die Insel zu. Unter dem Ostufer begann das Schiff, ohne die Hilfe des Windes in den Hafen zu gleiten. Einmal in Fahrt, schien der gute Schoner sich aus eigener Kraft in sein Ziel zu bewegen. So gibt es Stunden in meiner Produktion, in denen ich ohne äußeren Anlass unaufhörlich aus mir schöpfen kann.

Kolonia, 15. Juli 1895

Nicht dass ich hier etwas wiederfände. Ich entdecke etwas, dessen ich zuvor nie teilhaftig gewesen bin. Seltsam, dass es für die Redensart ›Ich bin ganz Ohr‹ keine Entsprechung im Optischen gibt. Jedenfalls habe ich von Tag zu Tag, von Sonnenaufgang zu Sonnenuntergang, immer stärker das Gefühl, ganz Auge zu werden. Da ich jedoch auf neue, gänzlich andere Weise zu arbeiten beginne (wobei der Gebrauch der linken Hand noch das mindeste ist), muss ich mir alles wie aus der leeren Luft ziehen, insonderheit das Kolorit. Das Problem dabei: Ist ein Farbton gewonnen, dann ist eben nur dieser eine da, und alle Arbeit fängt von vorne an. Als ob ich das Abc lernen müsste oder gar das Gehen neu. Vom Sehen zu schweigen.

Kolonia, 20. Juli 1895

Je freundlicher Büchsenmachers mich umsorgen, desto fremder werden sie mir. Sie leben ein deutsches Leben, national, diszipliniert und kaisertreu, in einer Welt, in der diese mir sowieso zweifelhaft werdenden Tugenden nicht nur keinen Sinn machen, sondern absolut lächerlich wirken.

Jens Büchsenmacher ist hocherfreut, dass er mich so fleißig arbeiten sieht, zugleich jedoch befremdet von dem, was ich ihm zeige. Er entschuldigt das wohl vor sich selbst mit meiner linken Hand, verliert aber kein Wort darüber, um mich nicht zu verletzen. Er hatte sich wohl erhofft, dass ich ihm hier seine Inselherrschaft pompös und prächtig à la Starnberg illustriere. Soll er sich doch fotografieren lassen!

Ich male jetzt ein Früchte-Stillleben, und während ich mich darein vertiefe, kam plötzlich eine Erinnerung an meine Münchner Zeit zurück, als ich an der Akademie studierte und als Musterschüler galt. Auch damals hatte ich ein Früchte-Stillleben gemalt, das in der Meisterklasse allgemeine Bewunderung fand. Mein Professor, der alte

Geheimrat von Marwitz, enthielt sich nicht des Lobes, da ich, wie er sagte, nach dem Erreichbaren getrachtet hätte.

Das, fuhr er fort und nahm mich beiseite, brachte Ihnen Meisterschaft. Ich kann Ihnen nichts mehr beibringen, Carlsen. Aber ich sehe in Ihren Farben etwas, was mir nur selten vorgekommen ist. Es könnte sein, dass Sie eines Tages ein Hunger ergreift, eine Gier nach dem Unerreichbaren. Sie werden dann vielleicht Ihre Meisterschaft verlassen oder das, was man dafür hält. Sie werden Ihre Malerei verlassen, wie man seine Heimat verlässt oder ein sicheres Haus mit Familie. Dann werden Sie Früchte malen, die noch niemand gesehen, die noch niemand gekostet hat. Sie selber auch nicht. Dann, Carlsen, werden Sie einsam sein.

Damals hatte ich den Alten nicht verstanden, später, auf der Jagd nach Ruhm und Geld habe ich vergessen, was er sagte. Heute stehen seine Worte vor mir, und endlich begreife ich sie auch. Ja, ich habe meine Malerei verlassen *und* das sichere Haus. Beides war nichts wert. Jetzt male ich wie ein Kind. Und ich war hocherfreut, als Büchsenmacher prompt sagte, als er auf das Bild blickte: Solche Früchte gibt es nicht, mit dem Kopf schüttelte und brummend ins Haus ging. Aber seinen Kindern gefallen meine Bilder sehr.

Kolonia, 15. August 1895

Die Menschen, Landschaften, Dinge stehen in einem Ganzen vor mir, wie ich es noch nie gesehen habe. Sie waren in meinen früheren Arbeiten gleichsam zerstückelt. Aber jetzt sind sie wirklich Bilder, so wie sie damals bloß Gegenstände, Motive, Genres waren. In die Bilder kann ich mich auf eine Art versenken, die mir neu ist. Denn sie haben Tiefe, während meine alten Motive bloß immer ausgebreitet lagen, um betrachtet zu werden. So, wie ich früher geschichtliche Gegenstände und vergangene Menschen zu repräsentativen Zwecken abgebildet hatte, bestenfalls versuchte, meine trübe Gegenwart geschichtlich zu machen, indem ich sie ästhetisch überhöhte, so versuche ich hier etwas völlig anderes.

Ich male etwas, das wie hinter den Dingen liegt, versuche, den ganzen Blick, in dem ein Hintereinanderstehendes, im Dufte Schwebendes, vom Himmel sich Abhebendes enthalten ist, auf die Leinwand zu bringen. Noch ist meine Malerei zu deutlich; das Zurückgehen und Hinausweichen der Dinge im Bild festzuhalten, gelingt mir noch kaum. Ich muss unbestimmter werden, denn die Unbestimmtheit rückt alles ferner und vergrößert dennoch, aber ohne künstlichen Bombast. Ich muss die Genauigkeit brechen, nicht das Detail. Luft, Licht und Dunst oder Nebel, die ich früher für Störungen hielt, sind im Gegenteil Medien, die die Körper wie in anderen Körpern schwimmen lassen.

Kolonia, 1. September 1895

Man kann im Paradies nicht preußisch leben. Aus den Büchsenmachers wächst doch immer die Pickelhaube, selbst wenn sie zum Picknick an den Strand gehen. Sie kommen mir vor wie Wesen aus einer unwirklichen Welt. Die wirklichen Menschen dieser Insel leben außerhalb der künstlichen Hauptstadt Kolonia, die Deutsche und

Spanier hier aufgepfropft haben. Die Menschen leben in den kleinen Dörfern und Ansiedlungen der Eingeborenen. Sie selbst nennen sich Kanaka – und dies Wort heißt nichts anderes als Mensch.

Ich habe Freundschaft mit einigen von ihnen geschlossen. Manchmal sitzen sie mir Modell. Besonders die Mädchen und Frauen sind von einer natürlichen Grazie und Anmut, die in Europa überhaupt nicht mehr zu finden ist. Indem ich beginne, ihre Sprache zu erlernen, kommt es mir vor, als lernte ich die Sprache überhaupt.

Kolonia, 6. September 1895

So malen, bis sich die Hand vom Vorbild löst und die Augen vom Erlebnis des Motivs.

Kolonia, 12. September 1895

Das ist der Bruch. Seit Tagen versucht Büchsenmacher, mich dezent, aber nachdrücklich daran zu erinnern, dass der Tag meiner Abreise naht, will ich alle Schiffs- und Bahnanschlüsse bekommen.

Aber ich will ja gar nicht!

Peter, sagte er heute beim Abendessen. Sie müssen doch irgendwann zurück.

Wohin?, sagte ich abwesend. Ich habe meinen Platz gefunden.

Aber Ihre entzückende Verlobte, das Fräulein Westermann, wartet doch auf Sie, wandte Frau Büchsenmacher ein.

Ich bekam einen Wutanfall, schrie die guten Leutchen an, was sie sich eigentlich einbildeten und erlaubten. Dies sei mein Leben. Und für mein Tun oder Lassen sei allein ich verantwortlich.

Später entschuldigte ich mich für den heftigen Ausbruch und setzte Büchsenmacher in aller Ruhe auseinander, dass ich seine Gastfreundschaft nicht länger in Anspruch zu nehmen gedächte. Er solle sich keine Sorgen um mich machen (was er natürlich tut).

Ich werde mir, zusammen mit meinen Freunden unter den Eingeborenen, in der Siedlung Pingelap ein Haus bauen, ein Haus ähnlich dem, in dem Louisville auf Tahiti wohnt. Büchsenmacher ist natürlich entsetzt. Ich verschweige ihm freilich, dass ich mich verliebt habe, verliebt in die einzigartige Nai Takauti, die mir seit Wochen Modell sitzt. Und diese Liebe wird erwidert. Ich bin der glücklichste Mensch der Welt. Ich werde mit Nai Takauti und ihrer Familie in Pingelap leben und selbst Familie haben.

Aber das können Sie doch nicht tun! rief Büchsenmacher.

Morgen werden einige meiner Freunde meine Sachen abholen, sagte ich ruhig. Jens, ich danke Ihnen und Ihrer Familie für alles. Sie haben mir das Paradies von außen gezeigt. Aber Sie haben auch eine Mauer darum errichtet.

Und ich will nun hinein. Leben Sie wohl!

Pingelap, September 1895

Das können Sie doch nicht tun! hatte Büchsenmacher gerufen.

Ach, Büchsenmacher. Das Ende des Getriebes, das Aufhören der Geltungssucht, die Unterbrechung des alten Denkens – alles nur Vorwegnahmen der Seligkeit, alles durchaus keine Übel oder Mängel. Ich muss doch bloß an mein eigenes Leben denken, an Kindheit, Jugend, an meine erfolgreichen Jahre, und jetzt an diese Momente, in denen ich anders, in denen ich erstmals lebe.

Ist nicht jeder Übergang vom einen in den folgenden Zustand schon so etwas wie der Tod? Wenn ich zurückdenke, wie ich unter meinen Eltern, unter meinen Lehrern, mit meinen Kollegen, mit meinen Geliebten gelebt habe, nehme ich wahr, wie immer vieles zerfallen ist, sich verwandelt hat, sich auflöste. Ich frage mich, ob überhaupt etwas Angsterregendes dabei ist. Ich kann nichts finden. Alle Ängste sind geschrumpft, selbst der alte Schock des Krieges wird milder.

Nicht lange, dann wird auch mich Erde bedecken oder Wasser. Und auch diese Elemente werden sich verwandeln ins Unendliche. Wie ich diese sich ewig durchdringenden Wellen, diese raschen Verwandlungen und Veränderungen bedenke, nein: befühle, wächst in mir eine grenzenlose Geringschätzung für mein altes Leben und eine ebenso grenzenlose Liebe und Zärtlichkeit für meine neue Existenz, für mein Leben mit Nai Takauti, die schon unser erstes Kind trägt.

Pingelap, Oktober

Heute ist unser Haus fertig geworden. Ich hatte Büchsenmachers zum Fest geladen, aber sie kamen nicht. Gut so. Dann ist auch dieser Abschied endgültig.

Nai Takautis Bauch wächst. Die Mütter sind wie die wahren Künstler. Des Künstlers Arbeit ist es, sich selbst im Werk zu finden, und koste es sein Leben. Die Frau erfüllt sich im Kind. Und was der Künstler stückweise aus sich herausstoßen muss, das hebt die Frau wie eine Welt, voll von Mächten und Möglichkeiten, aus ihrem Schoß. Darum ist die Frau noch um vieles reicher, weil sie die Erfüllung, die dem Künstler nur langsam zureift und die er nur im ständigen Bemühen ahnen kann, wirklich erreicht. Deshalb ist Nai Takauti mir wie eine Prophetin, die in ihrer Liebe von der Herrlichkeit des Ziels erzählt.

Pingelap, Jahresende

Die Leute, mit denen ich lebe, machen die Dinge gern kompliziert. Sie spielen mit den Dingen. Sie spinnen einfache Zusammenhänge aus, erzählen Geschichten, wo Europäer sich nur Nachrichten geben würden. Sie machen die Sachen reich. Sie leben die Kunst. Das ist ein dauerndes, nie endendes Feiern, durch das die Welt, die von diesen Menschen sowieso schon höchst vielfältig verstanden wird, noch bereichert werden soll. Wie jeder einzelne Mensch, so hat auch die gesamte Wirklichkeit in den Augen der Mikronesier viele Seiten und Teile und Ansichten und ist nur in ihren vielfältigen Verflechtungen zu begreifen. Das Ganze lässt sich nicht auf irgendeine einfache Monade zurückführen, denn eine solche Vereinfachung des Seienden wäre eine Art Tod der betrachteten Wirklichkeit.

Die Mikronesier wissen, dass das letzte Gesetz dieser Welt die Verbundenheit ist, die Einheit der Funktion von Verbindendem und Verbundenem. Und ebendies ist auch das einzige gültige Gesetz der Kunst. Ich erlebe es endlich. Denn das Leben hier ist nicht kontinuierlich in einem geschichtlichen Sinn, sondern viel mehr: eine unendliche Reihe von Zusammenhängen. Europa lebt Geschichte. Hier lebt man Geschichten.

Letzte Wahrheiten, endgültige, autoritative Aussagen, selbst über Dinge, die völlig eindeutig erscheinen, werden ständig durch andere Ansichten, und häufig sogar von derselben Person in einer neuen Situation, bestritten. Widersprüchliche Wahrheiten sind hier keine Konflikte, sondern sie verhalten sich zueinander wie Komplementärfarben auf der Palette. So sind die Leute von Ponape in ihrem Denken und Tun vorzügliche Maler der Schattierungen und Nuancen. Das Denken der Europäer ist schwarz-weiß, das der Mikronesier zeigt alle nur möglichen Grautöne auf, die zwischen und um Schwarz und Weiß liegen – oder doch liegen könnten.

Die Tatsache, dass ich die Schattierungen und Muster, die das mikronesische Denken und Handeln prägen, in meiner Arbeit Bild werden lasse, dass ich darin endlich sogar mein eigenes Leben ahnen kann, deutet weit über Ponape hinaus auf etwas anderes. Doch dies Andere ist ein neues, tieferes Geheimnis. Das Leben hier ist eine Doppelvision, mit deren Hilfe die Menschen sich selbst zu einem Ganzen machen. Das tiefere Geheimnis ist nur als Bild zu verstehen. Und das Bild ist sein Schleier.

Morgens

Unten das weite, schwarz-blaue Gewand der See. Welch ein Blau! Es verläuft sich, nein, es ist der Stoff in voller

Verwandlung. Darüber schon das Rot, das unweigerlich aus diesem Blau hervorgehen muss. Es wird unermüdlich, Morgen für Morgen, von ihm erbeten.

Jetzt folgen alle Rosenfarben des Morgens. Und dann der Morgen selbst. Jeder Morgen ist die Ewigkeit, die ihre Strahlen nach allen Seiten aussendet. Das Blau nun scharlachgetönt, purpur überglänzt. Das ist unauslöschliche Auflösung der einen Farbe in der anderen. Man könnte denken, dies Blau sei vom Rot eingeatmet und wieder ausgeatmet. All meine Ängste enden. Sie schmelzen auf dem Gipfel, in der strahlenden Explosion der steigenden Sonne.

Dies ist der Sonnenaufgang des Tages, an dem mein erster Sohn geboren wird. Und dies wird das erste meiner Bilder, das auch nach Jahren und Jahrzehnten meinen und den Blicken anderer wird standhalten können. Aber es benötigt keine anderen Blicke, um in sich vollkommen zu sein.

1899

Mein ältester Sohn hat beim Spielen in meinen alten Sachen gestöbert – und dies Tagebuch gefunden. Er brachte es mir und fragte, was das sei.

Das ist dein Vater, wie er früher war, gab ich zur Antwort, und blätterte mit Verwunderung und Erstaunen in diesen alten Aufzeichnungen.

Ja, vier Jahre bin ich nun schon hier in Pingelap. Es gab nichts mehr zu schreiben während dieser Jahre, nur noch zu malen. Es gab meine Bilder, meine Familie, unser Haus, den Himmel, das Meer, den Strand, die Palmen – und ab und zu meine Exkursionen auf das kleine Atoll, auf dem die Ruhe vollkommen ist.

Wenn ich in diesen vier Jahren etwas gelernt habe, was niederzuschreiben sich lohnt, dann ist es das Wesen der Farbe (obwohl es nicht beschrieben werden kann). Ich weiß jetzt, dass Farbe kein fester Zustand ist, so wenig wie die Flamme einer Kerze. Farbe ist ein Zustand des Sichverzehrens, eine Tätigkeit, eine Aufforderung an das Umgebende zu allen nur irgend erdenklichen Formen des Austauschs. Diese Aufforderung *scheint* die Farbe aber. Sie ist also aktiv. Sie brennt.

Die Farbe erklärt auch das Aufbrechen der Oberflächen durch die innersten Zusammenhänge. Alles schließt sich wieder zusammen in untereinander verknüpften Flächen, wie im Kristall. Oder es blättert ab wie im Muschelwerk bei den Verwicklungen der Spirale. Die Inseln hier sind für meine Existenz keine Begegnung mit dem Zufall. Sie sind konkret, sind wirklich, wirklicher als alles andere, sind Werk einer Absicht, wie auch ich Werk einer Absicht bin, sind Bestätigung. Sie sind etwas, das aussagen will. Sie sind eine Gegenwart, der Zukunft ausgesetzt.

Ich versuche, die Zukunft dieser Gegenwart vernehmlich zu machen. Ich betrachte die Dinge und Menschen und stelle sie so dar, dass meine Darstellung der Frage »Was ist das?« gleicht.

In meinen Bildern erscheint das, was ich immer gesucht habe. Denn es erscheint in ihnen jemand, den man freilich als Figur nicht sieht. Aber er ist in den Bildern, und zwar als einer, der selbst betrachtet. Es erscheint das Staunen des Menschen über das Dasein und Sosein der Dinge.

Lange haben mich die düsteren Schatten der Vergangenheit verfolgt. In manchen Nächten erwachte ich schweißgebadet und sah die Schrecken des Krieges wieder, und mein fehlender Arm schmerzte. Diese Schrecken und Schmerzen sind die Wirklichkeit Europas, die sich auch hier pestartig auszubreiten beginnt. Doch mir wird diese Wirklichkeit immer mehr zur Einbildung, wie auch der Schmerz in meinem fehlenden Arm Einbildung war. Und alle Einbildung hängt von mir selbst ab. Deshalb kann ich sie aufgeben, wann immer ich will.

Wie ein Segler, der ein gefährliches Kap umrundet hat, drifte ich bei ruhiger See dahin. Ruhe überall. Kein Hauch bewegt die Bucht. Der Kurs richtet sich nicht mehr nach Landmarken, sondern nach Sternbildern. Und aus dem Schiffsraum ist ein neuer Steuermann an Deck gestiegen.

1900

Noch einmal schlage ich dies Tagebuch auf. Denn ich will versuchen, gewisse Gedanken zu ordnen, indem ich sie niederschreibe. Es ist etwas höchst Seltsames passiert. Ich habe ein Bild gemalt, das anders ist als alle Bilder, die ich bisher gemalt habe. Anders vor allem deshalb, weil es keine Farben hat – und keine Farben haben durfte.

Ich war für eine Woche allein auf meinem Atoll, nicht um zu malen, sondern nur, wie dort eigentlich immer, um zu sehen; um die Wirklichkeit zu sehen, die dort so wirklich ist, dass sie sich realistisch nicht darstellen lässt. Denn das wahre Leben liegt hinter den Erscheinungen verborgen – und doch offenbart es sich in den Erscheinungen. Die Dinge sind Masken, schön, manchmal auch schrecklich.

Ich lag am Strand. Die Brandung schäumte bis zu meinen Knien auf, spielte mit Kokosschalen, die die Flut antrug. Wenn das Wasser wich, strömten Wunder von Farben und Zeichnungen zwischen meinen Füßen, nach denen ich griff, sie verfehlte oder festhielt, um nun das zu finden, was sie versprachen: Muscheln, eine Maja aus buntem Sand, zermahlene Bruchstücke, Lava oder Kiesel, die, sobald sie trocken waren, ebenso stumpf und unansehnlich wurden wie der Kies auf meinem Gartenweg am Starnberger Haus. Stundenlang gab ich mich in der heißen Sonne, wind- und meergekühlt, diesem bloßen Zuschauen hin, sah dem Leben zu, lud mich mit Leben auf. In Europa hatte ich, bis der Krieg kam, das Leben nie gesehen. Meine Abenteuer spielten sich in Betten ab. Als ich das erste Mal das Leben zu Gesicht bekam und malen sollte, da war es gleich das Morden und der Tod.

Nun aber habe ich den Tod noch einmal gesehen und gemalt auf diesem Bild. Denn ich lag am Strand des Atolls, und abgesehen vom nie ruhenden Wind und dem ewig bewegten Meer war das Gesicht der Welt von einer prähistorischen Leere. Das Leben schien totenstill zu stehen, und das Gefühl der Einsamkeit und Einigkeit mit der Natur war tief und erfrischend.

Doch plötzlich kam der Passat in einer heftigen Böe

über die Bucht, zerteilte die Palmen, traf das Land, traf mich selbst wie ein Schlag. Möglich, dass ich mich zu lange ungeschützt der Sonne ausgesetzt hatte. Jedenfalls schwoll ihr Strahlen rot glühend an, die Sonne schien sich über den gesamten Himmel auszudehnen. Dann begann das Blau des Meeres über allem Sichtbaren auszufluten, als wolle es die Welt verschlingen, und schließlich wucherte das Grün der Insel ins Unendliche. Dies Farbenspiel setzte kanonartig ein. Beim Auftauchen des Blaus kulminierte das Gelb-Rot und verklang, beim Grün explodierte das Blau und versickerte. Alles zusammen strahlte einen, auch akustischen, Ton aus, ein fernes Dröhnen und Rumpeln. Die Vision, die ich vor Jahren hatte, als ich auf dem Weg hierher mit dem Dampfer ›Meteor‹ in einen Orkan geriet, tauchte erneut, wenn auch leicht verändert, vor mir auf. Das Zerbersten der Erde. Und in diesen Weltuntergang schob sich das Geräusch des Schrapnells, das mir den Arm zerfetzte. Und ich sah die Leichenberge und hörte das Schreien und Schießen. Und dann sah ich seltsame, glitzernde Maschinen aus Metall, die wie Vögel am Himmel zogen, und aus denen fiel Feuer und Vernichtung in allen Farben. Ich hatte das Gefühl, dass das gesamte Atoll von einer unsichtbaren Faust in die Höhe gehoben wurde, während um mich her alles in einer kreisenden Bewegung auf einen Mittelpunkt zuströmte, in dem Klang und Schweigen, Hell und Dunkel, Farbe und Farblosigkeit, ihre Unterschiede verloren.

Als ich wieder zu mir kam (war ich denn außer mir gewesen?), schienen alle Dinge mit einem ausgebrannten

Grau überzogen, in den seltsamsten Mustern. Doch dies Grau verflüchtigte sich rasch, indem ich mit den Augen dagegen anblinzelte. Blau lag wieder die Lagune vor meinen Füßen, in meinem Rücken spielten die Palmen grün und flüsternd im Passat, und die Sonne senkte sich, milder werdend, dem Westen zu.

Längst nachdem ich wieder in Pingelap bei meiner Familie war, versuchte ich zu verstehen, was ich gesehen hatte. Die pure Vernichtung, die Quintessenz der Zerstörung, das Gegenteil alles Lebendigen, den Tod, wie er war, wie er ist und wie er kommen wird.

Aber hatte ich denn überhaupt etwas kommen sehen? War es nicht so, dass ich etwas verspürt, ja erlebt hatte, in Atomen vielleicht nur, in der Witterung, in Wellen des Lichts? Meine wetterfühlige Empfindlichkeit, die seit der Amputation hochnervös gesteigert ist, spielte mir vielleicht Prognosen zu.

Aber es waren keine faktischen Einsichten, nur Bilder oder Echos von Bildern. Und dennoch verfestigte sich in mir der Gedanke, dass ich etwas wie einen Krieg gesehen hatte. Vielleicht waren es mehrere Kriege, eine Kette des Schreckens, deren einzelne Glieder sich in ihrer Grauenhaftigkeit übertreffen und steigern – bis alles Leben verschwunden ist.

Ich versuchte, um mich von ihr zu befreien, die Vision zu malen. Es misslang. Die Farben wollten nicht fassen, was ihre Vernichtung bedeutete. Alles offenbart sich dem Auge durch die Farben. Wenn aber alles verschwindet, gibt es nur einen Ton, der dies bezeichnen kann: das Grau. Doch mir gelang die Mischung nicht.

Ich ließ mir sogar neue Farben aus San Francisco besorgen, experimentierte mit allen nur möglichen Mischungen. Das Grau, das ich brauchte, das Grau, das ich gesehen hatte, stellte sich nicht ein. Ich war verzweifelt, denn ich wusste, ich würde die Angst, die die Vision mir machte, nur bannen können, wenn es mir gelänge, sie zu malen.

Doch die Farben wehrten sich gegen das Grau.

Schließlich kam mir der Zufall zu Hilfe. Eines Abends kehrte mein ältester Sohn Peter vom Spielen nach Haus zurück. Sein brauner Körper war über und über grau gefleckt. Es war der Farbton in allen Schattierungen, den ich suchte. Es stellte sich heraus, dass mein Sohn mit anderen Kindern an einer Stelle gespielt hatte, wo die Dorfbewohner die Asche ihrer Feuerstellen hinschütten, wenn diese überquellen.

Das war es. Mein Kolorit war die Asche. So machte ich mich auf und sammelte Asche; Asche weist nämlich, je nachdem, was verbrannt wird, die unterschiedlichsten Schattierungen des Graus auf. Und aus allen Aschen, die ich von der ganzen Insel und selbst von meinem Atoll zusammentrug, mischte ich mir meine eigenen Farben, die keine Farben mehr waren.

So entstand das Bild *Das Grau der Karolinen.* Als es fertig war, konnte ich wieder freier atmen. Doch ich spürte, dass dies Bild nicht auf die Inseln gehörte. Das Bild gehört Europa. Es gehört dem Kontinent der Kriege, es gehört der weißen Rasse, die erst sich selbst zerfleischt hat und eines Tages die Welt zerfleischen wird. Ich verpackte es und sandte es einige Wochen später, zusammen mit einem Brief, an Clara Westermann. So war dann auch dieser letzte Abschied vollzogen.

1902

Ich lebe. Ich male. Meine Bilder sind mein Leben. Mein Leben sind meine Bilder. Alles ist Bild. Alles ist Farbe.

V

Die Koralle wächst, die Palme gedeiht,
aber der Mensch vergeht.

Polynesisches Sprichwort

In der Nacht vom 5. auf den 6. Januar 1988 stachen sie in See. Noch glitt der alte Mond halb glänzend und mit einem silbrigen Hof, der ihm folgte, durch die leichte Bewölkung. Sterne jeder Größe, überstrahlt vom Kreuz des Südens, auf das sie zufuhren, und Wolken jeglicher Gestalt veränderten jeden Augenblick die matte Helligkeit der Nacht. Wie Schatten in Träumen tauchten kleine Inseln schwarz vor ihnen auf, verschwanden auf ein Augenzwinkern, um an anderer Stelle wieder zu erscheinen. Jessen sah bisweilen auch blitzende, kreisende Lichter in der Dunkelheit, die ihm zublinzelten, aber es waren, wie William und Thomas, die sich daran nicht störten, sagten, die Leuchttürme der Einbildung.

Als der östliche Himmel schwach orange zu leuchten begann, zogen bläuliche Fetzen morgendlicher Wolkenbänder wie schmelzende Eisberge weit am Horizont entlang.

Thomas deutete darauf und sagte, solche Bilder habe sein Vater gern gemalt. Die Sonne ging auf, brach Lücken in die Dunstscherben und enthüllte ein unscheinbares Inselchen, flach wie ein Teller auf der See, bespickt mit Palmen.

»Ein Atoll«, rief Edith.

»Ein Atoll von Tausenden«, sagte William trocken, der sich hin und wieder über die Karte beugte und dem alten Thomas, der am Steuer stand, Anweisungen gab. »Unser Ziel werden wir frühestens heute Abend erreichen.«

Nach dem zwanzigsten oder dreißigsten Atoll, das sie passierten, manche aus großer Entfernung, andere zum Greifen nah, hörte Jessen zu zählen auf. An Bord wurde nur das Notwendige gesprochen, der Diesel tuckerte stur seinen Takt. Über den vier Insassen hing, eine Wolke am glatten Himmel, sich ständig steigernde Spannung. Andere Schiffe kamen während der ganzen Fahrt nicht in Sicht. Glatt wie ein Spiegel lag der Stille Ozean.

Thomas wies ab und zu auf schwache Oberflächenkräuselungen des Wassers und rief dann William ein paar Worte auf Mikronesisch zu, die dieser mit befriedigtem Kopfnicken registrierte. Offenbar verglich er den Kurs, den Thomas auf die alte Art beobachtete, mit dem, den er auf der Seekarte abgesteckt hatte.

»Da ist es«, sagte Thomas plötzlich, etwa eine halbe Stunde vor Sonnenuntergang, und wies mit der Hand voraus, wo Edith und Jessen nichts als blaue Unendlichkeit sahen. Doch als die Sonne steuerbord bereits den Horizont berührte, erblickten sie das Atoll, erst als schwarzen Punkt, dann unterschieden sie die hohen Formen der Palmen. William reichte ihnen ein Fernglas.

Verloren im blauen Meer und Himmel ein Ring von weißem Strand, grünem Unterholz und wogenden Palmen, juwelengleich sprühend in allen Farben, von märchenhafter Anmut. Ringsum lief die Brandung schneeweiß und brach sich weit draußen an einer Stelle, wo ein Riff liegen musste. Kein Rauch, kein Zeichen menschlichen Lebens waren zu sehen.

»Carlsens Insel«, sagte William.

»Ja«, murmelte der alte Thomas. »Sie ist es. Wir sind da.«

Jetzt fiel rasch die Dämmerung. Als sie auf knapp eine Meile an die Insel heran waren und bereits das Tosen der Brandung hörten, verloren Himmel, See und Insel ihre Farbigkeit und versanken in einem hellen Blaugrau. Die Luft war leicht, doch zogen tintenschwarze Wolken im Norden auf, aus denen es von fern wetterleuchtete, ohne zu donnern.

In einer Entfernung von 500 Metern steuerte William das Boot an der dunklen Insel entlang. Plötzlich öffnete sich der Strand und ließ eine breite Durchfahrt in die Lagune frei. Dann lief das Boot in den stillen Binnensee, den das Atoll umschloss. Sie wurden von einer leichten Gegenströmung getroffen, doch das Boot tuckerte zügig hindurch. William stellte den Motor ab. Das Schweigen war ungeheuer, fast schmerzte es. Das gleichmäßige Donnern der Brandung verstärkte es nur noch.

»Wir ankern hier«, bestimmte Thomas, »schlafen an Bord und gehen morgen früh an Land.«

Sie aßen wortlos von den mitgebrachten Vorräten, die Kursa eingepackt hatte, streckten sich in ihren Schlafsäcken auf den Bootsplanken aus.

»Erzähl uns eine der alten Geschichten, Schwiegervater«, bat William.

Und Thomas begann zu sprechen, wie man Kinder in den Schlaf singt, während draußen die Brandung rollte und sie in den Himmel sahen, bis ihnen die Augen zufielen.

»Einst hing der Himmel sehr niedrig über der Erde, sodass die Leute nicht aufrecht gehen konnten. Sie mussten kriechen.

Wir haben drei Gottmänner, Großvater, Vater und Sohn. Vater und Sohn gingen zum Eingang in die Unterwelt, wo sie einen Garten hatten. Das ist irgendwo auf den Inseln von Vava'u.

Dort war eine Frau dabei, Wasser vom Brunnen zu holen. Der Vater war fasziniert von ihrer Schönheit und versuchte, sich ihr zu nähern.

Na, na, fällt dir nichts Besseres ein?, sagte die Frau.

Was soll mir einfallen?, sagte der Vater.

Na, du könntest doch den Himmel höherschieben, damit ich besser Wasser holen kann.

Daran hatte der Vater noch nie gedacht. Aber gut. Er stemmte sich gegen den Himmel und schob und schob, bis die Frau aufrecht stehen konnte.

Ist es so recht?, fragte er.

Die Frau starrte begeistert in den Himmel und rief: Schieb ihn noch ein bisschen höher, damit ich auch die Sterne sehen kann.

Da stemmte der Vater sich noch einmal dagegen und hob den Himmel noch ein gewaltiges Stück an. So hoch, wie er heute hängt.

Jetzt darfst du mit mir spielen, sagte die Frau, sah aber während des ganzen Spiels nur in den Himmel.

Der Sohn wartete so lange am Eingang der Unterwelt. Dann gingen die beiden, um im Garten zu arbeiten.

Schließlich sagte der Vater zum Sohn: Geh Feuer holen. Wir wollen uns Essen kochen.

So ging der Sohn zum Großvater und bat um Feuer.

Erst musst du mir meine Yamswurzeln ausgraben und den Garten neu bestellen, sagte der Großvater. Und eins sage ich dir: Nimm das Feuer nicht mit auf die Erde. Da richtet es nur Unheil an. Das Feuer gehört in die Welt der Götter, aber nicht in die Hand der Menschen.

Der Sohn bestellte den Garten des Großvaters, bekam das Feuer, brachte es dem Vater, und sie kochten sich ihr Essen. Als sie damit fertig waren, brachte der Vater dem Großvater das Feuer zurück. Aber der Sohn hatte heimlich Feuer behalten und in seinem Gürteltuch versteckt. Auf seinem Weg zum Ausgang aus der Unterwelt entstanden durch die Reibung Flammen. Als sie auf die Erde kamen, sah der Großvater, wie das Gürteltuch des Sohnes brannte. Überall war Rauch. Er riss dem Sohn das Feuer vom Leibe.

Mach sofort das Feuer aus!, schrie er erbost.

Aber der Sohn warf einen brennenden Zweig hinaus auf die Erde und rief den Bäumen zu: Fangt Feuer! Fangt Feuer!

Seitdem sind die Bäume diejenigen, die durch ihr Brennen das Feuer am Leben erhalten und weiterreichen können. Und so ist der Himmel hoch geworden und so kam das Feuer unter die Menschen.«

Als sie bei Sonnenaufgang erwachten, sahen sie, wie das Atoll die Lagune umschloss. Der Landring mochte an seiner breitesten Stelle einen Kilometer messen, an seiner schmalsten bestenfalls zweihundert Meter. Die Insel war über und über von dichtem Unterholz bedeckt. Der darüber hochragende Wald von Kokospalmen war unregelmäßig, worauf Thomas sie ausdrücklich hinwies, da dieser Zustand darauf hindeute, dass hier nie jemand zur Kokosernte und Pflege der Bäume hinkomme.

Sie setzten ein Ruderboot aus und fuhren über die Lagune. Unter dem Kiel changierte das seichte Wasser in blauen und grauen Farbtönen. Weitverzweigt blühten in seiner Durchsichtigkeit die roten Korallen. Deutlich sichtbar schwammen Fische unter ihnen, gefleckt, gestreift, gepunktet, in allen Farben des Regenbogens.

William watete die letzten Meter durchs knietiefe Wasser und zog das Boot auf den Strand. Sie waren da.

Wo ist es?, wollte Jessen herausplatzen. Wo sind Carlsens Bilder? Er wusste nicht, ob er wachte oder träumte. Am Ziel? Endlich am Fluchtpunkt der Reise, deren Richtung das graue Bild gewiesen hatte?

Als ob Thomas seine Ungeduld erraten hätte, sagte er: »Warten Sie hier mit William auf mich. Ich werde zuerst allein gehen.«

Er entfernte sich langsam, wobei er hin und wieder suchend auf die Palmen blickte, wurde kleiner, verschwand schließlich aus ihrem Blickfeld.

Jessen und Edith schwiegen, aber sie wussten, dass sie den gleichen Gedanken nachhingen. Das Tagebuch Carlsens, dessen Inhalt sie Thomas, William und Kursa übersetzt hatten, zog eine tiefe, nicht enden wollende Spur in Jessens Hirn.

»So ist das also«, hatte er geseufzt, als sie mit der Lektüre fertig gewesen waren. »Jetzt wissen wir alles. Und trotzdem wissen wir gar nichts.«

Auf eine seltsame Art, über die er sich immer noch nicht klar war oder vor deren Klärung er sich fürchtete, hatten ihn Carlsens Aufzeichnungen beschämt. Der Mann hatte Ernst gemacht mit seinem Leben. Und weil er Ernst gemacht hatte mit seinem Leben, konnte er sich zu dem Künstler entwickeln, der er geworden war. Gab es nicht Parallelen zwischen Carlsen und Jessen? Waren nicht Carlsens europäische Bilder, diese bombastischen Lügen, gewissermaßen das Gleiche, was Jessen für die Werbung produzierte?

Und all seine klugen Gedanken über die Kunst? Glichen sie nicht Ediths Theorien? Und zerflatterten diese Gedanken und Theorien nicht zu blassem Nebel angesichts der Wirklichkeit des Lebens auf den Inseln und angesichts der Lebendigkeit wirklicher Kunst?

»An Carlsen könnte man sich ein Beispiel nehmen«, hatte Jessen gesagt.

»Ja«, Edith hatte genickt, »aber man kann ihn nicht imitieren. Wir müssen sein Beispiel auf unsere Weise umsetzen. Selbst wenn wir hierblieben, hier auf Ponape, wäre es anders. Denn die Wirklichkeit, vor der Carlsen damals geflohen ist, hat längst die Inseln eingeholt.«

Jessen hatte resigniert genickt.

»Aber was ist es, was er auf dem grauen Bild geahnt hat?«

»Wenn es darauf eine Antwort gibt«, hatte Edith gesagt, »dann ist sie auf dem Bild selbst verborgen. Oder das Bild als Ganzes ist die Antwort. Aber Bilder antworten nicht, wie Menschen antworten. Vielleicht ist die Antwort die Summe der Wirkungen als Summe von Erfahrungen.«

Der Strand flimmerte in der Morgensonne. Am Himmel bewegte sich nichts. Oder doch? Die alten Erinnerungen kommen zurück, dachte Jessen. Kein Wunder, dass sie mich bis hier verfolgen. Er wischte sich über die Augen, denn für einen Moment hatte er geglaubt, ganz oben im Blau den silbrigen Punkt eines Flugzeugs zu sehen.

William war seinem Blick gefolgt. »Ja«, sagte er ruhig und wies zum Himmel. »Dort kommt ein Flugzeug. Sehr seltsam.«

Jetzt konnten es auch Jessen und Edith deutlich sehen. Es flog direkt auf das Atoll zu, stieg tiefer.

»Ein amerikanisches Aufklärungsflugzeug«, rief William. »Was wollen die Kerle hier?«

Das Flugzeug war inzwischen so nah und tief, dass sie Motorengeräusch hörten. Die Maschine drehte eine lang gezogene Schleife um das Atoll, schien dann wieder verschwinden zu wollen, kam jedoch zurück, tiefer jetzt, der Motor brummte bedrohlich, die Wasseroberfläche kräuselte sich.

»Die haben unser Boot gesehen«, sagte William trocken, während das Flugzeug endgültig aus ihrem Blickfeld geriet.

»Ja und?«, fragte Jessen. »Es ist doch wohl nicht verboten, hier zu ankern?«

William zuckte mit den Schultern. »Doch, ist es. Das ganze Seegebiet hier ist schon seit zwei Jahren militärische Sperrzone. Aber niemand kümmert sich darum. Es gibt auch kaum Kontrollen. Es ist nicht einmal allen Leuten bekannt. Warum auch? Hier kommen nicht einmal Fischer oder Kopra-Händler her.«

Thomas kam zurück, sagte jedoch kein Wort, sondern gab ihnen lediglich ein Zeichen, ihm zu folgen. William sprach ein paar Worte auf Mikronesisch, deutete mit der Hand zum Himmel. Thomas machte bloß eine wegwerfende Handbewegung.

Nachdem sie etwa eine halbe Stunde schweigend gegangen waren, kamen sie an eine Stelle, wo im Bogen der Bucht ein Bach über eine Felstreppe hinab in die Lagune murmelte. Hier senkte sich der Strand, ein Lufthauch wehte unter dem Laubwerk aus dem Unterholz seewärts. Thomas bog nach links in das Unterholz, das sich nach wenigen Metern lichtete.

»Hier«, sagte er und wies auf die Überreste einer Hütte.

Eine vom Wind gefällte Kokospalme war quer durch diese Behausung geschlagen. Das Dach war völlig eingestürzt, ebenfalls zwei der Seitenwände aus Kokosholz. Vorder- und Rückwände standen längst nicht mehr aus eigener Kraft, sondern lehnten müde an heruntergefallenen Dachstreben und an dem Kokosstamm. Die Eingangstür, die an geflochtenen Angeln gehangen hatte, war herausgefallen. Die Palmenblätter, die einmal das Dach gebildet hatten, waren im Innern der Hütte zu einer kompostartigen Masse zerfallen, aus der bereits junge Kokospalmen sprossen. Mit langen Buschmessern, die sie mitgebracht hatten, bahnten sie sich einen Weg ins Innere der ehemaligen Hütte, stießen auf einen zusammengebrochenen Tisch, Krüge, eine Feuerstelle, vermoderte Reste einer Hängematte.

Die Kiste, die sie suchten, lag genau unter dem Stamm der Palme. Der Stamm hatte den Deckel eingedrückt und die Seitenwände auseinandergequetscht. Aus den offenen Spalten und Fugen quoll es weißlich modernd hervor. Mit vereinten Kräften schoben und zogen sie die Kiste unter dem Stamm heraus. Durch den Boden waren mehrere Palmenschösslinge gewachsen, die bereits aus den Resten des Deckels wieder herauslugten. Unter ihren Anstrengungen zerfiel die Kiste, zerbröselte zu fauligen Holzstückchen. Der Inhalt war nichts als ein fauliger, weißlich grauer Brei, vermatscht mit allen Farben des Regenbogens oder der Palette, die konturlos durch diese Leinwandreste schlierten.

»Das müssen an die Hundert zusammengerollte Leinwände gewesen sein«, sagte Edith resignierend.

»Jetzt ist es nur noch ein Klumpen Matsch«, seufzte Jessen.

Vergeblich versuchten sie, einzelne Stücke von diesem Klumpen abzulösen. Je weiter sie zur Mitte gelangten, desto undefinierbarer wurden die Verfärbungen des Ganzen. Alle Töne und Nuancen liefen wild durcheinander, die Leinwandstücke klebten in- und übereinander fest. Bild hatte sich mit Bild verbunden. Ihre Hände schimmerten in vielen Farben.

Thomas und William beteiligten sich nicht an Ediths und Jessens vergeblichen Versuchen, ein ganzes Bild, oder doch wenigstens ein Bruchstück, letzte identifizierbare Teile eines Bildes, aus dem klebrigen Bündel herauszupräparieren. Sie saßen mit gekreuzten Beinen auf dem Boden und beobachteten nachsichtig lächelnd den sinnlosen Eifer der beiden Fremden, die von so weit gekommen waren, etwas zu finden, was nun vor ihnen lag, doch anders, ganz anders als sie es sich vorgestellt, als sie gehofft hatten.

Jessen spürte plötzlich Unbehagen, fast Ekel, wie er da gierig und sinnlos in diesem Brei aus Farben und Tuchfetzen wühlte. Leichenfledderei, dachte er, ging zum Ufer und hielt seine farbverschmierten Hände ins Wasser. Doch die Farbe blieb haften, schimmerte nur noch bunter unter der Wasseroberfläche. Auch Edith hatte aufgehört, den natürlichen Veränderungsprozess dieser Bilder mit ihren Händen zu beschleunigen. Sie saßen im Sand, schämten sich vor Thomas und William, aber die lächelten nur freundlich, als hätten sie schon vorher gewusst, was sie hier erwarten würde.

Nach einigen Minuten des Schweigens, die Jessen unerträglich lang vorkamen, weg will ich, dachte er nur, weg hier, sagte William: »Haben Sie jetzt genug gesehen?«

»Ja«, sagte Jessen kleinlaut und Edith nickte mit dem Kopf, schamrot.

»Dann wollen wir jetzt fahren«, bestimmte Thomas. »Sie haben alles gesehen, was es hier zu sehen gibt. Die Bilder meines Vaters sind dabei, wieder das zu werden, woraus sie entstanden. Sie gehen in die Insel ein. Alles soll so bleiben, wie es ist.«

Der Anker war gelichtet, der Motor angeworfen, als William aufgeregt auf die hohe See in nördliche Richtung deutete.

»Da kommt ein Schiff. Ein großes Schiff«, rief er. »Es hält genau auf die Insel zu.«

Erst im Fernglas sahen Edith und Jessen, dass sich ihnen tatsächlich ein Schiff näherte. Sie liefen aus der Lagune aus, nahmen den Nordkurs, aus dem sie gekommen waren und aus dem nun das Schiff direkt auf sie zulief. Es wurde größer und größer.

»Das ist ja ein Kriegsschiff!«, rief Edith.

»Ein amerikanischer Kreuzer«, stellte William fest. »Was will der denn hier?«

Etwa zwei Meilen vor der Insel begegneten sie sich. Ein Offizier in weißer Uniform stand an der Reeling und forderte sie durch ein Megafon auf, die Maschine zu stoppen, längsseits zu gehen und an Bord zu kommen. William brachte sein kleines Boot geschickt an die ungeheuer aufragende, graue Stahlwand des Kreuzers, von dem ein Fallreep niederging.

»Bitte, kommen Sie alle an Bord!«, rief das Megafon gebieterisch.

Leinen flogen von oben, mit denen William sein Boot an dem Kreuzer vertäute. Dann kletterten sie auf dem schwankenden Fallreep hinauf, wo sie sogleich von mehreren Offizieren, Soldaten und Matrosen umringt wurden.

»Folgen Sie mir zum Commander«, befahl der Offizier, der sie angerufen hatte. Unter den herumstehenden Mannschaften entstand aufgeregtes Tuscheln.

Commander John McFarlowe, ein hagerer Mittvierziger, braun gebrannt, blonder, senkrecht stehender Kurzhaarschnitt, eckige Gesichtszüge, betrachtete kopfschüttelnd die seltsame Besatzung des aufgebrachten Motorboots, die zu ihm in die Messe geführt wurde. Sein Kopfschütteln verstärkte sich noch, als er die Ausweise studierte: zwei Mikronesier mit einem deutschen Mann und einer deutschen Frau? Er straffte sich hinter einem mit Seekarten überladenen Tisch und sah sie streng an.

»Sie wissen, warum Sie aufgebracht worden sind?«

»Durchaus nicht«, antwortete William wahrheitsgemäß und stellvertretend für alle anderen.

»Nun«, knurrte McFarlowe, »dann will ich es Ihnen sagen. Sie befinden sich hier in militärischem Sperrgebiet. Mir übrigens völlig unverständlich, wie Sie hier unbemerkt reinkommen konnten. Schlamperei. Da Sie aber nun einmal hier sind, muss ich Sie bis auf Weiteres unter Arrest stellen. Sie dürfen den Kreuzer nicht verlassen.«

»Aber warum denn?«, fragte Jessen verärgert. »Wir haben doch gar nichts getan.«

»Nein?« McFarlowe musterte sie misstrauisch. »Und was haben Sie auf dem Atoll C-312 zu suchen? Dies Atoll darf seit sechs Monaten von Zivilisten nicht mehr betreten werden. Und ab morgen überhaupt nicht mehr. Wussten Sie das etwa nicht?«

»Nein«, log William.

»Was also wollten Sie dort?«

»Nun ja«, druckste Jessen, der nicht wusste, wie er dem Commander die Angelegenheit kurz und glaubhaft erklären sollte. »Das ist eine sehr lange Geschichte. Und sie klingt etwas unglaubwürdig. Das gebe ich zu.«

»Hab ich mir schon gedacht.« McFarlowe lächelte grimmig.

»Wir haben Bilder auf der Insel gesucht«, sagte Edith.

»Bilder?«, schnappte der Commander. »Was für Bilder? Fotografien?«

»Nein, nein«, antwortete Edith. »Ob Sie es uns glauben oder nicht: Wir haben dort nach alten Ölgemälden gesucht.«

McFarlowe starrte sie für einen Moment entgeistert an, brach dann in dröhnendes Gelächter aus, wobei er mehrere Male mit der flachen Hand auf den Kartentisch schlug.

»Alte Ölgemälde! Hab ich Sie richtig verstanden, Miss? Kunstwerke, ja? Auf C-312? Auf einem gottverlassenen Atoll, das vielleicht noch nie ein Mensch betreten hat? Das auf keiner Seekarte eingezeichnet ist? Ölgemälde also. Warum nicht gleich ein paar Gauguins? Sie erwarten doch wohl nicht von mir, dass ich Ihnen diese Story abnehme.« Seine Stimme wurde schneidend. »Hätten Sie gesagt, wir sind Touristen und haben mit den beiden Leuten hier eine kleine Seefahrt veranstaltet, dabei haben wir die Orientierung verloren, was ja in diesen Gewässern weiß Gott leicht passieren kann, hätte ich gesagt: Gut. Warum nicht? Aber Ölgemälde? Nehmen Sie die Angelegenheit bitte ernst. Sonst lasse ich Sie einsperren. Also, ich höre.«

»Aber das ist die volle Wahrheit«, beteuerte Jessen. »Die Reste dieser Ölgemälde haben wir sogar gefunden.

Sie liegen immer noch auf dem Atoll, in einer verfallenen Hütte am Strand, dort, wo der Bach in die Lagune mündet. Sehen Sie doch selbst nach.«

McFarlowe sah sie, unsicher werdend, mit einem skeptisch langen Blick an. Er rief einen Unteroffizier herein und tuschelte mit ihm. Der Mann grüßte militärisch und verschwand wieder.

»O. k., O. k.«, beschwichtigte der Commander gedehnt. »Wir werden Ihre Aussage nachprüfen. Wenn Sie die Wahrheit sagen, werden Sie sich in aller Ruhe erklären können. Wenn Sie aber lügen, muss ich Sie festnehmen.«

»Und aus welchem Grund?«, fragte William.

»Spionageverdacht«, bellte McFarlowe. »Nun, wir werden bald wissen, was es mit diesen angeblichen Ölgemälden auf sich hat. So lange muss ich Sie bitten, in der Offiziersmesse Platz zu nehmen.«

Zwei Marinesoldaten führten die vier hinaus, brachten sie in die Messe, blieben jedoch, Gewehr bei Fuß, am Eingang stehen. Ein Steward bot Sandwiches und Getränke an. Sie wurden prompt und höflich bedient.

»Ich möchte wissen …«, wollte Jessen einen Satz beginnen, wurde jedoch von einem der Soldaten unterbrochen. »Nicht sprechen.«

Wortlos starrten sie aus den Fenstern, sahen, wie ein Beiboot mit dem Unteroffizier und zwei Matrosen auf das Atoll zufuhr. Der Kreuzer selbst manövrierte mit gedrosselten Maschinen scheinbar ziellos in Zickzacklinien vor der Nordküste der Insel.

Nach einer Stunde, die ihnen wie die halbe Ewigkeit vorkam, erschien wieder der Unteroffizier und forderte sie auf, ihm zu folgen. Seine Stimme klang auffallend höflich. Offenbar hatte man die Reste der Kiste mit dem Ballen in der eingestürzten Hütte gefunden. Sie wurden erneut in den Commander-Raum geführt, in dem McFarlowe sie bereits erwartete. Vor dem Kartentisch standen die Kiste beziehungsweise jene Holztrümmer, die von ihr übrig geblieben waren. Die verfilzten und verklebten Leinwandreste quollen an allen Ecken und Enden daraus hervor.

»Bitte, nehmen Sie Platz.« Die Stimme des Commanders klang merklich milder, fast entschuldigend. Er deutete mit der Hand auf die Kiste: »Sie haben das da gesucht?«

Die vier nickten.

»Ölgemälde ist ja etwas geschmeichelt«, lächelte McFarlowe dünn. »Aber es könnten tatsächlich mal welche gewesen sein. Ich bin nämlich durchaus ein Kunstfreund. Jawohl. Außerhalb des Dienstes, versteht sich. Alte Ostküsten-Familie, die … Nun, das gehört hier nicht her. Reste von Ölgemälden auf C-312 also. Ist ja wie auf einer Schatzinsel.« Er lachte etwas verlegen. »Dass Sie nicht wussten, dass hier Sperrgebiet ist, verwundert mich nicht so sehr. Man hat das auch nicht an die große Glocke gehängt. Das kommt erst hinterher.«

»Was heißt hinterher?«, fragte William.

»Entschuldigen Sie«, sagte der Commander höflich, aber bestimmt. »Die Fragen stelle immer noch ich. Haben Sie weitere Beweise dafür, dass Ihre Anwesenheit auf C-312 nicht militärischen Zwecken diente?«

Sie schwiegen.

»Eigentlich nicht«, sagte Edith kleinlaut.

»Doch«, rief jetzt aber der alte Thomas, der bis dahin kein Wort gesagt hatte. »Das Tagebuch meines Vaters.« Er griff in seine Windjacke und holte das Buch heraus. »Hier«, sagte er und reichte es dem Commander über den Tisch.

Der blätterte sichtlich irritiert darin herum.

»Was soll das? Ich verstehe nicht recht.«

»Nun ja.« Jessen lächelte gequält. »Ich sagte Ihnen doch schon, dass es eine lange Geschichte ist. Wenn Sie Zeit haben, erzählen wir sie Ihnen gern.«

»In Ordnung«, sagte McFarlowe und zuckte etwas hilflos mit den Achseln. »Wir sind sowieso an unserem Bestimmungsort und haben hier so lange zu kreuzen, bis wir weitere Anweisungen bekommen. Darf ich Sie also bitten, heut Abend beim Dinner meine Gäste zu sein?«

»Das klingt schon anders«, murmelte Edith auf Deutsch, beeilte sich aber, auf Englisch hinzuzufügen, man danke herzlich für die Einladung.

Jessen hatte das Gefühl, als stecke sein Körper in einem Panzer aus Blei, der ihn tiefer zog, tiefer, immer tiefer.

Während des Dinners, an dem noch drei weitere Offiziere teilnahmen, wurden Belanglosigkeiten ausgetauscht. Commander McFarlowe erkundigte sich angelegentlich nach Deutschland, wobei ihn besonders die Schlösser am Rhein sowie Heidelberg interessierten, die er auf einer Europa-in-10-Tagen-Tour einmal besucht hatte.

Der Mann fühlte sich sichtlich unwohl, wusste nicht,

was er von seinen seltsamen Gästen oder Gefangenen halten sollte, war offenbar gespannt auf die Geschichte, die ihm nun aufgetischt werden sollte. Hin und wieder fuhr er sich mit dem Finger zwischen Hals und Kragen. Nachdem der Steward abgeräumt hatte, bot er Whisky und Zigarren an, schlug die Beine übereinander und sagte gemütlich: »Also los. Bin gespannt auf Ihr Garn. Ölgemälde auf C-312. Nicht zu fassen.«

Jessen begann. Der Bleipanzer der Beklemmung ließ ihn stocken, nach Worten suchen, obwohl er die Geschichte schon oft erzählt hatte. Er kürzte vieles, was McFarlowe unverständlich sein musste, ab, spürte jedoch, wie der Commander und seine Offiziere in den Bann des Erzählten gerieten und wie er selber beim Sprechen freier wurde.

»Mach du weiter«, bat er Edith, als die Rede auf die Ereignisse in und um Niedertannhausen kam, und Edith nahm den Faden auf und sponn ihn weiter bis zu jener Kava-Nacht in Thomas' Haus. Und schließlich erzählte Thomas seinen Teil.

»Und dann«, kam der Alte zum Ende, »fuhren wir direkt auf Ihr Schiff zu, Mr. Commander. Oder Sie auf unseres. Ganz wie Sie wollen. Jedenfalls haben wir uns getroffen, aus Gründen, die wir nicht kennen. Jetzt kennen Sie die Geschichte des Bildes, das mein Vater gemalt hat. Und hier vor Ihnen liegt sein Tagebuch.«

McFarlowe strich nachdenklich mit den Fingerspitzen über das weiche Leder des Einbands.

»Das würde ich gern mal lesen«, murmelte er nach einigen Minuten, in denen man nur das Glucksen des Wassers an der Bordwand des unmerklich laufenden Schiffes hörte. »Und das Bild, dies graue Bild? Kann man das mal sehen?«

»Wir haben es natürlich nicht dabei«, sagte Jessen kühl. »Aber warum sollten Sie es nicht auch einmal sehen können? Ich schätze, man wird es über kurz oder lang ausstellen.«

»Sehr schön«, sagte McFarlowe abwesend. »Was für eine Geschichte«, staunte der Erste Offizier. »Ich weiß nicht, was ich davon halten soll«, sagte der Zweite.

»Und ausgerechnet auf C-312«, ergänzte der Dritte, ein sehr junger, fast noch kindlich wirkender Mann.

»Allerdings«, knarrte McFarlowe. »Und ausgerechnet heute. Zufall. Reiner Zufall. Immerhin besser als morgen.«

Die Offiziere nickten schweigend Zustimmung und tranken ihren Whisky.

»Wie dürfen wir das verstehen?«, fragte Jessen.

Die Amerikaner wechselten vielsagende Blicke, wichen aber den fragenden Augen der anderen aus. McFarlowe bat seinen Ersten Offizier für einen Moment vor die Tür. Man hörte sie miteinander tuscheln.

»Also gut«, sagte der Commander, nachdem sie sich wieder gesetzt hatten. »Wir werden Ihnen erzählen, warum wir hier sind. Übermorgen wird es sowieso die ganze Welt wissen. Und so lange müssen Sie an Bord bleiben, natürlich als meine persönlichen Gäste. Und bitte, tun Sie später so, als habe ich Ihnen das Folgende erst übermorgen erzählt. Obwohl es im Grunde egal ist.«

McFarlowe lief Schweiß über die Stirn, in den Kragen. Er wand sich, wusste nicht, wie er beginnen sollte.

»Wie Sie wissen«, sagte er schließlich umständlich, »bemüht sich unsere Regierung seit Langem darum, die schreckliche Bedrohung aus der Welt zu schaffen, die von den Atomwaffen ausgeht. Ich bin weder Wissenschaftler noch Politiker, sondern Soldat. Und als Soldat habe ich mich ausschließlich danach zu richten, was mir befohlen wird. Dennoch weiß ich sehr genau, was ein Atomkrieg bedeuten würde.

Wenn in einem atomaren Schlagabtausch nur knapp ein Viertel der verfügbaren Kernwaffen eingesetzt werden, weltweit gibt es derzeit rund 60 000 atomare Sprengköpfe, zusammen reichlich 15 000 Megatonnen Sprengstoff, so steht danach die Erde in Flammen. Tausende von großen Städten zerfallen im Feuersturm zu Asche. Der Zweite Weltkrieg war dagegen nur ein Lufthauch. Öl- und Gasquellen geraten in Brand, Pipelines bersten, es brennen die Raffinerien und es brennen die Kohlehalden. Auf der nördlichen Halbkugel wüten Waldbrände auf einem Areal, das der Fläche ganz Skandinaviens entspricht. Natürlich zerstören die Flammen auch alles Weideland und die Getreideanbauflächen. Diese Feuer werden wochen- oder gar monatelang brennen, und sie werden das einzige Licht sein, das den Menschen noch leuchtet.

Hunderte von Millionen Tonnen feinster Ruß-, Rauch- und Asche- und Staubpartikel werden in die Luft gewirbelt und bilden dort dichte, dunkle Wolken, die alles Sonnenlicht absorbieren. Es wird eine lange, lange Nacht geben. Und in der wird es bitterkalt sein. In vielen Gebieten der Erde sinkt die Temperatur um bis zu 40 Grad

Celsius. Kurz, wenn der atomare Schlagabtausch, eine Sache von wenigen Stunden, vorbei ist, bricht ein atomarer Winter aus. Die Sonne verschwindet hinter kilometerdicken schwarzen Wolken. Dunkelheit und Kälte werden monatelang die Erde umhüllen. Selbst mittags wird es so finster sein, dass die Überlebenden die Hand nicht vor Augen sehen. Im atomaren Frost vereisen alle Gewässer, sterben die Tiere und die Ernten auf den Halmen. Diese lange Nacht werden selbst die Generäle und Wissenschaftler nicht überleben. Der nukleare Winter sorgt dafür, dass aus dem Atomwaffeneinsatz eine globale Selbstmordwaffe wird.

Und ebendeshalb suchen wir so dringend nach anderen Lösungen. Denn den atomaren Winter werden neben den Strahlungen Giftschwaden aus Kunststoffen durchziehen, Stürme werden an den Küsten toben. In Bodennähe wird das vergiftete Ozon ansteigen und nach oben in der Stratosphäre gefährlich zunehmen. Im Meer wird das Phytoplankton zerstört; schließlich wird auch die Fotosynthese zusammenbrechen.

Und selbst den am Krieg nicht beteiligten Völkern werden die schwarzen und grauen Wolken den Tod bringen. Sogar die südliche Erdhälfte könnte in Finsternis versinken. Irgendwo, vielleicht in einem Andendorf, oder hier, auf einem Atoll in der Südsee, könnten einige Menschen überleben. Oder auch nicht.

Lange Zeit haben Wissenschaftler und Strategen von all diesen Dingen wirklich nichts geahnt. Man hat mit unglaublicher Naivität Tests durchgeführt. In den Fünfzigerjahren ließ man Soldaten möglichst nahe am Explosionsort aufmarschieren. Die Jungs sollten sich an den Feuerball gewöhnen. Erst seit einigen Jahren weiß man, welche Wirkungen Atomexplosionen auf die Ozonschicht der Erde haben. Wird sie vermindert, dringt zu viel Ultraviolettstrahlung durch die Atmosphäre. Dann droht den Menschen Krebs, den Pflanzen der Zusammenbruch ihres Stoffwechsels.

Warum ich Ihnen das alles erzähle? Weil ich ebenso wie Sie, ebenso wie jeder zivilisierte und vernünftige Mensch davon überzeugt bin, dass wir andere Möglichkeiten finden müssen, uns zu verteidigen. Sie wissen, dass derzeit im Weltraum viel in dieser Richtung geschieht. Dort installieren wir das perfekte Abwehrsystem. Gut. Aber wir müssen auch auf konventionelle Kriege vorbereitet sein, Konflikte, die wir ohne Atomwaffen führen können.

Und deshalb sind wir hier.«

»Ich verstehe nicht recht«, stöhnte Jessen.

»Nun ja«, knurrte McFarlowe, »es ist folgendermaßen. Also … Bitte, Johnson«, er wandte sich an seinen Ersten Offizier, »erzählen Sie das diesen Leuten.«

»Gut«, sagte Johnson eifrig. »Unsere Wissenschaftler und Strategen haben eine Waffe entwickelt, die ganz ohne all die schlimmen Nebenwirkungen auskommt, die der Commander Ihnen eben geschildert hat. Wie das im Einzelnen funktioniert, weiß ich natürlich auch nicht. Ich glaube, die Sache beruht auf dem Implosionsprinzip. Das Ziel verschwindet einfach, löst sich in nichts auf. Keine Strahlung. Kein Fallout, kein Rauch, abgesehen von den ersten Sekunden. Da gibt es etwas grauen Rauch. Einfach nichts. Wirklich fabelhaft. Und das Beste an diesem wundervollen System: Es lässt sich beliebig dosieren, also auch auf sehr kleine Ziele begrenzen.

Und diese Waffe, die zurzeit noch einen Decknamen trägt, übermorgen wird das Pentagon die Weltpresse informieren, weil dann die Tests abgeschlossen sein werden, diese Waffe wird hier, in diesem Seegebiet, seit einiger Zeit erprobt.«

»Großer Gott«, entfuhr es Edith. »Was für ein Wahnsinn. Und warum ausgerechnet hier? Hat man denn hier nicht schon genug Unheil angerichtet mit den Atomtests auf Bikini und all dem, was auf Muroroa geschehen ist?«

»Eben, eben«, eiferte Johnson. »Bikini, das war eine böse Sache. Wenn dort der Boden nicht abgetragen wird, und ich glaube kaum, dass unsere Regierung die Kosten übernehmen kann, bleibt das Atoll noch für ein Jahrhundert unbewohnbar. Aber die neue Waffe ist eben völlig anders. Es gibt keine Umweltbelastungen mehr, das System ist sozusagen umweltfreundlich. Sehen Sie, es gibt hier im Umkreis von etwa 300 Seemeilen Tausende kleiner und kleinster Atolle und Riffe, die völlig nutzlos sind. Das heißt, inzwischen sind es schon ein paar weniger.«

Er kicherte albern in sich hinein.

»Bitte, Johnson«, ermahnte ihn McFarlowe. »Komisch ist das nicht. Mein Erster meint«, wandte er sich an seine Gäste, »dass wir einige Atolle haben verschwinden lassen. Es gibt sie nicht mehr. Das macht insofern auch überhaupt keinen Unterschied, als es sie vorher auch nur theoretisch gegeben hat. Niemand hat etwas gemerkt. Niemand wird etwas vermissen. Diese kleinen Stücke aus Lava oder Korallen, manche nicht einmal bewachsen, hatten nie eine Geschichte, nicht einmal einen Namen. Es ist egal, ob sie theoretisch weiterexistieren oder gar nicht.«

Edith und Jessen lief eiskalter Schweiß den Rücken hinunter. William starrte mit weit aufgerissenen Augen abwechselnd die Offiziere und den Commander an. Der alte Thomas hielt die Augen geschlossen und bewegte lautlos die Lippen, als betete er.

»Und morgen«, bemerkte Johnson trocken, »ist das Atoll C-312 an der Reihe. Der letzte Test. Ein Flugzeug wird kommen, eine Bombe wird abgeworfen, und dann wird C-312 einfach weg sein. Und wir, wir werden in der notwendigen Entfernung die Sache beobachten und filmen.

Sie haben doppeltes Glück gehabt. Einmal, dass Sie nicht morgen auf die Insel kamen. Und zum Zweiten, dass Sie das hier an Bord miterleben und beobachten können. Da würde so mancher Journalist viel drum geben.«

»Aber das können Sie doch nicht machen!«, schrie Jessen und sprang auf.

»Beruhigen Sie sich«, sagte McFarlowe nachsichtig. »Da ist jetzt nichts mehr dran zu ändern. Hätte man an höherer Stelle eher etwas von Ihrer Geschichte gewusst, von den Funden auf dem Atoll, dann hätte man vielleicht ein anderes Ziel ausgesucht. Jetzt aber ist es zu spät. Tut mir leid. Ich habe Verständnis für Ihre Gefühle, aber ich habe auch meine Befehle.

Und nun, meine Herren, meine Dame«, er verbeugte sich steif gegen Edith, »gute Nacht.«

Alle erhoben sich. Ein Steward führte Edith und Jessen in eine, Thomas und William in eine andere Kabine. Niemand sprach ein Wort.

In Jessen stürzte pausenlos etwas zusammen. Er fühlte physischen Schmerz. Der Albtraum von einer Sache. Der Albtraum von einer Sache. Der Satz raste ihm durchs Hirn. Ben Waldhoff hatte ihn einmal gesagt. Wann? Warum?

Er tat kein Auge zu in dieser Nacht. An den unruhigen Bewegungen Ediths in ihrer Hängematte merkte er, dass auch sie keinen Schlaf fand.

Noch vor Sonnenaufgang trat er aus der Kabine an Deck. Es ist doch alles nur ein Traum, dachte er.

Doch an der Reeling lehnte bereits William und starrte nach Süden, wo dunkel die Linie des Atolls auf der See lag.

»Wo ist Thomas?«, fragte Jessen und legte William den Arm auf die Schulter.

William wies mit der Hand gegen die Insel.

»Was? Er ist zu der Insel zurückgekehrt? Aber wie denn?«

»Thomas ist ein guter Schwimmer.«

»Aber das sind fast zwei Meilen.«

William zuckte mit den Schultern. »Entweder, er ist auf der Insel. Oder er ist in der See. Das ist gleich. Jedenfalls geht er zu seinem Vater.«

Als das Verschwinden von Thomas an Bord bemerkt wurde, gab es helle Aufregung. McFarlowe tobte. Doch es war zu spät, ein Boot auszusenden und ihn zu suchen. Niemand durfte sich mehr der Insel nähern.

»Und selbst, wenn sie auf die Insel gingen«, sagte William grimmig, »fänden sie ihn nicht. Thomas weiß, wie man sich unsichtbar macht.«

Edith weinte. Auch Jessen war den Tränen nahe. William tröstete sie.

»Es war sein Wunsch und sein freier Wille. Alles ist gut. Thomas ist Ihnen dankbar, dass Sie ihm den Weg zu seinem Vater gezeigt haben. Er hat mich beauftragt, Ihnen dies zu geben.« Er reichte ihnen das Tagebuch Peter Friedrich Carlsens. »Er sagt, dass Sie der richtige Empfänger sind.«

Der Kreuzer fuhr in sicherer Entfernung vor dem Atoll C-312 auf und ab, hin und her, lautlos fast, wartend auf etwas, was nicht in ihre Köpfe wollte, unter einem hohen Himmel, an dem die Sonne dem Zenit entgegenstieg. Edith, Jessen und William saßen an Deck, rührten die Getränke nicht an, die man ihnen vorgesetzt hatte.

Etwas brannte in Jessens Kopf. Es ist ein Ton. Das tiefe Surren könnte das Atmen einer Hecke im August sein. Aber es ist kein August und es gibt keine Hecke an Bord, nur Stahl. Vielleicht brummt irgendwo ein Generator oder ein Ventilator mit Gummiblättern. Der Klang. Mit Sicherheit. Aber vielleicht ist es auch das Licht. Wie es wie eine Guillotine über das Deck fällt! Natürlich. Das Licht. Oder ist es die Hitze? Ja, es könnte auch die Hitze sein. Totenstarre Hitze, die aus dem Kopf zu steigen scheint. Wie seltsam der Kopf in diesen Tagen ist. Er wackelt ein wenig, wie eine verwelkende Chrysantheme. Oder es ist der leere Raum hier auf diesem gottverlassenen Deck. Die Schiffsaufbauten flach gegen den fast weißen Himmel. Wo sind die Leute? Ja, es ist der leere Raum. Nein, es ist doch die Hitze. Es ist das Klima. In Hamburg wäre dies ein brütender Tag im August. Hundstage. Tage, an denen man leicht halluziniert. Tage, vor denen die Welt flieht. Kein Regen. Keine Blumen. Nichts. Es gibt nicht einmal Lieder über solche Tage. Ein paar Bilder, ja. Nichts sonst. Tage, an denen der Kopf sich plötzlich verwüstet fühlt. Verrückt. Keine Richtung. Ist eigentlich je etwas Bedeutendes im August passiert, bei solchem Wetter? Unmöglich. Oder doch? Ja. Im August 1914 brach der Erste Weltkrieg aus. Kein Wunder. Im August 1940 wurde Trotzki ermordet. Dies Klima ist berühmt für Gewaltakte. Im August 1963 fand der große englische Postraub statt. Im August 1792 stürmten die Pariser die Tuilerien. Und im August 1985 … Ach, August. Das ist ein Monat auf der anderen Seite der Welt. Hat eigentlich auch das Denken und Empfinden seine Jahreszeiten? Im Oktober denkt man diszipliniert wie ein Soldat, aufmerksam, schnell. Der Farbenrausch im Herbst. Festhalten. Im Februar konzentriert man sich auf sich selbst, schrumpft und wird depressiv. So auch im November. Im Mai kommt man auf die Füße, wilde Ideen. Und plötzlich fühlt man sich überredet, wieder jung zu sein, wieder anfangen zu können. In einem Mai brach Carlsen in die Südsee auf. Im Juli kennt man sich schon wieder besser, fragt sich, wie ernst die Ideen des Mai wohl waren, wo man hingeht, was man will. Man fragt sich, was aus den Bildern wurde, die man im Mai malen wollte. Und dann also August. Das Denken wird ruhig, selbstzufrieden. Man wird wahrnehmungsfähig, empfindlich, empfänglich, manchmal so, dass es schmerzt. Manchmal genießt man das Nichts, das da ist. Oder man macht einfach Urlaub. In Italien, in Sebastians Haus, mit Ben und Edith. Dort ist es ruhig. Spinnen wandern über die Veranda. Das Denken zieht die Dinge nach innen. Im August, bei diesem Sonnenstand, riecht es nach Heu. Das Klima ist ein strenger Beobachter. Es sucht Balance – wie ein Künstler. Es ist ein Ton. Oder das Licht. Oder die Hitze. Oder der leere Raum.

In diesem Moment zerrissen Alarmsirenen die träge Ruhe, die den ganzen Vormittag über auf dem Kreuzer geherrscht hatte. Das Atoll war inzwischen am Horizont verschwunden, sichtbar nur noch mit Ferngläsern.

»Commander McFarlowe bittet Sie zu sich«, sagte ein weiß gekleideter Steward und führte die drei auf die Kommandobrücke.

Auf der Seite der Decks, die dem Atoll zugewandt war, entstand hektisches Treiben. Kamerateams bauten ihre Apparate auf, Militärfotografen drängten sich an die Reeling.

»Sie werden also Zeuge dieses, nun ja … Schauspiels sein«, sagte McFarlowe gepresst. »In wenigen Minuten ist alles vorbei.«

Er ließ seinen Gästen Ferngläser aushändigen. Jessen griff zitternd nach dem Feldstecher, den man ihm reichte. Die schwarzen Plastikschalen rutschten im Schweiß seiner Hände. Er drehte nervös am Einstellungsrad und sah in die Richtung, die der Commander mit ausgestrecktem Arm wies.

Klein, die Handfläche eines Säuglings, lag Carlsens Atoll grün im unendlichen Blau der See, schwach schimmerte gelb der schmale Streifen des Strandes, das Weiß der sich brechenden Wellen draußen am Riff war nur zu erahnen.

»Er kommt«, knurrte McFarlowe. »Oben. Oben links.« Jessen strich mit dem Glas über den Teil des Himmels, in den der Commander deutete.

Die schaumig verfließende Linie eines Kondensstreifens, der zögernd durchsichtiger wurde und zu Dunst zerfiel, als der rasende, silbrig glänzende Punkt, der den Streifen an den Himmel schrieb, sich im Tiefersteigen als Flugzeug enthüllte, das in einer lang gezogenen Schleife aus östlicher Richtung auf das Atoll zuflog, machte in Jessen jenen Augustnachmittag an der Ostsee lebendig, an dem er, im Wasser liegend, den Mustern von weißen Kondensstreifen im Blau gefolgt war, und in diese aufschießende Erinnerung mischte sich das Flugzeug, das auf den Stall der Ansfelds im Oldenburger Land zugerast war, damals, 1945, und darüber blitzten Bilder von roten Doppeldeckern, die schießend gegeneinander flogen und brennend und rauchend aus dem Bild herausfielen, und nun war das Flugzeug klar zu erkennen, das Gesicht des Piloten, schrie etwas in Jessen, wie sieht das Gesicht des Piloten aus?, zog einen Kreis um das Atoll, in geringer Höhe, stieg dann steil wieder auf in die Richtung, aus der es gekommen war, bis es wieder einen Kondensstreifen bildete und endlich ganz verschwunden war.

Der leere Himmel.

»Das Ei ist gelegt«, sagte irgendjemand auf der Brücke. »Punkt 15 Uhr. Der Countdown läuft.«

Niemand sprach. Selbst die Fotografen und Kameraleute an Deck schienen den Atem anzuhalten.

Dann kam die Stimme McFarlowes, noch trockener als sonst, aus allen Bordlautsprechern. Sie zählte im Sekundentakt von sechzig an rückwärts. Statt ›zehn‹ sagte die Stimme: »gezündet«, statt ›null‹ vernahm man ein entferntes Dröhnen, als kündige sich ein Wärmegewitter an.

Über dem Atoll schien es schwach zu wetterleuchten. Das Gelb des Strandes überblitzte die grünen Palmen. Es sah aus, als höbe sich die ganze Insel eine Handbreit von der Meeresoberfläche. Ein Blitzschlag, in dem alle Farben des Spektrums aufleuchteten, zuckte, vom Atoll ausgehend, über die See. Eine rauchähnliche Wolke stieg grau in den Himmel, doch nicht sehr hoch. Der Rauch, Dunst oder Nebel oder alles zusammen oder nichts davon breitete sich flächig aus, in bizarren, beinah geometrischen Mustern.

Und dann war es da – für den Bruchteil einer Sekunde zwar nur, aber es gab keinen Zweifel. Was Jessen durch das Fernglas sah, war, für einen Augenaufschlag, identisch mit Carlsens Bild.

»Um Gottes willen!«, flüsterte Edith, und Jessen wusste, dass auch sie es gesehen hatte.

Doch es blieb nicht, sondern verschwand, verschwand wie der Blitz oder ein Zwinkern der Augen. Der Rauch löste sich auf. Wo das Atoll gelegen hatte, war nichts als ruhige See.

Als lang anhaltender Donner verrollte die Detonation in alle Richtungen, kräuselte das Meer auf, das sich schnell wieder glättete und schließlich behäbig dalag, ein blinder Spiegel aus Blei, an dessen Rand irgendwo der Kreuzer stak, bewegungslos, lautlos, eine vergilbte Schwarz-Weiß-Fotografie aus sehr fernen, frühen Tagen.

Nachrichten von einer neuen, amerikanischen Implosionswaffe, anschaulich illustriert mit Bildern vom spurlosen Verschwinden des Atolls C-312 im Seegebiet südwestlich der zu den Karolinen gehörenden Insel Ponape, verbreiteten sich, vom Pentagon lanciert, in Windeseile um die Welt. Die Massenmedien berichteten, zeigten Filme, die von den Kamerateams an Bord des Kreuzers aufgenommen worden waren. Ein Moderator der Fernsehgesellschaft *CBS* empfahl seinen Zuschauern, besonders auf das seiner Meinung nach ›höchst faszinierende‹ (most fascinating) Farbenspiel zu achten, das dem Verschwinden des Atolls vorangehe. Durch Teleobjektive nah gemacht, rückte der Zerfall von Land, Strand und Palmen zu grauem Staub, schließlich zu nichts, dichter vor die Augen der Weltöffentlichkeit, als er vor den Augenzeugen sich abgespielt hatte.

Insgesamt freilich erregten diese Berichte nur geringes Aufsehen. Die Bevölkerung war dermaßen überfüttert von Meldungen solcher oder ähnlicher Art, als dass sie noch als Sensation empfunden und verkauft werden konnten.

Die amerikanische Regierung verbreitete in einem offiziellen Kommunique, dass man der aktiven Friedenssicherung und der Überwindung der atomaren Bedrohung ein Stück nähergekommen sei, wenngleich noch gewaltige Anstrengungen auf der Erde und im All unternommen werden müssten. Die NATO-Staaten schlossen sich dieser Wertung, mit Ausnahme Frankreichs, geschlossen und vorbehaltlos an.

Die russische Regierung veröffentlichte diverse Protestnoten, in denen von der ungebrochenen Hochrüstung der Imperialisten und Revanchisten die Rede war. Die Warschauer-Pakt-Staaten schlossen sich dieser Wertung, mit Ausnahme Rumäniens, geschlossen und vorbehaltlos an.

In New York, der hellhörigsten, nervösesten Stadt des Planeten, wo Edith Gärbels und Michael Jessen eine Woche nach den geschilderten Ereignissen eintrafen, sprach bereits niemand mehr davon. Die Medien hatten sich längst neuen Sensationen zugewandt.

Commander McFarlowe hatte seinen Beobachtungskreuzer pflichtgemäß nach Guam gebracht und von dort einen dreiwöchigen Erholungsurlaub in seiner schönen Ostküstenheimat angetreten. Er lud Edith und Jessen zu einem Wochenende auf seinem Familiensitz in den stillen Bergen Vermonts ein.

Das im europäischen Kolonialstil des 18. Jahrhunderts errichtete Anwesen des McFarlowe-Clans erwies sich als ein ausgedehntes Privatmuseum, und der knurrige McFarlowe selbst entpuppte sich, hatte er die Uniform erst einmal abgestreift, als ein profunder Kenner und begeisterter Sammler von Gemälden und Kunstgegenständen der Moderne. Prunkstück seiner Sammlung war eine der amerikanischen Flaggen, die der Maler Jasper Johns so dargestellt hatte, als befände sich das Emblem der Vereinigten Staaten in einem kaum sichtbaren Auflösungsprozess.

Kritische Fragen und Bezugnahmen auf die offenbare Widersprüchlichkeit zwischen seinen privaten Neigungen und seinem beruflichen Tun verbat McFarlowe sich energisch. Einen entsprechenden Einwurf Jessens wischte er beiseite, indem er bellte, das habe miteinander gar nichts zu tun; und im Übrigen sei die Verteidigung der westlichen Welt auch eine Verteidigung abendländischer Kultur.

»Kunst ist Kunst«, befand McFarlowe. »Und Dienst ist Dienst.«

Ansonsten erwies sich der Mann als äußerst liebenswürdiger Gastgeber. Noch an Bord des Kreuzers hatte man dies Treffen vorbereitet. McFarlowe hatte versprochen, die Reste der Kiste mit den ineinandergeweichten Relikten von Carlsens Gemälde hertransportieren zu lassen, während Jessen seinerseits per Telegramm an Ben Waldhoff in Hamburg dafür sorgte, dass das Gemälde *Das Grau der Karolinen* wohlverpackt, unversehrt und pünktlich per Luftpost auf dem McFarlowe'schen Anwesen eintraf.

Nun saßen sie im großen Kaminzimmer, Edith Gärbels, Michael Jessen, John McFarlowe sowie eine McFarlowe persönlich bekannte Kustodin des New Yorker *Museum of Modern Art,* Hilda M. Dryer, die vom Commander zu dem Treffen geladen war.

Auf dem Fußboden stand das seltsame Objekt, zu dem Carlsens Lebenswerk mutiert war. An der Wand hing *Das Grau der Karolinen,* und auf gleicher Höhe mit dem Bild war ein Video-Recorder installiert, auf dessen Bildschirm alle verfügbaren und erreichbaren Film- und Fotodokumente des Waffentests auf C-312 abliefen.

»Stopp!«, riefen Edith und Jessen plötzlich, nach etwa drei Stunden ermüdenden Betrachtens dieser seltsam matten und doch so grauenhaften Streifen. »Das Bild zurückfahren. Und dann stillstellen. Da war es.«

McFarlowe justierte einen Ausschnitt des Films, wie Jessen angeordnet hatte, drehte die Farbe aus dem Gerät – und jetzt sahen es alle.

Die Ähnlichkeit zwischen diesem einen Moment der inzwischen schon wieder vergangenen Wirklichkeit mit Carlsens Gemälde *Das Grau der Karolinen* war eklatant. Nur die Brechung des Videobilds, seine Rasterung durch die Apparatur, schuf erkennbare Unterschiede; sonst hätte man von Identität reden können.

»Faszinierend«, knurrte McFarlowe ein ums andere Mal. »Wirklich faszinierend. Genial.«

Hilda M. Dryer sprach von einem »absolut sensationellen Fund, der größtes Aufsehen erregen wird«, und bat, da sie über die Geschichte des Bildes von McFarlowe nur bruchstückweise informiert worden war, Jessen darum, diese Geschichte für sie noch einmal zu erzählen.

Wie aber Jessen sie nun aufs Neue erzählte, war sie nicht nur neu für Hilda M. Dryer, sondern auch McFarlowe und selbst Edith, ja, sogar der sprechende Jessen entdeckten Momente, die sie zuvor nicht wahrgenommen, oder Punkte, die bislang keinen Sinn ergeben hatten, die sich aber nun, da der Kreis geschlossen schien, verknüpften. Jessen wusste es nicht, doch indem er sprach, wurde die Geschichte des Gemäldes *Das Grau der Karolinen* endgültig zu dem, was sie vielleicht von Anfang an gewesen war: Legende. Denn Legende ist in Wahrheit das, was das Wort im nacktesten Sinn besagt: Nicht ein Geschriebenes, sondern etwas, das immer neu zu erzählen und zu hören ist, das überhaupt erst entsteht durch immer erneutes Anderssagen und Überdenken. Hierin gleicht das Wesen der Legende jener Lebensart der Mikronesier, die Peter Friedrich Carlsen in seinem Tagebuch einmal so genau beschrieben hatte. Und hatte sich nicht sogar das Bild selbst, das diese Legende schuf, ebenso verhalten, seit es aufgetaucht war? Hatte es seinen jeweiligen Betrachtern in den verschiedensten historischen, persönlichen, psychologischen oder klimatischen Situationen und Verhältnissen nicht immer neu, nicht immer anders geschienen? Und doch war immer ein Rest, ein letzter Hintergrund geblieben, in dem alle Sehweisen das Gleiche fanden, auch wenn diese Sehweisen sich stets anders artikulierten und organisierten, weil dieser identische Rest auf immer andere optische und seelische Verfassungen gestoßen war.

Aber im Grunde war da immer nur dies eine Gemälde gewesen, das freilich beharrlich in sich ruhte, Wirkungen vielfältiger Art in alle möglichen Richtungen aus sich entließ, doch diese Wirkungen konnten dem Bild, selbst in ihrer Summe, falls denn eine Summe zu ziehen wäre, sein letztes Geheimnis nicht entlocken.

»Mir kommt es so vor«, schloss Jessen endlich seine Erzählung, »als habe Carlsen mit seinem Gemälde wie ein Gärtner einen Samen eingepflanzt. Rezeption und Wirkung sind in dieser Geschichte wohl wie Sonne und Regen, ohne die es keine Blüten geben kann. Aber ohne den Samen wären Sonne und Regen nichts als blinde Naturgewalten im Leeren.«

Hilda M. Dryer regte an, dass ihr Museum, in Zusammenarbeit mit Edith Gärbels und Michael Jessen sowie dem ihr durch einschlägige Publikationen sehr wohl bekannten Professor Stofkind, eine Ausstellung organisieren werde, die das Werk Peter Friedrich Carlsens zusammenfassend zeigen und in deren Mittelpunkt *Das Grau der Karolinen* stehen solle – angereichert durch alle inzwischen darüber bekannten Fakten.

Jessen möge inzwischen in Ruhe darüber nachdenken, ob er das Bild dem *Museum of Modern Art* verkaufen wolle.

Anfang Februar 1988 trafen sie wieder in Hamburg ein, wo sie sogleich dem begeisterten Professor Stofkind Bericht erstatteten.

»Na bitte«, berauschte er sich. »Ich hab's doch gleich gesagt. In dem Carlsen steckt Genie.«

Von der Idee der Ausstellung war er, wie er es formulierte, derartig ›enthusiasmiert‹, dass er sofort Anweisungen gab, alles, was von den Werken Peter Friedrich Carlsens noch auffindbar war, aus den verschiedensten Archiven ans Licht zu schaffen. Wie sich rasch herausstellen sollte, handelte es sich dabei um beträchtliche Mengen Leinwand, bedeckt mit Landschaften, Schlachten, Porträts und Aktdarstellungen.

»Ja, ja. Der olle Schlachten-Carlsen. Hat mich meine Nase doch nicht getrogen.« Stofkind rieb sich vergnügt die Hände. »Und Ihnen, junger Mann, rate ich eins. Verkaufen Sie das Bild dem Museum. Aber zu einem anständigen Preis. Die New Yorker können es sich nämlich, im Gegensatz zu uns, leisten.«

Einen Monat später erhielt Jessen aus New York einen Scheck, der auf eine sechsstellige Dollarsumme ausgeschrieben war.

Im Frühjahr reisten Edith und Stofkind ab, um mit Hilda M. Dryer die Ausstellung zu konzipieren. Per Schiffsfracht folgte ihnen ein Container mit Carlsens gesammelten Werken.

Währenddessen schrieb Jessen Briefe, in denen er der Familie Ansfeld, vormals Spiekermann, dem greisen Dr. Domcik und selbst Kathie Bechler darlegte, wie sich die Dinge entwickelt hatten. Beigefügt waren diesen Briefen Einladungen zur Ausstellungseröffnung am 13. Mai 1988 im New Yorker *Museum of Modern Art*. Die Flug- und Unterbringungskosten, so fügte Jessen in Nachschriften hinzu, gingen selbstverständlich auf seine Kosten.

Ben Waldhoff und Charly Wuttke bekamen die Einladung persönlich, indem Jessen sie zu sich einlud. Es wurde eine lange Nacht, deren Resultat, außer schweren Köpfen am Morgen, darin bestand, dass Jessen den Kaufpreis des Bildes an Wuttke zurückzahlte – erhöht um eine Zinsrate, von der Wuttke meinte, dass er damit demnächst mit der ganzen Familie in die Südsee reisen werde, vielleicht gar nach Ponape.

Die Public-Relations-Abteilung des *Museum of Modern Art* leistete ganze Arbeit. *Das Grau der Karolinen* war bereits die Sensation, bevor noch die Öffentlichkeit einen Blick darauf hatte werfen können. Die Medien berichteten wochenlang in großer Aufmachung. Die Diskussion um die neue Implosionswaffe, die zuvor so lustlos geführt und schnell eingeschlafen war, schlug hohe Wellen. Tage vor und nach der Eröffnung der Ausstellung kam es zu Protestkundgebungen vor dem Weißen Haus und dem Pentagon. Die Regierung der UdSSR setzte eine Dringlichkeitssitzung des Weltsicherheitsrats der Vereinten Nationen durch, die wegen des Vetos der Vereinigten Staaten wie das Hornberger Schießen ausging.

Vor Sonnenaufgang erwachte er, trat aus dem Hotelzimmer auf den Balkon hinaus und sah in einen düsteren Hinterhof. Schwarz und weiß erschien die Welt, kalt und schattenlos das Licht. Die Farben waren in Watte verpackt. Zögernd wuchs ihre Intensität, veränderte allmählich das Sichtbare.

Bilder, dachte Jessen plötzlich und fröstelte leicht in der Morgenkühle, sind das begrenzt Sichtbare. Und das Sehen ist, wie jede Sinneswahrnehmung auch, nur ein Ausschnitt, nur eine Annäherung. Nur die Kunst kann aus diesem Ausschnitt, aus diesem Bruchstück, ein Ganzes machen.

Bis zum Augenblick, da die Sonne über dem Hudson River hochstieg, blieben die Farben schwach und flach, aber schon änderte sich die Beleuchtung, und der trostlose Hinterhof belebte sich dramatisch. Da die Strahlen der tief stehenden Sonne beim Durchdringen der Atmosphäre einen längeren Weg zurücklegten, war die Farbe ihres Lichts viel wärmer als später am Tag. Die kälteren, blauen Anteile wurden von der Atmosphäre herausgefiltert. Das Licht enthielt mehr rote und gelbe Strahlen.

Schatten erschienen blau, weil ihnen das Gold des Sonnenlichts fehlte und sie das Blau des Himmels über New York spiegelten.

Seltsam, dachte er noch flüchtig, als er schon hinter sich Edith erwachen fühlte, seltsam, dass dem Gehirn Farben so wichtig sind, dass es dafür ein eigenes Rindenfeld bereitgestellt hat, mit dem wir den farbigen Aspekt der Welt, zusätzlich und unabhängig von den Bildinhalten aus Formen und Themen, wahrnehmen. Und doppelt seltsam, dass es in der Welt, physikalisch genau gesehen und gesagt, keine Farben gibt. Außerhalb unserer Köpfe gibt es nur elektromagnetische Wellen unterschiedlichster Länge, die unser Gehirn empfängt und zur Farbe macht. Ebenso gibt es draußen keine Musik und nicht den Straßenlärm New Yorks, sondern lediglich Schwankungen des Luftdrucks, der unserem Gehirn Informationen zuspielt, und nur in der Welt des Kopfes ist es warm oder kalt – draußen, in Hamburg, in Ponape, in New York, bewegen sich ausschließlich Moleküle mit mehr oder weniger Energie mehr oder weniger schnell.

Wenn es nur diese Bewegungen der Teilchen gibt, huschte es ihm durch den Kopf, wie er schon ins Zimmer zurücktrat, als Wellen, als Druck oder als Schwingung, dann bestünde die Möglichkeit, dass auch Konkreteres als Farbe, Musik, Hitze oder Kälte sich draußen konfigurierte und übertrug. Was, wenn Carlsens Sensorium so übernervös entwickelt gewesen wäre, dass sich ihm Bilder kommender Ereignisse mitteilten, transportiert im Druck, in Wellen, in Schwingungen, die dann auf ihn trafen und …

Es ließ sich nicht denken, dachte er. Ließ es sich vielleicht zeigen?

Obwohl nur geladene Gäste mit den offiziellen Einladungskarten Zutritt hatten, herrschte beängstigender Andrang. Horden von Pressevertretern hatten alle für ihre Zwecke strategisch wichtigen Punkte des Museums besetzt.

Vier große Räume des Hauses waren mit den Werken Peter Friedrich Carlsens, die teilweise für hohe Summen restauriert worden waren, behängt. Manche erstreckten sich über die ganze Wand. Wollte man das Zentrum der Ausstellung erreichen, musste man kopfschüttelnd oder staunend an diesen Orgien des schlechten Geschmacks einer versunkenen Epoche vorüber, obwohl nicht wenige Besucher gerade diese Malereien für besonders bemerkenswert hielten und umgekehrt für *Das Grau der Karolinen* nur ein Kopfschütteln übrighatten, was allerdings lediglich eine besonders kapriziöse Dame lauthals zugab und damit nicht wenig Aufmerksamkeit auf sich und ihre Garderobe zog.

Das Bild selbst hing im mittleren Raum. Daneben war, in gleicher Größe des Gemäldes, ein sorgfältig aufgezogenes Standbild des Films angebracht, in dem für einen Augenaufschlag die Identität sichtbar geworden war.

Jedermann staunte über die Analogie, und doch, das war nicht zu leugnen, lebte nur das Gemälde. Das Standfoto war nur ein totes Dokument. In der Gegenüberstellung freilich ergab sich jener Reiz, dem sich keiner der Betrachter entziehen konnte.

In der Mitte des Raums stand der klumpige Rest der Gemälde aus Carlsens Zeit auf Ponape, durchwuchert von Palmenschösslingen, die inzwischen eingegangen waren und matt und braun herunterhingen, geschützt durch eine eigens für diesen Zweck angefertigten Glasvitrine, ausgeleuchtet von Punktscheinwerfem.

Auf der linken Wandseite des Raums lief in endloser Folge das Videoband, aus dem man das Standbild herauskopiert hatte.

Ein prächtig gedruckter Katalog dokumentierte nicht nur die Ausstellung, sondern erzählte gerafft die Geschichte des Gemäldes. In diesem Katalog waren Gemälde und Standfoto ebenfalls gegenübergestellt, und in der fotografischen Reproduktion des Gemäldes hatte dies sich seinem Ebenbild noch weiter angeähnelt.

Hilda M. Dryer hielt die Eröffnungsansprache, sachlich, knapp, lakonisch, sehr amerikanisch, die Fakten dieser Entdeckung aufzählend.

Dann trat Professor Stofkind ans Mikrofon und entfaltete umständlich ein umfangreiches Redemanuskript, das er mit seinem stark deutsch gefärbten Englisch verlas. Es war da die Rede von der Kunst als solcher, von der prophetischen Kraft des Künstlers von Goya bis zu den Expressionisten, vom Durchbrechen wahrer Schöpfungskraft im verkannten Genie Carlsen, der Europa kühl den Rücken gekehrt habe, um Europa eine Warnung zu sein, über dessen spätere Produktion man freilich nichts mehr aussagen könne, weil leider nichts mehr zu sehen sei außer diesem glasgeschützten Klumpen aus Leinwand, Farbe und Holz, der freilich als solcher bereits wieder ein Kunstgegenstand, ein *Objet Trouvé* par excellence, sei.

Dann hob Stofkind darauf ab, *Das Grau der Karolinen* sei, abgesehen von seinem Inhalt, der Warnung vor Krieg und Vernichtung, in seiner verwickelten Geschichte beredtes, lebendig gewordenes Zeugnis für Wirkungs- und Rezeptionsgeschichte, diesem bislang in der allgemeinen Kunstgeschichte so vernachlässigten Gebiet.

Jessen hörte kaum hin. Er sah in die Gesichter der Versammelten. Verteilt unter den vielen unbekannten tauchten da und dort die wenigen bekannten auf und boten das lebendige Zeugnis, von dem Stofkind bloß sprach. Verlegen an eine Wand gedrückt, den Katalog in der Hand, stand Grete Ansfeld, am Arm ihres Mannes Otto, begleitet von ihrer Tochter Ilse, die Jessen fröhlich zuwinkte. Ganz vorn am Rednerpult trat Wuttke von einem Bein aufs andere und gähnte während der Ausführungen Stofkinds mehrfach unterdrückt. Vor der Vitrine, noch im Lichtkegel eines Punktstrahlers, sah er Kathie Bechler in Begleitung des seidenschalgeschmückten Creative Directors Scharfenthal. Sie warf ein Kusshändchen in Jessens Richtung. Aufrecht, straff und in Zivil überragte Commander McFarlowes Kurzhaarschnitt fast alle Anwesenden. Er blickte starr und ununterbrochen auf das Bild. Ganz hinten, am Eingang zum mittleren Saal, schwebte Ben Waldhoffs Kopf auf langem Hals über dem Publikum; sein blauer Overall leuchtete. In seiner Jackentasche fühlte Jessen den Brief, der ihn vor zwei Wochen, noch in Hamburg, erreicht hatte. Die Tochter Dr. Domciks hatte darin vom Tod ihres Vaters berichtet, dem die Reise nach New York sowieso nicht mehr hätte zugemutet werden können. Den Brief mit den Informationen über Carlsen, Westermann und das Bild habe er jedoch noch bei vollem Bewusstsein zur Kenntnis genommen. Nicht gekommen war William, der Schwiegersohn Thomas Kal Sans. *Ich brauche kein Museum, um mich zu erinnern,* hatte er telegrafiert.

Stofkind sprach. Jedes Bild, führte er aus, bilde wieder einen Zyklus von Bildern, wenn es auf Betrachter stoße, und Jessen dachte an die Collagen-Folge, die auf ihn wartete. In diesem Sinn erweitere jeder Betrachter die Bedeutung, die Sphäre des Werks, das er betrachte. Rezeptionsgeschichte werde somit zur Erfahrungsgeschichte aller je mit einem Werk Befassten. Gegenstand dieser Erfahrungsgeschichte sei freilich nicht ein jenseits und unabhängig von dieser Geschichte beschreibbares und erfassbares ›An sich‹, sondern konstituiere sich allererst in der Dynamik seiner rezeptiven Konkretisationen.

Man dürfe jedoch nicht der Illusion verfallen, dass man in Addition aller Wirkungen, die ein Werk hervorbinge, so diese Addition überhaupt möglich wäre, das Geheimnis dieses Werkes entschlüsseln könne. Im Gegenteil: Denn ein Werk, dessen letzte Entschlüsselung gelänge, wäre am Ende gar kein Werk der Kunst. Immerhin jedoch sei Rezeptionsgeschichte als Erfahrungsgeschichte die mehrperspektivische Entfaltung bestimmter Sachgehalte eines Bildes, die oft dem Künstler selbst gar nicht bewusst sein müssten, und diese Entfaltung führe allemal zu einer Erweiterung und Steigerung des Sinnpotenzials des betreffenden Bildes. Und der Kunsthistoriker, so räumte Stofkind fast traurig ein, sähe wie jemand, dessen Blickfeld mit einer Glasglocke überstülpt sei. Diese Glasglocke bestehe gleichsam aus lauter kleinen, unterschiedlich geschliffenen Linsen, die das Objekt, auf das der Blick sich richte, jeweils unterschiedlich gebrochen dem Auge darstelle. Der Kunsthistoriker als Rezeptionsgeschichtler falle also sozusagen als Betrachter aus, da er die Aufgabe habe, die Betrachtungen der anderen zu bündeln, zu sichten, zu ordnen. Wahre Erfahrung des Kunstwerks aber bleibe immer Sache des Einzelnen, wie ja auch jedes Kunstwerk ein radikal einzelnes vorstelle. Und wollte man Wirkungen eines Kunstwerks adäquat beschreiben, so reiche das Arsenal der Wissenschaften womöglich gar nicht aus. Denkbar wäre dies nur, darstellbar nur in seinem eigenen Medium – also wiederum in einem Kunstwerk. Aber das, so schloss Stofkind und klappte sein Manuskript zu, sei leider eine Aporie.

Der Beifall war kräftig. Viele fühlten sich erlöst. Sekt wurde gereicht.

Den Sommer verbrachte Edith Gärbels mit dem Ausbau einer stillgelegten Fabriketage, in der ihre Galerie entstand. Die Eröffnung sollte im Herbst stattfinden – mit der Collagenfolge, an deren Abschluss Jessen arbeitete. Und er arbeitete, wie er noch nie in seinem Leben gearbeitet hatte: mit voller Überzeugung, mit Lust und Energie, die nur hin und wieder durch Zweifel an der Möglichkeit des Gelingens gedämpft wurden, doch diese Zweifel empfand er als natürlichen Kontrollvorgang während des künstlerischen Schaffens. Er lehnte alle Aufträge ab, die aus der Werbung an ihn herangetragen wurden.

Hilda M. Dryer hielt die beiden über den Erfolg der Carlsen-Ausstellung in New York auf dem Laufenden, indem sie regelmäßig Ausschnitte aus Zeitungen und Journalen schickte, in denen darüber berichtet wurde. Doch die Verblüffung und die Begeisterung sind Phänomene, die ebenso schnell abzuklingen pflegen, wie sie ausbrechen. Und so wurden die Berichte im Laufe der Wochen und Monate müder, bis sie ganz versiegten wie die Besucherströme.

Plötzlich jedoch erschienen neue Artikel, die freilich einen völlig anderen Ton anschlugen, einen Ton, den man unter anderem in der Einsicht kurzschließen kann, dass die öffentliche Rezeption rasch abschleift, worin die Kunstwerke Kritik und Spiegel der Gesellschaft sind. Kritisch pflegen die Werke im Moment ihres Erscheinens, der nicht mit dem ihrer Entstehung identisch sein muss, zu wirken; später werden sie oft, nicht zuletzt veränderter Verhältnisse wegen, neutralisiert.

Aber hatten sich die Verhältnisse denn geändert? Zwei Wochen, bevor mit Jessens Ausstellung Ediths Galerie eröffnet werden sollte, erreichte die beiden folgender Brief.

New York, 25. Oktober 1988

Liebe Frau Gärbels, lieber Herr Jessen!
Seit nunmehr einem Monat ist die Carlsen-Ausstellung unseres Hauses abgebaut. Wir haben zwar versucht, sie anderen Häusern als Leihgabe anzubieten, hatten aber damit keinen Erfolg.

Der sich seit Langem abzeichnende Umschwung der öffentlichen Meinung in dieser Sache erreichte seinen Höhepunkt mit dem Artikel eines führenden Kunstkritikers in einer renommierten Publikumszeitschrift, in dem etwa folgendermaßen argumentiert wird:

Berichterstattungen über kriegerische Auseinandersetzungen gehören zu den Klassikern in Wort und Bild. Von Cäsars *De Bello Gallico* über Goethes *Kanonade bei Valmy* über die Berichterstattungen des amerikanischen Bürgerkriegs bis hin zu den Filmdokumenten der Weltkriege, des Korea- und des Vietnamkriegs reicht die Tradition. Ein Interesse an Kriegsberichten besteht ungebrochen. Krieg und Vernichtung als Schrecken faszinieren den Unbeteiligten allemal. Voyeuristisch wird der Kitzel einer plötzlichen, tödlichen Bedrohung nachempfunden, wo sonst den Bürger nichts mehr erregt. Dass es diese Rezeptionshaltung beim Publikum gibt, wissen die Medien sehr genau – und die Museen entdecken es offenbar gerade.

Welchen künstlerischen Wert, fragt der Autor, hat ein Gemälde, das nichts anderes tut, als die Implosion einer vergleichsweise humanen Waffe über einem namenlosen Atoll darzustellen – und zwar auf eine quasi fotorealistische Weise? Haben nicht Film und Fotografie, wenn denn schon etwas dokumentiert werden soll, hier weit bessere Möglichkeiten? Sind sie nicht genauer, wirklicher, wahrer? Sie sind es. Das Kameraauge ist unbestechlich. Und das Gemälde des unbedeutenden Schlachtenmalers Carlsen mit dem Titel *Das Grau der Karolinen*, um das unlängst so viel Aufhebens gemacht worden ist (und das das Museum einen unsinnigen Preis gekostet hat), ist mitnichten eine künstlerische Sensation, sondern lediglich eine Fortführung dessen, was dieser Herr Carlsen schon immer getan hatte: realistische Schlachtenmalerei.

So weit der Artikel. Er setzt sich auf infame Weise noch einige Seiten so fort; ich erspare Ihnen lieber die Details. Hier hat sich jemand, gestützt von mächtigen Interessen, die leider törichte Stimme des Volkes zunutze gemacht und verstärkt, häuften sich in der Ausstellung doch enttäuschte Äußerungen darüber, dass das Gemälde nichts zeige, was das danebenhängende Foto nicht exakter anschaulich machen könne.

Weitere Schlüsse überlasse ich Ihnen selbst.

Die Carlsen-Leihgaben werden demnächst nach Deutschland zurückgegeben. Die Reste seiner Südsee-Gemälde, deren Authentizität inzwischen auch angezweifelt wird, trotz des Tagebuchs, lagern bei uns im Magazin. Überhaupt wird die ganze Geschichte inzwischen allgemein als Fiktion bezeichnet. Ein anderer Kritiker nannte die Angelegenheit ›Stoff für einen Roman, aber nicht für eine Ausstellung in diesem Museum‹. Stoff für einen Roman? Damit hat der Mann vielleicht nicht so unrecht. Er wird wohl ungeschrieben bleiben.

Das Grau der Karolinen selbst hängt noch, allerdings an weniger exponierter Stelle nunmehr in Nachbarschaft zu einigen konstruktivistischen Malern. Angesichts der Entwicklung befürchte ich jedoch, dass man das Gemälde bald ebenfalls in unser Magazin verbannen wird.

So viel zum gegenwärtigen Stand der Dinge.

Mit den besten Grüßen

Ihre
Hilda Dryer

Weiß das Papier und schwarz darauf die Schrift der Schreibmaschine. Jessen zerschnitt den Brief, um die Teile als Bausteine für seine letzte Collage zu verarbeiten.

Verraten und verkauft, dachte er. Verkauft zu einem Preis, über den Carlsen nur hätte staunen können. Nein, er hätte wohl eher schallend gelacht in seinem Paradies auf der anderen Seite der Welt, da, wo gewöhnlich im Osten eine Weltkarte aufhört und im Westen noch nicht wieder beginnt. Vielleicht hätte er sogar über das wirkliche Ende seines Paradieses gelacht, Tränen gelacht, hatte er dieses Ende doch gesehen, als noch jeder, der es zu sehen bekam, dachte, dies sei ein letztes Stückchen vom Anfang der Welt.

Verkauft war es und hing noch im New Yorker Museum. Dem Vergessen entrissen, mit Wissen geladen und angefüllt mit der grauenhaften Bedeutung, die es vielleicht bald wieder würde versinken lassen in achtlosen Archiven. Ja, die Schaulust am Untergang ist so heftig wie kurz und verlangt wie die Mode stets nach neuem Gekitzel. Und vielleicht würde das, was es zeigte, bald selbst das Bild überkommen, über alle kommen und alles. Dann würde es zu grauem Staub zerfallen, würde spurlos sein, konturlose Materie, Wellen im Äther, Energie.

Doch bis zu diesem letzten Augenblick, wenn Jessen ihn erleben müsste, würde die Erinnerung in ihm sein, denn die unendlich vielschichtige Wahrheit des Gemäldes, die so fern von aller Schönheit war und doch als Schönheit erschien, hatte eine unauslöschliche Spur in sein Gedächtnis graviert.

Für sich selbst brauchte Jessen diese Collagen nicht herzustellen. Nichts in ihm war so lebendig wie die nicht fixierten Erinnerungen. Er arbeitete, arbeitete in der schwächer werdenden Hoffnung, die Geschichte dieses Bildes, in Bildern erzählt, könne dazu beitragen, dass die Wirklichkeit, die die Wahrheit des Bildes schließlich enthüllt hatte, anhalten möge in ihrem rasenden Ineinanderstürzen.

Vor ihm lagen die fertigen Collagen, auf denen dargestellt war, wie die verworrene Spur Schicht für Schicht gefunden wurde – bis hin zu jenem Augenblick, an dem die Geschichte in eins fiel mit der Gegenwart und von dieser Gegenwart verschluckt wurde, als stürzten Menschen und Natur, Land und Ozean, Zeit und Raum, Farbe und Form in ein schwarzes Loch.

Ein sehr feines schwarzes Loch, aus dem er gestern erst den überflüssigen Haken herausgedreht hatte, von seinem Platz aus kaum sichtbar, selbst bei vollem Tageslicht, und dann nur, wenn man wusste, dass es überhaupt war und wo es war, bildete das letzte Zeugnis der materiellen Existenz des Gemäldes in Jessens Räumen. Es hatte keinerlei Spuren hinterlassen im Außen, nicht einmal die üblichen Staubränder zwischen Rahmen und Wand, die sonst grau auf weiß vom ehemaligen Dasein der Bilder sprechen, wenn diese schon längst verkauft sind, verhängt und vergessen.

Hinweise

Die etymologischen Bemerkungen im II. Buch lehnen sich teilweise an Fritz Mauthners *Beiträge zu einer Kritik der Sprache* an; die Gedichte Ernst Herbecks im III. Buch sind zitiert nach Leo Navratils *Sprache und Schizophrenie;* die Beschreibung des Interieurs von Carlsens Starnberger Haus im IV. Buch paraphrasiert einen Passus aus Egon Friedells *Kulturgeschichte der Neuzeit;* die Erzählung Kal Sans im V. Buch habe ich Linde von Keyserlingks Geschichtensammlung *Sehnsucht nach den grünen Inseln* entnommen; der Vortrag Stofkinds im V. Buch wäre ohne Karl-Robert Mandelkows Essay *Rezeptionsgeschichte als Erfahrungsgeschichte* nicht möglich gewesen.